LE JEU
DES PERLES DE VERRE

DU MÊME AUTEUR
chez le même éditeur

romans

LE LOUP DES STEPPES
PETER CAMENZIND
L'ORNIÈRE
GERTRUDE
NARCISSE ET GOLDMUND
LE VOYAGE EN ORIENT
Préface d'André Gide
LE JEU DES PERLES DE VERRE
ROSSHALDE
KNULP

nouvelles

ENFANCE D'UN MAGICIEN
LES FRÈRES DU SOLEIL
LE DERNIER ÉTÉ DE KLINGSOR
BERTHOLD
LA LEÇON INTERROMPUE
UNE PETITE VILLE D'AUTREFOIS
LA CONVERSION DE CASANOVA

LE JEU
DES PERLES DE VERRE

Essai de biographie du
MAGISTER LUDI JOSEPH VALET
accompagné de ses écrits posthumes

présenté par

HERMANN HESSE
Prix Nobel

CALMANN-LÉVY

Titre original de l'ouvrage
DAS GLASPERLENSPIEL

Traduit de l'allemand par
JACQUES MARTIN

ISBN 2-7021-0045-7
© CALMANN-LÉVY, 1955.
Imprimé en France

PRÉFACE DU TRADUCTEUR

Le Jeu des Perles de Verre, *dont la première édition remonte à 1943, fut vraisemblablement mis en chantier dix ans plus tôt. C'est de cette période que datent, tout au moins dans leur conception, la plupart des romans d'anticipation allemands contemporains, comme le Docteur Faustus de Thomas Mann* [1], *l'*Héliopolis *d'Ernst Jünger, l'*Étoile de ceux qui ne sont pas nés *de Franz Werfel, et les romans « irréalistes » d'Ernst Kreuder et d'Élisabeth Langgässer. Qu'ils fussent en Amérique comme Thomas Mann, en Suisse comme Hesse, ou prisonniers des frontières du Reich, certains Allemands trouvaient dans ces extrapolations littéraires un soulagement vengeur.*

L'action du Jeu des Perles de Verre *se situe à une époque intentionnellement mal définie, environ deux mille ans après la fondation de l'Ordre de Saint-Benoît et postérieurement à la mort d'un pape Pie XV. Cette œuvre, qui s'apparente à Gargantua et à Micromégas, contient, bien entendu, une critique de notre époque. Mais il serait vain d'y chercher l'évocation d'une technique et d'un ordre social, économique ou biologique nouveaux. Aux yeux de Hermann Hesse, c'est aux progrès techniques que sont dues les deux guerres mondiales, ainsi que la méconnaissance des valeurs spirituelles qui caractérise notre siècle. Anticipant sur l'avenir, il imagine qu'une réaction s'est produite contre ce que nous appelons naïvement « la civilisation moderne » et, prenant la voix d'un vieil érudit des temps futurs, scrupuleux jusqu'au pédantisme, il conte à ses lecteurs la vie d'un homme de cette époque imaginaire, Joseph Valet. En dépit de son nom modeste, c'est l'une des personnalités les plus marquantes d'une république de l'esprit qui a su surmonter nos vices, et le grand maître d'un art étrange, qui jongle avec tous les éléments de la culture humaine comme avec des bulles de savon, pour se délecter de leurs irisations prodigieuses.*

Le plan de ce livre est essentiellement dialectique. Il repose

---

1. Th. Mann a souligné les analogies qui existent entre *le Jeu des Perles de Verre* et son propre roman dans *Die Entstehung des Dr. Faustus* et dans sa préface à l'édition américaine du *Demian* de Hermann Hesse.

sur un raisonnement qui pourrait se résumer en ces termes :
s'il est vrai que l'échec tragique de la civilisation moderne a eu
pour cause la cohue, dans l'esprit humain, de notions hétéro-
clites et la griserie d'une puissance technique confinant au
miracle, qu'adviendrait-il si, au contraire, la science, le sens
du beau et celui du bien se fondaient en un concert harmonieux?
Qu'arriverait-il si cette synthèse devenait un merveilleux instrument de travail, une nouvelle algèbre, une chimie spirituelle
qui permettrait de combiner, par exemple, des lois astronomiques avec une phrase de Bach et un verset de la Bible, pour
en déduire des notions encore inconnues, qui serviraient à leur
tour de tremplin à d'autres opérations de l'esprit? Cette extraordinaire mathématique, c'est celle du Jeu des Perles de Verre :
à l'origine, des alignements de perles multicolores sur un bou-
lier rustique ont, en effet, figuré la première ébauche de ces
combinaisons savantes.

 Bien entendu, seule une élite sera capable de manier cet
instrument d'une suprême perfection. C'est des problèmes de
cette minorité d'élus que traite Hermann Hesse. Pour les
besoins de la cause, il les soustrait à toutes les difficultés
sociales, sexuelles, économiques. Quelle éducation recevront ces
citoyens de l'esprit? Quels drames connaîtront-ils? Quels résultats pourront-ils obtenir? Sa conclusion est pessimiste : même
placée dans les meilleures conditions, cette république sera
stérile; elle ne résoudra ni les problèmes sociaux, ni ceux de
l'individu. Les Perles de Verre ne seront précisément qu'un jeu.
Or, comme dans toute grande utopie, l'enjeu ici, c'est le salut
de l'âme. Après avoir eu foi en un avenir spirituel de la science,
Valet désespérera.

 A cette étude des perspectives de la culture se joint un autre
thème, qui, au temps du IIIe Reich, était d'une actualité
cruelle : le problème du chef. Avec la même générosité dialectique, Hesse dote Valet des plus belles qualités pour remplir ce
rôle : la science et le respect humain, le désintéressement, des
idées neuves, un rayonnement et un tempérament de meneur
d'hommes. Mais tout cela en vain : Valet renoncera à guider
la plus noble des collectivités pour devenir le précepteur d'un
petit garçon. Au savoir il préférera la méditation, au pouvoir
le soin d'une âme d'enfant.

 L'humanisme qui s'exprime ici n'est donc pas celui de
l'homo faber, ni de l'homo sapiens. Le Jeu des Perles de

Verre *est un livre religieux. A chaque tournant de ce récit, volontiers ironique, apparaît en effet la recherche d'une unité cachée de l'univers et de l'esprit humain. Ce secret, Hesse proclame qu'aucune technique, aucune science ne pourra le découvrir. Mais l'âme en est capable, et par les procédés les plus irrationnels. Son salut consiste précisément en cette découverte, qui abolit le temps, l'espace et l'existence : on reconnaît là l'idée fondamentale du monisme de Lao-Tsé et du bouddhisme. Comme la tradition hindoue, le Jeu des Perles de Verre accorde une importance primordiale à la méditation,* die Versenkung, *plongée spirituelle au terme de laquelle le sujet et l'objet se confondent. Comme les Chinois, Hesse attribue à la musique, « qui réconcilie l'âme et l'esprit », une puissance magique, et la vertu majeure qu'il préconise est une sérénité empruntée à la sagesse de l'Inde.*

A la fin de ce roman, trois contes viennent, après quelques poèmes, illustrer cette philosophie un peu étrange pour un lecteur européen. Ce sont des biographies imaginaires, dans lesquelles Joseph Valet raconte ce qu'auraient pu être ses existences antérieures dans le cycle du karma hindou. Il apparaît d'abord sous les traits d'un « faiseur de pluie » préhistorique, et nous assistons alors aux origines à la fois mystiques et rationnelles de la culture. Déjà, ce sorcier est un clerc obligé de tricher et victime des pouvoirs publics. Dans le deuxième conte, Valet est devenu un ermite du début de l'ère chrétienne, qui a reçu le don de consoler son prochain en le confessant. Hesse trouve là prétexte à critiquer l'idée du sacerdoce : deux anachorètes, saisis par le désespoir du doute, se mettent simultanément en route dans le désert, pour aller se demander mutuellement l'aumône d'une confession. Mais cette rencontre burlesque est un échec navrant : ils ne peuvent rien l'un pour l'autre, seule la méditation leur donnera le repos. Le dernier des contes, et sans doute le plus beau, est la « biographie indienne ». Cette fois, Valet est un jeune prince hindou, frustré de son héritage et devenu berger. La mort de l'usurpateur lui rend le trône de son père et il connaît les joies du pouvoir, du luxe, de la paternité. Puis viennent les revers : sa femme le trompe, ses ennemis envahissent son royaume, font le prince prisonnier et massacrent son fils. Mais, en cet instant de suprême douleur, le rideau se déchire : le roi se retrouve berger. Tout cela n'était qu'un rêve, un jeu cruel de la maya. Et soudain, éclairé, « éveillé » comme Boud-

dha, Valet devient disciple d'un yoghiu qui lui enseignera l'art de respirer, de vivre en ascète et de chasser par la méditation les mirages de l'existence terrestre.

Ces trois contes reprennent donc, par un procédé emprunté à la fugue, les thèmes essentiels du roman qui les précède : le thème de l'éducation intellectuelle, esthétique et religieuse, celui de la vertu et des limites du sacerdoce, enfin l'évocation de l'unique voie possible du salut, la méditation sur l'unité du monde.

* *

Le temps n'ayant pas, dans la perspective de la pensée bouddhique, la valeur que lui attribuent les Occidentaux, il est légitime qu'au sortir d'une chronique de l'an 2500, le lecteur s'entende rappeler les périodes les plus reculées de l'histoire. Hesse lui réserve encore d'autres surprises, et il y a, dans ses jongleries, une malice qui l'apparente aux romantiques allemands. Pour parler des temps futurs, il emploie, par exemple, une langue farcie de mots latins et fleurie d'archaïsmes. Il joue avec délices son rôle de vieil historien de l'avenir, farouchement conservateur et nourri d'auteurs classiques. Sa langue n'est pas celle de Gœthe mais on sent qu'il a peiné pour essayer de l'imiter. Son style est moins nerveux et plus chargé d'onction; ce ne sont que longues périodes oratoires, où toute affirmation se tempère de réserves et de limitations. Parfois cependant, Hesse prend lui-même la parole : un lyrisme vrai, direct interrompt alors cet étalage de sagesse un peu cuistre.

L'un des paradoxes de ce roman d'anticipation est qu'il se réfère constamment au XVIIIe siècle. Il comporte, certes, un retour sur le passé récent, une analyse de l' « ère des guerres » et de l' « âge des pages de variétés », c'est-à-dire de notre temps. Mais, à part Novalis, Hegel et Rückert, aucun nom du XIXe siècle n'y est mentionné. Tous les musiciens cités — Thomas Mann l'avait remarqué — sont des contemporains de Jean-Sébastien Bach ou de Mozart. Nulle part, le Jeu des Perles de Verre n'évoque expressément la grande époque de bouleversements sociaux, d'essor industriel et de découvertes continues, qui va de Lavoisier à Zola.

Par un raccourci audacieux, Hesse semble souder la culture de l'avenir à cette période singulière, où l'Allemagne a vu coexister le rationalisme des « lumières » et la mystique du piétisme. Il existe en effet une affinité évidente entre les aspirations de certains penseurs d'alors et l'universalisme moniste du Jeu des Perles de Verre. Tandis que le XIXe et le XXe siècles se sont orientés vers la division du travail et la spécialisation des clercs, le XVIIIe a encore connu, comme la Renaissance, l'union des sciences, des arts et de la foi religieuse : Voltaire étudiait la nature du feu, Gœthe la botanique, l'anatomie et la physique; le pasteur Œtinger, dont il est question dans ce livre, pratiquait l'alchimie. Le piétisme joignait à des revendications rationalistes la nostalgie d'une connaissance intuitive. Plusieurs de ses représentants moururent en odeur de sorcellerie et l'Église romaine vouait alors au même fagot les faux prophètes et de vrais savants. Dans cette confusion, la pensée ignorait les frontières : elle distinguait seulement entre les mécènes et les persécuteurs. Universaliste et encyclopédique, elle ne s'embarrassait pas des idiomes vulgaires, et le Jeu des Perles de Verre n'est, en somme, que le successeur imaginaire de ces langues internationales pour penseurs virtuoses que furent le latin et le français.

Il semble qu'à l'origine Hermann Hesse ait songé à situer à cette époque l'intrigue de son roman. Une de ses lettres [1] et un passage de son œuvre révèlent que, pendant toute une année, il a étudié la vie d'un piétiste d'alors, Bengel, modeste précepteur wurtembergeois, disciple d'Œtinger. Puis son horizon s'est élargi. La logique interne de sa méditation l'a amené à confronter ses idées avec celles de deux grands représentants de la pensée allemande, dont le premier fut Gœthe.

L'utopie de Hesse consiste, en effet, à imaginer ce qu'aurait pu être l'évolution de la culture à partir du moment où il estime qu'elle s'est fourvoyée, c'est-à-dire au début du développement des sciences modernes, qui coïncide avec la révolution de la société et de l'industrie. Or, à ce tournant de l'histoire, un Allemand avait tenté de définir ce que pourrait être l'éducation des générations nouvelles : c'était Gœthe, dans les Années de Voyage de Wilhelm Meister. Hesse engage le dialogue avec lui. Il refait sa « Province pédagogique », comme Dante l'Enfer de Virgile. Avec une complaisance amusée, il confronte Joseph Valet et Guillaume Maître (qui ne s'appelait, du reste, ainsi que par antiphrase); il oppose à la confrérie des sages imaginée

---

[1]. Lettre de mai 1934 à Rudolf Kopff.

par Gœthe un Directoire de l'Enseignement et un ordre quasi monastique. Mais le cadre historique est différent : alors que Wilhelm Meister voyait naître une économie nouvelle, Hesse se place au terme de tous les progrès techniques, à une heure où ils ont démontré leur impuissance spirituelle.

Gœthe avait conçu un système d'éducation que certains qualifieraient aujourd'hui de « moderne » : elle était à la fois collective, ce qui était encore neuf en son temps, spécialisée, pratique et accessible à des esprits moyens. « Votre culture générale et ses institutions sont des pitreries », écrivait-il. L'enseignement qu'il proposait visait à intégrer l'individu dans une société où la spécialisation technique s'imposait et à lui faire comprendre l'intérêt humain de sa collaboration.

La Province pédagogique de Hesse paraît, au premier abord, plus fermée et plus exclusive. Elle est réservée au talent et comporte une rigoureuse sélection des élites — non par voie de concours comme dans notre système napoléonien, mais en vertu d'un choix opéré par die Obrigkeit, c'est-à-dire par l'autorité éclairée des supérieurs hiérarchiques. Ceux-ci sont groupés en un appareil administratif, qui, en dépit de ses vertus, ou peut-être à cause d'elles, se révèle aussi paralysant que la bureaucratie de Kafka. Enfin, cette Province pédagogique n'est pas seulement un lieu de passage, c'est aussi le séjour définitif de l'élite des enseignés, professeurs, chercheurs, administrateurs. C'est un cloître, où le pain quotidien est assuré, mais où le célibat et l'anonymat des œuvres sont de rigueur. C'est le domaine de l'éducation et de la recherche, mais non de la création. Gœthe avait prévu pour les jeunes filles un enseignement agricole et ménager : chez Hesse, les femmes n'ont pas accès aux écoles des élites; elles restent dans le « siècle », c'est-à-dire dans le monde banal et grossier qui entoure et entretient de ses deniers le temple du savoir. Dans celui-ci, l'enseignement, bien qu'il prenne pour point de départ des disciplines particulières, est aussi universaliste, synthétique et esthétique que celui de Wilhelm Meister est spécialisé et pratique. La musique y occupe une place privilégiée et la Province pédagogique de Hesse s'appelle Castalie, comme la source de la Grèce antique qui rendait poète. L'un de ses départements, de ses cellules, est Celle-les-Bois où s'apprend et se pratique le Jeu des Perles de Verre, synthèse suprême des sciences et des arts, dont les parties solennelles provoquent chez les auditeurs une catharsis morale.

Alors que, sous l'influence des pédagogues, Wilhelm Meister devient chirurgien et son fils gardien de chevaux, la carrière de Valet est d'enseigner le Jeu après l'avoir appris et de présider une hiérarchie, dont il a été l'administré.

Cependant, de cette utopie plus ésotérique que celle de Gœthe Valet a une vue plus réelle du monde environnant. Rien, dans Wilhelm Meister, ne situe la Province pédagogique dans l'espace, ni dans le temps : le lecteur ignore dans quel état elle se trouve, quelles institutions assurent son existence et à quels événements elle a dû sa création. Au contraire, dans le Jeu des Perles de Verre, les exigences de la vie sociale et politique, le rappel des contingences historiques, non seulement provoquent la critique des programmes d'enseignement, mais bouleversent la carrière de Valet. Dès son adolescence, l'un de ses condisciples, Plinio Designori, lui révèle les défauts de Castalie. Ensuite, c'est un savant Bénédictin, éminence grise de l'Église, qui lui ouvre les yeux sur l'histoire universelle. Et, après avoir défendu la Province contre ces deux adversaires, Valet comprend que le rôle d'un clerc est dans le siècle : rompant avec son passé, il entre en conflit avec la hiérarchie du Jeu des Perles de Verre et se démet de ses fonctions de directeur de l'enseignement, pour devenir le maître à penser d'un petit garçon.

L'utopie de Hesse se solde donc par un échec. Sa Province pédagogique était, sinon l'opposé, du moins le complément de celle de Gœthe. Elle possédait ce qui manquait à celle-ci : d'essence classique et spirituelle, elle était un aboutissement, au lieu d'être une ébauche. Mais Hesse ne la présente pas comme un idéal : sa dialectique lui oppose les difficultés de la vie individuelle, familiale, sociale, les vertiges de l'histoire. Et, pas plus que la Province pédagogique de Gœthe, Castalie n'est de taille à résoudre ces problèmes.

C'est évidemment une proclamation de la faillite ou de la « trahison des clercs », la condamnation de toute église — et de toute chapelle — dont le rôle principal serait d'assurer sa propre survie.

* *

Un problème se pose alors à l'esprit du lecteur : pourquoi le spectacle de ce match nul? Quel intérêt présente l'idéal castalien, opposé à celui de Gœthe, si Hesse ne le fait pas sien? Est-ce une imagination gratuite, ou bien faut-il voir là une allusion à la thèse de quelque penseur connu, qui, à l'heure où est né ce livre, pouvait revêtir une importance égale à celle de l'auteur de Wilhelm Meister? Dans ce cas, le Jeu des Perles de Verre serait une caricature et son humour, parfois grinçant, une arme de polémique.

Il est clair que, dans sa dialectique, Hesse fait face sur deux fronts : tout en rejetant la civilisation technique et l'éducation gœthéenne qui en est le corollaire, il démontre l'impuissance d'une conception purement intellectuelle de la culture. Or, qui s'est fait le défenseur de cette thèse? Le livre de Hesse ne cite personne, mais c'est un roman à clefs. La plupart des noms propres y ont une signification, facétieuse parfois, ou du moins une valeur évocatrice[1]. Et, comme dans certains tableaux de primitifs, le peintre, ici, s'est représenté plusieurs fois lui-même. Hesse n'est autre que le Joculator Basiliensis, que le Frère aîné, cet orientaliste maniaque plus confucianiste qu'un Chinois, et enfin que Joseph Valet lui-même. Il a appris l'histoire chez Jacob Burckhardt comme Valet chez Jacobus. Comme lui, il a aimé tous les jeux de la culture : libraire, présentateur et commentateur d'œuvres innombrables, directeur de collections, fondateur de revues, auteur d'anthologies et d'une Bibliothèque de la Littérature mondiale, illustrateur de livres, peintre et musicien, élevé dans le double culte de la pensée orientale et du piétisme, il a été un joueur de Perles de Verre avant la lettre, un champion de l'Universitas Litterarum. Comme Valet encore, il a fui le sacerdoce : il s'est échappé du cloître de Maulbronn, où l'on devait faire de lui un pasteur protestant.

Parmi les personnages qui font face aux incarnations multiples de Hesse dans ce roman, il en est un dont le modèle s'est reconnu : Thomas Mann a deviné qu'il était maître Thomas de La Trave, ce parfait homme du monde, discrètement ironique, qui précède Joseph Valet dans sa charge de directeur du Jeu des Perles de Verre. N'ayant lu tout d'abord que l'introduction, qui définit élogieusement la culture utopique de Castalie, Thomas Mann avait déclaré que cette prose lui faisait l'effet « d'un morceau de sa chair ». Plus tard, dans son journal, il écrivit ces lignes : « Passé la soirée dans le roman de Hesse,

---

1. Designori est un patricien, Tegularius un Diafoirus contrefait et génial, Coldebique un cuistre, Ferromonte est ferme comme un roc; les spécialistes des langues anciennes sont perfidement logés à Trias-Cité, Terramil connaît la fécondité des méditations orientales, etc.

Maître Thomas de La Trave et Joseph Valet. Leurs manières différentes de traiter le Jeu des Perles sont joliment caractérisées[1]*.»* Or, nulle part, il n'est question de cette différence. Maître Thomas est simplement un adepte convaincu et fidèle du Jeu, alors que Valet, longtemps plus tard, l'abandonne. Là où, dans le texte, la lettre manquait, Thomas Mann a compris l'esprit. Il ne pouvait, certes, lui être reproché d'avoir défendu la thèse d'une république semblable à Castalie. Mais de toutes ses attaques magistrales contre le III*e* Reich, ou contre ce que Hesse appelle « l'ère des guerres » et le philistinisme des « pages de variétés », le commun des lecteurs pouvait difficilement déduire un autre idéal précis que le culte de la culture. Cette orientation exclusive, valable chez une personnalité aussi exceptionnelle que Thomas Mann, aurait-elle le même prix et le même rayonnement humain dans une collectivité, si petite et si évoluée fût-elle? Ce culte serait-il transmissible? Cette science, cette ironie suprême, cet humanisme merveilleusement élégant et précieux, de quelle ressource seraient-ils pour les jeunes esprits du peuple que les maîtres d'école, « magistri ludi », ont à former? Et surtout assureraient-ils le salut d'une seule âme? Fallait-il, enfin, doubler l'émigration politique d'une émigration de l'esprit, accepter de s'isoler du peuple, après s'être retranché de sa nation?*

Tout en soutenant cette joute, à la fois contre Gœthe et contre Thomas Mann, Hesse dévoile peu à peu la solution qu'il envisage. Elle n'est ni pratique, ni intellectuelle : elle est d'ordre religieux. Parmi les maîtres qui dirigent les études de Valet, il en est un qui, manifestement, a la valeur d'un modèle. C'est celui dont l'enseignement est le plus immatériel, le Maître de la Musique. Il n'a pas seulement initié Valet à son art et à l'interprétation des rêves, il lui a appris une technique de la méditation empruntée au yogha. Lui-même est mort en odeur de sainteté, dans une extase sereine : on eût dit qu'avant sa mort, il échappait déjà à la maya. Nous sommes loin, ici, de la culture savante et de l'enseignement pratique!

Hermann Hesse a dit quelque part ce qu'était sa foi : « Je n'ai jamais vécu sans religion, mais pendant toute ma vie, j'ai pu me passer d'église... Dans ma vie religieuse..., le christianisme, s'il ne joue pas un rôle exclusif, prédomine

---

[1]. *Die Entstehung des Dr. Faustus*, p. 67.

cependant, un christianisme plus mystique que confessionnel, et il coexiste, sinon sans heurts, du moins sans guerre, avec un spiritualisme asiatique et hindou, dont l'unique dogme est l'idée de l'unité. » La mort de Valet symbolise cette fusion dans l'unité cosmique : il disparaît dans les eaux glaciales d'un lac de montagne, au moment où, à grandes brasses, il nage vers le soleil levant à la poursuite de son élève. Et celui-ci qui, un instant plus tôt, dansait de joie à la vue des premiers rayons du matin, sent soudain naître en lui la conscience que son maître vient de perdre.

La méfiance de la maya n'implique pas qu'on l'ignore, mais qu'on guette ses malices. Hesse en signale deux. D'abord il s'oppose à ce grand courant traditionnel de la pensée allemande, issu de l'évolutionnisme optimiste de Leibniz, qui se prolonge par les philosophies de l'histoire de Herder, de Hegel et de Marx, pour aboutir à la théorie nietzschéenne des surhommes et aux interprétations erronées qu'en donnèrent les pangermanistes et le racisme. C'est à ce dynamisme, pour lequel l'individu est une étape plutôt qu'une fin, que Gœthe s'apprêtait à sacrifier sur le tard dans sa Province pédagogique. Hesse, qui voit dans le temps un leurre du karma, est hostile à ces spéculations sur le devenir. Le Jeu des Perles de Verre est une caricature du Bildungsroman et la négation de son principe, la preuve par l'absurde, après Candide, que l'optimisme hérité de Leibniz est une erreur.

Mais en même temps Hesse décèle une autre duperie de la maya : c'est l'illusion de la culture humaine. Dialecticien habile, il oppose à la civilisation matérialiste les exigences de l'esprit, et à la griserie de la culture le tableau des réalités. Il prononce à cet égard des avertissements graves, qui font de son livre tout autre chose qu'un jeu. Notre époque, dit-il, a vu l'espèce humaine s'accroître prodigieusement, sans que le dynamisme qui en est résulté fût contrebalancé par des forces morales suffisantes. Et cet adepte de la pensée hindoue prononce une mise en garde pathétique : « Nous approchons d'une ère critique, ...le monde s'apprête, une fois de plus, à déplacer son centre de gravité. Il se prépare des changements de pouvoir qui ne s'effectueront pas sans guerre ni sans violence, et ce n'est pas seulement une menace pour la paix, mais une menace pour la vie et la liberté qui s'annonce du fond de l'Orient. »

Jacques Martin.

AUX PÈLERINS D'ORIENT

LE JEU DES PERLES DE VERRE
Essai d'introduction à son histoire, à la portée de tous.

>...non entia enim licet quodammodo levibusque hominibus facilius atque incuriosius verbis reddere quam entia, verumtamen pio diligentique rerum scriptori plane aliter res se habet : nihil tantum repugnat ne verbis illustretur, at nihil adeo necesse est ante hominum oculos proponere ut certas quasdam res, quas esse neque demonstrari neque probari potest, quae contra eo ipso, quod pii diligentesque viri illas quasi ut entia tractant, enti nascendique facultati paululum appropinquant.
>
> ALBERTUS SECUNDUS.
> *Tract. de cristall. spirit.,*
> éd. Clangor et Collof, lib. I, cap. 28.

Dans la traduction manuscrite de Joseph Valet :

>*...car, bien qu'à certains égards, et de l'avis d'esprits futiles, il soit plus facile et moins compromettant de décrire en paroles ce qui n'existe pas que ce qui existe, un pieux et consciencieux chroniqueur n'en éprouve pas moins le sentiment contraire : il n'est rien qui échappe davantage à la représentation verbale et qu'il soit pourtant plus nécessaire de mettre sous les yeux des gens que de certaines choses, dont l'existence n'est ni démontrable ni vraisemblable, mais qui, du fait même que des hommes pieux et consciencieux en traitent quasiment comme si elles existaient, approchent un peu de l'être et de la possibilité de naître.*

L E propos de cet ouvrage est de fixer le peu d'éléments biographiques que nous avons réussi à découvrir sur Joseph Valet, Ludi Magister Josephus troisième du nom, comme le nomment les archives du Jeu des Perles de Verre. Il ne nous échappe pas que cet essai va, ou du moins semble aller, en un certain sens à l'encontre des lois et des usages qui régissent notre vie spirituelle. L'effacement de l'individuel, l'intégration aussi parfaite que possible de la personnalité de chacun dans la hiérarchie administrative de l'enseignement et dans celle des sciences ne sont-ils pas précisément l'un des principes majeurs de notre vie intellectuelle? Du reste, ce principe est si bien devenu réalité au cours d'une longue tradition, qu'il est aujourd'hui prodigieusement difficile et, dans bien des cas, totalement impossible de découvrir des renseignements détaillés sur la vie et la pensée des personnes qui ont rendu à cette hiérarchie des services éminents; il arrive très souvent qu'on ne parvienne même pas à retrouver leur nom. L'un des traits caractéristiques de la vie spirituelle de notre province est en effet d'avoir fait de l'anonymat l'idéal de son organisation hiérarchique et d'y être presque parvenue.

Si, malgré tout, nous avons persévéré dans notre tentative, et essayé de déterminer quelques traits de la vie du Ludi Magister Josephus III, ainsi que d'esquisser dans notre esprit un portrait schématique de sa personnalité, nous ne l'avons pas fait par culte de la personne humaine ni, croyons-nous, en dérogeant à nos coutumes, mais au contraire dans l'intention de servir la vérité et la science. L'idée n'est pas neuve : plus nous formulons une thèse avec netteté et intransigeance, plus elle appelle irrésistiblement son antithèse. Nous reconnaissons la justesse du principe qui est à l'origine de cet anonymat de nos dirigeants et de notre vie spirituelle, et nous la respectons. Mais si nous jetons un coup d'œil sur la préhistoire même de celle-ci, et notamment sur le développement du Jeu des Perles de Verre, nous ne pouvons manquer de constater que chacune de ses phases, chacune des extensions du jeu, de ses transformations, de ses césures essentielles, qu'elles fussent progressistes ou conservatrices, si elle n'évoque pas exclusivement son véritable auteur, apparaît du moins — sous ses traits les plus caractéristiques — le fait n'est pas contestable précisément dans la personne de celui qui introduisit cette transformation, se fit l'instrument de ce remaniement et de ce perfectionnement.

Il est vrai que ce que nous entendons aujourd'hui par personnalité diffère assez sensiblement de ce que les biographes et les historiens d'autrefois concevaient sous ce terme. Pour eux, et notamment pour les auteurs des périodes qui marquèrent un penchant prononcé pour la biographie, l'essentiel d'une personnalité semblait résider, serait-on tenté de dire, dans son excentricité, son anomalie, dans son caractère exceptionnel, souvent même presque pathologique, alors que, de nos jours, nous ne parlons jamais de personnalités marquantes que si nous nous trouvons en présence d'êtres qui ont réussi à dépasser le stade de l'originalité et de la singularité, pour s'intégrer aussi parfaitement que possible dans l'ordre général et servir avec le maximum de perfection une cause supérieure à leur personne. Si nous examinons la question de plus près, nous constaterons que cet idéal était déjà connu des anciens : la figure des « sages » ou des « êtres parfaits » chez les Chinois de l'antiquité, par exemple, ou l'idéal socratique de la vertu ne se distinguent guère de notre idéal actuel; plus d'une grande organisation spirituelle, par exemple l'Église romaine aux époques de sa plus grande puissance, a connu des principes analogues, et certaines de ses figures les plus éminentes, comme celle de saint

Thomas d'Aquin, nous paraissent, à l'égal des sculptures grecques primitives, représenter plutôt des images classiques de types humains que des individus particuliers. Quoi qu'il en soit, durant la période antérieure à la réforme de la vie spirituelle qui commença au xxe siècle et dont nous sommes les héritiers, manifestement cet idéal authentique des temps anciens s'était presque entièrement perdu. C'est avec étonnement que nous voyons les biographies de cette époque exposer, par exemple, tout au long combien leur héros avait de frères et de sœurs ou quelles cicatrices, quelles marques avaient laissées dans son âme la sortie de l'enfance, la puberté, les luttes qu'il avait soutenues pour s'affirmer, ou pour quérir l'amour. Aujourd'hui, ce ne sont ni la pathologie, ni l'histoire familiale qui nous intéressent, ni la vie instinctive, la digestion et le sommeil d'un héros. Nous n'accordons même pas une importance insigne à la préhistoire de son esprit, à la part prise par ses études et ses lectures préférées dans son éducation, etc. Nous ne voyons de héros et de personnages dignes d'un intérêt particulier, que dans ceux que la nature et l'éducation ont mis en mesure de laisser leur personne s'absorber presque totalement dans leur fonction hiérarchique, sans que se perde pour autant l'élan plein de vigueur et de verdeur, qui mérite notre admiration et donne à l'individu sa saveur et son prix. Quand surgissent des conflits qui opposent l'individu à la hiérarchie, nous y voyons précisément la pierre de touche où se vérifie la grandeur d'une personnalité. Autant nous réprouvons un rebelle, que les désirs et les passions poussent à rompre avec l'ordre établi, autant nous éprouvons de respect pour la mémoire des victimes, des destins vraiment tragiques.

C'est donc là, chez les héros, chez ces êtres réellement exemplaires, qu'il nous paraît légitime et naturel d'accorder de l'intérêt à la personne humaine, à leur nom, à leur visage et à leurs gestes, car loin de voir dans la hiérarchie, fût-elle la plus parfaite du monde, et dans une organisation toute de souplesse un mécanisme composé d'éléments sans vie et en eux-mêmes indifférents, nous la concevons comme un corps vivant, formé de parties et animé par des organes, dont chacun possède son caractère et sa liberté et participe au miracle de la vie. C'est dans cet esprit que nous nous sommes efforcé de recueillir des informations sur l'existence du Maître du Jeu des Perles de Verre, Joseph Valet, et notamment de rassembler tous ses écrits; c'est ainsi que nous sommes également entré en possession de plusieurs de ses manuscrits qui, à notre sens, méritent d'être lus.

Ce que nous avons à dire sur la personne et la vie de Joseph Valet est certes déjà entièrement ou partiellement connu de bien des membres de l'Ordre et notamment des Joueurs de perles de verre. Et, ne fût-ce que pour cette raison, notre ouvrage ne s'adresse pas seulement à ce cercle, mais il espère également trouver au-delà de celui-ci des lecteurs compréhensifs.

Pour ce cercle restreint, notre livre pourrait se passer d'introduction et de commentaires. Mais comme nous souhaitons rencontrer des lecteurs qui s'intéressent à la vie et aux écrits de notre héros jusqu'en dehors de l'Ordre, il nous incombe — et c'est une tâche un peu délicate — de faire précéder notre ouvrage, à l'intention de ces lecteurs moins bien informés, d'un petit avant-propos vulgaire sur la signification et l'histoire du Jeu des Perles de Verre. Soulignons que cette introduction est un travail de vulgarisation et se veut telle, et qu'il n'a aucunement l'ambition d'élucider les questions discutées au sein de l'Ordre lui-même et relatives aux problèmes du Jeu et de son histoire. C'est un sujet qu'il serait très prématuré de présenter objectivement.

Qu'on n'attende donc pas de nous une histoire et une théorie complètes du Jeu des Perles de Verre : des auteurs plus dignes de le faire et plus habiles que nous ne seraient pas davantage en mesure de s'y risquer aujourd'hui. Cette tâche demeure réservée aux temps futurs, si toutefois les sources et les qualités spirituelles qu'elle requiert ne se perdent pas entre temps. Notre exposé prétend encore moins constituer un manuel du Jeu des Perles de Verre. On n'écrira du reste jamais rien de tel. Les règles de ce Jeu des jeux s'apprennent seulement comme le veulent l'usage et les préceptes, et cela exige des années. Aucun des initiés ne saurait jamais trouver intérêt à en rendre l'acquisition plus facile.

Ces règles, l'écriture figurée et la grammaire du Jeu constituent une sorte de langue secrète extrêmement perfectionnée, qui participe de plusieurs sciences et de plusieurs

arts, particulièrement des mathématiques et de la musique
(ou de la musicologie). Elle est en mesure d'exprimer le
contenu et les résultats de presque toutes les sciences et
d'établir des rapports entre eux. Le Jeu des Perles de Verre
se pratique donc avec toute la substance et toutes les valeurs
de notre culture, il joue avec elles, un peu comme aux temps
où florissaient les arts un peintre a pu jouer des teintes de
sa palette. Ce que l'humanité a produit au cours de ses ères
créatrices dans le domaine de la connaissance, des grandes
idées et des œuvres d'art, ce que les périodes de spéculation érudite qui suivirent ont ramené à des concepts et transformé en patrimoine intellectuel, tout cet immense matériel
de valeurs spirituelles, le joueur de Perles de Verre en joue
comme l'organiste de ses orgues, mais les siennes sont d'une
perfection presque inconcevable; leurs claviers et leurs pédales explorent le cosmos spirituel tout entier, leurs registres sont pour ainsi dire sans nombre, et théoriquement cet
instrument permettrait de reproduire dans son jeu tout le
contenu spirituel de l'univers. Or ces claviers, ces pédales
et ces registres ont reçu leur forme définitive. Ce n'est plus
guère qu'en théorie qu'il est possible d'en modifier le nombre et la disposition et d'essayer de les perfectionner :
l'enrichissement de la langue du Jeu par l'incorporation
d'acceptions nouvelles est soumise par la Direction supérieure de celui-ci au contrôle le plus strict. En revanche,
à l'intérieur de cette architecture fixe ou, pour rester fidèle
à notre image, à l'intérieur du mécanisme complexe de ces
orgues géantes, chaque joueur dispose de tout un monde de
possibilités et de combinaisons, et il est presque exclu que,
sur mille jeux rigoureusement conduits, il y en ait même
deux qui présentent plus qu'une ressemblance superficielle.
Même si le hasard voulait que deux joueurs vinssent à
faire porter leur jeu sur un choix de thèmes restreint exactement identique, ces deux jeux pourraient différer totalement dans leur aspect et leur développement, selon la mentalité, le caractère, l'état d'esprit et la virtuosité des joueurs.

En fin de compte, l'historien peut, à discrétion, faire
remonter l'origine et la préhistoire du Jeu des Perles de
Verre aussi loin qu'il lui convient, car, comme toutes les
grandes idées, celui-ci n'a pas vraiment de commencement:
il a toujours existé, justement en idée. Nous la trouvons,

nous en trouvons le pressentiment, l'idéal préfigurés à bien des époques antérieures, par exemple chez Pythagore, puis aux derniers temps de la culture antique, dans le milieu des gnostiques hellènes, ainsi que chez les Chinois de l'antiquité, et de nouveau aux points culminants de la vie spirituelle arabo-mauresque ; par la suite, la piste de cette préhistoire nous conduit, par-delà la scolastique et l'humanisme, aux académies de mathématiciens du XVIIe et du XVIIIe siècle, aux philosophies romantiques, et aux runes des rêves magiques de Novalis. Tous les courants spirituels orientés vers le but idéal d'une *Universitas Litterarum*, toutes les académies platoniciennes, tous les efforts de sociabilité manifestés par les élites spirituelles, toutes les tentatives de rapprochement entre les sciences exactes et les études moins rigoureuses, toutes les tentatives de conciliation entre la science et l'art ou la science et la religion, reposaient sur cette même idée éternelle qui, pour nous, a trouvé sa forme dans le Jeu des Perles de Verre. Il n'est pas douteux que des esprits comme Abélard, Leibniz, Hegel ont fait un jour le rêve d'embrasser l'univers spirituel dans des systèmes concentriques et d'unir la beauté vivante du spirituel et de l'art à la force magique des formules des disciplines exactes. A cette époque, où la musique et les mathématiques connurent presque simultanément une sorte de classicisme, ces deux disciplines sympathisaient et se fécondaient fréquemment. Et deux siècles plus tôt nous trouvons chez Nicolas de Cusa des phrases de la même inspiration, comme par exemple celles-ci : « L'esprit s'adapte au virtuel, pour tout mesurer selon le mode du virtuel, et à la nécessité absolue, afin de tout mesurer selon le mode de l'unité et de l'uniformité, comme le fait Dieu, et aussi à la nécessité de la chaîne des causes, pour tout mesurer en fonction de sa singularité. Enfin il s'adapte à la détermination du virtuel pour tout mesurer en fonction de son existence. Mais par ailleurs l'esprit procède aussi à des mesures symboliques, par voie de comparaison, de même qu'il se sert du nombre et des figures géométriques et s'y réfère comme à des symboles. » Du reste, ce n'est pas la seule idée de Nicolas de Cusa qui paraisse presque annoncer déjà notre Jeu des Perles de Verre, qui lui corresponde ou qui provienne d'une orientation de l'imagination analogue à celle de ses jeux intellectuels; nous pourrions citer chez lui divers signes annonciateurs de ce genre, beaucoup même. Son amour des mathématiques, le talent et le goût qu'il a d'appliquer les figures et les axiomes de la géométrie d'Euclide à des concepts théologico-philosophiques, en guise de symboles explicatifs, paraissent très proches de l'esprit du Jeu, et parfois son latin (dont il n'est pas rare qu'il invente librement le vocabulaire, sans risquer pour autant d'être mal compris d'aucun latiniste) rappelle l'aisance plastique de la langue du Jeu.

Comme l'épigraphe de notre traité l'indique déjà, Albertus Secundus figure, tout comme lui, au nombre des ancêtres du Jeu des Perles de Verre. Et nous présumons, sans pouvoir, il est vrai, le démontrer par des citations, que ces savants musiciens du xvie, du xviie et du xviiie siècle, qui fondaient leurs compositions musicales sur des spéculations mathématiques, étaient hantés, eux aussi, par l'idée du Jeu. Çà et là dans la littérature ancienne, on tombe sur des légendes qui évoquent des jeux de sages ou de magiciens, conçus et pratiqués par des clercs, des moines, ou à la cour de princes éclairés, par exemple sous la forme de jeux d'échecs dont les figures et les cases possédaient, en plus de leur signification habituelle, un sens secret. Et tout le monde connaît ces récits, ces contes et ces légendes qui datent de la jeunesse de toutes les cultures et qui attribuent à la musique un pouvoir bien supérieur à celui de la simple esthétique, un empire sur les âmes et sur les peuples, et qui en font la princesse secrète ou le code des hommes et de leurs États. Depuis la plus haute antiquité chinoise jusqu'aux légendes des Grecs, cette idée d'une vie idéale et céleste, que les hommes mèneraient sous le sceptre de la musique, a joué un rôle. Ce culte de la musique (« En d'éternelles métamorphoses, la puissance secrète du chant nous accueille ici-bas. » Novalis) est également lié de la manière la plus intime au Jeu des Perles de Verre.

Bien que nous reconnaissions, par conséquent, que l'idée du Jeu est éternelle et que, longtemps avant d'être réalisée, elle n'a donc cessé d'exister et d'agir, sa mise en pratique, sous la forme que nous lui connaissons, n'en a pas moins son histoire, et nous allons essayer de rendre compte brièvement des étapes les plus importantes de celle-ci.

Le courant spirituel dont l'institution de l'Ordre et le Jeu des Perles de Verre sont, avec beaucoup d'autres, les heureuses conséquences a ses origines dans une période de l'histoire qui, depuis les travaux fondamentaux de l'historien de la littérature Plinius Coldebique, garde le nom dont il l'a gratifiée : l'âge de la « page de variétés ». L'expression est jolie, mais les dénominations de ce genre sont dangereuses et incitent toujours à considérer d'un œil injuste quelque état passé de la vie humaine. Il se trouve précisément que cet âge des « pages de variétés » n'était nullement dépourvu d'esprit : on ne peut même prétendre qu'il en ait été pauvre. Mais, aux dires de Coldebique, il n'a guère su qu'en faire, ou plus exactement il n'a pas su lui affecter sa place et sa fonction adéquates dans l'économie de la vie et de l'État. Avouons franchement que nous connaissons très mal cette époque, bien qu'elle soit le sol où a poussé presque tout ce qui caractérise aujourd'hui notre vie spirituelle. Ce fut d'après Coldebique une période particulièrement « bourgeoise » et qui sacrifiait à un individualisme poussé. Si, pour en évoquer l'atmosphère, nous citons quelques traits empruntés à la description de Coldebique, c'est du moins avec la certitude qu'ils n'ont pas été inventés, ni notablement exagérés ou déformés, car ce grand chercheur a apporté à l'appui de sa thèse d'innombrables documents, littéraires et autres. Nous nous rallierons au point de vue de ce savant, qui fut jusqu'à présent le seul à consacrer à l'âge de la « page de variétés » des recherches sérieuses, mais nous n'oublierons pas qu'il est futile et vain de faire le dégoûté en découvrant les erreurs ou les égarements de temps anciens.

Le développement de la vie spirituelle semble avoir été dominé en Europe, depuis la fin du moyen âge, par deux grandes tendances : la volonté de libérer la pensée et la foi de toute espèce d'influence autoritaire, la lutte par conséquent de la raison, qui se sentait souveraine et d'âge majeur, contre la domination de l'Église romaine et — d'autre part — la recherche secrète mais passionnée de quelque chose qui légitimât cette liberté, d'une nouvelle autorité qui émanât d'elle-même et lui fût adéquate. De manière générale, on peut dire que dans l'ensemble l'esprit a remporté la victoire dans cette lutte souvent pleine de contradictions singulières, dont l'enjeu était deux objectifs opposés dans leur principe.

Cette victoire pèse-t-elle davantage dans la balance que ses innombrables victimes? L'ordre actuel de notre vie spirituelle est-il assez parfait et aura-t-il une durée suffisante pour faire apparaître comme un sacrifice lourd de sens toutes les souffrances, les convulsions et les monstruosités, depuis les procès et les bûchers des hérétiques jusqu'au destin des nombreux « génies » qui finirent dans la démence ou le suicide ? Il ne nous est pas permis de nous le demander.

Ces faits ont eu lieu : il importe peu que cela ait été un bien, qu'il eût mieux valu qu'il n'en fût rien, ou que nous soyons prêts à en reconnaître la « signification ». Ces luttes pour la « liberté » de l'esprit eurent donc lieu, elles aussi, et leur conséquence fut que, précisément à cette époque tardive des pages de variétés, l'esprit jouît effectivement d'une liberté inouïe, qu'il ne pouvait plus supporter : il avait entièrement triomphé de la tutelle de l'Église, partiellement de celle de l'État, mais n'avait pas encore trouvé une loi véritable qu'il eût formulée lui-même et qu'il respectât, une autorité et une légitimité nouvelles et authentiques. Il faut avouer qu'une partie des exemples d'avilissement, de vénalité, de reniement de soi que donnait l'esprit à cette époque et qui nous sont cités par Coldebique sont vraiment stupéfiants.

Nous reconnaîtrons que nous ne sommes pas en mesure de fournir une définition rigoureuse des productions dont nous avons prêté le nom à cette époque, je veux dire les « articles de variétés ». Il semble qu'ils aient été faits par millions : ils devaient constituer un élément particulièrement prisé de la matière de la presse quotidienne, former le principal aliment des lecteurs en mal de culture, et constituer des comptes rendus ou plutôt des « causeries » sur mille espèces d'objets du savoir. Les plus intelligents des auteurs de ces articles de variétés ironisaient souvent eux-mêmes, semble-t-il, sur leur propre travail : du moins Coldebique avoue-t-il avoir rencontré beaucoup d'écrits de ce genre, dans lesquels il incline à voir un persiflage de l'auteur par lui-même, car sans cela ils seraient totalement incompréhensibles. Il est fort possible que, dans ces articles fabriqués en série, on ait fait montre d'une bonne dose d'ironie et d'autocritique, dont il faudrait retrouver la clé pour pouvoir les comprendre. Les rédacteurs de ces aimables bavardages étaient, les uns employés par les journaux, les autres « indépendants »; souvent même on les qualifiait d'écrivains, mais il semble aussi que beaucoup d'entre eux se soient recrutés parmi les clercs, qu'ils aient même été des professeurs d'université réputés. On aimait ceux de ces articles qui rapportaient des anecdotes empruntées aux vies d'hommes et de femmes célèbres, ainsi qu'à leur correspondance. Ils avaient par exemple pour titres : « Friedrich Nietzsche et la mode féminine aux environs de 1870 », ou « les Plats préférés du compositeur Rossini », ou « le Rôle du chien de manchon dans la vie des grandes courtisanes », et ainsi de suite. On aimait également les considérations pseudo-historiques sur des sujets de conversation qui étaient d'actualité pour les gens fortunés, par exemple « le Rêve de la fabrication synthétique de l'or au cours des siècles » ou encore « les Tentatives physico-chimiques pour influencer les conditions météorologiques », et cent autres choses de ce genre. Quand nous lisons les titres de causeries de cette espèce cités par Coldebique, ce qui nous surprend le plus n'est pas tant qu'il se soit trouvé des gens pour faire de cette lecture leur pâture quotidienne, que de voir des auteurs réputés et classés, en possession d'une bonne culture de base, aider à « alimenter » cette gigantesque consommation de curiosités sans valeur. Notons que telle était l'expression consacrée : elle définit du reste également le rôle que l'homme jouait alors vis-à-vis de la machine. De temps à autre, on se plaisait particulièrement à interroger des personnalités connues sur des questions à l'ordre du jour; Coldebique consacre un chapitre spécial à ces entretiens, au cours desquels on faisait, par exemple, exprimer à des chimistes réputés ou à des pianistes virtuoses leur opinion sur la politique, tandis que des acteurs en vogue, des danseurs, des gymnastes, des aviateurs ou même des poètes devaient dire ce qu'ils pensaient des avantages et des inconvénients du célibat, leur sentiment sur les causes présumées de crises financières, etc. La seule chose qui importât, c'était d'associer un nom connu à un sujet qui se trouvait être d'actualité. Qu'on lise les exemples parfois frappants de Coldebique : il en cite des centaines. Ainsi que nous le disions, il se mêlait probablement à toute cette activité industrieuse une bonne dose d'ironie. Peut-être était-ce même une ironie démoniaque, désespérée? Nous ne pouvons que très difficilement imaginer cette mentalité. Mais la grande masse de la population, qui paraît avoir eu alors une soif étonnante de lecture, acceptait sans aucun doute tous ces articles grotesques avec le sérieux de la crédulité. Qu'un tableau célèbre changeât de mains, qu'un manuscrit de valeur fût mis aux enchères, un château ancien dévoré par les flammes, le porteur d'un vieux nom aristocratique mêlé à un scandale, les lecteurs en trouvaient dans les milliers d'articles de variétés bien plus qu'un simple compte rendu : le jour même, au plus tard le lendemain, on leur fournissait par surcroît une foule de renseignements anecdotiques, historiques, psychologiques, érotiques et autres sur le sujet à l'ordre du jour; sur chaque événement d'actualité on s'empressait de répandre des flots d'encre; et la manière dont toutes ces informations étaient communiquées, filtrées et formulées était manifestement marquée au coin d'une fabrication en série, hâtivement exécutée par des éléments irresponsables. D'autre part, il semble que les pages de variétés aient comporté également certains jeux, auxquels on engageait les lecteurs à participer eux-mêmes et qui stimulaient leur saturation de savoir : une longue note de Coldebique consacrée au singulier sujet des « mots croisés » nous en parle. Il y avait alors des milliers et des milliers de gens, en majorité astreints à des travaux rudes et à une vie pénible, qui, à leurs heures de liberté, se penchaient sur des carrés et des croix formés de lettres, dont ils remplissaient les vides selon certaines règles. Gardons-nous de ne voir que l'aspect ridicule ou absurde de ce jeu et de nous en moquer. En effet, les hommes de ces devinettes enfantines et de ces dissertations culturelles n'avaient rien d'enfants innocents ni de Phéaciens espiègles. Ils vivaient au contraire une vie d'angoisses, au milieu de la fermentation et des séismes de la politique, de l'économie et de la morale; ils ont fait force guerres atroces et force guerres civiles : leurs petits jeux culturels n'étaient pas tout bonnement un enfantillage gracieux et dépourvu de sens, ils répondaient à un besoin profond de fermer les yeux, de se dérober aux problèmes non résolus et à un pressentiment angoissant de décadence, pour fuir dans un monde irréel, aussi inoffensif que possible. Ils apprenaient avec constance à conduire les automobiles, à pratiquer des jeux de cartes difficiles, et se consacraient rêveusement à la solution des mots croisés — car devant la mort, la peur, la souffrance et la faim, ils étaient presque sans défense; les Églises ne pouvaient plus les consoler, ni l'esprit les conseiller. Eux, qui lisaient tant d'articles et qui entendaient tant de conférences, ils ne prenaient ni le temps ni la peine de se fortifier contre la crainte, de combattre en eux-mêmes la peur de la mort, ils vivaient pantelants au jour le jour et ne croyaient pas à un lendemain.

On prononçait également des conférences, et il nous faut aussi parler brièvement de cette sous-espèce, un peu plus distinguée, de variétés. En plus des articles, les bourgeois de cette époque, qui restaient encore très attachés à la notion de culture, pourtant vidée de sa signification antérieure, se voyaient offrir par des hommes de l'art, aussi bien que par des aventuriers de la pensée, bon nombre de conférences : ce n'étaient pas seulement des discours solennels prononcés dans des occasions particulières, non, cela faisait l'objet d'une concurrence farouche et d'une production massive à peine concevable. En ce temps-là le bourgeois d'une ville moyenne ou sa femme pouvait, à peu près chaque semaine — et dans les grands centres presque tous les soirs — entendre des conférences, qui lui dispensaient un enseignement théorique sur un sujet quelconque, sur des œuvres d'art, des poètes, des savants, des chercheurs, sur des voyages autour du monde. Au cours de ces conférences, l'auditeur restait purement passif; elles supposaient tacitement de sa part une relation quelconque avec leur contenu, une formation préalable, une préparation et une certaine réceptivité, sans que, dans la plupart des cas, ces conditions fussent réalisées. Il y en avait de divertissantes, pleines de tempérament ou d'humour, par exemple sur Gœthe; on le voyait descendre en frac bleu de sa diligence et séduire des filles de Strasbourg ou de Wetzlar; il y en avait sur la culture arabe, où l'on brassait pêle-mêle, comme dans un cornet à dés, force formules intellectuelles à la mode; tout le monde était content quand on en reconnaissait une tant bien que mal. On entendait des conférences sur des poètes dont on n'avait jamais lu ou jamais eu l'intention de lire les œuvres. Parfois on se faisait, par-dessus le marché, projeter des reproductions. Comme dans les pages de variétés des journaux, on se débattait alors dans un déluge de valeurs culturelles et de connaissances fragmentaires, isolées et privées de leur sens. Bref, on côtoyait déjà cette atroce dévalorisation du verbe, qui, d'abord clandestinement et dans des cercles extrêmement restreints, provoqua ce contre-courant d'ascétisme héroïque qui ne tarda pas à révéler par la suite son existence et sa force et à être le point de départ d'une discipline et d'une dignité nouvelles de l'esprit.

L'insécurité et le caractère frelaté de la vie intellectuelle de cette époque qui, à bien des égards, faisait pourtant montre ailleurs d'énergie et de grandeur, s'expliquent aujourd'hui à nos yeux comme un symptôme de l'épouvante qui saisit l'esprit lorsque, au terme d'une ère de triomphe et de prospérité apparents, il se trouva soudain en face du néant, d'une grande détresse matérielle, d'une période d'orages politiques et de guerres, en proie du jour au lendemain à la défiance de soi, doutant de sa force et de sa dignité, voire de son existence. Cette période, qui sentait sa décadence, connut pourtant encore de très hautes réalisations intellectuelles, entre autres les débuts d'une science de la musique dont nous sommes les héritiers reconnaissants. Mais autant il est aisé de classer harmonieusement, judicieusement dans l'histoire universelle n'importe quelle tranche du passé, autant le présent est incapable d'y reconnaître lui-même sa place : c'est ainsi qu'alors, tandis que les ambitions et les productions de l'esprit tombaient à un niveau très modeste, un terrible sentiment d'insécurité et de désespoir gagna précisément les intellectuels. On venait en effet de découvrir (on l'avait déjà pressenti çà et là depuis Nietzsche) que la jeunesse et la période créatrice de notre culture appartenaient au passé, que celle-ci était au seuil de sa vieillesse et de son crépuscule, et cette constatation, soudain sensible à tous et que beaucoup formulaient sans ambages, servait d'explication à tous ces indices angoissants de l'époque : à la sinistre mécanisation de la vie, au profond abaissement de la morale, au manque de foi des populations, au caractère frelaté de l'art. Comme dans le merveilleux conte chinois, la « musique de la décadence » avait fait entendre ses accents et, tel le grondement prolongé d'une basse d'orgue, ses vibrations se perpétuaient pendant des dizaines d'années, s'infiltraient, sous les auspices de la corruption

dans les écoles, les revues, les académies, sous l'apparence
de la mélancolie et de la neurasthénie chez presque tous ceux
des artistes et des censeurs de leur temps qui méritaient
encore d'être pris au sérieux, et son tonnerre éclatait dans
tous les arts sous les aspects d'une surproduction effrénée
de dilettantes. En présence de cet envahisseur qu'aucun
tour de passe-passe ne pouvait plus chasser, les attitudes
différaient. On pouvait s'avouer en silence l'amère vérité et
la supporter stoïquement : c'était ce que faisaient généralement les meilleurs. On pouvait essayer de la nier purement
et simplement, et les écrivains qui avaient proclamé la doctrine de la décadence de la culture prêtaient facilement le
flanc à l'adversaire. D'ailleurs, quiconque ouvrait les hostilités contre ces prophètes menaçants trouvait audience et
crédit chez les bourgeois, car l'idée que la culture, qu'hier
encore on croyait posséder et dont on était si fier, ne fût
plus de ce monde, que la culture, l'art chers aux bourgeois
ne fussent plus la vraie culture ni l'art authentique, cela
ne leur paraissait ni moins impertinent ni moins intolérable
que les soudaines inflations monétaires et la menace que
les révolutions faisaient peser sur leurs capitaux. En présence de ce grand climat de décadence, il y avait aussi l'attitude du cynisme : on allait danser et l'on déclarait que le
souci de l'avenir était une ânerie d'un autre âge; dans des
articles de variétés bien sentis on se faisait le chantre de
la fin prochaine de l'art, de la science et de la langue; en
une sorte de harakiri voluptueux on constatait, dans ce
monde d'articles, qu'on avait bâti soi-même en papier, la
démoralisation radicale de l'esprit, l'inflation des idées, et
l'on faisait semblant d'assister avec une impassibilité cynique
ou avec une ivresse de bacchanales à la décadence non seulement de l'art, de l'esprit, des mœurs et de l'honnêteté,
mais même de l'Europe et du « monde ». Le pessimisme
régnait, sombre et taciturne chez les bons, hargneux chez
les mauvais, et il fallut démolir les vestiges du passé et
refondre jusqu'à un certain point l'ordre du monde et de
la morale par la politique et par la guerre, pour que la culture pût réellement faire son propre examen et s'adapter à
un ordre nouveau.

Cependant, durant ces dizaines d'années de décadence,
la culture n'était pas restée en sommeil Au contraire, au

2

moment même où elle déclinait et où, chez les artistes, les
professeurs et les auteurs d'articles de variétés elle semblait
renoncer à elle-même, elle atteignait dans la conscience de
quelques individus un extrême degré de vigilance et d'autocritique. Dès la période de splendeur des pages de variétés,
il y eut partout de petits groupes isolés, résolus à rester
fidèles à l'esprit et à user de toutes leurs forces pour sauver
et maintenir un noyau de bonnes traditions, de discipline,
de méthode et de conscience intellectuelle. Il semble, dans
la mesure où nous sommes aujourd'hui informés de ces mouvements, que ce processus d'autocritique, de réflexion et de
résistance consciente à la décadence ait principalement été
l'œuvre de deux groupes. La conscience culturelle des savants
chercha un refuge dans les recherches et les méthodes d'enseignement de l'histoire de la musique. En effet, ce fut précisément à cette époque que cette science progressa et, au
milieu de ce monde d'articles de variétés, deux instituts qui
sont devenus célèbres mirent au point une méthode de travail d'une correction et d'une probité exemplaires. Comme
si le destin avait voulu encourager d'un signe consolateur
les efforts de cette minuscule cohorte d'hommes courageux,
il se produisit, au moment le plus sombre de cette période,
un miracle de grâce; ce fut en soi un hasard, mais il fit
l'effet d'une confirmation divine : la redécouverte des onze
manuscrits de Jean-Sébastien Bach, parmi les biens légués
par son fils Friedmann! Il y eut un deuxième centre de
résistance à la dégénérescence : la Fédération des Pèlerins
d'Orient, dont les frères pratiquaient une discipline moins
intellectuelle que spirituelle, le culte de la piété et du respect. La forme qu'ont prise actuellement notre culte de la
pensée et le Jeu des Perles de Verre leur doivent beaucoup
à cet égard, ils les orientèrent en particulier vers la voie de
la contemplation. Les pèlerins d'Orient apportèrent également leur contribution à nos nouvelles conceptions de la
culture et de ses possibilités de survie, moins par leur
œuvre dans le domaine des sciences analytiques que par
la faculté, qu'ils devaient à d'antiques pratiques secrètes,
de se transporter par magie dans des époques et des civi-
lisations reculées. Il y eut par exemple parmi eux des
musiciens et des chanteurs qui, nous assure-t-on, étaient
capables d'interpréter à la perfection, dans leur pureté d'au-

trefois des mélodies de périodes antérieures, par exemple de
jouer et de chanter un air de 1600 ou de 1650 exactement
comme si l'on avait encore ignoré tout l'apport ultérieur des
modes, des raffinements et de la virtuosité. C'était une chose
inouïe, à cette époque où une frénésie de dynamisme et de
surenchère dominait le monde musical et où l'exécution et
l' « interprétation » d'un chef d'orchestre faisaient presque
oublier la musique. On rapporte qu'une partie des auditeurs
ne comprit absolument rien, mais qu'une autre dressa
l'oreille et crut entendre de la musique pour la première
fois de sa vie, le jour où un orchestre de Pèlerins d'Orient
se mit à jouer en public une suite de l'époque antérieure à
Hændel, absolument sans crescendos ni decrescendos, avec
l'ingénuité et la pudeur d'un autre temps et d'un autre
monde. Un membre de cette fédération a construit, dans
la grande salle fédérale, entre Bremgarten et Morbio, des
orgues dans le style de Bach, exactement telles que Jean-
Sébastien Bach se les serait fait construire, s'il en avait eu
les moyens et la possibilité. Ce facteur d'orgues, respectueux du principe qui était déjà en vigueur dans son ordre,
n'a pas révélé son nom, il a pris celui de Silbermann, qu'avait
porté son prédécesseur au xviiie siècle.

Nous venons de nous rapprocher ainsi des sources, d'où
notre conception actuelle de la culture tire son origine.
L'une des plus importantes a été la cadette des sciences,
l'histoire de la musique et l'esthétique musicale; l'essor des
mathématiques ne tarda pas à lui faire suite; sur tout cela
la sagesse des Pèlerins versa une goutte d'huile, et, en rapport intime avec la nouvelle conception et la nouvelle interprétation de la musique, il y eut cette attitude de courage
aussi sereine que résignée qu'on prit vis-à-vis du problème
des âges de la culture. Il serait vain d'en parler ici longuement, ce sont des choses que tout le monde connaît. L'événement le plus important de cette orientation, ou plutôt de
cette intégration nouvelle dans le processus culturel, fut un
renoncement très général à la production d'œuvres d'art;
les intellectuels se détachèrent progressivement de l'activité
du siècle, et il y eut — ce n'est pas moins important, c'est
le fleuron de cet ensemble — : le Jeu des Perles de Verre.

L'approfondissement de la musicologie qui intervint aussitôt après 1900, alors que la page de variétés était encore

dans toute sa splendeur, a exercé sur les origines du Jeu la
plus grande influence. Nous qui avons hérité cette science,
nous croyons mieux connaître et même, en un certain sens,
mieux comprendre la musique des grands siècles créateurs
que ne le firent toutes les époques antérieures (y compris
même celle de la musique classique). Venus plus tard, nous
avons naturellement avec la musique classique de tout
autres rapports que les hommes des époques créatrices; le
respect résigné, et pas toujours suffisamment exempt de
mélancolie, que nous éprouvons pour la vraie musique, diffère totalement de cette allégresse d'exécutant, pleine de
grâce ingénue, qu'on connaissait à ces époques. Nous sommes
enclins à envier celles-ci et à les croire plus heureuses, chaque
fois justement que leur musique nous fait oublier les circonstances et le destin qui ont présidé à sa naissance. Depuis
des générations nous ne voyons plus, comme le fit encore
presque tout le xxe siècle, dans la philosophie, voire dans
la littérature, mais bien dans les mathématiques et la
musique, le grand œuvre durable de cette période de notre
culture, qui s'étend de la fin du moyen âge à notre époque.
Nous avons renoncé — dans l'ensemble tout au moins — à
rivaliser avec les générations antérieures dans le domaine
de la création, nous ne sacrifions plus au culte de la préémi-
nence de l'harmonie et du dynamisme purement sensuel dans
l'exécution musicale, qui a régné sur la technique de la
musique deux siècles durant, à peu près depuis Beethoven
et les débuts du romantisme. Et dès lors nous croyons, à
notre manière bien entendu, à notre manière stérile mais
respectueuse d'épigones, avoir une vue plus pure et plus
exacte de l'image de cette culture dont nous sommes les
héritiers! Il ne nous reste plus rien de l'ardeur exaltée que
ces époques éprouvaient à créer. Pour nous, c'est un spectacle presque incompréhensible que de voir les styles musicaux conserver aussi longtemps, au xve et au xvie siècle,
leur pureté sans altération, de constater que, dans la masse
gigantesque de musique qu'on écrivait alors, il ne se trouve
absolument rien de mauvais, et que le xviiie siècle, celui
où commence la dégénérescence, produit encore un feu d'artifice de styles, de modes et d'écoles, fougueux, rayonnant,
sûr de soi — mais, dans ce que nous appelons la musique
classique, nous croyons avoir compris le secret, l'esprit, la

vertu et la piété de ces générations et les avoir pris pour modèles. Aujourd'hui, par exemple, nous prisons peu ou prou la théologie et la culture ecclésiastique du xviiie siècle ou la philosophie de l'époque des lumières, mais nous voyons dans les cantates, dans les passions et les préludes de Bach l'ultime apogée de la culture chrétienne.

Les relations de notre culture avec la musique ont du reste encore un autre modèle, très antique et infiniment digne de respect, que le Jeu des Perles de Verre tient en haute vénération. Dans la Chine légendaire des « anciens rois », ne l'oublions pas, on reconnaissait à la musique un rôle déterminant dans la vie de l'État et de la cour. On identifiait presque la grandeur de la musique avec celle de la culture et de la morale, voire de l'Empire, et les maîtres de musique devaient veiller strictement à ce qu'on conservât les « anciennes tonalités » et à ce qu'on respectât leur pureté. La musique connaissait-elle un déclin? C'était un indice certain que le gouvernement et l'État étaient sur une mauvaise pente. Et les poètes racontaient des contes terrifiants sur les tonalités interdites, diaboliques et dérobées au ciel, par exemple sur la tonalité Tsing-Chang et Tsing-Tsé, la « musique de la décadence »; à peine avait-on entonné ces accents au château royal, que le ciel devenait noir, que les murailles tremblaient et s'effondraient, que le trône et l'Empire croulaient. Nous ne citerons pas beaucoup d'autres paroles de ces auteurs anciens, nous reproduirons ici quelques passages du chapitre consacré à la musique dans *le Printemps et l'Automne* de Lu Bou Wé :

« La musique a de lointaines origines. Elle naît de la mesure et prend racine dans le grand Un. Le grand Un engendre les deux pôles; les deux pôles engendrent la force des ténèbres et de la lumière.

« Quand le monde est en paix, que toutes choses sont en repos et suivent toutes leurs supérieures dans leurs métamorphoses, il est possible de bien faire de la musique. Quand les désirs et les passions ne sont pas engagés sur des voies fausses, il est possible de perfectionner la musique. La musique parfaite a une cause. Elle naît de l'équilibre. L'équilibre naît de la justesse, et la justesse du sens du monde. Aussi ne peut-on parler musique qu'avec des gens qui ont compris le sens du monde.

« La musique repose sur l'harmonie entre le ciel et la terre, sur l'accord entre l'obscurité et la lumière.

« Les États décadents et les gens mûrs pour le déclin n'ignorent pas la musique, il est vrai, mais leur musique manque de sérénité. Aussi, plus la musique est bruyante et plus les gens deviennent mélancoliques, plus le pays est en danger et plus son prince tombe bas. De cette manière la musique se perd jusque dans son essence.

« Ce que tous les princes sacrés ont apprécié dans la musique, ce fut sa sérénité. Les tyrans Gyè et Tchou-Sin faisaient de la musique bruyante. Ils trouvaient belles les sonorités fortes et intéressants les effets de masse. Ils recherchaient des résonances nouvelles et singulières, des sons qu'aucune oreille n'avait encore entendus; ils essayaient de se surpasser mutuellement et ils passèrent la mesure et dépassèrent leur but.

« La cause de l'écroulement de l'État Tchou fut l'invention de la musique magique. C'est une sorte de musique qui fait, certes, assez de bruit, mais en vérité, elle s'éloigne de l'essence de la musique. Et parce qu'elle s'éloigne de l'essence de la vraie musique, elle manque de sérénité. Et quand la musique n'est pas sereine, le peuple grogne et la vie est gâchée. Tout cela provient de ce qu'on méconnaît la nature de la musique et qu'on n'est friand que de sonorités bruyantes.

« La musique d'une époque d'ordre est donc calme et sereine. et son gouvernement équilibré. La musique d'une époque inquiète est excitée et rageuse, et son gouvernement va de travers. La musique d'un État décadent est sentimentale et triste et son gouvernement instable. »

Les phrases de ce Chinois nous indiquent assez clairement les origines et le sens véritable et presque oublié de toute musique. Comme la danse et l'exercice de tout art, la musique a été en effet aux temps de la préhistoire un sortilège, l'un des procédés antiques et légitimes de la magie. A commencer par le rythme (les coups frappés dans les mains, le battement des pieds sur le sol, les morceaux de bois qu'on heurte, l'art primitif du tambour), elle fut un moyen puissant et éprouvé pour « mettre à l'unisson » une pluralité, une multitude d'hommes, pour ramener au même rythme leur respiration, les battements de leur cœur et leurs sentiments, pour

encourager les gens à invoquer et à adjurer les puissances
éternelles, à entrer dans la danse, dans les compétitions, à
partir en guerre, à accomplir les actes sacrés. Et ce caractère de pouvoir primitif, de sortilège, la musique l'a gardé
dans sa pureté originelle beaucoup plus longtemps que les
autres arts. Qu'on se rappelle seulement ce que les historiens
et les poètes ont dit souvent de la musique, depuis les Grecs
jusqu'à la Nouvelle de Gœthe. Dans la pratique, la marche
et la danse n'ont jamais perdu leur signification. Mais revenons-en à notre véritable sujet!

Nous allons maintenant indiquer brièvement ce qu'il est
essentiel de connaître sur les origines du Jeu des Perles de
Verre. Il semble avoir fait son apparition en même temps en
Allemagne et en Angleterre, et, dans ces deux pays, sous la
forme d'un exercice amusant pratiqué par ces petits cercles
de musiciens et de musicologues qui travaillaient et étu-
diaient dans les nouveaux instituts de musique théorique.
Comparer ce Jeu, sous sa forme première, avec ce qu'il fut
plus tard et ce qu'il est aujourd'hui, revient tout à fait à
comparer un texte musical antérieur à 1500, et son écriture
primitive, où manque encore jusqu'à la notation des mesures,
avec une partition du XVIIIe, *a fortiori* du XIXe siècle, pleine
d'un foisonnement déroutant d'abréviations qui précisent
le rythme, la cadence, l'ampleur de la phrase, etc., et qui,
souvent, ont posé de délicats problèmes techniques de typo-
graphie.

Tout d'abord ce Jeu ne fut rien de plus qu'un exercice
astucieux de mémoire et de combinaisons, pratiqué par les
étudiants et les musiciens, aussi bien, comme nous le disions,
en Angleterre qu'en Allemagne, avant même qu'il eût été
officiellement « inventé » à l'École supérieure de Musique
de Cologne et baptisé du nom qu'il porte encore aujourd'hui,
après tant de générations, quoique, depuis fort longtemps,
il n'ait plus rien à voir avec des perles de verre. C'était de
ces perles de verre que se servait, en guise de lettres, de
chiffres, de notes de musique, ou d'autres caractères gra-
phiques, leur inventeur, Bastian Perrot de Calw, théoricien
de l'art musical un peu original, mais homme avisé et de
commerce agréable. Perrot, à qui l'on doit d'ailleurs également une étude sur « la Grandeur et la décadence du contre-
point », trouva à l'Institut de Cologne ses élèves déjà pas-

sablement entraînés au jeu suivant : ils se criaient, dans les
formules abrégées qu'ils avaient apprises, des motifs quel-
conques ou le début d'œuvres classiques, et le camarade
interpellé devait leur donner la réplique, en citant la suite
du morceau, ou, mieux encore, en donnant la tierce supérieure ou inférieure, ou répondre par un thème formant
contraste. C'était un exercice de mémoire et d'improvisa-
tion, comme il put sans doute y en avoir en honneur jadis
(sinon sous forme de formules théoriques, du moins dans la
pratique, lorsqu'on jouait du clavecin, avec accompagnement
de luth, de flûte ou de chant), chez les étudiants enthousiastes de la musique contrapontique, à l'époque de Schütz,
de Pachelbel et de Bach. Bastian Perrot aimait à travailler
de ses mains, et il avait construit lui-même plusieurs clavecins et des clavicordes à l'ancienne mode. Il appartenait, selon
toute apparence, à l'ordre des Pèlerins d'Orient. La légende
assure qu'il savait jouer du violon selon l'ancienne technique
tombée en oubli depuis 1800, avec l'archet fortement arqué,
dont les crins se tendaient à la main. Perrot construisit, sur le
modèle de ces bouliers naïfs dont se servent les enfants, un
cadre muni de quelques douzaines de tiges métalliques, sur
lesquelles il pouvait enfiler des perles de verre de grosseurs,
de formes et de couleurs différentes. Les tiges correspondaient aux portées, les perles indiquaient la valeur des
notes, etc. Il composait ainsi, avec des perles de verre, des
citations musicales ou des thèmes de son invention, les
modifiait, les transposait, les développait, improvisait des
variations ou leur en opposait d'autres. Du point de vue
technique, ce n'était qu'un jeu. Mais il plut aux étudiants,
on l'imita, la mode s'en empara, même en Angleterre, et,
pendant quelque temps, on fit des exercices de musique
un jeu qui se pratiquait de cette manière naïve et gracieuse. Comme il arrive souvent pour des institutions
durables et importantes, celle-ci dut son nom à un détail
provisoire. Ce qui découla plus tard de ce divertissement
d'étudiants et des rangées de perles de Perrot porte aujour-
d'hui encore ce nom de Jeu des Perles de Verre que la langue
populaire a adopté.

Il semble qu'à peine vingt ou trente ans plus tard il ait
perdu de sa popularité auprès des étudiants en musique, et
qu'il ait été adopté, en revanche, par les mathématiciens.

Ce fut longtemps son originalité, au cours de son histoire, que d'être chaque fois préféré, utilisé et perfectionné par celle des sciences qui venait à connaître un épanouissement particulier ou une renaissance. Les mathématiciens lui donnèrent une grande souplesse et un pouvoir d'abstraction. Il acquit déjà une sorte de conscience de soi et de ses possibilités. On assista en même temps au développement général de la conscience culturelle d'alors; elle avait surmonté la grande crise et, selon le mot de Plinius Coldebique, elle « s'accommodait avec une fierté très digne de son rôle de culture tardive et d'une situation qui n'était pas sans analogie avec la fin de l'antiquité et l'ère de l'hellénisme alexandrin ».

Telle est l'opinion de Coldebique. Efforçons-nous maintenant de terminer notre abrégé de l'histoire du Jeu des Perles de Verre. Nous constatons ceci : après être passé des instituts d'art musical à ceux de mathématiques (évolution qui se fit plus rapidement encore, semble-t-il, en France et en Angleterre qu'en Allemagne), ce Jeu était parvenu à un stade où il était en mesure d'exprimer des processus mathématiques sous forme d'abréviations et de signes particuliers. Les joueurs se proposaient mutuellement de ces formules abstraites, les développaient en les opposant, déployaient l'un contre l'autre des séries de dérivées et les ressources de leur savoir. Ce jeu de formules, à la fois mathématiques et astronomiques, exigeait une grande attention, de la vigilance et de la concentration d'esprit. Dans les milieux de mathématiciens la réputation de bon joueur de Perles de Verre était fort prisée et équivalait à celle d'excellent mathématicien.

Ce jeu fut adopté par presque toutes les sciences pendant des périodes déterminées et imité, c'est-à-dire que chacune l'appliqua à son domaine : le fait est démontré pour la philologie classique et la logique. L'étude analytique des œuvres musicales avait conduit à condenser des suites musicales en formules physico-mathématiques. Peu de temps après, la philologie commença à appliquer cette méthode et à mesurer les formes linguistiques conformément aux principes appliqués par la physique pour les phénomènes naturels. L'étude des arts plastiques suivit cet exemple : l'architecture y créait déjà depuis longtemps des rapports avec les mathé-

matiques. Entre les formules abstraites établies de cette
manière, on découvrit sans cesse de nouvelles relations, des
analogies et des correspondances. Chacune des sciences qui
faisaient appel à ce jeu créa pour ses besoins un langage de
formules, d'abréviations et de combinaisons possibles. Partout, chez l'élite de la jeunesse intellectuelle, le jeu des
séries et des dialogues de formules était en honneur. Ce jeu
ne constituait pas seulement un exercice et un délassement,
il symbolisait sous une forme concentrée la conscience d'une
discipline intellectuelle. Les mathématiciens, en particulier,
le pratiquaient avec une virtuosité à la fois ascétique et
sportive, avec une rigueur formelle, et ils y trouvaient un
plaisir qui les aidait à surmonter le regret d'avoir renoncé,
comme les intellectuels le faisaient alors déjà systématiquement, aux plaisirs et aux ambitions du siècle. Le Jeu des
Perles de Verre contribua pour une grande part à assurer
le triomphe total de la culture sur les articles de variétés et
à faire renaître ce goût des spéculations les plus exactes,
auquel nous devons la naissance d'une nouvelle discipline
spirituelle d'une rigueur monacale. Le monde s'était
transformé. On pourrait comparer la vie intellectuelle de
l'âge des articles de variétés à une plante dégénérée, qui
gaspillait sa sève en exubérances hypertrophiques, et les
réformes ultérieures à un élagage qui n'en épargna que les
racines. Les jeunes gens qui voulurent se consacrer désormais aux sciences de l'esprit n'entendaient plus par là qu'ils
iraient butiner dans les universités ce que des professeurs
réputés, diserts et sans autorité, puiseraient pour eux dans
les restes de la culture supérieure d'un autre âge. Leurs
études devaient avoir désormais autant, davantage même,
de rigueur et de méthode que jadis celles des ingénieurs dans
les instituts polytechniques. Le chemin qu'ils avaient à
gravir était rude, il leur fallait épurer et fortifier leur raisonnement par la pratique des mathématiques et d'exercices de scolastique aristotélicienne. Ils devaient, en outre,
apprendre à renoncer à tous les biens qui avaient naguère
paru dignes d'ambition à une série de générations d'intellectuels : à une fortune rapide et facile, à la gloire et aux
honneurs publics, aux éloges de la presse, aux alliances avec
les familles de banquiers et d'industriels, au sybaritisme et
au luxe de la vie matérielle. Les auteurs à grands tirages, lau-

réats de Prix Nobel et propriétaires de jolies villas, les grands
médecins, fiers de leurs décorations et de leurs domestiques
en livrée, les universitaires mariés à des femmes riches et
forts de leurs brillants salons, les chimistes membres de
conseils d'administration, les philosophes qui fabriquaient
en série les articles de variétés, et les conférences passion-
nantes pour des salles combles qui les couvraient d'applau-
dissements et de fleurs — toutes ces figures avaient disparu
et ne sont plus réapparues jusqu'à présent. Certes il y avait
encore une foule de jeunes gens doués, qui voyaient en elles
des modèles dignes d'envie, mais les carrières qui menaient
aux honneurs publics, à la richesse, à la gloire et au luxe ne
passaient plus désormais par les salles de cours, les instituts
et les thèses de doctorat. Les professions intellectuelles,
profondément dépréciées, avaient fait faillite aux yeux du
siècle. En revanche un attachement fanatique et repen-
tant aux choses de l'esprit était venu les enrichir. Les talents
qu'attirait une vie brillante ou aisée devaient se détourner
d'une intellectualité désormais sans attrait et rechercher les
professions auxquelles étaient réservés la prospérité et le
lucre.

Décrire dans le détail comment l'esprit, après cette purification, s'imposa également dans l'État nous conduirait trop
loin. L'expérience ne tarda pas à démontrer que quelques
générations d'une discipline intellectuelle relâchée et sans
scrupules avaient suffi à causer des torts sensibles, même
dans le domaine de la vie pratique, et que la capacité et le
sens des responsabilités dans toutes les carrières d'un niveau
supérieur, y compris dans celles des activités techniques, se
faisaient de plus en plus rares. C'est ainsi que la culture de
l'esprit, dans l'État, et parmi le peuple, en particulier, tout
l'enseignement devinrent de plus en plus un monopole des
intellectuels, de même que, de nos jours encore, dans presque
tous les pays d'Europe, l'école, dans la mesure où elle n'est
pas restée sous le contrôle de l'Église romaine, se trouve entre
les mains de ces ordres anonymes qui se recrutent parmi
l'élite des intellectuels. L'opinion publique prend parfois
ombrage de la sévérité et de la prétendue superbe de cette
caste, et il s'est souvent produit contre elle des rébellions
individuelles. Son autorité reste néanmoins inébranlée. Elle
n'est pas seulement soutenue et protégée par son intégrité,

par son renoncement à tous les biens et à tous les avantages qui ne sont pas ceux de l'esprit, mais aussi par la certitude ou le sentiment, que tous partagent depuis longtemps, que cette école de sévérité est nécessaire au maintien de la civilisation. On le sait, ou on le soupçonne : quand la pensée manque de pureté et de vigilance, et que le respect de l'esprit n'a plus cours, les navires et les automobiles ne tardent pas non plus à mal marcher, la règle à calcul de l'ingénieur comme la mathématique des banques et des bourses voient leur valeur et leur autorité chanceler, et c'est alors le chaos. Il fallut pourtant longtemps pour qu'on admît que les formes extérieures de la civilisation, la technique, l'industrie, le commerce, etc., avaient besoin, elles aussi, de cette base commune de morale et de probité intellectuelles.

Ce qui, à cette époque, faisait encore défaut au Jeu des Perles de Verre, c'était l'universalité : il ne dominait pas les différentes disciplines. Les astronomes, les hellénistes, les latinistes, les scolastiques, les étudiants en musique pratiquaient leurs jeux ingénieusement réglés, mais chacune des facultés, et des disciplines, ainsi que leurs diverses subdivisions avaient pour ce Jeu une langue et des lois particulières. Il fallut un demi-siècle pour qu'un premier pas fût fait pour franchir ces frontières. La cause de cette lenteur était certainement d'ordre moral plutôt que de nature formelle et technique. Il eût été possible de trouver des moyens d'unification, mais la stricte morale de cette intellectualité fraîchement acquise impliquait une horreur puritaine de l'*allotria*, de la confusion des disciplines et des catégories, une horreur profonde et bien justifiée d'une rechute dans le péché de la facilité et des articles de variétés.

Ce fut à l'initiative d'un particulier que le Jeu des Perles de Verre dut de prendre conscience, presque d'un seul coup, de ses possibilités et d'accéder ainsi aux moyens de développement d'une culture universelle. Ce furent, de nouveau, ses rapports avec la musique qui permirent au Jeu de réaliser ce progrès. Un érudit suisse de l'art musical, en même temps fanatiquement épris de mathématiques, donna au Jeu une nouvelle orientation et par là même la possibilité de parvenir à son épanouissement suprême.

Il n'est plus possible de déterminer sous quel nom ce grand homme figurait à l'état civil; son époque ne connaissait déjà plus le culte de la personne dans le domaine de l'esprit. L'histoire conserve son souvenir sous le nom de Lusor (et aussi de Joculator) Basiliensis. Comme toutes les inventions, la sienne était assurément entièrement due à son œuvre personnelle et à la grâce, mais elle ne fut pas seulement le fruit d'un besoin et d'une recherche particulière : elle résulta d'un mobile plus puissant. Parmi les intellectuels de son temps, le désir passionné de disposer d'un moyen pour exprimer le contenu de la pensée nouvelle s'était partout fait jour. On aspirait à une philosophie, à une synthèse. Le bonheur qu'on avait éprouvé précédemment à se replier strictement sur sa discipline ne satisfaisait plus. Çà et là, un savant forçait les barrières de sa spécialité et essayait de faire un pas en avant dans la voie d'une science d'ensemble. On rêvait d'un nouvel alphabet, d'un code de signes nouveau, dans lequel il serait possible d'enregistrer et d'échanger les nouvelles expériences de l'esprit. On en trouve un témoignage particulièrement insistant dans un ouvrage d'un clerc parisien de ces années-là, qui porte le titre d' « Avertissement chinois ». L'auteur de cet ouvrage, dont beaucoup de contemporains raillèrent un peu l'espèce de Don-Quichottisme, et qui était au demeurant un savant estimé dans sa branche, la philosophie chinoise, explique à quels dangers la science et la pensée s'exposeront, malgré la dignité de leur attitude, si elles renoncent à élaborer un code de signes internationaux permettant, comme l'ancienne écriture chinoise, d'exprimer graphiquement, et d'une manière intelligible pour tous les savants de la terre, les choses les plus compliquées, sans exclure la part personnelle de l'imagination et de l'invention. Or, ce fut le Joculator Basiliensis qui fit le pas le plus important dans la réalisation de cette ambition. Il inventa pour le Jeu des Perles de Verre les principes d'un langage nouveau, d'une langue faite de signes et de formules, dans laquelle les mathématiques et la musique eurent une part égale, où il devint possible d'associer les formules astronomiques et musicales, et de réduire en somme à un dénominateur commun les mathématiques et la musique. Cela ne mettait certes pas un terme définitif à l'évolution, mais ce Bâlois anonyme a posé ainsi la première pierre de toute l'histoire ultérieure de notre Jeu bien-aimé.

Le Jeu des Perles de Verre, jadis distraction particulière

tour à tour aux mathématiciens, aux linguistes ou aux musiciens, exerça dès lors une attraction de plus en plus forte sur tous les intellectuels dignes de ce nom. Bon nombre d'académies anciennes, de loges, entre autres l'antique Fédération des Pèlerins d'Orient, s'orientèrent vers ce Jeu. Quelques-uns des ordres catholiques flairèrent là, eux aussi, un climat spirituel nouveau et ils cédèrent à son charme. Dans quelques couvents de Bénédictins notamment, on voua tant d'intérêt à ce Jeu, qu'alors déjà, comme cela se reproduisit parfois plus tard, la question de savoir s'il devait être toléré, recommandé ou interdit par l'Église et par la Curie fut à l'ordre du jour.

Après cet exploit du Bâlois, le Jeu eut tôt fait de se développer complètement jusqu'au stade où il se trouve encore aujourd'hui : il est devenu le symbole de l'activité intellectuelle et artistique, le culte sublime, l'Unio Mystica de tous les membres séparés de l'Universitas Litterarum. Il a assumé dans notre vie en partie le rôle de l'art, en partie celui de la philosophie spéculative. Et, par exemple à l'époque de Plinius Coldebique, il n'était pas rare qu'on le qualifiât d'une expression qui date encore des écrits de l'ère des pages de variétés et qui désignait alors le but dont plus d'un esprit prophétique rêvait : le théâtre magique.

Bien que depuis ses origines la technique et l'ampleur des matières traitées aient fait des progrès infinis et qu'il en soit venu à exiger des joueurs un art et une science supérieurs, il lui manquait cependant encore, du temps du Bâlois, un élément essentiel. En effet, jusqu'alors, chaque jeu avait consisté à aligner côte à côte, à ordonner, à grouper et à opposer des concentrés de représentations empruntées aux nombreux domaines de la pensée et du beau, à se remémorer promptement des valeurs et des formes éternelles, à s'élancer en une rapide envolée de virtuose dans les sphères de l'esprit. Ce fut seulement sensiblement plus tard que peu à peu, de l'inventaire spirituel du monde de l'enseignement, et notamment des habitudes et des usages des Pèlerins d'Orient, l'idée de la contemplation se dégagea et s'introduisit aussi dans le Jeu. On avait remarqué un fait déplorable : des individus qui n'avaient d'autres vertus qu'une mémoire exceptionnelle jouaient avec une dextérité éblouissante et se trouvaient en mesure de déconcerter et de confondre

leurs partenaires par la succession rapide de représentations
innombrables. Cette virtuosité fit progressivement l'objet
d'interdictions de plus en plus sévères, et la contemplation
devint un élément très important du Jeu; pour les spectateurs et les auditeurs, elle en devint même chaque fois l'essentiel. Ce fut là un tournant dans le sens du sentiment
religieux. Il n'importa plus seulement de suivre en pensée,
avec une attention alerte et une mémoire entraînée, la suite
des idées et toute la mosaïque intellectuelle d'une partie, on
éprouva le besoin de s'y adonner plus profondément et avec
plus d'âme. Après chacun des signes évoqués par le directeur du Jeu, on se livra à une méditation muette et rigoureuse sur ce signe, sur son contenu, son origine et son sens.
Chacun des partenaires fut ainsi obligé de se représenter
fortement, dans sa chair, la teneur du signe. La technique
et la pratique de la contemplation faisaient partie du bagage
que possédaient tous les membres de l'Ordre et des fédé-
rations de joueurs au sortir des écoles réservées aux élites,
où l'on consacrait un soin extrême à cet art et à celui de
la méditation. Ainsi les hiéroglyphes du Jeu furent préservés de dégénérer en un simple alphabet.

Du reste, le Jeu des Perles de Verre, en dépit de la popularité dont il jouissait parmi les clercs, était resté jusqu'alors
un exercice purement privé. On pouvait le pratiquer seul,
à deux, avec de nombreux partenaires. Il arrivait, il est
vrai, que des jeux particulièrement profonds, bien composés
et bien réussis fussent parfois notés, connus, admirés ou cri-
tiqués d'une ville et d'un pays à l'autre. Mais le Jeu ne
commença à s'enrichir lentement d'une nouvelle fonction,
qu'en devenant une fête publique. De nos jours encore,
il est loisible à chacun de s'y livrer en privé, et ce sont
entre autres les jeunes générations qui s'y entraînent avec
zèle. Mais pour tout le monde, à dire vrai, le nom de
« Jeu des Perles de Verre » évoque en premier lieu les jeux
solennels et publics. Ils ont lieu sous la direction d'un petit
nombre de maîtres éminents, présidés dans chaque pays par
le Ludi Magister ou Maître du Jeu : les invités y assistent
dévotement et des auditeurs de toutes les parties du
monde les suivent avec une attention soutenue. Certains
de ces jeux se prolongent parfois des jours et des semaines, et pendant leur célébration tous les partenaires et

les assistants vivent selon des règles précises, qui s'appliquent
même à la durée de leur sommeil. Ils mènent une vie d'absti-
nence et de détachement de soi, dans un recueillement
absolu, comparable à l'existence strictement réglée de pénitents à laquelle étaient astreints les participants des exercices de saint Ignace.

Il ne resterait plus grand-chose à ajouter à ce tableau.
Le Jeu des jeux avait acquis, sous l'hégémonie alternée de
l'un ou de l'autre des arts et des sciences, le caractère d'une
sorte de langage universel, qui permettait aux joueurs
d'exprimer des valeurs par des signes riches de sens et
d'établir entre elles des relations. De tout temps ce Jeu
fut en étroit rapport avec la musique, et généralement il se
déroulait selon des règles musicales ou mathématiques. On
fixait et on exécutait un, deux, trois thèmes, ils faisaient
l'objet de variations et subissaient le même sort que celui
d'une fugue ou d'une phrase de concert. Une partie pouvait
avoir par exemple pour point de départ une configuration
astronomique donnée ou le thème d'une fugue de Bach, une
phrase de Leibniz ou des *Upanishads*, et elle pouvait, selon
l'intention ou le talent du joueur, ou bien poursuivre et développer l'idée directrice qu'elle avait éveillée ou en enrichir
l'expression en évoquant des représentations voisines. Si,
par exemple, un débutant était en mesure de dresser dans
la langue du Jeu un parallèle entre une mélodie classique et
la formule d'une loi de la nature, un connaisseur et un maître
menaient la partie, depuis ce thème initial, jusque dans des
combinaisons sans fin. Pendant longtemps une école de
joueurs se plut notamment à juxtaposer, à opposer et finalement à concilier harmonieusement deux thèmes ou deux
idées adverses, comme la loi et la liberté, l'individu et la
communauté, et l'on attachait beaucoup d'importance dans
les parties de ce genre à développer impartialement, avec
une équité absolue, les deux sujets ou les deux thèses, et à
aboutir, dans un style aussi pur que possible, à une synthèse
à partir de cette thèse et de cette antithèse. De manière
générale, et abstraction faite d'exceptions géniales, on n'aimait pas les parties dont l'issue était négative, sceptique,
ou peu harmonieuse, et à certaines époques on les interdit
purement et simplement. La raison profonde en était le sens
que le Jeu, à son apogée, avait revêtu pour les joueurs. Il

représentait une forme éminente, un symbole de la recherche
de la perfection, une alchimie sublime, une tentative pour
se rapprocher de l'esprit qui, par-delà toutes les images et
les pluralités, est un en lui-même, et par conséquent de Dieu.
De même que les pieux penseurs d'époques antérieures représentaient par exemple la vie des créatures comme un cheminement vers Dieu et ne voyaient l'achèvement et le terme
conceptuel de la multiplicité du monde phénoménal que dans
l'unité divine, de même les figures et les formules du Jeu
des Perles de Verre composaient dans une langue mondiale,
nourrie de tous les arts et de toutes les sciences, une architecture, une musique et une philosophie dont le jeu et l'ambition étaient également d'approcher de la perfection, de
l'être pur, de la réalité pleinement accomplie. « Réaliser »
était une expression que les joueurs aimaient, et leur activité
leur apparaissait comme un cheminement du devenir à
l'être, du possible au réel. Qu'on nous permette ici de rappeler encore les phrases de Nicolas de Cusa citées plus haut.

Du reste, les expressions de la théologie chrétienne, dans
la mesure où la formulation en était classique et où elles
paraissaient ainsi un élément de la culture commune, avaient
bien entendu été reprises dans le langage figuré du Jeu, et
tel article de foi essentiel, le texte d'un passage de la Bible,
une phrase d'un Père de l'Église ou un extrait du missel
latin pouvaient être exprimés et repris dans le Jeu aussi
facilement, et aussi exactement qu'un axiome de géométrie
ou une mélodie de Mozart. Nous exagérerons à peine en
osant le dire : pour le cercle restreint des vrais joueurs de
Perles, le Jeu était presque synonyme d'office divin, bien
qu'il s'abstînt de toute théologie particulière.

Dans la lutte qu'ils soutenaient pour subsister au milieu
des puissances du siècle étrangères au spirituel, le Jeu
des Perles et l'Église romaine avaient trop besoin l'un de
l'autre pour qu'on se risquât à trancher entre eux, bien
que les occasions ne manquassent pas, car dans les deux
camps la probité intellectuelle et une tendance sincère à
formuler les idées nettement et sans ambiguïté poussaient
à un divorce. Il ne fut cependant jamais prononcé. Rome
se contenta de manifester à l'égard du Jeu tantôt plus de
bienveillance, tantôt davantage de réserve. Beaucoup des
talents les plus éminents des congrégations et du haut ou

du très haut clergé comptaient en effet eux-mêmes au nombre des joueurs. Et le Jeu, depuis qu'il y avait des parties publiques et un Ludi Magister, était placé sous la protection de l'Ordre et de l'administration de l'enseignement qui, l'un et l'autre, avaient de tout temps observé à l'égard de Rome une attitude de courtoisie parfaitement chevaleresque. Le pape Pie XV, qui avait été un joueur expert et passionné au temps de son cardinalat, ne se contenta pas, comme ses prédécesseurs, de renoncer pour toujours au Jeu quand il fut pape, il essaya aussi d'en faire le procès; peu s'en fallut alors que le Jeu fût interdit aux catholiques. Mais ce pape mourut, avant qu'on en fût arrivé là, et une biographie fort lue de cet homme, qui eut quelque importance, présenta son attitude à l'égard du Jeu des Perles de Verre comme le résultat d'une passion profonde dont, devenu pape, il ne sut plus se rendre maître qu'en lui déclarant la guerre.

L'organisation publique du Jeu, qui auparavant avait été pratiqué librement par des particuliers et par des amicales, mais qui avait déjà reçu de longue date, il est vrai, l'appui bienveillant de l'administration de l'enseignement, prit forme tout d'abord en France et en Angleterre, et les autres pays suivirent assez vite cet exemple. Dans chaque pays on désigna une commission et un directeur général du Jeu, qui reçut le titre de Ludi Magister. Les parties qui avaient lieu officiellement sous sa direction personnelle devinrent de véritables cérémonies spirituelles. Ce Magister conservait naturellement, l'anonymat, ainsi que tous les fonctionnaires supérieurs et dirigeants, chargés de la culture intellectuelle. Hors de son entourage immédiat, personne ne le connaissait sous son nom. Seules les grandes parties officielles, dont le Ludi Magister avait la responsabilité, disposaient des moyens de diffusion publics et internationaux, comme la radio, etc. En dehors de la direction des jeux officiels, le Magister avait également le devoir d'encourager les joueurs et leurs écoles. Mais les Magisters avaient surtout à surveiller de très près le perfectionnement du Jeu. Seule la Commission mondiale des Magisters de tous les pays décidait de l'admission (le cas ne se présente plus guère aujourd'hui) de formules et de signes nouveaux dans la gamme du Jeu, de l'assouplissement éventuel de ses règles, de l'opportunité ou de l'inutilité d'en-

glober des domaines nouveaux. Si l'on considère le Jeu
comme une sorte de langue mondiale des intellectuels, l'ensemble
des commissions des divers pays, sous la direction
de leurs Magisters, constitue l'académie qui veille sur la
conservation, le développement et la pureté de cette langue.
Chaque commission nationale possède les archives du Jeu,
c'est-à-dire tous les signes et toutes les clefs contrôlés et
autorisés jusqu'à ce jour et dont le nombre a, depuis longtemps,
dépassé de loin celui des anciens caractères chinois.
En général, on considère suffisante pour un joueur de Perles
de Verre la formation préparatoire que sanctionne l'examen
final des écoles supérieures de clercs, et notamment des
écoles des élites, mais cela supposait et suppose encore implicitement
des connaissances dépassant la moyenne dans l'une
des sciences fondamentales ou en musique. Devenir un
jour membre de la Commission du Jeu ou même Ludi Magister,
tel était le rêve de presque tous les enfants de quinze
ans dans les écoles des élites. Mais déjà parmi les candidats
au doctorat, il ne restait plus qu'un nombre infime de jeunes
gens qui eussent encore sérieusement l'ambition de consacrer
leur activité au Jeu et à son perfectionnement. Pour y
parvenir, ces enthousiastes s'adonnaient assidûment à la
méditation et à la science des Perles de verre; dans les
« grandes » parties, c'étaient eux qui formaient ce dernier
carré de participants dévots et passionnés, qui donne aux
jeux publics leur caractère solennel et les préserve de
dégénérer en actes de pur cérémonial. Pour ces vrais joueurs,
et ces amateurs authentiques, le Ludi Magister est un prince
ou un grand prêtre, presque une divinité.

Mais pour le joueur indépendant, et évidemment pour le
Magister, le Jeu des Perles de Verre est en premier lieu un
exercice musical, à peu près au sens où Joseph Valet l'entendait
quand il écrivit un jour ces mots sur la nature de
la musique classique :

« Nous voyons dans la musique classique l'essence et la
somme de notre culture, car elle est son geste et sa manifestation
la plus évidente et la plus révélatrice. Nous possédons
en elle l'héritage de l'antiquité et du christianisme, un
esprit de piété sereine et courageuse, une morale d'un chevaleresque
inégalable. Car c'est en fin de compte le sens d'une
morale que revêt toute manifestation classique de culture,

l'abrégé en un geste d'un idéal du comportement humain. Entre 1500 et 1800, on a certes fait toutes sortes de musiques; les styles et les procédés d'expression différaient à l'extrême, mais l'esprit ou plutôt la morale en est partout identique. L'attitude humaine, dont la musique classique est l'expression, est toujours la même; elle a toujours pour fondement la même espèce de connaissance de la vie et pour but le même genre de maîtrise sur le hasard. La musique classique est un geste qui signifie : je sais le tragique de la condition humaine, je me rallie à la cause du destin humain, de la vaillance, de la sérénité! Que ce soit la grâce d'un menuet de Hændel ou de Couperin, que ce soit de la sensualité sublimée en un geste de tendresse, comme chez beaucoup d'Italiens ou chez Mozart, ou encore l'acceptation tranquille de la mort, comme chez Bach, il y a toujours là une bravade, un héroïsme, un esprit chevaleresque et l'accent d'un rire surhumain, d'une gaîté immortelle. C'est cela qui doit vibrer aussi dans nos jeux de Perles de Verre, dans toute notre vie, dans nos actes et dans nos souffrances. »

Ces paroles ont été recueillies par un élève de Valet. Nous terminerons par là nos considérations sur le Jeu des Perles de Verre.

LA VOCATION

Sur les origines de Joseph Valet, aucune indication n'est parvenue jusqu'à nous. Comme beaucoup d'autres élèves des écoles des élites, il a, soit perdu ses parents de bonne heure, soit été adopté par l'administration de l'enseignement et soustrait par elle à des conditions de vie peu favorables. Toujours est-il qu'il lui fut épargné de connaître le conflit entre l'école des élites et la maison paternelle qui a pesé sur la jeunesse de plus d'un de ses semblables, rendu difficile leur entrée dans l'Ordre, et qui, dans bien des cas, a fait de jeunes gens extrêmement doués des caractères difficiles et tourmentés. Valet connut la fortune de ceux qui paraissent vraiment nés et prédestinés à Castalie, à son Ordre et au service de l'enseignement. Et si les tourments de la vie intellectuelle ne lui sont certes pas restés inconnus, du moins lui fut-il donné d'éprouver sans amertume personnelle le tragique inhérent à toute vie qui se voue à l'esprit. C'est d'ailleurs moins ce tragique qui nous a incité à consacrer à la personnalité de Joseph Valet une étude approfondie, que le calme, la gaîté, que dis-je, la sérénité rayonnante avec lesquels il réalisa son destin, sa vocation et atteignit sa fin. Comme tout homme d'importance, il a son démon et son amor fati, mais celui-ci se révèle exempt d'hypocondrie et de fanatisme. Nous ignorons évidemment ce qui nous est caché, et nous ne saurions oublier qu'écrire l'histoire, même en gardant la tête froide et en s'efforçant de rester aussi objectif que possible, c'est encore faire de la littérature, et que la troisième dimension en est la fiction. Pour choisir de grands exemples, nous ignorons absolument, entre autres, si Jean-Sébastien Bach ou W. A. Mozart ont eu un tempérament gai ou mélancolique. Mozart possède à nos yeux la grâce singulièrement émouvante et séduisante des êtres précoces, Bach cette résignation réconfortante et édifiante à la souffrance et à la mort, dans lesquelles il voit la volonté d'un dieu paternel, mais tout cela, à vrai dire, nous ne le lisons nullement dans leurs biographies, ni dans des faits de leur vie privée qu'on nous aurait rapportés; nous le lisons uniquement dans leurs œuvres, dans leur musique. Et au Bach dont nous connaissons la vie et dont nous imaginons la figure d'après sa musique, nous superposons encore involontairement son destin posthume : dans notre imagination, nous lui prêtons en somme, déjà de son vivant, la connaissance et l'acceptation souriante et muette de l'oubli où tomba son œuvre entière sitôt après sa mort, de la mise au rebut de ses manuscrits, des succès remportés à sa place par l'un de ses fils, qui devint « le grand Bach », des avatars que connut son œuvre après qu'on l'eut tirée de l'oubli, au milieu des contresens et de la barbarie de l'âge des pages de variétés, etc. De même nous avons tendance à attribuer à Mozart vivant, dans le plein et sain épanouissement de son travail, ou à ajouter à sa légende la conscience qu'il était entre les mains de la mort et une prise de possession anticipée de cette enceinte où elle l'a tenu. Quand une œuvre existe, l'historien ne peut faire autrement, il la joint à la vie de son créateur, comme deux moitiés inséparables d'une unité vivante. Nous agissons ainsi à l'égard de Mozart ou de Bach, et nous agirons également de même avec Valet, bien qu'il appartienne à notre époque, qui par essence est stérile, et qu'il n'ait pas laissé une « œuvre » au sens où l'ont fait ces grands maîtres.

En essayant de retracer la vie de Valet, nous essaierons aussi de l'interpréter, et si nous devons regretter profondément, en tant qu'historien, l'absence presque totale d'informations réellement contrôlées sur sa fin, nous avons cependant puisé le courage d'entreprendre cette tâche justement dans ce départ vers la légende qu'a connu la dernière partie de son existence. Nous reprenons cette légende et lui

donnons raison; peu importe qu'elle soit seulement une
fiction pieuse ou non. Si nous ne savons rien de la naissance
et de l'origine de Valet, nous ignorons aussi ce que fut sa fin.
Mais rien ne nous autorise à croire qu'elle ait pu avoir été
l'œuvre du hasard. Sa vie, pour autant qu'elle est connue,
nous apparaît comme une construction aux étages clairement dessinés, et si, dans les hypothèses que nous forgeons
sur sa fin, nous nous rallions volontiers à la légende, et
nous y conformons avec foi, c'est que le récit qu'elle en
fait paraît constituer un dernier étage de cette existence en
parfaite harmonie avec les précédents. Nous irons jusqu'à
avouer que la sublimation de cette vie dans la légende
nous en paraît la suite organique et correcte. Notre foi dans
la permanence d'un astre qui échappe à notre vue et qui,
pour nous, a « disparu » n'est pas non plus pour autant
affectée d'un scrupule. Dans le monde où nous vivons tous,
auteur et lecteurs de ces cahiers, Joseph Valet a atteint
et réalisé le summum de ce que nous pouvons penser :
Magister Ludi, il fut le chef et le modèle de ceux qui cultivent
leur esprit et œuvrent pour ses ambitions, il a exemplaire-
ment géré et enrichi le patrimoine spirituel qu'il avait reçu,
en grand prêtre d'un temple qui est sacré pour chacun de
nous. Mais il n'a pas seulement atteint et occupé la fonction
magistrale, la place à l'extrême pointe de notre hiérarchie, il
l'a traversée, dépassée, dans une dimension que nous pouvons
seulement imaginer avec déférence. Aussi nous semble-t-il
parfaitement à l'échelle et à l'image de sa vie que sa biographie elle-même ait dépassé les dimensions courantes et qu'à
la fin elle ait franchi les portes de la légende. Nous acceptons
ce qu'il y a là de merveilleux et nous nous en félicitons,
sans trop vouloir en chercher l'interprétation. Mais, dans la
mesure où la vie de Valet est historique, et elle l'est jusqu'à
une journée bien déterminée, nous voulons la traiter comme
telle et nous nous sommes efforcé de suivre exactement la
tradition, telle qu'elle s'est révélée à nos recherches.

De son enfance, c'est-à-dire de la période antérieure à son
admission à l'école des élites, nous ne connaissons qu'un
seul fait. Mais il est important et revêt un sens symbolique,
car il marque le premier grand appel que lui adressa l'esprit,
le premier acte de sa vocation, et il est caractéristique que cet
appel ne vint pas des sciences, mais de la musique. Nous

devons ce bref fragment de biographie, ainsi que presque tous
les souvenirs relatifs à l'existence personnelle de Valet, aux
notes prises par un élève du Jeu des Perles de Verre, son
fidèle admirateur, qui a recueilli un grand nombre de déclarations et de récits de son éminent maître.

Valet devait avoir alors douze ou treize ans. Il apprenait
le latin à l'école de la petite ville de Berolfingen, à l'orée de
la forêt de Zaber, où l'on présume aussi qu'il est né. Il y avait
déjà quelque temps, il est vrai, que l'enfant était boursier
de cet établissement classique, et son admission dans les
écoles des élites avait déjà été proposée deux ou trois fois aux
autorités dirigeantes, par le conseil de classe et, avec une chaleur toute particulière, par son professeur de musique, mais
il n'en savait rien et n'avait pas encore eu le moindre contact
avec ces élites, ni à plus forte raison avec les autorités supérieures de l'enseignement. Son professeur de musique (il en
était alors à l'étude du violon et du luth) lui annonça alors
que le Maître de la Musique allait peut-être venir prochainement à Berolfingen pour inspecter les cours de musique de
l'école. Il engagea Joseph à bien faire ses exercices pour ne
pas les mettre dans l'embarras, son professeur et lui. Cette
nouvelle plongea l'enfant dans la plus vive agitation, car il
savait naturellement fort bien qui était ce Maître de la Musique : il n'appartenait pas simplement, comme les inspec-
teurs qu'on voyait environ deux fois l'an, à quelque échelon
supérieur de l'administration de l'enseignement; c'était l'un
des douze demi-dieux, l'un des douze dirigeants les plus
élevés en grade de ce Directoire infiniment vénérable, et il
représentait l'instance suprême pour tout le pays en matière
de musique. Le Maître de la Musique lui-même, le Magister
Musicae en personne allait donc venir à Berolfingen! Il n'y
avait qu'une seule personne au monde qui, aux yeux de
Joseph Valet, fût encore plus entourée de légende et de mystère : c'était le Maître du Jeu des Perles de Verre. D'avance,
il était plein d'un respect immense et craintif pour ce Maître
de la Musique qu'on lui annonçait, il se représentait cet
homme tantôt comme un roi, tantôt comme un magicien,
tantôt comme l'un des douze apôtres ou l'un de ces grands
artistes légendaires de l'époque classique, un Michel Praeto-
rius, un Claudio Monteverdi, un J. J. Froberger ou un Jean-
Sébastien Bach, et il attendait avec autant de joie que de

crainte l'instant où cet astre allait paraître. Que l'un des
demi-dieux et des archanges, que l'un des mystérieux et
tout-puissants princes du monde intellectuel se montrât en
chair et en os dans cette petite ville et à l'école classique,
qu'il le vît, que ce maître lui adressât peut-être la parole, lui
fît subir un examen, le blâmât ou le félicitât, c'était un
grand événement, une sorte de miracle, de phénomène céleste
exceptionnel. D'autre part — ses professeurs le lui assuraient — c'était la première fois depuis des dizaines d'années
qu'un Maître de la Musique venait en personne dans la ville
et à la petite école classique. L'enfant voyait d'avance toute
l'imagerie des scènes qui l'attendaient, tout d'abord un
grand cérémonial de fête publique et une réception, dans le
genre de celle à laquelle il avait assisté une fois, quand le
nouveau bourgmestre était entré en fonctions, avec des
fanfares, des rues pavoisées, peut-être même avec un feu
d'artifice. Les camarades de Valet partageaient, eux aussi,
cette manière de voir et ses espoirs. La joie qu'il en éprouvait
par avance n'était tempérée que par l'idée qu'il allait
peut-être lui-même approcher de trop près ce grand homme
et, devant ce connaisseur, se couvrir d'une honte insupportable par sa musique et ses réponses. Mais cette angoisse
n'était pas que tourment, elle avait sa douceur, et au
tréfonds de son cœur, sans se l'avouer, il trouvait que tout
ce cérémonial auquel il s'attendait, avec ses drapeaux et
son feu d'artifice, était loin d'être aussi beau, aussi exci-
tant, aussi important et malgré tout aussi merveilleusement
agréable que le fait précisément que lui, le petit Joseph
Valet, il allait voir cet homme de tout près, que celui-ci
rendait cette visite à Berolfingen aussi un peu à cause de lui,
puisqu'il venait inspecter les cours de musique et que son
professeur paraissait croire possible qu'il le mît aussi à
l'épreuve.

Mais peut-être, hélas! cela ne se produirait-il probablement pas, la chose était à peine possible, le Maître aurait certainement autre chose à faire que de demander à ce petit
garçon de lui jouer du violon. Il ne voudrait sans doute voir
et entendre que les élèves les plus âgés et les plus avancés.
C'est dans cet état d'esprit que l'enfant attendit ce jour, et
cette journée vint et commença par une déception : on
n'entendit pas de musique dans les petites rues, il n'y eut

aux fenêtres des maisons ni drapeaux ni couronnes, et il fallut, comme tous les jours, prendre ses livres et ses cahiers et aller comme d'habitude à l'école. La salle de classe elle-même ne présentait pas la moindre trace de décoration ni de cérémonial : c'était comme tous les jours. La classe commença. Le professeur portait la même veste qu'en semaine et il ne fit pas un discours, ne dit pas une parole qui évoquât l'illustre visiteur.

Mais à la deuxième ou troisième heure de cours, l'événement se produisit cependant; on frappa à la porte, le garçon de l'école entra, salua le professeur et lui dit que l'élève Joseph Valet devrait se présenter dans un quart d'heure au Maître de la Musique : il devrait avoir soin de se peigner comme il faut, de se laver les mains, et de curer ses ongles. Valet pâlit d'effroi, il sortit de l'école d'un pas incertain, courut à l'internat, se débarrassa de ses livres, se lava et se peigna; il prit en tremblant sa boîte à violon et son cahier d'exercices et, la gorge serrée, se rendit dans les salles de musique de l'annexe. Un camarade l'accueillit, tout ému, dans l'escalier, lui indiqua une salle d'exercices et lui intima cet ordre : « Il faut que tu restes ici jusqu'à ce qu'on t'appelle. »

Son attente ne fut pas longue, mais il lui sembla qu'il s'écoulait une éternité avant qu'il en fût délivré. Personne ne l'appela, mais un homme entra, un homme très âgé, à ce qu'il lui parut tout d'abord, pas très grand, avec des cheveux blancs et un beau visage clair, aux yeux bleu pâle perçants. On aurait pu avoir peur de son regard, mais il n'était pas seulement pénétrant, en même temps il était gai; ce n'était pas la gaîté du rire ou du sourire, mais une gaîté tranquille, calme et rayonnante. Il tendit la main à l'enfant et le salua d'un signe de tête, s'assit d'un air pensif sur le tabouret devant le vieux piano qui servait aux exercices. « C'est toi qui t'appelles Joseph Valet? dit-il. Ton professeur a l'air content de toi, je crois qu'il t'aime bien. Viens, nous allons faire un peu de musique ensemble. » Valet avait déjà sorti auparavant son violon de sa boîte, le vieil homme lui donna le la, l'enfant accorda son instrument, puis regarda le Maître de la Musique d'un air interrogateur et anxieux :

— Qu'est-ce que tu aimerais jouer? demanda le Maître. L'écolier ne put proférer une réponse, il débordait de respect pour ce vieil homme. Jamais il n'avait encore vu quelqu'un de pareil. Il prit d'un geste hésitant son cahier de partitions et le lui présenta.

— Non, dit le Maître, je voudrais que tu joues quelque chose par cœur, pas une étude, mais n'importe quoi de simple, que tu saches par cœur, par exemple une chanson que tu aimes.

Valet était troublé. Ce visage et ces yeux le tenaient sous le charme. Il ne put prononcer une parole. Il avait très honte de sa confusion, mais il ne pouvait pas dire un mot. Le Maître n'insista pas. Il commença à jouer d'un doigt les premières notes d'une mélodie, regarda l'enfant d'un air interrogateur, celui-ci répondit d'un signe de tête et se mit aussitôt à jouer gaiement la mélodie avec lui : c'était l'une des vieilles chansons qu'on chantait souvent à l'école.

— Encore une fois! dit le Maître. Valet reprit la mélodie et le vieillard joua alors une deuxième voix. La petite salle d'exercices vibra des deux voix de la vieille chanson.

— Encore une fois!

Valet joua, et le Maître ajouta une deuxième et une troisième parties. La salle fut pleine des trois voix de ce beau vieux chant.

— Encore une fois!

Et le Maître joua trois parties.

— C'est une belle chanson! dit le Maître à voix basse. Encore une fois, joue la basse maintenant!

Valet obéit et joua. Le Maître lui avait donné la première note, et il joua les trois autres voix. Chaque fois le vieillard disait : « Encore! » et à chaque reprise la chanson paraissait plus gaie. Valet jouait la voix de ténor, accompagné par une double ou triple contrepartie. Ils jouèrent la chanson bien des fois, ils n'avaient plus besoin de se concerter. A chaque répétition, elle s'enrichissait d'elle-même d'ornements et de variations. La petite pièce aux murs nus, qu'éclairait une gaie lumière matinale, résonnait de ces accents de fête.

Au bout d'un moment, le vieillard s'interrompit. « En as-tu assez? » demanda-t-il. Valet secoua la tête et recommença à jouer. Le Maître se joignit gaiement à lui, en jouant ses trois parties. Les quatre voix traçaient leurs lignes claires et déliées, elles se parlaient, se soutenaient, se coupaient et se contournaient en courbes et en figures joyeuses. L'enfant et le vieillard ne pensaient plus à rien d'autre, ils s'abandonnaient à ces belles lignes fraternelles et aux figures qu'elles traçaient en se rencontrant. Pris dans leurs lacs, ils jouaient, suivaient leur bercement léger et obéissaient à un chef d'orchestre invisible, jusqu'à ce que le Maître, quand ils furent de nouveau à la fin de la mélodie, tournât la tête et demandât : « Est-ce que cela t'a plu, Joseph? »

Valet lui jeta un regard brillant de reconnaissance. Il rayonnait, mais il ne put dire un seul mot.

— Peut-être sais-tu déjà ce que c'est qu'une fugue? lui demanda alors le Maître.

Valet prit une expression hésitante. Il avait déjà entendu des fugues, mais à l'école on n'en était pas encore là.

— Bon, fit le Maître, alors je vais te le montrer. Le moyen le plus rapide de te le faire saisir, c'est que nous en fassions une nous-mêmes. Donc : une fugue comporte en premier lieu un thème, et ce thème nous n'allons pas le chercher longtemps, nous le prendrons dans notre chanson.

Il joua quelques mesures, un bref passage de la chanson. Cela faisait un curieux effet, ainsi découpé, sans queue ni tête. Il joua ce thème encore une fois et aussitôt il enchaîna ; la première période se déroula, la seconde transforma la quinte en quarte, la troisième période reprit la première à l'octave supérieure, la quatrième reprit de même la deuxième; l'exposition se termina par une coda dans la tonalité de la dominante. La deuxième exécution eut des modulations plus libres, rejoignant d'autres tonalités; la troisième, qui tendait vers la sous-dominante, se termina par une coda dans le ton principal. L'enfant regardait les doigts blancs experts de l'exécutant, il voyait le cours du développement se refléter légèrement sur son visage concentré, tandis que ses yeux, sous ses paupières mi-closes, demeuraient sans regard. Le cœur de l'enfant eut un élan de vénération, d'amour pour ce Maître; son oreille enregistra cette fugue, il lui sembla entendre ce jour-là de la musique pour la première fois; derrière cette œuvre musicale qui naissait devant lui, il devinait l'esprit, l'harmonie enivrante de la loi et de la liberté, de la soumission et de l'autorité, il se donna et se voua à cet esprit et à ce Maître; durant ces minutes, il se vit, lui-même, il vit sa vie, le monde entier guidés, équilibrés par

l'esprit de la musique qui leur donnait leur sens. Et quand
le Maître eut fini de jouer, il vit cet être vénéré, ce magicien,
ce prince rester encore quelques instants le front légèrement
penché sur les touches, les paupières mi-closes, le visage
faiblement éclairé par une lueur intérieure, et il se demanda
si ces minutes de bonheur le feraient crier de joie ou s'il
n'allait pas pleurer de les voir terminées. Le vieil homme se
leva alors lentement de sur son tabouret, ses gais yeux bleus
lui lancèrent un regard pénétrant, et en même temps d'une
gentillesse inexprimable :

— Rien, dit-il, ne permet plus facilement à deux êtres
de devenir amis que de faire de la musique. C'est une belle
chose. J'espère que nous resterons amis, toi et moi. Tu
apprendras peut-être aussi à composer des fugues, Joseph?

Il lui tendit la main et partit. Sur le pas de la porte, il
se retourna encore et le salua d'un regard et d'un petit
signe de tête courtois.

Valet l'a raconté à son disciple beaucoup d'années plus
tard : quand il sortit, il trouva la ville et le monde bien plus
métamorphosés, ensorcelés que s'ils avaient resplendi de
drapeaux et de guirlandes, de banderoles et de feux d'artifice. Il avait vécu la minute de la vocation, dont on peut
bien dire qu'elle est un sacrement : le monde idéal que son
jeune cœur n'avait jusqu'alors connu que par ouï-dire et par
ses rêves ardents lui était devenu visible, il s'était ouvert
devant lui, dans une invite. Ce monde n'existait pas seulement dans un lointain quelconque du passé ou de l'avenir,
non, il était là, c'était un monde actif, rayonnant, qui dépêchait des émissaires, des apôtres, des ambassadeurs, des
hommes semblables à ce vieux Maître, qui du reste, Joseph
en eut le sentiment plus tard, n'était pas tellement âgé. Et
de ce monde, par le canal d'un de ces respectables messagers, un avertissement et un appel lui avaient été transmis,
à lui aussi, petit collégien latiniste. Telle fut pour lui la
signification de cette aventure, et il fallut des semaines pour
qu'il sût vraiment, pour qu'il fût convaincu qu'à la magie
de cette heure sacrée une démarche précise avait correspondu
dans le monde réel, et que cet appel ne représentait pas seulement une joie et une exhortation pour son âme et sa
conscience, mais aussi un cadeau et un avertissement que
lui envoyaient les puissances terrestres. A la longue, on ne

pouvait se dissimuler que la visite du Maître de la Musique
n'avait été ni un hasard ni une inspection véritable. Depuis
quelque temps déjà le nom de Valet, sur la foi des rapports
de ses professeurs, avait été porté sur les listes d'élèves qui
semblaient dignes d'être élevés dans les écoles des élites ou
qui, du moins, avaient été recommandés à cet effet aux autorités dirigeantes. Le jeune Valet avait non seulement été
signalé pour ses qualités de latiniste et pour l'agrément de
son caractère, il avait été particulièrement recommandé et
vanté par son professeur de musique. C'était pour cette
raison que le Maître de la Musique avait pris sur lui, à
l'occasion d'un déplacement de service, de réserver quelques
heures à Berolfingen et d'aller voir cet élève. Il ne se souciait
pas tant du latin et du doigté (il se fiait sur ce point aux
bulletins de ses professeurs, à l'étude desquels il consacra
du reste une heure). Il était plutôt préoccupé de savoir si
ce garçon avait dans tout son être l'étoffe d'un musicien,
au sens supérieur du terme, s'il était capable d'enthousiasme,
de discipline, de respect, capable de servir un culte. En
général, et pour de bonnes raisons, les professeurs des établissements secondaires publics n'étaient rien moins que
généreux, lorsqu'il s'agissait de recommander l'admission
d'élèves dans « l'élite ». Cependant, il y avait parfois des
cas de favoritisme, dont les intentions étaient plus ou moins
troubles, et il n'était pas rare qu'un professeur, par manque
de perspicacité, s'entêtât à recommander l'un de ses préférés
qui, en dehors de son zèle, de son ambition et de son savoir-
faire à l'égard de ses maîtres, ne possédait guère de qualités. C'était cette catégorie de gens que le Maître de la
Musique avait le plus en horreur. Il avait l'œil et savait se
rendre compte si l'enfant qu'il examinait avait conscience
que son avenir et sa carrière étaient en cause, et malheur à
l'écolier qui faisait montre devant lui de trop d'habileté, de
calcul et d'adresse, ou qui essayait même de le flatter. Souvent, il était évincé, avant que l'examen eût commencé.

Mais l'élève Valet, lui, avait plu au vieux Maître de la
Musique, il lui avait beaucoup plu. Au cours de sa tournée,
il pensa encore à lui avec plaisir. Il n'avait pas pris de
notes sur son compte, ni marqué d'appréciation dans son
carnet, mais il emportait le souvenir de ce garçon spontané
et modeste, et, à son retour, il l'inscrivit de sa propre main

sur la liste des élèves examinés par un membre du Directoire suprême en personne et jugés dignes d'être admis.
Cette liste, les collégiens l'appelaient entre eux « le livre d'or », mais elle portait aussi à l'occasion le surnom peu respectueux de « registre des arrivistes ». Joseph en avait parfois entendu parler à l'école et sur des tons fort différents. Quand un professeur l'évoquait, ne fût-ce que pour déclarer à un élève qu'un garçon comme lui ne pourrait naturellement jamais songer à y avoir accès, il y avait dans sa voix de la solennité, du respect et aussi une certaine jactance. Mais quand il arrivait aux élèves de parler du registre des arrivistes, ils le faisaient la plupart du temps sur un ton d'impertinence et d'indifférence un peu forcé. Un jour, Joseph avait entendu un collégien dire : « Bah! Moi, ce stupide catalogue d'arrivistes, je crache dessus! Quand on est quelqu'un, on n'entre pas là dedans, vous pouvez être tranquilles! Les professeurs y envoient seulement les pires bûcheurs et les lèche-bottes. »
Une singulière période suivit cette belle aventure. Tout d'abord il ignora qu'il appartenait à présent aux *electi*, à la *flos juventutis*, comme on appelle dans l'Ordre les élèves d'élite. Au début, il ne songeait nullement aux suites pratiques et aux conséquences sensibles qu'aurait cet événement dans son destin et dans sa vie quotidienne, et, alors que pour ses professeurs il était déjà un élu sur le point de les quitter, à ses yeux sa vocation n'était presque encore qu'une transformation intérieure. Même ainsi, elle représentait une coupure nette dans son existence. Bien que le moment qu'il avait passé avec le magicien apportât à son cœur, ou lui rendît plus proche, la satisfaction déjà pressentie, cet instant précis n'en avait pas moins séparé nettement la veille d'aujourd'hui, l'accompli du présent et du futur. De même, quand on réveille un dormeur qui rêve, il ne peut, même s'il se retrouve dans le cadre qu'il vient de voir en songe, douter qu'il est éveillé. Il existe bien des espèces et bien des formes de vocations, mais l'essence et le sens de l'aventure qu'on vit ainsi restent toujours identiques : ce qui éveille l'âme, la métamorphose ou la sublime, c'est toujours qu'à la place des rêves et des pressentiments intimes soudain un appel du dehors, un fragment de réalité s'impose et agit. Ici, ce fragment de réalité avait été la figure du Maître

de la Musique ; son image qui lui était seulement connue comme celle d'un demi-dieu lointain et vénérable, archange des sphères suprêmes, lui était apparue en chair et en os : elle s'était montrée avec des yeux bleus omniscients, elle s'était assise sur le tabouret, devant le piano d'exercices, elle avait fait de la musique avec Joseph, une musique merveilleuse; presque sans dire un mot, elle lui avait montré ce qu'est la vraie musique, elle l'avait béni et avait disparu. Tout ce qui allait peut-être s'ensuivre, en résulter, Valet fut tout d'abord absolument incapable d'y réfléchir : il était trop plein et trop occupé des échos immédiats que cet événement éveillait en lui. Telle une jeune plante qui, jusqu'alors, s'est développée tranquillement, avec hésitation et qui se met soudain à respirer et à croître plus vigoureusement, comme si en un instant miraculeux la loi de sa forme s'était révélée à sa conscience, comme si, au fond d'elle-même, elle aspirait désormais à son accomplissement, cet enfant commença, quand la main du magicien l'eut touché, à rassembler et à tendre ses forces, vite, avidement; il se sentit transformé, il se sentit grandir, il sentit entre lui et le monde des oppositions et des harmonies nouvelles. A certains moments, il venait à bout, en musique, en latin, en mathématiques, de tâches qui n'étaient pas, et de loin, de son âge ni du niveau de ses camarades. Il se sentait alors de taille à tout faire, et à d'autres moments il était capable de tout oublier et de rêver avec un attendrissement et un élan nouveaux chez lui, d'écouter la pluie ou le vent, de contempler fixement une fleur ou le courant de la rivière : il ne comprenait rien et il sentait tout, emporté par un mouvement de sympathie, de curiosité, de volonté de comprendre, entraîné de son propre moi vers un autre, vers l'univers, le mystère et le sacrement, vers la beauté douloureuse du jeu du monde phénoménal.

Commençant ainsi en lui, croissant jusqu'à l'instant où son univers intime et le monde extérieur se confrontèrent et se confirmèrent l'un l'autre, la vocation de Joseph Valet s'accomplit dans une parfaite pureté. Il en a gravi tous les degrés, goûté toutes les félicités et toutes les angoisses. Sans que rien l'eût soudain dévoilée, sans qu'aucune indiscrétion subite l'eût troublée, cette noble transformation s'opéra, typique histoire de la jeunesse, préhistoire de tout

esprit noble. Harmonieusement, dans l'équilibre, le monde
intérieur et l'univers extérieur élaborèrent et mûrirent leur
rencontre. Quand, à la fin de cette double évolution, l'écolier prit conscience de sa situation et de son destin social,
quand il vit ses professeurs le traiter en collègue, en hôte
d'honneur, qu'on s'attend à voir partir d'un instant à l'autre,
ses condisciples à la fois l'admirer ou l'envier et aussi l'éviter
en partie, voire le traiter en suspect, quelques adversaires le
dénigrer et le haïr, d'anciens amis se séparer de lui de plus
en plus et le quitter; en cet instant, le même processus de
détachement et d'affirmation de son individualité s'était déjà
depuis longtemps effectué dans son être. De lui-même, d'instinct, il avait senti ses professeurs passer de plus en plus
du stade de supérieurs à celui de camarades, ses amis de
jadis ne plus être que des compagnons attardés sur le chemin qu'il avait quitté; à l'école et dans la ville, il ne se sentait plus parmi ses pairs ni à sa place, dans tout cela désormais le suc d'une mort secrète, un fluide d'irréalité et de
passé s'était infiltré, c'était devenu du provisoire, un habit
usé et qui ne convenait plus à aucune circonstance. Et ce
déracinement d'une patrie qu'il avait jusqu'alors aimée, avec
laquelle il se sentait en harmonie, cet arrachement à une
forme de vie qui n'était plus sienne ni à sa mesure, cette
vie de voyageur qui prend congé et qu'on appelle, ponctuée
d'instants de joie suprême et de confiance rayonnante en
lui-même, tout cela devint pour lui, vers la fin, un grand
tourment, un poids et une souffrance presque intolérables,
car tout le quittait, sans qu'il fût sûr que ce n'était pas
lui qui quittait tout, ni que cette mort et cet éloignement
progressifs au sein de ce monde qui lui était cher et familier
n'étaient pas dus à sa faute, à son ambition, à ses prétentions, à son orgueil, à un manque de fidélité et d'amour.
Parmi les douleurs qu'engendre une vocation véritable, ce
sont là les plus amères. Recevoir la vocation, ce n'est pas
seulement recevoir un cadeau ou un ordre, c'est aussi assumer une sorte de culpabilité, de même qu'un soldat qu'on
fait sortir du rang pour le nommer officier est d'autant plus
digne de cette promotion qu'il la paye en se sentant en
dette, en ayant même mauvaise conscience vis-à-vis de ses
camarades.

 Cependant, il fut donné à Valet de parcourir les étapes

de cette évolution sans que rien le troublât, et en parfaite innocence. Lorsque finalement le conseil des professeurs l'informa de la distinction dont il était l'objet et de sa prochaine admission dans les écoles des élites, il éprouva sur le coup une surprise totale, bien qu'un instant plus tard il eût le sentiment de l'avoir su et attendu depuis longtemps. Alors, seulement, il lui revint à l'esprit que déjà depuis des semaines, on criait de temps à autre derrière son dos *electus* ou « le gars d'élite » pour se moquer de lui. Il l'avait entendu, mais à demi seulement, et jamais, précisément, il ne l'avait interprété que comme une raillerie. Il sentait qu'on n'avait pas voulu l'appeler *electus*, mais « toi qui as l'orgueil de te croire *electus* »! Les éclats de ce déchirement progressif entre lui et ses camarades l'avaient fait parfois profondément souffrir, mais il ne se serait jamais réellement cru lui-même *electus* : dans sa conscience sa vocation n'avait pas eu le caractère d'une promotion, mais celui d'un avertissement et d'un encouragement intimes. Et cependant : ne l'avait-il pas su malgré tout, ne l'avait-il pas toujours pressenti, et cent fois senti? A présent, le fruit était mûr, ses élans de joie étaient confirmés et légitimés, ses souffrances avaient pris un sens, il pouvait dépouiller cette défroque d'une vieillerie et d'une étroitesse insupportables, une tenue nouvelle l'attendait.

Son admission dans l'élite transplanta la vie de Valet à un autre niveau. Le premier pas décisif de son évolution était accompli. Il n'arrive certes pas à tous les écoliers d'élite de voir coïncider leur admission officielle avec la révélation intime de leur vocation. Cela, c'est la grâce, ou, si l'on veut une expression banale, c'est un coup de chance. Le bénéficiaire voit son existence affectée d'un coefficient plus, comme celui à qui la chance a donné des qualités exceptionnelles de corps et d'esprit. La plupart des élèves des élites, presque tous même, sentent qu'avoir été choisi est un grand bonheur, une distinction, dont ils sont fiers et que beaucoup d'entre eux ont, du reste, ardemment souhaitée auparavant. Mais le passage de la simple école de leur pays aux établissements de Castalie coûte pourtant à la plupart de ces élus plus qu'ils n'auraient cru et apporte à beaucoup des déceptions inattendues. C'est surtout pour les écoliers qui se sen-

taient heureux et aimés chez leurs parents que ce passage
représente une séparation et un renoncement très durs.
Aussi, en particulier dans les deux premières années de
l'école des élites, un nombre assez important de rétrogra-
dations est-il prononcé; la raison n'en est pas un manque de
dons ni d'application, mais l'incapacité des élèves à se faire
à la vie de l'internat et plus encore à l'idée de relâcher de
plus en plus à l'avenir les liens qui les rattachent à leur
famille et à leur pays d'origine, pour ne plus connaître et
respecter en fin de compte que leur allégeance à l'Ordre. De
temps à autre, il se trouve aussi des élèves pour qui l'admission à l'élite représente, au contraire, surtout la délivrance de la maison paternelle et d'une école dont ils avaient
assez. Débarrassés d'un père sévère ou d'un maître déplaisant,
ils ont sans doute poussé quelque temps des soupirs de soulagement, mais ils s'étaient promis que ce changement appor-
terait dans toute leur vie des transformations si profondes
et si irréalisables que la déception n'a guère tardé. Les arrivistes proprement dits, les élèves modèles, les pédants n'ont
pas toujours réussi non plus à rester à Castalie. Non qu'ils
ne fussent pas de taille à affronter les études, mais au sein
de l'élite, il se trouvait que ce n'étaient pas uniquement
elles ni les notes obtenues dans les différentes disciplines qui
comptaient; on se proposait aussi des buts éducatifs et
artistiques, en présence desquels tel ou tel d'entre eux avouait
son impuissance. Dans ce système des quatre grandes écoles
des élites, pourvues de nombreuses sous-sections et d'établissements annexes, il y avait pourtant place pour des
talents multiples, et un mathématicien ou un linguiste ambitieux, s'il avait vraiment l'étoffe d'un savant, n'avait rien
à craindre d'une faiblesse éventuelle en musique ou en philosophie. A certaines époques, on fut même fort porté à Castalie
à conserver à chaque discipline scientifique une pureté austère,
et les promoteurs de ces tendances non seulement adoptaient
une attitude critique et railleuse à l'égard des « fantasques »,
c'est-à-dire des musiciens et des artistes, mais ils sont allés
parfois jusqu'à renier et à bannir de leur cercle toute occupa-
tion esthétique, notamment le Jeu des Perles de Verre.

La vie de Valet, dans la mesure où elle nous est connue,
s'est entièrement déroulée à Castalie, dans ce secteur paisible et gai entre tous de notre pays de montagne, qu'on

a souvent aussi baptisé autrefois d'une expression du poète
Gœthe : « La province pédagogique. » Nous allons donc brièvement, au risque d'ennuyer le lecteur en lui rappelant ce
qu'il sait depuis longtemps, tracer une fois encore une esquisse
de la célèbre Castalie et de la structure de ses écoles. Ces
établissements, qu'on désigne brièvement sous le terme d'é-
coles des élites, constituent un système de criblage sage et
élastique, auquel la direction (qui porte le nom de « conseil
des études » et compte vingt conseillers, dont dix représentants du Directoire de l'Enseignement et dix de l'Ordre)
soumet le choix qu'elle a fait des esprits les mieux doués de
toutes les parties et de toutes les écoles du pays, afin de
pourvoir aux besoins de l'Ordre et de toutes les fonctions
importantes de l'éducation et de l'enseignement. Les nombreuses écoles ordinaires, les lycées classiques, etc., qu'ils
soient consacrés aux humanités ou à la technique et aux
sciences de la nature, constituent, pour plus de quatre-
vingt-dix pour cent de nos jeunes gens qui y étudient,
des écoles préparatoires aux professions dites libérales. Leur
aboutissement est le diplôme d'aptitude aux études supérieures, et au cours de celles-ci, à l'université, on parcourt
pour chaque discipline un cycle d'études déterminé. Telle
est la carrière scolaire ordinaire de nos étudiants, que
chacun connaît. Les exigences de ces établissements sont
assez sévères et aboutissent, dans la mesure du possible, à
l'élimination des non-valeurs. Mais en marge ou au-dessus
de ces écoles se développe le système des écoles des élites,
dans lesquelles ne sont admis à l'essai que les élèves qui se
sont le plus distingués par leurs dons et leur caractère. Ce
ne sont pas des examens qui en ouvrent l'accès : les élèves
d'élite sont choisis par leurs professeurs en toute liberté et
recommandés aux autorités de Castalie. Un enfant de onze
ou douze ans s'entend, par exemple, signifier un jour par son
maître qu'il pourra entrer l'année suivante dans l'une des
écoles de Castalie, et on l'invite à se demander s'il en ressent
la vocation et le goût. S'il dit oui, à l'expiration du délai de
réflexion, ce qui suppose aussi que son père et sa mère y
agréent sans réserve, l'une des écoles des élites le prend à
l'essai. Les directeurs et les professeurs de ces écoles les plus
élevés en grade (non les professeurs d'université) constituent « l'administration de l'enseignement ». Celle-ci a la

direction de tout l'enseignement et de toutes les organisations intellectuelles du pays. Quiconque devient élève d'élite n'a plus à se préoccuper d'étudier une spécialité ni de chercher un gagne-pain, à moins qu'il ne se révèle insuffisant dans l'un des cours et ne soit renvoyé dans les écoles ordinaires : parmi les élèves d'élite se recrutent « l'Ordre » et la hiérarchie de l'administration des clercs, du maître d'école aux plus hautes fonctions, celles des douze Directeurs d'études ou « Maîtres » et du Ludi Magister, directeur du Jeu des Perles de Verre. En général, le dernier cycle d'études des élèves d'élite s'achève, à un âge de vingt-deux à vingt-cinq ans, par leur accession à l'Ordre. Dès lors, ils ont à leur disposition tous les établissements culturels et tous les instituts de recherches de l'Ordre et de l'administration de l'enseignement : les Grandes Ecoles des élites, qui leur sont réservées, les bibliothèques, les archives, les laboratoires, etc., avec un riche état-major de professeurs, ainsi que les institutions du Jeu des Perles de Verre. Tout élève qui manifeste pendant sa scolarité des dons particuliers pour une discipline, pour les langues, la philosophie, les mathématiques ou quoi que ce soit, est, dès les degrés supérieurs des écoles de l'élite, sélectionné pour les études qui offriront à ses dons le meilleur aliment; la plupart de ces élèves terminent leur carrière comme professeurs spécialisés dans les écoles publiques et les universités, et demeurent, même après avoir quitté Castalie, membres à vie de l'Ordre, c'est-à-dire qu'ils gardent strictement leurs distances vis-à-vis des professeurs « ordinaires » (qui n'ont pas reçu la formation des élites) et jamais — à moins de sortir de l'Ordre — ils ne peuvent exercer une profession « libérale » spécialisée, comme celle de médecin, d'avocat, de technicien, etc. Leur vie durant, ils restent soumis aux règles de l'Ordre, qui exigent entre autres le renoncement à la propriété et le célibat. Le peuple, moitié par raillerie, moitié avec respect, les appelle des « mandarins ». C'est ainsi que les anciens élèves d'élite trouvent dans leur grande majorité leur point de chute final. Mais le petit nombre restant, fruit du dernier et du plus subtil des choix opérés dans les écoles de Castalie, demeure en réserve, destiné à des études libres de durée illimitée, à une vie spirituelle studieuse et contemplative. Certains esprits aux dons éminents, qui cependant, en raison de l'instabilité de leur caractère ou pour d'autres motifs, par exemple des déficiences physiques, sont inaptes au métier de professeur et aux fonctions de responsabilité dans l'administration supérieure ou subalterne de l'enseignement, continuent pendant toute leur vie à étudier, à faire des recherches ou des collections. Pensionnaires de l'administration, leur contribution à l'ensemble ne consiste la plupart du temps qu'en travaux de pure érudition. Quelques-uns sont affectés comme conseillers aux commissions lexicales, aux archives, aux bibliothèques, etc.; d'autres se livrent à l'érudition selon la devise de *l'art pour l'art*[1]; beaucoup d'entre eux ont déjà orienté leur vie vers des travaux très ésotériques et souvent singuliers, comme par exemple le célèbre Lodovicus Crudelis, qui en trente ans de labeur a traduit tous les textes égyptiens anciens qui nous sont parvenus, à la fois en grec et en sanscrit, ou comme ce bizarre Chattus Calvensis II, qui nous a laissé une œuvre en quatre énormes in-folio manuscrits sur « la Prononciation du latin dans les universités de l'Italie du Sud vers la fin du XIIe siècle ». Cet ouvrage devait constituer la première partie d'une « Histoire de la prononciation du latin du XIIe au XVIe siècle », mais, en dépit de ses mille feuillets manuscrits, il est resté à l'état de fragment et n'a été continué par personne. On comprend que ce genre de travaux de pure érudition offre matière à force plaisanteries. Leur valeur effective pour la science des âges futurs et pour la collectivité du peuple échappe à toute appréciation. Cependant la science, comme autrefois l'art, a parfois besoin d'une vaste pâture, et il arrive que le défricheur d'un sujet qui n'intéresse personne d'autre amasse en lui-même un savoir qui rend aux collègues avec lesquels il vit d'éminents services, au même titre qu'un lexique ou des archives. Dans la mesure du possible, les travaux savants comme ceux que nous avons mentionnés ont aussi été imprimés. On a laissé les véritables érudits se livrer avec une liberté quasi totale à leurs études et à leurs jeux, sans prendre ombrage de ce que certains de leurs travaux n'étaient pas, selon toute apparence, d'une utilité immédiate pour le peuple et la collectivité, ni de ce qu'ils devaient paraître aux non-érudits des amuse-

---

[1]. En français dans le texte. *(N. d. T.)*

ments de luxe. Plus d'un de ces savants a prêté à sourire par
la nature de ses études, mais jamais on ne l'a blâmé ni, à plus
forte raison, privé de ses privilèges. Le fait que le peuple les
a respectés, lui aussi, et non seulement tolérés, encore qu'on
se livrât à bien des plaisanteries sur leur compte, est dû aux
sacrifices dont tous les membres de ces milieux savants
payaient leur liberté intellectuelle. Ils jouissaient de nombreuses commodités, ils bénéficiaient en matière d'alimentation, d'habillement, de logement, de modestes allocations,
ils disposaient de bibliothèques magnifiques, de collections,
de laboratoires. En revanche, ils ne renonçaient pas seulement, à une existence confortable, au mariage et à la famille,
mais, constituant une communauté monacale, ils étaient
exclus de la compétition générale du siècle, ils ne connaissaient ni propriété, ni titres, ni distinctions et, sur le plan
matériel, ils devaient se contenter d'une existence très simple.
Que l'un d'eux gaspillât sa vie à déchiffrer une unique inscription antique, il était libre de le faire, on lui prêtait même
main-forte. Mais s'il avait la prétention de bien vivre, de
s'habiller avec élégance, d'avoir de l'argent ou des titres, il se
heurtait à des interdictions impitoyables, et si ces appétits
comptaient pour lui, il retournait généralement dès ses jeunes
années dans le « siècle », devenait professeur spécialisé et
appointé, professeur privé, ou journaliste, à moins qu'il se mariât ou qu'il cherchât de quelque manière une vie à son goût.

Quand le jeune Joseph Valet dut prendre congé de Berolfingen, ce fut son professeur de musique qui l'accompagna à
la gare. Cela lui fit de la peine de se séparer de lui, et son cœur
se gonfla aussi un peu : il éprouva un sentiment d'isolement
et d'insécurité quand, au départ, le pignon dentelé au crépi
clair de la vieille tour du château disparut à l'horizon pour
ne plus reparaître. Beaucoup d'autres écoliers ne commencent
ce premier voyage qu'avec des sentiments beaucoup plus
violents, dans l'abattement et les larmes. De cœur, Joseph
était déjà bien plus là-bas qu'ici, il surmonta cela aisément.
Et le voyage n'était pas long.

Il avait été affecté à l'école des Frênes. Il en avait déjà vu
des images jadis dans le cabinet de son proviseur. Les Frênes
étaient la plus grande et la plus récente des cités scolaires de
Castalie. Tous les bâtiments étaient de construction assez

nouvelle ; il n'y avait pas de ville à proximité, seulement une petite colonie semblable à un village et étroitement entourée d'arbres.

Par derrière, l'établissement se déployait, vaste et gai, sur un terre-plein, autour d'un vaste espace rectangulaire au milieu duquel, placés comme les cinq points d'un dé, cinq séquoïas imposants dressaient leurs cônes foncés. L'immense cour était couverte en partie de gazon, en partie de sable, et n'était coupée que par deux grandes piscines d'eau courante, vers lesquelles descendaient de larges degrés plats. Quand on entrait sur cette esplanade ensoleillée, le bâtiment scolaire, le seul de l'établissement qui fût élevé, déployait devant vous ses deux ailes, précédées chacune d'un hall à cinq colonnes. Tous les autres édifices qui entouraient la cour de trois côtés, sans laisser d'ouverture, étaient très bas, plats et dépouillés, distribués par blocs égaux, dont chacun s'ouvrait sur l'esplanade par un portique et un perron de quelques marches. La plupart des arcades de ces portiques étaient garnies de pots de fleurs.

A son arrivée, le jeune Valet, selon l'usage de Castalie, ne fut pas reçu par un domestique de l'école, ni présenté à un proviseur ou à un conseil de professeurs : ce fut un camarade qui l'accueillit, un beau garçon de haute taille, vêtu de toile bleue, qui avait quelques années de plus que lui. Il tendit la main à Joseph et lui dit : « Je m'appelle Oscar, je suis le plus âgé de la maison de l'Hellas où tu vas habiter ; je suis chargé de te souhaiter la bienvenue chez nous et de t'introduire ici. On ne t'attend pas en classe avant demain matin, nous avons largement le temps de voir un peu tout, tu auras vite fait de t'y reconnaître. Je te demande d'autre part de me considérer dans les premiers temps, jusqu'à ce que tu sois habitué ici, comme ton ami et ton mentor et aussi comme ton protecteur, si jamais nos camarades venaient à te brimer ; il y en a qui se croient toujours obligés de tourmenter un peu les nouveaux. Ce ne sera pas méchant, je te le promets. A présent, je vais d'abord te mener à Hellas, notre école, pour que tu voies où tu seras logé. »

C'est en ces termes, conformes aux usages, qu'Oscar, que la direction avait désigné comme mentor de Joseph, accueillit le nouveau, et, de fait, il s'attacha à bien jouer son rôle ; c'est là une fonction qui plaît presque toujours aux anciens,

et quand un garçon de quinze ans se donne la peine de faire
la conquête d'un autre qui en a treize, en lui parlant avec
une camaraderie un peu protectrice et pleine de gentillesse,
il est presque toujours sûr de réussir. Les premiers jours,
Joseph fut traité par son mentor absolument comme un
invité dont on désire qu'il garde, dût-il repartir dès le lendemain, une bonne impression de la maison et de son hôte.
Il le conduisit à la chambre qu'il devait partager avec deux
autres garçons, lui offrit des biscuits et un gobelet de jus de
fruit. Il lui montra la maison de l'Hellas, l'un des secteurs
du grand rectangle réservé aux logements, lui indiqua à
quel endroit de l'aérium il pourrait accrocher sa serviette,
dans quel coin il pourrait cultiver des fleurs en pots, s'il en
avait envie. Et, sans même attendre le soir, il le mena voir le
chef des blanchisseurs, à la lingerie, où l'on choisit pour lui
un complet de toile bleue qu'on ajusta à sa taille. Dès le
premier instant, Joseph se sentit chez lui et adopta avec joie
le ton d'Oscar. C'était à peine s'il laissait paraître un léger
embarras, bien que cet ancien, qui déjà était depuis longtemps chez lui à Castalie, lui fît naturellement l'effet d'un
demi-dieu. Il trouva plaisir jusqu'aux petites vantardises et
au cabotinage auxquels Oscar se livrait à l'occasion. Il glissait
par exemple une citation grecque compliquée dans son discours, quitte à se rappeler courtoisement aussitôt que le
nouveau ne pouvait évidemment pas la comprendre encore;
c'était bien naturel et qui donc prétendait l'exiger de lui?

Par ailleurs, la vie d'interne n'avait rien de nouveau pour
Valet. Il se plia sans peine à sa discipline. Du reste, peu
d'événements importants de sa vie aux Frênes nous ont été
rapportés. Il est impossible qu'il ait encore assisté à l'effroyable incendie de l'école. D'après ses bulletins, dans la
mesure où ils ont pu être retrouvés, il obtint parfois les
notes maxima en musique et en latin, et il eut un peu
plus d'une honnête moyenne en mathématiques et en grec.
Le « journal de la maison » contient de loin en loin des
appréciations sur son compte, telles que : « ingenium valde
capax, studia non angusta, mores probantur », ou « ingenium felix et profectuumavidissimum, moribus placet officio-
sis ». Il n'est plus possible d'établir quelles punitions on lui
infligea aux Frênes : le registre des sanctions a été la proie
des flammes comme beaucoup d'autres choses. Un des

condisciples de Valet assura, paraît-il, plus tard, qu'au cours de ses quatre années aux Frênes, il n'avait été puni qu'une seule fois : on l'aurait privé de l'excursion hebdomadaire, pour avoir obstinément refusé de donner le nom d'un garçon qui avait enfreint une interdiction quelconque. Cette anecdote paraît digne de foi. Valet fut toujours, de toute évidence, un bon camarade et ne montra jamais aucune servilité envers ses supérieurs; mais que cette punition ait réellement été la seule en quatre ans, voilà qui est fort peu vraisemblable.

Notre documentation sur les premiers temps que passa Valet à l'école des élites est si pauvre, que nous aurons recours à un passage de ses conférences ultérieures sur le Jeu des Perles de Verre. Il n'existe pas, à vrai dire, de manuscrits autographes de ces causeries, faites à des débutants; c'est un élève qui a sténographié ce que Valet disait d'abondance. Valet parle à cet endroit des analogies et des associations d'idées dans le Jeu des Perles de Verre, et il distingue parmi ces dernières celles qui sont légitimes, c'est-à-dire compréhensibles à tous, et celles qui sont « particulières » ou subjectives. Il y dit ceci : « Afin de vous donner un exemple de ces associations d'idées particulières, qui ne perdent nullement leur valeur intrinsèque du fait qu'elles sont absolument prohibées dans le Jeu des Perles de Verre, je vais en évoquer une qui date du temps où j'étais moi-même à l'école. Je pouvais avoir quatorze ans, c'était vers la fin de l'hiver, en février ou en mars : un camarade m'invita à sortir un après-midi avec lui, pour aller couper quelques tiges de sureau, dont il voulait faire des tuyaux pour construire un petit moulin à eau. Nous partîmes donc, et cette journée dut être pour le monde ou pour mon cœur particulièrement belle, car elle est restée dans ma mémoire et m'a valu une petite aventure. Il faisait humide dans la campagne, mais la neige avait disparu. Le long des filets d'eau, la terre verdoyait déjà ferme. Dans les buissons sans feuilles, des bourgeons et les premiers chatons qui venaient d'éclore donnaient déjà un semblant de coloration, et l'air était plein de parfum, d'un parfum chargé de vie et de contradictions : cela sentait la terre humide, les feuilles en train de pourrir et les germes nouveaux. A chaque instant, on s'attendait à respirer déjà les premières violettes, bien qu'il n'y en eût pas encore. Nous arrivâmes aux sureaux : ils avaient des bourgeons menus, mais ils étaient encore dépourvus de feuilles, et, quand j'en coupai un rameau, un parfum violent, doux-amer, vint frapper mes narines : il semblait avoir rassemblé, totalisé et sublimé tous les autres parfums du printemps. Il me conquit tout entier : je flairai mon couteau, ma main, la branche de sureau. C'était sa sève qui dégageait cette odeur pénétrante et irrésistible. Nous n'en parlâmes pas, mais mon camarade flaira longuement, lui aussi, et pensivement le tuyau qu'il avait fait : ce parfum lui parlait, à lui aussi. Eh bien, chaque événement de notre vie possède justement sa magie, et l'événement pour moi, ce fut que, dès la traversée des prés saturés d'eau, j'éprouvai l'approche du printemps fortement, avec ivresse, en respirant cette odeur de terre et de bourgeons, ce fut qu'elle se concentrait et s'exhalait dans ce fortissimo du parfum des sureaux, jusqu'à devenir un symbole physique et un charme magique. Peut-être n'aurais-je plus jamais oublié cette odeur, même si ce petit événement était resté isolé. Et, chaque fois que plus tard et probablement jusque dans ma vieillesse, je l'aurais rencontrée de nouveau, cela aurait réveillé le souvenir du premier instant où j'avais pris conscience de ce parfum. Mais, à cela s'ajoute un deuxième élément. J'avais alors trouvé chez mon professeur de piano un vieux volume de notes qui exerça sur moi un attrait puissant : c'était un recueil des chansons de Franz Schubert. Je les avais feuilletées une fois où j'avais dû attendre le professeur assez longtemps et, sur ma prière, il me les avait prêtées pour quelques jours. Durant mes heures de liberté, je vécus tout entier dans les délices de la découverte. Je n'avais rien connu de Schubert jusqu'alors et j'étais entièrement sous son charme. Or, le jour de cette promenade aux sureaux, ou le lendemain, je découvris la chanson de printemps de Schubert, *Die linden Lüfte sind erwacht* [1], et les premiers accords de l'accompagnement de piano me saisirent avec la violence d'une reconnaissance : ces accords avaient un parfum qui était exactement celui du jeune sureau, aussi doux-amer, aussi fort, aussi concentré, aussi plein de l'annonce du printemps. Depuis cet instant l'association : prémices du printemps,

---

1. *Les douces brises se sont réveillées.*

— parfum du sureau — accords de Schubert, est pour moi quelque chose de stable et de valeur absolue. Dès les premières notes de l'accord, je sens de nouveau aussitôt, et en toutes circonstances le parfum âcre de la plante, et l'union de ces deux éléments représente pour moi les prémices du printemps. Cette association d'idées, qui m'est particulière, est un très beau privilège, que je ne donnerais pas pour un empire. Mais cette association, cette flambée, chaque fois, de deux impressions sensibles, quand je pense à l'annonce du printemps, est une affaire personnelle. Certes, elle est communicable sous la forme où je vous l'ai racontée ici. Mais elle n'est pas transmissible. Je peux vous faire comprendre mes associations d'idées, mais je ne puis faire en sorte que, ne fût-ce que chez un seul d'entre vous, elles deviennent également un signe valable, un mécanisme qui réagisse infailliblement à l'appel et qui se déroule toujours exactement de la même manière. »

L'un des condisciples de Valet, qui parvint plus tard au grade de premier archiviste du Jeu des Perles de Verre, a pu dire que Valet avait été, dans l'ensemble, un enfant plein d'une gaîté tranquille, qui parfois, quand il faisait de la musique, prenait une merveilleuse expression de concentration ou de bonheur. On ne l'avait, disait-il, que rarement vu violent et passionné, entre autres au jeu de balle rythmique, qu'il aimait beaucoup. Mais à plusieurs reprises cet enfant aimable et bien équilibré avait attiré l'attention sur lui, provoqué des railleries et aussi des préoccupations, en particulier, quand on avait procédé à l'exclusion de certains élèves, qui est assez souvent nécessaire, surtout dans les classes inférieures des écoles des élites. La première fois qu'un de ses camarades de promotion vint à manquer en classe et dans leurs jeux, qu'il ne revint pas non plus le lendemain et que le bruit se répandit qu'il n'était pas malade, mais qu'on l'avait mis à la porte et qu'il était parti pour ne plus revenir, Valet n'avait pas seulement été triste, il en était resté plusieurs jours bouleversé. Plus tard, des années après, il se serait exprimé à ce sujet dans ces termes : « Quand un élève était renvoyé des Frênes et qu'il nous quittait, cela me faisait chaque fois l'effet d'un décès. Si l'on m'avait demandé la raison de ma tristesse, j'aurais dit que j'avais pitié du malheureux, qui avait

compromis son avenir par sa légèreté et sa paresse, et que
j'éprouvais aussi de l'angoisse, celle qu'il pût un jour m'arriver peut-être aussi la même chose. Ce ne fut qu'après avoir
assisté à cela assez souvent et cessé, au fond, de croire à la
possibilité d'être victime, moi aussi, de ce destin, que je
commençai à voir un peu plus loin. Désormais l'exclusion
d'un *electus* ne me faisait plus simplement l'effet d'un malheur
et d'une punition, je savais aussi que les élèves renvoyés
étaient, dans certains cas, très contents de retourner chez
eux. Je m'apercevais à présent qu'en marge du tribunal et
du châtiment, dont un esprit léger pouvait être passible, le
« siècle » d'où nous étions tous issus, nous les *electi*, n'avait
pas cessé d'exister autant que je l'avais cru, qu'il constituait
au contraire pour beaucoup d'esprits une grande réalité
pleine de séduction qui les attirait et finissait par les rappeler à soi. Et peut-être ne jouait-il pas seulement ce rôle
vis-à-vis d'individus isolés, mais vis-à-vis de tous. Peut-être
n'était-il pas si sûr non plus que ce monde lointain exerçât
cette forte attraction sur les plus faibles et les plus médiocres.
Peut-être l'apparente rechute qu'ils subissaient n'était-elle
nullement une chute et une souffrance, mais un bond, un
acte : c'était peut-être nous qui étions les faibles et les
lâches, nous qui restions sagement aux Frênes. » Nous allons
voir qu'un peu plus tard ces idées lui tinrent vivement à cœur.

Toutes les fois qu'il revoyait le Maître de la Musique,
c'était pour lui une grande joie. Celui-ci venait aux Frênes
au moins tous les deux ou trois mois, il assistait aux leçons
de musique, passait des inspections. Il était du reste l'ami
d'un des professeurs de l'école, et il n'était pas rare qu'il
passât quelques jours chez lui. Une fois, il dirigea personnellement les dernières répétitions d'une exécution d'une des
Vêpres de Monteverdi. Mais il ne perdait surtout pas de
vue les élèves les plus doués de ces cours de musique et
Valet était de ceux qu'il honorait de son affection paternelle.
De temps à autre, il passait une heure au piano avec lui
dans l'une des salles d'exercices, à étudier les œuvres de
ses musiciens préférés ou les modèles donnés dans les
vieilles méthodes de composition. « Mettre sur pied un
canon avec le Maître de la Musique ou l'entendre en développer un mal construit jusqu'à l'absurde, cela avait souvent
une solennité ou une gaîté sans pareille. Parfois, on avait

peine à retenir ses larmes et d'autres fois on n'en finissait
plus de rire. On sortait d'une de ses leçons de musique
comme d'un bain et d'une séance de massage. »

Quand les études de Valet aux Frênes touchèrent à leur
fin — il devait, avec environ une douzaine d'autres écoliers
de sa promotion, passer dans une école du niveau supérieur —
le proviseur tint un jour à ces candidats le discours d'usage,
dans lequel il évoquait une fois de plus la signification et
les lois des écoles de Castalie, et leur traçait en quelque sorte,
au nom de l'Ordre, la voie à suivre, au bout de laquelle
ils auraient le droit d'accéder eux-mêmes à celui-ci. Ce discours solennel fait partie du programme d'un jour de fête,
que l'école offre aux promus et au cours duquel ceux-ci
sont les invités de leurs professeurs et de leurs condisciples.
Ce jour-là ont toujours lieu des concerts soigneusement prépa-
rés — cette fois, c'était une grande cantate du XVIIe siècle —
et le Maître de la Musique lui-même était venu l'entendre.
Après le discours du proviseur, tandis qu'on se rendait à la
salle à manger décorée, Valet s'approcha du Maître et lui
demanda : « Le proviseur nous a raconté ce qui se passe
en dehors de Castalie, dans les écoles et les universités ordinaires. Il a dit que les étudiants, là-bas, se préparent dans
les facultés aux « professions libérales ». Si j'ai bien saisi,
ce sont en majeure partie des professions que nous ignorons
complètement à Castalie. Comment dois-je l'entendre? Pourquoi les appelle-t-on des professions « libérales »? Et pourquoi faut-il que nous justement, à Castalie, nous en soyons
exclus? »

Le Magister Musicae prit l'adolescent à part et s'arrêta
sous l'un des séquoïas. Quand il lui répondit, une sorte de
sourire rusé fit surgir de petites rides autour de ses yeux.
« Tu t'appelles Valet, cher ami, peut-être est-ce pour cela
que le mot « libre » a tant de charme pour toi. Mais dans ce
cas, il ne faut pas le prendre trop au sérieux! Quand les non-
Castaliens parlent de professions libérales, ce terme a peut-
être une allure très sérieuse et même pathétique. Mais nous,
nous y mettons une intention ironique. Il y a certes une
certaine liberté dans ces métiers : c'est celle qu'a l'étudiant
de les choisir lui-même. Cela donne une apparence de liberté,
bien que dans la plupart des cas le choix soit fait moins
par l'étudiant que par sa famille; plus d'un père préférerait

se couper la langue plutôt que de laisser vraiment à son fils
la liberté du choix. Mais peut-être est-ce là une calomnie;
rejetons cette objection! Admettons que la liberté joue en
ce point, mais elle se limite uniquement à l'acte du choix.
Ensuite, c'en est fait d'elle. Dès ses études à l'université,
le médecin, le juriste, le technicien est prisonnier d'un cycle
de cours rigide, qui se termine par une gamme d'examens.
Quand il les a passés, il reçoit son diplôme et jouit alors de
nouveau de la liberté apparente de s'adonner à sa profession.
Mais il ne devient ainsi que l'esclave de puissances inférieures : il tombe sous la coupe du succès, de l'argent, de
son ambition, de sa vanité, du charme que les gens lui
trouvent ou ne lui trouvent pas. Il doit se soumettre à des
choix, gagner de l'argent; il participe aux rivalités impitoyables des castes, des familles, des partis, des journaux.
En compensation, il a toute licence d'avoir des succès et
de la fortune, et de provoquer la haine des malchanceux,
à moins que ce ne soit l'inverse. L'élève d'élite et le futur
membre de l'Ordre connaît à tout égard un destin opposé.
Il ne « choisit » pas son métier, il ne se croit pas capable de
juger de ses talents mieux que ses maîtres. Il se laisse toujours installer au degré de la hiérarchie et affecter à la
fonction que ses supérieurs choisissent pour lui — à moins,
il est vrai, que cela ne se passe à rebours et que les
qualités, les dons et les défauts de l'élève ne viennent
contraindre les professeurs à le placer à tel ou tel endroit.
Mais au sein de cette apparente sujétion, chaque *electus* jouit,
après ses premières études, de la plus grande liberté qu'on
puisse imaginer. Alors que l'homme des professions « libérales » doit s'astreindre, pour acquérir une formation professionnelle, à un cycle d'études étroit et rigide, clos par des
examens stricts, l'*electus* jouit, dès qu'il commence à travailler seul, d'une liberté si grande que beaucoup de ses semblables pratiquent, à leur gré, leur vie durant, les études les
plus ésotériques et souvent les plus fantasques, sans que personne s'y oppose, aussi longtemps du moins que leurs mœurs
ne dégénèrent pas. Celui qui est apte à être professeur est
utilisé comme tel, celui qui a des aptitudes d'éducateur ou de
traducteur est employé comme éducateur ou comme traducteur. Chacun trouve presque d'emblée la place où il peut
servir et en même temps être libre. Et par ailleurs, il est

soustrait pour la vie à cette « liberté » professionnelle qui représente un si effroyable esclavage. Il ignore la ruée vers l'argent, la gloire, les dignités, il ne connaît ni partis, ni divergences entre la personne et la fonction, entre les domaines privés et publics. Tu le vois, mon fils : quand on parle de professions « libérales », cette « liberté » s'entend dans un sens assez plaisant. »

Le départ des Frênes marqua une coupure nette dans la vie de Valet. Jusqu'alors il avait eu une enfance heureuse, il s'était plié de bon cœur et presque sans rencontrer de problèmes à une discipline harmonieuse. Ce fut une période de lutte, d'évolution et d'incertitude qui commença, alors. Il pouvait avoir dix-sept ans, quand on lui annonça, ainsi qu'à toute une série de camarades, qu'ils seraient bientôt mutés dans une école supérieure. Et pendant quelque temps il n'y eut plus pour ces élus de question plus importante ni plus discutée que celle du lieu où l'on allait transplanter chacun d'eux. Conformément à la tradition, on les en informa seulement quelques jours avant leur départ et, pendant la période qui s'écoula entre la fête d'adieu et celui-ci, on leur donna congé. Ces vacances furent pour Valet l'occasion d'une aventure belle et riche de sens. Le Maître de la Musique l'invita à venir à pied lui rendre visite et à être son hôte pour quelques jours. C'était là un grand et rare honneur. En compagnie d'un camarade qui venait également d'être promu — Valet dépendait en effet encore des Frênes, et les élèves de ce niveau n'étaient pas autorisés à voyager seuls — il se mit un matin en route vers la forêt et les montagnes, et quand, au bout de trois heures de montée à l'ombre des bois, ils atteignirent une croupe dégagée, ils virent à leurs pieds leur cité des Frênes. Elle était déjà toute petite et se laissait embrasser d'un coup d'œil, reconnaissable de loin à la masse sombre de ses cinq arbres géants, à son rectangle coupé d'une ligne de gazon, à ses pièces d'eau miroitantes, à la haute maison d'école, à ses communs, au petit village et à son célèbre bois de frênes. Les deux jeunes gens s'attardèrent à le regarder d'en haut; plus d'un parmi nous se souviendra de cette vue charmante. Ce n'était pas alors très différent d'aujourd'hui, car, après le grand incendie, les bâtiments ont été reconstruits presque sans modification, et trois des grands arbres ont survécu au feu. Les jeunes gens dominaient l'école qui, depuis des années, était leur patrie et qu'ils allaient à présent quitter. Tous deux en la voyant se sentirent le cœur serré.

— Je crois que je n'avais encore jamais vu combien c'est beau, fit le compagnon de Joseph. Oui, cela vient peut-être de ce que, pour la première fois, j'y vois une chose qu'il me faut quitter, à laquelle je dois dire adieu.

— C'est bien cela, dit Valet, tu as raison, c'est ce que je sens, moi aussi. Mais, même si nous quittons les Frênes, nous ne nous en détacherons pourtant pas réellement, au vrai sens du terme. Seuls, ceux qui sont partis pour toujours les ont réellement quittés, comme par exemple cet Otto, qui savait faire en latin de si merveilleux vers burlesques, ou comme notre Charlemagne, qui nageait si longtemps sous l'eau, et les autres. Ceux-là ont réellement dit adieu à l'école et s'en sont détachés. Il y avait longtemps que je ne pensais plus à eux, ils me reviennent maintenant à l'esprit. Tu peux te moquer de moi : leur chute a malgré tout quelque chose qui m'impose ; Lucifer, l'ange rénégat, a lui aussi de la grandeur. Ils ont peut-être fait ce qu'il ne fallait pas, ou plutôt ils l'ont certainement fait, mais ils n'en ont pas moins réalisé, accompli quelque chose, ils ont risqué le saut, et pour cela il fallait du courage. Nous autres, nous avons été travailleurs, patients, raisonnables, mais nous n'avons rien fait, nous n'avons pas franchi le pas.

— Je ne sais fit l'autre ; beaucoup d'entre eux n'ont rien fait, rien risqué, ils ont simplement mené une vie de fainéants jusqu'au jour où on les a renvoyés. Mais je ne te comprends peut-être pas tout à fait. Que veux-tu dire par franchir le pas?

— Je veux dire le pouvoir de lâcher tout, de le faire pour de bon, de franchir le pas justement ! Je n'ai pas envie de retourner d'un bond dans mon ancien pays ni dans mon ancienne vie, cela ne m'attire pas, je les ai presque oubliés. Mais ce dont j'ai envie, c'est de savoir, un jour, quand l'heure viendra, et si c'est nécessaire, lâcher tout, moi aussi, et risquer le saut, pourvu que ce ne soit pas pour retomber à un niveau plus médiocre, mais pour avancer et pour monter plus haut.

— Eh bien, c'est vers cela que nous nous orientons. Les

Frênes étaient un palier, le suivant sera plus élevé, et au terme, c'est l'Ordre qui nous attend.

— Oui, mais ce n'est pas ce que je voulais dire. Poursuivons notre route, *amice*, c'est si beau de marcher ainsi, cela va me rendre ma gaîté. Nous voilà tout mélancoliques.

Cet état d'esprit et ces paroles, que le camarade de Valet nous a transmises, annoncent déjà la période orageuse de sa jeunesse.

Il fallut deux jours de route aux voyageurs pour atteindre l'endroit où habitait alors le Maître de la Musique, ce Monteport haut perché, où, dans un ancien couvent, il faisait précisément des cours à des chefs d'orchestre. Le camarade de Valet fut logé à la maison des hôtes et lui-même eut une petite cellule dans la demeure du Maître. Il venait à peine d'y déballer son sac à dos et de se laver, que déjà son hôte entrait. Ce personnage vénérable tendit la main à l'adolescent, s'assit sur une chaise avec un léger soupir, ferma un instant les paupières, ainsi qu'il le faisait quand il était très fatigué, puis il dit amicalement, en levant les yeux vers lui : « Excuse-moi, je ne suis pas un très bon hôte. Tu arrives à l'instant d'un voyage à pied, tu dois être fatigué et pour être franc je le suis aussi, ma journée est un peu surchargée; mais si tu n'as pas déjà envie de dormir, j'aimerais t'emmener tout de suite passer une heure dans ma chambre. Tu pourras rester ici deux jours et inviter aussi demain ton compagnon à ma table, mais je n'ai malheureusement pas beaucoup de temps à t'accorder. Il faut donc que nous voyions où trouver les quelques heures dont j'ai besoin pour toi. Nous allons par conséquent commencer tout de suite, n'est-ce pas? »

Il mena Valet dans une grande cellule voûtée, où il n'y avait pour tout mobilier qu'un vieux piano et deux chaises, sur lesquelles ils s'assirent.

— Tu vas bientôt accéder à un autre degré, dit le Maître. Tu y apprendras toute sorte de nouveautés et dans le nombre beaucoup de jolies choses, tu commenceras aussi sans doute à goûter bientôt au Jeu des Perles de Verre. Tout cela est beau et important, mais il est une chose plus importante que tout le reste : tu apprendras à méditer. En apparence, tout le monde apprend cela, mais on n'a pas toujours la possibilité de le vérifier. Je désire que toi, tu l'apprennes bien, comme il faut, aussi bien que la musique; tout le reste en découlera ensuite de lui-même. Je voudrais donc te donner moi-même les deux ou trois premières leçons, c'est la raison pour laquelle je t'ai invité. Nous allons donc essayer aujourd'hui, demain et après-demain de méditer une heure chaque jour. Notre sujet sera la musique. On va te donner maintenant un verre de lait, pour que tu ne sois pas dérangé par la faim ni par la soif; on ne nous servira le dîner que plus tard.

Quelqu'un frappa à la porte : on apportait un verre de lait.

— Bois lentement, lentement, l'exhorta-t-il, prends ton temps et ne parle pas en buvant.

Valet but tout doucement son lait frais. L'homme qu'il vénérait était assis devant lui, il tenait de nouveau les yeux clos, son visage paraissait très vieux, mais aimable, plein de paix. Il souriait en lui-même, on eût dit qu'il était entré dans ses pensées, comme un voyageur fatigué dans un bain de pieds. Une quiétude émanait de sa personne. Valet le sentit et cela le calma.

Le Maître se retourna alors sur sa chaise et posa les mains sur le piano. Il joua une phrase et la poursuivit avec des variations. Cela semblait être un morceau d'un maître italien. Il engagea son invité à se représenter le déroulement de cette mélodie comme une danse, une série ininterrompue d'exercices d'équilibre, une succession de pas plus ou moins longs, partant du milieu d'un axe de symétrie, et à concentrer toute son attention sur la figure qu'ils traçaient. Il joua encore une fois les mesures, puis songea en silence, les joua de nouveau et resta assis, sans mot dire, les mains sur les genoux, les yeux mi-clos, sans mouvement, répétant intérieurement la mélodie, la contemplant. Son élève, en lui-même, y prêtait aussi l'oreille, il voyait devant lui des fragments de partitions, il voyait quelque chose se mouvoir, marcher, danser, planer, il essayait de reconnaître le mouvement et de le lire, comme les courbes de la ligne que trace un vol d'oiseau. Elles se confondaient, puis se perdaient, il était obligé de reprendre au début; un instant cette concentration l'abandonna, il se trouva dans le vide, jeta un regard gêné autour de lui et vit la face du Maître, immobile et absorbée, planer blême dans le demi-jour, il retrouva alors le chemin de ce lieu spirituel d'où il avait glissé, il y entendit de nouveau résonner la musique, il l'y vit marcher, décrire la ligne de son mouvement, il suivit des yeux et de la pensée les pieds dansants de l'invisible...

Il lui parut qu'un long moment s'était écoulé, quand il eut l'impression de glisser encore de cet espace, quand de nouveau il sentit sous lui sa chaise, le sol carrelé couvert de nattes, quand il perçut derrière les fenêtres la lueur affaiblie du crépuscule. Il eut la sensation que quelqu'un le regardait, il leva les yeux et rencontra ceux du Maître de la Musique, qui le considérait attentivement. Celui-ci lui adressa un signe à peine perceptible d'approbation, joua d'un seul doigt, pianissimo, la dernière variation de cet air italien et se leva.

— Reste assis ici, dit-il, je vais revenir. Cherche encore une fois à retrouver en toi cette musique, fais attention à la figure! Mais ne te force pas, ce n'est qu'un jeu. Et si, ce faisant, tu t'endors, il n'y aura pas grand mal.

Il s'en alla; un travail l'attendait, legs de cette journée trop chargée. Ce n'était pas une tâche aisée ni plaisante, elle n'était pas de celles qu'il aimait. Parmi les élèves du cours des chefs d'orchestre, il y avait un garçon fort doué, mais vaniteux et prétentieux : il devait encore s'entretenir avec lui, vaincre ses mauvaises manières, lui démontrer ses torts, manifester auprès de lui aussi bien sa préoccupation que sa supériorité, son affection que son autorité. Il poussa un soupir. Fallait-il donc que l'ordre ne fût jamais définitif, qu'on n'eût jamais fait place nette des erreurs reconnues? Que chaque fois on combattît les mêmes fautes, qu'on arrachât les mêmes mauvaises herbes? Le talent sans caractère, la virtuosité sans hiérarchie, qui avaient dominé autrefois la vie musicale, à l'âge des pages de variétés, et qu'on avait éliminés et répudiés au cours de la renaissance de la musique, recommençaient de nouveau à verdoyer et à pousser des bourgeons.

Quand il revint de cette démarche, pour partager son dîner avec Valet, il trouva celui-ci silencieux, mais gai et nullement fatigué. « C'était très beau, dit rêveusement le jeune garçon. Entre temps la musique s'est totalement évanouie de mon esprit, elle s'est métamorphosée.

— Laisse-la poursuivre en toi son vol », dit le Maître, en le conduisant dans un petit appartement où l'on avait préparé une table avec du pain et des fruits. Ils mangèrent, et le Maître l'invita à assister un moment, le lendemain, au cours des chefs d'orchestre. Avant de se retirer et de conduire son hôte à sa cellule, il lui dit : « Dans ta méditation, tu as vu quelque chose, la musique t'est apparue comme une figure. Essaie, si cela te tente, de la décrire après coup. »

Dans sa cellule d'invité, Valet trouva sur la table une feuille de papier et des crayons et, avant d'aller se reposer, il essaya de dessiner la figure dont cette musique avait, pour lui, épousé la forme. Il traça une ligne d'où partaient obliquement, à des intervalles harmonieux, de courtes barres latérales; cela rappelait un peu l'ordonnance des feuilles le long d'une branche d'arbre. Le résultat ne le satisfit pas, mais l'envie le prit d'essayer encore une fois, puis de recommencer à nouveau. Finalement, par jeu, il recourba la ligne en un cercle, d'où les barres latérales rayonnaient comme les fleurs d'une couronne. Puis il se mit au lit et s'endormit rapidement. En rêve, il revint sur cette croupe au-dessus des bois où il avait fait halte la veille avec son camarade, il vit s'étendre à ses pieds ses chers Frênes, et pendant qu'il regardait en bas, le rectangle des bâtiments de l'école se transforma en ovale, puis en cercle, en une couronne, et celle-ci commença à tourner lentement, puis avec une rapidité croissante et elle finit par pivoter à une vitesse folle, éclata et se dispersa en étoiles étincelantes.

Quand il s'éveilla, il n'en avait gardé aucun souvenir, mais lorsque plus tard, au cours d'une promenade matinale, le Maître lui demanda s'il avait rêvé, il lui sembla qu'il avait dû faire un songe sinistre ou inquiétant, il réfléchit, en retrouva le souvenir. Il le raconta et fut surpris de son insignifiance. Le Maître l'écouta attentivement.

— Faut-il donc faire attention aux rêves? demanda Valet. Peut-on en donner une interprétation?

Le Maître le regarda dans les yeux et dit brièvement : « Il faut faire attention à tout, car on peut tout interpréter. » Mais quelques pas plus loin, il lui demanda d'un ton paternel : « Dans quelle école préférerais-tu donc aller? » Joseph rougit. Sans hésiter, il répondit à voix basse : « A Celle-les-Bois, je crois. » Le Maître approuva d'un signe. « C'est ce

que je pensais. Tu connais sûrement le vieux dicton : « Gignit
« autem artificiosam... »

Le visage encore empourpré, Valet compléta la formule
que tous les élèves connaissaient bien : « Gignit autem artificiosam lusorum gentem Cella silvestris. » En français :
« Or, Celle-les-Bois est la mère de l'ingénieuse tribu des
joueurs de Perles de Verre. »

Le vieillard lui jeta un regard plein de cordialité. « C'est
sans doute là qu'est ta voie, Joseph. Tu sais que tout le
monde n'approuve pas le Jeu des Perles. On dit que c'est
un succédané des arts et que les joueurs sont des rhéteurs,
qu'on ne peut plus les considérer comme de véritables intellectuels, et que ce ne sont justement que des artistes fantasques et dilettantes. Tu verras jusqu'à quel point c'est vrai.
Tu te fais peut-être toi-même, sur le Jeu des Perles de Verre,
des idées qui lui prêtent plus qu'il ne tiendra, en ce qui te
concerne; peut-être est-ce aussi l'inverse. Il est certain que
ce Jeu a ses dangers. C'est justement pour cela que nous
l'aimons. Sur les chemins sans risques on n'envoie que les
faibles. Mais tu ne devras jamais oublier ce que je t'ai dit si
souvent : nous sommes faits pour reconnaître avec précision
les antinomies, tout d'abord en leur qualité d'antinomies,
mais ensuite en tant que pôles d'une unité. Il en est également
ainsi du Jeu des Perles de Verre. Les natures d'artistes
en sont éprises, parce qu'on peut y faire montre d'imagination; les esprits rigoureusement scientifiques et spécialisés le
méprisent — et avec eux beaucoup de musiciens — sous prétexte qu'il lui manque ce degré de rigueur dans la discipline
où peuvent atteindre les sciences particulières. Soit, tu
apprendras à connaître ces antinomies et tu découvriras
avec le temps que ce ne sont pas là des antinomies d'objets,
mais celles des sujets, que par exemple un artiste qui fait
œuvre d'imagination évite les mathématiques pures et la
logique non parce qu'il a décelé quelque chose en elles, ni
parce qu'il y trouve à redire, mais parce que d'instinct il est
porté ailleurs. Tu pourras, à ce genre d'inclinations et de
répugnances instinctives et violentes, reconnaître avec sûreté
les âmes mesquines. Dans la réalité, c'est-à-dire chez les âmes
grandes et les esprits supérieurs, ces passions n'existent pas.
Chacun de nous n'est rien de plus qu'humain, rien de plus
qu'un essai, une étape. Mais cette étape doit le conduire vers

le lieu où se trouve la perfection, il doit tendre vers le centre
et non vers la périphérie. Note cela : on peut être un logi-
cien ou un grammairien rigoureux, et être en même temps
plein de fantaisie et de musique. On peut être instrumen-
tiste ou joueur de Perles de Verre et en même temps entièrement dévoué à la loi et à l'ordre. L'être humain auquel
nous songeons et que nous voulons, que nous nous propo-
sons de devenir, échangerait chaque jour sa science ou son
art contre n'importe quels autres, il ferait resplendir dans
le Jeu des Perles de Verre la logique la plus cristalline et
dans la grammaire l'imagination la plus féconde. C'est ainsi
que nous devrions être, on devrait pouvoir à tout instant
nous affecter à un autre poste, sans que nous nous insur-
gions là contre et nous laissions troubler pour autant.

— Je crois comprendre, dit Valet. Mais ceux qui ont des
préférences et des aversions aussi fortes ne se trouvent-ils
pas être tout simplement des natures plus passionnées, alors
que les autres ont des tempéraments plus calmes et plus
doux?

— Voilà qui semble vrai et qui ne l'est pourtant pas, fit
le Maître en riant. Pour être bon à tout et à la hauteur de
toutes les tâches, il ne faut certes pas manquer de force
d'âme, ni de dynamisme et de chaleur, mais en regorger.
Ce que tu nommes passion, ce n'est pas une force de l'âme,
ce sont les frictions entre l'âme et le monde extérieur. Là
où règne une humeur passionnée, la force du désir et de
l'élan n'a rien de débordant : elle est dirigée vers un but
individuel et erroné, d'où cette atmosphère de tension et
d'orage. Quiconque dirige les forces les plus hautes de son
désir vers le centre, vers l'être véritable, la perfection, paraîtra plus calme qu'un passionné, parce que la flamme de son
ardeur ne sera pas toujours visible, parce que, par exemple
dans une discussion, il ne criera ni ne gesticulera. Mais, je
te le dis : il faut qu'il soit plein d'ardeur et de flamme!

— Ah! si seulement on pouvait acquérir le savoir! s'écria
Valet. S'il y avait une doctrine, quelque chose à quoi l'on
pût croire! Tout se contredit, tout se dérobe, il n'y a de certitude nulle part. On peut tout interpréter dans un sens
comme dans le sens opposé. On peut déceler dans l'ensemble
de l'histoire universelle un développement et un progrès,
mais aussi bien n'y voir que déchéance et absurdité. N'existe-

t-il donc pas de vérité ? N'y a-t-il donc pas une doctrine qui soit authentique et valable ? »

Le Maître ne l'avait jamais entendu parler avec autant de violence. Il parcourut encore un bout de chemin, puis il lui dit : « La vérité existe, mon cher, mais la « doctrine » que tu réclames, l'enseignement absolu qui confère la sagesse parfaite et unique, cela n'existe pas. Il ne faut pas non plus avoir le moins du monde la nostalgie d'un enseignement parfait, mon ami; c'est à te parfaire toi-même que tu dois tendre. La divinité est en *toi*, elle n'est pas dans les idées ni dans les livres. La vérité se vit, elle ne s'enseigne pas *ex cathedra*. Prépare-toi à des luttes, Joseph Valet, je vois bien qu'elles ont déjà commencé. »

Ces journées firent voir pour la première fois à Joseph son Magister bien-aimé dans son existence et son travail de chaque jour, et il l'admira beaucoup, bien qu'il n'eût sous les yeux qu'une petite partie de ses réalisations quotidiennes. Mais ce qui le conquit, ce fut surtout que le Maître s'occupât de lui ainsi qu'il l'eût invité à venir le voir, qu'en plein travail cet homme surmené et qui souvent paraissait si las lui réservât encore des heures et plus que des heures ! Si cette initiation à la méditation produisit sur lui un effet si profond, et si durable, ce ne fut pas, ainsi qu'il apprit plus tard à en juger, grâce à une technique particulièrement subtile ou originale, mais uniquement en raison de la personne et de l'exemple du Maître. Les professeurs qu'il eut par la suite et chez qui, l'année suivante, il apprit la méditation, lui donnèrent davantage d'indications, un enseignement plus précis, ils pratiquèrent un contrôle plus pénétrant, lui posèrent davantage de questions et trouvèrent davantage à reprendre. Le Maître de la Musique, sûr du pouvoir qu'il avait sur l'adolescent, ne parlait et n'enseignait presque pas, il se contentait, au fond, de lui indiquer des sujets et de donner l'exemple. Valet observa que son maître, qui avait souvent l'air si vieux et si fatigué, se concentrait alors en lui-même, les yeux mi-clos, et qu'ensuite il était en mesure de lui lancer un regard calme, plein de vigueur, de sérénité et de cordialité : rien n'aurait pu le convaincre plus intimement que c'était là la voie qui menait aux sources, qui conduisait de l'inquiétude à la quiétude. Ce que le Maître pouvait avoir à dire explicitement à ce sujet, Valet l'entendit incidemment ici ou là, au cours d'une brève promenade ou d'un repas.

Nous savons que Valet reçut alors du Magister quelques premières indications et des directives relatives au Jeu des Perles de Verre, mais les termes ne nous en sont absolument pas parvenus. Il fut frappé de voir que son hôte se préoccupait beaucoup de son compagnon, afin qu'il n'eût pas trop le sentiment d'être uniquement un comparse. Cet homme semblait penser à tout.

Ce bref séjour à Monteport, les trois séances de méditation, l'assistance aux cours de chefs d'orchestre, ses quelques entretiens avec le Maître eurent pour Valet beaucoup d'importance; d'une main sûre, celui-là avait saisi l'instant le plus efficace pour sa brève intervention. Le principal objet de son invitation avait été d'inculquer à l'adolescent le prix de la méditation, mais cette invitation par elle-même n'avait pas eu moins d'importance : c'était une distinction, le signe qu'on s'intéressait à lui, qu'on en attendait quelque chose. C'était le deuxième degré de la vocation. On l'avait autorisé à plonger un regard dans les arcanes; quand l'un des douze Maîtres appelait ainsi près de lui l'un des élèves de ce degré, ce n'était pas seulement la marque d'une bienveillance personnelle. Ce qu'un Maître faisait, dépassait toujours le cadre personnel.

Au moment de partir, les deux écoliers reçurent de petits cadeaux : Joseph un cahier qui contenait les préludes de deux chorals de Bach, et son camarade une élégante édition de poche d'Horace. En prenant congé de Valet, le Maître lui dit : « Tu apprendras dans quelques jours à quelle école tu seras affecté. J'y viendrai moins fréquemment qu'aux Frênes, mais nous nous y reverrons aussi certainement, si je reste en bonne santé. Tu pourras, si tu veux, m'écrire une lettre une fois par an, en particulier sur le déroulement de tes études de musique. Il ne te sera pas interdit d'y critiquer tes professeurs, mais j'y attache moins de prix. Bien des choses t'attendent : j'espère que tu feras tes preuves. Notre Castalie ne doit pas être seulement une sélection, elle doit être avant tout une hiérarchie, un édifice dans lequel chaque pierre ne doit sa signification qu'à l'ensemble. Cet ensemble n'a pas d'issue, et, quand on y monte et qu'on y reçoit des tâches plus hautes, on n'y acquiert pas davantage de liberté, mais seulement des responsabilités de plus en plus lourdes. Au revoir, mon jeune ami, ce fût une joie pour moi, que de t'avoir ici. »

Les deux jeunes garçons s'en retournèrent à pied. En route, ils furent plus gais et plus loquaces qu'à l'aller. Ce changement d'air de quelques jours, la vue d'images nouvelles, le contact avec un milieu différent les avaient stimulés, libérés des Frênes, de l'atmosphère de départ qui y régnait, et rendus deux fois plus avides de changement et d'avenir. A plusieurs reprises, au cours d'une halte en forêt ou au-dessus d'une des gorges abruptes de la région de Monteport, ils sortirent de leurs poches leurs flûtes de bois et jouèrent à deux voix quelques chansons. Et, quand ils atteignirent de nouveau cette éminence qui dominait les Frênes et d'où l'on voyait l'école et ses arbres, il leur sembla à tous deux que la conversation qu'ils avaient eue à cet endroit se perdait déjà dans le passé. Les choses avaient toutes revêtu un nouvel aspect; ils ne dirent pas un mot, ils avaient un peu honte de leurs sentiments et de leurs paroles d'alors, si vite dépassés et devenus sans objet.

Aux Frênes, ils apprirent dès le lendemain leur affectation. Valet était nommé à Celle-les-Bois.

CELLE-LES-BOIS

« Mais Celle-les-Bois est la mère de l'industrieuse tribu des Joueurs de Perles de Verre », dit de cette célèbre école une vieille devise. Parmi les écoles castaliennes du deuxième et du troisième degrés c'était celle qui sacrifiait le plus aux muses. En effet, alors que dans d'autres telle ou telle science particulière l'emportait très nettement, par exemple à Trias-Cité la philologie des langues anciennes, à Porta la philosophie aristotélicienne et scolastique, à Planvaste les mathématiques, à Celle-les-Bois au contraire on cultivait par tradition une certaine tendance à l'universalité et à la fraternisation des sciences et des arts; le suprême symbole de ces tendances était le Jeu des Perles de Verre. A dire vrai, pas plus que dans aucune autre école, il n'y était matière d'enseignement officielle et obligatoire; mais c'était à lui que les élèves de Celle-les-Bois consacraient presque exclusivement leurs études privées. D'autre part, la petite ville de Celle était aussi le siège du Jeu officiel et de ses institutions : c'était là que se trouvaient le célèbre hall destiné aux jeux solennels, les gigantesques archives du Jeu avec leurs fonctionnaires et leurs bibliothèques, là que résidait le Ludi Magister. Et, bien que ce fussent des institutions absolument autonomes et que l'école ne leur fût en aucune façon rattachée, ce n'était pas moins leur esprit qui régnait là. Quelque chose de la solennité des grands jeux publics flottait dans l'air du lieu. La petite ville elle-même tirait

une grande fierté d'héberger non seulement une école, mais
le Jeu. Les gens du cru appelaient les écoliers des « étudiants », par contre les stagiaires et les hôtes de l'école du
jeu étaient qualifiés de « Luseurs », déformation de Lusores.
L'école de Celle-les-Bois était, au demeurant, le plus petit
de tous les établissements de Castalie; ses effectifs scolaires
n'ont jamais guère dépassé soixante, et c'est aussi certainement cette particularité qui lui donnait un caractère aristocratique et à part, l'apparence d'une distinction et d'une
élite restreinte au sein des élites; il faut ajouter qu'au
cours des dernières décennies beaucoup de Magisters et tous
les maîtres du Jeu des Perles de Verre étaient sortis de ce
vénérable établissement. Il est vrai que cette éclatante
renommée de Celle-les-Bois n'était nullement incontestée.
Il se trouvait aussi, çà et là, des gens pour estimer que les
Cellois étaient de beaux esprits prétentieux, des princes
gâtés et bons à rien, une fois sortis de leur Jeu des Perles.
De temps en temps, dans plusieurs autres écoles, la mode fut
à des slogans fort méchants et fort amers sur le compte des
Cellois, mais la causticité même de ces bons mots et de ces
critiques montre bien qu'on avait des raisons d'être envieux
et jaloux. Tout bien compté, être muté à Celle-les-Bois
représentait jusqu'à un certain point une distinction; Joseph
Valet le savait aussi, et quoiqu'il ne fût pas ambitieux, au
sens vulgaire du terme, il accueillit cette distinction avec
une fierté joyeuse.

Il arriva en compagnie de plusieurs camarades à Celleles-Bois, après avoir fait le voyage à pied : il franchit la
porte du Sud, plein d'attente et de sympathie, et aussitôt il
fut conquis et charmé par cette antique petite ville de couleur ocre et par l'imposant déploiement de l'ancien couvent de
Cisterciens qui hébergeait l'école. Avant même d'avoir reçu
sa tenue, aussitôt après avoir pris la collation des nouveaux
arrivants à la conciergerie de l'établissement, il se mit tout
seul en route, pour découvrir sa nouvelle patrie; il trouva le
sentier qui suit les ruines de l'ancien rempart et franchit la
rivière; il s'arrêta sur le pont en dos d'âne, écouta le murmure
de l'eau contre la digue du moulin, descendit l'allée des
tilleuls, le long du cimetière. Il vit et reconnut derrière les
hautes haies le Vicus Lusorum, cette petite cité réservée aux
Joueurs de Perles de Verre : la salle des fêtes, les archives,

les salles de cours, les maisons des professeurs et des invités.
Il vit sortir de l'une d'elles un homme qui portait la tenue
des Joueurs de Perles, et il songea en lui-même que ce devait
être l'un de ces Lusores légendaires, voire le Magister Ludi
en personne. La magie de cette atmosphère l'impressionna
fortement; tout ici lui paraissait ancien, vénérable, sanctifié,
chargé de tradition. Ici, l'on était un peu plus près du centre
qu'aux Frênes. En revenant du quartier des Joueurs de
Perles, il fut sensible à d'autres charmes, moins vénérables
peut-être, mais aussi excitants. Ce fut la petite ville, par-
celle de monde profane, avec son va-et-vient, ses enfants
et ses chiens, ses odeurs de magasins et de métiers, avec ses
bourgeois barbus et ses grosses femmes postées derrière les
portes des boutiques, ses enfants qui chantaient et criaient
à tue-tête, ses jeunes filles aux regards moqueurs. Maint
détail lui rappela des univers antérieurs et lointains, Berolf-
fingen; il s'était figuré avoir complètement oublié tout cela.
Des couches profondes de son âme vibraient en présence de
toutes ces choses, de ces images, de ces sons, de ces odeurs.
Un monde un peu moins tranquille, mais plus bigarré et plus
riche que ne l'avait été celui des Frênes, semblait l'attendre ici.

L'école, il est vrai, constituait au premier abord l'exacte
continuation de la précédente, encore que quelques disciplines nouvelles fussent venues en surcroît. Il n'y avait là
de vraiment neuf que les exercices de méditation. Or, le
Maître de la Musique lui en avait déjà donné un avant-
goût. Il se plia volontiers à cette pratique, sans y voir tout
d'abord davantage qu'un jeu agréable et délassant. Ce ne
fut qu'un peu plus tard — nous nous en souviendrons —
qu'il devait en découvrir par une expérience personnelle la
valeur particulière et profonde. Le directeur de l'école de
Celle-les-Bois était un homme original et un peu craint,
Otto Zbinden, qui approchait déjà alors de la soixantaine :
un bon nombre des annotations relatives à l'élève Joseph
Valet, que nous avons examinées, sont de sa belle écriture
passionnée. Mais ce furent moins ses professeurs que ses
condisciples qui éveillèrent tout d'abord la curiosité de
notre adolescent. Il a eu, notamment avec deux d'entre eux,
des relations et des échanges d'idées fort animés et sur lesquels
nous possédons des témoignages multiples. L'un, avec lequel

il se lia dès les premiers mois, Carlo Ferromonte (qui plus tard, en qualité d'adjoint du Maître de la Musique, atteignit la deuxième place dans la hiérarchie administrative), était du même âge que Valet. Nous lui devons, entre autres, une histoire du style de la musique de luth au XVIe siècle. A l'école on l'appelait « le mangeur de riz »; c'était un camarade de jeu agréable et apprécié; son amitié pour Joseph naquit de leurs conversations sur la musique et elle aboutit à des études et à des exercices en commun qui se poursuivirent plusieurs années et dont nous informent en partie les rares mais substantielles lettres que Valet adressa au Maître de la Musique. Dans la première de celles-ci, Joseph qualifie Ferromonte de « musicien connaisseur, spécialiste de la richesse ornementale, des fioritures, des trilles, etc. ». Il jouait avec lui du Couperin, du Purcell et d'autres maîtres du début du XVIIIe siècle. Dans l'une de ces lettres, Valet s'étend sur cette musique et sur ces exercices, « où, dans certains morceaux, il y a un agrément presque au-dessus de chaque note ». « Quand on a bien joué ainsi pendant quelques heures, poursuit-il, que des battements, des trilles brillants et des mordants, on a les doigts comme chargés d'électricité. »

Il fit effectivement de grands progrès en musique. Dans sa seconde ou sa troisième année de Celle-les-Bois, il connaissait et déchiffrait assez couramment les notes dans les différentes clefs, avec les abréviations, la basse, dans des partitions de tous les siècles et de tous les styles. Il se familiarisa avec le monde de la musique occidentale, dans la mesure où elle nous a été transmise, de cette manière particulière qui est le fruit du métier et ne dédaigne pas d'observer et de cultiver avec soin l'élément sensible et technique pour pénétrer l'esprit. Ce fut précisément son empressement à saisir cet élément sensible, ses efforts pour lire, dans le sensoriel, le sonore, dans les impressions de son ouïe, l'esprit des différents styles musicaux, qui le retinrent étonnamment longtemps de se consacrer, avec les premières classes de l'école, au Jeu des Perles de Verre. Il a, plus tard, dans ses conférences, prononcé ces paroles : « Quand on ne connaît la musique que par les essences qu'en a distillées le Jeu des Perles de Verre, on peut être un bon Joueur de Perles, mais il s'en faut qu'on soit musicien et sans doute aussi historien.

La musique ne consiste pas seulement en ces vibrations et
en ces combinaisons de lignes purement spirituelles que
nous en avons abstraites. Elle a consisté, au premier chef,
au cours de tous les siècles, en une joie sensuelle, celle
d'exhaler son souffle, de battre la mesure, de sentir les colo-
rations, les frictions et l'excitation qui résultent du mélange
des voix et de la conjugaison des instruments. Certes l'esprit
est l'essentiel, certes l'invention de nouveaux instruments
et la modification des anciens, l'introduction de nouveaux
modes et de règles ou de prohibitions nouvelles dans la
composition et l'harmonie ne sont que des manifestations
extérieures, comme les costumes nationaux et les modes
des différents peuples. Mais il faut avoir saisi et goûté
intensément et sensuellement ces caractères extérieurs et
sensibles, pour comprendre, à partir d'eux, les époques et
les styles. On fait de la musique avec ses mains et ses
doigts, avec sa bouche, avec ses poumons et pas seulement
avec son cerveau, et si, tout en sachant lire les notes, on ne
sait jouer parfaitement d'aucun instrument, on n'a pas
voix au chapitre. L'histoire de la musique ne saurait non
plus se comprendre à partir de la seule histoire abstraite
des styles; par exemple les époques de décadence musicale nous demeureraient totalement incompréhensibles,
si nous ne reconnaissions chaque fois chez elles la prépon-
dérance de l'élément sensuel et quantitatif sur le spirituel. »

Pendant quelque temps on eût pu croire que Valet avait
résolu de devenir seulement un musicien. Il négligea toutes
les disciplines facultatives, entre autres la première initiation au Jeu des Perles de Verre, pour se consacrer à la
musique, et cela à tel point que, vers la fin du premier semestre,
le proviseur lui en fit l'observation. L'élève Valet ne se laissa
pas démonter. Il défendit opiniâtrement le point de vue des
droits des élèves. On assure qu'il déclara au proviseur :
« Si j'ai des défaillances dans l'une des disciplines officielles
du programme, vous êtes en droit de me blâmer; mais je
ne vous en ai donné aucun motif. Je suis par contre dans
mon droit, en consacrant à la musique les trois ou même
les quatre quarts du temps dont j'ai la libre disposition.
Je me réfère aux statuts. » Le proviseur Zbinden eut l'intelligence de ne pas insister, mais il ne perdit naturellement

pas de vue cet élève, et l'on prétend qu'il le traita longtemps avec une froide rigueur.

Cette période singulière de la vie scolaire de Valet dura plus d'un an, vraisemblablement près de dix-huit mois. Des notes normales, mais sans éclat, une réserve silencieuse et — ainsi que cet incident avec le proviseur le donne à penser — un peu hargneuse, pas d'amitiés remarquables, mais en revanche cet acharnement extraordinairement passionné à faire de la musique, l'abstention de presque toutes les matières facultatives et même du Jeu des Perles de Verre : quelques traits de ce portrait d'adolescent portent assurément la marque de la puberté. Il est probable qu'au cours de cette période il n'eut que des contacts fortuits et pleins de défiance avec l'autre sexe. Il devait être fort timide comme beaucoup d'élèves des Frênes, quand ils n'avaient pas de sœurs. Il a beaucoup lu, en particulier les philosophes allemands : Leibniz, Kant et les romantiques, parmi lesquels Hegel fut, de loin, celui qui exerça sur lui l'attraction la plus forte.

Nous devons maintenant nous étendre un peu plus longuement sur cet autre condisciple qui a joué un rôle déterminant dans la vie de Valet à Celle-les-Bois, l'auditeur Plinio Designori. Il était auditeur libre, c'est-à-dire qu'il suivait en qualité d'hôte le cycle des écoles des élites, sans avoir par conséquent l'intention de s'attarder de façon durable dans la Province pédagogique ni d'accéder à l'Ordre. Il y avait de temps à autre des auditeurs libres de ce genre, très rarement il est vrai, car l'administration de l'enseignement n'a, bien entendu, jamais tenu à former des élèves qui, après avoir accompli leur temps d'études dans les écoles des élites, se proposaient de rentrer chez leurs parents et de retourner dans le siècle. Il y avait toutefois dans le pays quelques vieilles familles patriciennes qui s'étaient acquis de grands mérites aux temps de la fondation de Castalie et dans lesquelles s'était maintenu l'usage, qui survit encore partiellement aujourd'hui, de faire parfois instruire un fils comme auditeur libre dans les écoles des élites, lorsqu'il était suffisamment doué. Ce privilège avait pris valeur de tradition dans quelques-unes de ces grandes familles. Or, ces auditeurs libres, bien que soumis à tous points de vue aux mêmes règles que n'importe quel élève des élites, constituaient une exception au sein de la population scolaire : au lieu, comme

les autres, de se détacher un peu plus chaque année de leur
pays natal et de leur famille, ils allaient y passer toutes leurs
vacances et faisaient toujours figure d'invités et d'étrangers
parmi leurs condisciples, car ils conservaient les manières et
la mentalité de leur lieu d'origine. La maison paternelle les
attendait, une carrière séculière, une profession, une épouse.
Et l'on ne connaît que très peu de cas d'élèves-auditeurs de
ce genre qui, sous l'emprise de l'esprit de la Province, fussent
finalement demeurés à Castalie avec l'agrément de leur
famille et qui eussent accédé à l'Ordre. Par contre, plusieurs
hommes d'État, qui ont laissé un nom dans l'histoire de
notre pays, ont été dans leur jeunesse des élèves-auditeurs
et sont intervenus avec vigueur en faveur des écoles des
élites et de l'Ordre, aux époques où l'opinion publique, pour
une raison ou une autre, considérait ceux-ci d'un œil critique.

Plinio Designori, que Joseph Valet rencontra à Celle-les-
Bois et dont il était de peu le cadet, était donc un auditeur
libre de ce genre. C'était un jeune garçon fort doué, orateur
et polémiste particulièrement brillant. Être fougueux et un
peu inquiet, il causait bien des soucis au proviseur Zbinden,
car, tout en se comportant en bon élève, sans prêter aux
critiques, il ne faisait aucun effort pour oublier sa situation
exceptionnelle d'auditeur libre et s'aligner sur les autres le
plus discrètement possible : au contraire, il affichait délibéré-
ment agressivement sa mentalité de non-Castalien et de laïc.
Il était inévitable que des rapports étroits s'établissent entre
les deux élèves : ils possédaient tous deux des dons éminents,
ils avaient la vocation; cela les rendait frères, alors qu'ils
étaient aux antipodes sur tous les autres points. Il eût fallu
un professeur d'une élévation de vues et d'un art exception-
nels pour extraire la quintessence de la tâche qui en résultait
et user des règles de la dialectique afin de rendre chaque fois
possible une synthèse qui unît et dépassât ces antinomies.
Le proviseur Zbinden n'aurait manqué ni des dons ni de
la volonté qui convenaient, il n'était pas de ces professeurs,
pour qui les génies sont une gêne, mais, dans ce cas particulier, le point de départ essentiel lui faisait défaut : la confiance de ses deux élèves. Plinio, qui se complaisait dans son
rôle d'outsider[1] et de révolutionnaire, restait toujours sur ses

---

1. En anglais dans le texte. *(N. d. T.)*

gardes en sa présence. Joseph Valet avait eu malheureusement avec lui ce différend au sujet de ses études personnelles et il ne se serait pas adressé au proviseur pour demander conseil. Mais, par bonheur, il y avait le Maître de la Musique. Ce fut à lui que Valet demanda conseil et assistance. Ce vieux et sage musicien s'occupa gravement de son affaire et, comme nous allons le voir, il mena le jeu magistralement. Entre les mains de ce Maître, le plus grand péril et la tentation majeure de la vie du jeune Valet se métamorphosèrent en une tâche insigne, et il se montra à la hauteur de celle-ci. Le fond de l'histoire des rapports de frères ennemis qu'eurent Joseph et Plinio, de cette musique sur deux thèmes, du jeu dialectique de ces deux esprits fut à peu près la suivante:

Ce fut naturellement Designori qui éveilla le premier l'attention de son partenaire et qui l'attira. Il était non seulement son aîné, non seulement un bel adolescent plein de feu et de verve, avant tout il était quelqu'un « de l'extérieur », un non-Castalien, venu du siècle, nanti d'un père et d'une mère, d'oncles, de tantes, de frères et de sœurs, un garçon pour qui Castalie, avec toutes ses lois, ses traditions et tous ses idéals, ne représentait qu'une étape, un bout de chemin à parcourir, un séjour limité. Pour ce serpent à plumes, Castalie n'était pas l'univers, Celle-les-Bois était une école comme une autre et, pour lui, le retour dans le « siècle » n'était ni une honte ni un châtiment. Ce qui l'attendait, ce n'était pas l'Ordre, mais la carrière, le mariage, la politique, bref cette « vie réelle » dont tout Castalien éprouvait le désir secret de connaître davantage, car le « siècle » était pour lui ce qu'il avait jadis été pour les pénitents et les moines : le moindre bien et l'élément défendu certes, mais au moins autant l'inconnu, la séduction, la fascination. Or, Plinio ne faisait vraiment pas mystère de son appartenance à ce siècle, il n'en avait nulle honte, il en était fier. Avec un acharnement encore à demi espiègle et théâtral, mais aussi à moitié conscient déjà et dont il se faisait un programme, il soulignait ce qui dans sa manière d'être était différent et profitait de chaque occasion pour opposer ses conceptions et ses normes de laïc à celles des Castaliens, pour proclamer les siennes meilleures, plus justes, plus naturelles, plus humaines. Il invoquait souvent « la nature », le

« bon sens », auxquels il opposait l'esprit de l'école, déformé
par la culture et ignorant de la vie. Il n'était pas chiche de
slogans et de pathétique, mais il avait assez d'intelligence
et de goût pour ne pas se contenter de provocations gros-
sières : il admettait dans une certaine mesure les formes de
discussion en usage à Celle-les-Bois. Il voulait défendre le
« siècle » et le naturel contre « l'arrogant intellectualisme
scolastique » de Castalie, mais il entendait montrer qu'il
était capable de le faire en usant des armes de ses adversaires. Il ne voulait à aucun prix passer pour un individu
sans culture qui piétine aveuglément les plates-bandes des
esprits cultivés.

 Plusieurs fois déjà, Joseph Valet s'était attardé à l'écouter
sans mot dire, mais avec attention, à l'arrière-plan de tel
ou tel petit groupe d'élèves, dont Designori était le centre
et l'orateur. Avec curiosité et étonnement, avec effroi il
l'avait entendu prononcer des phrases d'une critique des-
tructrice sur tout ce qui constituait à Castalie une autorité
et un objet de culte, des phrases qui mettaient en doute
ou qui tournaient en ridicule tout ce à quoi il croyait. Il
remarquait bien que depuis longtemps tous les auditeurs
ne prenaient pas ces discours au sérieux; manifestement
beaucoup d'entre eux ne les écoutaient que pour s'en di-
vertir, comme on prête l'oreille à un bonimenteur de foire.
Souvent aussi il entendait des répliques, dans lesquelles
les attaques de Plinio étaient traitées avec ironie ou sérieusement réfutées. Mais toujours quelques-uns de ses camarades faisaient cercle autour de ce Plinio, il était sans cesse
le personnage central, et, qu'il trouvât de l'opposition ou
non, il exerçait constamment une attraction, une sorte de
séduction. Et il en était de Joseph comme des autres, qui
s'attroupaient autour de cet orateur plein de verve et qui
écoutaient ses tirades avec étonnement ou hilarité : en dépit
du sentiment d'effroi et même de crainte que lui inspiraient
de tels discours, il se sentait singulièrement attiré, non
seulement parce qu'ils étaient amusants, mais parce qu'ils
semblaient aussi le concerner sérieusement un peu. Non
qu'en lui-même il donnât raison aux hardiesses de l'orateur, mais il était des doutes dont il suffisait de connaître
l'existence ou la possibilité, pour en souffrir. Au premier
abord, ce n'était pas une souffrance cruelle, on se sentait

seulement touché et inquiet, on éprouvait à la fois un appel véhément et une mauvaise conscience.

Le moment devait venir, et il vint, où Designori remarqua qu'il avait dans son auditoire quelqu'un pour qui ses paroles représentaient davantage qu'un entretien suggestif, ou même choquant, ou que les joies de la discussion : un garçon blond et silencieux, beau et fin, mais qui avait l'air un peu timide, qui rougissait aussi et répondait avec embarras, laconiquement quand il lui adressait gentiment la parole. Manifestement ce garçon me suit depuis longtemps, se dit Plinio, et il eut l'idée de l'en récompenser et de faire définitivement sa conquête par un geste amical : il l'invita à venir le voir l'après-midi dans sa chambre. Mais ce garçon timide et revêche n'était pas si aisé à conquérir. Plinio eut la surprise de constater qu'il l'évitait, sans vouloir donner d'explications; Joseph n'accepta pas non plus son invitation. Cela piqua encore l'intérêt de son aîné, et, à dater de ce jour, il se mit en devoir de faire la conquête du taciturne Joseph, d'abord sans doute par amour-propre, puis sérieusement, car il devinait en lui un partenaire, peut-être un futur ami, peut-être aussi le contraire. Chaque fois, il voyait Joseph apparaître non loin de lui, il sentait qu'il l'écoutait intensément et chaque fois il le voyait se dérober, farouche, dès qu'il voulait l'approcher.

Ce comportement avait ses raisons. Depuis longtemps, Joseph avait senti que chez cet autre garçon quelque chose d'important, de beau peut-être, l'attendait, un élargissement de son horizon, une découverte, un éclaircissement, peut-être aussi une tentation et un péril, en tout cas quelque chose qui valait la peine qu'on l'affrontât. Il avait fait part à son ami Ferromonte des premières réactions de doute et d'esprit critique que les discours de Plinio avaient éveillées en lui, mais Ferromonte n'y avait guère prêté attention, il avait déclaré que Plinio était un gaillard prétentieux, qui faisait l'important et ne valait pas la peine qu'on l'écoutât, et il s'était aussitôt replongé dans ses exercices de musique. Quelque chose disait à Joseph que c'était au proviseur qu'il aurait pu exposer ses doutes et ses inquiétudes; mais, depuis leur petit différend, ses rapports avec lui manquaient de cordialité et de franchise : Joseph craignait qu'il ne le comprît pas et surtout qu'il ne finît par prendre pour

une sorte de mouchardage ce qu'il lui dirait des rebellions
de Plinio. Dans cet embarras, que les tentatives de rapprochement amical faites par Plinio rendaient de plus en
plus pénible, il s'adresse alors à son protecteur et à son
bon esprit, le Maître de la Musique, dans une longue lettre,
qui nous a été conservée. « Je ne me rends pas encore
compte, lui écrivit-il entre autres, si Plinio espère trouver
en moi un adepte de ses idées ou seulement un interlocuteur. J'espère que la dernière hypothèse est la bonne, car
me convertir à ses conceptions serait me faire rompre ma
foi et briser ma vie, qui désormais a pris définitivement
racine à Castalie. Je n'ai à l'extérieur ni parents ni amis,
chez qui revenir au cas où j'en aurais vraiment le désir.
Cependant, même si les discours impudents de Plinio ne
visent pas à me convertir ou à m'influencer, ils me mettent
dans l'embarras. Car, pour être absolument sincère avec
vous, mon vénéré Maître, je rencontre dans les conceptions
de Plinio quelque chose à quoi je ne puis opposer un simple
non, il fait appel en moi à une voix qui parfois incline fort
à lui donner raison. C'est sans doute la voix de la nature,
et elle contredit de manière éclatante l'éducation que j'ai
reçue et notre philosophie coutumière. Quand Plinio qualifie nos professeurs et nos maîtres de caste sacerdotale et
nous traite, nous autres élèves, de troupeau de bêtes châtrées qu'on tient en lisière, ce sont évidemment des grossièretés et des exagérations, mais il s'y trouve peut-être
pourtant une part de vérité, sinon cela ne saurait me préoccuper autant. Plinio a le talent de dire des choses qui
étonnent et qui découragent. Il déclare par exemple que le
Jeu des Perles de Verre marque un retour à l'âge des pages
de variétés, qu'il n'est qu'une combinaison sans conséquence
de caractères, dans lesquels nous avons dissous les langages
des différents arts et des sciences, qu'il ne consiste qu'en
associations d'idées et n'assemble que de simples analogies.
Ou encore que notre stérilité résignée est la preuve que toute
notre formation et notre attitude spirituelles sont sans valeur.
Nous analysons par exemple, dit-il, les lois et les techniques
de tous les styles et de tous les âges de la musique, mais
nous ne créons pas nous-mêmes de musique nouvelle. Nous
lisons et nous expliquons Pindare ou Gœthe, et la pudeur
nous retient de faire nous-mêmes des vers. Ce sont des

reproches dont je ne puis rire. Et ce ne sont pas encore là les plus graves, ce ne sont pas ceux qui me blessent le plus. Il est grave qu'il dise que nous menons nous autres Castaliens une vie de canaris de volière, sans gagner notre pain, sans affronter les détresses et les luttes de la vie, sans rien connaître ni vouloir connaître de cette partie de l'humanité dont le travail et la pauvreté constituent la base de notre existence de luxe. » Et cette lettre se terminait par ces paroles : « J'ai peut-être abusé, Révérendissime, de votre amitié et de votre bonté, et je m'attends à votre réprimande. Adressez-moi un blâme et imposez-moi une pénitence, je vous en saurai gré. Mais j'ai le plus grand besoin d'un conseil. Je pourrai encore supporter l'état de choses actuel pendant une brève période. Je ne puis en provoquer l'évolution réelle et féconde, je suis trop faible et trop inexpérimenté pour cela, et le pire est, peut-être, que je ne puis me confier à M. le Proviseur, à moins que vous ne me l'ordonniez expressément. C'est la raison pour laquelle je vous ai importuné avec cette affaire, qui commence à m'angoisser profondément. »

Il serait extrêmement précieux pour nous de posséder également en noir sur blanc la réponse que fit le Maître à cet appel au secours. Mais il y répondit verbalement. Peu de temps après cette lettre de Valet, le Magister Musicae arriva en personne à Celle-les-Bois pour présider à un examen de musique, et, pendant les journées qu'il y passa, il s'occupa admirablement de son jeune ami. Nous l'avons appris par les récits qu'en fit plus tard Valet. Le Maître ne lui a pas fait la part belle. Il commença par examiner attentivement ses notes de classe et notamment celles de ses études personnelles, trouva ces dernières trop spécialisées, donna en cela raison au proviseur de Celle-les-Bois, et il tint à ce que Valet en convînt devant celui-ci. Il laissa également des directives précises sur l'attitude que Valet devait observer vis-à-vis de Designori et ne partit pas avant d'avoir discuté de cette question avec le proviseur Zbinden. La conséquence en fut non seulement ce tournoi sensationnel, inoubliable pour tous les assistants, entre Designori et Valet, mais aussi l'établissement de rapports tout nouveaux entre celui-ci et son proviseur. Pas plus qu'avant ils ne furent cordiaux et empreints de mystère, comme par exemple ceux qu'il avait

avec le Maître de la Musique, mais l'atmosphère en fut
clarifiée et détendue.

    Le rôle qui fut alors dévolu à Valet détermina son existence pour une assez longue période. On lui permettait d'accepter l'amitié de Designori, de s'exposer à subir son influence et ses attaques sans intervention ni contrôle des professeurs. Mais la tâche que lui proposait son mentor était de défendre Castalie contre ses détracteurs et d'élever au maximum la discussion de leurs points de vue. Cela signifiait, entre autres, que Joseph devait se pénétrer activement des principes des institutions de Castalie et de l'Ordre et les rappeler sans cesse. Les joutes oratoires des deux adversaires amis ne tardèrent pas à être célèbres, on se pressait pour les entendre. Le ton agressif et ironique de Designori devint plus subtil, ses formules plus rigoureuses et plus sérieuses, sa critique plus réaliste. Jusqu'alors, c'était Plinio qui avait eu l'avantage dans la lutte; il venait du « siècle », il en avait l'expérience, les méthodes, les procédés d'attaque et aussi quelque chose de son insouciance; il connaissait par les conversations qu'avaient chez lui les adultes tout ce que le siècle trouvait à objecter à Castalie. Les répliques de Valet l'obligèrent alors à se rendre compte que s'il connaissait fort bien le siècle, mieux que tous les Castaliens, il était loin de connaître Castalie et son esprit, comme ceux qui y étaient chez eux, dont elle était la patrie et le destin. Il apprit à voir, et peu à peu aussi à confesser, qu'il était un hôte de passage et non un autochtone, qu'il existait des expériences et des évidences vieilles de longs siècles, non seulement au-dehors, mais également au sein de la Province pédagogique, qu'ici aussi il y avait une tradition, et même une « nature », qu'il ne connaissait qu'en partie et qui, par son porte-parole Joseph Valet, proclamait son droit au respect. Valet, en revanche, pour soutenir son rôle d'apologiste, était obligé de se pénétrer sans cesse plus profondément, et de prendre par l'étude, la méditation et la discipline une conscience toujours plus claire de ce qu'il avait à défendre. Sur le plan de la rhétorique, Designori gardait la supériorité; outre sa fougue et son ambition naturelles, un certain entraînement mondain, une certaine astuce lui venaient en aide. En particulier, il s'entendait, même lorsqu'il avait le dessous, à ne pas oublier l'auditoire et à se ménager une sortie pleine de dignité et néanmoins spirituelle, alors que Valet, quand il avait poussé son adversaire dans ses retranchements, était capable de lui dire : « Il faudra encore que j'y réfléchisse, Plinio. Attends quelques jours, je t'en reparlerai. »

Mais bien que cet état de choses eût revêtu cette forme de dignité et qu'il fût devenu alors pour ses protagonistes et les auditeurs de leurs discussions un élément indispensable de la vie scolaire de Celle-les-Bois, Valet ne souffrait guère moins de ce drame et de ce conflit. La haute confiance qu'on plaçait en lui et l'importance de la responsabilité dont on le chargeait ainsi lui permirent de venir à bout de sa tâche, et c'est une preuve de sa vigueur et de sa bonne constitution naturelles qu'il ait pu la mener à bien, sans paraître compromettre sa santé. Mais il eut beaucoup à souffrir en silence. L'amitié qu'il éprouvait pour Plinio n'allait pas seulement au camarade séduisant et spirituel, à ce Plinio mondain et beau parleur, elle allait tout autant au monde étranger dont son ami et son adversaire était le représentant, qu'il apprenait à connaître ou à deviner dans sa silhouette, ses paroles et ses gestes, à ce monde prétendu « réel », où il y avait de tendres mères et des enfants, des affamés et des asiles de pauvres, des journaux et des luttes électorales, ce monde à la fois primitif et raffiné où Plinio retournait à toutes les vacances, pour rendre visite à ses parents, à ses frères et à ses sœurs, pour faire la cour à des filles, assister à des meetings d'ouvriers ou être l'hôte de clubs sélects, tandis que Valet restait à Castalie, à faire des randonnées à pied ou de la natation avec des camarades, à s'exercer à jouer des Ricercari de Froberger ou à lire Hegel.

Pour Valet, il ne faisait pas de doute qu'il appartenait à Castalie et qu'il avait raison de mener la vie castalienne, sans famille, sans distractions fabuleuses de toute sorte, sans journaux, mais où l'on ignorait la faim et la détresse.
— Il était vrai, du reste, que Plinio, qui savait reprocher avec tant d'insistance aux élèves des élites leur vie de parasites, n'avait jusqu'alors jamais souffert de la faim ni gagné lui-même son pain. Non, ce monde de Plinio n'était pas un monde meilleur, ni mieux conçu. Mais il existait, il était là, il y avait toujours été, Joseph l'avait appris dans l'histoire universelle, et cet univers avait toujours été semblable à ce qu'il était alors, de nombreux peuples n'en

avaient pas connu d'autre et ignoraient les écoles des élites, la Province pédagogique, l'Ordre, les Maîtres et le Jeu des Perles de Verre. La grande majorité des hommes de toute la terre vivait autrement qu'à Castalie, d'une existence plus simple, plus primitive, plus dangereuse, moins protégée et moins ordonnée. Et ce monde primitif était inné en chaque homme, on en sentait les vestiges dans son propre cœur, on en éprouvait un peu la curiosité, la nostalgie, la pitié. Lui rendre justice, lui garder dans son cœur un certain droit de cité, sans pourtant retomber à ce niveau, tel était le problème. Car en marge de cet univers et au-dessus de lui il y avait le second monde, celui de Castalie, de l'esprit, monde artificiel, mieux ordonné et protégé, mais qui exigeait une surveillance et un entraînement constants, monde de la hiérarchie. En être le serviteur, sans pourtant infliger à l'autre un déni de justice ni le mépriser, sans non plus loucher de son côté sous l'emprise d'un désir ou d'une nostalgie troubles, cela devait être la bonne solution. Car le petit monde de Castalie était, au fond, au service de cet autre vaste univers, il lui donnait des professeurs, des livres, des méthodes, il veillait à y maintenir la pureté des fonctions spirituelles et de la morale, et il ouvrait son école et son asile au petit nombre d'hommes, dont le destin paraissait être de consacrer leur vie à l'esprit et à la vérité. Pourquoi semblaient-ils ignorer l'harmonie et la fraternité ces deux mondes qui vivaient côte à côte et l'un dans l'autre? Pourquoi ne pouvait-on les unir et les porter tous deux dans son cœur?

Il se trouva que l'une des rares visites du Maître de la Musique eut lieu à une époque où Joseph, fatigué et démoralisé par sa tâche, avait grand-peine à garder son équilibre. Le Maître pouvait le conclure de quelques allusions de l'adolescent, mais il le lut bien plus clairement dans sa mine surmenée, dans ses yeux inquiets, dans tout son être un peu négligé. Il lui posa quelques questions pour le sonder, le trouva sans entrain et réticent, il renonça à l'interroger et, sérieusement préoccupé, l'emmena dans une salle d'exercices sous prétexte de lui faire part d'une petite découverte des musicologues. Il lui donna l'ordre d'apporter et d'accorder un clavicorde et le soumit à une si longue conférence sur la genèse de la sonate que son élève finit par oublier un peu ses misères, ouvrit l'oreille et suivit, détendu et reconnaissant, ses paroles et son jeu. Il prit patiemment son temps, pour le ramener à l'état de disponibilité et de réceptivité qu'il avait regretté de ne pas trouver chez lui. Et quand il y fut parvenu, qu'il eut terminé son exposé et joué pour conclure l'une des sonates de Gabrieli, il se leva, fit lentement les cent pas dans la petite pièce :

« Il y a de longues années, raconta-t-il, cette sonate m'a beaucoup occupé. C'était encore au temps où j'étudiais à ma guise avant qu'on m'eût nommé professeur et plus tard Maître de la Musique. J'avais alors l'ambition de faire une histoire de la sonate selon des idées nouvelles, mais il vint un moment où non seulement je n'avançai plus, mais où je commençai à douter de plus en plus que ces recherches musicales et historiques eussent une valeur quelconque, qu'elles fussent plus qu'un passe-temps creux pour personnes oisives et un trompe-l'œil intellectuel et artistique destiné à remplacer la vraie vie vécue. Bref, j'eus à traverser l'une de ces crises au cours desquelles toutes les études, tous les efforts intellectuels, tout ce qui est esprit en général devient contestable et sans valeur, et où nous sommes portés à envier chaque paysan au labour, chaque couple d'amoureux attardé, et jusqu'à l'oiseau qui gazouille sur la branche, jusqu'à la cigale qui chante dans l'herbe l'été : ils nous font l'effet de vivre si bien selon la nature, avec tant de plénitude et de bonheur, et nous ignorons tout des détresses et des duretés, des périls et des douleurs de leur vie... Bref, j'avais passablement perdu mon équilibre, ce n'était pas un très bel état d'âme et il était même fort pénible à supporter. Je cherchais dans ma tête les possibilités de fuite et de libération les plus singulières, je songeais à m'en aller par le monde comme musicien ambulant, à faire danser des noces, et si, comme dans les romans d'autrefois, un sergent recruteur étranger s'était présenté pour m'inviter à revêtir un uniforme et à suivre n'importe quelles troupes dans la première guerre venue, je lui aurais emboîté le pas. Et il advint ce qui a coutume d'advenir souvent dans ces états d'esprit : je me sentis tellement perdu, que je ne fus plus capable de m'en tirer tout seul et que j'eus besoin d'une aide. » Il s'arrêta un instant, riant tout seul. Puis il poursuivit : « Naturellement j'avais un conseiller d'études, comme le veut le règlement, et naturellement il aurait été raisonnable et convenable, il eût été de mon devoir, de solliciter ses conseils. Mais le monde est ainsi fait, Joseph : c'est justement quand on se trouve en difficulté et qu'on est sorti du droit chemin, quand on aurait le plus grand besoin qu'on vous corrige, qu'on répugne justement le plus à rentrer dans la bonne voie et à aller trouver son correcteur normal. Mon conseiller d'études n'avait pas été satisfait de mon dernier bulletin trimestriel, il m'avait fait de sérieuses observations, mais, moi, j'avais cru être sur la voie de découvertes ou d'idées nouvelles et j'avais pris ses critiques assez mal. Bref, je n'avais pas envie d'aller le voir, je n'avais pas envie de faire amende honorable et de reconnaître qu'il avait raison. Je ne voulais pas non plus me confier à mes camarades, mais il y avait dans le voisinage un original, que je connaissais seulement de vue et de réputation, un spécialiste du sanscrit, qu'on surnommait le « yogin ». A un moment donné, où mon état me parut devenu assez intolérable pour cela, je me rendis chez cet homme, dont l'allure un peu solitaire et singulière avait provoqué aussi souvent mes sourires que ma secrète admiration. J'allai le trouver dans sa cellule, je m'apprêtai à lui adresser la parole, mais je le trouvai plongé dans le recueillement : il observait pour ce faire la position indienne rituelle et il était inaccessible, il flottait avec un sourire léger dans une extase parfaite. Il ne me resta plus qu'à attendre, près de la porte, qu'il sortît de sa contemplation. Cela dura très longtemps, une heure, deux heures. Je finis par me fatiguer et me laissai glisser par terre. Je restai assis là, adossé au mur, et continuai d'attendre. A la fin, je le vis s'éveiller lentement, il remua un peu la tête, raidit les épaules, déplia lentement ses jambes croisées et, au moment où il s'apprêtait à se relever, son regard tomba sur moi. « Que veux-tu? » demanda-t-il. Je me levai et je lui déclarai, sans la moindre réflexion et sans très bien savoir ce que je disais : « Ce sont les sonates d'Andrea Gabrieli. » Il finit de se lever, m'assit sur son unique chaise, s'installa sur le bord de la table et dit : « Gabrieli? « Que t'a-t-il donc fait, avec ses sonates? » Je me mis à lui raconter ce qui m'était arrivé, à lui confesser dans quel état je me trouvais. Il s'informa avec une minutie qui me parut pédantesque de mon histoire, de mes études sur Gabrieli et sur la sonate, il voulut savoir quand je m'étais levé, combien de temps j'avais lu, combien j'avais fait de musique, à quelles heures j'avais pris mes repas et j'étais allé au lit. Je m'étais confié, imposé même à lui, je devais par conséquent supporter cet interrogatoire et y répondre, mais cela me faisait honte ; il entrait de plus en plus inexorablement dans les détails, il analysa ma vie intellectuelle et morale des semaines et des mois précédents. Puis, soudain, il se tut, ce yogin, et quand il vit que cela ne m'éclairait pas, il haussa les épaules et me dit : « Tu ne vois donc pas toi-même où « cela pèche ? » Non, je n'y arrivais pas. Alors il récapitula avec une précision étonnante tout ce qu'il m'avait extorqué par ses questions, il remonta jusqu'aux premiers signes de fatigue, de répugnance et d'intoxication intellectuelle et me démontra que ces ennuis ne pouvaient arriver qu'à un garçon qui se lançait sans frein dans l'étude et qu'il était grand temps de retrouver, avec l'aide d'autrui, le contrôle que j'avais perdu, sur moi-même et sur mes propres forces. J'aurais dû, poursuivit-il, même si j'avais pris la liberté de renoncer à mes exercices réguliers de méditation, me souvenir du moins de cette négligence dès les premiers effets du mal et la réparer. Et il avait parfaitement raison. Non seulement j'avais négligé la méditation durant toute une période, je n'en avais pas eu le loisir, l'envie m'en avait toujours manqué, j'avais été trop distrait, ou trop absorbé et excité par mes études, mais, avec le temps, j'avais même totalement perdu la conscience de ce péché permanent d'omission, et il m'avait fallu, quand je m'étais trouvé au bord de l'échec et du désespoir, me le faire rappeler par autrui. Et, de fait, j'eus alors la plus grande peine à m'arracher à cette incurie, je dus reprendre les exercices scolaires de méditation des débutants, pour recouvrer peu à peu ne fût-ce que l'aptitude à la concentration et au recueillement. »

La promenade du Magister dans la petite chambre se termina par un bref soupir : « Voilà, dit-il, ce qui m'est arrivé autrefois et j'ai encore un peu honte aujourd'hui d'en parler. Mais c'est ainsi, Joseph, plus nous exigeons de nous, ou plus notre tâche du moment exige de nous, et plus nous avons besoin de cette source de vigueur qu'est la méditation, de cette réconciliation sans cesse renouvelée de l'esprit et de l'âme. Et — je pourrais encore en citer bien des exemples — plus un travail nous absorbe profondément et tantôt nous excite et nous stimule, tantôt nous fatigue et nous abat, plus il peut arriver facilement que nous négligions cette source, de même qu'on est aisément enclin à négliger de soigner son corps quand on est plongé dans un travail intellectuel. Les hommes vraiment grands de l'histoire universelle ou bien ont su méditer, ou bien ont trouvé sans s'en rendre compte la voie qui aboutit où nous mène la méditation. Les autres, même les plus doués et les plus vigoureux, ont fini par échouer et avoir le dessous, parce que leur tâche ou leurs rêves ambitieux se sont emparés d'eux et les ont possédés à tel point, en ont fait de tels possédés, qu'ils ont perdu leur aptitude à se détacher constamment de l'actualité et à la tenir à distance. Mais tu sais cela, on l'apprend dès les premiers exercices. C'est là une vérité impitoyable. Et on s'en aperçoit seulement quand on vient de se fourvoyer. »

Cette histoire eut assez d'influence sur Joseph pour lui faire soupçonner le danger dans lequel il se trouvait lui-même et pour qu'il se soumît aux exercices avec un élan renouvelé. Cela l'impressionna profondément que, pour la première fois, le Maître eût évoqué à son intention un épisode strictement personnel de sa vie, de sa jeunesse et de ses années d'études; pour la première fois, il comprit clairement qu'un demi-dieu, un Maître, avait, lui aussi, pu être jeune et s'être fourvoyé. Il fut reconnaissant à cette homme vénéré du degré de confiance qu'il lui avait manifesté par cette confession. Il était possible de sortir du droit chemin, de se fatiguer, de commettre des fautes, d'enfreindre des règlements et de venir tout de même à bout de retrouver la bonne voie, d'être finalement un Maître. Il surmonta cette crise.

A Celle-les-Bois, pendant les deux ou trois années que dura l'amitié de Plinio et de Joseph, l'école assista au spectacle de leur conflit amical, comme à un drame auquel chacun participait un peu, du proviseur au plus jeune des élèves. Les deux mondes, les deux principes s'étaient incarnés en Valet et en Designori, l'un stimulait l'autre, chaque discussion devenait un duel solennel et représentatif qui les concernait tous. Et de même que Plinio puisait des forces neuves chaque fois qu'il allait voir les siens en vacances, et qu'il étreignait le sol natal, de même Joseph aspirait dans chaque réflexion, dans chaque lecture et chaque exercice de recueillement, dans chaque nouvelle entrevue avec le Magister Musicae une vigueur nouvelle et devenait plus apte à représenter et à défendre Castalie. Il avait jadis connu le premier appel de la vocation, alors qu'il était encore enfant, il connaissait maintenant le deuxième, et ces années furent la forge et le moule qui lui donnèrent sa figure de parfait Castalien. Il y avait déjà longtemps qu'il avait subi aussi l'enseignement élémentaire du Jeu des Perles de Verre, et il commençait déjà à cette époque à ébaucher quelques parties pendant ses vacances et sous le contrôle de l'un des moniteurs du Jeu. Il découvrit là l'une des plus généreuses sources de joie et de détente intérieure. Depuis les exercices de clavecin et de clavicorde qu'il ne se lassait pas de faire avec Ferromonte, rien ne lui avait fait autant de bien, rien n'avait été pour lui à tel point une détente, un réconfort, une confirmation et une félicité que ces premières pointes poussées dans le firmament du Jeu des Perles de Verre.

C'est précisément de ces années que datent les poèmes du jeune Joseph Valet qui nous ont été conservés dans la copie de Ferromonte. Il est fort possible qu'il en ait existé davantage qu'il n'en est parvenu jusqu'à nous, et on peut admettre que ces poésies, dont les plus anciennes furent composées avant même que Valet eût été initié au Jeu des Perles de Verre, ont contribué à lui permettre de tenir jusqu'au bout son rôle et de surmonter ces années critiques. Dans ces vers, en partie pleins d'art, et qu'on devine en partie jetés hâtivement sur le papier, tous les lecteurs découvriront çà et là des traces du grand ébranlement et de la crise que Valet a subis alors sous l'influence de Plinio. Dans plus d'un vers, on trouve l'accent d'une inquiétude profonde, d'un doute systématique de soie t du sens de l'existence, jusqu'à ce que dans le poème *Jeu de Perles* il semble parvenir à un élan fervent. Du reste, c'était déjà une concession au monde de Plinio et un acte de rébellion contre certaines lois internes de Castalie que d'écrire ces poèmes et, qui plus est, de les montrer à l'occasion à plusieurs camarades. Car, si en général Castalie a renoncé à produire des œuvres d'art (on n'y connaît et l'on n'y tolère la production musicale que sous la forme d'exercices de composition, de style rigoureusement déterminé), faire des vers y passait pour la plus impensable, la plus ridicule, la plus honnie des entreprises. Ces poèmes ne sont donc pas un simple jeu, un travail de sculpteur sur bois et d'enjoliveur des dimanches; une pression puissante fut nécessaire pour ouvrir les vannes à cette productivité et il fallut un certain courage et un esprit de défi pour écrire ces vers et s'y affirmer.

N'oublions pas de dire que Plinio Designori subit, lui aussi, un changement et une évolution notables sous l'influence de son antagoniste; il ne se borna pas à apprendre des méthodes de combat plus nobles. Au cours de cette polémique amicale de ses années d'école, il vit son partenaire devenir, en une progression constante, un Castalien exemplaire; l'esprit de la Province pédagogique lui apparut de plus en plus sensible et plus vivant sous la figure de son ami et, de même que, jusqu'à un certain degré de fermentation, il avait infecté Joseph de l'atmosphère de son univers, il respira lui-même l'air de Castalie et succomba à son charme et à son influence. Pendant sa dernière année d'école, après avoir discuté deux heures sur les idéals de l'état de moine et sur ses dangers, devant la classe supérieure du Jeu des Perles de Verre, il emmena Joseph faire une promenade. En cours de route, il lui fit cet aveu que nous citons d'après une lettre de Ferromonte : « Je sais naturellement, Joseph, que tu n'es pas le Joueur de Perles cent pour cent, ni le saint homme de la Province dont tu joues si admirablement le rôle. Chacun de nous deux est à l'extrême pointe d'un conflit et chacun de nous sait bien que ce qu'il combat existe à bon droit et représente des valeurs indiscutées. Tu es du bord d'une haute discipline spirituelle et moi dans le camp de la vie selon la nature. Notre lutte t'a appris à déceler les dangers de celle-ci et à t'y attaquer. Tu as pour fonction de montrer que la vie naturelle et naïve peut, sans la discipline de l'esprit, devenir un bourbier et nous ramener au stade de la bête ou plus bas encore. Et, de mon côté, il me faut sans cesse rappeler à quel point une existence uniquement axée sur l'esprit peut être risquée, périlleuse et en fin de compte stérile. Soit! Chacun défend ce qu'il croit être un primat, toi l'esprit, moi la nature. Mais, il ne faut pas m'en vouloir, quelquefois il me semble presque que tu vois effectivement et ingénument en moi une sorte d'ennemi de votre Castalisme, un homme pour qui vos études, vos exercices et vos jeux ne sont au fond que balivernes, encore que pour une raison ou une autre il s'y attarde quelque temps avec vous. Ah! mon cher, quelle ne serait pas ton erreur si tu le croyais vraiment! Je vais te confesser que j'ai un amour fou de votre hiérarchie : souvent elle m'enchante et me séduit, elle me paraît le bonheur même. Je vais aussi t'avouer qu'il y a quelques mois, au cours d'un séjour à la maison, chez mes parents, j'ai discuté avec mon père et obtenu qu'il m'autorise à rester un Castalien et à entrer dans l'Ordre, au cas où tels seraient, à la fin de ma scolarité, mon désir et ma décision, et j'ai été heureux d'avoir enfin son consentement. Eh bien, je n'en ferai aucun usage, je le sais depuis peu. Oh! ce n'est pas que j'en aie perdu l'envie! Mais je le vois de plus en plus : rester chez vous serait de ma part une fuite, correcte et noble, peut-être, mais néanmoins une fuite. Je vais rentrer et devenir un homme du siècle, mais un homme qui gardera de la reconnaissance à votre Castalie, qui continuera à pratiquer beaucoup de vos exercices et à célébrer chaque année avec vous le grand Jeu des Perles de Verre. »

Avec une profonde émotion, Valet fit part de cet aveu de Plinio à son ami Ferromonte. Et, précisément dans cette lettre, celui-ci ajoute à ce récit les paroles suivantes : « Pour moi, musicien, cette conversion de Plinio, à qui je n'avais pas toujours rendu justice, me fit l'effet d'une émotion musicale. L'opposition esprit-monde ou l'opposition Plinio-Joseph, la lutte de deux principes inconciliables, s'était sous mes yeux sublimée en un concert. »

Quand Plinio eut terminé ses quatre années de scolarité et dut rentrer chez lui, il apporta au proviseur une lettre de son père qui invitait Joseph Valet pendant les vacances. C'était une proposition inhabituelle. Il n'était pas très rare, il est vrai, qu'on accordât des congés de voyage et des autorisations de séjour hors de la Province pédagogique, en particulier pour raison d'études, mais c'était malgré tout exceptionnel : seuls des étudiants d'un certain âge et qui avaient fait leurs preuves les obtenaient, jamais les écoliers. Néanmoins, cette invitation, qui émanait d'une maison et d'un homme tenus en haute estime, fut jugée par le proviseur Zbinden assez importante pour qu'il ne la repoussât pas de sa propre autorité; il la soumit à la commission de l'administration de l'enseignement, qui y répondit immédiatement par un non laconique. Nos amis durent prendre congé l'un de l'autre.

— Nous essayerons de nouveau de t'inviter plus tard, dit Plinio, nous y arriverons bien un jour ou l'autre. Il faut que tu fasses la connaissance de ma maison natale et des miens. Il faut que tu voies que, nous aussi, nous sommes des êtres humains et non un simple ramassis d'hommes d'affaires et de gens du siècle. Tu vas me manquer beaucoup. Tâche, Joseph, de gravir rapidement les échelons de cette Castalie compliquée; certes, tu es bien fait pour t'intégrer dans une hiérarchie, mais à mon avis plutôt comme bonze que comme famulus, en dépit de ton nom. Je te prédis un grand avenir, tu seras un jour Magister et l'une des Eminences.

Joseph le regarda avec tristesse.

— Moque-toi de moi, dit-il en luttant contre l'émotion des adieux. Je n'ai pas tant d'ambition que toi et, si un jour on me donne une fonction, il y aura longtemps que tu seras président ou bourgmestre, professeur d'université ou conseiller fédéral. Garde-nous, garde à Castalie ton amitié, Plinio, ne deviens pas tout à fait un étranger! Il doit bien y avoir aussi chez vous, à l'extérieur, des gens qui connaissent de Castalie un peu plus que les bons mots qu'on y fait sur nous.

Ils se serrèrent la main, et Plinio partit. La dernière année que Joseph passa à Celle-les-Bois fut très calme, les fatigantes fonctions de premier plan qu'il y occupait en qualité de personnage quasi officiel prirent fin soudainement. Castalie n'avait plus besoin de défenseur. Cette année-là, il consacra surtout ses heures de liberté au Jeu des Perles de Verre, qui l'attirait de plus en plus. Un carnet de ses notes de cette époque, sur la signification et la théorie du Jeu, commence par cette phrase : « La totalité de la vie, aussi bien physique qu'intellectuelle, est un phénomène dynamique dont le Jeu des Perles de Verre n'embrasse au fond que l'aspect esthétique et surtout sous la figure de processus rythmiques. »

LES ANNÉES D'ÉTUDES

Joseph Valet avait alors vingt-quatre ans environ. Son départ de Celle-les-Bois marquait la fin de sa scolarité, c'était le commencement de sa vie d'étudiant libre. A l'exception des innocentes années d'enfance qu'il passa aux Frênes, celles-ci furent sans doute les plus sereines et les plus heureuses de son existence. C'est une merveille toujours nouvelle et d'une émouvante beauté, que la soif de découverte et de conquête d'un jeune homme qui erre à l'aventure, délié pour la première fois des contraintes de l'école, et s'oriente vers les horizons sans fin de l'esprit; il n'a encore vu s'effeuiller aucune illusion, senti l'effleurer aucun doute sur son inépuisable capacité d'enthousiasme, ni sur l'infini du monde spirituel. Pour des natures aussi douées que celles d'êtres comme Joseph Valet, qu'aucun talent particulier n'a poussées de bonne heure à se concentrer sur une spécialité, mais qui, par tempérament, visent à la totalité, à la synthèse, à l'universalité, ce printemps des études libres est souvent une période de bonheur intense, presque d'ivresse. Si elle n'était précédée de la formation rigoureuse de l'école des élites, accompagnée de l'hygiène mentale des exercices de méditation et du contrôle indulgent des autorités de l'enseignement, cette liberté serait un grand péril pour des natures aussi douées; elle serait fatale à beaucoup, comme elle le fut des talents innombrables et éminents avant notre organisation actuelle, au cours des siècles pré-castaliens. Les uni-

versités de ces époques grouillèrent parfois littéralement
de jeunes natures faustiennes qui voguaient, toutes voiles
dehors, vers la haute mer des sciences et des libertés universitaires, pour essuyer inévitablement tous les naufrages
d'un dilettantisme sans frein; Faust lui-même est bien le
prototype du dilettante génial, il en incarne le tragique. Or,
à Castalie, la liberté intellectuelle des étudiants est encore
infiniment plus grande que dans les universités des époques
précédentes, car les possibilités d'études qui s'offrent à eux
sont beaucoup plus riches et l'on y ignore totalement, d'autre
part, l'influence et la limitation qu'imposent les considérations matérielles, l'ambition, les appréhensions, la pauvreté
des parents, les perspectives de gagne-pain et de carrière, etc.
Dans les académies, les instituts, les bibliothèques, les
archives, les laboratoires de la Province pédagogique, tous
les étudiants, quels que soient leur origine et leur avenir,
sont mis exactement sur le même pied; la hiérarchie se fonde
exclusivement sur les dispositions et les qualités d'esprit et
de caractère des élèves. Par contre, sur le plan matériel et
spirituel, la plupart des licences, des tentations et des dangers, dont beaucoup de bons éléments sont victimes dans
les universités du siècle, n'existent pas à Castalie. Il y sub-
siste encore suffisamment de périls, de démons et de miroirs
à alouettes — l'existence humaine pourrait-elle en être nulle
part exempte? — mais du moins l'étudiant de Castalie est-il
soustrait à bien des possibilités de déviation, de désillusion
et de naufrage. Il ne peut lui arriver de succomber à l'ivro-
gnerie, ni de sacrifier ses années de jeunesse aux traditions
de fanfaronnade ou à celles des sociétés secrètes, chères à certaines générations d'étudiants de l'ancien temps. Il ne risque
pas non plus de découvrir un jour que ses diplômes ne prou-
vaient rien, ni de déceler seulement au cours de ses études
des lacunes irrémédiables dans sa formation de base. L'organisation de Castalie le préserve de ces imperfections. Le
danger de trop se dépenser auprès des femmes ou de faire
des excès sportifs n'y est pas non plus très grand. Pour ce
qui est des femmes, l'étudiant castalien ne connaît pas le
mariage, avec ses tentations et ses périls, ni la pruderie de
nombreuses époques passées, qui astreignaient l'étudiant à
un ascétisme sexuel ou le contraignaient à se rabattre sur
des femmes plus ou moins vénales et prostituées. Comme le

mariage n'existe pas pour les Castaliens, il n'y a pas non plus de morale de l'amour conçue en prévision du mariage. L'argent, et en somme aussi la propriété, n'existant pas pour lui, il n'y a pas non plus de vénalité de l'amour. La coutume de la Province veut que les filles des bourgeois ne se marient pas trop tôt et, dans les années qui précèdent leur mariage, l'étudiant et le clerc leur paraît un amant particulièrement désirable; il ne s'inquiète ni de leur famille ni de leur fortune, il est habitué à accorder au moins autant de prix aux aptitudes intellectuelles qu'aux capacités vitales, il a généralement de l'imagination et de l'humour et, n'ayant pas d'argent, il doit, plus que les autres, payer de sa personne. Pour l'amie d'un étudiant, à Castalie, la question : « M'épousera-t-il? » ne se pose pas. Non, il ne l'épousera pas. En réalité, ce fait s'est déjà produit aussi : le cas est rare, mais il est parfois arrivé qu'un étudiant de l'élite retournât au monde bourgeois par le biais du mariage, au prix du renoncement à Castalie et à l'Ordre. Mais ces quelques renégats n'ont guère, dans l'histoire de l'école et de l'Ordre, qu'un intérêt de curiosité.

C'est vraiment à un haut degré que l'élève des élites, une fois sorti des écoles préparatoires, connaît la liberté et le droit de décider de lui-même, dans tous les domaines de la science et de la recherche. La seule limitation imposée à cette liberté, à moins que ses capacités et ses goûts ne la restreignent dès le début, est l'obligation faite à tout étudiant libre de présenter chaque semestre un plan d'études, dont l'administration contrôle avec indulgence l'exécution. Pour ceux dont les talents et les curiosités sont multiples — et c'était le cas de Valet — cette liberté fort étendue confère à ces quelques premières années d'études une séduction et un charme merveilleux. C'est précisément à ces esprits curieux de tout que l'administration laisse une liberté quasi paradisiaque, sauf quand elle dégénère en vagabondage. L'étudiant a licence de goûter à tous les savoirs, de mélanger les disciplines les plus différentes, de tomber amoureux à la fois de six ou huit sciences ou de s'en tenir dès le début à un choix plus restreint. En dehors de l'observation des principes généraux de morale en vigueur dans la Province et dans l'Ordre, on exige seulement de lui de fournir la preuve, une fois par an, des conférences qu'il a

suivies, des lectures et des travaux auxquels il s'est livré
dans les instituts. On ne commence à contrôler et à examiner
son travail de plus près que dans les cours et les travaux
pratiques de spécialités qu'il fréquente et dont font aussi
partie ceux du Jeu des Perles de Verre et des Hautes Études
musicales. Là, chaque étudiant doit évidemment se soumettre aux examens officiels et fournir les travaux exigés
par le directeur d'institut, cela va de soi. Mais nul ne l'oblige
à suivre ces cours, il peut à son gré se contenter, pendant des
semestres et des années, de passer son temps dans les bibliothèques et d'écouter des conférences. Les étudiants qui s'accordent un long délai, avant de se lier à une étude spécialisée, retardent ainsi, il est vrai, leur admission à l'Ordre,
mais on supporte avec beaucoup de tolérance, on encourage
même leurs vagabondages à travers toutes les sciences et
toutes les branches d'études possibles. En dehors de la correction morale, on n'exige rien d'eux, aucun travail, si ce n'est
la rédaction d'un *curriculum vitae* annuel. C'est à cette
vieille tradition, qui est souvent un objet de plaisanterie,
que nous devons les trois *curriculum vitae* écrits par Valet
dans ses années d'études. Il ne s'agit donc pas en ce qui les
concerne, comme c'était le cas pour les poèmes écrits à
Celle-les-Bois, d'une sorte d'activité littéraire purement spontanée et personnelle, clandestine même, et plus ou moins
prohibée, mais d'un genre normal et officiel. Dès les premiers
temps de la Province pédagogique, la coutume s'était instaurée d'exiger toujours des plus jeunes des étudiants, c'est-à-dire
de ceux qui n'étaient pas encore admis dans l'Ordre, un
genre particulier de dissertation ou d'exercice de style qu'on
appela *curriculum vitae* : c'était une autobiographie fictive,
située à une époque quelconque du passé. La tâche de
l'étudiant consistait à se replacer dans un milieu et dans
une culture, dans le climat spirituel d'une époque donnée
du passé, et à imaginer une vie qui y correspondît. Selon
les années et la mode, la préférence allait à la Rome impériale, à la France du xviie siècle ou à l'Italie du xve, à
l'Athènes de Périclès ou à l'Autriche de Mozart et, chez les
linguistes, il était devenu d'usage de rédiger ces romans biographiques dans la langue et le style du pays et de l'époque
où ils se déroulaient. Il y eut parfois des biographies d'une
haute virtuosité, dans le style de la Curie pontificale romaine

des environs de 1200, dans le latin des moines, dans l'italien
des *Cent Nouvelles*, dans le français de Montaigne, dans l'allemand baroque du *Cygne* de Boberfeld [1]. Il y avait dans cette
forme de libre jeu une survivance de l'ancienne croyance asiatique en la résurrection et la métempsychose; il était courant,
pour tous les professeurs et les élèves, de se représenter que
leur existence actuelle pouvait avoir été précédée par d'autres,
dans d'autres corps, à des époques et dans des conditions
différentes. Ce n'était certes pas une foi, au sens étroit du
mot, et encore moins une doctrine; c'était un exercice, un
jeu des forces imaginatives, que de se figurer son propre moi
dans des situations et des milieux différents. On s'entraînait
ainsi, comme au cours de maints travaux pratiques de
critique du style et souvent aussi dans le Jeu des Perles de
Verre, à pénétrer précautionneusement dans des cultures,
des époques et des pays du passé, on apprenait à considérer
sa propre personne comme un travesti, comme l'habit précaire d'une entéléchie. L'usage d'écrire des *curriculum vitae*
de ce genre avait son charme et présentait de nombreux
avantages; autrement il ne se serait sans doute pas non plus
maintenu aussi longtemps. Du reste, le nombre des étudiants
qui croyaient plus ou moins, non seulement à l'idée de la
réincarnation, mais aussi à la vérité des *curriculum vitae* de
leur propre invention, n'était pas mince. Car, bien entendu,
la plupart de ces existences antérieures imaginaires n'étaient
pas uniquement des exercices de style et des études historiques, mais aussi des tableaux de leurs idéaux et des portraits idéalisés de leurs personnes. Les auteurs de la plupart
de ces *curriculum vitae* se peignaient dans le costume et avec
le caractère sous lesquels c'eût été leur vœu et leur idéal
de paraître et de se réaliser. D'autre part, pédagogiquement
parlant, l'idée du *curriculum vitae* n'était pas mauvaise,
c'était un exutoire légitime pour les besoins de création littéraire de la jeunesse. Si, depuis des générations, la création
littéraire véritable et sérieuse était à l'index et remplacée en
partie par les sciences, en partie par le Jeu des Perles de
Verre, l'instinct artistique et créateur de la jeunesse n'était
pas supprimé; il trouvait un champ d'action licite dans ces
curriculum vitae, qui atteignaient parfois les dimensions de

---

1. Martin Opitz von Boberfeld (1597-1639). *(N. d. T.)*

petits romans. Plus d'un auteur trouvait aussi à faire là ses premiers pas dans le domaine de la connaissance de soi. Du reste, assez souvent aussi, (et généralement les professeurs accueillaient cela avec une bienveillance compréhensive), des étudiants profitaient de leurs *curriculum vitae* pour se livrer à des critiques et à des déclarations révolutionnaires sur le monde d'alors et sur Castalie. Mais, d'autre part, ces dissertations constituaient pour leurs professeurs, précisément pendant la période où les étudiants jouissaient d'une extrême liberté et étaient soustraits à tout contrôle précis, une source précieuse d'information; elles fournissaient souvent des renseignements étonnamment révélateurs sur la vie et la santé intellectuelles et morales de leurs auteurs.

Trois *curriculum vitae* de ce genre, écrits par Joseph Valet, nous ont été conservés. Nous les reproduirons mot pour mot et nous les considérerons comme la partie peut-être la plus précieuse de notre livre. N'a-t-il rédigé que ces trois *curriculum vitae*, aucun autre n'a-t-il pas été perdu? On peut faire à ce sujet diverses conjectures. La seule chose que nous sachions avec certitude, c'est que la chancellerie de l'administration de l'enseignement, après que Valet lui eut remis le troisième, le «*curriculum vitae* indien», l'invita, au cas où il en écrirait un autre par la suite, à le situer dans une époque moins reculée, sur laquelle on fût mieux documenté et à apporter plus de soin aux détails historiques. Nous savons, par des récits et des lettres, qu'il entreprit à la suite de cela des études préparatoires à une biographie du xviiie siècle. Il voulait y figurer sous les traits d'un théologien souabe, qui quittait ensuite l'Église pour se consacrer à la musique et qui était élève de Johann Albrecht Bengel[1], ami d'Œtinger[2] et quelque temps l'hôte de la communauté de Zinzendorf[3]. Nous savons que Valet a lu alors une quantité d'ouvrages anciens, en partie ésotériques, sur le droit ecclésiastique, le piétisme, sur Zinzendorf, sur la liturgie et la musique d'église de cette époque et qu'il en fit des extraits. Nous savons aussi

---

1. Voir la Préface du Traducteur.
2. Friedrich Œtinger, théologien souabe qui subit l'influence de Zinzendorf, de Swedenborg, dont il fut le traducteur, et enfin de J. Bœhme. Il cherchait dans la médecine et l'alchimie une confirmation de la « panharmonie universelle ». *(N. d. T.)*
3. Piétiste, restaurateur de l'Église des Frères Moraves. *(N. d. T.)*

qu'il s'était véritablement épris du personnage d'Œtinger, le
prélat-mage, qu'il éprouvait vraiment de l'amour et un profond respect pour celui du Magister Bengel : il tint à se faire
faire une photographie de son portrait et la garda quelque
temps sur sa table de travail. Nous savons aussi qu'il s'efforça en toute honnêteté de rendre justice à Zinzendorf, pour
qui il ressentait autant d'intérêt que d'aversion. Finalement,
il laissa ce travail en plan, satisfait de ce qu'il lui avait permis d'apprendre, mais se déclara incapable d'en écrire une
biographie, car il avait fait trop d'études particulières et
accumulé trop de détails. Cette déclaration justifie pleinement notre point de vue : les trois *curriculum vitae* que
nous citons doivent être considérés davantage comme les
créations et les confessions d'un esprit littéraire et d'un noble
caractère, que comme des travaux de savant, ce qui dans
notre pensée ne saurait leur faire du tort.

Valet vit s'ajouter alors à cette liberté de l'étudiant, livré
aux études de son choix, une liberté et une détente supplé-
mentaires. Il n'avait pas simplement été un pensionnaire
comme tous les autres, il n'avait pas seulement eu à supporter l'ordre d'une éducation sévère, d'un horaire rigoureux,
le contrôle et la surveillance attentive des professeurs, et à
s'astreindre à tous les efforts d'un élève d'élite. En marge et
bien au-delà de tout cela, il avait été, du fait de ses relations
avec Plinio, chargé d'un rôle et d'une responsabilité qui représentaient pour son esprit et son âme un aiguillon et un fardeau confinant aux limites du possible. C'était un rôle actif
aussi bien que représentatif, et une responsabilité vraiment
au-dessus de son âge et de ses forces. Souvent éprouvé, il
n'avait accompli sa tâche qu'en puisant dans un surcroît de
volonté et de talent, et, sans le puissant appui qu'il avait au
loin, sans le Maître de la Musique, il n'aurait absolument
pas pu en venir à bout. A la fin de ces exceptionnelles années
de Celle-les-Bois, nous le trouvons, âgé de vingt-quatre ans environ, à vrai dire plus mûr que son âge et un peu surmené, mais,
chose étonnante, il ne paraît pas en avoir sensiblement souffert. Jusqu'à quelle profondeur ce rôle et ce fardeau ont-ils
laissé des traces dans tout son être, l'ont-ils mis dans un état
voisin de l'épuisement? Certes, nous manquons sur ce point
de témoignages directs, mais, pour nous en rendre compte,
il nous suffit de considérer la manière dont, à sa sortie de

l'école, il fit usage dans les premières années de cette liberté
qu'il avait conquise et sans aucun doute longtemps profondément désirée. Valet, qui pendant ses dernières années d'école
avait occupé une position tellement en vue, qui, en quelque
sorte, avait déjà appartenu au monde public, s'en retira aussitôt et complètement. Lorsqu'on suit sa vie d'alors à la
trace, on a même l'impression qu'il aurait souhaité se
rendre invisible; aucun milieu, aucune société ne pouvaient
être pour lui assez effacés, aucune forme d'existence assez
privée. C'est ainsi qu'à quelques longues lettres enthousiastes de Designori il répondit d'abord brièvement et sans
entrain, pour cesser même ensuite complètement. Valet,
l'écolier célèbre, disparut et se fit introuvable; mais à Celle-les-Bois, sa renommée continua de fleurir et, avec le temps,
elle devint presque légendaire.

   Au début de ses années d'études, il évita donc Celle-les-Bois pour les raisons que nous avons indiquées. Cela l'amena
à renoncer aussi temporairement aux cours moyen et supérieur du Jeu des Perles de Verre. Néanmoins, c'est-à-dire
bien qu'un observateur superficiel eût pu constater alors
chez Valet une négligence frappante du Jeu des Perles, nous
savons qu'au contraire la marche en apparence fantasque,
décousue et en tout cas fort inhabituelle de ses études
libres était influencée par le Jeu : c'était à lui, à son service
qu'elles le ramenaient. Nous nous étendrons davantage
sur ce point, car ce trait est caractéristique; avec un génie
juvénile stupéfiant, Joseph Valet a tiré de sa liberté d'étudiant le parti le plus singulier et le plus original. Pendant
son séjour à Celle-les-Bois, il avait subi, selon l'usage,
l'initiation officielle au Jeu des Perles de Verre et suivi le
cours de perfectionnement. Ensuite, élève de dernière
année et déjà réputé bon joueur parmi ses amis, il avait
si violemment ressenti l'attrait du Jeu des jeux qu'après
avoir terminé un cours complémentaire, ce garçon, qui
n'était encore qu'écolier d'élite, avait été admis au rang de
joueur du deuxième degré, distinction extrêmement rare.

   Quelques années plus tard, il a raconté à l'un de ses camarades du cours officiel de perfectionnement, qui fut son ami
et plus tard son collaborateur, Fritz Tegularius, une aventure qui, non seulement décida de sa destinée de Joueur de
Perles, mais qui exerça également la plus grande influence

sur la marche de ses études. La lettre a été conservée, et ce passage est ainsi conçu : « Laisse-moi te rappeler une journée et une partie bien précises de cette époque lointaine où tous deux, affectés au même groupe, nous travaillions avec tant d'acharnement à prendre nos premières dispositions pour des Jeux de Perles. Notre chef de groupe nous avait suggéré quelques idées et donné le choix entre toute sorte de thèmes. Nous en étions justement arrivés à la délicate transition de l'astronomie, des mathématiques et de la physique à la linguistique et à l'histoire. Notre moniteur était un virtuose dans l'art de tendre des pièges à notre avidité de débutants et de nous attirer sur la piste glissante des abstractions et des analogies interdites; il faisait surgir entre nos mains un miroitement captieux d'étymologies et de rapprochements linguistiques et il était ravi quand l'un de nous tombait dans le panneau. Nous calculions jusqu'à l'épuisement la longueur de syllabes grecques, pour sentir soudain le sol manquer sous nos pas, car nous étions placés devant l'éventualité, la nécessité même, de scander en fonction des accents et non des mètres, etc. Il s'acquittait techniquement de sa tâche avec brio et fort correctement, bien qu'il le fît dans un esprit qui ne me plaisait pas; il nous montrait des erreurs et nous attirait sur la voie de spéculations erronées, dans l'excellente intention, certes, de nous en faire connaître les dangers, mais aussi un peu pour se payer la tête des jeunes nigauds que nous étions, et pour diluer de la plus forte dose possible de scepticisme l'enthousiasme de ceux qui se montraient justement les plus acharnés. Et ce fut pourtant sous sa direction et au cours d'une de ses complexes expériences de dupes que soudain, alors que nous essayions, craintivement, en tâtonnant, d'esquisser un problème de jeu à demi valable, tout à coup je fus saisi et bouleversé jusqu'au tréfonds par le sens et la grandeur de notre Jeu. Nous étions en train de disséquer un problème d'histoire du langage, nous regardions, en somme, de tout près le point culminant et l'époque de splendeur d'une langue, nous parcourions avec elle, en quelques minutes, un chemin qui lui avait demandé plusieurs siècles, et ce spectacle de la précarité fit sur moi une impression d'une force saisissante : je voyais là, sous nos yeux, un organisme très complexe, ancien, vénérable, qu'il avait fallu des générations pour édifier lentement, parvenir à son épanouissement, et déjà sa floraison contenait le germe de sa décadence, toute cette construction savamment composée commençait à s'affaisser, à dégénérer, à chanceler, sa fin n'était pas loin et en même temps, comme un éclair et un frisson de joie, une idée me traversa : la décadence et la mort de cette langue n'avaient pourtant pas abouti au néant, sa jeunesse, sa fleur, son déclin s'étaient conservés dans notre mémoire, dans la connaissance que nous avions d'elle et de son histoire, et elle continuait à vivre dans les signes et les formules scientifiques, ainsi que dans les définitions hermétiques du Jeu des Perles de Verre; à chaque instant, elle pouvait être reconstruite. Je compris soudain que, dans la langue, ou tout au moins dans l'esprit du Jeu des Perles, tout avait effectivement un sens total, que chaque symbole et chaque combinaison de symboles n'aboutissaient pas à tel ou tel point, à des exemples, des expériences ou des démonstrations isolés, mais au centre, au secret et au tréfonds du monde, à la science fondamentale. Chaque transition du majeur en mineur dans une sonate, chaque évolution d'un mythe ou d'un culte, chaque formule d'art classique, je le reconnus dans l'éclair de cet instant, à la lumière d'une méditation authentique, n'était qu'une voie directe menant au cœur du secret de l'univers, où dans les échanges de l'inspiration et de l'expiration, du ciel et de la terre, du Yin et du Yang [1], le saint mystère s'accomplit. Certes, déjà alors, j'avais souvent été l'auditeur de jeux bien conçus et bien conduits, et cela m'avait valu plus d'un grand sentiment exaltant, plus d'une découverte enivrante; mais jusqu'alors j'avais été enclin à remettre toujours en doute la valeur et la grandeur véritables du Jeu en tant que tel. En fin de compte, la solution convenable de tout problème de mathématiques pouvait procurer une satisfaction intellectuelle; toute bonne musique, quand on l'entendait et, plus encore, quand on la jouait, pouvait élever l'âme et l'élargir, toute méditation fervente rasséréner le cœur et le mettre à l'unisson du Tout; pour cette raison précisément, mes doutes me disaient que le Jeu des Perles de Verre n'était peut-être qu'un art formel, une virtuosité ingénieuse, une combinai-

---

1. Le Yin, dans la doctrine de Lao-Tsé, est le principe féminin et le Yang le principe masculin. *(N. d. T.)*

son amusante, et qu'il valait mieux par suite n'y pas jouer, et s'occuper de mathématiques bien nettes et de bonne musique. Mais je venais alors de percevoir moi-même, pour la première fois, la voix profonde du Jeu, son sens; elle m'avait touché et pénétré, et, depuis cet instant, une foi me dit que notre jeu royal est réellement une *lingua sacra*, une langue sacrée et divine. Tu te rappelleras, car tu l'as alors remarqué toi-même, qu'une métamorphose s'était opérée en moi et que j'avais entendu un appel. Je ne puis le comparer qu'à celui, inoubliable, qui transforma et anoblit jadis mon cœur et ma vie, quand, petit garçon, je fus examiné par le Magister Musicae et convoqué à Castalie. Tu l'as remarqué, je m'en suis bien aperçu alors, encore que tu n'en aies rien dit; nous n'en parlerons pas non plus davantage aujourd'hui. Mais j'ai maintenant une prière à t'adresser, et, pour te l'expliquer, il faut que je te dise ce que personne d'autre ne sait, ni ne doit savoir : le dédale actuel de mes études n'est pas le fruit d'un caprice, au contraire un plan fort précis y préside. Tu te souviendras, tout au moins dans ses grands traits, de cet exercice de Perles de Verre que nous avons élaboré alors, au troisième cours, avec l'aide de ce moniteur, et pendant lequel j'ai entendu cette voix et pris conscience de ma vocation de Lusor. Eh bien, cet exercice qui commençait par l'analyse rythmique d'un thème destiné à une fugue et au milieu duquel se trouvait une phrase attribuée à Confucius, tout ce jeu, je l'étudie maintenant du commencement à la fin, c'est-à-dire que je me familiarise à force de travail avec chacune de ses phrases, que je la retraduis de la langue du Jeu dans sa langue originale, celle des mathématiques, celle de l'ornementation, en chinois, en grec, etc. Je veux, ne fût-ce que cette fois dans ma vie, réviser et reconstruire techniquement le contenu entier d'un Jeu de Perles de Verre; je suis déjà venu à bout de la première partie, il m'a fallu deux ans. Cela me coûtera naturellement encore bien des années. Mais, puisque nous jouissons à Castalie d'une liberté d'études qui est célèbre, je veux justement l'employer de cette manière. Je sais ce qu'on pourrait m'objecter. La plupart de nos professeurs diraient : « Il nous a fallu des siècles pour inventer « et développer le Jeu des Perles de Verre, pour en faire « une langue et une méthode universelles, capables d'expri-

« mer et de ramener à une commune mesure toutes les
« valeurs et tous les concepts de l'esprit et de l'art. Et toi, à
« présent, tu veux contrôler si c'est bien exact! Il faudra ta
« vie pour cela et tu le regretteras. » Eh bien, je n'y passe-
rai pas ma vie et j'espère aussi ne pas avoir à le regretter.
Voici maintenant ce que je te demande : puisque tu tra-
vailles actuellement aux archives du Jeu et que, pour des
raisons particulières, je voudrais éviter Celle-les-Bois quelque
temps encore, il faut que tu répondes de temps en temps à
un certain nombre de questions que je te poserai, c'est-
à-dire que tu me communiques chaque fois sous leur forme
non abrégée la clef et le signe officiels de toute sorte de
thèmes, tels que les archives les contiennent. Je compte sur
toi et je compte aussi que tu disposeras de moi, dès que je
pourrai te rendre un service quelconque en échange. »

Peut-être est-ce ici le lieu de citer aussi cet autre passage
de la correspondance de Valet, qui se rapporte au Jeu des
Perles, encore que la lettre dont il s'agit, et qui est adressée
au Maître de la Musique, ait été écrite au moins un ou deux
ans plus tard. « Je m'imagine, écrit Valet à son protecteur,
qu'on peut être un fort bon Joueur de Perles de Verre, un
virtuose, voire un excellent Magister Ludi, sans se douter
du secret véritable du Jeu et de sa signification ultime. Il
se pourrait même précisément, qu'un homme qui en aurait
l'intuition et la connaissance, finît par être pour le Jeu plus
dangereux qu'eux, s'il en devenait un spécialiste ou s'il en
était le dirigeant. Car les arcanes, l'ésotérisme du Jeu, ont
pour objet, comme tout ésotérisme, l'Un et le Tout, les
abîmes où ne règne plus que l'éternel souffle qui, dans une
inspiration et une expiration éternelles, se suffit à lui-même.
Quiconque aurait pleinement pris conscience du sens du Jeu
ne serait déjà plus un vrai Joueur, il n'appartiendrait plus
au monde de la pluralité et ne serait plus capable de se
plaire à inventer, à construire et à combiner, car il connaîtra des désirs et des joies tout autres. Comme je crois n'être
pas loin de saisir le sens du Jeu des Perles de Verre, il
vaudra mieux pour moi et pour les autres que je ne fasse
pas du Jeu ma profession, mais que je retourne à la musique. »

Le Maître de la Musique, généralement fort économe de
lettres, fut apparemment inquiet de cette déclaration et il
y répliqua par un renseignement qui contenait un avertisse-

ment amical. « C'est bien que tu n'exiges pas toi-même d'un Maître du Jeu qu'il soit « ésotérique » au sens où tu l'entends, car j'espère que tu as dit cela sans ironie. Un Maître du Jeu ou un professeur dont le premier souci serait de savoir, lui aussi, s'il approche suffisamment du « sens le plus profond », serait un bien mauvais professeur. Pour ma part, j'avoue franchement que, de ma vie, je n'ai jamais dit à mes élèves un seul mot sur le « sens » de la musique; s'il y en a un, il n'a pas besoin de moi. Par contre, j'ai toujours attaché beaucoup de prix à voir mes élèves compter bien exactement leurs croches et leurs doubles croches. Que tu deviennes professeur, savant, ou musicien, aie le respect du « sens », mais ne t'imagine pas qu'il s'enseigne. C'est en voulant enseigner ce « sens » que les philosophes de l'histoire ont gâché la moitié de l'histoire universelle, ouvert la porte à l'ère des pages de variétés et contribué à faire répandre une quantité de sang. Même si j'avais par exemple à initier des élèves à Homère ou aux tragiques grecs, je n'essaierais pas de leur suggérer que la poésie est une des formes phénoménales du divin, je m'efforcerais au contraire de la leur rendre accessible par la connaissance exacte des procédés de langage et de métrique qu'elle emploie. La tâche du professeur et du savant est de déceler les moyens utilisés, de cultiver la tradition, de maintenir la pureté des méthodes et non de provoquer et d'accélérer ces émotions, pour lesquelles nous n'avons plus de mots et qui sont réservées aux élus — des élus qui sont souvent aussi des vaincus et des victimes. »

Par ailleurs, la correspondance de Valet au cours de ces années, qui semble du reste avoir été peu considérable ou qui a en partie disparu, n'évoque nulle part le Jeu des Perles de Verre et sa conception « ésotérique ». La majeure partie de ses lettres, la mieux conservée aussi, celles qui sont adressées à Ferromonte, traitent d'ailleurs presque exclusivement de problèmes musicologiques et de l'analyse de styles musicaux.

Nous voyons par conséquent, dans les singuliers zigzags décrits par les études de Valet, qui consistèrent uniquement à reproduire exactement et à élaborer au cours de longues années le schéma d'une unique partie, l'affirmation d'un esprit et d'une volonté fort nets. Pour se pénétrer du contenu de

cet unique schéma qu'ils avaient jadis composé en quelques
jours en guise d'entraînement, quand ils étaient élèves, et qui
dans la langue du Jeu des Perles de Verre avait pu se lire
en un quart d'heure, il mit des années et des années, il
passa son temps dans des salles de cours et des bibliothèques,
il étudia Froberger et Alessandro Scarlatti, les fugues et la
composition de la sonate, il prit des leçons de mathématiques,
apprit le chinois, travailla à fond un système des figures
sonores ainsi que la théorie feustelienne des correspondances
entre la gamme des couleurs et les tonalités musicales. On
se demande pourquoi il a choisi cette voie difficile, singulière
et surtout solitaire, car son but final (hors de Castalie, on
dirait : la profession qu'il avait choisie) était, sans aucun
doute, le Jeu des Perles de Verre. S'il était entré d'abord,
comme auditeur libre et sans engagement, dans l'un des
instituts du Vicus Lusorum, cette colonie des Joueurs de
Perles, à Celle-les-Bois, on lui aurait facilité toutes les études
spéciales relatives au Jeu; il aurait eu à chaque instant à sa
disposition des indications et des renseignements sur toutes
ces questions particulières; il aurait pu en outre se livrer à
ses études au milieu de camarades qui faisaient des recherches
analogues, au lieu de se torturer tout seul, et certainement
bien souvent, comme dans un exil volontaire. Mais il alla
son chemin. A notre avis, il évita Celle-les-Bois, non seulement pour faire oublier le plus possible le rôle qu'il y avait
joué comme élève et les souvenirs qui s'y rattachaient, chez
les autres comme chez lui-même, mais également pour ne
pas risquer d'assumer un nouveau rôle du même genre dans
la communauté des Joueurs de Perles. Car il devait sentir
en lui, depuis cette époque-là, une sorte de prédestina-
tion à la fonction de chef et de personnalité représentative, et il fit son possible pour jouer au plus fin avec ce
destin qui s'imposait à lui. Déjà alors, il pressentait le
poids de ses responsabilités vis-à-vis de ses condisciples de
Celle-les-Bois, enthousiastes de lui, et auxquels il se déro-
bait, et il le pressentait particulièrement en présence de ce
Tegularius, dont son instinct lui disait qu'il se jetterait au
feu pour lui. Il chercha donc la retraite, la vie contemplative, alors que ce destin voulait le pousser en avant et dans
la vie publique. Voilà, à peu près, comment nous nous imaginons son état d'esprit à cette époque. Mais il existait encore

un motif ou un mobile supplémentaire important qui lui faisait appréhender de suivre les cours habituels des écoles supérieures du Jeu des Perles de Verre et qui faisait de lui un outsider : c'était un instinct insatiable de chercheur, fondé sur les doutes qu'il nourrissait alors sur le Jeu des Perles. Il avait assurément constaté lui-même avec satisfaction que ce jeu pouvait être pratiqué dans l'esprit le plus noble comme un exercice sacré, mais il avait vu aussi que la majorité des joueurs et des élèves, qu'une partie même des moniteurs et des professeurs étaient loin d'être animés de cette mentalité supérieure et sacrée; ils ne voyaient pas dans la langue du jeu une *lingua sacra*, mais tout juste une sorte de sténographie intelligente; ils pratiquaient le jeu comme une spécialité intéressante ou amusante, comme un sport intellectuel, ou un match ambitieux. Valet avait même déjà, sa lettre au Maître de la Musique le prouve, le pressentiment que ce n'était peut-être pas la recherche de la signification ultime qui faisait toujours la qualité d'un joueur, il sentait que le Jeu avait aussi besoin d'être ésotérique, qu'il constituait aussi une technique, une science et une institution sociale. Bref, il surgissait là des doutes, des divergences; le Jeu était un problème vital, il avait été jusqu'alors le grand problème essentiel de sa vie, et il n'était nullement disposé à laisser de bienveillants pasteurs d'âmes alléger pour lui ce conflit ou le traiter en bagatelle, avec un sourire professoral aimablement évasif.

Il aurait naturellement pu prendre pour base de ses études n'importe laquelle des dizaines de milliers de parties déjà jouées ou l'un des millions de jeux possibles. Il le savait et il prit pour point de départ ce plan de partie fortuit combiné dans un cours par ses camarades et par lui. C'était la partie durant laquelle, pour la première fois, le sens de tous les Jeux des Perles de Verre l'avait pénétré, où il s'était senti la vocation d'un joueur. Pendant ces années, il porta constamment sur lui un schéma de cette partie inscrit dans le système d'abréviations habituel. Il y avait là, notés avec les définitions, les clefs, les signatures et les abréviations de la langue du Jeu, une formule de mathématiques astronomiques, le principe de composition d'une sonate ancienne, un aphorisme de Confucius, etc. Un lecteur qui ne connaîtrait pas le Jeu des Perles de Verre pourrait se représenter le schéma d'une partie de ce genre à peu près comme celui d'une partie d'échecs, à cette différence près que les significations des figures et leurs possibilités de rapports mutuels et d'effets réciproques sont multipliées dans la pensée, et qu'à chacune des figures, de leurs groupements, qu'à chaque coup d'échecs, il faudrait attribuer un contenu effectif désigné symboliquement précisément par ce coup, par cet ensemble de figures, etc. Les années d'études de Joseph Valet ne furent pas seulement consacrées à connaître avec la plus extrême minutie les éléments, les principes, les œuvres et les systèmes que recélait ce plan, ainsi qu'à parcourir, en s'instruisant, un bout de chemin à travers des cultures, des sciences, des langages, des arts et des siècles différents; il s'était également proposé une tâche dont aucun de ses maîtres n'avait connaissance : celle de soumettre ainsi à l'épreuve la plus précise le système et les possibilités d'expression de l'art du Jeu.

Indiquons-en d'avance le résultat : il trouva çà et là une lacune, une insuffisance, mais dans l'ensemble notre Jeu des Perles de Verre a dû résister à son contrôle opiniâtre, autrement il n'aurait pas fini par y revenir.

Si nous écrivions ici une étude d'histoire de la civilisation, plus d'un théâtre, plus d'une scène de la vie estudiantine de Valet mériteraient d'être dépeints. Il préférait, pour peu que cela fût possible, les endroits où il pouvait travailler seul ou avec très peu de gens, et il a conservé à quelques-uns de ces lieux un attachement reconnaissant. Souvent, il faisait des séjours à Monteport, où quelquefois il était l'hôte du Maître de la Musique, et où parfois il participait à des travaux pratiques d'histoire de la musique. Nous le trouvons à deux reprises à Terramil, siège de la direction de l'Ordre, où il prend part au « grand exercice », au jeûne et à la méditation de douze jours. C'est avec une joie particulière, avec tendresse même, qu'il parla plus tard à ses proches du « Bois des Bambous », ce charmant ermitage qui fut le théâtre de ses études de Yi-King [1]. Ce qu'il y apprit, les instants qu'il y vécut ne furent pas seulement décisifs, il y a aussi trouvé, guidé par une intuition ou par un déterminisme merveilleux, un cadre unique dans son

---

1. Livre d'oracles chinois, qu'on attribue parfois à Confucius. *(N. d. T.)*

genre et un homme exceptionnel, celui qu'on appelait le
« frère aîné », créateur et habitant de l'ermitage chinois du
Bois des Bambous. Nous croyons bon de décrire un peu plus
longuement ce très curieux épisode de sa vie d'étudiant.

Valet avait commencé à étudier la langue et les classiques chinois dans le célèbre institut de l'Extrême-Orient,
annexé depuis des générations à la Cité de la philologie
antique, Saint-Urbain. Il y avait fait de rapides progrès
en lecture et en écriture; il s'était également lié d'amitié avec
quelques-uns des Chinois qui y travaillaient, et il avait appris
par cœur un certain nombre des chants du Schi King[1], quand,
dans sa deuxième année de séjour, il commença à s'intéresser de plus en plus vivement au Yi-King, le *Livre des
Métamorphoses*. Sur son insistance, les Chinois lui donnèrent, il est vrai, toute sorte de renseignements, mais ce
n'était pas une initiation; l'établissement ne possédait pas
de professeur pour cela, et chaque fois que Valet revint à
la charge et demanda qu'on lui en trouvât un avec qui
il traitât à fond la question du Yi-King, on lui parla du
« frère aîné » et de son ermitage. Valet avait bien remarqué,
depuis quelque temps déjà, que son intérêt pour le *Livre
des Métamorphoses* l'entraînait dans un domaine dont on
ne voulait guère entendre parler dans l'établissement. Il
se renseigna avec davantage de prudence et, comme il
s'efforçait encore de recueillir des informations sur ce légendaire « frère aîné », on ne lui cacha pas que cet ermite,
tout en jouissant certes d'un certain crédit, et même de
quelque renom, avait plutôt cependant celui d'un outsider
maniaque que d'un savant. Il se rendit compte qu'il ne
pouvait, sur ce point, compter que sur lui-même; il termina, dès qu'il le put, l'un des travaux pratiques qu'il avait
commencés et prit congé. Il partit à pied vers la région où
ce mystérieux personnage avait jadis planté son bois de
bambous. Était-ce un conseiller et un maître? Était-ce peut-
être un fou? Ce qu'il avait appris sur son compte se bornait
à peu près à ceci : cet homme avait été, vingt-cinq ans plus
tôt, l'étudiant de la section chinoise en qui l'on avait placé le
plus d'espoirs : il paraissait destiné à ces études et né pour
elles; il l'emportait sur les meilleurs professeurs, qu'ils fussent

---

1. Recueil de chants chinois anciens. Rückert en a publié une tra-
duction allemande. *(N. d. T.)*

Chinois de naissance ou Occidentaux, dans la technique de
l'écriture au pinceau ou du déchiffrement de textes anciens,
mais il surprenait néanmoins un peu par son acharnement à
vouloir jouer aussi extérieurement le rôle d'un Chinois. Par
exemple, il évitait obstinément de donner leur titre à tous
ses supérieurs, du directeur d'institut jusqu'aux Grands
Maîtres, et de leur parler à la troisième personne, conformément au règlement, ainsi que le faisaient tous les étudiants;
il leur disait « mon frère aîné », et cette formule finit par
devenir définitivement son surnom. Il consacrait un soin
particulier au jeu des oracles du Yi-King dont il s'acquittait
magistralement à l'aide des traditionnelles queues d'achillées. En dehors des commentaires anciens du *Livre des Oracles*
son ouvrage préféré était celui Tchéuang-Tsi [1]. Il est
probable que, dans la section chinoise de l'institut, l'esprit
rationaliste et plutôt antimystique, qui se disait strictement confucianiste et que Valet avait connu, s'était déjà
fait sentir alors, car un beau jour le Frère Aîné quitta cet
établissement, où on l'aurait volontiers gardé comme professeur spécialiste, et il partit à pied par les routes, nanti
d'un pinceau, de son godet à encre de Chine et de deux ou
trois livres. Il se dirigea vers le Midi du pays, fut, tantôt
ici, tantôt là, l'hôte de Frères de l'Ordre; il chercha et
trouva l'emplacement convenable pour l'ermitage qu'il projetait. A force de requêtes et de plaidoiries obstinées, il
obtint des autorités séculières, comme de l'Ordre, le droit
de faire une plantation à cet endroit, et il y vécut depuis
lors une existence idyllique, conforme à la stricte orthodoxie
de la Chine antique, tantôt prêtant à sourire comme un
vieil original, tantôt vénéré comme une sorte de saint, en
paix avec lui-même et avec le monde, passant ses jours à
méditer et à recopier d'antiques rouleaux de manuscrits,
quand l'entretien de son bois de bambous, qui protégeait
du vent du nord un jardin miniature soigneusement disposé à la chinoise, n'absorbait pas son activité.

Ce fut donc là que Joseph Valet se dirigea à pied, en
faisant de fréquentes haltes, ravi par le paysage, qui, après
qu'il eut franchi les cols des montagnes du Sud, se présenta
à lui, plein d'azur et de parfums, avec des vignobles enso-

---

[1]. Métaphysicien taoïste du IVe siècle avant Jésus-Christ. *(N. d. T.)*

leillés en terrasses, des murettes ocre grouillantes de lézards,
d'imposants bosquets de châtaigniers, mélange savoureux du
Midi et de la haute montagne. L'après-midi tirait à sa fin
quand il atteignit le Bois des Bambous; il y entra et vit avec
étonnement un pavillon chinois au milieu d'un jardin
bizarre : l'eau d'une fontaine tombait en clapotant d'un
conduit en bois, coulait sur un lit de cailloux et remplissait
presque un bassin en maçonnerie, dans les fentes duquel
foisonnaient toute sorte de plantes et où nageaient dans
une onde limpide et calme quelques cyprins dorés. Les
palmes des bambous se balançaient, paisibles et frêles, au-
dessus des robustes troncs élancés, le gazon était parsemé
de dalles de pierre où l'on pouvait lire des inscriptions de
style classique. Un petit homme menu, vêtu de lin d'un gris
jaunâtre, aux yeux bleus interrogateurs protégés par des
lunettes, se leva d'une plate-bande de fleurs sur laquelle il
était accroupi et s'approcha lentement du visiteur; il n'avait
rien de revêche, mais cette sorte de gaucherie farouche
qui est parfois celle des solitaires et des êtres vivant dans la
retraite; il jeta un regard interrogateur à Valet et attendit
de savoir ce que celui-ci avait à lui dire. Non sans quelque
gêne, Valet prononça les paroles chinoises qu'il avait imagi-
nées en guise de salut : « Le jeune écolier se permet de
présenter ses respects à son Frère Aîné.

— L'hôte bien éduqué est ici bienvenu, dit le Frère
Aîné; qu'un jeune collègue soit toujours le bienvenu chez
moi pour boire une coupe de thé et prendre part à une
petite conversation agréable; il trouvera aussi ici un lit pour
la nuit, si tel est son désir. »

Valet fit Kotao[1] et le remercia. Il fut conduit dans la
maisonnette et on lui servit le thé; puis on lui montra le
jardin, les pierres couvertes d'inscriptions, la pièce d'eau,
les poissons rouges, dont on lui révéla l'âge. Jusqu'au dîner, ils
restèrent assis sous les bambous mouvants, à échanger des
politesses, des vers de chansons et des aphorismes d'auteurs
classiques, à contempler des fleurs et à jouir du coucher du
soleil, qui s'éteignait en rosissant les crêtes des montagnes.
Puis on rentra dans la maison; le Frère Aîné servit du pain
et des fruits, il fit cuire sur un minuscule fourneau deux

1. Salut chinois qui consiste à s'incliner plusieurs fois, jusqu'à toucher le sol du front. *(N. d. T.)*

crêpes excellentes pour son hôte et pour lui-même et, quand ils eurent mangé, il demanda en allemand à l'étudiant l'objet de sa visite. En allemand, celui-ci lui conta comment il était venu là et lui exposa sa requête : il désirait rester auprès de lui aussi longtemps que le Frère Aîné le permettrait et être son élève.

— Nous en parlerons demain, dit l'ermite, et il offrit un lit à son hôte.

Le lendemain matin, Valet s'assit près de la vasque et de ses poissons d'or. Ses yeux plongeaient dans ce frais petit univers fait de clair et d'obscur, dans la magie de ses jeux de couleurs, où l'ombre d'un bleu vert et des ténèbres d'encre berçaient les corps de ces créatures d'or qui, parfois, au moment précis où tout ce monde paraissait ensorcelé, assoupi pour toujours et prisonnier du sortilège de ses rêves, d'un mouvement doux, élastique et pourtant effrayant, lançaient à travers cette nuit somnolente des éclairs d'or et de cristal. Valet regardait le fond, de plus en plus absent, plus rêveur que contemplatif, et il ne s'aperçut pas que le Frère Aîné sortait de la maison à pas légers, s'arrêtait et considérait longuement son hôte perdu dans sa rêverie. Quand Valet se leva enfin et secoua le poids de ses pensées, l'autre n'était plus là, mais aussitôt, de l'intérieur, sa voix l'invita à venir prendre le thé. Ils échangèrent un bref salut, burent du thé, et restèrent assis à entendre clapoter, dans le silence du matin, le mince jet de la fontaine, mélodie de l'éternité. Puis l'ermite se leva, s'affaira çà et là dans la petite pièce irrégulièrement construite, jetant de temps en temps un regard clignotant vers Valet, et il lui demanda soudain : « Es-tu prêt à chausser tes souliers et à reprendre la route? »

Valet hésita, puis il dit : « S'il doit en être ainsi, je suis prêt.

— Et s'il peut se faire que tu restes un petit moment ici, es-tu prêt à obéir et à rester aussi silencieux qu'un poisson d'or? »

De nouveau l'étudiant répondit affirmativement.

— C'est bon, dit le Frère Aîné. Je vais donc tirer les baguettes et interroger les oracles.

Tandis que Valet, assis, le regardait faire avec autant de respect que de curiosité, silencieux « comme un poisson d'or », il sortit d'une coupe de bois, ou plutôt d'une sorte de car-

quois, une poignée de baguettes. C'étaient des queues
d'achillées. Il en fit le compte attentivement, replaça une
partie de la botte dans le récipient, mit une baguette de
côté, partagea les autres en deux bottes égales, en garda
une dans la main gauche; de la seconde, il sortit délicatement du bout des doigts de la main droite de minuscules
paquets de baguettes, les compta, les mit de côté jusqu'à
ce qu'il n'en restât plus qu'un petit nombre, qu'il serra entre
deux doigts de sa main gauche. Après avoir ainsi, par un
dénombrement rituel, réduit la botte à quelques baguettes, il
se livra sur l'autre à la même opération. Il posa les baguettes
qu'il avait fini de compter, passa de nouveau en revue les
deux bottes l'une après l'autre, fit le compte, coinça de
petits restes de bottes entre deux doigts. Tout cela, ses mains
le faisaient avec des gestes prestes et économes, sans bruit;
cela semblait un jeu d'adresse secret, régi par des règles
rigoureuses, mille fois pratiqué et parvenu à une exécution
d'une virtuosité parfaite. Après qu'il se fut livré plusieurs
fois à tout cet exercice, il resta trois petites poignées :
dans le nombre de leurs baguettes, il lut un signe qu'il peignit avec un pinceau pointu sur une petite feuille. Puis
toute cette opération complexe recommença, les baguettes
furent partagées en deux bottes égales, décomptées, certaines
furent écartées, d'autres coincées entre ses doigts, jusqu'à ce
que, finalement, il restât de nouveau trois bottelettes minuscules, dont le compte constituait un deuxième signe. Prises
dans un mouvement de danse, les baguettes se heurtaient
avec un très léger claquement sec, changeaient de place,
formaient des bottes, se séparaient, étaient de nouveau
comptées et se déplaçaient rythmiquement avec une sûreté
de fantômes. A la fin de chaque opération, son doigt ins-
crivait un signe, et finalement les signes positifs et négatifs
occupèrent six lignes superposées. Les baguettes furent
réunies et soigneusement remises dans leur récipient. Le
mage, accroupi par terre sur une natte de roseaux, avait
sous les yeux, sur sa feuille, le résultat de sa quête de l'oracle
et il le contempla longtemps en silence.

— C'est le signe Mong, dit-il. Ce signe est appelé : folie de
jeunesse. En haut la montagne, en bas l'eau, en haut Gen,
en bas Kan. En bas de la montagne jaillit la source, symbole
de la jeunesse. Mais le jugement dit :

> Folie de jeunesse réussit.
> Je ne cherche pas ce jeune fou,
> Ce jeune fou me cherche.
> Au premier oracle, je donne avis.
> S'il répète ses questions, il m'importune.
> S'il est importun, pas d'avis.
> La ténacité fait arriver.

L'attention de Valet était si tendue qu'il avait retenu son souffle. Dans le silence qui suivit, involontairement, il poussa un profond soupir. Il n'osa pas poser de question. Mais il croyait avoir compris : le jeune fou était accepté, il pouvait rester. Il était encore sous l'emprise et le charme de ce sublime jeu de marionnettes exécuté par les doigts et les baguettes, qu'il avait si longtemps regardé et qui paraissait lourd d'un sens si convaincant, encore qu'on ne pût deviner celui-ci, quand ce résultat s'imposa à lui. L'oracle avait parlé, il avait tranché en sa faveur.

Nous ne nous serions pas étendus autant sur cet épisode, si Valet ne l'avait lui-même raconté souvent à ses amis et à ses élèves avec une certaine complaisance. Revenons maintenant à notre compte rendu objectif. Valet resta des mois dans le Bois des Bambous et il y apprit à manipuler les queues d'achillées presque aussi parfaitement que son maître. Chaque jour celui-ci faisait avec lui, pendant une heure, un exercice de dénombrement des baguettes, il l'initiait à la grammaire et au symbolisme de la langue des oracles, l'entraînait à écrire et à apprendre par cœur les soixante-quatre signes, lui lisait des passages des commentaires anciens, et il lui arrivait parfois, dans de très bons jours, de lui conter une histoire de Tschuang Tsé. Par ailleurs, le disciple apprenait à s'occuper du jardin, à laver les pinceaux, à râper les bâtons d'encre ; il apprit aussi à faire la soupe et le thé, à ramasser du bois menu, à tenir compte du temps qu'il faisait et à manier le calendrier chinois. Mais les rares tentatives qu'il fit, au cours de leurs entretiens laconiques, pour mettre sur le tapis le Jeu des Perles de Verre et la musique, n'eurent absolument aucun succès. Ou bien elles semblèrent tomber dans l'oreille d'un sourd, ou bien elles furent repoussées avec un sourire indulgent, à moins qu'un dicton ne leur servît de réponse : « Gros nuages, pas de pluie », ou « Le noble est sans tache ». Cependant, quand Valet se fit envoyer de Monteport un petit clavicorde et en joua une heure chaque jour, cela ne souleva pas d'objection. Un jour, Valet avoua à son professeur qu'il souhaitait parvenir à être en mesure d'incorporer le système du Yi-King au Jeu des Perles de Verre. Le Frère Aîné se mit à rire. « Essaie donc, s'écria-t-il, tu verras bien. Introduire dans le monde une jolie petite plantation de bambous, c'est encore possible. Mais il me paraît douteux que le planteur réussisse à introduire le monde dans son bois de bambous. » Assez sur ce sujet. Ajoutons seulement que, quelques années plus tard, quand Valet fut devenu à Celle-les-Bois une personnalité fort considérée, il invita le Frère Aîné à y accepter une chaire, mais ne reçut pas de réponse.

Par la suite, Joseph Valet a qualifié les mois qu'il avait passés dans le Bois des Bambous non seulement d'époque particulièrement heureuse, mais souvent aussi de « premier éveil ». A dater de cette période, l'image de l'éveil intervient d'ailleurs plus fréquemment dans ses déclarations, avec un sens analogue, sinon tout à fait identique, à celui qu'il donnait précédemment à celle de la vocation. On peut supposer que cet « éveil » signifie chaque fois la connaissance de lui-même et du point où il se trouvait dans l'ordre castalien et humain en général, mais il nous semble que l'accent vient à porter de plus en plus sur la connaissance de soi, en ce sens que Valet, depuis ce « premier éveil », se pénètre de plus en plus du sentiment de sa position et de sa destinée particulière et unique, tandis que les idées et les catégories de toute l'échelle des valeurs traditionnelle, et plus spécialement castalienne, lui paraissent de plus en plus relatives.

Ses études chinoises furent loin d'être achevées au cours de son séjour dans le Bois des Bambous, elles se poursuivirent, et Valet s'efforça notamment de connaître la musique chinoise ancienne. Partout, chez les premiers écrivains chinois, il rencontrait l'éloge de la musique, célébrée comme l'une des sources profondes de toute espèce d'ordre, de moralité, de beauté et de santé; cette haute idée morale de la musique lui avait de tout temps été inculquée par le Maître de la Musique, qui pouvait presque passer pour en être l'incarnation. Sans renoncer à son plan fondamental d'études que nous connaissons par sa lettre à Fritz Tegularius, il s'engagea énergiquement et à grands pas dans toutes les voies où

il soupçonnait quelque chose d'essentiel pour lui, c'est-à-dire
où le chemin de l' « éveil » qu'il avait déjà parcouru lui
paraissait se prolonger. L'un des résultats positifs de son
stage chez le Frère Aîné fut qu'il surmonta l'appréhension
du retour à Celle-les-Bois. Chaque année, il y suivit l'un des
cours supérieurs et, sans bien savoir comment cela s'était
fait, il se trouva être une personnalité jouissant déjà
de l'intérêt et de la considération du Vicus Lusorum; il se
trouva faire partie de cet organe qui était le plus central et
le plus sensible de tout le système du Jeu, de ce groupe
anonyme de joueurs éprouvés, qui en tout temps décident
du sort de celui-ci ou tout au moins de son orientation et
de ses modes. Ce groupe de joueurs, dans lequel se trouvaient
aussi, sans pourtant y prédominer, des fonctionnaires des
institutions du Jeu, tenait surtout ses assises dans quelques
pièces reculées et tranquilles des archives; ils s'y livraient à
des études critiques, luttaient pour faire admettre ou refuser l'inclusion dans le Jeu de matières nouvelles; ils discutaient le pour et le contre des tendances toujours changeantes
du goût, relatives à la forme, au maniement extérieur, à
l'aspect sportif du Jeu des Perles de Verre. Tout familier
de ce cercle était un virtuose du Jeu, chacun y connaissait
exactement les talents et les originalités de tous les autres.
Tout s'y passait comme dans les couloirs d'un ministère ou
dans un club aristocratique, où les puissants et les responsables de demain et d'après-demain se rencontrent et font
connaissance. Un ton réservé, policé, y était de rigueur;
on y était ambitieux, sans le montrer, attentif et critique
jusqu'à l'exagération. Cette élite des générations montantes
du Vicus Lusorum était considérée par beaucoup de gens à
Castalie, et aussi par quelques personnes de l'extérieur,
comme la fleur de la tradition castalienne, la crème d'une
aristocratie exclusive de l'esprit, et bien des adolescents
formaient pendant des années le rêve ambitieux d'en faire
partie un jour. Pour d'autres, en revanche, ce cercle choisi
de prétendants aux dignités supérieures de la hiérarchie du
Jeu paraissait odieux et dégénéré; on voyait là une clique
de fainéants qui se donnaient de grands airs, de génies intellectuellement déformés par le jeu, dépourvus du sens des
réalités et de la vie, une société prétentieuse composée au
fond de parasites, de dandies et d'arrivistes, dont la profes-

sion et la vie se bornaient à un jeu mesquin et à la jouissance stérile et égoïste de leur esprit.

Valet n'était sensible à aucune de ces deux conceptions; peu lui importait de passer dans les cancans d'étudiants pour une bête curieuse ou d'être tourné en dérision comme un parvenu et un arriviste. Pour lui, seules ses études comptaient, et elles étaient toutes centrées désormais sur le Jeu. Un seul problème avait peut-être encore du prix pour lui, c'était de savoir si le Jeu était réellement ce qu'il y avait de plus grand à Castalie et s'il valait la peine d'y consacrer sa vie. Car cela ne faisait pas complètement taire ses doutes, que de s'initier à des secrets toujours plus cachés des lois et des possibilités du Jeu, de se familiariser avec le dédale multicolore de ses archives et la complexité interne de son symbolisme. Il avait déjà fait personnellement l'expérience que la foi et le doute vont de pair, qu'ils se conditionnent l'un l'autre, comme l'inspiration et l'expiration. En même temps qu'il progressait dans tous les domaines du microcosme du Jeu, il ne cessait naturellement de devenir plus clairvoyant, et plus sensible à ses problèmes. La vie idyllique du Bois des Bambous l'avait peut-être tranquillisé, peut-être aussi égaré un court moment; l'exemple du Frère Aîné lui avait montré qu'il y avait toujours moyen d'échapper à ces problèmes; on pouvait par exemple, comme cet homme, se métamorphoser en Chinois, se retrancher derrière la haie de son jardin et vivre dans une sorte de perfection, belle et frugale. On pouvait peut-être aussi se faire pythagoricien ou moine et scolastique, mais c'était une dérobade, un renoncement à l'universalité qui n'était possible et permis qu'à peu de gens, un renoncement au présent et à ses lendemains, au profit d'une perfection mais qui était celle du passé; c'était une forme sublime de fuite, et Valet avait senti à temps que ce n'était pas là sa voie. Mais quelle était-elle ? Outre les grands dons qu'il avait pour la musique et le Jeu des Perles de Verre, il savait qu'il possédait en lui d'autres forces : une certaine indépendance intérieure, une haute idée de sa personnalité, qui, si elle ne lui interdisait pas et ne lui rendait pas pénible de servir, exigeait toutefois qu'il ne servît que le Maître suprême. Et cette force, cette indépendance, cette personnalité n'étaient pas seulement **un trait de caractère qui se manifestait et agissait sur**

son être intime, il agissait aussi extérieurement. Dès ses
années d'école, et notamment durant la période de sa rivalité avec Plinio Designori, il avait souvent fait l'expérience
que beaucoup de garçons de son âge, mais plus encore des
camarades cadets, non contents de l'aimer et de rechercher
son amitié, inclinaient à se laisser dominer par lui, à solliciter ses conseils, à subir son influence, et, depuis, il avait
souvent renouvelé cette expérience. Elle avait un aspect
extrêmement agréable et flatteur, elle satisfaisait son ambition et le confirmait dans la conscience qu'il avait de sa
personne. Mais elle avait aussi un tout autre aspect,
sinistre et redoutable, car déjà la tendance à mépriser pour
leur faiblesse, leur manque de personnalité et de dignité ces
camarades avides de conseils, de directives et de modèles,
et aussi le secret désir, qui perçait à l'occasion, d'en faire
(du moins en pensée) des esclaves dociles, avaient en soi
quelque chose d'interdit et de laid. D'autre part, du temps
de Plinio, il avait appris à ses dépens de combien de responsabilités, d'efforts, de quel fardeau intérieur se paie toute
position brillante et représentative. Il savait aussi combien
celle du Maître de la Musique lui pesait parfois. C'était
beau et assez séduisant que d'exercer un pouvoir sur des
hommes et de briller devant autrui, mais c'était aussi une
tentation diabolique et dangereuse. L'histoire du monde ne
se composait-elle pas d'une série ininterrompue de souverains, de chefs, de faiseurs et de commandants en chef qui,
en dehors d'exceptions infiniment rares, avaient tous bien
commencé et mal fini, qui tous, ils le prétendaient du
moins, avaient aspiré au pouvoir par amour du bien, pour
être ensuite possédés et abrutis par ce pouvoir et l'aimer
pour lui-même? Il s'agissait de sanctifier et de rendre salutaire cette force que lui avait donnée la nature, en la mettant
au service de la hiérarchie; il lui avait toujours paru que
cela allait de soi. Mais quel était le lieu où ses forces pouvaient être le plus utiles et porter des fruits? L'aptitude à
attirer et à influencer plus ou moins d'autres êtres, en particulier de plus jeunes, aurait eu du prix pour un officier ou
un homme politique, mais ici, à Castalie, il n'y avait pas
place pour cela; à vrai dire, ces capacités ne pouvaient y
servir qu'au professeur et à l'éducateur, et justement Valet
n'éprouvait guère l'envie d'exercer ces activités. S'il n'avait

tenu qu'à lui, il aurait préféré à toute autre la vie de libre chercheur, ou encore celle de Joueur de Perles de Verre. Et cela le ramenait à la vieille question qui le torturait : Ce Jeu était-il réellement ce qu'il y avait de plus noble, était-il vraiment le roi dans le royaume de l'esprit? Finalement, malgré tout, et après tout, n'était-ce pas qu'un jeu? Cela valait-il réellement la peine de s'y adonner tout entier, de le servir une vie durant? Jadis, des générations plus tôt, ce jeu célèbre avait commencé par être une sorte de succédané de l'art et, du moins pour beaucoup de gens, il était sur le point de devenir peu à peu une sorte de religion; c'était pour des intelligences supérieurement développées une occasion de recueillement, d'élévation et de ferveur. Comme on le voit, c'était le vieux conflit entre l'esthétique et l'éthique qui se livrait en Valet. Cette question, jamais complètement formulée, mais jamais non plus tout à fait étouffée, était celle même qui, çà et là, avait surgi dans ses poèmes d'écolier à Celle-les-Bois, sombre et menaçante; elle ne se rapportait pas seulement au Jeu des Perles de Verre, mais à Castalie en général.

A l'époque précise où ce problème le préoccupait vivement et où il rêvait souvent de discussions avec Designori, il arriva qu'un jour, en traversant l'une des vastes cours de la cité des Joueurs, à Celle-les-Bois, il entendit derrière lui crier très fort son nom. C'était une voix qu'il ne reconnut pas immédiatement et qui lui sembla pourtant familière. Quand il se retourna, il vit un grand jeune homme à petite moustache qui accourait impétueusement vers lui. C'était Plinio et, dans un élan de souvenir et de tendresse, il le salua avec cordialité. Ils prirent rendez-vous pour le soir. Plinio, qui avait terminé depuis longtemps ses études dans les universités séculières, et qui était déjà fonctionnaire, était venu suivre, durant un bref congé, un cours de Jeu de Perles, ainsi qu'il l'avait déjà fait une fois quelques années plus tôt. Mais leur tête-à-tête de la soirée ne tarda pas cependant à mettre les deux amis dans l'embarras. Plinio était un auditeur libre, un dilettante de l'extérieur qu'on admettait ici; il suivait certes son cours avec beaucoup de zèle, mais c'était un cours pour profanes et pour amateurs. L'écart était trop grand, il se trouvait en présence d'un homme de l'art et d'un initié qui, ne fût-ce que par ses ménagements

et par la gentillesse avec laquelle il s'enquérait de l'intérêt
de son ami pour le Jeu des Perles de Verre, devait lui faire
sentir qu'en la matière celui-ci n'était pas son collègue, mais
un enfant, qu'il trouvait son plaisir à la périphérie d'une
science dont son interlocuteur était familier jusque dans ses
arcanes. Valet essaya de détourner la conversation du Jeu,
il demanda à Plinio de lui parler de ses fonctions, de son
travail, de sa vie au-dehors. Dans ce domaine, c'était au
tour de Joseph d'être en retard et semblable à un enfant
qui pose des questions ingénues; l'autre le renseigna avec
ménagement. Plinio était juriste, il cherchait à exercer une
influence politique, il était sur le point de se fiancer avec
la fille d'un chef de parti, il parlait un langage que
Joseph ne comprenait qu'à moitié; beaucoup de ses expressions, qui revenaient souvent, lui paraissaient vides de sens,
pour lui du moins elles ne recouvraient rien. Il constatait
en tout cas que Plinio, dans son monde, représentait quelque
chose, qu'il était bien informé et que ses buts étaient ambitieux. Mais ces deux univers qui jadis, il y avait dix ans
de cela, s'étaient rejoints et mesurés curieusement et non
sans sympathie dans la personne des deux adolescents,
divergeaient maintenant, inconciliables et étrangers l'un à
l'autre. Il fallait, certes, savoir gré à cet homme du siècle
et de la politique d'avoir gardé une certaine affection pour
Castalie et de sacrifier, pour la deuxième fois déjà, ses
vacances au Jeu des Perles de Verre; mais en fin de compte,
se disait Joseph, c'était à peu près la même chose que si lui,
Valet, s'était trouvé un jour dans le secteur relevant de
Plinio et s'était fait montrer, en invité curieux, quelques
séances de tribunal, quelques usines ou des institutions de
l'assistance sociale. Ce fut une déception pour tous deux.
Valet trouva son ancien ami plus balourd et plus superficiel.
Designori, par contre, jugea son camarade d'autrefois bien
prétentieux, dans son intellectualisme et son ésotérisme
exclusifs; il lui sembla qu'il était devenu un véritable
maniaque de l'esprit, enchanté de lui-même et de son sport.
Ils firent pourtant un effort, et Designori sut raconter toute
sorte de choses sur ses études et ses examens, sur des voyages
qu'il avait faits en Angleterre et dans le Midi, sur des réunions politiques et sur le Parlement. Il risqua une fois aussi
un mot qui contenait un accent de menace ou d'avertisse-

ment : « Tu vas voir, dit-il, il y aura bientôt des époques de troubles, peut-être des guerres, et il n'est pas du tout impossible que tout votre genre de vie, à Castalie, soit un jour sérieusement remis en question. » Joseph ne prit pas cela trop au sérieux, il demanda seulement : « Et toi, Plinio? seras-tu pour ou contre Castalie?

— Hélas! fit Plinio avec un rire forcé, on ne me demandera guère mon opinion. Du reste, je suis naturellement en faveur du maintien du *statu quo* à Castalie, sinon je ne serais évidemment pas ici. Il n'en demeure pas moins que, si modestes que soient vos exigences matérielles, Castalie coûte annuellement une fort jolie somme au pays.

— Oui, dit Joseph en riant, cette somme s'élève, à ce qu'on m'a dit, au dixième environ de ce qu'au siècle de la guerre notre pays dépensait, par an, pour ses armes et ses munitions. »

Ils se rencontrèrent encore plusieurs fois et, plus la fin du cours de Plinio approchait, plus ils se répandaient en gentillesses mutuelles. Mais tous deux se sentirent soulagés, quand les deux ou trois semaines furent à leur terme et que Plinio partit.

Le Maître du Jeu des Perles de Verre était alors Thomas de la Trave. C'était un homme célèbre, qui avait fait de longs voyages, un homme du monde aussi, conciliant et plein des plus aimables prévenances envers tous ceux qui l'approchaient, mais, en matière de Jeu, il montrait la rigueur la plus vigilante et la plus ascétique. C'était un grand travailleur, ce que ne soupçonnaient pas ceux qui ne le connaissaient que dans son rôle représentatif, par exemple dans sa solennelle tenue d'apparat de directeur des grands jeux ou quand il recevait des délégations de l'étranger. On disait que c'était un être d'une intelligence froide, glaciale même, qui n'avait avec les Muses qu'un commerce courtois et, parmi les jeunes amateurs enthousiastes du Jeu des Perles de Verre, on entendait, à l'occasion, exprimer sur son compte des jugements plutôt défavorables — jugements erronés, car si ce n'était pas un enthousiaste et s'il évitait de préférence, dans les grands jeux publics, d'aborder de vastes sujets exaltants, ses parties brillamment construites et d'une perfection formelle inégalable montrent cependant aux connaisseurs qu'il était très familier des problèmes occultes du monde du jeu.

Un jour, le Magister Ludi convoqua Joseph Valet auprès de lui; il le reçut dans son appartement, en costume d'intérieur, et lui demanda s'il lui serait possible et agréable de venir les jours suivants, au même moment, passer une demi-heure avec lui. Valet ne s'était encore jamais trouvé seul en sa présence. Il accueillit cet ordre avec étonnement. Ce jour-là, le Maître lui soumit un volumineux manuscrit, projet que lui avait adressé un organiste, l'un de ces innombrables projets dont l'examen fait partie des travaux du plus haut service du Jeu. Il s'agit généralement de demandes tendant à l'admission d'une matière nouvelle dans les archives. L'un a, par exemple, mis au point avec une particulière précision l'histoire du madrigal et découvert dans l'évolution de son style une courbe, dont il a exécuté une transcription musicale et mathématique, pour la faire admettre dans le vocabulaire du Jeu. Un autre a étudié les qualités rythmiques du latin de Jules César et y a trouvé la correspondance la plus frappante avec le résultat de recherches bien connues sur les intervalles dans les chants d'église byzantins. Ou bien un rêveur a, de son côté, une fois de plus, inventé un nouveau sens cabalistique aux partitions du xve siècle. Ne parlons pas des lettres exaltées d'expérimentateurs égarés qui s'entendent à tirer par exemple de la comparaison des horoscopes de Gœthe et de Spinoza les plus étonnantes conclusions et qui y joignent souvent des dessins géométriques en plusieurs couleurs, d'aspect fort joli et fort suggestif. Valet s'attaqua avec empressement au projet de ce jour-là. Il avait déjà souvent eu lui-même en tête des projets de ce genre, bien qu'il ne les eût pas envoyés. Tout Joueur de Perles actif ne rêve-t-il pas d'élargir constamment les domaines du Jeu, jusqu'à leur faire englober l'univers? Bien plus, en imagination et dans ses exercices privés, il ne cesse de procéder à ces élargissements et il nourrit le vœu que ceux qui semblent résister à l'épreuve deviennent officiels. L'habileté particulière, l'habileté suprême des parties privées des joueurs de haute culture consiste précisément à manier si magistralement les lois du Jeu en matière d'expression, de dénominations, de mise en forme, qu'ils intègrent dans n'importe quelle partie de valeurs objectives et historiques des représentations purement individuelles et particulières. Un botaniste réputé eut un jour à ce sujet un mot plaisant : « Dans le Jeu des Perles de Verre, il faut que tout soit possible, même par exemple qu'une plante s'entretienne en latin avec M. Linné. »

Valet aida donc le Magister à analyser le schéma qui lui était soumis; la demi-heure fut vite passée, le jour suivant il arriva ponctuellement et il vint ainsi chaque jour, pendant deux semaines, travailler une demi-heure en tête à tête avec le Magister Ludi. Dès les premiers jours, il fut frappé de voir que celui-ci lui faisait analyser soigneusement et de bout en bout même des projets de valeur très inférieure, qui s'avéraient inutilisables au premier coup d'œil; il s'étonna que le Maître trouvât du temps pour cela et commença peu à peu à s'apercevoir qu'il ne s'agissait pas de lui rendre service et de le soulager un peu dans son travail, mais que ces tâches, encore que nécessaires, étaient surtout un prétexte à soumettre le jeune adepte qu'il était à un examen extrêmement minutieux, sous la plus courtoise des formes. Il se passait quelque chose, quelque chose d'analogue à ce qui lui était arrivé jadis dans son enfance, quand le Maître de la Musique était entré en scène. Il le remarqua aussi, tout à coup, à l'attitude de ses camarades, qui se fit plus réservée, plus distante et se teinta parfois de respect ironique; quelque chose se préparait, il le sentit, mais cela ne lui apportait pas la même félicité que jadis.

A la fin de leur dernière séance, le Maître du Jeu des Perles de Verre lui dit de sa voix courtoise, un peu haute, dans une langue d'une diction très précise, et sans aucune solennité : « C'est bien, tu n'auras plus besoin de revenir demain, notre affaire est momentanément terminée; il faudra, il est vrai, que je te demande bientôt un autre travail. Je te remercie infiniment de ta collaboration, qui m'a été précieuse. Je suis d'ailleurs d'avis que tu devrais maintenant solliciter ton admission dans l'Ordre. Tu ne rencontreras pas d'obstacles, j'ai déjà avisé son administration. Je suppose que tu es d'accord? » Puis il ajouta en se levant : « Encore un mot en passant : tu es sans doute, comme le sont dans leur jeunesse la plupart des bons Joueurs de Perles de Verre, enclin à utiliser à l'occasion notre Jeu comme une sorte d'instrument à philosopher. Mes paroles seules ne t'en guériront pas, mais je te le dis pourtant : on ne doit philosopher qu'avec les moyens légitimes, ceux de la philosophie. Or, notre Jeu n'est ni une philosophie ni une religion, il constitue une discipline particulière et, par son caractère, c'est à l'art qu'il s'apparente le plus, c'est un art *sui generis*. On progresse davantage en s'en tenant à ce principe qu'en le reconnaissant seulement au bout de cent échecs. Le philosophe Kant — on ne le connaît plus guère, mais c'était un esprit de grande classe — a dit de la philosophie théologique qu'elle était « la lan-« terne magique des araignées du cerveau ». Nous ne voulons pas réduire notre Jeu des Perles de Verre à cela. »

Joseph fut surpris, et son émotion contenue était si grande qu'il faillit ne pas entendre ce dernier avertissement. Une idée foudroyante le traversa : ces paroles signifiaient la fin de sa liberté, le point final mis à ses études, son admission dans l'Ordre et son intégration prochaine dans la hiérarchie. Il remercia le Maître en s'inclinant profondément et se rendit aussitôt à la chancellerie de l'Ordre de Celle-les-Bois, où il trouva effectivement son nom déjà inscrit au tableau des admissions acceptées. Comme tous les étudiants de son niveau, il connaissait déjà assez bien les règles de l'Ordre et il se rappela la clause qui donnait à tout membre de celui-ci, titulaire d'une fonction officielle de rang supérieur, qualité pour présider à l'admission d'un novice. Il exprima donc le désir que le Maître de la Musique procédât à cette cérémonie; il obtint un laissez-passer et un bref congé et partit le lendemain chez son protecteur et ami, à Monteport. Il trouva le respectable vieux monsieur un peu souffrant, mais celui-ci lui souhaita néanmoins la bienvenue avec joie.

— Tu arrives à point nommé, dit le vieil homme. Un peu plus tard je n'aurais plus eu qualité pour t'accueillir dans l'Ordre comme novice. Je suis sur le point de résigner mes fonctions, ma demande de mise à la retraite est déjà acceptée.

La cérémonie elle-même fut simple. Le lendemain, le Maître de la Musique invita, ainsi que le voulaient les statuts, deux membres de l'Ordre à lui servir de témoins. Auparavant, Valet s'était vu donner comme sujet d'exercice de méditation une phrase de la règle de l'Ordre. C'était celle-ci : « Si les hautes autorités te désignent pour une fonction, sache-le : toute accession à une fonction de degré supérieur n'est pas un pas vers la liberté, mais un lien supplémentaire.

Plus la fonction est élevée, plus ces liens sont étroits. Plus les pouvoirs de la fonction sont grands, plus son service est strict. Plus une personnalité est forte, plus l'arbitraire lui est interdit. » On se réunit alors dans la cellule où le Magister se livrait à ses exercices musicaux, celle dans laquelle Valet avait jadis connu la première initiation à l'art de méditer. Le Maître invita le novice à jouer, pour célébrer la solennité de cet instant, un choral de Bach, puis l'un des témoins lut la version abrégée de la règle de l'Ordre, et le Maître de la Musique posa lui-même les questions rituelles et reçut les serments de son jeune ami. Il lui accorda encore une heure de son temps. Ils restèrent assis dans le jardin, et le Maître lui donna des indications amicales sur l'esprit dans lequel il devait se pénétrer de la règle de l'Ordre et vivre en s'y conformant. « C'est bien, dit-il, que tu montes sur la brèche au moment où je me retire. C'est comme si j'avais un fils qui, à l'avenir, va remplir son rôle d'homme à ma place. » Et, voyant le visage de Joseph s'assombrir : « Hé! Ne sois pas triste, je ne le suis pas non plus. Je suis bien fatigué et je me félicite des loisirs dont je vais jouir encore et dont tu profiteras très souvent, je l'espère. Et quand nous nous reverrons la prochaine fois, dis-moi « tu ». Je ne pouvais pas te le proposer, aussi longtemps que j'étais en fonction. » Il le laissa partir avec ce sourire plein de séduction que Joseph connaissait maintenant depuis déjà vingt ans.

Valet rentra rapidement à Celle-les-Bois; on ne lui avait accordé que trois jours de congé. Dès son retour, le Magister Ludi le convoqua; il le reçut gaiement, en confrère, et le félicita de son admission dans l'Ordre. « Pour que nous devenions tout à fait collègues et camarades de travail, poursuivit-il, il ne manque plus qu'une chose : c'est que tu viennes occuper une place déterminée dans l'édifice de notre Ordre. » Joseph fut un peu effrayé. Il allait donc maintenant perdre sa liberté. « Ah! dit-il timidement, j'espère qu'on pourra m'utiliser à quelque poste modeste. Mais j'avouerai que j'avais espéré, à vrai dire, pouvoir encore étudier quelque temps librement. » Le Magister le regarda bien dans les yeux avec son sourire intelligent et légèrement ironique. « Tu as dit « quelque temps », mais sais-tu combien de temps? » Valet eut un rire embarrassé. « Je ne le sais vraiment pas. — C'est ce que je pensais, approuva le Maître, tu parles encore un langage d'étudiant et tu penses encore avec les concepts d'un étudiant, Joseph Valet, et cela est normal, mais cela ne va pas tarder à ne plus être normal, car nous avons besoin de toi. Tu sais que, plus tard, et même quand tu occuperas les fonctions les plus élevées de notre administration, tu pourras obtenir des congés pour raison d'études, si tu sais convaincre les autorités de la valeur de celles-ci; mon prédécesseur et professeur a, par exemple, sollicité et obtenu une année entière de congé pour ses recherches dans les archives de Londres, alors qu'il était Magister Ludi et âgé. Mais il n'obtint pas ce congé « pour quelque temps », il l'obtint pour un nombre déterminé de mois, de semaines, de jours. C'est à cela qu'il faut t'attendre désormais. Et maintenant, j'ai une proposition à te faire. Nous avons besoin d'un homme capable et qui ne soit pas encore connu en dehors de notre cercle, pour remplir une mission particulière. »

Il s'agissait de remplir le rôle suivant : le couvent de Bénédictins de Mariafels, l'un des plus antiques centres de culture du pays, qui entretenait des relations amicales avec Castalie et qui, en particulier, avait depuis plusieurs décennies un faible pour le Jeu des Perles de Verre, avait demandé qu'on lui confiât pour quelque temps un jeune professeur, chargé de faire des cours d'initiation au Jeu et aussi d'encourager les quelques joueurs plus avancés du monastère. Le choix du Magister était tombé sur Joseph Valet. C'était pour cette raison qu'il l'avait examiné avec tant de circonspection et qu'il avait accéléré son admission à l'Ordre.

LES DEUX ORDRES

A bien des égards, il connut de nouveau une situation analogue à celle qui avait été la sienne au collège classique, après la visite du Maître de la Musique. Que cette nomination à Mariafels représentât une distinction particulière et un premier pas d'importance dans l'échelle de la hiérarchie, Joseph l'eût à peine pensé. Mais il put le lire distinctement, d'un œil plus lucide malgré tout qu'autrefois, dans le comportement et l'attitude de ses camarades. Si, depuis quelque temps, il appartenait, parmi l'élite des Joueurs de Perles de Verre, au cercle le plus exclusif, désormais cette mission inaccoutumée le désignait, avant tous les autres, comme un homme sur qui leurs supérieurs avaient les yeux fixés et dont ils méditaient de se servir. Ses camarades d'hier et ceux qui avaient partagé ses ambitions ne s'écartèrent pas vraiment de lui et ne se montrèrent pas moins aimables; ce milieu très aristocratique avait trop le sens des bonnes manières pour cela, mais on observa les distances. Le camarade d'hier pouvait être le supérieur d'après-demain et, dans les relations réciproques de ce cercle, les degrés et les différenciations de ce genre s'accusaient et s'exprimaient par les vibrations les plus ténues.

Fritz Tegularius fut une exception. Nous pouvons bien dire qu'il fut, avec Ferromonte, l'ami le plus fidèle que Joseph Valet eut dans sa vie. Cet homme, que ses dons destinaient au plus grand avenir, mais que handicapait lour-

dement un manque de santé, d'équilibre et de confiance en lui-
même, avait le même âge que Valet. A l'époque où ce dernier
fut admis dans l'Ordre, il avait donc à peu près vingt-quatre
ans. Valet l'avait rencontré pour la première fois quelque
dix ans plus tôt, dans un cours du Jeu des Perles de Verre,
et, dès ce jour, il avait senti à quel point ce jeune homme
silencieux et un peu mélancolique se sentait attiré vers lui.
Avec ce sens des hommes qu'il avait déjà, encore qu'à son
insu, il pénétra aussi la nature de cet amour : c'était une
amitié et une vénération prêtes à un dévouement et à une
subordination sans condition, qu'embrasait un enthousiasme
de caractère presque religieux, mais tempérées et freinées
par une distinction innée et aussi par un pressentiment lucide
de son drame intime. Valet, qui alors était encore ébranlé
et rendu hypersensible, méfiant même, par ses aventures
avec Designori, avait tenu ce Tegularius à distance, avec
une rigueur systématique, bien qu'il se sentît attiré par ce
camarade intéressant, qui sortait de l'ordinaire. Servons-nous
pour faire son portrait d'un feuillet des notes administratives confidentielles que Valet tint à jour, des années plus
tard, à l'intention exclusive du Directoire. On y trouve
ceci :

« Tegularius. Ami personnel du rapporteur. S'est distingué de plusieurs manières à l'école de Keuperheim. Bon spécialiste des langues anciennes, s'intéresse beaucoup à la philosophie, s'est livré à des travaux sur Leibniz, Bolzano,
ensuite sur Platon. Est le Joueur de Perles de Verre le mieux
doué et le plus brillant que je connaisse. Serait le Magister
Ludi né, si en raison de sa santé fragile son caractère n'y
était totalement impropre. Il ne faut pas que T. parvienne
jamais à un poste de direction, de représentation ou d'organisateur, ce serait un malheur pour l'administration et pour
lui. Son déséquilibre se manifeste physiquement par des
états dépressifs, des périodes d'insomnie et de douleurs ner-
veuses, moralement de loin en loin par de la mélancolie, un
violent besoin de solitude, par la crainte des obligations et
des responsabilités, probablement aussi par des idées de suicide. Cet homme si éprouvé réagit avec tant de courage,
grâce à la méditation et à une grande discipline personnelle,
que la plupart des membres de son entourage ne soupçonnent
pas la gravité de ses souffrances et s'aperçoivent uniquement

de sa grande timidité et de son caractère très renfermé. Si
T. est donc malheureusement inapte à diriger des services
importants, il n'en est pas moins un joyau du Vicus Lusorum, une valeur absolument irremplaçable. Il possède la
technique de notre Jeu, comme un grand exécutant son instrument, il trouve à l'aveuglette la nuance la plus subtile,
et ses qualités de professeur ne sont pas non plus négligeables.
Dans les cours supérieurs de perfectionnement et dans ceux
du niveau le plus élevé — j'aurais scrupule à l'employer dans
des cours inférieurs — je saurais à peine comment me passer de lui. La manière dont il analyse les jeux d'essai des
jeunes gens, sans jamais les décourager, dont il décèle leurs
ruses, dont il reconnaît et dévoile tout ce qui est imitation
ou décoration pure, dont il trouve dans un jeu solidement
basé, mais encore incertain et mal composé, l'origine des
erreurs, dont il la présente comme une préparation anato-
mique parfaite, est quelque chose d'absolument unique. C'est
avant tout cette perspicacité incorruptible dans l'analyse et
les corrections qui lui assure la considération de ses élèves
et de ses collègues. Celle-ci serait par ailleurs fort compromise par son comportement incertain et instable, et par sa
timidité farouche. Je voudrais illustrer par un exemple ce
que j'ai dit de la génialité absolument sans égale de T.,
en tant que Joueur de Perles. Dans les premiers temps de
notre amitié, alors que dans les cours nous ne trouvions
plus guère à apprendre, en matière de technique, il me permit un jour, dans un instant de particulière confiance, de
jeter un regard sur quelques parties qu'il avait alors composées. Au premier coup d'œil, je trouvai que l'inspiration
était brillante et que le style avait quelque chose de nouveau
et d'original. Je lui demandai la permission d'étudier les
schémas qu'il avait esquissés, et je trouvai dans ces compositions, véritables poèmes, des qualités si étonnantes et si personnelles, que je ne crois pas avoir le droit de les passer ici
sous silence. Ces jeux étaient de petits drames, presque
exclusivement monologués, et ils reflétaient la vie spirituelle
de leur auteur, aussi éprouvée que géniale, comme un parfait portrait, peint par lui-même. Il y avait là, non seulement
un concert dialectique et un conflit entre les différents thèmes
et groupes de thèmes, sur lesquels reposait le Jeu et dont la
succession et l'opposition étaient fort ingénieuses, mais la

synthèse et l'harmonisation des voix contrastées n'étaient pas conduites à la manière courante et classique jusqu'à leur terme final; cette harmonisation subissait plutôt toute une série de fractures et s'arrêtait chaque fois, comme prise de fatigue ou de désespoir, avant de se résoudre; elle se perdait dans l'interrogation et le doute. Par là, ses Jeux acquéraient non seulement une chromatique exaltante, encore jamais tentée à ma connaissance, mais ils devenaient tout entiers l'expression d'un doute et d'un renoncement tragiques, ils finissaient par fixer l'image de ce que tout effort spirituel a de contestable. En même temps, dans leur spiritualité, comme dans leur calligraphie et leur perfection technique, ils étaient d'une si exceptionnelle beauté, qu'on était tenté d'en pleurer. Chacun de ces Jeux luttait si sincèrement, si gravement pour trouver sa solution et il y renonçait finalement avec un si noble ascétisme, qu'il ressemblait à une élégie parfaite sur la précarité inhérente à toute beauté et sur l'incertitude finale des grands buts de l'esprit. *Item*, je recommande Tegularius, s'il me survit ou s'il survit à la durée de mes fonctions, comme un bien extrêmement fragile et précieux, mais toujours compromis. Il doit jouir de beaucoup de liberté, son conseil doit être entendu sur toutes les questions importantes relatives au Jeu. Mais il ne faudra jamais confier des élèves à sa seule direction. »

Au cours des années, cet homme curieux était vraiment devenu l'ami de Valet. Il avait pour Joseph, chez qui il admirait, outre l'esprit, une sorte de nature de chef, un dévouement émouvant, et beaucoup des informations que nous possédons nous sont parvenues par son intermédiaire. Il fut peut-être le seul, dans le cercle exclusif des Joueurs de la jeune génération, à ne pas envier son ami pour la mission qui lui était confiée et le seul à qui son éloignement pour une période indéterminée causa une douleur et un regret aussi profonds et presque intolérables.

Joseph accueillit lui-même avec joie cette nouvelle situation, dès qu'il eut surmonté l'espèce d'effroi que lui causait la perte soudaine de sa chère liberté. Il avait envie de voyager, d'agir, et il était curieux de ce monde inconnu où on l'envoyait. Du reste, on ne laissa pas le jeune membre de l'Ordre partir ainsi à Mariafels. On lui fit d'abord passer trois semaines à la « police ». C'était le nom que les étudiants donnaient entre eux à cette petite section de l'appareil administratif de l'enseignement, que nous pourrions presque qualifier de département politique ou encore de ministère des Affaires étrangères, si ce n'étaient des noms vraiment un peu trop ronflants pour une petite chose. Là, on lui inculqua les règles de conduite que devaient observer les membres de l'Ordre séjournant dans le siècle, et presque chaque jour M. Dubois, qui dirigeait ce service, lui consacra personnellement une heure. Cet homme consciencieux trouvait en effet hasardeux d'envoyer dans un poste extérieur de ce genre un garçon qui n'avait pas fait ses preuves et qui était encore totalement ignorant du monde. Il ne cacha nullement qu'il désapprouvait la décision du Maître du Jeu des Perles de Verre, et se donna deux fois plus de mal pour éclairer avec une sollicitude amicale ce jeune Frère novice sur les dangers du monde et les moyens d'y faire face efficacement. Ce souci paternel et sincère du chef de service se rencontra si heureusement avec le désir qu'avait le jeune homme de se laisser catéchiser, qu'au cours de ces heures d'initiation aux règles du commerce avec le siècle, Joseph Valet conquit vraiment l'affection de son professeur et que celui-ci put finalement le laisser partir pour sa mission, tranquillisé et parfaitement confiant. Il essaya même, plus par bienveillance que par politique, de lui confier de son propre chef une sorte de charge supplémentaire. M. Dubois, du fait même qu'il était l'un des rares « politiciens » de la Province, appartenait à ce groupe très restreint de fonctionnaires dont les pensées et les études étaient en majeure partie consacrées au maintien juridique et économique de Castalie, à ses relations avec le monde extérieur et à son indépendance à l'égard de celui-ci. Les Castaliens, dans leur très grande majorité, les fonctionnaires aussi bien que les érudits et les étudiants, vivaient dans leur Province pédagogique et dans leur Ordre, comme dans un monde stable, éternel et qui allait de soi; ils savaient évidemment qu'il n'avait pas toujours existé, qu'il avait surgi un jour et cela à une époque de très profonde détresse, au cours de longs et amers combats, à la fin de l'ère des guerres, fruit tout autant de la prise de conscience et des efforts pleins d'héroïsme ascétique des intellectuels, que du profond besoin d'ordre, de normes, de raison, de lois et de mesure des peuples épuisés, exsangues

et redevenus incultes. Ils le savaient et ils savaient aussi
quel était le rôle de tous les Ordres et de toutes les « Provinces » du monde : se tenir à l'écart du pouvoir politique
et de la concurrence et assurer en compensation la permanence et la durée des fondements spirituels de tout ce qui
était loi et mesure. Mais ce qu'ils ignoraient, c'était que cet
ordre des choses n'allait nullement de soi, qu'il supposait
une certaine harmonie entre le siècle et l'esprit, qui pouvait à chaque instant être troublée, que l'histoire du monde,
tout bien compté, ne recherchait et ne favorisait aucunement
ce qui était souhaitable, raisonnable et beau, mais le tolérait
tout au plus de loin en loin comme une exception. Les problèmes secrets que posait leur existence de Castaliens étaient
au fond absents de l'esprit de la plupart d'entre eux, ils
s'en remettaient précisément aux quelques têtes politiques,
dont le directeur Dubois faisait partie. C'est par lui que
Valet, après avoir gagné sa confiance, fut sommairement
initié aux fondements politiques de Castalie; cela lui parut
d'abord, comme à la plupart de ses confrères de l'Ordre, un
sujet assez rébarbatif et peu intéressant, mais la remarque
faite par Designori sur l'éventualité d'une conjoncture dangereuse pour Castalie lui revint à l'esprit et, en même temps
qu'elle, tout l'arrière-goût amer, qu'il avait cru chassé et
oublié depuis longtemps, de ses discussions juvéniles avec
Plinio. Soudain, cela lui parut de la plus haute importance;
il crut gravir là un échelon sur la voie de l'éveil.

A la fin de leur dernière séance, Dubois lui dit : « Je crois
que je peux maintenant te laisser partir. Tu t'en tiendras
strictement à la mission que le vénérable Magister Ludi t'a
donnée et tu respecteras également les règles de conduite
que nous t'avons inculquées ici. J'ai été heureux de pouvoir
t'aider. Tu verras que ces trois semaines, pendant lesquelles
nous t'avons retenu ici, n'auront pas été perdues. Et si tu
devais jamais éprouver le désir de me prouver que tu es
satisfait de mes informations et de nos relations, je t'en
indique le moyen. Tu vas arriver dans une fondation de
Bénédictins; si tu y restes quelque temps et si tu gagnes la
confiance des pères, il est probable que, dans le cercle de
ces respectables personnes et de leurs invités, tu entendras
aussi des conversations, que tu décèleras des tendances politiques. Si tu voulais à l'occasion m'en informer, je t'en serais

reconnaissant. Comprends-moi bien. Il ne faut pas que tu
te considères le moins du monde comme une sorte d'espion,
ou que tu abuses de la confiance que te témoigneront les
pères. Il ne faudra rien me communiquer que ta conscience
n'autorise. Nous ne prendrons connaissance et nous n'exploi-
terons tes informations éventuelles que dans l'intérêt de
notre Ordre et de Castalie, je m'en porte garant. Nous ne
sommes pas de vrais politiciens et nous n'avons aucun pouvoir, mais nous dépendons du siècle, qui a besoin de
nous ou qui nous tolère. Il peut, dans certaines circonstances, être utile pour nous d'apprendre qu'un homme
d'État entre au couvent, ou que le pape passe pour être
malade ou que de nouvelles candidatures s'ajoutent à la
liste des futurs cardinaux. Tes informations ne nous seront
pas indispensables, nous disposons de sources diverses, mais
une petite source supplémentaire ne peut pas faire de mal.
Va donc, tu n'as pas besoin de répondre dès aujourd'hui à
ma suggestion par oui ou par non. Ne te propose rien d'autre
que de bien remplir tout d'abord ta mission officielle et de
nous faire honneur auprès de ces ecclésiastiques. Je te
souhaite un bon voyage. »

Dans le *Livre des Métamorphoses* que Valet interrogea, en
procédant à la cérémonie des tiges d'achillées, avant de
se mettre en route, il tomba sur le signe Lu, qui signifie « le
voyageur », et qu'accompagne ce jugement : « Réussir par
les petits moyens. La ténacité est salutaire au voyageur. »
En deuxième lieu, il tomba sur un six et chercha sa signification dans le *Livre* :

> Le voyageur arrive à l'auberge.
> Il porte avec lui son bien.
> Il obtient l'attachement d'un jeune serviteur.

Les adieux se firent gaiement. Seul, son dernier entretien
avec Tegularius constitua pour tous deux une dure épreuve
de résistance. Fritz se fit violence, il était comme figé dans
la froideur qu'il s'imposait; pour lui, avec son ami, c'était
le meilleur de ce qu'il possédait qui s'en allait. Le tempérament de Valet ne lui permettait pas de se lier aussi passionnément et surtout aussi exclusivement; il pouvait à la
rigueur se passer d'amitié et orienter le rayon de sa sym-

pathie sans fausse pudeur vers des objets et des êtres nouveaux. Cette séparation ne constituait pas pour lui une perte lancinante. Mais il connaissait déjà alors assez bien son ami pour savoir quel ébranlement et quelle épreuve cette séparation représentait pour lui, et il se faisait des soucis à son sujet. Il lui était déjà souvent arrivé d'être préoccupé par cette amitié, il en avait même parlé une fois au Maître de la Musique, et il avait appris, jusqu'à un certain degré, à objectiver et à considérer d'un œil critique sa vie et ses sentiments personnels. Il s'était alors rendu compte que ce n'était pas à proprement parler, que ce n'était pas uniquement le grand talent de l'autre qui le captivait et lui inspirait une sorte de passion, mais justement la coexistence de ce talent avec des troubles si graves, avec tant de fragilité, et aussi le fait que cet amour unique et exclusif que Tegularius lui portait n'avait pas seulement le charme et l'apparence de la beauté; il avait aussi son danger : la tentation pour Valet de faire éventuellement sentir son pouvoir à ce garçon plus faible, mais plus riche d'amour. Dans cette amitié, il s'est imposé jusqu'à la fin une grande réserve et une grande discipline. Si cher qu'il lui fût, Tegularius n'aurait pas eu d'autre importance dans la vie de Valet, si l'amitié de cet être fragile, fasciné par son ami tellement plus vigoureux et mieux équilibré, n'avait ouvert les yeux de celui-ci sur l'attraction et le pouvoir qu'il avait le don d'exercer sur bien des hommes. Il commença à soupçonner qu'il y a quelque chose de ce pouvoir d'attirer et d'influencer autrui dans l'essence même des qualités innées aux professeurs et aux éducateurs, que cela recèle des dangers et impose une responsabilité. Tegularius n'était qu'un homme parmi beaucoup, Valet se voyait en butte à bien des regards qui cherchaient à le conquérir. En même temps, au cours des dernières années, il avait pris une conscience de plus en plus claire de l'atmosphère extrêmement tendue dans laquelle il vivait dans le village des Joueurs. Il y faisait partie d'un milieu ou d'une classe sans existence officielle, mais nettement délimitée, de l'élite la plus éminente des candidats et des répétiteurs du Jeu des Perles de Verre. On pouvait avoir recours à un membre quelconque de ce cercle pour servir d'assistant au Magister, à l'archiviste ou dans les cours de Perles de Verre, mais

aucun d'eux n'était affecté aux fonctions subalternes ou
intermédiaires de l'administration ni de l'enseignement. Ils
constituaient la réserve où se recrutaient les dignitaires des
postes de direction. On s'y connaissait de très près, de trop
près, on ne s'y faisait guère d'illusions sur les talents, les
caractères et les réalisations de tous. Chacun de ces répétiteurs de la science du Jeu et de ces aspirants aux fonctions les plus élevées représentait une force supérieure à la
moyenne et digne de considération; leurs réalisations, leur
savoir, leurs diplômes les mettaient tous au premier plan.
Aussi les traits et les nuances de caractère, qui prédesti-
naient tel prétendant au rôle de chef et au succès, avaient-ils
une importance particulière et étaient-ils observés avec attention. Il pesait d'un grand poids dans la balance, il pouvait
être déterminant dans ce concours, d'avoir plus ou moins
d'ambition, d'allure, une taille plus ou moins haute, une plus
ou moins belle prestance, plus ou moins de charme et d'efficacité auprès de ses cadets ou des autorités, d'être plus ou
moins aimable. Si Fritz Tegularius n'était dans ce cercle
qu'un outsider, un simple invité, un étranger toléré et can-
tonné pour ainsi dire à la périphérie, parce qu'il ne possédait
visiblement pas les qualités d'un chef, Valet par contre y
figurait tout au centre. Ce qui lui valait la faveur des jeunes
et lui attirait des courtisans, c'était sa fraîcheur, sa grâce
encore toute juvénile, qui lui donnait l'apparence d'être
inaccessible aux passions, incorruptible et aussi irresponsable
qu'un enfant, en somme une certaine innocence. Et ce qui
plaisait en lui à ses supérieurs, c'était l'autre aspect de cette
innocence : son absence presque totale d'ambition et d'arrivisme.

Dans les derniers temps, le jeune homme avait pris conscience de l'effet produit par sa personnalité, tout d'abord
sur ses inférieurs, puis peu à peu finalement aussi sur ses
supérieurs, et quand il considérait son passé avec cette lucidité nouvelle, il voyait que ces deux lignes traversaient et
formaient son enfance : l'amitié avide que lui avaient portée
des camarades et des cadets et l'attention bienveillante avec
laquelle beaucoup de ses supérieurs l'avaient traité. Il y
avait eu des exceptions, comme le proviseur Zbinden, mais
compensées par des distinctions telles que la faveur du
Maître de la Musique et récemment celle de M. Dubois et

du Magister Ludi. C'était une chose manifeste, et cependant Valet n'avait encore jamais voulu la voir et l'admettre tout à fait. Visiblement, la voie qui lui était tracée le conduisait partout d'emblée et sans effort au sein de l'élite; elle lui faisait trouver des amis admiratifs et des protecteurs haut placés; son destin ne lui permettait pas de s'arrêter dans l'ombre, au pied de la hiérarchie, il devait constamment se rapprocher du sommet de celle-ci et de la vive lumière qui l'environnait. Il ne serait pas un subalterne, ni un érudit anonyme, mais un chef. Le fait qu'il le remarquât après les autres qui étaient dans le même cas lui conférait ce surcroît indescriptible de charme, cet accent d'innocence. Et pourquoi le remarquait-il si tard et même à regret ? Parce que tout cela n'était nullement ce qu'il avait visé et voulu, parce que, pour lui, régner n'était pas un besoin, ni commander un plaisir, parce qu'il était infiniment plus avide de vie contemplative que de vie active et qu'il eût été plus satisfait de rester encore des années, sinon sa vie entière, un étudiant obscur, pèlerin curieux et respectueux des sanctuaires du passé, des cathédrales de la musique, des jardins et des forêts des mythologies, des langues et des idées. Quand il se vit inexorablement poussé dans la *vita activa*, il fut beaucoup plus sensible que précédemment aux tensions que créaient dans son entourage l'arrivisme, la concurrence et l'ambition, il sentit que son innocence était menacée, que sa position n'était plus tenable. Il se rendit compte qu'il était obligé désormais de vouloir et d'affirmer ce qui lui avait été assigné et destiné à son corps défendant, pour surmonter le sentiment d'en être prisonnier, ainsi que la nostalgie de la liberté perdue de ses dix dernières années. Et, comme au fond de lui-même il n'y était pas encore tout à fait disposé, il éprouva un soulagement à quitter provisoirement Celle-les-Bois et la Province et à aller voyager par le monde.

Le monastère, la fondation de Mariafels avait, au cours des nombreux siècles de son existence, partagé et contribué à forger l'histoire de l'Occident; il avait connu des périodes d'épanouissement, de décadence, de renaissance et de nouveau de profond marasme et, à bien des époques et dans des domaines variés, il avait atteint la célébrité et la gloire. Jadis grand centre d'érudition et de disputes scolastiques, il pos-

sédait encore une immense bibliothèque de la théologie du
moyen âge. Après des phases de torpeur et d'inertie, il
avait brillé d'un nouvel éclat, cette fois par la musique,
grâce à ses chœurs très appréciés, aux messes et aux ora-
torios écrits et exécutés par ses pères. De ce temps, il
gardait encore une belle tradition musicale, une demi-dou-
zaine de bahuts de noyer remplis de partitions manuscrites
et les plus belles orgues du pays. Puis ç'avait été la période
politique du monastère; elle avait, elle aussi, laissé une certaine tradition, un certain entraînement. Aux heures des
pires retours à la barbarie, provoqués par les guerres, Mariafels était plusieurs fois devenu un îlot de bon sens et de
raison, où les esprits les plus avisés des partis adverses prenaient précautionneusement contact et cherchaient un terrain d'entente, et, une fois — ce fut la dernière gloire de son
histoire — Mariafels avait vu naître et signer une paix, qui
satisfaisait pour quelque temps aux aspirations des peuples
épuisés. Lorsqu'ensuite une ère nouvelle commença et que
Castalie fut fondée, le monastère observa une attitude d'expectative, voire de réserve, non sans avoir probablement
sollicité les instructions de Rome à ce sujet. Quand l'administration de l'enseignement lui demanda l'hospitalité pour
un savant qui voulait travailler quelque temps dans la bibliothèque scolastique du monastère, cette requête se heurta à
un refus poli. Une invitation à envoyer un représentant à
une réunion consacrée à l'histoire de la musique eut le
même sort. Ce fut seulement à partir de l'abbé Pius, qui à
un âge déjà avancé commença à s'intéresser vivement au
Jeu des Perles de Verre, que des relations et des échanges
s'instituèrent; par la suite, ils s'étaient transformés en rapports amicaux, sinon très animés. On échangeait des livres,
on se donnait réciproquement l'hospitalité; le protecteur de
Valet, le Maître de la Musique, avait aussi dans sa jeunesse
passé quelques semaines à Mariafels, il y avait copié des
manuscrits de partitions et joué sur les célèbres orgues.
Valet le savait et il était heureux de faire un séjour dans un
endroit dont il avait entendu son vénéré Maître parler quelquefois avec joie.

On l'accueillit avec des égards et une gentillesse qui passaient son attente et dont il resta presque confus. Il est vrai
que c'était la première fois que Castalie mettait à la dispo-

sition du monastère, pour un temps indéterminé, un Joueur
de Perles de Verre choisi parmi l'élite. Il avait appris chez
le directeur Dubois que, notamment dans les premiers temps
de son rôle d'invité, il devait faire abstraction de sa personne, se considérer seulement comme le représentant de
Castalie, n'accuser et ne rendre les gentillesses et les froi-
deurs éventuelles qu'au titre de son ambassade; cela l'aida
à surmonter ses premiers embarras. Il maîtrisa également le
sentiment de dépaysement, d'angoisse et de légère émotion
qu'il éprouva au début, dans les premières nuits, où il trouva
peu le sommeil. Et, comme le prieur Gervasius lui témoignait
une bienveillance bonhomme et gaie, il se sentit rapidement
à l'aise dans son nouveau milieu. Il aima la fraîcheur et le
vigoureux relief du paysage : c'était une région d'âpres montagnes, avec des falaises abruptes encadrant de gras pâturages remplis de beau bétail; la rude solidité et l'ampleur
des vieilles bâtisses, où se lisait l'histoire de nombreux siècles,
le remplissaient d'aise; il fut conquis par la beauté et le
simple confort de son logis, deux pièces à l'étage supérieur
de la longue aile réservée aux invités; il se plut à explorer
cet imposant petit État avec ses deux églises, ses cloîtres,
ses archives, sa bibliothèque, son prieuré, ses diverses cours,
la vaste étendue de ses étables remplies de bétail bien soigné, ses fontaines bouillonnantes, ses gigantesques caves
voûtées, réserves de vin et de fruits, ses deux réfectoires,
sa célèbre Salle du chapitre, ses jardins bien entretenus
ainsi que les ateliers de ses frères lais, tonneliers, cordon-
niers, tailleurs, forgerons, etc., qui formaient un petit village autour de la cour principale. Déjà, il avait accès à la
bibliothèque, déjà l'organiste lui avait montré les magnifiques orgues et l'avait autorisé à en jouer, et ce n'était pas
un mince attrait pour lui que les bahuts remplis de musique, où devaient sommeiller un nombre imposant de partitions manuscrites des époques antérieures, inédites et en
partie encore absolument inconnues.

Au monastère, on ne semblait guère impatient de le
voir entrer dans ses fonctions officielles. Des jours, des
semaines même passèrent, avant qu'on en vînt à parler
sérieusement du but véritable de sa présence dans ces
lieux. A vrai dire, dès le premier jour, quelques pères, et
notamment le prieur lui-même, s'étaient volontiers entre-

tenus avec Joseph du Jeu des Perles de Verre, mais il n'avait
pas encore été question d'un enseignement ni d'une activité
systématique quelconque. De manière générale, Valet remarqua aussi dans le comportement, dans le style de vie et le
ton de la conversation de ces religieux, un rythme qu'il ne
connaissait pas encore, une certaine lenteur vénérable, une
patience bon-enfant, jamais à court de souffle. Ces qualités
semblaient communes à tous ces pères, même à ceux qui
ne manquaient pas personnellement de tempérament. C'était
l'esprit de leur Ordre, le rythme du souffle millénaire d'une
organisation, d'une communauté antique, privilégiée, qui
avait fait cent fois ses preuves dans la chance comme dans
la détresse. Ils y avaient part, comme chaque abeille participe au destin et à la vie de sa ruche, dort de son sommeil,
souffre de ses souffrances, tremble de ses frissons. Comparé
au style de vie de Castalie, celui de ces Bénédictins paraissait au premier coup d'œil moins intellectuel, moins agile,
moins nerveux, moins actif, mais plus impassible en revanche,
plus rebelle aux influences, plus antique et plus sûr de soi;
ici, semblait régner un esprit, une pensée qui depuis longtemps était redevenue nature. Avec curiosité, avec un grand
intérêt et aussi une vive admiration, Valet s'abandonna à
l'influence de cette vie monacale qui, en un temps où il
n'existait pas encore de Castalie, était presque semblable à ce
qu'elle était aujourd'hui, vieille déjà d'un millier et demi
d'années, et qui répondait si bien à l'aspect contemplatif
de son tempérament. Il était un hôte; on lui fit honneur, bien
au-delà de son attente et des convenances, mais il le sentait
nettement : c'était ce que voulaient les formes et l'usage,
et cela ne s'adressait ni à sa personne ni à l'esprit de Castalie ou du Jeu des Perles de Verre; c'était la majestueuse
courtoisie d'une antique grande puissance à l'égard d'une
cadette. Il n'avait qu'en partie été préparé à cela et au bout
de quelque temps, malgré tous les agréments de sa vie à
Mariafels, il se sentit si peu sûr de lui-même, qu'il pria son
administration de lui donner des directives de conduite plus
précises. Le Magister Ludi lui écrivit quelques lignes de sa
main. « Il doit peu t'importer, lui disait-il, de consacrer plus
ou moins de temps à étudier la vie de là-bas. Tire parti de
tes journées, apprends, cherche à te rendre sympathique et
utile, dans la mesure où l'on y est sensible, mais ne cherche

pas à t'imposer, ne parais jamais plus impatient que tes
hôtes, n'aie jamais l'air d'avoir moins de loisirs qu'eux.
Même s'ils devaient te traiter pendant toute une année,
comme si c'était le premier jour de ta présence chez eux,
plie-toi à cela tranquillement et comporte-toi comme si tu
n'en étais pas à deux ou dix ans près. Prends cela comme
un concours de patience. Médite soigneusement! Si tes loisirs te pèsent, consacre chaque jour quelques heures, pas
plus de quatre, à un travail régulier, tel que l'étude ou la
copie de manuscrits. Mais ne donne pas l'impression de travailler, aie du temps pour quiconque a envie de bavarder
avec toi. »

Valet s'y conforma et il ne tarda pas à se sentir plus libre.
Il avait trop pensé jusqu'alors à son rôle de chargé de cours
pour amateurs du Jeu des Perles, titre de sa mission, tandis que les pères du monastère le traitaient plutôt en envoyé d'une puissance amie qu'il convenait de garder en
belle humeur. Et lorsque le prieur Gervasius finit par
se souvenir de sa mission de professeur et lui amena d'abord
quelques pères, qui avaient déjà connu une première initiation au Jeu et auxquels il devait faire un cours complémentaire, il se révéla à son étonnement, et au début à sa grande
déception, que le vernis qu'on avait du noble Jeu en ce lieu
hospitalier était fort superficiel, digne de dilettantes et que,
selon toute apparence, on s'y contentait d'une dose très
modeste de connaissances. Et à la suite de cette découverte
il en vint lentement à faire aussi cette autre : l'art du Jeu
des Perles de Verre et son enseignement n'étaient sans doute
nullement la cause de son envoi ici. C'était une tâche aisée,
trop aisée, que d'inculquer quelques notions élémentaires de
plus à ce petit groupe de pères mollement amateurs du Jeu
et de leur procurer le plaisir d'un modeste exploit sportif.
N'importe quel autre Joueur stagiaire aurait été à la hauteur de cette tâche, même s'il avait été loin d'appartenir
à l'élite. Cet enseignement ne pouvait donc être le véritable but de sa mission. Il commença à comprendre qu'on
l'avait sans doute envoyé là moins pour enseigner que pour
apprendre.

Mais au moment même où il pensa avoir percé ce mystère,
son autorité au monastère se trouva pourtant soudain renforcée et de ce fait sa confiance en lui-même, car en dépit

de tous les charmes et des agréments de son rôle d'invité, son séjour lui avait déjà parfois presque fait l'effet d'une relégation disciplinaire. Or, il arriva un jour qu'au cours d'une conversation avec le prieur, sans intention aucune, une allusion au Yi-King chinois lui échappa ; l'abbé prêta l'oreille, lui posa quelques questions, et, quand il découvrit que son hôte connaissait au-delà de toute attente le chinois et le *Livre des Métamorphoses*, il ne put dissimuler sa joie. Il avait une prédilection pour le Yi-King, et, bien qu'il ne comprît pas un mot de chinois et que les notions qu'il avait du *Livre des Oracles* et d'autres secrets chinois eussent l'insignifiance et la superficialité dont l'intérêt scientifique des occupants du monastère semblait se contenter à cette époque, il était clair que cet homme avisé et qui, en comparaison de son hôte, avait une telle expérience et une telle connaissance du monde, possédait réellement des affinités avec la sagesse politique et morale de la vieille Chine. Il en résulta un entretien d'une vivacité inaccoutumée qui, pour la première fois, rompit la glace des rapports courtois entre le maître de la maison et son hôte, et la conséquence en fut que Valet fut prié de donner deux fois par semaine une leçon de Yi-King au respectable religieux.

En même temps que ses rapports avec le prieur, son hôte, gagnaient ainsi en vie et en efficacité, que son amitié avec son confrère l'organiste florissait et qu'il se familiarisait peu à peu avec le petit État ecclésiastique dans lequel il vivait, la promesse de l'oracle qu'il avait interrogé avant de quitter Castalie commença à se réaliser. Il avait été promis au voyageur qui portait sur lui son bien — et c'était lui — non seulement d'entrer dans une auberge, mais aussi de gagner « l'attachement d'un jeune serviteur ». Le voyageur était en droit de considérer comme un signe favorable la réalisation progressive de cette promesse, c'était le signe qu'il portait réellement « son bien sur lui »; que même loin des écoles, des professeurs, des camarades, des protecteurs, et des appuis, loin de l'atmosphère de sa patrie de Castalie, sa nourriture et son secours, il portait ramassés en lui l'esprit et les forces qui le destinaient à une vie active et digne. Le « jeune serviteur » annoncé vint en effet le trouver sous la figure d'un novice nommé Antoine, et, bien que ce jeune homme n'ait joué aucun rôle dans la vie de Valet lui-même,

il fut pourtant alors, dans ces premiers temps curieusement
indécis de son séjour au monastère, un indice, un messager
de nouveauté et de grandeur, le héraut d'événements imminents. Antoine, jeune homme taciturne, mais dont les yeux
trahissaient la fougue et le talent, presque assez mûr déjà
pour être admis au nombre des moines, rencontra assez souvent le Joueur des Perles de Verre, dont l'origine et l'art
étaient pour lui un grand mystère, alors que d'ordinaire la
petite troupe des novices, dans son aile à part, fermée à
l'invité, demeurait quasi inconnue de celui-ci et était visiblement tenue loin de sa vue. Les novices n'avaient pas la
permission de suivre les cours de Perles de Verre. Mais cet
Antoine était de service plusieurs fois par semaine à la
bibliothèque, comme assistant. C'est là que Valet le rencontrait; ils avaient aussi, à l'occasion, échangé quelques paroles,
et Valet s'aperçut de plus en plus que ce jeune homme aux
yeux sombres et énergiques, surmontés de gros sourcils noirs,
avait pour lui cet attachement enthousiaste et serviable,
cet amour plein d'une vénération d'adolescent et de disciple,
qu'il avait déjà rencontré assez souvent et où il avait reconnu,
malgré son désir chaque fois de s'y dérober, un élément
vital et important de la vie de l'Ordre. Il résolut, dans ce
monastère, de se montrer deux fois plus réservé. Il aurait
cru enfreindre les lois de l'hospitalité en cherchant à influencer ce jeune homme, encore soumis à l'éducation ecclésiastique. Il n'ignorait pas non plus le rigoureux impératif de
chasteté qui régnait ici, et il lui parut qu'un engouement
de jeune garçon pouvait en devenir encore plus dangereux.
Il lui fallait en tout cas éviter toute possibilité de choquer
ses hôtes, et il agit en conséquence.

A la bibliothèque, seul lieu où il rencontrât assez souvent
Antoine, il fit aussi la connaissance d'un homme, à qui il
faillit au début n'accorder aucune attention, tant il était
d'allure modeste, mais qu'il apprit à apprécier mieux avec
le temps et qu'il a aimé toute sa vie avec une vénération
pleine de gratitude à l'égal seulement peut-être de l'ancien Maître de la Musique. C'était le père Jacobus, l'his-
toriographe sans doute le plus marquant de l'Ordre
des Bénédictins. Il avait alors une soixantaine d'années;
c'était un homme décharné, d'aspect âgé, à tête de vautour,
perchée sur un long cou nerveux. De face, son visage, fort

avare de regards, semblait, surtout pour cette raison, inerte
et éteint, mais son profil, la courbe hardie de son front, le
profond renfoncement au-dessus de l'arête du nez, le dessin
net de son nez aquilin et son menton un peu court, mais qui
s'achevait dans une ligne d'une séduisante pureté, révélaient
une personnalité accusée et têtue. Ce vieil homme silencieux
qui, lorsqu'on le connaissait mieux, pouvait se révéler du
tempérament le plus passionné, disposait dans la petite pièce
intérieure de la bibliothèque d'une table de travail particulière, toujours couverte de livres, de manuscrits et de cartes
géographiques. Dans ce monastère qui possédait des livres
sans prix, il avait l'air d'être le seul savant qui travaillât
vraiment sérieusement. Ce fut d'ailleurs ce novice, Antoine,
qui, sans le vouloir, attira l'attention de Joseph sur le père
Jacobus. Valet avait remarqué que ce petit réduit intérieur
de la bibliothèque, où le savant avait sa table, était presque
considéré comme un bureau particulier; les rares usagers
de la bibliothèque n'y pénétraient qu'en cas de nécessité,
sans faire de bruit, avec respect et sur la pointe des pieds,
bien que le père qui travaillait là ne donnât nullement l'impression d'être aussi facile à déranger. Valet s'était naturellement fait aussitôt un devoir de lui montrer les mêmes
égards, et, de ce fait, le laborieux vieillard avait toujours
échappé à son observation. Un jour, celui-ci s'était fait
apporter quelques livres par Antoine, et quand ce dernier
revint de ce réduit intérieur, Valet remarqua qu'il s'attardait un moment sur le seuil de la porte et se retournait pour
regarder le savant, assis à sa table, plongé dans son travail.
Antoine avait une expression exaltée d'admiration et de
respect, mêlés de cette attention presque tendre et de cette
prévenance que les jeunes gens de bonnes manières accordent
parfois aux calvities et aux infirmités des vieillards. Valet
prit d'abord plaisir à voir cela, c'était en soi un beau spectacle et cela lui montrait en tout cas qu'Antoine était sujet
à s'enthousiasmer pour des personnes plus âgées et admirées, sans que cet engouement eût rien de charnel. Dans la
minute qui suivit, il lui vint une idée plutôt ironique, dont
il eut presque honte. Il songea que, dans cette institution,
l'érudition devait être bien mal partagée pour que l'unique
savant de la maison qui travaillât sérieusement fît ouvrir
de grands yeux à la jeunesse, comme une bête curieuse ou

un animal fabuleux. Quoi qu'il en fût, le regard presque
tendre de vénération admirative qu'Antoine fixait sur le
vieillard ouvrit les yeux de Valet sur la personne du savant
père, et, en jetant de temps en temps, par la suite, un coup
d'œil vers cet homme, il découvrit son profil romain, il
décela peu à peu dans le père Jacobus tel et tel détail qui
lui parut révéler un esprit et un caractère qui sortaient de
l'ordinaire. Il savait déjà qu'il était historien et qu'il passait pour le spécialiste le plus versé dans l'histoire des Bénédictins.

Un jour, le père lui adressa la parole. Il n'avait pas du
tout l'intonation grasse, chargée de bienveillance, chargée
de bonne humeur et un peu paternelle, qui semblait faire
partie du style de la maison. Il invita Joseph à venir le
voir dans sa chambre, après les vêpres. « Vous ne trouverez
certes pas en moi, dit-il d'une voix basse et presque timide,
mais avec une diction merveilleusement précise, un connaisseur de l'histoire de Castalie et encore moins un Joueur de
Perles de Verre, mais puisqu'il semble que nos deux Ordres
si différents se lient de plus en plus d'amitié, je ne voudrais
pas rester à l'écart et je désirerais, moi aussi, profiter un
peu de temps en temps de votre présence. » Il parlait avec
un parfait sérieux, mais sa voix contenue et son vieux
visage malin donnaient à ses paroles d'une politesse excessive cette merveilleuse ambiguïté, à mi-chemin entre le
sérieux et l'ironie, l'air dévotieux et la raillerie légère, le
pathétique et la comédie, dont le jeu de patience protocolaire des courbettes interminables qu'échangent en se saluant
deux saints ou deux princes de l'Église peut, par exemple,
éveiller le sentiment. Ce mélange de supériorité et d'ironie,
de sagesse et de cérémonial têtu, que Joseph Valet connaissait si bien depuis qu'il étudiait les Chinois, fut pour lui
un réconfort. Il se rendit compte qu'il n'avait plus entendu
personne adopter ce ton depuis un bon moment : le Magister
Ludi, Thomas, y était aussi passé maître. Il accepta cette
invitation avec joie et reconnaissance. Quand il se dirigea,
le soir, vers l'appartement du père, à l'écart au bout d'une
aile latérale tranquille et qu'il se demanda à quelle porte il
fallait frapper, il eut la surprise d'entendre jouer du piano.
Il prêta l'oreille. C'était une sonate de Purcell, exécutée sans
prétention ni virtuosité, mais en mesure et correctement.

Les accents de cette musique pure, profondément sereine
avec ses doux accords de tierce, parvenaient jusqu'à lui, intimes et plaisants et lui rappelaient le temps de Celle-les-
Bois, où il s'était exercé avec son ami Ferromonte à jouer
sur divers instruments des morceaux de ce genre. Il attendit
la fin de la sonate, prêtant l'oreille avec volupté. Le corri-
dor tranquille, plongé dans la pénombre, vibrait de ces
accents qui respiraient à la fois la solitude et le détachement, la vaillance et l'innocence, la puérilité et la supériorité, comme toute bonne musique au cœur de ce monde
encore condamné au mutisme. Il frappa fort à la porte, le
père Jacobus cria « Entrez » et l'accueillit avec sa dignité
pleine de modestie. Deux bougies brûlaient encore à son
piano. « Oui », fit le père Jacobus à la question de
Valet : il jouait chaque soir une demi-heure ou même une
heure entière; il terminait son travail journalier à la tombée
de la nuit et renonçait à lire et à écrire pendant les heures
qui précédaient son coucher. Ils parlèrent de musique, de
Purcell, de Hændel, de l'antique pratique de la musique
chez les Bénédictins, cet Ordre vraiment familier des Muses
et avec l'histoire duquel Valet manifesta le désir de se familiariser. L'entretien s'anima et effleura cent questions; les
connaissances historiques du vieillard paraissaient vraiment
admirables, mais il ne contestait pas que l'histoire de Castalie, de la pensée castalienne et de cet ordre étranger ne
l'avait guère occupé ni intéressé; il ne fit pas mystère non
plus de son attitude critique à l'égard de Castalie, dont il
considérait l' « Ordre » comme une imitation des congrégations chrétiennes, et au fond comme une contrefaçon sacri-
lège, puisqu'il n'avait pour fondement ni religion, ni Dieu,
ni Église. Valet écouta respectueusement cette critique, mais
donna cependant à penser qu'en dehors des conceptions des
Bénédictins et du catholicisme romain sur ces points, d'autres
étaient encore possibles et avaient existé : on ne pouvait
contester ni la pureté de leurs intentions et de leurs efforts,
ni leur profonde influence sur la vie spirituelle.

— Exact, dit Jacobus. Vous pensez entre autres aux protestants. Ils n'ont pas été capables de garder leur religion
et leur Église, mais il leur est arrivé de montrer beaucoup
de courage et d'avoir des hommes exemplaires. Au cours de
ma vie, pendant plusieurs années, j'ai étudié avec prédilec-

tion les différentes tentatives de réconciliation entre les
confessions et les Églises chrétiennes adverses, notamment
celles des environs de 1700, où l'on voit des gens comme le
philosophe et mathématicien Leibniz, puis ce singulier comte
Zinzendorf s'efforcer de réunir ces frères ennemis. De manière
générale, le xviiie siècle, si léger et si dilettante que son
esprit puisse parfois paraître, est remarquablement intéressant et complexe du point de vue de l'histoire des idées, et
c'est justement des protestants de cette époque que je me
suis souvent occupé. J'ai découvert là, un jour, un philologue, professeur et éducateur de grande classe, qui était
d'ailleurs un piétiste souabe, un homme dont l'influence
morale a laissé des traces manifestes et démontrables durant
deux bons siècles; mais nous abordons là un autre domaine,
revenons-en à la question de la légitimité et de la mission
historique de l'Ordre proprement dit...

— Oh! non, s'écria Joseph Valet, restons-en encore, si
vous le voulez bien, à ce professeur dont vous parliez à
l'instant, je crois presque pouvoir deviner qui c'est.

— Eh bien, devinez.

— J'ai pensé d'abord à Francke [1] de Halle, mais il faut
que ce soit un Souabe : dans ce cas, je n'en vois pas d'autre
que Johann Albrecht Bengel.

Un éclat de rire retentit, et une lueur de plaisir trans-
figura le visage du savant. « Vous me surprenez, cher ami,
s'écria-t-il avec vivacité. C'était en effet Bengel à qui je
songeais. Où donc avez-vous entendu parler de lui? Ou bien
est-il tout naturel dans votre étonnante Province que l'on
connaisse des faits et des noms si singuliers et si oubliés?
Soyez-en sûr : si vous vouliez interroger tous les pères, les
professeurs et les élèves de notre monastère et avec eux
ceux des quelques générations précédentes, il ne s'en trouverait pas un qui connût ce nom.

— A Castalie non plus, peu de gens le connaîtraient,
aucun peut-être en dehors de moi et de deux de mes amis.
Il m'est arrivé de faire des études sur le xviiie siècle et sur
le piétisme, seulement à titre privé; quelques théologiens
souabes ont attiré mon attention et fait mon admiration,
et parmi eux en particulier ce Bengel; il me fit alors l'effet

---

1. Théologien et pédagogue protestant (1663-1727), chef du piétisme
de Halle, inspirateur de réformes sociales et pédagogiques. *(N. d. T.)*

d'être le professeur et le guide idéal de la jeunesse. J'ai été tellement épris de cet homme que j'ai même fait photographier son portrait dans un vieux livre et que je l'ai épinglé quelque temps au-dessus de ma table de travail.

Le père se mit de nouveau à rire. « Nous nous rencontrons là sous un signe exceptionnel, dit-il. Il est vraiment remarquable que, vous et moi, nous soyons tombés au cours de nos études sur ce personnage oublié. Il est peut-être plus remarquable encore que ce protestant souabe ait réussi à faire sentir son influence à la fois sur un père bénédictin et sur un Joueur de Perles de Castalie. Je me représente d'ailleurs votre Jeu des Perles de Verre comme un art qui exige beaucoup d'imagination, et je m'étonne qu'un homme aussi réaliste que Bengel ait pu vous attirer à ce point. »

Ce fut au tour de Valet de rire gaiement. « Hé! dit-il, si vous vous rappelez les longues années que Bengel passa à étudier la révélation selon saint Jean et le système d'interprétation qu'il donna des prophéties de ce livre, vous devrez bien avouer que les antipodes du réalisme n'étaient pas absolument étrangères à notre ami.

— C'est vrai, reconnut gaiement le père. Et comment expliquez-vous ces contrastes?

— Si vous me permettez cette plaisanterie, je dirai que ce qui a manqué à Bengel et ce qu'il a, sans le savoir, nostalgiquement recherché et désiré, c'était le Jeu des Perles de Verre. Je le mets en effet au nombre des précurseurs et des ancêtres inconnus de notre Jeu. »

Prudemment et redevenu grave, Jacobus lui demanda : « Il est un peu hardi, me semble-t-il, d'annexer justement Bengel à votre arbre généalogique. Et comment justifiez-vous cela?

— C'était une plaisanterie, mais une plaisanterie qui peut se défendre. Dans sa jeunesse, avant d'être absorbé par ses grands travaux sur la Bible, Bengel a un jour fait part à ses amis d'un plan : il espérait résumer et ordonner symétriquement et synoptiquement autour d'un centre tout le savoir de son temps, dans une œuvre encyclopédique. C'est tout simplement ce que fait aussi le Jeu des Perles de Verre.

— C'est l'idée encyclopédique qui fut le jouet de tout le XVIIIe siècle, s'écria le père.

— C'est elle, fit Joseph, mais ce que Bengel cherchait, ce n'était pas seulement une juxtaposition des domaines de la science et de la recherche, mais une superposition, un ordre organique, il était sur la voie de la quête d'un dénominateur commun. Et c'est là l'une des idées fondamentales du Jeu des Perles de Verre. Et je dirai même plus : si Bengel avait été en possession d'un système analogue à ce qu'est notre Jeu, il aurait sans doute pu s'épargner de se fourvoyer aussi longtemps dans son interprétation des nombres prophétiques et dans l'annonce de l'Antéchrist et du Reich millénaire. Bengel ne trouva pas à orienter vers un but commun, tout à fait comme il le désirait, les multiples dons qu'il réunissait en lui, et c'est ainsi que ses qualités mathématiques combinées avec son flair de philologue aboutirent à cet « ordre des temps », curieux mélange de science méticuleuse et de pure fantaisie, qui l'a occupé tant d'années.

— C'est une chance que vous ne soyez pas historien, fit Jacobus. Vous cédez vraiment à l'imagination. Mais je comprends ce que vous voulez dire; je ne suis pédant que dans ma spécialité. »

Il en résulta un entretien fructueux, une reconnaissance de leurs qualités réciproques, le début d'une sorte d'amitié. Il sembla au savant que c'était plus qu'un hasard, ou pour le moins un hasard fort singulier, que tous deux, lui dans sa cage de Bénédictins et ce jeune homme dans la sienne à Castalie, eussent fait cette trouvaille, découvert ce pauvre précepteur d'un monastère wurtembergeois, cet homme au cœur tendre, et ferme comme un roc, esprit ténébreux autant que réaliste; il devait y avoir là un élément d'union sur lequel le même aimant invisible avait agi si puissamment. Et à dater de cette soirée, qui avait débuté par la sonate de Purcell, cet élément et cette union existèrent réellement. Jacobus prit plaisir à échanger des idées avec ce jeune esprit si instruit et encore si réceptif; c'était une satisfaction qu'il n'avait pas trop souvent. Pour Valet, les rapports qu'il eut avec cet historien et la formation qu'il commença alors à recevoir de lui marquèrent une étape nouvelle sur cette voie de l'éveil, qu'il considérait comme sa vie. Disons-le en peu de mots : grâce au père, il apprit l'histoire, les lois et les contradictions des études et des relations des historiens et, au cours des années qui suivirent, il s'habitua en outre à considérer le présent et sa propre existence sous l'aspect de réalités historiques.

Leurs conversations prenaient souvent les proportions de
véritables disputes, d'attaques, de justifications. Au début,
à vrai dire, ce fut plutôt le père Jacobus qui se montra
agressif. Plus il connut l'esprit de son jeune ami, plus il
souffrit de savoir que ce garçon plein de si hautes promesses avait grandi sans la discipline d'une éducation religieuse et dans le leurre d'une spiritualité faite d'intellectualisme esthétique. Ce qu'il pouvait trouver à reprendre dans
la mentalité de Valet, il le mettait au compte de cet esprit
castalien « moderne », de son manque de sens des réalités,
de sa tendance à jongler avec des abstractions. Et quand
Valet le surprenait par des conceptions et des déclarations
normales, toutes proches de sa propre manière de penser,
il triomphait de voir que le bon naturel de son jeune ami
avait si vigoureusement résisté à l'éducation castalienne.
Joseph acceptait avec beaucoup de calme sa critique de
Castalie, et quand le vieil homme, emporté par la passion, lui paraissait aller trop loin, il repoussait froidement
ses attaques. Du reste, parmi les déclarations dénigrantes
que le père faisait sur Castalie, il y en avait aussi auxquelles
Joseph devait partiellement donner raison. Et, sur un point,
il apprit pendant son séjour à Mariafels à modifier singulièrement son point de vue. Il s'agissait des rapports de
l'esprit castalien avec l'histoire universelle, de ce que le père
appelait « son absence totale de sens historique ». « Vous
autres mathématiciens et Joueurs de Perles de Verre, pouvait-il dire, vous vous êtes fabriqué une quintessence d'histoire universelle, qui consiste uniquement dans l'histoire de
l'esprit et des arts, votre histoire n'a pas de sang, pas de
réalité; vous savez exactement à quoi vous en tenir sur la
décadence de la construction de la phrase latine au IIe ou
au IIIe siècle, et vous n'avez pas la moindre idée d'Alexandre,
de César ou de Jésus-Christ. Vous traitez l'histoire universelle comme un mathématicien les mathématiques, où tout
n'est que loi et formule, mais où la réalité n'existe pas, ni
le bien et le mal, ni le temps, ni hier, ni demain, où il n'y
a qu'un éternel présent, mathématique et plat.

— Mais comment faire de l'histoire, sans y mettre de
l'ordre? demandait Valet.

— Certes, il faut mettre de l'ordre dans l'histoire, fulmi-
nait Jacobus. Toute science consiste, entre autres, à ordon-

ner, à simplifier, à rendre assimilable à l'esprit ce qui lui est indigeste. Nous croyons avoir reconnu dans l'histoire quelques lois et nous essayons d'en tenir compte pour connaître la vérité historique. Il en est un peu comme d'un anatomiste, qui autopsie un corps; il ne se voit pas uniquement placé devant des découvertes surprenantes à tous égards, mais il trouve dans la présence sous l'épiderme d'un monde d'organes, de muscles, de tendons et d'os la confirmation d'un schéma, qu'il avait apporté avec lui. Si cet anatomiste ne voit plus que son schéma, si cela lui fait négliger la réalité unique, individuelle, de l'objet étudié, alors c'est un Castalien, un Joueur de Perles de Verre, il applique les mathématiques là où elles sont le moins à leur place. Quiconque observe l'histoire doit, si je puis dire, y apporter la foi enfantine la plus touchante dans la force ordonnatrice de notre esprit et de nos méthodes, mais il doit aussi, et malgré cela, avoir le respect de la vérité, de la réalité, de la spécificité incompréhensibles de l'événement. Faire de l'histoire, mon cher, n'est pas une plaisanterie, ni un jeu irresponsable. Faire de l'histoire, cela suppose qu'on a conscience de rechercher une chose impossible et pourtant nécessaire et extrêmement importante. Faire de l'histoire, c'est se livrer au chaos, tout en gardant la foi dans l'ordre et dans l'esprit. C'est là une tâche très sérieuse, jeune homme, et peut-être tragique. »

Notons encore parmi les paroles du père, que Valet reproduisit alors dans une lettre à des amis, un trait caractéristique.

« Les grands hommes sont pour la jeunesse les raisins de Corinthe du gâteau de l'histoire universelle ; ils appartiennent aussi à sa substance réelle, certes, et il n'est pas si simple, ni si facile qu'on pourrait croire, de distinguer ceux qui sont vraiment grands de ceux qui en ont seulement l'air. Chez les faux grands hommes, c'est le moment historique, c'est le fait d'avoir deviné, d'avoir saisi l'instant qui leur donne une apparence de grandeur; il ne manque évidemment pas d'historiens et de biographes — ne parlons pas des journalistes — pour qui deviner et saisir ainsi l'instant historique, c'est-à-dire pour qui le succès momentané, paraît déjà un signe de grandeur. Le caporal qui du jour au lendemain devient dictateur ou la courtisane qui réussit, pour un bail, à faire la pluie et le beau temps chez un maître du monde sont les figures de prédilection des historiens de ce genre. Par contre, les jeunes idéalistes aiment surtout les tragédies des sans-succès, des martyrs, de ceux qui sont venus un instant trop tôt ou trop tard. Pour moi, qui suis évidemment avant tout historien de notre Ordre de Bénédictins, ce qu'il y a de plus attirant, de plus étonnant, et de plus digne d'étude dans l'histoire universelle, ce ne sont pas les personnalités, ni leurs coups de chance, leurs succès ou leur déclin, non... mon amour et mon insatiable curiosité vont à des phénomènes tels que notre congrégation, à ces organisations douées de longévité, où l'on essaie de trouver dans l'esprit et dans l'âme des moyens de rassembler des hommes, de les former et de les transformer, d'en faire par l'éducation, non par l'eugénisme, par l'esprit et non par le sang, une aristocratie capable de servir comme de régner. Dans l'histoire des Grecs, ce n'est pas leur firmament de héros, ni les cris indiscrets de l'agora qui m'ont captivé, mais des tentatives comme celles des pythagoriciens ou de l'académie platonicienne; chez les Chinois, rien ne m'a paru aussi passionnant que la longévité du système de Confucius, et dans notre histoire occidentale c'est surtout l'Église chrétienne, ce sont les Ordres qui la servent et y sont encastrés, qui me paraissent des valeurs historiques de premier plan. Qu'un aventurier ait eu un coup de chance et qu'il ait conquis ou fondé un empire, qui dure ensuite vingt, cinquante ou même cent ans, qu'un roi ou un empereur idéaliste et bien intentionné cherche, pour une fois, à pratiquer un genre de politique plus honnête ou à réaliser un rêve culturel, que sous une pression puissante un peuple, ou toute autre communauté, se soit avéré apte à réaliser ou à supporter un exploit inouï, tout cela m'intéresse infiniment moins que de voir qu'on a essayé constamment de créer des organismes comme notre Ordre et que certains de ces essais ont pu se prolonger mille et deux mille ans. Je ne veux pas parler de la Sainte Église proprement dite : pour nous croyants, elle est hors de discussion. Mais que des congrégations comme celles des Bénédictins, des Dominicains, plus tard des Jésuites, etc., aient plusieurs siècles d'âge et qu'après tous ces siècles, en dépit des évolutions, des dégénérescences, des adaptations et des violences subies, elles

aient conservé leur visage et leur voix, leurs gestes, leur
âme individuelle, c'est là pour moi le phénomène le plus
remarquable de l'histoire et le plus digne de respect. »

Valet admirait le père jusque dans les injustices de sa
colère. Pourtant, il n'avait alors aucune idée de la personnalité réelle du père Jacobus, il voyait uniquement en lui
un érudit profond et génial, il ignorait encore que c'était
par ailleurs un homme qui avait lui-même, et sciemment,
les deux pieds dans l'histoire du monde, qui aidait à la
faire, qu'il était le chef politique de sa congrégation, un
expert de l'histoire et de l'actualité politiques dont, de bien
des côtés, on sollicitait les renseignements, les conseils, l'en-
tremise. Durant près de deux ans, jusqu'à son premier congé,
Valet ne vit dans le père qu'il fréquentait qu'un savant, et
il ne connut qu'une face de sa vie, de son activité, de sa
réputation et de son influence, celle qui était tournée vers
lui. Ce savant savait se taire, même avec ses amis, et ses
frères du monastère s'y entendaient, eux aussi, mieux que
Joseph ne l'eût cru.

Au bout de deux ans environ, Valet s'était acclimaté dans
le monastère, aussi parfaitement que le pouvait un invité
et un outsider. De temps à autre, il avait aidé l'organiste
à renouer modestement, dans ses petits chœurs de motets,
le mince fil d'une grande tradition antique et vénérable. Il
avait fait quelques trouvailles dans les archives musicales
du monastère et envoyé plusieurs copies d'œuvres anciennes
à Celle-les-Bois et en particulier à Monteport. Il avait rassemblé une petite classe de Joueurs de Perles de Verre débutants, dont le jeune Antoine était maintenant aussi l'élève
et l'un des plus zélés. Il avait enseigné au prieur Gervasius,
non, certes, le chinois, mais la manipulation des queues
d'achillées et une meilleure méthode pour méditer sur les
aphorismes du *Livre des Oracles*. Le prieur s'était bien habitué à lui et avait renoncé aux tentatives qu'il avait faites
au début pour l'amener, à l'occasion, à boire du vin. Les
réponses qu'il adressait deux fois l'an au Maître du Jeu
des Perles de Verre, qui s'informait officiellement si l'on
était content de Joseph Valet à Mariafels, chantaient ses
éloges. A Castalie, on examina plus attentivement que ces
réponses les comptes rendus de leçons et les listes d'appréciations relatifs aux cours de Valet; on trouvait le niveau

modeste, mais on était heureux de la manière dont le professeur savait s'y adapter et surtout se plier aux mœurs et à l'esprit du monastère. Mais dans les bureaux de Castalie, on était principalement satisfait et vraiment surpris, sans bien entendu le laisser voir au chargé de mission, des relations fréquentes, familières, finalement même presque amicales de Valet avec le célèbre père Jacobus.

Cette fréquentation porta toute sorte de fruits; on nous permettra d'anticiper un peu sur notre récit pour en dire un mot, du moins sur ce qui fut le plus cher à Valet. Ce fut un fruit qui mûrit lentement, lentement; il grandit dans l'attente et la méfiance, comme ces graines d'arbres de haute montagne qu'on a semées dans les basses terres luxuriantes : confiées à un sol gras et à un climat favorable, elles portent en elles la retenue et la défiance héréditaires dans lesquelles leurs ancêtres ont grandi; la lenteur de la croissance fait partie de leurs qualités innées. Ce fut ainsi que l'intelligent vieillard, habitué à contrôler avec méfiance tout ce qui pouvait exercer une influence sur lui, ne laissa qu'avec hésitation, pas à pas, prendre racine en lui ce que son jeune ami, son collègue des antipodes, lui apportait de l'esprit castalien. Peu à peu, cela finit cependant par germer, et de toutes les heureuses expériences que Valet fit, au cours des années qu'il passa au monastère, la meilleure et la plus précieuse à ses yeux fut de voir cette confiance, cette audience avares du prudent vieillard grandir, hésitantes, après des débuts en apparence sans espoir, de voir lentement germer en lui et de l'entendre avouer plus lentement encore sa compréhension non seulement pour la personne de son jeune admirateur, mais aussi pour ce qui, chez lui, était particulièrement marqué au coin de Castalie. Pas à pas, le jeune homme, qui paraissait presque n'être qu'un élève, un auditeur, un étudiant, amena le père qui, au début n'avait employé les termes de « castalien » ou de « Jeu des Perles de Verre » qu'avec un accent ironique ou comme de véritables insultes, à reconnaître, à admettre, d'abord par volonté de tolérance et finalement aussi avec respect, ce genre d'esprit, cet Ordre, cette tentative de création d'une aristocratie intellectuelle. Le père cessa de dénigrer la jeunesse de l'Ordre qui, comptant à peine plus de deux siècles, était évidemment en retard d'un millénaire et demi sur celui des Bénédictins; il cessa de ne voir dans le Jeu des Perles de Verre qu'un snobisme d'esthètes et de repousser comme impossible pour l'avenir toute espèce d'amitié ou d'alliance entre deux Ordres aussi différents d'âge. L'administration voyait dans cette conquête partielle du père, que Joseph considérait comme une chance toute personnelle et d'ordre privé, le point culminant de sa mission et de ses réalisations à Mariafels. Mais il resta encore quelque temps sans s'en douter. De loin en loin, il se creusait vainement la tête pour savoir où en était au juste sa mission au monastère, se demandant s'il y faisait vraiment quelque chose, s'il y était utile, si sa délégation en ce lieu, qui au début avait l'air d'une distinction et d'un avancement et provoquait l'envie de ses rivaux, ne représentait pas à la longue une retraite sans gloire, la relégation sur une voie de garage. Certes, on pouvait partout apprendre quelque chose; pourquoi pas ici, par conséquent? Mais pour un esprit de Castalie, ce monastère, si l'on en exceptait seulement le père Jacobus, n'était ni un éden ni un modèle de la science. Valet n'était même guère en mesure de juger si, sur le plan Jeu des Perles de Verre, il ne commençait pas déjà à se rouiller et à perdre du terrain, isolé comme il l'était au milieu de dilettantes généralement faciles à contenter. Mais dans cette incertitude, son absence d'arrivisme ainsi que son *amor fati* alors déjà assez poussé lui vinrent en aide. Tout bien compté, la vie d'invité et de petit professeur spécialisé, qu'il menait dans ce monde monacal confortable et vieillot, lui était en somme plus agréable que ne l'avaient été les derniers temps passés à Celle-les-Bois, dans le cercle de ces ambitieux, et si le destin devait le laisser pour toujours dans ce petit poste excentrique, il chercherait évidemment à apporter quelques légères modifications à sa vie ici; il essayerait par exemple de manœuvrer pour y faire venir l'un de ses amis ou tout au moins pour obtenir chaque année un congé assez long à Castalie, mais, par ailleurs, il s'estimerait satisfait.

Le lecteur de cette esquisse de biographie s'attend peut-être à un compte rendu sur un autre aspect de la vie intérieure de Valet au monastère, sur sa vie religieuse. Nous ne nous risquerons qu'à de prudentes allusions. Que Valet ait eu à Mariafels des contacts plus intimes avec la religion, avec les pratiques quotidiennes du christianisme, cela n'est

pas seulement vraisemblable, cela ressort même aussi de
beaucoup de ses déclarations et de ses attitudes ultérieures.
Y est-il peut-être devenu chrétien et jusqu'à quel point ? nous
devrons laisser cette question sans réponse. Ce sont là des
domaines inaccessibles à notre recherche. Outre le respect
qu'on nourrissait à Castalie pour les religions, il y avait
en lui une certaine déférence, que nous pouvons qualifier
de pieuse, et il avait été fort bien instruit dès l'école, en
particulier quand il étudia la musique d'église, de la doctrine
chrétienne et de ses formes classiques. Avant tout, il connaissait bien la liturgie de la messe et le rite de l'office divin.
Chez les Bénédictins, il avait appris, non sans étonnement
et avec respect, à voir vivre une religion dont il n'avait
jusqu'alors qu'une connaissance théorique et historique. Il
prenait part à de nombreux offices et après s'être familiarisé avec quelques-uns des écrits du père Jacobus et pénétré de ses entretiens, il avait pleinement pris conscience du
phénomène de ce christianisme qui, au cours des siècles,
avait tant de fois paru démodé et dépassé, archaïque et
fossilisé, et qui pourtant, chaque fois, avait retrouvé le sens
de ses sources, s'y était rénové, dépassant de nouveau ce
qui avait été moderne et triomphant la veille. Il ne se
défendait pas non plus sérieusement contre l'idée, qui lui
était de temps à autre suggérée dans ces entretiens, que la
culture castalienne n'était peut-être aussi qu'une forme parallèle tardive, sécularisée et précaire de la culture occidentale
chrétienne et qu'elle serait un jour absorbée et reprise par
celle-ci. Même s'il en était ainsi, dit-il un jour au père, sa place,
à lui, et sa fonction lui avaient un jour été fixées au sein de
l'organisation castalienne et non par exemple chez les Bénédictins ; c'était là qu'il devait apporter sa collaboration et
faire ses preuves, sans se soucier de savoir si l'organisation
dont il était membre pouvait prétendre à une durée éternelle ou même simplement longue ; à ses yeux, une conversion n'eût pu être qu'une forme de fuite assez peu digne.
C'était ainsi que le fameux Johann Albrecht Bengel, qu'ils
vénéraient, avait servi en son temps une petite Église d'existence précaire, sans manquer par là, en quoi que ce fût, de
servir l'Éternel. Être pieux, disait Valet, c'est-à-dire servir
en croyant et être fidèle jusqu'au don de sa vie, est possible
dans chaque confession et à tous les degrés ; il n'est d'autre

épreuve valable de la sincérité et de la valeur d'une piété personnelle, que cette manière de servir et cette fidèlité.

Quand le séjour de Valet chez les pères eut duré près d'un an, il apparut un jour au monastère un hôte qu'on prit grand soin de tenir éloigné de lui; on évita même une présentation fugitive. La curiosité de Valet s'éveilla, il observa cet étranger, qui d'ailleurs ne resta que quelques jours, et toute sorte d'hypothèses lui vinrent à l'esprit. Dans l'habit ecclésiastique que portait cet étranger, il crut reconnaître un déguisement. L'inconnu eut de longues réunions, à portes closes, avec le prieur et en particulier avec le père Jacobus, il reçut fréquemment des messages urgents et il en expédia. Valet, qui était naturellement au courant des relations politiques du monastère et de ses traditions, ne fût-ce que par les bruits qui couraient, supposa que cet hôte était un grand homme d'État en mission secrète, ou un prince voyageant incognito; et, en réfléchissant aux observations qu'il avait faites, il se rappela aussi tel ou tel hôte des mois précédents qui, après coup, lui parut également mystérieux ou important. En même temps, cela le fit songer au directeur de la « police », le sympathique M. Dubois et à la prière que celui-ci lui avait adressée d'avoir l'œil de temps à autre sur ce qui se passait ainsi au monastère, et, bien qu'il n'éprouvât pas plus qu'auparavant l'envie et ne se sentît pas davantage la vocation de faire des rapports de ce genre, sa conscience lui rappela qu'il n'avait plus écrit depuis longtemps à cet homme bienveillant et qu'il l'avait probablement beaucoup déçu. Il lui écrivit longuement, essaya d'expliquer son silence et, pour étoffer légèrement sa lettre, il lui parla un peu de ses rapports avec le père Jacobus. Il ne devinait pas avec quel soin, ni par qui, sa lettre serait lue.

LA MISSION

Le premier séjour de Valet dans ce monastère dura deux ans; à l'époque dont il est question ici, il était dans sa trente-septième année. A la fin du séjour pendant lequel il avait été l'hôte de la fondation de Mariafels, deux mois après la date portée sur sa longue lettre au directeur Dubois, il fut appelé un matin au cabinet du prieur. Il pensa que cet homme fort sociable avait envie de lui parler un peu du chinois et il alla sans tarder lui présenter ses devoirs. Gervasius vint au-devant de lui, une lettre à la main. « On me fait l'honneur de me charger d'un message pour vous, très cher, lui cria-t-il gaiement, de son air cordial et protecteur, et il retomba aussitôt dans le ton taquin et ironique, qui était devenu le mode d'expression de cette amitié encore mal définie entre l'Ordre religieux et celui de Castalie et dont l'initiateur était, à vrai dire, le père Jacobus. D'ailleurs, tous mes respects à votre Magister Ludi! En voilà un qui sait écrire des lettres! Il m'a écrit en latin, ce monsieur, Dieu sait pourquoi; chez vous autres Castaliens, on ne sait jamais, quoi que vous fassiez, s'il est dans vos intentions d'être polis ou de vous moquer, de rendre un hommage ou de donner une leçon. Ce respectable Dominus m'a donc écrit en latin, et dans un latin comme personne aujourd'hui dans tout notre Ordre ne saurait le faire, à l'exception tout au plus du père Jacobus. C'est un latin qui semble venir en droite ligne de l'école de Cicéron, mais parfumé en même

temps d'une petite dose bien calculée de latin d'église, dont
on ne sait naturellement pas non plus si on l'a naïvement
jetée là en guise d'appât pour nous autres curés, si c'est
une ironie, ou tout simplement si elle n'est pas due à un
indomptable instinct de jeu, de stylisation et de décoration.
Ce vénérable Magister m'écrit donc qu'on attacherait du
prix là-bas à vous revoir, à vous embrasser et aussi à vérifier jusqu'à quel point peut-être ce long séjour chez les demi-
barbares que nous sommes a corrompu votre morale et
votre style. Bref, si j'ai bien compris et bien interprété ce
volumineux chef-d'œuvre littéraire, on vous accorde un congé
et on me prie de renvoyer mon hôte à Celle-les-Bois pour
une durée indéterminée... pas pour toujours cependant; au
contraire, il semble tout à fait dans les intentions des autorités de là-bas de vous renvoyer bientôt ici, si toutefois cela
nous agrée. Mais excusez-moi, je suis loin d'avoir su interpréter comme il convient toutes les finesses de cette épître,
le Magister Thomas n'en attendait certainement pas non
plus autant de moi. Je dois vous remettre cette petite lettre;
allez maintenant et réfléchissez si vous voulez partir et
quand. Vous nous manquerez, mon cher, et si vous veniez
à rester trop longtemps absent, nous ne manquerions pas
de vous réclamer de nouveau à votre administration. »

Dans la lettre qu'il avait remise à Valet, celui-ci trouva un
bref avis de l'administration, l'informant qu'un congé lui
était accordé pour qu'il pût se reposer et aussi avoir une
entrevue avec ses supérieurs; on l'attendait à Celle-les-Bois
très prochainement. L'achèvement du cours de débutants
commencé ne devait pas le préoccuper, à moins que le prieur
ne le désirât expressément. L'ancien Maître de la Musique
lui envoyait ses amitiés. En lisant cette ligne, Valet s'arrêta,
interloqué; cela lui donna à penser : comment le rédacteur
de cette lettre, le Magister Ludi, pouvait-il être chargé de lui
transmettre ces amitiés, qui du reste n'étaient guère à leur
place dans cette note officielle? Il devait y avoir eu une
conférence générale du Directoire, à laquelle l'ancien Maître
de la Musique avait également été appelé. Si les sessions et
les décisions des directeurs de l'enseignement ne le concer-
naient en rien, l'envoi des amitiés du Maître le toucha singulièrement, il trouva à cela un accent curieux de camaraderie. Peu importait le sujet auquel avait été consacrée

cette conférence, cela prouvait que les plus hautes autorités avaient aussi parlé de Joseph à cette occasion. Est-ce que quelque chose de nouveau l'attendait? Allait-on mettre fin à sa mission? Serait-ce un avancement ou une rétrogradation? Mais cette lettre ne parlait que de congé. Il s'en réjouissait sincèrement, son plus cher désir eût été de se mettre en route dès le lendemain. Mais il devait au moins dire au revoir à ses élèves et leur laisser des instructions. Antoine serait désolé de le voir partir. Et il devait aussi à quelques-uns des pères une visite personnelle avant son départ. Il pensa alors à Jacobus et fut presque étonné de sentir en lui une douleur tendre, un élan qui lui disait que son cœur s'était attaché à Mariafels plus qu'il ne l'avait su. Il lui manquait ici bien des choses auxquelles il était habitué et qui lui étaient chères et, dans son imagination, Castalie n'avait cessé de devenir plus belle au cours de ces deux années, l'éloignement et la privation aidant. Mais, il le reconnut nettement en cet instant : ce qu'il possédait en la personne du père Jacobus était irremplaçable, cela lui manquerait à Castalie. Ceci lui fit aussi prendre plus clairement conscience qu'auparavant de ce qu'il avait vécu et appris ici; il était plein de joie et de confiance à l'idée d'aller à Celle-les-Bois, de retrouver ses amis, le Jeu des Perles de Verre, d'être en vacances, mais sa joie eût été moins grande s'il n'avait eu la certitude de revenir.

Sous le coup d'une décision soudaine, il alla trouver le père, lui raconta qu'on le rappelait pour lui donner un congé, et il lui dit sa propre surprise de découvrir, sous sa joie de rentrer au pays et de retrouver ses amis une autre joie encore, celle du retour ici. Et, comme c'était surtout lui, le vénéré père, que ce sentiment concernait, Valet, rassemblant son courage, osait lui adresser une prière : celle de lui donner quelques leçons à son retour, ne fût-ce qu'une heure ou deux par semaine. Jacobus s'en défendit en riant et formula de nouveau ses plus beaux compliments ironiques sur la culture castalienne, dont l'inégalable universalité ne pouvait que plonger dans une muette admiration un pauvre bonhomme de moine comme lui et lui faire hocher la tête d'étonnement. Mais Joseph remarqua bientôt que ce refus n'était pas sérieux, et, quand il lui tendit la main pour prendre congé, le père lui dit gentiment de ne pas se faire de souci : il ferait volontiers tout ce qui était en son pouvoir pour répondre à sa prière et il lui dit très cordialement au revoir.

Il partait chez lui en vacances, le cœur joyeux, sûr intérieurement que son stage au monastère n'avait pas été inutile. Au moment du départ, il se fit l'effet d'être un gamin, pour s'avouer bientôt, il est vrai, qu'il n'était plus gamin ni adolescent. Il s'en apercevait à un sentiment de pudeur et de résistance intérieure qui surgissait en lui dès qu'il s'apprêtait à répondre par un geste quelconque, par un cri, une petite gaminerie à cette ambiance de libération et de bonheur de collégien en vacances. Non, ce qui eût été jadis tout naturel, ce qui l'eût soulagé, un cri de joie lancé aux oiseaux dans les arbres, un chant de marche entonné d'une voix sonore, quelques pas aériens de danse rythmique, cela n'était plus possible, cela aurait eu un air guindé et forcé, c'eût été sot et puéril. Il sentait que, s'il était jeune de cœur et de corps, il n'était plus entraîné à céder à l'humeur du moment, à son élan, il n'était plus libre, il restait en alerte, il était lié, engagé — mais par quoi? Par ses fonctions? Par la tâche qu'il avait de représenter son pays et son Ordre devant ces gens du monastère? Non, c'était l'Ordre lui-même, c'était la hiérarchie dans laquelle, au cours de cette introspection soudaine, il découvrait, sans comprendre comment, qu'il était engagé et encastré, c'était la responsabilité, la présence autour de lui de valeurs plus générales et plus hautes, capables de faire paraître vieux plus d'un homme jeune et jeune plus d'un vieillard, c'était tout cela qui vous tenait, qui vous soutenait et en même temps vous prenait votre liberté, comme le tuteur auquel on attache une jeune pousse, c'était cela qui vous enlevait votre innocence, tout en exigeant précisément de vous une pureté toujours plus cristalline.

A Monteport, il alla voir l'ancien Maître de la Musique, qui lui-même avait été jadis, dans son jeune temps, l'hôte de Mariafels; il y avait étudié la musique des Bénédictins, et il s'informa alors auprès de Valet de toute sorte de choses. Joseph trouva le vieux monsieur un peu plus détaché, certes; sa voix s'était affaiblie, mais il était plus vigoureux d'aspect et plus serein que la dernière fois, la fatigue ne se lisait plus sur son visage, et s'il n'avait pas rajeuni, il

avait embelli et s'était affiné, depuis qu'il avait résigné ses
fonctions. A la surprise de Valet, il s'enquit assurément des
orgues de Mariafels, de ses armoires remplies de partitions
et de son chant choral, il voulut savoir si un arbre qui se
trouvait dans le jardin du cloître y était encore, mais il ne
parut nullement curieux de l'entendre parler de son activité
là-bas, de son cours de Perles de Verre, ni de l'objet de son
congé. Le vieillard lui donna néanmoins, avant qu'il poursuivît son voyage, une indication qui lui fut précieuse. « J'ai
entendu dire, fit-il, presque sur le ton de la plaisanterie,
que tu étais devenu une sorte de diplomate. Ce n'est pas,
à dire vrai, une belle profession, mais il semble qu'on soit
content de toi. Penses-en ce que tu voudras! Mais, si tu ne
mets pas ton ambition à rester pour toujours dans cet emploi,
alors prends garde, Joseph; je crois qu'on veut mettre la
main sur toi. Défends-toi, tu en as le droit. Non, ne m'interroge pas, je ne dirai pas un mot de plus. Tu verras bien. »

En dépit de cet avertissement, dont la pointe lui resta
sensible, il éprouva à son arrivée à Celle-les-Bois une joie
de revoir son pays, telle qu'il n'en avait encore jamais
connue. Il était tenté de croire que cette Celle était non
seulement sa patrie et le plus bel endroit du monde, mais
qu'entre temps elle était encore devenue plus charmante
et plus intéressante ou qu'il avait lui-même rapporté de son
voyage des yeux nouveaux et qui savaient mieux voir. Et
cela ne valait pas seulement pour les portes de la ville, pour
ses tours, ses arbres et sa rivière, ses cours et ses grandes
salles, pour les silhouettes entrevues et les visages connus
de longue date; pendant sa permission il éprouva aussi pour
l'esprit de Celle-les-Bois, pour l'Ordre et le Jeu des Perles
de Verre, le sentiment de réceptivité renforcée, de compréhension accrue et reconnaissante du voyageur qui revient au
foyer, qui a vu du pays, dont l'esprit a mûri et est plus
avisé. « Il me semble, dit-il à son ami Tegularius à la fin
d'un vif dithyrambe sur Celle-les-Bois et sur Castalie, il me
semble que j'ai passé toutes mes années ici à dormir, heureux certes, mais comme privé de conscience, et que maintenant je me suis réveillé, et que je vois tout confirmer nettement et clairement sa réalité. Comme deux ans d'étranger
peuvent rendre clairvoyant! » Il savoura son congé comme
une fête, en particulier les jeux et les discussions avec ses

camarades, dans le cercle de l'élite du Vicus Lusorum, le
plaisir de revoir ses amis, le *genius loci* de Celle-les-Bois.
Mais, à vrai dire, cette exaltation de bonheur et de joie ne
s'épanouit qu'après sa première visite au Maître du Jeu
des Perles de Verre; jusqu'alors une certaine crainte s'y
mêlait encore.

Le Magister Ludi posa moins de questions que Valet ne
s'y attendait. Ce fut à peine s'il fit mention du cours de
débutants et des études entreprises par Joseph dans les
archives musicales, mais il ne se lassa pas d'entendre parler du père Jacobus, il revenait toujours sur ce sujet, rien
de ce que Joseph lui racontait sur cet homme n'était de
trop. Qu'on fût satisfait de lui et de sa mission chez les
Bénédictins, très satisfait même, il put le conclure non seulement de la grande amabilité du Maître, mais presque davantage encore de l'attitude de M. Dubois, chez qui le Magister
l'avait aussitôt envoyé. « Tu as fait les choses à merveille »,
lui dit celui-ci, et il ajouta avec un petit rire : « Je manquais
vraiment d'instinct quand je déconseillais de t'envoyer dans
ce monastère. Que tu aies fait la conquête du prieur et par-dessus le marché de ce grand personnage qu'est le père
Jacobus, que tu les aies rendus plus favorables à Castalie,
c'est plus, bien plus que personne n'osait espérer. » Deux
jours plus tard, le Maître du Jeu des Perles de Verre l'invita
à déjeuner ainsi que M. Dubois et le fonctionnaire qui dirigeait alors l'école des élites de Celle-les-Bois, le successeur
de Zbinden. Et à la sortie de table, à l'heure des conversations, le nouveau Maître de la Musique se trouva également
là, ainsi que l'archiviste de l'Ordre, c'est-à-dire deux autres
membres du Directoire suprême; l'un d'eux l'emmena encore ensuite dans la maison des hôtes pour s'entretenir longuement avec lui. Cette invitation promut Valet — pour la
première fois cela apparut à tous — au nombre extrêmement restreint des candidats aux fonctions supérieures, et
elle dressa entre lui et la moyenne des Joueurs d'élite une
barrière immédiatement sensible dont, dans sa clairvoyance
nouvelle, il eut vivement conscience. On lui donna par ailleurs un congé provisoire de quatre semaines et la carte
habituelle des fonctionnaires pour les maisons des hôtes de
la Province. Bien qu'on ne lui imposât aucune espèce d'obligation, même pas celle de se présenter aux autorités, il vit

bien qu'on l'observait d'en haut, car, lorsqu'il alla réellement faire des visites ou des excursions, par exemple à Trias-Cité, à Terramil ou à l'institut de l'Extrême-Orient, il y reçut aussitôt des invitations des principaux fonctionnaires locaux; au cours de ces quelques semaines, il fit effectivement la connaissance de toute l'administration de l'Ordre et de la plupart des Magisters et des directeurs d'études. Sans ces invitations et ces prises de contact très officielles, ces excursions auraient revêtu pour Valet la signification d'un retour à la liberté et au monde de ses années d'étudiant. Il les limita, surtout par égard pour Tegularius, qu'affectait profondément chaque interruption de leur amitié retrouvée, mais aussi par amour du Jeu des Perles de Verre, car il tenait beaucoup à prendre part aux exercices et à l'étude des problèmes à l'ordre du jour et à y faire ses preuves. Dans ce domaine, Tegularius lui rendait d'incomparables services. Son autre ami intime, Ferromonte, appartenait à l'état-major du nouveau Maître de la Musique et il ne put, à cette époque, l'approcher que deux fois. Il le trouva plongé dans le travail et heureux de travailler; une grande étude d'histoire de la musique s'était offerte à lui, celle de la musique grecque et de sa survivance dans les danses et les chants populaires des Balkans; tout au plaisir de s'extérioriser, il raconta à son ami ses travaux et ses trouvailles les plus récentes. Elles se rapportaient à l'époque du déclin progressif de la musique baroque, vers la fin du xviiie siècle, et à la pénétration de nouveaux éléments provenant de la musique populaire slave.

Mais Valet consacra la majeure partie de cette période de vacances et de fête à Celle-les-Bois et au Jeu des Perles de Verre. Il revit avec Tegularius les notes prises par celui-ci à un cours que le Magister avait fait, les deux semestres précédents, aux étudiants les plus avancés et, après une privation de deux ans, il se replongea de toutes ses forces dans le noble monde du Jeu, dont la magie lui semblait aussi inséparable de sa vie, aussi indispensable que la musique.

Ce fut seulement dans les derniers jours du congé de Joseph que le Magister Ludi aborda de nouveau le thème de sa mission à Mariafels et de son rôle dans l'avenir immédiat. D'abord sur le ton de la conversation, puis avec une gravité et une insistance croissantes, il lui parla d'un plan

des autorités, auquel la majorité des Magisters ainsi que
M. Dubois attachaient beaucoup d'importance : il s'agissait
d'instituer à l'avenir une représentation permanente de Castalie auprès du Saint-Siège à Rome. L'instant historique
était arrivé, poursuivit Maître Thomas avec cette persuasion et cette perfection de forme qui étaient siennes, ou
du moins l'instant était proche où un pont pourrait être
lancé par-dessus ce vieux fossé béant entre Rome et leur
Ordre; si des dangers surgissaient à l'avenir, ils auraient
sans aucun doute des ennemis communs, ils connaîtraient
le même sort et seraient des alliés naturels; à la longue, la
situation, telle qu'elle se présentait jusqu'alors, n'était plus
tenable et manquait vraiment de dignité : en effet, les deux
puissances au monde dont c'était la tâche historique de
défendre et de cultiver l'esprit et la paix continuaient à
vivre côte à côte et presque en étrangères. L'Église romaine
avait surmonté les ébranlements et les crises de la dernière
grande ère de guerres, en dépit de lourdes pertes; elle s'y
était rénovée et purifiée, alors que les centres séculiers
scientifiques et pédagogiques de cette époque avaient été
entraînés dans le naufrage de la culture; c'était seulement
sur leurs ruines que l'Ordre et l'esprit castaliens étaient nés.
Pour cette première raison et en considération aussi de son
âge si vénérable, il convenait de reconnaître la préséance à
l'Église; de leurs deux puissances, elle était la plus ancienne,
la plus éminente, celle qui avait résisté aux plus nombreuses
et aux plus grosses tempêtes. Il s'agissait tout d'abord
d'éveiller et d'entretenir chez ceux de Rome la conscience
de leur parenté et de leur interdépendance dans **toutes les**
crises qui pourraient survenir.

(Ici, Valet se dit : « Ah! c'est donc à Rome qu'ils veulent
m'envoyer et, si c'est possible, pour toujours! » et, se rappelant l'avertissement de l'ancien Maître de la Musique, en
lui-même il se mit aussitôt sur la défensive.)

Maître Thomas poursuivit : la mission de Valet à Mariafels avait fait réaliser un pas important dans cette évolution, à laquelle Castalie poussait depuis longtemps. Cette
mission, simple essai en soi, geste de courtoisie qui n'engageait à rien, avait été entreprise sans arrière-pensée, sur
l'invitation de leurs partenaires de là-bas. Sinon, on n'aurait
naturellement pas employé à cela un Joueur de Perles igno-

rant de la politique, mais par exemple un fonctionnaire plus jeune du département de M. Dubois. Mais il se trouvait que cet essai, cette petite mission innocente, avait obtenu un succès surprenant, que grâce à elle l'un des esprits dirigeants du catholicisme d'aujourd'hui, le père Jacobus, avait connu d'un peu plus près la mentalité de Castalie, et qu'il avait conçu de cet esprit, qu'il répudiait radicalement jusqu'alors, une idée plus favorable. On savait gré à Joseph Valet du rôle qu'il avait joué. En effet, c'était en cela que résidaient la signification et le succès de sa mission, et il fallait partir de là pour reconsidérer et pousser plus avant non seulement toute cette tentative de rapprochement, mais aussi la mission et le travail de Valet. On lui avait accordé un congé, qui pouvait être encore un peu prolongé s'il le désirait, on avait eu avec lui des échanges de vues et on lui avait fait connaître la majorité des membres du Directoire, ces hauts fonctionnaires avaient manifesté leur confiance en Joseph et chargé le Maître du Jeu de le renvoyer, avec une mission spéciale et des attributions élargies, à Mariafels, où il avait la chance d'être assuré d'un accueil amical.

Il fit une pause, comme pour laisser le temps à son auditeur de poser une question, mais celui-ci lui fit simplement comprendre par un geste courtois de déférence qu'il prenait acte de tout cela et qu'il attendait de connaître sa mission.

— La tâche que je dois te confier, dit alors le Magister, est donc celle-ci : nous projetons, pour une date plus ou moins proche, d'instituer une représentation permanente de notre Ordre auprès du Vatican, si possible sur la base de la réciprocité. Étant les plus jeunes, nous sommes disposés à observer vis-à-vis de Rome une attitude, non certes de servilité, mais de très grand respect; nous acceptons volontiers de ne venir qu'au second rang et de lui laisser le premier. Peut-être — je ne le sais pas plus que M. Dubois — peut-être le pape accepterait-il notre proposition aujourd'hui même; mais ce que nous devons absolument éviter, c'est un refus de là-bas. Or, il y a un homme que nous connaissons, que nous pouvons toucher et dont la voix a le plus grand poids à Rome, c'est le père Jacobus. Et ta mission est de rentrer à la fondation des Bénédictins, d'y vivre, d'y poursuivre tes études, d'y faire un cours de Perles de Verre sans prétention, comme par le passé, et de consacrer toute ton attention et tous tes soins à gagner lentement le père Jacobus à notre cause, à obtenir qu'il accepte d'appuyer notre projet à Rome. Cette fois, le but final de ta mission est donc nettement délimité. Combien de temps te faudra-t-il pour y parvenir, cela est secondaire. Nous pensons qu'il faudra au moins un an encore, mais il se peut aussi que cela demande deux ou plusieurs années. Tu connais bien le rythme de la vie bénédictine et tu as appris à t'y adapter. Nous ne devons en aucune manière donner l'impression d'être impatients et avides, il faut que la discussion de cette affaire vienne d'elle-même à maturité, n'est-ce pas ? J'espère que tu es d'accord pour accepter cette mission et je te demande de présenter franchement toutes les objections que tu peux avoir à faire. Si tu le désires, je t'accorde aussi quelques jours de réflexion.

Valet, pour qui cette mission, venant à la suite de toute sorte de conversations antérieures, n'était plus une surprise, déclara qu'un délai de réflexion était superflu et qu'il acceptait avec obéissance, mais il ajouta : « Votre Grandeur sait qu'une mission de ce genre n'a jamais autant de succès que lorsque son responsable ne rencontre pas en lui-même de résistances ni de scrupules à combattre. Rien ne s'oppose, quant à moi, à cette mission, j'en comprends l'importance, et j'espère me montrer à sa hauteur. Mais j'éprouve une certaine crainte et de l'appréhension en ce qui concerne mon avenir. Que Votre Grandeur, Magister, ait la bonté d'écouter une requête et un aveu purement personnels et égoïstes. Je suis Joueur de Perles de Verre, comme vous savez; cette mission auprès des pères m'a fait perdre deux années entières d'études, je n'ai rien appris de nouveau, j'ai négligé mon art, et maintenant il va s'ajouter à cela au moins un an de plus, probablement davantage. Je voudrais ne pas perdre encore du terrain pendant cette période. Je demanderai donc de brefs congés assez fréquents pour venir à Celle-les-Bois et une liaison radiophonique permanente qui me permette de suivre les conférences et les exercices spéciaux de votre cours supérieur.

— Voilà qui t'est bien volontiers accordé », dit le Maître, et déjà par une nuance dans l'intonation, il lui donnait congé, quand Valet éleva la voix et évoqua aussi l'autre point : il craignait, si le projet conçu pour Mariafels réussissait, d'être envoyé à Rome ou employé par la suite de quelque autre manière dans des services diplomatiques. « Et cette perspective, conclut-il, exercerait sur moi et sur mes efforts au monastère une influence déprimante et paralysante. Car il serait tout à fait contraire à mes vœux de me trouver à la longue relégué dans le service diplomatique. »

Le Magister fronça les sourcils et leva un index réprobateur. « Tu parles de relégation, ce mot est vraiment mal choisi, personne n'a jamais songé à une relégation, mais à une distinction, à un avancement. Je n'ai pas qualité pour te donner des renseignements ou des promesses sur la manière dont on t'utilisera plus tard. Mais je puis à la rigueur comprendre tes préoccupations et il est probable que je pourrai t'aider, s'il s'avérait vraiment que tes craintes fussent fondées. Et maintenant écoute-moi : tu possèdes un certain talent de plaire et de te faire aimer; avec de la méchanceté, on pourrait presque te qualifier de charmeur; c'est probablement aussi ce talent qui a amené l'administration à t'envoyer une deuxième fois dans ce monastère. Mais ne fais pas un usage abusif de ton talent, Joseph, et ne cherche pas à exagérer le prix de tes succès. Si tu mènes à bien ta tâche avec le père Jacobus, ce sera le moment d'adresser une prière personnelle aux autorités. Aujourd'hui, il me semble que c'est trop tôt. Fais-moi savoir quand tu seras prêt à partir. »

Joseph accueillit ces paroles en silence, s'en tenant davantage à la bienveillance qu'elles cachaient qu'à cette réprimande, et il ne tarda pas à retourner à Mariafels.

Là, il se trouva bien de la sûreté que donne une mission nettement délimitée. Celle-ci était en outre importante, elle lui faisait honneur et, en un point, elle répondait aux vœux les plus intimes de celui qui en était chargé : se lier le plus possible avec le père Jacobus et gagner toute son amitié. Il eut, par surcroît, une preuve que sa nouvelle mission était prise au sérieux au monastère et que lui-même avait monté en grade, dans l'attitude un peu différente des dignitaires de la fondation, en particulier du prieur; elle n'était pas moins amicale, mais on y sentait un degré de respect supplémentaire. Joseph n'était plus le jeune invité sans grade, à qui l'on témoigne de la gentillesse à cause de son origine et par bienveillance pour sa personne. Cette fois, il fut plutôt reçu et traité en fonctionnaire castalien d'un certain rang, un peu comme un ministre plénipotentiaire. Sachant désormais voir clair dans ce domaine, il en tira ses conclusions.

Chez le père Jacobus, à vrai dire, il ne put découvrir aucun changement d'attitude. La cordialité et la joie avec lesquelles le père l'accueillit et lui rappela le travail commun qu'ils avaient projeté, sans attendre que Valet le lui demandât ou le réclamât, l'émut profondément. Son plan de travail et le déroulement de la journée prirent alors une allure foncièrement différente de ce qu'ils avaient été avant son congé. Cette fois, dans son emploi du temps et dans le cycle de ses obligations, le Jeu des Perles de Verre fut loin d'occuper désormais la première place et il ne fut plus du tout question de ses études sur les archives musicales, ni de son amicale collaboration avec l'organiste. Ce qui venait à présent en tête de liste, c'étaient les leçons du père Jacobus qui aborda simultanément avec lui plusieurs domaines de la science historique. En effet, le père n'initia pas seulement son élève préféré à la préhistoire et aux premiers temps de l'Ordre des Bénédictins, mais aussi à l'étude des documents du haut moyen âge. En outre, au cours d'une séance à part, il lisait avec lui l'un des anciens chroniqueurs dans le texte original. Cela plut au père d'entendre Valet l'assaillir de prières, pour qu'il laissât aussi le jeune Antoine partager ses leçons, mais il ne lui fut pas difficile de le convaincre qu'un tiers, eût-il la meilleure volonté du monde, freinerait considérablement ce genre d'enseignement d'un niveau très élevé. Et c'est ainsi qu'Antoine, qui ignorait tout du plaidoyer de Valet en sa faveur, fut seulement invité à participer à la lecture de la chronique; ce fut pour lui un grand bonheur. Ces heures firent sans aucun doute à ce jeune frère, sur la vie de qui nous ne sommes pas autrement informé, l'effet d'une distinction, d'une délectation et d'un encouragement suprêmes; il avait devant lui deux des plus purs esprits et des têtes les plus originales de son temps, on lui donnait le droit de participer un peu à leurs travaux et à leurs échanges de vues, en auditeur, en jeune recrue. En contrepartie de son enseignement, Valet donnait au père, à la suite de ses leçons d'épigraphie et d'étude des sources, une initiation suivie à l'histoire et à la structure de Castalie ainsi qu'aux idées directrices du Jeu des Perles de Verre. L'élève devenait alors professeur, le Maître vénéré un auditeur attentif et souvent un questionneur et un critique difficiles à contenter. Sa défiance à l'égard de la mentalité castalienne dans son ensemble restait toujours en éveil; trouvant qu'il lui manquait une attitude vraiment religieuse, il doutait qu'elle fût capable et digne d'éduquer un type d'humanité qu'on dût vraiment prendre au sérieux, bien qu'il eût sous les yeux, en la personne de Valet, un si noble produit de cette éducation. Quoique depuis longtemps l'enseignement et l'exemple de Valet l'eussent amené à une sorte de conversion, dans la mesure où pareille chose était possible, et qu'il fût résolu de longue date à appuyer de son autorité un rapprochement entre Castalie et Rome, cette défiance ne s'endormait jamais complètement; les notes de Valet en sont pleines d'exemples saisissants, pris chaque fois sur le vif; nous en citerons un :

Le père : « Vous autres Castaliens, vous êtes de grands érudits et de grands esthètes, vous calculez la valeur des voyelles dans un poème antique et vous établissez un rapport entre sa formule et celle de l'orbite d'une planète. Voilà qui est ravissant, mais c'est un jeu. Votre mystère et votre symbole suprême, c'est aussi un jeu, le Jeu des Perles de Verre. Je veux bien reconnaître aussi que vous essayez d'élever ce joli Jeu au niveau d'une sorte de sacrement ou tout au moins d'un moyen d'édification. Mais les sacrements ne sont pas le fruit d'efforts de ce genre, ce Jeu demeure un jeu. »

Joseph : « Vous voulez dire, mon père, qu'il manque à cela le fondement de la théologie ? »

Le père : « Ah ! ne nous mêlons pas de parler de théologie, vous en êtes encore bien trop éloignés. Des éléments de base plus simples pourraient déjà améliorer la chose : une anthropologie, par exemple, une véritable doctrine et une véritable connaissance de l'homme. Vous ne connaissez pas l'homme, vous ne connaissez pas sa bestialité, ni ce qui fait de lui l'image de Dieu. Vous connaissez seulement le Castalien, une espèce à part, une caste, le cobaye d'un dressage spécial. »

Pour Valet, c'était une chance extraordinaire que de voir s'ouvrir à lui, au cours de ces séances, le champ le plus

favorable et le plus vaste qu'il pût imaginer pour satisfaire
à sa mission, gagner le père à la cause de Castalie et le
convaincre de la valeur d'une alliance. La situation qui
s'offrait ainsi à lui répondait si parfaitement à tout ce qu'il
pouvait désirer et concevoir, qu'il en éprouva bientôt une
sorte de scrupule de conscience : il lui paraissait humiliant
et indigne de voir cet homme vénéré assis devant lui, se
livrant avec confiance, ou faisant les cent pas avec lui dans
le cloître, alors qu'il était l'objet et la cible d'intentions
et de tractations politiques secrètes. Valet n'aurait pas pu
accepter longtemps cette situation en silence et il réfléchissait seulement à la manière dont il lui faudrait se démasquer,
quand le vieillard, à sa grande surprise, le devança.

— Cher ami, dit-il un jour, comme en passant, nous avons
vraiment trouvé là une manière très agréable et, je l'espère,
très profitable aussi, d'échanger nos connaissances. Les deux
activités qui, de ma vie, m'ont été les plus chères, apprendre
et enseigner, ont trouvé dans nos heures de travail en commun une forme d'association nouvelle et belle, et pour moi
cela s'est présenté juste au bon moment, car je commence
à vieillir et je n'aurais pas su imaginer une meilleure cure
de jouvence que celle de nos séances. En ce qui me concerne,
c'est donc moi qui suis le gagnant dans notre échange, en
tout état de cause. Par contre, je ne suis pas sûr que vous,
cher ami, et en particulier que les gens dont vous êtes
l'ambassadeur et au service de qui vous vous trouvez, aient
autant à gagner dans cette affaire qu'ils l'espèrent peut-être.
Je voudrais prévenir une déception ultérieure et empêcher
d'autre part qu'une certaine obscurité ne vienne planer sur
nos relations. Permettez donc à un vieillard qui a de la
pratique de poser une question : votre séjour dans notre
petit monastère, si agréable qu'il me soit, a naturellement
déjà été souvent pour moi matière à réflexion. Il n'y a pas
longtemps encore, exactement jusqu'à votre récent congé,
j'ai cru constater que le sens et le but de votre présence
chez nous ne vous apparaissaient pas avec une parfaite
clarté, à vous non plus. Ai-je bien observé ? »

Et, lorsque Valet eut répondu affirmativement, il continua : « Bon. Or, depuis votre retour de congé, la situation
a changé. Vous ne vous creusez plus la tête et vous ne
vous faites plus de soucis sur le but de votre présence ici,

vous en êtes informé. Est-ce exact ? Bien, je ne me suis donc pas trompé. Il est probable que l'idée que je me fais du but de votre présence ici n'est pas erronée non plus. Vous êtes chargé d'une mission diplomatique et celle-ci ne concerne ni notre monastère ni notre prieur, c'est moi qu'elle concerne. Vous voyez qu'il ne reste pas grand-chose de votre secret. Pour que la situation devienne parfaitement claire, je fais un dernier pas et je vous donne le conseil de me dire aussi absolument tout le reste. Quelle est donc votre mission ? »

Valet s'était levé d'un bond et restait debout devant lui, surpris, embarrassé, presque bouleversé. « Vous avez raison, s'écria-t-il, mais en même temps que vous me soulagez, vous me faites aussi honte, en me devançant. Voilà un moment que je me demande comment je pourrais donner à nos rapports cette clarté que vous venez de faire surgir si vite. C'est encore une chance que je vous aie demandé de m'instruire et qu'il ait été convenu que vous m'initieriez à votre science avant mon départ en congé, sinon tout cela aurait vraiment l'air d'avoir été pure diplomatie de ma part et nos études prendraient l'apparence d'un prétexte ! »

Le vieillard le tranquillisa gentiment. « Je voulais simplement nous permettre à tous deux de faire un pas en avant. La pureté de vos intentions n'a pas besoin d'être affirmée. Si je vous ai devancé et si je n'ai rien provoqué qui ne vous parût souhaitable, à vous aussi, tout va bien. » Sur le fond de la mission de Valet, que celui-ci lui exposa alors, il déclara : « Vos patrons de Castalie ne sont pas des diplomates absolument géniaux, mais ils sont tout à fait acceptables et ils ont aussi la chance pour eux. Je vais réfléchir à votre mission en toute tranquillité, et ma décision dépendra en partie de la manière dont vous aurez réussi à m'initier à votre constitution, à votre univers spirituel castaliens et à me les rendre plausibles. Nous prendrons tout notre temps pour cela. » Et, voyant Valet encore un peu décontenancé, il eut un rire dur et il fit : « Si vous voulez, vous pouvez aussi considérer ma manière d'agir comme une espèce de leçon. Nous sommes deux diplomates et notre tête-à-tête est un combat constant, même s'il revêt une forme amicale. Or, dans notre lutte, c'était moi qui avais momentanément le dessous, l'initiative de l'action m'avait échappé, vous en saviez plus que moi. Maintenant, nous voici donc de nouveau à égalité. Mon coup d'échecs a réussi, il était donc bon. »

Si Valet attachait du prix et de l'importance à gagner le père aux intentions des autorités de Castalie, il lui paraissait cependant beaucoup plus essentiel encore d'apprendre de lui le plus possible et, de son côté d'être pour cet homme de science et ce politicien puissant, un introducteur sûr dans le monde castalien. Valet a provoqué l'envie de beaucoup de ses amis et de ses élèves, comme il arrive généralement aux êtres éminents, non seulement en raison de leur grandeur et de leur énergie personnelles, mais aussi à cause de leur chance apparente, et de l'apparente prédilection qu'a pour eux le destin. Les petits esprits voient chez les grands ce qui est précisément à portée de leurs yeux, et, pour tout observateur, la carrière et l'ascension de Joseph Valet ont effectivement un éclat, une rapidité, une apparente facilité qui sortent du commun. On peut vraiment être tenté de dire de cette période de sa vie : la chance lui a souri. Nous ne tenterons pas non plus d'expliquer cette « chance » par des arguments rationnels ou moraux, soit comme la conséquence normale de circonstances extérieures, soit comme une sorte de récompense de son exceptionnelle vertu. La chance n'a rien à voir avec la raison ni avec la morale. Elle est d'essence magique, l'attribut d'un niveau précoce et juvénile de l'humanité. L'ingénu qui a de la chance, qui reçoit des cadeaux des fées, qui est gâté par les dieux, n'est pas un objet d'observation rationnelle et, par suite, il n'est pas un sujet de biographie, il est un symbole, il dépasse les limites de la personnalité et de l'histoire. Il y a cependant des hommes éminents dans la vie desquels on ne peut faire abstraction de la « chance » : le seul fait qu'ils aient effectivement trouvé, rencontré dans l'histoire et dans leur vie la tâche qui leur était adéquate, qu'ils ne soient nés ni trop tôt ni trop tard, n'est-il pas déjà une « chance » ? Et Valet semble être de ce nombre. Aussi sa vie, du moins sur un certain parcours, donne-t-elle l'impression que tout ce qu'il pouvait souhaiter lui est tombé du ciel. Il n'est pas dans nos intentions de nier ni d'effacer cet aspect de sa vie, nous ne pourrions d'autre part l'expliquer rationnellement que par une méthode biographique qui n'est pas la nôtre et qui n'est pas celle qu'on souhaite et qu'on admet à Castalie, c'est-à-dire en approfondissant presque sans fin les données de sa vie la plus intime, la plus privée, de sa santé, de ses maladies, les oscillations et les courbes de sa vitalité et de sa confiance en lui-même. Nous sommes persuadé qu'une biographie de ce genre, dont il n'est pas question pour nous, nous fournirait la preuve d'un parfait équilibre entre sa « chance » et ses souffrances, tout en falsifiant l'image de sa figure et de sa vie.

Mettons fin à cette digression. Nous disions que Valet a été envié par beaucoup de ceux qui l'ont connu ou même qui ont simplement entendu parler de lui. Mais il n'est probablement rien dans sa vie qui ait paru plus digne d'envie aux petits esprits que ses relations avec le vieux père bénédictin, au cours desquelles il était à la fois disciple et professeur, preneur et donneur, conquis et conquérant, où il y avait à la fois de l'amitié et une intime communauté de travail. Valet lui-même n'a éprouvé autant de bonheur dans aucune de ses conquêtes; depuis celle du « Frère Aîné » dans le Bois des Bambous, aucune ne fut pour lui à ce degré à la fois une distinction et un motif de confusion, un cadeau et un aiguillon. Il n'est peut-être pas un seul des disciples préférés qu'il eut plus tard qui n'ait témoigné à quel point il parlait du père Jacobus fréquemment, de bon cœur et avec joie. Valet apprit auprès de lui ce qu'il n'aurait guère pu apprendre dans la Castalie d'alors; il y gagna non seulement une vue générale des méthodes et des moyens de connaissance et de recherche historiques et un premier entraînement à les utiliser, mais à un niveau bien supérieur il acquit le sens de l'histoire, non en tant que science, mais en tant que réalité, en tant que vie, et c'est à cela que correspondent la transformation de sa propre vie personnelle et l'élévation qui l'a fait entrer dans l'histoire. Il n'aurait pu apprendre cela d'un simple savant. Jacobus n'était pas seulement, par-delà sa science, un voyant et un sage. Par surcroît, il vivait l'histoire et contribuait à la façonner, il n'avait pas utilisé la place où l'avait mis le destin à se prélasser dans le confort d'une existence contemplative; dans sa chambrette de savant, il avait laissé souffler les quatre vents du monde, il avait ouvert son cœur aux détresses et aux pressentiments de son époque, et, dans les événements

de son temps il avait pris sa part d'action, de culpabilité
et de responsabilité. Son travail n'avait pas seulement
consisté à dominer, à ordonner et à interpréter les données
d'un passé reculé, il n'avait pas eu seulement affaire à des
idées, mais tout autant aux résistances de la matière et
des hommes. On le considérait, ainsi que son collaborateur
et adversaire, un Jésuite qui était mort récemment, comme
le véritable fondateur de la puissance diplomatique et morale
et du haut prestige politique qu'avait reconquis l'Église
romaine après des ères de résignation et de grand effacement.

Dans les entretiens du professeur avec son élève, il n'était
presque jamais question de l'actualité politique — l'entraînement du père à se taire, à rester sur la réserve, et tout
autant la crainte de son cadet de se voir entraîner dans la
diplomatie et la politique, s'y opposaient. Cependant, la
position et l'activité politique du Bénédictin avaient à tel
point imprégné sa conception de l'histoire universelle, que
dans chacune de ses opinions, dans chaque regard qu'il
plongeait dans l'écheveau des affaires mondiales, on voyait
aussi percer le praticien de la politique — politicien sans ambition et sans intrigues du reste, qui n'était ni un prince, ni
un chef et pas davantage un arriviste, mais un conseiller et un
intermédiaire, un homme dont l'activité était tempérée par
la sagesse et l'ambition par une profonde connaissance des
insuffisances et des difficultés de la nature humaine, mais
à qui sa réputation, son expérience, sa connaissance des
hommes et des faits et, ne l'oublions pas, son désintéressement et son intégrité donnaient un pouvoir personnel considérable. Valet n'avait rien su de tout cela quand il était
venu à Mariafels, il ne connaissait même pas le nom du
père. La majeure partie des habitants de Castalie vivaient
dans un état de candeur et d'ignorance politiques, qu'il
n'était pas rare de rencontrer aussi aux époques précédentes
dans le milieu des hommes de science : on ne possédait ni
les droits, ni les devoirs d'une existence politique active,
c'était à peine s'il arrivait qu'un journal vous tombât sous
les yeux. Et, si telles étaient les habitudes et l'attitude du
Castalien moyen, la peur de l'actualité, de la politique et
de la presse était encore plus grande chez les Joueurs de
Perles de Verre, qui se considéraient volontiers comme l'élite

et le *nec plus ultra* de la Province et qui tenaient beaucoup à ce que rien ne troublât l'atmosphère raréfiée et sublimée de leur existence d'artistes érudits. La première fois qu'il avait pénétré dans le monastère, Valet n'était d'ailleurs pas chargé d'une mission diplomatique, il y était simplement venu en qualité de professeur du Jeu des Perles de Verre et il ne possédait pas d'autres connaissances politiques que celles que M. Dubois lui avait inculquées en quelques semaines. En comparaison d'alors, il était assurément devenu maintenant beaucoup plus savant, mais il n'avait nullement perdu la répugnance qu'éprouvait tout Cellois à s'occuper d'actualité politique. Si, en cette matière, ses relations avec le père Jacobus eurent pour effet de lui ouvrir les yeux et de le former à bien des égards, ce ne fut pas parce qu'il en avait ressenti le besoin, comme par exemple il éprouvait pour l'histoire une véritable avidité, mais cela se fit parce que c'était inévitable, presque au fil de la conversation.

Afin de compléter son équipement et de mieux satisfaire à la tâche flatteuse qu'on lui avait confiée, d'avoir le père pour élève de ses cours de *rebus castaliensibus*, Valet avait apporté de Celle-les-Bois des livres sur la constitution et l'histoire de la Province, sur le système des écoles des élites et l'évolution du Jeu des Perles de Verre. Quelques-uns de ces ouvrages lui avaient déjà servi vingt ans plutôt dans son conflit avec Plinio Designori; il ne les avait plus revus depuis. Il y en avait d'autres qu'on n'avait pas encore pu lui confier alors, parce qu'ils étaient rédigés spécialement pour les fonctionnaires de Castalie, et qu'il lut pour la première fois. Et ainsi, en même temps que le domaine de ses études s'élargissait à ce point, il se vit obligé de reconsidérer, de réviser et de consolider la base intellectuelle et historique de sa propre pensée. En essayant de présenter aux yeux du père avec toute la clarté et la simplicité possibles les principes de l'Ordre et du système castalien, il ne tarda pas — c'était inévitable — à rencontrer le point le plus faible de sa propre culture et de toute celle de Castalie. Il se révéla qu'il ne réussissait lui-même à se représenter les faits de l'histoire universelle, qui avaient jadis rendu possible et exigé la naissance de l'Ordre et tout ce qui en était résulté, que sous forme d'une image schématique et pâle, dont les éléments concrets et l'ordre étaient absents.

Et comme le père n'était rien moins qu'un élève passif, ils en arrivèrent à travailler plus activement en commun et à avoir des échanges de vue extrêmement vivants. Tandis que Valet s'efforçait d'exposer l'évolution de son Ordre castalien, Jacobus l'aidait à bien des égards à découvrir et à sentir la véritable perspective de cette histoire et à en trouver les racines dans celle de la politique mondiale. Ces discussions passionnées, qu'il n'était pas rare, le tempérament du père y aidant, de voir se transformer en disputes d'une extrême violence, porteront encore leurs fruits des années plus tard, nous le verrons, et continueront d'exercer une influence active jusqu'à la mort de Valet. Avec quelle attention le père suivait d'autre part les exposés de Joseph, et combien ceux-ci lui apprirent à connaître Castalie et à reconnaître sa valeur, toute son attitude ultérieure le montra. C'est à ces deux hommes que l'on doit l'entente entre Rome et Castalie qui existe encore aujourd'hui; elle débuta par une neutralité bienveillante et par des échanges culturels occasionnels, pour se transformer, à certaines périodes, en une collaboration et en une alliance véritables. Le père, qui, au commencement, avait repoussé d'un sourire l'idée d'être initié à la théorie du Jeu des Perles de Verre, finit par en exprimer le désir, car il sentait bien que c'était là qu'il fallait chercher le secret de cet Ordre et, dans une certaine mesure, sa foi ou sa religion. Et, puisqu'il avait pris, une fois pour toutes, la décision de pénétrer dans ce monde qu'il n'avait connu jusqu'alors que par ouï-dire et qui lui était peu sympathique, il alla droit au but, avec ce mélange de force et de ruse qui lui était propre et, bien qu'il ne soit pas devenu un Joueur de Perles de Verre — il était de toute manière trop vieux pour cela — du moins les esprits du Jeu et de l'Ordre ont-ils rarement fait hors de Castalie la conquête d'un ami plus sérieux et plus précieux que ce grand Bénédictin.

De temps en temps, quand Valet prenait congé du père après une séance de travail, celui-ci lui donnait à entendre qu'ils pourraient se voir chez lui dans la soirée. A l'effort des leçons et à l'excitation de leurs disputes succédaient alors des heures de paix; Joseph apportait souvent son clavicorde ou un violon, le vieillard s'asseyait au piano à la lueur douce d'un cierge, dont le parfum sucré de cire emplissait la petite pièce, en même temps que la musique de Corelli, de Scarlatti, de Telemann ou de Bach, qu'ils jouaient tour à tour ou ensemble. Le vieil homme allait se coucher de bonne heure, tandis que Valet, stimulé par la ferveur musicale de cette petite soirée, prolongeait la durée de son travail nocturne jusqu'à la limite autorisée par la discipline.

En dehors de ces séances d'étude et d'enseignement avec le père, du cours de Perles de Verre qu'il poursuivait avec indolence au monastère, et peut-être de loin en loin d'une conversation sur la Chine avec le prieur Gervasius, nous trouvons Valet occupé également à cette époque à un autre travail fort considérable. Il prit part, ce qu'il avait négligé de faire les deux fois précédentes, au concours annuel de l'élite de Celle-les-Bois. Dans ce concours, il fallait, sur la base de deux ou trois thèmes principaux prescrits, élaborer des projets de Jeux de Perles de Verre; on attachait du prix à des associations de thèmes neuves, hardies et originales, jointes à une extrême netteté de forme et d'écriture. C'était l'unique occasion où l'on permît aux concurrents de commettre aussi des infractions au canon, c'est-à-dire qu'on avait le droit de se servir également de chiffres nouveaux qui n'étaient pas encore enregistrés dans le code et le lexique officiels des hiéroglyphes. Ce concours, qui, du reste était l'événement le plus sensationnel dans le village des Joueurs, avec les grands jeux publics consacrés, permettait en outre ainsi la rencontre des inventeurs de symboles nouveaux les plus en vue. La récompense la plus haute qui pût s'imaginer, et qui était très rarement attribuée au vainqueur de ce concours, consistait non seulement à représenter solennellement son Jeu, le meilleur de l'année, mais à reconnaître officiellement et à introduire dans les archives et dans la langue des Perles de Verre l'enrichissement grammatical et terminologique qu'il avait apporté. Jadis, quelque vingt-cinq ans plus tôt, le grand Thomas de la Trave, actuel Magister Ludi, avait bénéficié de ce rare honneur pour ses nouvelles abréviations relatives au sens alchimistique des signes du zodiaque. Maître Thomas avait d'ailleurs beaucoup contribué par la suite à faire connaître et admettre l'alchimie comme l'une des langues occultes les plus révélatrices. Valet, lui, renonça cette fois à utiliser de nouveaux symboles, bien que, comme presque tous les candidats, il en eût eu beau-

coup en réserve. Il ne profita pas non plus de cette occasion
pour affirmer sa foi dans la méthode de Jeu psychologique,
ce qui lui eût certainement été aisé. Il mit sur pied un Jeu,
de structure et de thèmes modernes et personnels certes,
mais surtout d'une composition d'une clarté transparente,
classique, d'une exécution rigoureusement symétrique, ne
faisant que modérément usage d'ornements et pleine d'une
grâce qui rappelait les maîtres d'autrefois. Peut-être était-ce
l'éloignement de Celle-les-Bois et des archives du Jeu qui
l'y contraignait, peut-être ses forces et son temps étaient-ils
fort absorbés par ses études historiques, peut-être fut-il
aussi guidé par le désir plus ou moins conscient de styliser
son Jeu de la manière qui pouvait le mieux répondre au
goût de son professeur et ami, le père Jacobus; nous ne le
savons pas.

Nous avons employé l'expression de « méthode psychologique du Jeu », qui n'est peut-être pas immédiatement
compréhensible à tous nos lecteurs; du temps de Valet,
c'était une formule à la mode qu'on entendait souvent. On
a sans doute connu à toutes les époques des mouvements,
des modes, des conflits, des conceptions et des interprétations
variables chez les initiés du Jeu des Perles de Verre; dans
cette période, c'étaient surtout deux conceptions du Jeu
qui fournissaient la matière des débats et de la discussion.
On distinguait deux types de Jeux, le type formel et le type
psychologique, et nous savons que Valet, comme Tegularius,
bien qu'il ne se mêlât pas à cette querelle de forme, était au
nombre des partisans et des défenseurs du second. Simplement, Valet, au lieu de parler de la méthode de Jeu « psychologique », a généralement préféré l'épithète de « pédagogique ». Le Jeu formel s'efforçait de donner aux éléments
concrets de chaque Jeu, mathématiques, linguistiques, musicaux, etc., une unité et une harmonie aussi denses, aussi
pleines, aussi parfaites de forme que possible. Le Jeu psychologique, par contre, cherchait l'unité et l'harmonie, la
rondeur et la perfection du cosmos, moins dans le choix,
dans la disposition, la limitation, l'association et l'opposition
des éléments que dans la méditation qui suivait chaque
étape du Jeu et sur laquelle il mettait tout l'accent. Un
Jeu psychologique de ce genre, ou comme Valet préférait le
dire, pédagogique, n'offrait pas extérieurement l'image de

la perfection, mais, par la succession des méditations qu'il prescrivait avec précision, il amenait le Joueur à éprouver l'émotion du parfait et du divin. « Le Jeu, tel que je le conçois, écrivit un jour Valet à l'ancien Maître de la Musique, englobe le Joueur, quand il s'est acquitté de sa méditation, comme la surface d'une sphère englobe son centre; il lui laisse le sentiment d'avoir démêlé dans ce monde fortuit et confus un tout parfaitement symétrique et harmonieux et de l'avoir assimilé. »

Or, le Jeu par lequel Valet participa au grand concours était de structure formelle et non psychologique. Il est possible qu'il ait voulu démontrer à ses supérieurs, et se prouver aussi à lui-même, que sa tournée à Mariafels et sa mission diplomatique ne lui avaient rien fait perdre de son entraînement de Joueur de Perles de Verre, de son élasticité, de son élégance et de sa virtuosité; la preuve qu'il en donna fut convaincante. Il a confié la dernière mise au point et la mise au net de son projet de Jeu, qui ne pouvaient être faites qu'à Celle-les-Bois, dans les archives du Jeu, à son ami Tegularius, qui participait, du reste, lui-même au concours. Il put aussi remettre directement ses papiers à son ami, en parler longuement avec lui, et examiner également tout au long l'essai de celui-ci, car il avait réussi à faire venir Fritz auprès de lui, au monastère, pour trois jours. Pour la première fois, Maître Thomas avait donné suite à cette prière, qu'il lui avait déjà adressée à deux reprises. Bien que cette visite remplît Tegularius de joie et qu'il vînt avec toute la curiosité d'un insulaire castalien, il se sentit cependant extrêmement mal à l'aise dans ce monastère; cet être hypersensible fut presque malade de toutes ces impressions d'un genre inconnu et du contact de tous ces gens, aimables mais simples, sains mais aussi un peu frustes, dont aucun n'aurait eu la moindre compréhension pour ses pensées, ses soucis et ses problèmes. « Tu vis ici sur une autre planète, dit-il à son ami. Je ne comprends pas que tu aies pu tenir déjà trois ans ici et je t'admire. Tes pères sont assurément très gentils pour moi, mais ici je sens que tout me repousse et m'écarte; rien ne s'offre à moi, il n'y a rien qui se comprenne de soi-même, qui s'assimile sans résistance et sans douleur. Vivre deux semaines ici serait l'enfer pour moi. » Valet eut de la peine à le calmer. Pour la première fois, il fut specta-

teur avec ennui de cette incompatibilité des deux Ordres et
de leurs deux mondes, et il eut le sentiment que la sensibilité
exagérée de son ami et son désarroi d'anxieux ne faisaient
pas bon effet. Mais ils procédèrent ensemble à une étude
approfondie et critique de leurs deux projets destinés au
concours. Quand Valet, après une de ces séances, se rendait
chez le père Jacobus, dans l'autre aile du bâtiment ou
quand il allait prendre un repas, il avait aussi le sentiment
d'être soudain transplanté de sa terre natale dans un pays
tout autre, où l'air et le sol, le climat et les étoiles étaient
différents. Quand Fritz fut reparti, il amena le père à dire
quelle impression celui-ci lui avait faite. « J'espère, dit
Jacobus, que la majorité des Castaliens ressemblent davantage à vous, qu'à votre ami. C'est un genre d'homme inadapté, vicié par l'éducation, sans force et, j'en ai peur
aussi, un peu orgueilleux, que vous nous avez présenté en
sa personne. Je veux continuer à m'en tenir à vous, autrement je deviendrais injuste envers les gens de votre sorte.
Car ce pauvre homme susceptible, hyperintelligent et fré-
tillant de nervosité serait capable de nous dégoûter de
toute votre Province.

— Hé! dit Valet, il y aura bien eu au cours des siècles,
parmi les Bénédictins, quelque individu malingre, faible de
corps, mais néanmoins esprit de valeur, comme c'est le cas
de mon ami. J'ai été probablement mal avisé de l'inviter à
venir ici, où l'on a certes des yeux perçants pour voir ses
faiblesses, mais aucun organe pour reconnaître ses grandes
qualités. En venant ici, mon ami m'a rendu un grand service. » Et il raconta au père dans quelles conditions il prenait part au concours. Celui-ci voyait avec plaisir Valet
prendre la défense de son ami. « Bien répondu! dit-il, en
riant amicalement. Mais on dirait vraiment que vous n'avez
pour amis que des gens d'un commerce un peu difficile. »
Il savoura l'étonnement incompréhensif de Valet et son air
surpris, puis il dit simplement : « Cette fois, je veux parler
d'un autre. Avez-vous des nouvelles de votre ami Plinio
Designori? » L'étonnement de Joseph grandit encore, si possible. Tout ému, il demanda des explications. Il s'était passé
ceci : dans un pamphlet politique, Designori avait fait profession d'opinions violemment anticléricales et, à cette occasion, il avait aussi attaqué avec fougue le père Jacobus.

Celui-ci avait reçu, par ses amis de la presse catholique, des renseignements sur Designori, qui faisaient également état de sa scolarité à Castalie et de ses relations bien connues avec Valet. Joseph demanda à lire l'article de Plinio ; ce fut le point de départ du premier entretien qu'il eut avec le père sur un sujet d'actualité politique, et celui-ci ne fut d'ailleurs suivi que d'un petit nombre d'autres. « Ce fut pour moi un spectacle étrange et presque effrayant, écrivit-il à Ferromonte, que de voir la figure de notre Plinio et, à sa remorque, aussi la mienne, soudain placées sur la scène de la politique mondiale. C'était une conjoncture à la possibilité de laquelle je n'avais jamais pensé jusqu'alors. » Le père rendait du reste plutôt hommage à ce pamphlet de Plinio ; il ne manifesta en tout cas aucune susceptibilité, loua le style de Designori, trouva qu'on y reconnaissait bien la marque de l'école des élites et déclara qu'en général la politique de tous les jours se contentait de bien moins d'esprit et d'un niveau fort inférieur.

Vers cette époque, Valet reçut de son ami Ferromonte la copie d'une première partie de son ouvrage qui devint plus tard célèbre sous le titre de *Reprise et adaptation de la musique populaire slave par la musique d'art allemande, à partir de Haydn*. Dans la lettre que Valet lui écrivit pour répondre à cet envoi, nous lisons entre autres : « Tu as tiré de tes études, dont il m'a été donné d'être quelque temps le compagnon, un bilan concis ; tes deux chapitres sur Schubert, en particulier sur ses quatuors, font partie de ce que je connais de plus au point, en matière d'histoire musicale récente. Pense à moi quelquefois, je suis loin de pouvoir réussir, comme tu l'as fait, une aussi belle moisson. Bien que j'aie lieu d'être satisfait de mon existence ici — car ma mission à Mariafels me paraît devoir aboutir — je me sens pourtant parfois oppressé d'être si longtemps éloigné de la Province et du cercle de Celle-les-Bois, auquel j'appartiens. Ici, j'apprends beaucoup, énormément, cependant cela ne m'apporte pas un surcroît de sûreté ni de vertu technique, mais un surcroît d'incertitude. Un élargissement aussi de mon horizon, c'est vrai. Certes, je suis moins tourmenté maintenant par ce manque de savoir-faire, ce dépaysement, ce défaut d'assurance, de gaîté et de confiance en moi, par tous ces autres maux que j'ai souvent ressentis ici, surtout pendant les deux premières années. Tegularius est venu ici dernièrement, seulement pour trois jours, mais, malgré son désir de me revoir et la curiosité qu'il éprouvait pour Mariafels, le deuxième jour il ne pouvait déjà presque plus résister, tant il se sentait oppressé et dépaysé. Or, un monastère est, en fin de compte, plutôt un monde protégé, paisible et où l'on aime l'esprit, c'est loin d'être une maison de correction, une caserne ou une usine; je tire donc de mon expérience la conclusion que nous autres, indigènes de notre chère Province, nous sommes infiniment plus gâtés et plus sensibles que nous ne le pensons nous-mêmes. »

A l'époque précisément dont cette lettre porte la date, Valet amena le père Jacobus à écrire un bref message à la direction de l'Ordre castalien pour lui donner son assentiment au sujet de la question diplomatique que l'on sait. Mais il y joignit une prière : il demandait qu'on autorisât à rester encore quelque temps au monastère « le Joueur de Perles de Verre qui s'est acquis céans la sympathie de tous » et qui lui faisait la grâce de lui donner des leçons particulières de *rebus cataliensibus*. On se fit bien entendu un honneur d'exaucer ce vœu. Quant à Valet, qui avait cru justement être encore bien loin de cette « moisson » de ses efforts, il reçut une lettre signée de la direction de l'Ordre et de M. Dubois, le félicitant de l'exécution de sa mission. Ce qui lui parut le plus important et lui fit le plus plaisir dans ce message des hautes autorités (il l'annonça presque triomphalement à Fritz dans un billet), ce fut une courte phrase disant que l'Ordre, informé par le Maître du Jeu des Perles de Verre de son désir de revenir au Vicus Lusorum, était tout disposé à donner suite à ce désir, après expiration de la mission en cours. Il lut également ce passage au père Jacobus et lui avoua combien il s'en réjouissait. Il lui confessa aussi à quel point il avait craint de rester exilé de Castalie à titre peut-être permanent et d'être envoyé à Rome. Le père déclara en riant : « Oui, les Ordres ont cette particularité, cher ami, qu'on préfère vivre en leur sein plutôt qu'à leur périphérie et à plus forte raison en exil. Vous pourrez en toute tranquillité oublier le peu de politique dans le voisinage impur de laquelle vous avez pénétré ici, car vous n'êtes pas un politicien. Mais n'allez pas devenir infidèle à l'histoire, même si elle devait peut-être rester pour vous une discipline accessoire et un passe-temps d'amateur. Car vous auriez l'étoffe pour faire un historien. Et à présent, nous allons encore profiter l'un de l'autre, tous les deux, aussi longtemps que je vous aurai. »

Il semble que Valet n'ait guère fait usage de l'autorisation de venir plus souvent à Celle-les-Bois. Mais il suivit à la radio une série de travaux pratiques et beaucoup de conférences et de Jeux. Et c'est ainsi que, de loin, assis dans sa belle chambre d'invité, il prit part, au monastère, à cette « cérémonie solennelle » au cours de laquelle, dans la salle des fêtes du Vicus Lusorum, les résultats du concours furent proclamés. Il avait présenté un travail qui n'avait rien de très personnel et encore moins de révolutionnaire, mais qui était parfaitement au point et d'une extrême élégance. Il en savait la valeur et il s'attendait à une mention élogieuse ou encore à un troisième ou à un second prix. A son grand étonnement, il s'entendit attribuer le premier prix et, avant même que la surprise eût vraiment pu céder le pas à la joie, le speaker de la maîtrise des Jeux, poursuivant sa lecture de sa belle voix grave, nomma le lauréat du deuxième prix : c'était Tegularius. Quel événement émouvant et merveilleux que de sortir ainsi, tous les deux, de ce concours, la main dans la main, avec la palme des vainqueurs! Il se leva d'un bond, sans écouter la suite, descendit l'escalier quatre à quatre et traversa en courant les salles sonores pour sortir au grand air. Dans une lettre qu'il écrivit ces jours-là à l'ancien Maître de la Musique, nous lisons : « Je suis très heureux, vénérable ami, comme tu peux l'imaginer. D'abord j'ai rempli ma mission, et la direction de l'Ordre m'a adressé ses flatteuses félicitations en me donnant l'espoir, si important pour moi, que je serais bientôt rendu à notre patrie, à mes amis, au Jeu des Perles de Verre, au lieu d'être encore utilisé dans les services diplomatiques. Ensuite, ce premier prix pour un Jeu dont j'avais, il est vrai, soigné la forme, mais qui, pour de bonnes raisons, n'épuise pas tout ce que je pourrais donner. Et, par-dessus le marché, la joie de partager ce succès avec mon ami. En vérité, c'était beaucoup à la fois. Je suis heureux, mais je ne saurais dire que je suis joyeux. Tout au fond de mon cœur, je trouve ces satisfactions qui surviennent dans un délai minime, du moins, à mon sens, un peu trop soudaines et trop grandes ; à ma gratitude se mêle une certaine angoisse, comme s'il devait suffire d'une goutte de plus dans cette coupe remplie à ras bords pour tout remettre en question. Mais considère, je t'en prie, que je n'ai rien dit, chaque mot sur ce point est de trop. »

Nous verrons que la coupe remplie à ras bords était destinée à recueillir bientôt plus encore qu'une simple goutte. Mais durant la courte période qui précéda ces événements, Joseph Valet vécut tout à son bonheur et à l'angoisse qui s'y mêlait, avec un élan et une intensité tels qu'on eût dit qu'il avait pressenti le grand changement imminent. Ces quelques mois furent aussi pour le père Jacobus une période de bonheur vite envolée. Cela lui faisait de la peine de devoir bientôt perdre cet élève, ce collègue, et il essaya, dans leurs heures de travail proprement dites et plus encore dans leurs conversations à bâtons rompus, de lui confier et de lui léguer vraiment le plus possible des aperçus que son existence laborieuse et spéculative lui avait fournis sur les grandeurs et les abîmes de la vie des hommes et des peuples. Parfois, il parlait aussi avec lui de la signification et des conséquences de la mission de Valet, de la possibilité et du prix d'un lien amical et d'une entente politique entre Rome et Castalie, et il lui recommandait d'étudier cette époque dont la fondation de l'Ordre castalien comme le relèvement progressif de Rome, après des temps d'épreuves humiliantes, avaient été les fruits. Il lui recommanda également deux ouvrages sur la Réforme et le schisme du xvie siècle, mais il l'exhorta cependant à préférer toujours, par principe, l'étude directe des sources et à se borner chaque fois à des secteurs partiels formant un tout pour l'esprit, plutôt que de lire des tours du monde de l'histoire universelle. Il ne fit pas mystère de la profonde défiance que lui inspiraient toutes les philosophies de l'histoire.

MAGISTER LUDI

Valet avait décidé de remettre son retour définitif à Celle-les-Bois au printemps, date du grand Jeu public des Perles de Verre, du *ludus anniversarius* ou *sollemnis*. Certes, le point culminant de l'histoire mémorable de ces Jeux, l'époque où ils duraient des semaines et où des dignitaires et des représentants du monde entier venaient y assister, était déjà du passé et appartenait pour toujours à l'histoire. Mais ces réunions de printemps, avec leurs Jeux solennels qui se prolongeaient généralement de dix à quinze jours, demeuraient encore néanmoins le grand événement et la grande fête de l'année pour Castalie tout entière. C'était une cérémonie qui ne manquait pas non plus d'une haute signification religieuse et morale, car elle réunissait dans un esprit d'harmonie symbolique les représentants de toutes les opinions et de toutes les tendances de la Province, qui ne concordaient pas toujours parfaitement; elle concluait la paix entre les égoïsmes des différentes disciplines et réveillait le souvenir de l'union qui dominait leur multiplicité. Pour les croyants, elle possédait la vertu sacramentelle d'une consécration authentique; pour les incroyants, elle constituait tout au moins un succédané de religion, et pour tous elle était un bain aux sources pures du beau. C'était ainsi que jadis les Passions de Jean-Sébastien Bach — moins au temps de leur création qu'au siècle qui suivit leur redécouverte — avaient été, pour leurs exécutants et leurs auditeurs, en partie un acte profondément religieux et une consécration, en partie un élément de ferveur et un succédané de religion, et, pour tous, des manifestations solennelles d'art et du *creator spiritus*.

Valet n'avait pas eu de peine à obtenir l'agrément, tant des religieux que des autorités de son pays, à la décision qu'il avait prise. Il n'arrivait pas encore à se représenter très bien quelle serait sa position, quand il serait rentré dans le rang de la petite république du Vicus Lusorum, mais il supposait qu'on ne l'y laisserait pas longtemps et qu'on ne tarderait pas à le charger et à l'honorer d'une fonction ou d'une mission quelconque. Pour l'instant, il se réjouissait de revenir, de revoir ses amis, d'assister aux fêtes qui se préparaient, il savourait les dernières journées de son tête-à-tête avec le père Jacobus, et il accepta avec dignité et bonne humeur les nombreuses manifestations d'adieu par lesquelles le prieur et le chapitre voulurent lui témoigner encore leur bienveillance. Puis il partit, quittant, non sans mélancolie, ces lieux qui lui étaient devenus chers et cette période de sa vie qui entrait dans le passé. Mais il avait été mis d'avance dans l'ambiance des cérémonies par la série d'exercices de contemplation préparatoires aux Jeux solennels. Il s'y était astreint, bien que sans guide et sans camarades, en suivant les instructions strictement à la lettre. Il n'avait pas réussi à persuader le père Jacobus de venir avec lui et d'accepter l'invitation solennelle aux grands Jeux que le Magister Ludi lui avait adressée depuis longtemps, mais cela n'influait nullement sur son humeur; il comprenait l'attitude de réserve du vieil anti-Castalien et il se sentait ainsi, pour un instant, libre lui-même de toute obligation et de toute contrainte, prêt à se donner tout entier aux festivités qui l'attendaient.

Les cérémonies sont choses curieuses. Une vraie fête ne peut pas, ne peut jamais être complètement manquée, à moins d'une intervention funeste des puissances supérieures. Pour un esprit pieux, une procession garde, même sous la pluie, son caractère consacré, et un festin brûlé ne réussit pas davantage à refroidir son ardeur. De même, pour les Joueurs de Perles de Verre, chaque Jeu annuel est une fête et a quelque chose de sacré. Il y a, nous le savons tous, des cérémonies et des Jeux où tout et tous s'accordent

et s'exaltent mutuellement, se donnent de l'élan et des
ailes, de même qu'il y a des représentations théâtrales et
musicales qui, sans cause bien apparente, comme par miracle,
prennent la valeur d'événements culminants et d'émotions
profondes, tandis que d'autres, qui n'ont pas été plus mal
préparées, demeurent des réalisations tout juste honnêtes.
S'il fallait chercher ce qui provoque la naissance de ces
grandes émotions dans l'état d'âme de ceux qui les éprouvent,
Joseph Valet eût été préparé d'une manière idéale : libre
de tout souci, rentrant au pays chargé d'honneurs, il se
préparait, dans la joie de l'attente, à ce qui allait se passer.

Mais, cette fois, il ne fut pas donné au *ludus sollemnis*
d'être effleuré de ce souffle miraculeux et d'atteindre à un
degré exceptionnel de consécration et de rayonnement. Ce
fut même un Jeu sans joie, nettement dépourvu de chance,
un Jeu presque manqué. Beaucoup des assistants purent,
malgré tout, y éprouver un sentiment d'édification et d'élévation; par contre, comme toujours en pareil cas, les véritables auteurs, les organisateurs et les responsables sentirent d'autant plus inexorablement cette atmosphère
d'inertie, de manque de grâce et d'échec, de réticence et de
malchance qui menaçait le ciel de cette fête.

Valet, quoiqu'il s'en aperçût naturellement aussi et que
son attente exaltée en fût un peu déçue, ne fut nullement de
ceux qui sentirent le plus distinctement ce mauvais sort. Ne
participant pas à ce Jeu et dégagé de toute responsabilité,
il put au cours de ces journées, bien que cet acte fût privé
de sa fleur et de sa grâce, suivre pieusement en spectateur
cette partie dont il savait apprécier la structure ingénieuse;
il put laisser s'envoler ses méditations sans obstacle et s'épanouir en lui, dans un élan de gratitude, cette sensation de
solennité et de sacrifice, d'union mystique de la communauté aux pieds du divin, que tous les auditeurs de ces Jeux
connaissent bien, et que peut procurer même la célébration
d'une fête qui passe pour « manquée » dans le cercle restreint des vrais initiés. Cependant, il ne resta pas insensible
à la mauvaise étoile qui planait sur cette cérémonie. Certes,
le Jeu en lui-même, son plan et sa structure étaient parfaits, comme tous les Jeux de Maître Thomas, c'était même
l'un des plus parlants, des plus simples et des plus directs
qu'il eût faits. Mais son exécution était placée sous une

très mauvaise étoile, et le souvenir ne s'en est pas encore
effacé dans l'histoire de Castalie.

Quand Valet arriva, une semaine avant le commencement
du grand Jeu, et qu'il eut fait connaître son retour au village des Joueurs, il ne fut pas reçu par le Maître du Jeu
des Perles de Verre, mais par son adjoint, Bertrand, qui
lui souhaita courtoisement la bienvenue, mais l'informa un
peu sèchement et d'un air distrait que le vénérable Magister
était tombé malade peu de jours auparavant et qu'il n'était
pas suffisamment informé lui-même de la mission de Valet
pour recevoir son compte rendu; il le pria donc de se
rendre à Terramil à la direction de l'Ordre, d'y annoncer
son retour et d'attendre des ordres. Lorsque Valet, en prenant congé de lui, trahit sans le vouloir, par son intonation
ou par un geste, l'étonnement que lui causaient la froideur
et le laconisme de cet accueil, Bertrand s'en excusa : son
collègue devait lui pardonner, s'il l'avait déçu; il le priait
de comprendre la singularité de sa situation : le Magister
était tombé malade, le grand Jeu annuel allait commencer
et on ne savait pas encore si le Maître pourrait en assumer
la direction ou si c'était lui, son adjoint, qui devrait s'en
charger à sa place. La maladie du vénérable Maître n'aurait
pu survenir à un moment plus défavorable et plus délicat;
certes, il était là, comme à tout instant, prêt à régler les
affaires courantes à la place du Magister, mais se préparer
par surcroît au grand Jeu dans un délai aussi court et
en assumer la direction, il craignait que ce fût au-dessus
de ses forces.

Valet déplora la situation de cet homme, dont l'abattement était visible et qui avait quelque peine à retrouver
son assiette, mais il ne déplora pas moins que la responsabilité de la fête risquât de reposer maintenant entre ses
mains. Il avait été trop longtemps absent de Celle-les-Bois
pour savoir à quel point les soucis de Bertrand étaient
fondés; en effet celui-ci avait perdu depuis quelque temps
la confiance de l'élite, de ceux qu'on appelait les répétiteurs,
or c'est la pire chose qui puisse jamais arriver à un adjoint
et il se trouvait effectivement dans une passe fort difficile.
Valet songea avec préoccupation au Maître du Jeu des Perles
de Verre, ce champion de la forme classique et de l'ironie,
Magister parfait et parfait homme du monde. Il s'était réjoui à

l'idée d'être reçu, entendu, réintroduit par lui dans la petite communauté des Joueurs, placé peut-être à un poste de confiance. Voir le Jeu solennel célébré par Maître Thomas, continuer à travailler sous ses yeux et quêter son approbation, voilà ce qu'il avait désiré. C'était pour lui une douleur et une déception que de le savoir retranché derrière sa maladie et de se voir renvoyer à d'autres instances. A vrai dire, il trouva une compensation dans la bienveillance pleine de considération, dans le ton de camaraderie même avec lesquels le secrétaire de l'Ordre et M. Dubois l'accueillirent et l'écoutèrent. Dès cette première entrevue, il put aussi constater que, dans l'immédiat, on n'avait pas l'intention de l'utiliser davantage dans l'affaire de Rome et qu'on respectait son désir de revenir au Jeu pour longtemps. Pour l'instant, on l'invitait cordialement à loger dans la maison des hôtes du Vicus Lusorum, à faire d'abord un bref tour d'horizon et à assister au Jeu annuel. Avec son ami Tegularius, il consacra les journées qui précédèrent celui-ci aux exercices de jeûne et de recueillement, et il participe dans un esprit de piété et de gratitude à ce Jeu singulier qui a laissé à tant de gens un souvenir peu plaisant.

La situation des adjoints des Magisters, qu'on appelle aussi leurs « ombres », en particulier de ceux des Maîtres de la Musique et du Jeu, est de nature extrêmement spéciale. Chacun des Magisters a unadjoint, qui n'est pas désigné par exemple par l'administration, mais qu'ils choisissent eux-mêmes parmi une sélection de leurs aspirants. C'est le Magister qui est entièrement responsable des actes et de la signature de l'adjoint qui le remplace. Pour un candidat, c'est par conséquent une éminente distinction et la marque de la plus grande confiance que d'être nommé adjoint par son Magister. Il est considéré de ce fait comme le collaborateur intime et la main droite de ce tout-puissant personnage. Chaque fois que celui-ci est empêché et qu'il le délègue, il remplit à sa place les obligations de sa charge — pas toutes, il est vrai — : au scrutin du Directoire suprême par exemple, il a seulement le droit de se présenter au nom de son Maître pour dire oui ou non, il ne peut jamais prononcer de discours ni présenter de propositions, et il existe encore d'autres règles de prudence de ce genre. Si cette nomination au rang d'adjoint donne à celui-ci une situation très élevée et parfois

fort exposée, elle constitue néanmoins en même temps une
sorte de forclusion; elle fait en quelque sorte de lui, à l'intérieur de la hiérarchie administrative, un cas exceptionnel et
isolé et, tout en lui conférant fréquemment les fonctions les
plus importantes, en lui réservant de grands honneurs, elle
le prive cependant de certains droits et de possibilités dont
jouissent tous les autres concurrents. Il y a en particulier
deux points, où la situation d'exception qui lui est faite
apparaît nettement : l'adjoint n'est pas responsable de ses
actes administratifs et il ne peut gravir de nouveaux échelons dans la hiérarchie. A vrai dire, ce n'est pas une loi
écrite, mais elle peut se lire dans l'histoire de Castalie.
Quand un Magister meurt ou se démet de sa charge, ce
n'est jamais son « ombre », qui cependant l'a souvent représenté et dont toute l'activité semble la destiner à lui succéder, qui vient occuper son poste. On dirait que l'usage tient
à souligner ici avec soin le caractère infranchissable d'une
frontière et d'une barrière en apparence élastique et mouvante : celle qui sépare le Magister de son adjoint est
comme le symbole de la distinction entre la fonction et
la personne. Par suite, quand un Castalien accepte le poste
de haute confiance qu'est celui d'adjoint, il renonce à la
perspective de devenir jamais Magister lui-même, de s'identifier vraiment un jour avec la tenue et les insignes qu'il
revêt souvent à titre représentatif, et, en même temps, il
contracte le droit singulièrement équivoque de ne pas porter
le poids des erreurs qu'il pourra commettre dans l'exercice
de ses fonctions, mais de les mettre au compte de son Magister, seul responsable de lui. Et il est déjà arrivé effectivement qu'un Magister ait été la victime de l'adjoint qu'il
avait choisi et qu'il ait dû démissionner de son poste à
cause d'une faute assez grossière que l'autre avait commise.
L'expression qui servait à Celle-les-Bois à désigner l'adjoint
du Maître du Jeu des Perles rend admirablement compte
de sa position spéciale, des liens qui l'unissent au Magister,
de la quasi-identité qu'il a avec lui et en même temps du
faux-semblant et de l'inconsistance de son existence administrative. On l'appelle une « ombre ».

Or, Maître Thomas de la Trave avait depuis toujours fait
confiance à une « ombre » du nom de Bertrand, qui semble
avoir manqué moins de qualités ou de bonne volonté que

de chance. C'était un Joueur de Perles de Verre excellent, cela va de soi; c'était aussi un professeur, dont le moins qu'on puisse dire est qu'il ne manquait pas d'habileté, et un fonctionnaire consciencieux, entièrement dévoué à son Maître. Néanmoins, au cours des dernières années, il était devenu plutôt impopulaire auprès des fonctionnaires; il avait contre lui la plus jeune des générations montantes de l'élite et, comme il ne possédait pas la franchise naturelle et chevaleresque de son Maître, cela nuisait à la sûreté et au calme de son maintien. Le Magister le soutenait, mais depuis des années, il l'avait soustrait le plus possible au rude contact de cette élite, il l'avait fait paraître de plus en plus rarement en public et utilisé de préférence dans les chancelleries et aux archives. Cet homme sans reproche mais impopulaire, du moins à cette époque, et que la chance ne favorisait visiblement pas, se voyait soudain placé par la maladie de son Maître à la tête du Vicus Lusorum et, au cas où il devrait réellement diriger le Jeu annuel, au poste le plus en vue de la Province, pour la durée des fêtes. Il n'eût été à la hauteur de cette grande tâche que si la majorité des Joueurs de Perles de Verre ou du moins le groupe des aspirants l'avait soutenu de sa confiance, ce qui n'était malheureusement pas le cas. Et ce fut ainsi que, cette fois, le *ludus sollemnis* devint pour Celle-les-Bois une lourde épreuve et presque une catastrophe.

On fit connaître seulement à la veille des jeux que le Magister, gravement malade, était dans l'impossibilité d'en assumer la direction. Nous ignorons si le retard apporté à cette communication fut dicté par la volonté du Magister souffrant, qui espéra peut-être jusqu'au dernier moment pouvoir se ressaisir et présider quand même au Jeu. Il est plus probable qu'il était déjà trop malade pour avoir de pareilles idées et que son « ombre » commit la faute de laisser jusqu'à l'avant-dernière heure Castalie dans l'incertitude de ce qui se passait à Celle-les-Bois. On pourrait encore discuter, évidemment, pour savoir si cette hésitation fut réellement une faute. Il le fit certainement dans une bonne intention, afin de ne pas discréditer la fête d'avance et de ne pas enlever aux admirateurs de Maître Thomas l'envie de venir. Et si tout s'était bien passé, si la confiance avait régné entre la communauté des Joueurs de Celle-les-Bois et Ber-

trand, on peut fort bien imaginer que l' « ombre » aurait
vraiment rempli son rôle de remplaçant, et que l'absence
du Magister serait presque passée inaperçue. Il est oiseux
d'échafauder d'autres hypothèses à ce sujet; nous avons
seulement cru devoir indiquer qu'il n'était pas absolument
certain que ce Bertrand fût un incapable, ou un individu
indigne, comme l'opinion publique de Celle-les-Bois le croyait
alors. Il fut beaucoup plus victime que coupable.

Comme chaque année, les assistants affluaient alors au
grand Jeu. Beaucoup y venaient, sans se douter de rien,
d'autres étaient préoccupés par la santé du Magister Ludi
et pressentaient avec chagrin ce que serait le déroulement
de la fête. Celle-les-Bois et les localités voisines s'emplirent
de monde; la direction de l'Ordre et l'administration de l'enseignement se trouvaient là presque au complet. Même des
parties les plus reculées du pays, même de l'étranger, il
venait des voyageurs, l'humeur en fête, et les maisons des
hôtes en regorgeaient. Comme toujours, les cérémonies commencèrent le soir de la veille du Jeu, par la séance de méditation : au signal donné par les cloches, toute l'enceinte de
la fête, remplie de monde, fut plongée dans un profond et
fervent silence. Le lendemain matin, il y eut la première des
représentations musicales et la première phase du Jeu fut
annoncée, ainsi que la méditation sur les deux thèmes musicaux qu'elle contenait. Bertrand, dans la tenue d'apparat du Maître du Jeu des Perles donnait une impression
de mesure et de maîtrise de soi, mais il était très pâle et,
par la suite, il parut de jour en jour plus surmené, plus
souffrant et plus résigné. Dans les derniers jours, il ressemblait vraiment à une ombre. Dès la deuxième journée, le
bruit se répandit que l'état de Maître Thomas avait empiré
et que sa vie était en danger; le soir, on entendit, çà et là
et de toutes parts chez les plus initiés, colporter les premiers éléments de la légende qui se constitua peu à peu
autour du Maître malade et de son « ombre ». Cette légende,
qui avait son origine dans le milieu le plus fermé du Vicus
Lusorum, celui des aspirants, prétendait que le Maître aurait
voulu remplir les fonctions de meneur de Jeu, et qu'il aurait
été en mesure de le faire, mais qu'il avait consenti à l'ambition de son « ombre » l'abandon de cette tâche solennelle.
Comme Bertrand ne paraissait pas tout à fait à la hauteur

de ce rôle éminent et que le Jeu menaçait d'être une déception, le malade, se sachant responsable de son Jeu, de son « ombre » et de la défaillance de celle-ci, aurait pris sur lui d'expier sa faute à sa place : c'était là, disait-on, et non ailleurs, qu'il fallait chercher la cause de la rapide aggravation de son mal et de la montée de sa fièvre. Ce ne fut naturellement pas l'unique version de cette légende, mais c'était celle de l'élite, et elle montrait nettement que les ambitieuses générations montantes estimaient la situation tragique et étaient résolues à n'entériner aucune dérobade, aucun essai d'atténuer ou de déguiser ce drame. La vénération du Maître le cédait à l'antipathie pour son « ombre ». On souhaitait à celui-ci d'échouer et de tomber, dût le Maître en pâtir avec lui. Le lendemain, on pouvait entendre raconter que le Magister, de son lit de malade, avait conjuré son adjoint et deux seniors de l'élite de sauver la paix et de ne pas compromettre la fête; un autre jour, on affirmait qu'il avait dicté ses dernières volontés et désigné nommément au Directoire l'homme qu'il désirait pour successeur; des noms furent même prononcés. Ces bruits, et d'autres encore, circulaient en même temps que les nouvelles d'une aggravation constante de l'état du Magister. Dans la salle des fêtes, aussi bien que dans les maisons des hôtes, il y avait de jour en jour moins d'ambiance, encore que personne ne se laissât impressionner au point de renoncer à la suite de la représentation et de repartir. Toute la cérémonie était sous le coup d'une lourde et sinistre oppression. Extérieurement, tout se déroula correctement, mais il ne restait guère de traces de la joie et de l'exaltation pour lesquelles cette fête était connue et qu'on attendait d'elle. Lorsque, l'avant-veille de la fin du Jeu son auteur, Maître Thomas, ferma les yeux pour toujours, les efforts du Directoire ne réussirent pas à empêcher que cette nouvelle se répandît et, chose singulière, beaucoup d'assistants éprouvèrent un soulagement à voir le problème ainsi tranché. Les Joueurs novices et en particulier l'élite, bien qu'il leur fût interdit de prendre le deuil avant la fin du *ludus sollemnis* et d'apporter la moindre interruption à l'emploi du temps rigoureusement prescrit de ces journées, dans lequel alternaient les représentations et les exercices de recueillement, abordèrent cependant unanimement le dernier acte et le dernier jour de la fête dans la même attitude et le même état d'esprit que si c'eût été une cérémonie de deuil en l'honneur du défunt vénéré et, autour de Bertrand, qui continuait à remplir sa charge, surmené, sans sommeil, blême et les yeux mi-clos, ils créèrent une atmosphère glaciale de quarantaine.

Grâce aux contacts étroits avec l'élite qu'il avait encore par l'intermédiaire de Tegularius et en sa qualité de Joueur chevronné, Joseph Valet était très réceptif à tous ces mouvements et à tous ces états d'esprit, mais il se ferma à leur influence. A partir du quatrième ou du cinquième jour, il interdit même à son ami Fritz de l'importuner par des nouvelles du Maître. Il sentait et comprenait certes fort bien quelle ombre tragique planait sur cette fête, il songeait au Maître avec une préoccupation et une tristesse profondes, il pensait à son adjoint Bertrand, qui semblait condamné à partager sa mort, avec une appréhension et une pitié croissantes, mais il se défendit obstinément et âprement contre toute nouvelle véridique ou apocryphe propre à l'influencer, il pratiqua la concentration la plus rigoureuse, suivit docilement les exercices et les méandres de ce Jeu bien construit et, en dépit de toutes les discordes et de tous les nuages, cette fête lui procura une exaltation grave. On épargna à l' « ombre », Bertrand, l'obligation de recevoir encore à la fin, en qualité de Vice-Magister et selon l'usage, les félicitations de l'assistance et la visite des autorités. La journée de réjouissances traditionnelles des étudiants du Jeu des Perles fut, cette fois, supprimée. Aussitôt après le final musical de la fête, l'administration rendit publique la mort du Magister, et, au Vicus Lusorum, commencèrent les journées de deuil, auxquelles Joseph, qui logeait à la maison des hôtes, s'associa également. Les funérailles de cet homme de mérite, qui jouit encore aujourd'hui d'un grand prestige, eurent lieu avec la simplicité en usage à Castalie. Bertrand, son « ombre », qui avait rassemblé ses dernières forces pour remplir jusqu'au bout son difficile rôle pendant la fête, comprit la situation. Il demanda un congé et s'en fut à pied dans les montagnes.

Le village des Joueurs, tout Celle-les-Bois même étaient en deuil. Peut-être personne n'avait-il eu avec le Magister défunt des relations étroites et vraiment amicales, mais la supériorité, la pureté et la distinction de son caractère, jointes à son intelligence, à un sens délicat et raffiné des formes en avaient fait un dirigeant et un personnage représentatif, tel que Castalie, qui est au fond de goûts très démocratiques, en a rarement vu naître. On avait été fier de lui. Sa personne, étrangère aux passions, à l'amour et à l'amitié, avait été un objet d'autant plus indiqué pour le besoin de vénération des générations montantes, et la dignité, la grâce princière, qui lui avaient valu par ailleurs le surnom presque tendre d' « Excellence », lui avaient assuré au cours des années, en dépit de dures résistances, jusqu'au conseil supérieur, aux réunions et aux séances de travail de l'administration de l'enseignement, une position un peu à part. On discuta naturellement avec ardeur du problème de son remplacement dans ses hautes fonctions, mais nulle part autant que parmi l'élite des Joueurs de Perles de Verre. Après la démission et le départ en voyage de l' « ombre », dont ce cercle avait voulu et obtenu la chute, les fonctions de la maîtrise furent dévolues, par un vote de l'élite elle-même, à trois suppléants provisoires. Il ne s'agissait là, bien entendu, que des fonctions internes du Vicus Lusorum et non des fonctions administratives au sein du conseil de l'enseignement. Conformément à la tradition, celui-ci ne devait pas laisser ce poste vacant plus de trois semaines. Dans les cas où un Magister sur le point de mourir ou de démissionner avait laissé un successeur qui ne souffrait ni discussion ni concurrence, le poste avait même été affecté immédiatement à la suite d'une seule séance plénière du Directoire. Cette fois, il était probable que cela durerait plus longtemps.

Pendant ces journées de deuil, il arriva à Joseph Valet de parler avec son ami du Jeu qui venait de se terminer et des événements qui en avaient si singulièrement assombri le cours.

— Cet adjoint, Bertrand, dit Valet, a non seulement assez bien rempli son rôle jusqu'au bout, c'est-à-dire qu'il a essayé jusqu'à la fin de jouer au vrai Magister, mais, à mon avis, il a fait bien davantage : il s'est sacrifié à ce *ludus sollemnis* qui devait être le dernier acte, et le plus solennel, de sa charge. Vous avez été durs, cruels même envers lui, vous auriez pu sauver la fête et sauver Bertrand. Vous ne l'avez pas fait. Je ne me permets pas de juger, vous aurez eu vos raisons. Mais maintenant que ce pauvre Bertrand a démis-

sionné et que vous avez fait prévaloir votre volonté, vous
devriez être magnanimes. Vous devriez, quand il se mon-
trera de nouveau, lui tendre la main et prouver que vous
avez compris son sacrifice.

Tegularius secoua la tête. « Nous l'avons compris, dit-il,
et nous l'avons accepté. Tu as eu la chance d'assister cette
fois au Jeu en invité impartial, c'est pour cela que tu n'as
sans doute pas suivi les événements d'aussi près. Non,
Joseph, nous n'aurons plus l'occasion de traduire en actes
une compassion quelconque pour Bertrand. Il sait que son
sacrifice était nécessaire et il n'essaiera pas de revenir sur
ce qui est fait. »

Alors seulement Valet comprit tout ce qu'il voulait dire
et il se tut, plein de tristesse. Il se rendait compte qu'en
effet il n'avait pas vécu ces journées de Jeu en vrai Cellois
et en camarade, mais en réalité plutôt comme un invité, et
il réalisa pour la première fois ce qu'était le sacrifice de
Bertrand. Jusqu'alors celui-ci lui avait paru un ambitieux,
qui avait succombé à une tâche au-dessus de ses forces,
qui devait renoncer aux objectifs ultérieurs de son ambition
et chercher à oublier qu'il avait été une fois l' « ombre »
d'un Maître et le meneur d'un Jeu annuel. Maintenant seulement, aux derniers mots de son ami, qui l'avaient brusquement réduit au silence, il avait compris que Bertrand avait
été condamné sans réserve par ses juges et qu'il ne reviendrait pas. On lui avait permis de diriger le Jeu solennel
jusqu'à la fin et on l'y avait aidé, juste assez pour qu'il
n'y eût pas de scandale, mais ce n'était pas pour Bertrand
qu'on l'avait fait, c'était pour épargner Celle-les-Bois.

Le poste d' « ombre » exigeait donc non seulement la
pleine confiance du Magister — et celle-ci n'avait pas fait
défaut à Bertrand — mais, à un égal degré, celle de l'élite,
et c'était ce que le pauvre garçon n'avait pas réussi à obtenir. S'il commettait une faute, il n'avait pas derrière lui,
comme son maître et son modèle, la hiérarchie pour le protéger. Et si ses anciens camarades ne le jugeaient pas assez
capable, il n'y avait pas de prestige qui lui vînt en aide, et
ses camarades, les aspirants, devenaient ses juges. Qu'ils
fussent impitoyables et le compte de l' « ombre » était réglé.
De fait, ce Bertrand ne revint pas de son excursion en montagne. A quelque temps de là, on raconta qu'il avait fait

une chute mortelle le long d'une paroi abrupte. On n'en dit pas davantage.

 Pendant ce temps, chaque jour, de hauts et de très hauts fonctionnaires de la Direction de l'Ordre et de l'administration de l'enseignement apparaissaient au village des joueurs, et à chaque instant des membres de l'élite, aussi bien que de l'administration, étaient convoqués individuellement pour des consultations, dont tel ou tel détail transpirait, mais seulement à l'intérieur de l'élite proprement dite. Joseph Valet, lui aussi, fut assez souvent appelé et interrogé : une fois par deux messieurs de la Direction de l'Ordre, une fois par le Maître de la Philologie, puis par M. Dubois, et de nouveau par deux Magisters. Tegularius, également convoqué pour donner quelques informations du même ordre, en fut agréablement émoustillé et se livra à des plaisanteries sur cette atmosphère de conclave, comme il l'appelait. Joseph avait déjà remarqué, pendant les jours de Jeu, qu'il restait bien peu de chose des relations étroites qu'il avait eues jadis avec l'élite et, durant cette période du conclave, il le sentit encore plus nettement. Non seulement il logeait dans la maison des hôtes comme un étranger et les hauts fonctionnaires semblaient le traiter comme l'un des leurs, mais l'élite elle-même, le groupe des aspirants, ne l'accueillait plus avec confiance, en camarade; elle lui témoignait une courtoisie moqueuse ou manifestait tout au moins une froideur expectative. Déjà, elle avait marqué un recul quand il avait reçu sa nomination pour Mariafels, et c'était normal et naturel : dès qu'on avait franchi le pas qui sépare la liberté du service, le monde des étudiants ou des aspirants de celui de la hiérarchie, on n'était plus un camarade, on était en passe de devenir un supérieur et un bonze, on n'appartenait plus à l'élite et l'on devait savoir que, jusqu'à nouvel ordre, celle-ci vous observerait d'un œil critique. Cela arrivait à quiconque était dans sa situation. Mais cela l'impressionna alors particulièrement, de voir l'élite aussi distante et aussi froide à son égard, d'abord parce que, maintenant qu'elle avait perdu son chef et qu'elle allait recevoir un nouveau Magister, elle serrait deux fois plus étroitement et plus jalousement ses rangs, ensuite parce que, dans le cas de l' « ombre » Bertrand, son inflexible résolution venait de se révéler autant de dureté.

 Un soir, Tegularius accourut, tout ému, à la maison des

hôtes, chercha Joseph, l'attira dans une chambrette vide, ferma la porte à clef et s'écria : « Joseph! Joseph! Mon Dieu, j'aurais tout de même dû m'en douter, j'aurais dû le savoir, cela crevait les yeux... Ah! je suis hors de moi et je ne sais vraiment pas si je dois me réjouir! » Et cet homme, qui connaissait très exactement toutes les sources d'informations du village des Joueurs, de rapporter avec empressement qu'il était plus que vraisemblable, qu'il était quasi certain que Joseph Valet serait élu Maître du Jeu des Perles de Verre. Le directeur des archives, en qui beaucoup avaient cru voir un successeur tout désigné de Maître Thomas, était déjà manifestement exclu depuis avant-hier des candidats de premier plan. Et, des trois membres de l'élite dont les noms venaient jusqu'alors en tête dans les consultations, aucun ne semblait épaulé par la faveur spéciale ou par la recommandation d'un Magister ou de la Direction de l'Ordre, alors que deux représentants de celle-ci et M. Dubois s'étaient faits les champions de Valet, et qu'à cela s'ajoutait un avis de poids, celui de l'ancien Maître de la Musique; plusieurs Magisters, on le savait de façon sûre, étaient allés le trouver personnellement ces jours derniers.

— Joseph, ils vont te nommer Magister! s'écria-t-il encore impétueusement.

Son ami lui posa la main sur la bouche. Au premier instant, Joseph n'avait guère été moins surpris et moins saisi que Fritz par cette supposition, elle lui avait paru absolument impossible; mais, dès que celui-ci l'informa de ce qu'on pensait au village des Joueurs de l'état et de l'évolution du « conclave », Valet commença à se rendre compte que son ami ne faisait pas fausse route. Bien plus, il sentit dans son âme comme une acceptation, il eut comme le sentiment qu'il avait su et attendu cela, que c'était normal et naturel. Il posa donc la main sur la bouche de son camarade hors de lui, lui jeta un regard froid et réprobateur, et il lui dit, soudain devenu presque distant et lointain : « Ne parle pas tant, *amice;* je ne veux pas connaître ces ragots. Va auprès de tes camarades. »

Tegularius, malgré son envie d'en dire davantage, resta muet devant ce regard. C'était un être nouveau, encore inconnu qui le fixait. Il se tut aussitôt, pâlit et sortit de la pièce. Il a raconté plus tard que le calme singulier et la froideur de Valet en cet instant lui avaient d'abord fait l'effet d'un coup, d'une offense, d'un soufflet, d'une trahison de leur vieille et confiante amitié, d'une anticipation à peine concevable sur sa prochaine position de chef suprême que Joseph soulignait lourdement. Ce ne fut qu'en s'en allant — et il partit vraiment comme un chien battu — que le sens de ce regard inoubliable lui apparut, regard lointain, royal, mais douloureux aussi, et il comprit que son ami avait accepté ce don du sort sans fierté, avec humilité. Il n'avait pu s'empêcher de penser, racontait-il, au regard pensif et à l'accent de profonde compassion qu'avait eus Joseph Valet quand il s'était enquis, peu de temps auparavant, de Bertrand et de son sacrifice. S'il avait été sur le point, comme cette « ombre », de se sacrifier et de se supprimer, le visage qu'il tourna alors vers son ami n'eût pas été plus fier et plus humble à la fois, plus sublime et plus résigné, plus solitaire et plus préparé à son destin : on eût dit un monument de tous les Magisters qu'avait eus Castalie. « Va auprès de tes camarades », lui avait-il dit. Ainsi, dès l'instant où, pour la première fois, il entendait parler de sa dignité nouvelle, cet homme insondable prenait possession de son rang et il voyait le monde de son centre nouveau, il n'était plus un camarade et ne le serait jamais plus.

Valet aurait fort bien pu deviner lui-même cette dernière et suprême nomination ou du moins en reconnaître la possibilité, peut-être la probabilité. Cependant, cette fois aussi, il fut surpris, effrayé même. Il se dit après coup qu'il aurait pu le penser et il sourit de l'empressement de Tegularius qui, s'il ne s'était pas non plus attendu à cette nomination dès le début, l'avait cependant escomptée et prédite plusieurs jours avant qu'elle fût décidée et notifiée. Rien, en effet, ne s'opposait au choix de Joseph pour cette dignité suprême, sinon peut-être sa jeunesse. La plupart de ses collègues avaient accédé à leurs hautes fonctions à l'âge d'au moins quarante-cinq ou cinquante ans, alors que Joseph en avait encore à peine quarante. Mais il n'y avait pas de loi qui interdît une nomination aussi précoce.

Quand Fritz surprit son ami en lui révélant le résultat de ses observations et de ses calculs, et c'étaient ceux d'un Joueur d'élite averti qui connaissait dans ses moindres détails l'appareil compliqué de la petite communauté de

Celle-les-Bois, Valet s'était donc aussitôt rendu compte qu'il avait raison; il avait immédiatement compris et accepté son élection et son destin, mais sa première réaction avait été de renvoyer son ami en lui disant qu' « il ne voulait pas connaître ces ragots ». A peine l'autre fut-il parti, choqué et presque blessé, que Joseph se rendit en un lieu où il pouvait méditer pour remettre ses idées en ordre. Le point de départ de ses pensées fut un souvenir dont l'image s'était imposée à lui en cet instant avec une vigueur inhabituelle. Il eut la vision d'une chambrette dépouillée où se trouvait un piano. Par la fenêtre entrait une lumière matinale fraîche et sereine et à la porte apparaissait un bel homme sympathique, d'un certain âge, aux cheveux grisonnants et au clair visage plein de bonté et de dignité. Quant à Joseph, il était lui-même un petit écolier du collège classique, qui avait attendu dans cette chambrette le Maître de la Musique, mi-anxieux, mi-ravi, et qui voyait pour la première fois ce personnage vénérable, ce Maître de la légendaire Province des écoles des élites et des Magisters, venu pour lui montrer ce qu'était la musique, et qui ensuite, pas à pas, l'avait introduit, accueilli dans sa Province, dans son empire, dans l'élite, dans l'Ordre, et dont il était devenu à présent le collègue et le confrère; le vieil homme avait déposé sa baguette magique ou son sceptre et s'était métamorphosé en un vieillard aimable et taciturne, toujours aussi plein de bonté, aussi vénérable et aussi mystérieux, dont le regard et l'exemple dominaient la vie de Joseph et qui toujours le devançait d'un âge d'homme, de quelques degrés dans la vie, le distançant d'une marge incommensurable de dignité, en même temps que de modestie, de maîtrise et de mystère, mais qui toujours, son patron et son modèle, allait doucement le contraindre à prendre sa succession, tel un astre qui, à son lever et à son coucher, entraîne ses frères derrière lui. Pendant tout le temps où Valet s'abandonna sans idée préconçue au flux des images intérieures, telles qu'elles surgissent, parentes des rêves, au stade d'une première détente, ce furent surtout deux représentations qui surgirent du courant et s'attardèrent plus longuement, deux images ou deux symboles, deux paraboles. Dans l'une, Valet, enfant, suivait par toute sorte de chemins le Maître qui marchait devant lui comme un guide et qui, chaque fois qu'il se retournait et montrait son visage, devenait plus vieux, plus calme et plus respectable, se rapprochant à vue d'œil de l'image idéale d'une sagesse et d'une dignité intemporelles, tandis que Joseph marchait dévotement et docilement sur les pas de son modèle, mais restait toujours le même petit garçon; il en éprouvait tour à tour de la honte et aussi une certaine joie, presque une espèce de satisfaction de rebelle. La deuxième image était celle-ci : la scène dans la pièce du piano, l'entrée du vieil homme qui allait vers le jeune garçon, se renouvelaient constamment, sans fin, le Maître et l'enfant se suivaient comme tirés par le fil d'un mécanisme, si bien qu'on ne pouvait bientôt plus reconnaître qui entrait et qui sortait, qui venait en tête et qui suivait, du vieux ou du jeune garçon. Tantôt il semblait que ce fût l'enfant qui témoignait à l'âge, à l'autorité et à la dignité, honneur et obéissance; tantôt c'était apparemment le vieux à qui cette figure de la jeunesse, du commencement, de l'allégresse qui courait devant lui d'un pied léger imposait le devoir de la suivre pour la servir et l'adorer. Et tandis qu'il regardait la ronde de ce rêve, non-sens gros de sens, il avait lui-même le sentiment de s'identifier tantôt avec le vieillard, tantôt avec l'enfant, d'être tantôt l'adorateur et tantôt l'adoré, tantôt le chef et tantôt le sujet docile. Et au cours de ces alternances mouvantes, il vint un instant où il fut l'un et l'autre, à la fois le maître et le petit écolier, ou plutôt il était au-dessus d'eux, il était l'organisateur, l'inventeur, le conducteur et le spectateur de cette ronde, de cette course en rond où jeunes et vieux rivalisaient sans résultat et que, d'un cœur changeant, tantôt il ralentissait, tantôt il activait jusqu'à la frénésie. Et à ce stade, une autre représentation se développa, déjà plus symbole que rêve, et cette représentation, ou plutôt cette intuition, était la suivante : ce non-sens gros de sens d'une course en rond de l'élève et du Maître, cette cour faite par la sagesse à la jeunesse, par la jeunesse à la sagesse, ce jeu ailé qui n'en finissait plus, c'était le symbole de Castalie, c'était en vérité le jeu de la vie tout court, courant sans fin, divisé en jeunes et en vieux, en jour et en nuit, en Yang et en Yin. De ce point, sa méditation, du monde des images le ramena au calme et après un long recueillement il revint à lui, réconforté et serein.

Lorsque, quelques jours plus tard, la Direction de l'Ordre

le convoqua, il s'y rendit avec assurance et il accepta avec
une gravité sereine les saluts fraternels des chefs suprêmes,
leur poignée de main accompagnée d'une esquisse d'accolade.
On l'informa de sa nomination au grade de Maître du Jeu
des Perles de Verre et on l'invita à venir le surlendemain
dans la salle des Jeux solennels pour l'investiture et la pres-
tation de serment. C'était celle où, peu auparavant, l'adjoint
du Magister défunt avait dirigé cette cérémonie oppressante,
telle une bête sacrifiée qu'on aurait chargée d'or. La journée
de liberté qui précédait l'investiture était destinée à l'étude
précise de la formule sacramentelle et du « petit code des
Magisters », ainsi qu'à des méditations rituelles, sous la
direction et la surveillance de deux fonctionnaires supérieurs : cette fois, ce fut le Chancelier de l'Ordre et le
Magister Mathematices. Pendant la pause qui coupa à midi
cette journée très fatigante, Joseph se rappela intensément
son entrée dans l'Ordre et son initiation préalable par le
Maître de la Musique. Cette fois, à vrai dire, le rite de
l'admission ne le faisait pas entrer, comme chaque année
des centaines de jeunes hommes, par un vaste porche dans
une grande communauté, il s'agissait de pénétrer par un
chas d'aiguille dans le cercle le plus élevé et le plus étroit,
celui des Magisters. Il avoua plus tard à l'ancien Maître de
la Musique qu'en ce jour d'introspection intense une pensée
l'avait préoccupé, une petite idée parfaitement ridicule :
il s'était attendu avec crainte à ce qu'un des Maîtres lui
signifiât qu'il était anormalement jeune pour devenir titulaire de la dignité suprême. Il avait dû lutter sérieusement
contre cette peur, cette idée d'une vanité puérile et contre
l'envie de répondre, au cas où l'on ferait allusion à son
âge : « Laissez-moi donc vieillir en paix, puisque je n'ai
jamais brigué cette promotion. » Mais la suite de son introspection lui avait montré qu'inconsciemment l'idée et le désir
de sa nomination n'avaient pu lui être tellement étrangers;
il se l'était avoué, il avait reconnu et répudié la vanité de sa
pensée et, en réalité, ni ce jour ni plus tard ses collègues
ne lui rappelèrent jamais son âge.

Le choix du nouveau Maître n'en fut, il est vrai, que plus
vivement discuté et critiqué parmi ceux dont Valet avait
jusqu'alors partagé les efforts. Il n'avait pas d'adversaires
déclarés, mais des concurrents et, parmi eux, quelques-uns

d'âge plus avancé que lui. Dans ce cercle, on était d'humeur à n'accepter ce choix qu'à l'issue d'un combat où il devrait faire ses preuves, ou tout au moins d'un examen extrêmement minutieux et critique. Il n'est guère de cas où l'entrée en fonctions et la première période d'activité d'un nouveau Magister ne vaille la traversée des flammes du purgatoire.

L'investiture d'un Maître n'est pas une cérémonie publique. En dehors des plus hauts dignitaires de l'administration de l'enseignement et de la Direction de l'Ordre, les seuls assistants sont les grands élèves, les aspirants et les fonctionnaires de la discipline dont c'est le nouveau Maître. Au cours de la cérémonie dans la salle des fêtes, le Maître du Jeu des Perles de Verre devait prêter le serment de sa charge, recevoir ensuite de l'administration les insignes de sa fonction qui consistaient en quelques clefs et en plusieurs sceaux, et se laisser ensuite revêtir par le héraut de la Direction de l'Ordre de la tenue d'apparat, surplis solennel que le Magister est tenu de revêtir pour les festivités les plus importantes et surtout pour la célébration du Jeu annuel. Il manque, il est vrai, à un acte de ce genre l'ampleur et la légère ivresse des fêtes publiques; c'est, par nature, un acte rituel et plutôt austère, mais en revanche la présence au grand complet des deux administrations les plus hautes lui confère, à elle seule, une dignité peu commune. La petite république des Joueurs de Perles de Verre se voit donner un nouveau chef, qui doit la présider et la représenter au sein du Directoire. C'est un événement rare et capital. Bien que les écoliers et les jeunes étudiants n'en saisissent pas encore toute la signification et ne voient dans cette fête qu'une cérémonie et un plaisir des yeux, tous les autres participants sont conscients de son importance. Ils sont assez enracinés dans leur communauté et ils se sont suffisamment identifiés à elle pour ressentir cet événement comme s'il intéressait leur corps et leur vie mêmes. Cette fois, la gaîté de cette fête fut assombrie, non seulement par la mort et le deuil du Maître précédent, mais aussi par l'atmosphère d'angoisse de ce Jeu annuel et par la fin tragique de l'adjoint Bertrand.

La prise d'habit fut dirigée par le héraut de la Direction de l'Ordre et par l'archiviste du Jeu le plus élevé en grade. Ensemble, ils tinrent en l'air la tenue d'apparat et

la posèrent sur les épaules du nouveau Maître du Jeu des
Perles de Verre. La petite allocution solennelle fut faite par
le Magister Grammaticae, Maître de la Philologie classique
à Trias-Cité; un représentant de Celle-les-Bois, fourni par
l'élite, procéda à la remise des clefs et des sceaux, et l'on vit,
debout près des orgues, une silhouette de vieillard : l'ancien
Maître de la Musique, en personne. Il était venu pour assister à l'investiture, pour voir son protégé revêtir l'habit et
lui faire la surprise de sa présence inattendue, peut-être
aussi pour lui donner quelque conseil. Le vieillard
aurait préféré jouer cette musique de fête de ses propres
mains, mais il ne pouvait plus se permettre pareil effort, il
dut en laisser le soin à l'organiste du village des Joueurs;
cependant, debout derrière lui, il lui tournait les pages. Il
leva les yeux vers Joseph avec un sourire plein de ferveur,
il le vit recevoir la tenue d'apparat et les clefs et il l'entendit prononcer d'abord la formule du serment, puis une
allocution à ses futurs collaborateurs, aux fonctionnaires et aux écoliers. Jamais ce garçon, Joseph, ne lui
avait été si cher et ne lui avait autant fait plaisir qu'aujour-
d'hui, où il avait déjà presque cessé d'être Joseph et où il
commençait à n'être plus que le titulaire d'un habit et
d'une fonction, une pierre de la couronne, un pilier dans
l'édifice de la hiérarchie. Mais il ne put parler que peu
d'instants en tête à tête avec son petit Joseph. Il lui sourit
gaiement et se hâta de lui glisser ce conseil : « Tâche de
venir à bout des trois ou quatre premières semaines, on
exigera beaucoup de toi. Pense toujours à l'ensemble, dis-
toi toujours que maintenant une négligence de détail n'a
pas beaucoup d'importance. Il faut que tu te consacres tout
entier à l'élite, ne te mets absolument rien d'autre en tête.
On va t'envoyer deux hommes, qui devront t'aider à te
familiariser avec ta tâche. L'un d'eux, le Yogin Alexander,
a reçu mes instructions; prête l'oreille à ses conseils, il connaît
son affaire. Ce qu'il faut, c'est que tu croies dur comme fer
que les Directeurs ont bien fait de te faire venir parmi eux;
fais-leur confiance, fais confiance aux gens qu'on t'envoie
pour t'aider, aie une confiance aveugle dans ta propre force.
Quant à l'élite, accorde-lui gaiement ta méfiance, sois toujours sur tes gardes, elle n'en attend pas plus. Tu gagneras,
Joseph, je le sais. »

Le nouveau Magister connaissait déjà bien la plupart des fonctions magistrales de sa charge, ces activités lui étaient familières, il s'y était déjà consacré en qualité de servant ou d'assistant. Les plus importantes étaient les cours de Perles de Verre, depuis ceux des écoliers et des débutants, les cours de vacances, ceux des auditeurs libres, jusqu'aux exercices, aux conférences et aux travaux de séminaire pour l'élite. Tout Magister fraîchement nommé pouvait se sentir de taille à les affronter sans plus de préparation, à l'exception des dernières, alors que les fonctions nouvelles qu'il n'avait jamais eu l'occasion d'exercer devaient lui donner beaucoup plus de souci et de peine. Il en fut ainsi pour Joseph. Il aurait préféré consacrer d'abord tout son zèle justement à ces nouveaux devoirs, vraiment magistraux, participer aux séances du conseil supérieur de l'enseignement, collaborer aux travaux du conseil des Magisters et de la Direction de l'Ordre, des représentants du Jeu des Perles de Verre et du Vicus Lusorum au sein du Directoire général. Il brûlait de se familiariser avec ces nouvelles activités et de leur enlever leur menaçant aspect d'inconnu. Il aurait préféré rester d'abord quelques semaines à l'écart pour se livrer à une étude minutieuse de la constitution, des formalités, des procès-verbaux de séances, etc. Pour le renseigner et le guider dans ce domaine, il avait à sa disposition, en dehors de M. Dubois, l'homme le plus expert qui fût, il le savait, maître du protocole et des traditions magistrales : c'était le héraut de la Direction de l'Ordre, qui à vrai dire n'était pas lui-même Magister, qui n'avait donc pas le rang de Maître, mais qui assurait la bonne marche de toutes les sessions du Directoire et y faisait respecter l'ordre traditionnel, comme le grand maître des cérémonies à la cour d'un prince. Comme il aurait aimé demander des leçons à cet homme avisé, expérimenté, impénétrable sous le brillant vernis de sa courtoisie et dont les mains venaient de le revêtir solennellement de la tenue d'apparat, si seulement celui-ci avait résidé à Celle-les-Bois et non dans ce Terramil qui était bien à une demi-journée de voyage; comme il aurait aimé se réfugier quelque temps à Monteport et se faire initier à ces choses par l'ancien Maître de la Musique! Mais il n'y fallait pas songer. Un Magister n'avait pas le droit de nourrir ainsi des désirs de particulier et d'étudiant. Au

contraire, il était obligé, dans les premiers temps, de se
consacrer, avec un soin et un dévouement profonds et exclusifs, précisément aux fonctions dont il avait pensé qu'elles
ne lui coûteraient guère de peine. Au cours du Jeu solennel
de Bertrand, où il avait vu se débattre et étouffer, dans un
espace pour ainsi dire privé d'air, un Magister abandonné
par sa propre communauté, l'élite, il avait pressenti ce que
les paroles du vieillard de Monteport, le jour de son investiture, lui avaient confirmé, et maintenant chaque instant
de sa journée officielle, chaque seconde de réflexion sur sa
situation lui en montraient la justesse : c'était avant tout
à l'élite et au groupe des aspirants qu'il devait se consacrer,
au degré le plus élevé des études, aux exercices de séminaire,
à ses relations toutes personnelles avec les aspirants. Il
pouvait abandonner les archives aux archivistes, les cours
de débutants aux professeurs existants, le courrier aux secré-
taires, il ne serait pas commis beaucoup de négligences. Mais
il ne pouvait se permettre d'abandonner un seul instant
l'élite à elle-même, il devait s'y consacrer, s'imposer à elle,
se rendre indispensable, la convaincre de la valeur de ses
capacités et de la pureté de ses intentions; il fallait la
conquérir, lui faire la cour, la gagner à sa cause, se mesurer
avec chacun des candidats qui en montrait le désir, et il
n'en manquait pas. Plusieurs choses jouaient en sa faveur,
de celles qu'il avait crues peu propices auparavant, notamment sa longue absence de Celle-les-Bois et de l'élite, où à
présent il faisait presque figure d'*homo novus*. Même l'amitié
qui le liait à Tegularius se révéla utile. Car Tegularius, cet
outsider spirituel et souffreteux, était manifestement si peu
fait pour une carrière d'arriviste et paraissait avoir lui-
même si peu d'ambition que, si le nouveau Magister avait
manifesté pour lui une préférence quelconque, cela n'aurait
pu défavoriser les autres concurrents. Néanmoins, c'était
toujours Valet qui devait faire lui-même la majeure et la
meilleure part du travail, pour percer à jour cette classe
supérieure du monde du Jeu, la plus vive, la plus inquiète,
et la plus susceptible, pour en devenir maître, comme un
cavalier d'un cheval de race. En effet, dans chaque institut
castalien, non seulement dans le Jeu des Perles de Verre,
l'élite des candidats, qu'on appelle aussi les aspirants, ceux
dont la formation est achevée, mais qui continuent à étu-

dier librement sans être encore entrés dans les services de
l'administration de l'enseignement ou de l'Ordre, constitue le capital le plus précieux, la réserve proprement dite,
la fine fleur et l'avenir de Castalie, et partout, non seulement
au village des Joueurs, cette sélection orgueilleuse des générations montantes est très portée à bouder et à critiquer les
professeurs et les supérieurs nouveaux. C'est tout juste si
elle manifeste à un chef récemment promu un minimum de
courtoisie et de subordination, et il faut absolument que
celui-ci paie de sa personne pour la séduire, la gagner, la
convaincre et la vaincre, avant qu'elle reconnaisse son autorité et se soumette de bon gré à sa direction.

Valet se mit sans crainte à la tâche, mais il resta étonné
de sa difficulté. Pendant qu'il en venait à bout, qu'il gagnait
cette partie qui exigeait de lui des efforts considérables, qui
usait même ses forces, les autres tâches et obligations pour
lesquelles il avait eu tendance à se faire des soucis passèrent
d'elles-mêmes à l'arrière-plan et lui parurent exiger moins
d'attention. Il avoua à un collègue avoir assisté comme en
songe à la première séance plénière du Directoire, à laquelle
il s'était rendu par courrier spécial pour repartir de même,
quand elle fut terminée; il confessa qu'il n'avait pu après
coup lui consacrer une seule pensée, tant son travail d'alors
l'avait accaparé; et, pendant la séance proprement dite,
bien que le sujet l'intéressât et qu'il eût attendu avec un
peu d'inquiétude cette réunion, car c'était la première fois
qu'il paraissait au milieu du Directoire, il se surprit plusieurs fois, bien loin en pensée des débats et de ses collègues,
transporté à Celle-les-Bois dans la pièce des archives, crépie
de bleu, où, tous les trois jours, il faisait alors des exercices
pratiques de dialectique avec cinq participants seulement et
où chaque heure lui coûtait une tension et une dépense de
forces plus grandes que toutes ses autres fonctions de la
journée. Celles-ci n'étaient pourtant pas aisées non plus et
il n'avait aucune possibilité de s'y soustraire, car, ainsi que
l'ancien Maître de la Musique le lui avait annoncé, le Directoire lui avait adjoint pour les premiers temps un entraîneur et un contrôleur, qui devaient surveiller sa journée heure
par heure, lui conseiller l'horaire à suivre, lui épargner de se
laisser accaparer et aussi de se surmener à l'extrême. Valet
lui en était reconnaissant, il l'était plus encore au délégué

de la Direction de l'Ordre, Maître ès méditations de grand
renom; il s'appelait Alexandre. Celui-ci veillait à ce que
Valet, qui travaillait jusqu'à la plus extrême tension d'esprit, s'astreignît trois fois par jour au « petit » ou « court »
exercice et à ce que l'ordre et le minutage de chacune de
ces séances fussent méticuleusement respectés. Chaque jour,
Valet était tenu, juste avant sa méditation du soir, de faire
avec ces deux hommes, son manager et ce contemplatif
membre de l'Ordre, une récapitulation rétrospective de sa
journée officielle, de constater ses progrès et ses échecs, de
se « tâter le pouls », comme disent les professeurs de méditation, c'est-à-dire de faire le point de sa situation présente,
de reconnaître et d'apprécier son état de santé, l'équilibre
de ses forces, ses espoirs et ses soucis, d'avoir une vue objective de lui-même et de son travail du jour, de ne pas laisser
de problème à résoudre pour la nuit ou pour le lendemain.

Tandis que les aspirants assistaient à l'énorme travail de
leur Magister avec un intérêt mitigé de sympathie et d'agressivité et ne manquaient pas une occasion de lui imposer à
l'improviste de petites épreuves de force, de patience et de
présence d'esprit, s'efforçant tantôt d'aiguillonner, tantôt de
freiner son travail, un vide sinistre s'était fait autour de
Tegularius. Il comprenait assurément que Valet ne fût plus
en état de lui consacrer son attention, son temps, ses pensées et sa sympathie, mais il n'arrivait pas à s'armer d'assez
de dureté et d'indifférence contre l'oubli total dans lequel il
paraissait soudain être tombé pour son ami. Il y parvenait
d'autant moins que non seulement il lui semblait l'avoir
perdu du jour au lendemain, mais que ses camarades lui
témoignaient aussi une certaine défiance et lui parlaient à
peine. Ce n'était pas étonnant, car, si Tegularius ne pouvait
être un sérieux obstacle sur la route des ambitieux, on savait
cependant qu'il avait pris parti et qu'il était dans les petits
papiers du jeune Magister. Valet s'en doutait bien et l'une
de ses obligations immédiates était aussi de mettre pour
quelque temps cette amitié en veilleuse, ainsi que toutes ses
affaires privées et personnelles. Mais, comme il l'avoua plus
tard à son ami, il ne le fit pas sciemment, ni intentionnellement; il avait tout bonnement oublié Fritz, il s'était tellement astreint à être un instrument, que des choses aussi
privées que l'amitié s'évanouissaient dans l'impossible. Et

quand par hasard, comme par exemple dans ces exercices
de séminaire à cinq, la silhouette et la figure de Fritz surgissaient devant lui, ce n'était pas Tegularius, ce n'était
pas un ami, une relation, une personne particulière, c'était
un membre de l'élite, un étudiant, ou plutôt un candidat,
un aspirant, un matériau de son travail et de sa tâche, un
soldat de la troupe qu'il se proposait d'instruire et avec
laquelle il voulait vaincre. Fritz avait eu un frisson, la première fois que le Maître lui avait adressé la parole ainsi. Il
avait senti à son regard que cette froideur et cette objectivité
n'avaient rien de feint, qu'elles étaient sincères, effrayantes,
et que cet homme, en face de lui, qui le traitait avec cette
courtoisie pratique et cette grande vigilance d'esprit n'était
plus son ami Joseph, mais seulement un professeur et un
examinateur, seulement le Maître du Jeu des Perles de
Verre, englobé et enclos dans la gravité et l'austérité de ses
fonctions comme dans une éclatante pellicule de verre cou-
lée au feu et figée autour de lui. Du reste, au cours de ces
semaines orageuses, Tegularius fut à l'origine d'un petit
incident. Souffrant d'insomnie et ébranlé intérieurement par
ce qui lui arrivait, il se laissa aller dans une séance restreinte
de séminaire à faire une sortie déplacée, à une petite explosion de colère, non contre le Magister, mais contre un collègue, dont le ton railleur lui portait sur les nerfs. Valet le
remarqua, s'aperçut aussi de l'état de surexcitation dans
lequel se trouvait le délinquant et il ne se contenta pas
de le rappeler à l'ordre, sans mot dire, d'un signe du doigt,
mais il lui envoya ensuite son Maître de Méditation, avec
mission de remplir un peu son rôle de médecin des âmes
auprès de cet esprit difficile. Après des semaines de privations, Tegularius vit dans cette sollicitude un premier indice
du réveil de leur amitié; il la considéra en effet comme une
attention personnelle et se laissa soigner de bon gré. En
réalité, Valet avait à peine pris garde à qui il témoignait
cette sollicitude, il avait simplement agi en Magister : ayant
remarqué chez un aspirant de la nervosité et un manque de
tenue, il avait eu une réaction d'éducateur, sans se demander un seul instant qui était cet aspirant et quels rapports
il avait avec lui. Lorsque, quelques mois plus tard, son ami
lui rappela cette scène et lui dit à quel point cette marque de
bienveillance l'avait réjoui et consolé, Valet ne souffla mot; il

avait totalement oublié cette affaire et il le laissa dans l'erreur.

Finalement, le but fut atteint et la bataille gagnée; ç'avait été une lourde tâche que de venir à bout de cette élite, de la fatiguer à force d'exercices, de dompter les arrivistes, de gagner à sa cause les indécis, d'imposer les orgueilleux. Mais à présent le travail était fait, le groupe des candidats du village des Joueurs avait reconnu son Maître et lui avait fait sa soumission. Soudain, tout marcha tout seul, comme s'il n'y avait fallu qu'une goutte d'huile. Le manager établit avec Valet un dernier programme de travail, lui exprima la reconnaissance du Directoire et disparut. Le Maître de Méditation Alexandre fit de même. Le massage du matin fut de nouveau remplacé par la promenade. Pour l'instant, il ne fallait pas encore penser à une chose telle que l'étude ou la lecture. Mais le soir, avant d'aller au lit, il recommença certains jours à faire cependant un peu de musique. La première fois qu'il reparut alors au Directoire, Valet sentit nettement, sans que d'un mot on effleurât cette question, que ses collègues considéraient désormais qu'il avait fait ses preuves et qu'il était leur égal. Après l'ardeur et l'acharnement du combat qu'il avait soutenu pour s'affirmer, il se surprit, au réveil, froid et dégrisé. Il se vit au cœur de Castalie, au rang suprême de la hiérarchie, et, avec une singulière lucidité, presque avec déception, il se rendit compte que, si cet air appauvri pouvait aussi se respirer, lui qui en remplissait à présent ses poumons comme s'il n'en connaissait pas d'autre, il s'était complètement transformé. C'était le résultat de cette dure période d'épreuves qui l'avait trempé comme aucun autre service, aucun effort ne l'avaient fait jusqu'alors.

Cette fois, la reconnaissance par l'élite de son dirigeant s'exprima par un geste. Lorsque Valet sentit que les résistances avaient cessé, que le groupe des aspirants lui faisait confiance et s'entendait avec lui, quand il sut que le plus dur était fait, le moment fut venu pour lui de choisir une « ombre ». Et, effectivement, il n'eut jamais plus grand besoin de celle-ci, plus grand besoin d'être déchargé de ses tâches qu'après avoir gagné cette victoire et au moment où cette épreuve de force presque surhumaine lui laissa soudain une relative liberté; c'était à cet endroit de la route que plus d'un avait chaviré. Mais Valet renonça au droit, qui lui était accordé, de choisir parmi les candidats et il

pria le groupe des aspirants de lui procurer une « ombre »
qu'ils éliraient eux-mêmes. Encore sous l'impression de la
mort de Bertrand, l'élite prit cette offre deux fois plus au
sérieux, fit son choix après plusieurs sessions et des consultations secrètes et présenta comme adjoint au Magister un
de ses meilleurs hommes qui, jusqu'à la nomination de
Valet, avait passé pour l'un des candidats les plus en vue
à la Maîtrise du Jeu.

Certes, le plus dur était passé, de nouveau les promenades
et la musique étaient à l'ordre du jour, avec le temps il lui serait
permis de penser aussi de nouveau à la lecture, de reprendre
ses relations amicales avec Tegularius, d'échanger de temps
en temps des lettres avec Ferromonte, il aurait parfois une
demi-journée de liberté, peut-être un jour un congé pour
faire un voyage. Mais tous ces agréments, un autre en pro-
fiterait, ce ne serait pas le Joseph de naguère, qui s'était
cru un Joueur de Perles de Verre consciencieux et un Castalien passable et qui pourtant n'avait eu aucune notion de
l'ordonnance interne de Castalie; il avait vécu dans un
égoïsme ingénu, comme un enfant qui joue; il était inima-
ginable qu'il eût pu avoir une existence aussi privée, aussi
exempte de responsabilités. Un jour, l'avertissement ironique qu'il s'était attiré de Maître Thomas, quand il avait
exprimé le vœu de se consacrer encore quelque temps à
des études libres, lui revint à l'esprit : « Quelque temps?
Cela fait combien de temps? Tu parles encore le langage des
étudiants, Joseph. » Il y avait quelques années de cela; il
l'avait écouté avec admiration et un profond respect, avec
le très léger effroi aussi que lui inspiraient la perfection
impersonnelle et la discipline de cet homme, et il avait senti
que Castalie allait également porter la main sur lui, qu'elle
allait l'aspirer et faire peut-être aussi de lui un jour un
autre Thomas, un Maître, un dirigeant et un servant, un
instrument parfait. Or, il occupait à présent la place qui
avait été celle de cet homme, et quand il parlait avec l'un
de ces aspirants, l'un de ces Joueurs avisés, de ces érudits
sans fonctions frottés à toutes les sciences, avec l'un de ces
princes laborieux et hautains, son regard plongeait dans un
autre monde, étrangement beau, bizarre et révolu, tout
comme jadis Maître Thomas avait plongé les yeux dans son
bizarre univers d'étudiant.

EN FONCTIONS

Son entrée dans les fonctions de Magister paraissait certes, au premier abord, avoir été une perte plutôt qu'un gain; elle avait presque absorbé ses forces et sa vie personnelle, chassé, l'épée dans les reins, toutes ses habitudes et ses joies d'amateur, pour ne laisser dans son cœur qu'un calme froid et dans sa tête que le vertige qui suit un surmenage. Mais la période de repos, de réflexion, d'acclimatation qui suivit fut pourtant aussi une source d'observations et d'émotions nouvelles. La plus grande de celles-ci fut, après la bataille qu'il avait livrée, sa collaboration confiante et amicale avec l'élite. Dans les échanges de vues qu'il eut avec son « ombre », au cours de son travail avec Tegularius, qu'il employait à l'essai pour l'aider dans sa correspondance, en étudiant peu à peu, en contrôlant, et en complétant les bulletins et les autres notes relatives à des élèves et à des collaborateurs, que son prédécesseur lui avait laissés, il pénétra, vite épris, dans la vie de l'élite; il avait cru bien la connaître, mais ce fut seulement alors qu'il découvrit dans toute sa réalité sa nature profonde, en même temps que l'originalité du village des Joueurs et son rôle dans l'existence castalienne. Certes, il avait appartenu pendant des années à cette élite, à ce groupe des aspirants, à ce village des Joueurs de Celle-les-Bois, aussi artiste qu'ambitieux, et il s'en était senti une partie intégrante. Mais à présent, il n'en était plus simplement un élément quelconque : non seule-

ment il partageait la vie intime de cette communauté, mais
il sentait qu'il en était en somme le cerveau, la conscience
et aussi la conscience morale. Il ne se contentait pas de partager ses élans et son destin, il les dirigeait, il en portait la
responsabilité. Dans un instant d'exaltation, à la fin d'un
cours de perfectionnement pour les professeurs de Perles de
Verre du niveau élémentaire, il a exprimé cela un jour dans
ces termes : « Castalie constitue un petit État autonome, et
notre Vicus Lusorum une enclave à l'intérieur de cet État,
une république petite, mais ancienne et fière. Elle est placée
sur le même pied que ses sœurs et elle jouit des mêmes
droits, mais elle a d'elle-même une conscience plus forte et
plus haute, car la nature particulière de ses fonctions la
consacre aux Muses et lui donne une sorte de caractère sacré.
Nous avons en vérité la tâche insigne de garder le sanctuaire même de Castalie, son mystère et son symbole uniques
en leur genre, le Jeu des Perles de Verre. Castalie forme des
musiciens et des historiens de l'art éminents, des linguistes,
des mathématiciens et d'autres savants. Chaque institut de
Castalie, chaque Castalien devrait connaître seulement deux
buts et deux idéals : réaliser la plus grande perfection possible dans sa spécialité et lui conserver sa vie et son élasticité, conserver les siennes aussi, en gardant sans cesse présent à l'esprit ce qui lie cette discipline aux autres et crée
entre elles toutes une amitié profonde. Ce deuxième idéal, l'idée
de l'unité interne de tous les efforts spirituels des hommes,
l'idée de l'universalité, a trouvé son expression parfaite dans
notre Jeu illustre. Il se peut qu'à certaines époques il soit
nécessaire au physicien, au musicographe ou à tout autre
homme de science de s'en tenir rigoureusement, ascétique-
ment à sa spécialité, et qu'un renoncement à l'idée de la
culture universelle favorise sur le moment le tour de force
particulier qu'il accomplit. En tout cas, nous, Joueurs de
Perles de Verre, nous ne devons jamais approuver ni pratiquer cette limitation et ce narcissisme, car notre tâche est
précisément d'être les gardiens de l'idée de l'Universitas Litterarum, de son expression suprême, notre noble Jeu, et de les
préserver sans cesse de cette propension des différentes disciplines à se contenter d'elles-mêmes. Mais comment pouvons-
nous préserver ce qui ne souhaiterait pas l'être? Et comment
pouvons-nous obliger l'archéologue, le pédagogue, l'astrono-

me, etc. à renoncer à se cantonner dans sa science particulière et
à ouvrir sans cesse ses fenêtres sur toutes les autres disciplines?
Nous ne pouvons l'obtenir par la contrainte des règlements,
en rendant par exemple le Jeu des Perles de Verre matière
obligatoire dès l'école, et nous ne le pouvons non plus en rappelant simplement la signification que nos prédécesseurs lui ont
donnée. Le seul moyen de prouver que notre Jeu est indispensable et que nous le sommes aussi est de le maintenir constamment au sommet de toute la vie spirituelle, en nous emparant
avec vigilance de chaque nouvelle perspective, de chaque conquête, de chaque question nouvelles de la science, en puisant dans l'idée de l'unité de quoi donner à notre universalité, et à ce Jeu noble, mais dangereux aussi, une perpétuelle nouveauté, un modelé et un mouvement si gracieux,
si convaincants, si attrayants, si pleins de charme que le
plus grave des chercheurs et le plus laborieux des spécialistes
seront obligés d'entendre à chaque instant leurs injonctions, de
subir leur séduction et leur attrait. Imaginons un peu que
nous nous mettions, nous autres Joueurs, à travailler quelque
temps avec moins de zèle, que nos cours de débutants
deviennent plus ennuyeux et plus superficiels, que les érudits en la matière ne trouvent plus dans les Jeux du niveau
supérieur la pulsation de la vie, l'actualité et l'intérêt spirituels, que notre grand Jeu annuel fasse deux ou trois fois
de suite aux invités l'effet d'une cérémonie creuse, d'un
laissé pour compte du passé, inerte, démodé, suranné, c'en
serait vite fait du Jeu et de nous-mêmes! Déjà, nous n'en
sommes plus à cet éclatant sommet que le Jeu des Perles
de Verre avait atteint voilà une génération. Le Jeu annuel
durait alors non pas une semaine ou deux, mais trois, quatre,
et c'était non seulement pour Castalie, mais pour le pays
tout entier le point culminant de l'année. Aujourd'hui, il y
a encore un représentant du gouvernement qui assiste à
notre Jeu annuel, et bien souvent plutôt avec ennui. Et il
y a quelques villes, quelques classes sociales qui y envoient
encore des délégués. Quand les journées de Jeu touchent à
leur fin, ces représentants des pouvoirs séculiers se plaisent
à nous laisser courtoisement entendre à l'occasion que la
longueur de notre fête empêche bien des villes d'envoyer,
elles aussi, leurs députations, et que le moment serait peut-
être venu, soit de réduire sensiblement la durée de la céré-

monie, soit de ne la célébrer à l'avenir que tous les deux ou
trois ans. Eh bien, nous ne pouvons pas arrêter cette évolution, ou ce déclin. Il est fort possible que notre Jeu ne
trouve bientôt plus à l'extérieur, dans le siècle, qu'incom-
préhension, et que cette fête ne puisse plus être célébrée
que tous les cinq ou dix ans, ou même plus du tout. Mais
ce que nous devons et pouvons empêcher, c'est que dans
sa propre patrie, dans notre Province, le Jeu perde son crédit
et son prix. Ici, le combat que nous menons est riche d'espoir, il aboutit toujours à de nouvelles victoires. Chaque jour,
nous voyons de jeunes élèves des élites qui s'étaient inscrits
à leur cours de Perles de Verre sans trop d'entrain et qui le
suivaient gentiment, mais sans enthousiasme, nous les
voyons, soudain saisis par les esprits du Jeu, par ses possibilités intellectuelles, sa tradition vénérable, par ses forces
bouleversantes, en devenir des partisans et des militants
passionnés. Et chaque année nous pouvons voir au *ludus
sollemnis* d'illustres savants de grande classe qui, nous le
savons, regardent de haut les Joueurs de Perles tout au long
de leurs importants travaux de l'année et ne souhaitent pas
toujours le plus grand bien à notre institut, nous les
voyons, au cours du Jeu solennel, se laisser de plus en plus
libérer de leurs préjugés, se laisser gagner, détendre et exal-
ter par les charmes de notre art, qui leur rendent la jeunesse
et des ailes; et finalement, le cœur réconforté et ému, ils
prennent congé avec des paroles de gratitude presque confuse.
Considérons un instant les moyens dont nous disposons pour
remplir notre tâche : nous voyons un riche et bel appareil,
bien ordonné, dont le cœur et le centre sont les archives du
Jeu, que nous utilisons tous constamment avec reconnaissance et dont tous, du Magister et de l'archiviste au dernier
des commis, nous sommes les serviteurs. Ce qu'il y a de
meilleur et de plus vivant dans notre institut, c'est le vieux
principe castalien de la sélection des meilleurs, de l'élite.
Les écoles de Castalie recueillent les meilleurs élèves de tout
le pays et les instruisent. De même, dans le village des
Joueurs, nous cherchons à sélectionner les plus excellents
parmi ceux qui ont l'amour et le don du Jeu, à les retenir
et à leur donner une formation toujours plus parfaite. Nos
cours et nos séminaires accueillent des centaines d'élèves et
les laissent repartir, mais les meilleurs, nous ne cessons de

les perfectionner pour en faire de vrais Joueurs, des artistes
du Jeu. Et chacun de vous sait que dans notre art, comme
dans tous les autres, l'évolution ne connaît pas de terme,
que chacun de nous, dès qu'il lui est donné d'appartenir à
l'élite, travaille sa vie durant à se perfectionner, à s'affiner, à
approfondir son esprit et son savoir-faire, qu'il appartienne ou
non à notre administration. On a parfois qualifié de luxe
l'existence de notre élite et déclaré que nous ne devrions
pas former plus de Joueurs d'élite qu'il n'est nécessaire,
pour pourvoir convenablement les postes de notre administration. Mais, d'abord, l'institution du fonctionnariat n'est
pas une fin en soi, ensuite il s'en faut que chacun soit apte
à l'administration; tout bon philologue n'est pas fait non
plus pour l'enseignement. Nous autres, fonctionnaires, nous
savons et nous sentons fort bien, en tout cas, que le groupe
des aspirants n'est pas uniquement un réservoir de Joueurs
doués et expérimentés où nous puisons pour combler les
vides et d'où seront issus nos successeurs. Je dirais presque
que ce n'est là qu'une fonction accessoire de l'élite des
Joueurs, encore que nous y insistions devant les ignorants,
dès qu'on met en cause le sens et la légitimité de notre institution. Non, les aspirants ne sont pas au premier chef les
Magisters, les directeurs de cours, les archivistes de demain;
ils constituent une fin en soi, leur petite troupe est vraiment
la patrie et l'avenir du Jeu des Perles de Verre; c'est ici,
dans ces quelques douzaines de cœurs et de cerveaux, que
notre Jeu se développe, s'adapte, trouve ses élans, c'est là
qu'il a ses démêlés avec l'esprit du temps et des sciences
particulières. C'est seulement ici que notre Jeu est vraiment
pratiqué comme il convient, à sa juste valeur, avec l'enjeu
maximum, c'est seulement ici, dans notre élite, qu'il est
une fin en soi et un service sacré, qu'il est totalement
exempt de dilettantisme ou de vanité culturelle, de forf-
fanterie comme de superstition. C'est entre vos mains, aspirants de Celle-les-Bois, que repose l'avenir du Jeu. S'il est
le cœur et l'âme de Castalie, vous êtes l'âme et le noyau le
plus vivant de notre colonie, vous êtes donc vraiment le sel
de notre Province, son esprit, son inquiétude. Il n'y a pas de
danger que votre effectif soit trop élevé, votre zèle trop véhément, votre passion pour ce Jeu magnifique trop ardente :
augmentez-les, accroissez-les! Pour vous, comme pour tous

les Castaliens, il n'existe au fond qu'un seul danger, dont nous devons tous, chaque jour, nous garder. L'esprit de notre Province et de notre Ordre se fonde sur deux principes : l'objectivité et l'amour de la vérité dans l'étude et la pratique de la sagesse méditative et de l'harmonie. Garder l'équilibre entre ces deux principes, c'est pour nous être sages et dignes de notre Ordre. Nous aimons les sciences, chacun la sienne, mais nous savons qu'il ne suffit pas de se vouer à une science pour être totalement à l'abri de l'égoïsme, du vice et du ridicule. L'histoire des sciences en sait de nombreux exemples, et la figure du docteur Faust est la vulgarisation littéraire de ce danger. D'autres siècles se sont réfugiés dans l'union de l'esprit et de la religion, de la recherche et de l'ascétisme; dans leur Universitas Litterarum, la théologie était maîtresse. Ici, c'est par la méditation, par la pratique des multiples degrés du Yoga que nous cherchons à exorciser la bête tapie en nous et le diable qui niche dans chaque science. Or, vous le savez aussi bien que moi, le Jeu des Perles de Verre a aussi son diable qui le hante; ce Jeu peut conduire à une virtuosité creuse, au narcissisme des vanités d'artistes, à l'arrivisme, à l'acquisition d'un pouvoir sur autrui et par là même à l'abus de ce pouvoir. C'est pour cela que nous avons aussi besoin d'une autre éducation que de celle de l'esprit, et que nous nous sommes soumis à la morale de l'Ordre, non pour échanger la vie active de notre esprit contre une existence végétative et rêveuse de notre âme, mais pour être capables au contraire des plus grands exploits intellectuels. Nous ne devons ni fuir de la *vita activa* dans la *vita contemplativa*, ni inversement, mais faire alternativement route vers l'une ou vers l'autre, être chez nous dans chacune d'elles et participer à toutes deux. »

Nous avons reproduit ces paroles de Valet — beaucoup de discours analogues ont été notés et conservés par des élèves — parce qu'elles mettent si bien en lumière la conception qu'il avait de ses fonctions, du moins dans les premières années de sa charge. Il fut un professeur éminent, au début d'ailleurs à son propre étonnement; le nombre stupéfiant des copies de ses conférences qui nous sont parvenues suffit à le montrer. L'une des découvertes et des surprises que lui réservèrent dès le début ses hautes fonctions, ce fut d'avoir tant de plaisir à enseigner et d'y réussir si aisément. Il ne l'eût pas cru, car, jusqu'alors, il n'avait jamais vraiment eu la nostalgie de ce métier. Il avait, certes, comme tous les membres de l'élite, été chargé de loin en loin, alors qu'il n'était encore qu'étudiant vétéran, de missions d'enseignement de courte durée, il avait remplacé des professeurs dans des cours de Perles de Verre des divers degrés et, plus souvent encore, servi de répétiteur à leurs élèves, mais il aimait tellement alors étudier librement et se concentrer dans la solitude sur ses études du moment, il y attachait tant de prix qu'il avait plutôt considéré ces missions comme un dérangement importun, bien qu'il fût déjà un professeur adroit et qu'on aimait. Il avait fini, il est vrai, par faire aussi des cours au monastère des Bénédictins, mais ils avaient peu d'importance par eux-mêmes et il ne leur en avait pas accordé davantage. Ce qu'il apprenait chez le père Jacobus, les relations qu'il avait avec lui, lui avaient fait paraître là-bas tout autre travail accessoire. Être un bon élève, apprendre, assimiler et se cultiver, telle avait été alors sa plus haute ambition. Maintenant, l'élève était devenu professeur, et c'était surtout à ce titre qu'il était venu à bout de la grande tâche des premiers temps de sa charge, qu'il avait assis de haute lutte son autorité et exactement identifié sa personne avec sa fonction. Cela lui valut de découvrir deux choses : la joie qu'on éprouve à transplanter dans l'esprit d'autrui ses propres acquisitions intellectuelles et à les voir y prendre des formes et un rayonnement tout nouveaux, la joie donc d'enseigner, et ensuite celle de lutter avec la personnalité des étudiants et des élèves, d'acquérir et d'exercer une autorité, d'être un guide, la joie donc d'éduquer. Il ne les a jamais séparées, et, durant sa charge, non seulement il a formé un grand nombre de bons et d'excellents Joueurs de Perles de Verre, mais par son exemple, son modèle, par ses avis, son espèce de patience sévère, par la force de sa personnalité et de son caractère, il en a tiré ce qu'ils avaient de meilleur.

Il a fait à cette occasion une expérience caractéristique, si toutefois on nous permet cette anticipation. Au début de ses fonctions, il avait eu affaire exclusivement à l'élite, aux élèves du degré le plus élevé, à des étudiants et à des aspirants, dont beaucoup avaient son âge et dont chacun était déjà un Joueur accompli. Progressivement tout d'abord, quand il fut sûr de l'élite, il commença lentement et prudemment à lui soustraire d'année en année un peu plus de ses forces et de son temps, jusqu'à ce que finalement il pût, par moment, l'abandonner presque entièrement à ses hommes de confiance et à ses collaborateurs. Cette évolution dura des années et, d'une année à l'autre, Valet, dans les conférences, les cours et les exercices qu'il dirigeait, remontait à des générations scolaires plus lointaines, plus jeunes. Il lui arriva même à la fin, chose rare chez un Magister Ludi, de faire personnellement à plusieurs reprises les cours de débutants pour les cadets, pour des collégiens par conséquent, qui n'étaient pas encore étudiants. Et plus ses élèves étaient jeunes et ignorants, plus il trouva de plaisir à enseigner. Parfois, au cours de ces années, il lui fut presque désagréable, il lui coûta un effort sensible de quitter ces jeunes gens et ces enfants pour aller retrouver les étudiants ou à plus forte raison l'élite. Parfois, il éprouva même le désir de remonter encore plus haut et de s'adresser à des élèves encore plus jeunes, à ceux pour qui il n'y avait encore ni cours ni Jeu de Perles. Il lui arrivait par exemple de souhaiter d'enseigner quelque temps le latin, le chant ou l'algèbre à de petits garçons aux Frênes ou dans une autre des écoles préparatoires. C'était un travail beaucoup moins intellectuel que ne l'était même celui des tout premiers cours élémentaires de Perles de Verre, mais il aurait affaire là avec des élèves encore plus ouverts, plus malléables, plus éducables, à un degré où l'enseignement et l'éducation étaient plus étroitement et plus intimement unis. Dans les deux dernières années de sa charge magistrale, il s'est qualifié deux fois, dans des lettres, de « maître d'école », rappelant ainsi que l'expression de Magister Ludi, qui depuis des générations n'avait plus à Castalie que le sens de « Maître du Jeu », désignait à l'origine simplement le maître d'école.

Il n'était évidemment pas question de réaliser ces vœux de maître d'école, c'étaient des rêves en l'air, comme on peut rêver, par un jour gris d'hiver, d'un ciel de canicule. Pour Valet, toutes les voies étaient fermées désormais, ses devoirs étaient déterminés par sa charge, mais comme celle-ci le laissait dans une large mesure responsable de la manière dont il entendait s'en acquitter, au cours des années, sans en avoir peut-être conscience au début, il n'a cessé de s'intéresser davantage à l'éducation et aux plus jeunes des générations qu'il pouvait atteindre. Plus il avança en âge et plus la jeunesse l'attira. Aujourd'hui, du moins, nous avons le droit de le dire. A cette époque, un critique aurait eu de la peine à déceler dans la manière dont il s'acquittait de ses fonctions la moindre trace de dilettantisme et d'arbitraire. Sa charge l'obligeait d'ailleurs à revenir constamment à l'élite et, même à des époques où il confiait presque entièrement les séances de séminaire et les archives à ses auxiliaires et à son « ombre », des travaux de longue durée, par exemple les concours de Jeux annuels ou la préparation du Jeu public, lui assuraient un contact vivant et quotidien, avec l'élite. Il a dit un jour, en plaisantant, à son ami Tegularius : « Il y a des princes qui, leur vie durant, ont été tourmentés d'un amour malheureux pour leurs sujets. Leur cœur les attirait vers les paysans, les bergers, les artisans, les maîtres d'école et leurs petits élèves, mais il leur arrivait rarement d'en voir; ils étaient toujours environnés de leurs ministres et de leurs officiers, qui dressaient comme un mur entre eux et leur peuple. C'est ce qui arrive aussi à un Magister. Il voudrait approcher des hommes et il ne voit que des collègues, il voudrait voir de près des élèves et des enfants et ne rencontre que des gens instruits et des membres de l'élite. »

Mais nous avons beaucoup anticipé, et nous allons revenir à l'époque de ses premières années de Magister. Après avoir réussi à établir les relations convenables avec l'élite, ce fut d'abord du personnel des archives qu'il dut s'assurer, en Maître aimable mais vigilant. Il dut également étudier la structure et le fonctionnement de la chancellerie, y mettre de l'ordre. Sans cesse il arrivait une quantité de courrier, sans cesse des sessions ou des circulaires du Directoire général lui infligeaient des obligations et des tâches dont il n'était pas aisé au débutant qu'il était de trouver l'interprétation et l'ordre d'urgence exacts. Il n'était pas rare qu'il s'agît de problèmes qui mettaient en jeu les intérêts des diverses facultés de la Province et qui provoquaient leur jalousie réciproque, par exemple des questions de compétence. Et ce ne fut que progressivement, mais avec une admiration croissante, qu'il apprit à connaître la fonction occulte, autant que puissante de l'Ordre, âme vivante de l'État castalien et gardien vigilant de sa constitution.

Des mois de vie austère et surmenée s'étaient ainsi écoulés sans que, dans l'esprit de Joseph Valet, il y eût eu une place pour Tegularius. Il se bornait, presque d'instinct, à charger son ami de toute sorte de travaux pour le préserver d'une trop grande inaction. Fritz avait perdu son camarade : du jour au lendemain, celui-ci était devenu un grand seigneur et son supérieur le plus élevé en grade. Tegularius n'avait plus librement accès chez lui, il devait lui obéir et lui parler à la troisième personne en l'appelant « Votre Grandeur ». Cependant, il accueillit les mesures que le Maître prit à son égard comme des marques de sollicitude et d'attention personnelles. Solitaire un peu lunatique, il était aussi en partie stimulé par l'ascension de son ami et l'extrême animation de toute l'élite, en partie absorbé et avantagé par ces travaux qu'on lui confiait. Toujours est-il qu'il supporta mieux ce changement radical de situation qu'il ne l'avait cru lui-même depuis l'instant où Valet, à la nouvelle de sa nomination au grade de Maître du Jeu des Perles de Verre, l'avait chassé de sa présence; d'autre part, Fritz avait assez d'intelligence et de sensibilité pour voir aussi, pour deviner tout au moins, l'effort monstrueux et l'épreuve de force que son ami devait subir à cette époque. Il le vit dans la fournaise, il assista à sa trempe, et il est probable qu'il souffrit de ce qu'il pouvait y avoir là de douloureux, plus vivement que le patient lui-même. Tegularius se donnait la plus grande peine pour les travaux que lui assignait le Maître, et s'il a jamais regretté et ressenti comme une lacune sa propre faiblesse et son inaptitude aux fonctions de responsabilité, ce fut à ce moment, où il souhaita vivement d'être aux côtés de son idole, comme commis, comme fonctionnaire, comme son « ombre », et de lui apporter son aide.

Les bois de hêtres, au-dessus de Celle, commençaient déjà à se colorer de roux quand, un jour, Valet emporta un petit livre dans le jardin magistral qui flanquait sa demeure, ce joli petit jardin que feu Maître Thomas avait tant apprécié et qu'il avait souvent entretenu lui-même de sa main d'amateur d'Horace. Valet, comme tous les élèves et les étudiants, s'était représenté jadis ce lieu vénérable, ce sanctuaire où le Maître se reposait et se concentrait, comme un fabuleux asile des Muses, un Tusculum. Depuis qu'il était Magister lui-même et maître de ce jardin, il y avait bien rarement mis les pieds, et c'était à peine s'il avait eu le loisir d'en jouir. Cette fois aussi, il n'y vint que pour un quart d'heure, après déjeuner, il s'offrit seulement le luxe de faire les cent pas sans souci entre les grands arbustes et les arbrisseaux sous lesquels son prédécesseur avait acclimaté toute sorte de plantes méridionales toujours vertes. L'ombre étant déjà fraîche, il porta une légère chaise de rotin à un endroit ensoleillé, s'y assit et ouvrit le petit livre qu'il avait apporté. C'était le *Calendrier de poche pour le Magister Ludi* qu'avait rédigé quelque soixante-dix ou quatre-vingts ans plus tôt le Maître du Jeu des Perles de l'époque, Louis Laquarelliste, et où, depuis, chacun de ses successeurs avait corrigé, biffé ou complété quelque point, selon les données de son temps. Ce calendrier avait été conçu comme un vade-mecum des Magisters, en particulier des débutants sans expérience, pour les premières années de leur charge. Il leur faisait parcourir toute l'année de travail, tout l'exercice de leur fonction, de semaine en semaine, leur mettait sous les yeux les plus importantes de leurs obligations, les décrivant parfois en formules à l'emporte-pièce, parfois plus explicitement, et y joignant des conseils personnels. Valet chercha le feuillet de la semaine en cours et le lut attentivement d'un bout à l'autre. Il n'y trouva rien de surprenant ni de particulièrement urgent, mais à la fin du paragraphe il y avait ces lignes : « Commence à orienter progressivement tes pensées vers le prochain Jeu annuel. Il semble qu'il soit encore tôt; trop tôt, trouveras-tu peut-être. Pourtant, je te le conseille : à moins que tu n'aies dès maintenant un plan en vue pour ce Jeu, ne laisse pas passer une semaine désormais, ou du moins un seul mois, sans concentrer tes pensées sur lui. Note les idées qui te viennent, emporte de temps en temps avec toi le schéma d'un Jeu classique, quand tu auras une demi-heure de liberté, ne fût-ce qu'au cours d'un déplacement de service. Prépare-toi, non en essayant de forcer les bonnes idées à venir, mais simplement en te répétant souvent, à partir d'aujourd'hui, que dans les prochains mois une tâche belle et solennelle t'attend, en vue de laquelle il faut que tu te fortifies sans cesse, que tu te concentres, que tu te mettes en train. »

Ces paroles avaient été écrites quelque trois générations

plus tôt par un sage vieillard, maître de son art, à une
époque du reste où le Jeu des Perles de Verre avait peut-
être atteint dans le domaine de la forme son plus haut degré
de culture : on était parvenu alors, dans les Jeux, à une
élégance et à une richesse d'ornementation dans l'exécution,
telles que n'en ont guère connu que le gothique flamboyant
ou, à l'époque du rococo, l'art architectural et décoratif.
Pendant presque vingt ans, il avait vraiment semblé qu'on
jouât avec des Perles de Verre, ç'avait été un Jeu en apparence clair comme le verre et de pauvre contenu, d'aspect
coquet, orgueilleux, riche en lignes ornementales délicates,
une danse, parfois même un pas aérien de funambule sur
les rythmes les plus différenciés; il y avait des Joueurs
qui parlaient du style de cette époque comme d'un code
magique dont la clef s'était perdue entre temps, et d'autres
qui le trouvaient tout en surface, surchargé d'ornements,
décadent et sans virilité. C'était l'un des maîtres et des
créateurs du style de cette période qui avait rédigé les
conseils et les avis bien rassis et amicaux du calendrier des
Magisters. Et Joseph Valet, en lisant ses paroles pour la
deuxième et la troisième fois d'un œil critique, éprouva
dans son cœur une émotion sereine et agréable, il se trouva
dans un état d'âme qu'il lui sembla n'avoir ressenti qu'une
fois et jamais plus depuis. Et, quand il y réfléchit, il découvrit que c'était au cours de la méditation précédant son
investiture. C'était l'état d'âme qui s'était emparé de lui
quand il s'était représenté cette ronde singulière, la ronde
du Maître de la Musique et de Joseph, des vieux et des
jeunes. C'était un homme âgé, un vieillard déjà, qui avait
écrit et pensé cela jadis : « Ne laisse pas passer une semaine... »
et « non en essayant de forcer les bonnes idées à venir ».
Un homme qui avait rempli les hautes fonctions de Maître
du Jeu des Perles de Verre au moins vingt ans, peut-être
davantage, qui, à l'époque de ce rococo badin, avait sans
aucun doute eu affaire à une élite extrêmement gâtée et
pleine d'elle-même, qui avait conçu et célébré plus de vingt
de ces brillants Jeux annuels qui, alors, duraient encore
quatre semaines, un vieil homme pour qui l'obligation chaque année renouvelée de composer un grand Jeu solennel ne
représentait plus, depuis longtemps, simplement un grand
honneur et une joie, mais plutôt un fardeau et une lourde

peine, une tâche, pour laquelle il fallait se mettre en train,
se donner du courage, se stimuler un peu. Valet n'éprouvait pas seulement pour ce sage vieillard, ce conseiller plein
d'expérience, un respect reconnaissant, car son calendrier
avait déjà été pour lui un guide précieux, mais i ressentait
aussi à son égard un sentiment de supériorité joyeux, amusé
même et orgueilleux, celui de la supériorité de sa jeunesse.
Car, parmi les nombreux soucis d'un Maître du Jeu des
Perles de Verre, dont il avait déjà l'expérience, il y en avait
un qu'il ne connaissait pas encore : qu'on ne pût s'y prendre
suffisamment à temps pour penser au Jeu annuel, qu'on ne
pût se préparer à cette tâche avec assez de joie et de recueillement, que pour un Jeu pareil il pût vous arriver de manquer d'entrain, voire d'idées. Non, Valet, qui dans ces
mois se faisait parfois l'effet d'être bien vieux, sentit à
cet instant sa jeunesse et sa force. Il ne put s'abandonner
longtemps à cet agréable sentiment, le savourer, car déjà
son bref repos était presque terminé. Mais cette belle impression de gaîté ne s'effaça pas; il l'emporta avec lui, et ainsi
cette courte pause dans le jardin magistral et la lecture de
ce calendrier lui apportèrent, malgré tout, quelque chose
et firent naître en lui une inspiration. Ce fut plus qu'une
détente et un bref sentiment exalté et joyeux de vitalité :
il lui vint aussi deux idées, qui sur-le-champ prirent la
valeur de décisions. En premier lieu, il décida, quand il
serait vieux un jour, lui aussi, et fatigué, de résigner ses
fonctions dès le premier instant où la composition du Jeu
annuel lui ferait l'effet d'une corvée et où il serait embarrassé pour trouver des idées. Ensuite, il résolut de commencer dès à présent les travaux en vue de son premier Jeu
annuel et de s'adjoindre Tegularius comme camarade et
principal assistant pour cette tâche : ce serait pour son
ami une satisfaction et une joie; quant à lui, il tenterait
ainsi d'insuffler une nouvelle vie à cette amitié pour l'instant
paralysée. En effet, ce n'était pas Tegularius qui pouvait
en prendre l'initiative ni assurer cette reprise : cela devait
venir de lui, du Magister.

Cela donnerait même beaucoup à faire à son ami. Depuis
Mariafels, Valet mûrissait en effet l'idée d'une partie de
Perles de Verre, qu'il se proposait d'utiliser pour le premier
Jeu solennel de sa fonction. Ce Jeu, et c'était là la beauté de sa

trouvaille, devait avoir pour base de sa structure et de ses
proportions le vieux schéma confucianiste rituel du plan
d'une maison chinoise : l'orientation vers les quatre points
cardinaux, les grandes portes, le mur des esprits, les rapports et la destination des bâtiments et des cours, leur
ordonnance en relation avec les astres, le calendrier, la vie
familiale, et à cela s'ajoutaient le symbolisme et les règles
de style du jardin. Un jour qu'il étudiait un commentaire
du Yi-King, il lui était apparu que l'ordre mythique et la
signification de ces règles constituaient un symbole particulièrement parlant et plaisant du cosmos et de la place réservée à l'homme dans l'univers. Il trouvait aussi l'esprit populaire des mythes de la haute antiquité merveilleusement
fondu, dans cette tradition d'une construction de maison,
avec l'esprit de spéculation érudite des mandarins et des
Magisters. Sans rien noter, il est vrai, il avait souvent et
avec assez de dilection agité en lui-même l'idée de ce plan
de Jeu, pour qu'elle fût en somme toute préformée dans sa
pensée; mais depuis son entrée en fonctions, il n'était plus
parvenu à s'en occuper. Sur-le-champ sa décision fut alors
prise, de construire son Jeu solennel sur cette idée chinoise.
Fritz devrait dès à présent, si toutefois son esprit se révélait
ouvert à cette idée, commencer à en étudier le développement et prendre les mesures préparatoires pour sa transcription dans la langue du Jeu. Mais il y avait un obstacle :
Tegularius ne savait pas un mot de chinois. L'apprendre? Il
était beaucoup trop tard. Mais d'après les indications que
Valet lui-même et l'Institut de l'Extrême-Orient lui donne-
raient, Tegularius pouvait fort bien, avec l'aide des livres,
pénétrer le symbolisme magique de la maison chinoise; il
ne s'agissait pas là d'un travail de linguiste. Il y fallait
cependant du temps, surtout pour un homme gâté comme
son ami, et qui n'avait pas tous les jours envie de travailler;
il était donc bon de s'occuper immédiatement de cette affaire.
Par conséquent, il le reconnut en souriant et agréablement
surpris, le vieux monsieur prudent du calendrier de poche
n'avait pas eu tout à fait tort.

Dès le lendemain, ses heures de réception se terminant
justement très tôt, il convoqua Tegularius. Celui-ci vint,
exécuta sa révérence avec l'expression de dévouement et
d'humilité accentués dont il avait pris l'habitude vis-à-vis

de Valet, et il fut très étonné, quand celui-ci, qui était
devenu très laconique et avare de paroles, le salua d'un
signe de tête un peu narquois et lui demanda : « Te rappelles-tu encore cette espèce de querelle que nous avons
eue un jour ensemble, quand nous étions étudiants, et où
je n'ai pas réussi à te convertir à mon point de vue? Nous
discutions de la valeur et de l'importance de l'étude de
l'Extrême-Orient, en particulier de la Chine, et je voulais
t'amener à venir t'asseoir aussi un peu à l'Institut et à
apprendre le chinois. Oui, tu te le rappelles? Eh bien, je
regrette de nouveau aujourd'hui de n'avoir pas su te faire
changer d'avis. Quelle excellente chose ce serait maintenant que tu comprennes le chinois! Nous pourrions faire
ensemble le plus merveilleux des travaux. » Et il continua
à taquiner un peu son ami, piqua sa curiosité, avant d'en
venir finalement à sa proposition : il avait l'intention, lui
dit-il, de commencer bientôt à élaborer le grand Jeu, et
Fritz devrait, si cela lui faisait plaisir, exécuter une grande
partie de ce travail, tout comme il avait naguère aidé Valet
à mettre au point le Jeu destiné au concours solennel,
quand il était chez les Bénédictins. L'autre lui jeta un regard
presque incrédule, profondément surpris et déjà délicieusement tranquillisé par le ton badin et le visage souriant de
son ami, qu'il ne connaissait plus que dans son rôle de grand
seigneur et de Magister. Ému et plein de joie, il ne fut
pas seulement sensible à l'honneur et à la confiance dont
cette offre était l'expression, il comprit et saisit surtout
d'emblée ce que signifiait ce beau geste; c'était une tentative pour guérir la plaie, pour rouvrir la porte qui s'était
fermée entre son ami et lui. Il ne s'arrêta pas aux craintes
que Valet manifestait pour le chinois, et il déclara aussitôt
qu'il était prêt à se mettre à l'entière disposition du Vénérable Maître et à se consacrer à l'élaboration de son Jeu.
« Bien, dit le Magister, j'accepte ta promesse. Ainsi, nous
serons de nouveau, à certaines heures, camarades de travail
et d'études comme autrefois, à cette époque qui paraît étrangement lointaine, où nous avons ensemble mis au point et
fait triompher bien des Jeux. Cela me fait plaisir, Tegularius. Et à présent, il faut en premier lieu que tu pénètres
le sens de l'idée sur laquelle je veux construire ce Jeu. Il
faudra que tu comprennes ce qu'est une maison chinoise et

ce que signifient les règles prescrites pour la construire. Je vais te donner une recommandation pour l'Institut de l'Extrême-Orient, là on t'aidera. Ou bien — il me vient encore une autre idée, plus belle encore — nous pourrions nous adresser au Frère Aîné, à l'homme du Bois des Bambous, dont je t'ai tant parlé à cette époque. Peut-être jugera-t-il au-dessous de sa dignité, ou trop dérangeant, d'entrer en rapports avec quelqu'un qui ne comprend pas le chinois, mais nous devrions essayer quand même. S'il le veut, cet homme est de force à faire de toi un Chinois. »

Il envoya un message au Frère Aîné, l'invitant cordialement à être quelque temps l'hôte du Maître du Jeu des Perles de Verre à Celle-les-Bois, car les fonctions de celui-ci ne lui laissaient pas le temps de lui rendre visite, et l'informant du service qu'on attendait de lui. Mais le Chinois ne quitta pas son Bois des Bambous, le messager ramena à sa place un petit mot, peint à l'encre de Chine en caractères chinois et qui disait : « Ce serait un honneur que de voir le grand homme. Mais se déplacer aboutit à des difficultés. Qu'on emploie pour le sacrifice deux petits plats. Le cadet salue le très haut. » Valet parvint alors, non sans peine, à décider son ami à se rendre lui-même au Bois des Bambous et à solliciter d'y être reçu et instruit. Mais ce petit voyage n'eut pas de succès. L'ermite du bois accueillit Tegularius avec une courtoisie presque obséquieuse, mais sans répondre à aucune de ses questions autrement que par d'aimables sentences en chinois et sans l'inviter à rester, en dépit de sa magnifique lettre de recommandation, peinte sur du beau papier de la main même du Magister Ludi. Fritz reprit le chemin de Celle-les-Bois sans avoir rempli sa mission et d'assez méchante humeur. Il rapporta au Magister en guise de cadeau un feuillet sur lequel était peint un vers ancien au-dessus d'un poisson d'or. Et il dut aller chercher fortune à l'Institut de l'Extrême-Orient. Là, les recommandations de Valet eurent plus d'efficacité, on aida le solliciteur, ambassadeur d'un Maître, avec la plus grande prévenance, et il ne tarda pas à être aussi parfaitement renseigné sur son sujet qu'il était possible de l'être sans chinois. Cette idée de Valet de prendre pour base de son plan le symbolisme de la maison lui plut tellement qu'il se consola de son insuccès du Bois des Bambous et l'oublia.

Lorsque Valet entendit le rapport du malheureux éconduit sur sa visite au Frère Aîné et quand il lut tout seul ensuite le vers qui surmontait le poisson d'or, l'atmosphère qui environnait cet homme et le souvenir du séjour qu'il avait fait jadis dans sa cabane auprès des bambous mouvants, devant ces tiges d'achillée lui revinrent en mémoire avec une force pénétrante, souvenir à la fois de liberté, de loisirs, de ses années d'étudiant et du paradis multicolore de ses rêves de jeunesse. Comme ce brave ermite fantasque avait su trouver une retraite et garder sa liberté, comme son silencieux Bois des Bambous le mettait à l'abri du monde! Avec quelle profondeur et quelle vigueur il se consacrait à l'idéal de Chinois propret, pédant et sage, qui était devenu sa seconde nature, dans quel enclos, dans quelle concentration, quel hermétisme la magie du rêve de sa vie le tenait-elle captif, d'année en année, d'une décennie à l'autre, muant son jardin en Chine, sa cabane en temple, ses poissons en divinités et lui-même en sage! Avec un soupir, Valet se détacha de cette image. Il avait pris une autre voie, ou plutôt il y avait été conduit, et la seule chose qui importât était à présent de parcourir fidèlement et tout droit le chemin tracé, non de le comparer avec celui d'autrui.

En compagnie de Tegularius, il esquissa et composa son Jeu, aux heures qu'il s'était réservées, et il abandonna à son ami tout le travail de sélection à faire aux archives ainsi que le soin de la première et de la deuxième maquette. Cette nourriture nouvelle rendit vie et forme à leur amitié, elle devint autre, et le Jeu auquel ils travaillaient subit également, sous les mains originales et dans l'imagination inventive de cet être singulier, toute sorte de transformations et d'enrichissements. Fritz était de ces hommes jamais satisfaits et cependant sans exigences qui, devant un bouquet de roses qu'on a cueillies, devant une table mise, qui pour tout autre seraient prêts et parfaits, trouvent encore moyen de s'affairer pendant des heures dans une voluptueuse agitation, remaniant tout sans trêve avec amour, et qui savent faire du plus petit travail l'œuvre d'une journée accomplie avec diligence et dans la foi. Les années suivantes, on en demeura aussi à cette formule : le grand Jeu solennel fut chaque fois l'œuvre de deux personnes et, pour Tegularius, ce fut une double satisfaction que de se rendre utile, indispensable même à son ami et à son Maître, dans une affaire aussi importante, et d'assister à la manifestation publique du Jeu en collaborateur anonyme, mais bien connu de l'élite.

A la fin de l'automne de cette première année de fonctions, alors que son ami en était encore au début de ses études sur la Chine, le Magister, en parcourant rapidement les indications portées sur l'agenda de sa chancellerie, tomba sur une annotation : « Étudiant Pétrus, de Monteport, arrive avec une recommandation du Maître de la Musique, est chargé des très cordiales amitiés de l'ancien Maître de la Musique, demande à être logé et à avoir accès aux archives. A été logé dans la maison des hôtes des étudiants. » Il pouvait s'en remettre en toute tranquillité aux gens des archives pour ce qui était de l'étudiant et de sa requête, c'était un cas banal. Mais les « très cordiales amitiés de l'ancien Maître de la Musique », cela ne pouvait concerner que lui. Il fit mander l'étudiant; c'était un jeune homme à l'air à la fois minutieux et passionné, mais taciturne, qui faisait manifestement partie de l'élite de Monteport; il paraissait du moins habitué à être reçu en audience par un Maître. Valet lui demanda quelle commission l'ancien Maître de la Musique lui avait donnée pour lui. « Ses salutations, dit l'étudiant, ses très cordiales et respectueuses salutations, Vénérable Magister, et aussi une invitation. » Valet pria son hôte de s'asseoir. Choisissant soigneusement ses mots, le jeune homme poursuivit : « Le vénérable ancien Maître m'a donc instamment prié de transmettre ses salutations à Votre Grandeur. Il a exprimé le vœu de la voir un jour chez lui, le plus tôt possible. Il invite Votre Grandeur, ou lui suggère d'aller le voir très prochainement, si toutefois, bien entendu, cette visite peut s'inscrire dans un déplacement de service et n'entraîne pas une trop grande perte de temps. Tels sont à peu près les termes de la commission dont il m'a chargé. »

Valet jeta sur ce jeune homme un regard inquisiteur; c'était certainement l'un des protégés du vieillard. Il lui demanda prudemment : « Combien de temps comptes-tu passer dans nos archives, *studiose?* » et il en reçut cette réponse : « Exactement jusqu'au moment, Vénérable Maître, où je verrai Votre Grandeur se mettre en route pour Monteport. »

Valet réfléchit. « Bien, dit-il. Et pourquoi ne m'as-tu pas fait part dans ses propres termes de ce que l'ancien Maître t'avait chargé de me dire, comme j'aurais été en droit de m'y attendre? »

Petrus soutint opiniâtrément le regard de Valet et donna lentement ses raisons, cherchant toujours précautionneusement ses termes, comme s'il avait dû s'exprimer dans une langue étrangère. « Je n'ai été chargé de rien, Vénérable Maître, dit-il, et il n'existe pas de propres termes. Votre Grandeur connaît mon vénéré Maître et sait qu'il a toujours été un homme d'une exceptionnelle modestie. On raconte à Monteport qu'au temps de sa jeunesse, quand il était encore aspirant mais qu'il passait déjà dans toute l'élite pour un Maître de la Musique tout indiqué, on l'avait surnommé « le bœuf qui veut se faire grenouille ». Or cette modestie et, à un égal degré, sa piété, sa serviabilité, son respect humain et sa tolérance n'ont fait que croître depuis qu'il a pris de l'âge et surtout depuis qu'il a résigné ses fonctions, Votre Grandeur le sait certainement mieux que moi. Cette modestie lui interdirait par exemple de prier Votre Grandeur de lui rendre visite, même s'il en avait un désir ardent. Et par suite, *Domine*, je n'ai pas eu l'honneur d'être chargé d'une commission de ce genre et j'ai néanmoins agi comme si elle m'avait été donnée. Si c'était une erreur, il vous appartient de considérer comme réellement inexistante cette commission qui n'existe pas. »

Valet eut un léger sourire. « Et ce que tu as à faire aux archives du Jeu, mon bon ami? N'était-ce qu'un prétexte?

— Oh! non. Je dois y rechercher un certain nombre de clefs, et il m'aurait donc fallu de toute manière avoir très prochainement recours à l'hospitalité de Votre Grandeur. Mais il m'a paru opportun d'avancer plutôt un peu la date de ce petit voyage.

— Fort bien, opina le Magister, redevenu grave. Peut-on savoir la cause de ce changement de date? »

Le jeune homme ferma un instant les yeux, le front labouré de rides profondes, comme si cette question le mettait à la torture. Puis il regarda de nouveau fermement le Maître en face, de ces yeux inquisiteurs et critiques qu'ont les jeunes gens.

— Il n'est pas possible de donner une réponse à cette

question, à moins que Votre Grandeur ne décide de la formuler avec plus de précision encore.

— Eh bien! soit, s'écria Valet. Est-ce donc que l'état de santé de l'ancien Maître est mauvais, qu'il cause des inquiétudes?

Bien que le Magister eût parlé avec le plus grand calme, l'étudiant remarqua quelle inquiétude affectueuse il éprouvait pour ce vieil homme. Pour la première fois depuis le commencement de leur entretien, un rayon de bienveillance éclaira son regard un peu sinistre, et sa voix prit un accent légèrement plus aimable et plus direct quand il se mit en devoir d'exposer franchement sa requête.

— Que M. le Magister se tranquillise, dit-il. La santé du Très Vénérable n'est nullement mauvaise, il a toujours été un homme d'une santé exemplaire et il l'est encore, bien qu'avec le grand âge il se soit naturellement beaucoup affaibli. Ce n'est pas qu'il ait sensiblement changé en apparence, ni que ses forces aient soudain décliné plus vite : il fait de petites promenades, et chaque jour un peu de musique. Il y a peu de temps, il donnait encore des leçons d'orgue à deux élèves, des débutants, car il a toujours aimé s'entourer d'enfants. Mais qu'il ait renoncé depuis quelques semaines à voir même ces deux derniers élèves, c'est malgré tout un symptôme qui m'a frappé, et depuis j'ai observé mon Vénérable Maître d'un peu plus près et je me suis fait des soucis à son sujet, ce sont eux qui sont la cause de ma présence ici. Si quelque chose m'autorise à avoir ces idées et à faire cette démarche, c'est que j'ai été autrefois moi-même l'élève de l'ancien Maître de la Musique, une sorte de disciple préféré, si j'ose dire, et que son successeur m'a délégué depuis un an déjà auprès de lui pour jouer le rôle d'une manière de *famulus*, lui tenir compagnie. Il m'a chargé de veiller sur son sort. Pour moi, c'était une mission très agréable, car il n'y a pas d'homme pour qui je nourrisse autant de vénération et d'attachement que pour mon ancien Maître, mon protecteur. C'est lui qui m'a ouvert l'esprit au mystère de la musique et rendu capable d'en être le serviteur; ce que j'ai pu acquérir par ailleurs, mes idées, l'intelligence que j'ai de notre Ordre, ma maturité et ma discipline intérieure, tout cela est également venu de lui, c'est son œuvre. Ainsi, depuis près d'un an, je vis entièrement chez

lui, occupé il est vrai par quelques études et par des cours,
mais toujours à sa disposition, lui tenant compagnie à table,
l'accompagnant dans ses promenades, parfois aussi quand
il fait de la musique, et couchant la nuit à une épaisseur
de mur de son lit. Partageant sa vie de si près, je peux
observer très exactement les stades de son... enfin, de son
vieillissement, je dois bien le dire, de son vieillissement
physiologique, et, de temps en temps, quelques-uns de mes
camarades se livrent à des commentaires apitoyés ou ironiques sur les singulières fonctions qui font d'un homme
aussi jeune que moi le domestique et le compagnon de vie
d'un grand vieillard. Mais ils ne savent pas, et personne sans
doute en dehors de moi ne sait, comment il est donné à ce
Maître de vieillir, combien son corps se fait petit à petit
plus faible et plus caduc : il prend de moins en moins de
nourriture, il rentre toujours plus fatigué de ses petites promenades, sans cependant être malade, et en même temps,
dans le silence de sa vieillesse, il y a toujours en lui davantage d'esprit, de ferveur, de dignité et de simplicité. Si mes
fonctions de *famulus* ou de garde-malade présentent quelques
difficultés, elles proviennent uniquement de ce que le Vénérable Maître ne voudrait jamais être servi ni soigné, il voudrait toujours seulement donner et ne jamais prendre.

— Je te remercie, dit Valet, il m'est agréable de savoir
un disciple aussi dévoué et aussi reconnaissant auprès du
Vénérable. Mais, puisque tu ne parles pas au nom de ton
Maître, dis-moi enfin nettement pourquoi ma visite à Monteport te tient si fort à cœur?

— Votre Grandeur s'est informée tout à l'heure avec préoccupation de la santé de l'ancien Maître de la Musique, répondit le jeune homme, car ma requête lui avait apparemment
donné à penser qu'il était malade et qu'il pourrait en fin
de compte être grand temps d'aller le voir encore une fois.
Eh bien, je crois en effet qu'il est grand temps. Le Vénérable Maître ne me paraît pas, à vrai dire, près de mourir,
mais sa manière de prendre congé du monde est vraiment
particulière. C'est ainsi que, depuis des mois, il a presque
entièrement perdu l'habitude de parler et, encore qu'il ait
toujours préféré les brefs discours aux longs, il est parvenu
maintenant à une concision et à un silence qui m'effraient
un peu. Quand il lui arriva de laisser de plus en plus souvent

sans réponse une parole ou une question que je lui adressais, je pensai au début qu'il commençait à devenir dur d'oreille, mais il entend aussi bien que de tout temps, je l'ai vérifié maintes fois. Alors, j'ai été amené à supposer que c'était de la distraction et qu'il ne parvenait plus à bien se concentrer. Mais ce n'est pas non plus une explication suffisante. Je crois plutôt que, depuis longtemps, il est pour ainsi dire en route, il ne vit plus entièrement parmi nous, il vit de plus en plus dans son univers personnel; c'est ainsi qu'il en est venu à rendre de moins en moins de visites et à recevoir de moins en moins. A présent, en dehors de moi, il ne voit plus personne, à longueur de journée. Et depuis que cela a commencé, cette manière de se détourner du monde, de ne plus être ici, je me suis efforcé de lui amener encore une fois les quelques amis dont je sais qu'il les a le plus aimés. Si Votre Grandeur veut lui rendre visite, *Domine*, ce sera sans aucun doute une joie pour son vieil ami, j'en suis certain, et elle trouverait encore en somme le même homme qu'elle a vénéré et aimé. Dans quelques mois, peut-être dans quelques semaines déjà, la joie qu'il éprouvera à voir Votre Grandeur et la sympathie qu'il lui témoignera seront bien moindres, il est même possible qu'il ne la reconnaisse plus ou qu'il ne lui accorde plus aucune attention.

Valet se leva, s'approcha de la fenêtre et y resta un moment debout, regardant au-dehors et cherchant son souffle. Quand il se retourna vers l'étudiant, celui-ci s'était levé de sa chaise, comme s'il considérait l'audience terminée. Le Magister lui tendit la main.

— Merci encore, Petrus, dit-il. Tu dois savoir qu'un Magister a des obligations de toute sorte. Je ne peux pas, de but en blanc, mettre mon chapeau et partir en voyage, il faut d'abord que je répartisse le travail et que je rende la chose possible. J'espère y réussir pour après-demain. Cela te suffirait-il, auras-tu terminé d'ici là tes travaux aux archives?

— Oui? Alors je te ferai mander, quand le moment sera venu.

Valet partit effectivement quelques jours après pour Monteport, accompagné de Petrus. Quand ils entrèrent dans le pavillon que l'ancien Maître de la Musique occupait dans les jardins, un gracieux ermitage parfaitement tranquille, ils

entendirent de la musique, dans la pièce de derrière, une
musique délicate, ténue, mais juste de rythme et d'une déli-
cieuse sérénité. Le vieil homme était assis là et jouait avec
deux doigts une mélodie à deux voix. Valet devina aussitôt
que ce devait être extrait de l'un des recueils de motets à deux
voix de la fin du xvie siècle. Ils restèrent immobiles jusqu'à
ce que ce fût terminé, puis Petrus appela son Maître, lui
annonça son retour et lui dit qu'il avait amené avec lui un
visiteur. Le vieillard apparut dans l'embrasure de la porte
et les salua d'un regard. Ce sourire avec lequel le Maître de
la Musique vous accueillait et que tous aimaient avait toujours été un sourire qui s'offrait, rayonnant de franchise
enfantine, plein de cordialité et de gentillesse; la première
fois que Joseph Valet l'avait vu, trente ans plus tôt, son
cœur s'était ouvert, s'était donné à cet homme aimable,
au cours de cette séance matinale grosse de félicité anxieuse,
dans la salle de musique, et souvent depuis il avait revu
ce sourire, toujours avec une joie profonde et une émotion
singulière. Alors que les cheveux grisonnants de cet aimable
Maître devenaient peu à peu tout à fait gris, puis qu'ils
blanchissaient lentement, que sa voix se faisait plus sourde,
sa poignée de main plus faible, sa démarche plus pénible,
son sourire n'avait rien perdu de sa clarté et de sa grâce,
de sa pureté et de sa profondeur. Et cette fois, l'ami, le
disciple le voyait, sans pouvoir en douter : le message rayonnant, conquérant de ce visage souriant de vieillard, dont les
yeux bleus et le rose tendre des joues n'avaient cessé de
pâlir avec les années, n'était pas seulement l'ancien qu'il
avait vu souvent, il était devenu plus profond, plus secret,
plus intense. Ce fut alors seulement, en le saluant, que
Valet commença à comprendre réellement la requête de
l'étudiant Petrus et à voir à quel point, en croyant se
sacrifier, il recevait un don.

Son ami Ferromonte, qu'il alla voir quelques heures plus
tard — il était alors conservateur de la célèbre bibliothèque
musicale de Monteport — fut la première personne à qui
il en parla. Celui-ci a consigné dans une lettre l'entretien
qu'ils eurent à cet instant.

— Notre ancien Maître de la Musique, dit Valet, a bien
été ton professeur et tu l'as beaucoup aimé; est-ce que tu
le vois encore vraiment souvent?

— Non, fit Carlo, c'est-à-dire qu'il n'est pas rare naturellement que je le voie, par exemple quand il fait sa promenade et que je viens précisément de la bibliothèque, mais voilà des mois que je ne lui ai parlé. Il vit de plus en plus retiré et ne semble plus guère supporter la compagnie. Auparavant, il réservait une soirée aux gens comme moi, à ceux de ses anciens aspirants qui sont maintenant fonctionnaires à Monteport; mais il y a déjà un an environ que cela a cessé, et nous avons tous été extrêmement étonnés qu'il soit allé assister à l'investiture de Votre Grandeur à Celle-les-Bois.

— Oui, dit Valet, mais si tu le vois tout de même parfois, est-ce que tu n'as remarqué en lui aucun changement?

— Oh! si! Votre Grandeur veut dire sa bonne mine, sa sérénité, son curieux rayonnement? Nous l'avons remarqué, naturellement. Alors que ses forces déclinent, sa sérénité ne cesse de grandir. Nous en avons pris l'habitude, mais cela ne pouvait manquer de frapper Votre Grandeur.

— Son *famulus* Petrus le voit cependant beaucoup plus souvent que toi, s'écria Valet, mais il ne s'y est pas habitué, comme tu dis. Il a fait de sa propre autorité le voyage de Celle-les-Bois, sous un motif plausible, naturellement, pour m'engager à faire cette visite. Que penses-tu de lui?

— De Petrus? C'est un fort bon musicographe, du genre pédant, du reste, plutôt que génial, un garçon un peu lourd ou flegmatique. Il est dévoué corps et âme à l'ancien Maître de la Musique et il se ferait tuer pour lui. Je crois qu'il est tout plein du service qu'il assure auprès de son Maître adoré, de son idole, il en est possédé. Votre Grandeur n'a-t-elle pas eu aussi cette impression?

— Possédé? Oui, mais je crois que ce jeune homme n'est pas seulement possédé par une prédilection, par une passion, il n'est pas simplement amoureux de son vieux Maître, il n'en fait pas seulement son dieu, il est possédé et ensorcelé par un phénomène réel et authentique, qu'il voit mieux ou que, d'instinct, il comprend mieux que vous. Je vais te dire à quoi j'ai assisté. Je suis donc venu aujourd'hui chez l'ancien Maître de la Musique, que je n'avais plus revu depuis six mois et, d'après les allusions de son *famulus*, je ne m'attendais pas à tirer grand-chose pour mon compte, rien même, de cette visite. Simplement la peur m'avait saisi, que ce vénérable vieillard ne vînt soudain à nous

quitter bientôt, et je suis accouru pour le voir au moins
encore une fois. Quand il m'a reconnu et qu'il m'a salué,
son visage s'est illuminé, mais il a seulement dit mon
nom et m'a tendu la main. Et ce mouvement, cette main
m'ont aussi paru pleins de lumière, il m'a semblé que de
tout cet homme, ou du moins de ses yeux, de ses cheveux
blancs et de sa peau d'un rose clair il émanait un léger
rayonnement frais. Je me suis assis à son côté, il a renvoyé
l'étudiant, d'un simple regard, et alors a commencé la plus
singulière conversation que j'aie jamais connue. Au début,
à vrai dire, je me sentis fort déconcerté, oppressé et humilié
aussi, car je ne cessais de m'adresser à ce vieillard ou de
lui poser des questions, et il n'y avait rien qu'il honorât
d'une autre réponse qu'un regard. Je ne pouvais pas me
rendre compte si mes questions et mes déclarations lui faisaient un autre effet qu'un bruit fastidieux. Cela m'emplissait de confusion, de déception, de fatigue, je me trouvais
superflu et importun; quoi que je dise au Maître, je ne rece-
vais en réponse qu'un sourire et un bref regard. En vérité,
si ces regards n'avaient pas été si bienveillants et si cordiaux, je n'aurais pu m'empêcher de penser que ce vieillard
se moquait de moi ouvertement, de mes récits et de mes
questions, de toute la mise en scène inutile de mon voyage
jusqu'ici et de ma visite chez lui. Or, c'était aussi finalement
un peu ce que son silence et son sourire donnaient à entendre,
ils constituaient effectivement une défense et un rappel à
l'ordre, mais d'une autre manière, sur un autre plan et dans
un autre sens que n'eussent pu le faire par exemple des
paroles ironiques. Je dus épuiser mes moyens et voir échouer
radicalement toutes les tentatives que je faisais pour engager
une conversation, avec une courtoisie pleine de patience,
me semblait-il, avant de commencer à comprendre que
cet homme était de taille à résister aisément à une patience,
à un entêtement et à une courtoisie même cent fois plus
grands que les miens. Cela peut bien avoir duré un quart
d'heure ou une demi-heure, cela me fit l'effet d'une demi-
journée, je commençai à céder à la tristesse, à la fatigue,
au mécontentement et à regretter mon voyage; la salive
me manqua. Cet homme vénérable, mon protecteur, mon
ami, à qui j'avais donné mon cœur et ma confiance depuis
que je savais penser et qui n'avait jamais laissé un mot de

moi sans réponse, était là, assis, à m'entendre discourir, ou
peut-être sans m'entendre; il était assis là et il s'était entièrement caché et retranché derrière son rayonnement et son
sourire, derrière son masque d'or, inaccessible, il appartenait à un autre monde, régi par d'autres lois, et tout ce
qui voulait s'exprimer de moi à lui, de notre monde dans le
sien, cela glissait sur lui comme la pluie sur une pierre.
A la fin — je n'avais déjà plus d'espoir — il perça ce mur
magique, enfin il m'aida, enfin il dit un mot! Ce fut le seul
que je l'aie entendu prononcer aujourd'hui.

— Tu te fatigues, Joseph, dit-il tout bas et d'une voix
pleine de cette gentillesse et de cette sollicitude touchantes
que tu lui connais. Ce fut tout. « Tu te fatigues, Joseph. »
Comme s'il m'avait vu m'acharner longtemps à un travail
trop ardu et qu'il eût voulu me mettre en garde. Il eut un
peu de peine à prononcer ces mots, comme si, depuis longtemps, il ne s'était plus servi de ses lèvres pour parler. En
même temps, il posa la main sur mon bras, elle était aussi
légère qu'un papillon, il me regarda dans les yeux avec insistance et il sourit. A cet instant, je fus vaincu. Quelque chose
de son silence serein, de sa patience et de son calme passa
en moi, et soudain je compris pleinement ce vieillard et le
tournant qu'avait pris son être, quittant les hommes pour
le silence, la parole pour la musique, la pensée pour l'unité.
Je compris ce qu'il m'était donné de contempler là et je
commençai aussi seulement à comprendre alors ce sourire,
ce rayonnement. C'était un saint, un être parvenu à la perfection, qui me permettait de demeurer ici une heure avec
lui dans son éclat et que moi, Béotien que j'étais, j'avais
voulu entretenir, interroger et fourvoyer dans une conversation. Dieu merci, la lumière ne s'était pas faite trop tard
en moi. Il aurait pu aussi me renvoyer et me repousser
ainsi à tout jamais. J'aurais perdu le plus étrange et le plus
magnifique spectacle que j'aie jamais connu.

— Je vois, fit Ferromonte pensivement, que Votre Grandeur a trouvé en notre ancien Maître de la Musique une
sorte de saint. Il est bon que ce soit justement elle qui me
dise cela. J'avoue que, de la bouche d'un autre, je n'aurais
accueilli ce récit qu'avec la plus grande méfiance. Dans
l'ensemble, je ne suis pas du tout amateur de mysticisme
et en particulier, en ma qualité de musicien et d'historien,

je pousse jusqu'au pédantisme l'amour des catégories pures.
Étant donné qu'à Castalie nous ne sommes ni une congrégation chrétienne ni un monastère hindou ou taoïste, il ne
me paraît pas admissible de ranger l'un de nous parmi les
saints, dans une catégorie purement religieuse par conséquent, et venant d'un autre que toi — pardon, que de Votre
Grandeur, *Domine* — j'objecterais que c'est une déviation.
Mais j'imagine que Votre Grandeur n'aura pas sérieusement
l'intention d'introduire en faveur du vénérable ancien Maître
un procès en canonisation, il ne se trouverait d'ailleurs pas
dans notre Ordre de service compétent pour cela. Non, que
Votre Grandeur ne m'interrompe pas, je parle sérieusement,
je ne dis nullement cela en plaisantant. Votre Grandeur
m'a raconté ce qu'elle a vu, et je dois avouer que j'en ai
ressenti quelque confusion, car le phénomène qu'elle a décrit
ne nous a pas complètement échappé, à mes collègues de
Monteport et à moi, mais nous nous sommes contentés d'en
prendre acte et nous ne lui avons pas accordé beaucoup
d'attention. Je m'interroge sur la cause de ma défaillance
et de mon indifférence. Que la métamorphose de l'ancien
Maître ait frappé à ce point Votre Grandeur et lui ait paru
un événement sensationnel, alors que moi, je la remarquais
à peine, cela peut s'expliquer naturellement parce que Votre
Grandeur s'est trouvée en présence d'un fait accompli et
inattendu, alors que j'avais été le témoin de sa lente évolution. L'ancien Maître que Votre Grandeur a vu il y a
des mois et celui qu'elle a vu aujourd'hui sont très différents l'un de l'autre, alors que nous, ses voisins, nous ne
constatons, d'une rencontre à l'autre, que des modifications
à peine notables. Mais je confesse que cette explication ne
me suffit pas. S'il s'accomplit sous nos yeux une sorte de
miracle, fût-ce lentement et à pas de loup, nous devrions,
si nous n'étions pas de parti pris, en être plus fortement
touchés que ce ne fut le cas pour moi. Et je tombe ici sur
la cause de mon aveuglement : c'est que précisément j'étais
loin d'être sans parti pris. Si je n'ai pas remarqué ce phénomène, c'est que je ne voulais pas le remarquer. Je me suis
aperçu, comme tout le monde, que notre vénéré Maître vivait
de plus en plus retiré, de plus en plus taciturne, et qu'en
même temps sa gentillesse grandissait, que l'éclat de son
visage devenait plus clair et plus immatériel, quand, lors

de nos rencontres, il répondait sans mot dire à mon salut.
Je l'ai bien remarqué, naturellement, et tout le monde avec
moi. Mais je me défendais d'y voir davantage, non par
manque de respect pour notre vieux Maître, mais par aversion pour le culte de la personnalité et l'enthousiasme sentimental en général, et dans ce cas particulier par aversion
justement pour l'enthousiasme, l'espèce de culte, que l'étudiant Petrus a pour son Maître, son idole. Cela m'est apparu très clairement pendant le récit de Votre Grandeur.

— Il t'a tout de même fallu ce détour, dit Valet en riant,
pour découvrir ton antipathie pour ce pauvre Petrus. Mais
que penser maintenant? Suis-je aussi un mystique et un
enthousiaste? Est-ce que je pratique aussi le culte prohibé
des personnalités et des saints? Ou bien reconnaîtras-tu ce
que tu ne voulais pas admettre dans la bouche de cet étudiant, que nous avons vu et éprouvé quelque chose, que ce
n'étaient pas des rêves ni des fantaisies de notre imagination,
mais des faits réels et concrets?

— Venant de Votre Grandeur, je l'admets, naturellement,
dit Carlo lentement et pensivement, personne ne mettra en
doute ce que vous avez éprouvé, ni la beauté ou la sérénité
de l'ancien Magister, qui sait vous sourire de si incroyable
manière. Le problème est maintenant le suivant : comment
classer ce phénomène, comment l'appeler, l'expliquer? Cela
sent le maître d'école, mais nous autres Castaliens, que
sommes-nous, sinon des maîtres d'école? Et si je désire
classer ce que Votre Grandeur et nous-mêmes nous avons
vu, si je désire lui donner un nom, ce n'est pas pour que sa
réalité et sa beauté aillent se perdre dans l'abstrait et le
général, mais parce que je voudrais le consigner et le retenir
avec le plus de précision et de netteté possible. Lorsqu'en
voyage j'entends quelque part un paysan ou un enfant fredonner une mélodie que je ne connais pas, c'est aussi une
chose qui me frappe, et si j'essaie d'en noter aussitôt la
musique le plus exactement que je puis, ce n'est pas pour m'en
débarrasser ni pour en faire une affaire classée, c'est un
hommage et une manière de l'éterniser.

Valet lui adressa un signe d'approbation amical. « Carlo,
dit-il, il est navrant que nous ne puissions plus nous voir
que si rarement. Tous les amis de jeunesse ne font pas
chaque fois plaisir à revoir. Je suis venu te raconter cette

histoire de notre vieux Maître parce que tu es ici, sur les
lieux, le seul qu'il m'importe de savoir au courant et de
voir partager mon émotion. Je dois maintenant m'en
remettre à toi de traiter mon récit et de qualifier cet état
de transfiguration de notre Maître comme tu voudras. Je
serais heureux que tu acceptasses d'aller le voir un jour et de
rester quelques instants dans son *aura*. Il se peut que son
état de grâce, de perfection, de sagesse de vieillard, de félicité, que nous l'appelions comme nous voudrons, relève de
la vie religieuse. Bien que nous n'ayons à Castalie ni confession ni église, la piété ne nous est pas inconnue; notre
ancien Maître de la Musique a justement toujours été un
homme profondément pieux. Et, puisque dans beaucoup de
religions on rapporte des cas de grâce, de perfection, de
rayonnement, de transfiguration, pourquoi notre piété castalienne ne devrait-elle pas aussi connaître un jour ces fleu-
rons? Il se fait tard, il faudrait que j'aille dormir, je dois
partir demain matin à la première heure. J'espère revenir
bientôt. Laisse-moi seulement terminer très brièvement mon
histoire. Donc, après qu'il m'eut dit : « Tu te fatigues », je
parvins enfin à ne plus essayer d'engager la conversation
et non seulement à garder le silence, mais aussi à détourner
ma volonté de ce faux but : sonder ce taciturne à l'aide de
paroles, d'un entretien, et en tirer parti. Et dès l'instant où
j'eus renoncé et où je lui eus complètement abandonné les
rênes, cela alla tout seul. Tu es libre de remplacer plus tard
mes expressions par d'autres, mais à présent écoute-moi,
même s'il semble que je manque de précision ou si je confonds
les catégories. Je restai une heure ou une heure et demie
auprès du vieillard et je ne puis te faire part de ce qui s'est
passé ou de l'échange qui s'est fait entre lui et moi. Nous
n'avons pas prononcé un mot. Simplement, après que ma
résistance eut été brisée, je sentis qu'il m'accueillait dans sa
paix et sa clarté; nous étions, lui et moi, dans un enclos de
sérénité et de repos merveilleux. Sans le vouloir, sans le
savoir, je me trouvai engagé dans une sorte de méditation
particulièrement bien menée et bénéfique, dont le sujet eût
été la vie de l'ancien Magister. Je le voyais ou je le sentais,
lui et la marche de son devenir, depuis la minute où il m'avait
rencontré pour la première fois, enfant, jusqu'à l'instant
présent. C'était une vie de dévouement et de travail, mais

libre de contrainte, pure d'ambition, et toute pleine de
musique. Et elle se développait, comme si, en devenant
musicien et Maître de la Musique, il avait fait choix de celle-ci
comme de l'une des voies qui mènent au but suprême de
l'humanité : la liberté intérieure, la pureté, la perfection, et
comme si, dès lors, il s'était contenté de se laisser de plus
en plus pénétrer, transformer, épurer par la musique, par
ses mains habiles et sages de joueur de clavecin, par sa riche, sa
gigantesque mémoire de musicien, jusque dans toutes les
parties et tous les organes de son corps et de son âme,
dans les pulsations de son cœur et la respiration de son être,
jusque dans son sommeil et dans ses rêves, comme s'il
n'était plus qu'un symbole, que dis-je, une forme phénoménale, une personnification de la musique. Ce rayonnement
qui émanait de lui, ou ces ondes qui allaient et venaient
entre lui et moi comme un souffle rythmique, je les ai du
moins ressentis absolument comme une musique, une musique devenue totalement immatérielle, ésotérique, qui
accueille quiconque entre dans son cercle magique, comme
un chant à plusieurs voix accueille une voix nouvelle.
Quelqu'un qui n'eût pas été musicien aurait peut-être perçu
cette grâce sous forme d'autres images, un astronome se
serait peut-être vu satellite, décrivant son orbite autour
d'une planète, un linguiste se serait entendu interpeller
dans une langue fondamentale, universelle et magique. Mais
en voilà assez, je prends congé de toi. J'ai été heureux de
te voir, Carlo. »

Nous avons conté cet épisode assez au long, car le Maître
de la Musique occupait une très grande place dans la vie
et dans le cœur de Valet. Ce qui nous y a également conduit
ou fourvoyé, c'est le fait que l'entretien de Valet avec Ferromonte est parvenu jusqu'à nous, consigné de la propre
main de ce dernier dans une de ses lettres. Ce récit de la
« transfiguration » de l'ancien Maître de la Musique est certainement le plus ancien et le plus digne de foi ; il n'y eut
par la suite que trop de légendes et de gloses sur ce sujet.

LES DEUX POLES

Valet et son ami recueillirent les fruits du travail qu'ils avaient consacré à ce Jeu annuel, encore connu aujourd'hui et assez souvent cité sous le nom de « Jeu de la maison chinoise ». Il apporta à Castalie et à son Directoire la confirmation qu'on avait bien fait d'appeler Valet aux plus hautes fonctions. Une fois de plus Celle-les-Bois, le village des Joueurs et l'élite connurent la satisfaction d'une période de fête éclatante et enthousiaste. Il y avait longtemps en vérité que le Jeu annuel n'avait plus été un tel événement : le benjamin des maîtres, celui dont on parlait le plus, allait pour la première fois s'y présenter devant tout le public et montrer de quoi il était capable; en outre, Celle-les-Bois devait faire oublier sa perte et son insuccès de l'année précédente. Cette fois, personne ne gisait sur un lit de malade, et il n'y avait pas d'adjoint intimidé, attendant dans l'angoisse la grande cérémonie, sous la surveillance glaciale de la haine méfiante et vigilante de l'élite, soutenu fidèlement, mais sans élan, par des fonctionnaires aux abois. Sans bruit, inabordable, véritable grand prêtre, figure de proue vêtue de blanc et d'or sur l'échiquier solennel des symboles, le Magister célébra son œuvre et celle de son ami; rayonnant de calme, de vigueur et de dignité, inaccessible à tout appel profane, il apparut dans la salle des fêtes, au milieu de ses nombreux officiants, et il inaugura l'un après l'autre les actes de son Jeu avec les gestes

rituels; d'une écriture élégante, il traça avec un stylet d'or
étincelant des signes successifs sur le petit tableau placé
devant lui, et aussitôt ces caractères du code chiffré du
Jeu apparurent, cent fois grossis, sur l'écran gigantesque
du fond de la salle, mille voix chuchotantes les épelèrent à
mesure, les hérauts les crièrent, les antennes les transmirent
dans le pays et dans l'univers. A la fin du premier acte, il
évoqua au tableau la formule qui le résumait; dans une
pose imposante et pleine de grâce, il donna ses instructions pour la méditation, posa son stylet et adopta, en
s'asseyant, la position exemplaire de la concentration : alors,
non seulement dans la salle, dans le village des Joueurs, et
à Castalie, mais au-delà, dans bien des pays de la terre,
les fidèles du Jeu des Perles de Verre s'assirent, pleins de
ferveur, pour la même méditation et ils y restèrent plongés jusqu'à ce que, dans le hall, le Magister se relevât. Tout
était semblable à ce que cela avait été bien des fois, et
cependant c'était nouveau et vous prenait le cœur. L'univers abstrait et en apparence intemporel du Jeu était assez
élastique pour provoquer cent réactions nuancées dans l'esprit, la voix, le tempérament et l'écriture d'une personnalité; celle-ci avait assez de grandeur et de culture pour ne
pas croire ses idées plus importantes que les lois intangibles
du Jeu; ses assistants, ses partenaires et l'élite obéissaient
comme des soldats bien entraînés, et pourtant chacun d'eux,
ne fût-ce qu'en exécutant ses révérences avec les autres ou
en aidant à manœuvrer le rideau autour du Maître plongé
dans la méditation, semblait jouer un jeu personnel, nourri
de sa propre inspiration. Mais c'était de la foule, de la vaste
communauté qui emplissait la salle et tout Celle-les-Bois,
du millier d'âmes qui suivaient les pas fantastiquement hiéra-
tiques du Maître, parcourant à sa suite les espaces infinis
des représentations polydimensionnelles du Jeu, que la cérémonie recevait son accord fondamental, ce frémissement
profond de gros bourdon, qui pour les plus enfantins des
assistants est le clou et presque la seule émotion de la fête,
mais qui fait aussi vibrer d'un frisson de respect les virtuoses rompus au Jeu et les critiques de l'élite, depuis les
officiants et les fonctionnaires jusqu'au sommet de l'échelle
et jusqu'au Maître.

Ce fut une fête imposante; les délégués de l'extérieur le

sentirent et le proclamèrent, eux aussi, et plus d'un novice fut, au cours de ces journées, gagné pour toujours au Jeu des Perles de Verre. Mais il y a un accent singulier dans les mots par lesquels Joseph Valet, à l'expiration de cette cérémonie de dix jours, résuma ses impressions à son ami Tegularius. « Nous avons lieu d'être satisfaits, lui dit-il. Oui, Castalie et le Jeu des Perles de Verre sont d'admirables choses, presque parfaites. Mais elles le sont peut-être trop, elles sont trop belles, si belles qu'on peut à peine les contempler sans craindre pour elles. Il déplaît de songer que, comme toutes choses, elles disparaîtront un jour; et pourtant il faut y penser. »

Cette parole, qui nous a été transmise, oblige le biographe à aborder la partie la plus délicate et la plus secrète de sa tâche, qu'il eût aimé laisser encore quelque temps à l'écart, pour terminer d'abord, avec le calme et l'aisance que procurent au narrateur les situations claires et sans équivoque, le récit des succès de Valet, de son exemplaire carrière administrative et de son éclatant apogée. Mais ce serait une erreur, croyons-nous, et il ne serait pas digne de notre sujet de ne pas reconnaître et de ne pas signaler la dualité ou la polarité de la nature et de la vie de ce vénéré Maître, même dès le moment où elles ne sont encore apparues à personne, en dehors de Tegularius. Ce sera, au contraire, notre tâche désormais d'admettre et de souligner que ce schisme ou plutôt que les pulsations continuelles de cette polarité dans l'âme de Valet constituent l'originalité et la caractéristique de sa nature. Un auteur qui se croirait autorisé à écrire la vie d'un Magister castalien uniquement dans l'esprit de la vie d'un saint, *ad majorem gloriam Castaliae,* aurait en effet beau jeu de faire du récit des années de Magister de Joseph Valet à l'exception seulement de leurs derniers instants, une énumération panégyrique de mérites, de devoirs remplis et de succès. Il n'est pas de vie, ni de carrière de Maître du Jeu des Perles de Verre, même celle du fameux Louis Laquarelliste, à l'époque la plus passionnée de Jeu de Celle-les-Bois, qui puissent paraître, aux yeux d'un historien qui s'en tient exclusivement aux faits attestés, plus irréprochables et plus dignes d'éloges que celles du Magister Valet. Cette carrière n'en a pas moins connu une fin tout à fait inhabituelle, qui suscita une grande émotion et fit même scandale aux yeux de bien des juges; or, cette fin n'eut rien de fortuit ni d'accidentel, elle survint avec une parfaite logique, et il est de notre devoir de montrer qu'elle n'est nullement en contradiction avec les brillants et glorieux exploits du Vénérable Maître, ni avec ses succès. Valet a été, dans l'exercice de ses hautes fonctions, un grand administrateur, un représentant exemplaire, un Maître irréprochable du Jeu des Perles de Verre. Mais il voyait et il sentait que l'éclat de Castalie, dont il s'était fait le serviteur, était une grandeur compromise et en voie de disparition; il n'y vivait pas sans pressentiments et sans soucis, comme la grande majorité de ses concitoyens : il connaissait l'origine et l'histoire de cette splendeur, il voyait en elle un phénomène historique, soumis aux contingences de son époque, battu et ébranlé par son impitoyable violence. Le sentiment vivant du déroulement de l'histoire s'était éveillé en lui; il voyait dans son activité personnelle celle d'une cellule partageant la dérive et l'action du torrent du devenir et des métamorphoses : ces idées avaient mûri en lui, et il en avait pris conscience grâce à ses études historiques et sous l'influence de l'illustre père Jacobus, mais longtemps auparavant il en avait porté en lui l'étoffe et les germes, et, quand on se représente vraiment dans toute sa vivacité la personnalité de Joseph Valet, quand on est réellement sur la piste de l'originalité et du sens de cette existence, on découvre aisément ces dispositions et ces ferments.

L'homme qui a dit, en l'un des jours les plus éclatants de sa vie, à la fin de son premier Jeu solennel, après une manifestation exceptionnellement réussie et impressionnante de l'esprit castalien : « Il déplaît de songer que Castalie et le Jeu des Perles de Verre disparaîtront un jour, et pourtant il faut y penser », cet homme a de bonne heure, bien avant d'avoir été initié à l'histoire, possédé un sens de l'univers qui lui rendait familiers la précarité de tout résultat et le caractère problématique de toute création de l'esprit humain. Si nous remontons à ses années d'enfance et de collège, une indication nous frappe : chaque fois qu'un de ses condisciples disparaissait des Frênes, parce qu'il avait déçu ses maîtres et qu'il était renvoyé des écoles des élites dans les étabiissements ordinaires, Valet éprouvait un trouble et une inquiétude profonds. D'aucun de ces exclus, on ne nous rapporte qu'il ait été un ami personnel du jeune Valet; ce n'était pas la perte, ce n'étaient pas le renvoi et la disparition de tel ou tel individu qui l'ébranlaient et lui infligeaient cette douleur anxieuse. Mais sa foi enfantine dans l'existence de l'ordre castalien et de sa perfection en était légèrement ébranlée, et c'était plutôt cela qui lui causait cette douleur. Qu'il se trouvât de jeunes garçons, des jeunes gens capables, après avoir eu la chance et la grâce d'être admis dans les écoles des élites de la Province, de faire fi de cette grâce et de la rejeter, il y avait là pour lui, qui prêtait à sa désignation un sens si sacré et si grave, quelque chose de bouleversant, un témoignage de la puissance du monde non castalien. Peut-être aussi — nous n'en avons pas de preuves — des incidents de ce genre éveillaient-ils chez cet enfant un premier doute sur l'infaillibilité de l'administration de l'enseignement, qu'il avait admise jusqu'alors : celle-ci n'amenait-elle pas de loin en loin à Castalie des élèves dont elle devait se débarrasser au bout de quelque temps? Qu'accessoirement cette idée, première manifestation d'une critique des autorités établies, ait également joué son rôle ou non, toujours est-il que chaque fois qu'un élève des élites s'écartait du droit chemin et était renvoyé, cela ne semblait pas seulement à cet enfant un malheur, mais une incongruité, une tache hideuse et fascinante, dont l'existence même était un reproche et engageait la responsabilité de Castalie tout entière. C'est là, à notre avis, qu'est la raison du bouleversement et du désarroi dont l'écolier Valet était susceptible dans de telles occasions. Il existait à l'extérieur, au-delà des frontières de la Province, un monde et un style de vie qui contredisaient Castalie et ses lois, qui ne s'inséraient pas dans l'ordre et le bilan de celles-ci et qui ne pouvaient être domptées ni sublimées. Et naturellement son propre cœur lui disait aussi que ce monde existait. Lui aussi, il avait des instincts, des fantaisies, des ardeurs sensuelles, contraires aux lois auxquelles il était soumis, des instincts qu'on ne réussit à mater que petit à petit et au prix de dures peines. C'étaient donc ces tendances qui, chez certains élèves, pouvaient devenir si fortes, qu'elles s'affirmaient en dépit des avertissements et des sanctions, et ramenaient ceux qui y succombaient du monde de l'élite castalienne dans cet

autre univers, où c'étaient elles, et non la discipline et le
culte de l'esprit, qui étaient reine. Les enfants qui luttaient
pour atteindre aux vertus de Castalie voyaient forcément
là tantôt un monde inférieur et mauvais, tantôt la séduction
d'un paradis des jeux et de l'exubérance. Beaucoup de
jeunes consciences ont, depuis des générations, acquis sous
cette forme castalienne le concept du péché. Et, bien des
années après, Valet devait apprendre avec plus de précision,
quand il fut devenu adulte et amateur d'histoire, que celle-
ci ne peut exister sans la matière et le dynamisme de
ce monde de péché, fait d'égoïsme et de vie instinctive, et
que même des créations aussi sublimes que celle de son Ordre
sont nées de ces flots troubles et y seront de nouveau englou-
ties quelque jour. C'était donc le problème de Castalie qui
était à l'origine de toutes les grandes émotions de la vie de
Valet, de ses efforts et de ses désarrois, et jamais ce ne fut
pour lui une question purement idéologique, cela le touchait
au tréfonds de lui-même, plus que toute autre chose, et il
savait que sa responsabilité y était engagée. Il était de ces
natures qui sont capables de tomber malades, de dépérir et
de mourir, parce qu'elles voient l'idée qui a leur amour et
leur foi, la patrie et la communauté qu'elles aiment, succomber au besoin et au mal.

Suivons notre fil directeur : nous arrivons au premier
séjour de Valet à Celle-les-Bois, à ses dernières années d'école
et à sa rencontre révélatrice avec l'auditeur libre Designori,
que nous avons longuement décrite en son temps. Cette
confrontation de l'ardent partisan de l'idéal castalien avec le
fils du siècle qu'était Plinio ne fut pas seulement violente et
grosse de conséquences lointaines, elle fut aussi pour l'élève
Valet un événement d'une profonde importance symbolique. Car on lui imposa alors ce rôle aussi capital qu'as-
treignant qui, bien qu'en apparence fortuitement dévolu,
répondait tellement à sa nature entière, qu'on serait tenté
de dire que sa vie ultérieure ne fit que le reprendre et le
revêtir toujours plus parfaitement : le rôle de défenseur et
de représentant de Castalie, celui que, quelque dix ans plus
tard, il eut à jouer de nouveau contre le père Jacobus, qu'il
a joué jusqu'à la fin, et en sa qualité de Maître du Jeu
des Perles de Verre. Il défendait et représentait l'Ordre et
ses lois, mais intérieurement il était toujours prêt, il tra-

vaillait toujours à apprendre de son adversaire et à favoriser non pas l'enkystement et l'isolement rigide de Castalie, mais sa participation active au jeu du monde extérieur, sa confrontation avec lui. Ce qui, dans son tournoi d'esprit et d'éloquence avec Designori, n'était encore partiellement qu'un jeu devint plus tard, en présence de ce partenaire et de cet ami de poids qu'était Jacobus, une affaire profondément sérieuse. Devant ces deux protagonistes, Valet a fait ses preuves; à leur contact, il a grandi, il a appris; dans cette lutte et dans cet échange, il n'a pas donné moins qu'il n'a reçu, et, les deux fois, s'il n'a pas vaincu l'adversaire, ce qui dès le départ n'était du reste pas le but du combat, il a du moins su l'obliger à rendre hommage à sa personne aussi bien qu'au principe et à l'idéal qu'il représentait. Même si ses discussions avec le savant Bénédictin n'avaient eu pour conséquence pratique et immédiate l'institution d'une représentation semi-officielle de Castalie auprès du Saint-Siège, elles auraient eu une valeur plus haute que la majorité des Castaliens l'imaginait.

Ses joutes amicales avec Plinio Designori ainsi qu'avec le sage vieux père avaient procuré à Valet, qui n'avait jamais eu de contact plus étroit avec le monde non castalien, une connaissance ou plutôt une prescience de celui-ci que peu de gens assurément possédaient à Castalie. Si l'on excepte son séjour à Mariafels, qui ne pouvait non plus lui faire connaître la vie réelle du siècle, il n'avait, en dehors de sa première enfance, jamais vu ni vécu cette existence; cependant, par l'intermédiaire de Designori, de Jacobus, par l'étude de l'histoire, il avait acquis une prescience lucide de la réalité, d'origine en grande partie intuitive et corsée seulement d'une très faible expérience, mais qui a fait de lui un homme mieux informé et plus ouvert au siècle que la majorité de ses concitoyens de Castalie, les Directeurs à peine exceptés. Il fut toujours et est toujours resté un vrai et fidèle Castalien, mais il n'a jamais oublié que Castalie n'est qu'une partie, une petite partie de l'univers, même si elle en est la plus précieuse et la plus aimée.

Qu'est-il donc advenu de son amitié pour Fritz Tegularius, ce caractère difficile et tourmenté, ce sublime artiste du Jeu des Perles de Verre, ce Castalien exclusif, gâté et craintif qui, pendant sa brève visite à Mariafels, s'était senti si mal à l'aise et si misérable, parmi les frustes Bénédictins, qu'il assurait ne pouvoir y tenir une semaine, et qu'il admirait éperdument son ami qui y résistait fort bien depuis deux ans? Nous avons fait toutes sortes d'hypothèses sur cette amitié; certaines durent être rejetées, quelques-unes paraissent plausibles. Toutes portaient sur ce qui avait pu être la racine et le sens de cette affection qui dura de longues années. N'oublions pas tout d'abord que, dans toutes ses amitiés, exception faite tout au plus de celle du Bénédictin, Valet n'a pas été le chercheur, le solliciteur, le pauvre. C'était lui qui attirait, lui qu'on admirait, qu'on enviait, qu'on aimait, simplement pour la noblesse de sa nature; et à partir d'un certain stade de son « éveil », il eut également conscience de ce don. C'était donc ainsi que, dès ses premières années d'études, il avait été admiré et recherché par Tegularius, mais il l'avait toujours un peu tenu à distance. Cependant, bien des indices nous montrent qu'il lui était réellement affectionné. Nous pensons donc que ce ne fut pas seulement son exceptionnel talent, sa génialité toujours en éveil, et sensible notamment à tous les problèmes du Jeu des Perles de Verre, qui attirèrent Valet. Le vif et durable intérêt qu'il lui témoigna n'allait pas seulement au grand talent de son ami, mais tout autant à ses défauts, à son manque de santé; il allait précisément à ce que les autres Cellois trouvaient gênant et souvent intolérable chez Tegularius. Cet être singulier était à tel point Castalien (toute sa manière de vivre eût été impensable hors de Castalie, l'atmosphère et le niveau culturel de celle-ci en étaient le postulat) que, sans son caractère difficile et son étrangeté, on aurait presque pu le qualifier de Castalien de race. Et pourtant ce Castalien pur sang s'accordait mal avec ses camarades, il en était aussi peu aimé que de ses supérieurs et que des fonctionnaires; il ne cessait de les déranger, de les choquer, et, sans la protection et la direction de son courageux et intelligent ami, c'en eût sans doute été bientôt fait de lui. Ce qu'on appelait sa maladie était en fin de compte surtout un vice, un manque de discipline, un défaut de caractère : il avait en effet un mentalité et un genre de vie foncièrement rebelles à la hiérarchie, totalement individualistes. Il ne se pliait aux règlements en vigueur qu'autant qu'il le fallait pour être toléré dans l'Ordre. Ce qui faisait de lui un bon

et même un brillant Castalien, c'était la curiosité de son
esprit, son zèle infatigable et insatiable en matière de savoir
comme de Jeu de Perles. Mais il était un médiocre et même
un mauvais Castalien par le caractère, par son attitude à
l'égard de la hiérarchie et de la morale de l'Ordre. Son vice
majeur consistait à prendre constamment à la légère et à
négliger la méditation, dont le sens, on le sait, est de rappeler à l'individu sa place, et dont la pratique consciencieuse
aurait parfaitement pu le guérir de sa maladie nerveuse, car
sur des points de détail elle y réussissait, chaque fois qu'après
une période de mauvaise conduite et d'irritabilité ou de
mélancolie, il était astreint par ses chefs, à titre de sanction,
à pratiquer de sévères exercices de méditation surveillée.
C'était un moyen auquel même Valet, qui lui voulait du
bien et qui le ménageait, a dû recourir fréquemment. Non,
Tegularius était un caractère têtu, lunatique, rebelle à une
discipline sociale sérieuse. C'était, il est vrai, un esprit toujours plein d'un regain de vie et, dans ses heures d'animation, il était ensorcelant, pétillant de verve pessimiste; personne ne pouvait rester insensible à la hardiesse et à la
splendeur parfois lugubre de ses inspirations, mais il était
totalement incurable, parce qu'il ne voulait nullement être
guéri; il n'attachait aucun prix à l'harmonie et à la discipline sociale, il n'aimait que sa liberté, son éternelle existence
d'étudiant, et il préférait être toute sa vie un original souffreteux, saugrenu et bougon, un fou et un nihiliste génial, plutôt
que d'aller prendre sa place dans la hiérarchie et de trouver
la paix. Il se moquait de la paix, il se moquait de la hiérarchie; le blâme et l'isolement où on le laissait ne le touchaient guère. Dans une communauté dont l'idéal est l'ordre
et l'harmonie, il était donc au suprême degré gênant et intolérable. Mais par son caractère difficile et insupportable,
il représentait précisément, au sein d'un petit monde aussi
éclairé et aussi ordonné, un élément d'inquiétude vivante
et perpétuelle, un reproche, un avertissement et une mise en
garde, il incitait aux idées neuves, hardies, prohibées, révolutionnaires, il était la vilaine brebis rétive du troupeau. Et
c'est par là, croyons-nous, qu'il conquit malgré tout son
ami. Certes, dans les rapports que Valet eut avec lui, la
pitié, l'appel de ce disgracié, généralement malheureux, à
tous ses sentiments chevaleresques joua aussi toujours

un rôle. Mais cela n'aurait pas suffi, même après l'élévation
de Valet à la dignité de Maître, à maintenir en vie cette
amitié au milieu d'une existence surchargée de travail, d'obligations et de responsabilités. A notre avis, dans la vie de
Valet, ce Tegularius ne fut pas moins nécessaire ni moins
important que Designori et que le père de Mariafels : il le fut
au même titre qu'eux, comme un facteur de son éveil, une
lucarne ouverte sur des perspectives nouvelles. Nous croyons
que Valet a flairé et, avec le temps, clairement reconnu, dans
cet ami si singulier, le représentant d'un type qui n'existait encore, que dans cette unique figure de précurseur,
le type du Castalien, tel qu'il pourrait devenir un jour, si
l'on ne réussissait pas à donner à la vie de Castalie, par des
confrontations et des impulsions nouvelles, un regain de jeunesse et de force. Tegularius, comme la plupart des génies
solitaires, était un précurseur. Il vivait effectivement dans
une Castalie qui n'existait pas encore, mais qui pourrait
être là demain, dans une Castalie encore plus fermée au
monde et intérieurement en train de se désagréger, du fait
du vieillissement et du relâchement de la morale contemplative de l'Ordre : c'était un monde dans lequel les plus hautes
envolées spirituelles et les plongées les plus ferventes vers
les valeurs profondes étaient encore possibles, mais où
le développement supérieur et le libre jeu de la spiritualité
ne connaissaient plus d'autre but que la jouissance de leur
propre raffinement. Aux yeux de Valet, Tegularius incarnait
les plus hautes capacités castaliennes, et en même temps, il
était le signe précurseur menaçant de la disparition de leur
morale et du début de leur déclin. C'était une merveille et
un délice que ce Fritz existât. Mais il fallait empêcher Castalie de se dissoudre en un empire de rêve tout peuplé de
Tegularius. Le danger qu'on en vînt à cette extrémité était
encore lointain, mais il existait. Telle que Valet la connaissait, Castalie n'avait qu'à élever encore un peu plus haut
les murs de son aristocratique isolement, il suffisait qu'il s'y
ajoutât un déclin de la discipline de l'Ordre, un fléchissement
de la morale hiérarchique, pour que Tegularius cessât d'être
un original surprenant et devînt le type représentatif
d'une Castalie en voie de dégénérer et de déchoir. La possibilité, l'amorce d'un pareil déclin ou une prédisposition
à celui-ci existaient-ils? Il est probable que Valet n'aurait

fait que beaucoup plus tard cette découverte essentielle qui
devint son souci, ou qu'il ne l'aurait finalement jamais faite
si ce Castalien de l'avenir n'avait vécu près de lui et s'il
ne l'avait connu à fond. Pour l'esprit vigilant de Valet, il
constituait un symptôme et un avertissement, comme le serait pour un médecin avisé le premier cas d'un mal encore
inconnu; et Fritz n'était pas un homme de la rue, c'était un
aristocrate, un talent de grande classe. Si cette maladie encore inconnue, qui se manifestait pour la première fois chez
le précurseur Tegularius, se répandait et modifiait la figure
du Castalien, si la Province et l'Ordre prenaient un jour cette
silhouette de dégénéré, de malade, ces Castaliens de l'avenir
ne seraient pas tous des Tegularius, ils ne posséderaient
pas ses dons exquis, sa génialité mélancolique, ses flam-
bées de passion d'esthète; au contraire, la majorité d'entre
eux n'auraient que sa mentalité capricieuse, son penchant
au badinage, son manque de discipline et de sens social. Il
se peut qu'à ses heures de préoccupation Valet ait eu des
visions et des prémonitions aussi sinistres, et il lui aura
fallu beaucoup de force pour les surmonter par la contemplation et par un redoublement d'activité.

Le cas de Tegularius nous fournit précisément aussi un
exemple particulièrement beau et instructif de la manière
dont Valet s'efforça, sans s'y dérober, de triompher des
problèmes, des difficultés et des anomalies qu'il trouva
sur son chemin. Sans sa vigilance, sa sollicitude et sans ses
directives d'éducateur, non seulement son malheureux ami
aurait sans doute vite été perdu, mais il n'est pas douteux
que dans la colonie des Joueurs il aurait été une cause de
troubles sans fin et de situations impossibles : il n'en avait
déjà pas manqué depuis qu'il appartenait à l'élite des
Joueurs. Le Magister eut non seulement l'art de maintenir
tant bien que mal son ami dans les voies tracées, mais aussi
d'utiliser son talent au service du Jeu des Perles de Verre
et de le pousser à de nobles réalisations; il supporta ses
caprices et ses singularités avec circonspection et patience,
il en triompha en faisant inlassablement appel à ce que sa
nature avait de grand : nous ne pouvons qu'admirer ce tour
de force dans l'art de manier les hommes. Ce serait du reste
un beau sujet, dont l'étude conduirait peut-être à des découvertes surprenantes — et nous serions tenté de le recom-

mander vivement à l'un de nos historiens du Jeu des Perles
de Verre — une belle matière donc, que l'étude exacte et
l'analyse du style particulier des Jeux annuels pendant la
période où Valet fut en fonctions : ces Jeux majestueux et
en même temps étincelants de trouvailles et de formules
délicieuses, ces Jeux brillants, d'un rythme si original et
pourtant étrangers à tout narcissisme de virtuose, avaient
un plan, une structure, une succession de méditations qui
étaient la création exclusive de Valet, tandis que son collaborateur Tegularius était l'auteur de la majeure partie de
leur ciselure et de leur minutieuse mise au point technique.
Ces Jeux pourraient avoir été perdus ou oubliés sans que
la vie et l'activité de Valet eussent moins d'attrait et per-
dissent beaucoup de leur vertu d'exemple pour les générations ultérieures. Mais nous avons la chance qu'il n'en soit
rien, ils ont été enregistrés et conservés comme tous les Jeux
officiels; ils ne gisent pas morts dans les archives, leur vie
se prolonge aujourd'hui encore dans la tradition, les jeunes
étudiants les analysent, les cours et beaucoup d'exercices
pratiques y puisent des exemples appréciés. Et en eux survit aussi ce collaborateur, qui sans cela eût été oublié ou
qui ne serait plus qu'une étrange figure du passé, hantant
encore force anecdotes. Ainsi Valet, en sachant indiquer malgré tout une place et un champ d'action à cet ami si difficile à intégrer, a enrichi le patrimoine et l'histoire de Celle-
les-Bois d'un bien de prix et assuré une certaine pérennité
à la figure et à la mémoire de Tegularius. Rappelons en passant
que ce grand éducateur, quand il se donnait toute cette
peine pour son ami, était parfaitement conscient du moyen
d'influence essentiel dont il usait. C'était l'amour et l'admiration de celui-ci. Cet amour et cette admiration, cet enthousiasme éperdu pour la personnalité forte et harmonieuse de
Valet, pour son tempérament de meneur d'hommes, le Magister les a fort bien connus non seulement chez Fritz, mais
chez beaucoup de ses rivaux et de ses élèves et, de tout
temps, il a fondé sur eux, plus que sur la majesté de sa
charge, l'autorité et le pouvoir qu'il exerça sur tant de
gens en dépit de sa bonté et de son esprit conciliant. Il
sentait exactement ce que peuvent faire une approbation,
un mot aimable dit en passant — ou au contraire une attitude d'abstention et d'indifférence. L'un de ses élèves les

plus zélés a raconté, beaucoup plus tard, qu'une fois Valet ne lui avait pas adressé la parole de toute une semaine, ni au cours, ni pendant les exercices pratiques; il n'avait pas même eu l'air de le voir et avait agi comme s'il n'était pas là : ce fut, dit-il, la plus amère et la plus efficace des sanctions qu'il eût connues dans toutes ses années de scolarité.

 Nous avons cru ces considérations et ce retour en arrière nécessaires pour faire comprendre ici au lecteur de notre essai de biographie les deux tendances fondamentales, les deux pôles de la personnalité de Valet, et pour le préparer, maintenant qu'il a lu notre description de sa vie jusqu'à son point culminant, aux dernières phases de cette existence si riche. Les deux tendances fondamentales ou les pôles de cette vie, son Ying et son Yang[1] étaient d'une part la tendance au conservatisme, à la fidélité, au service désintéressé de la hiérarchie, de l'autre la tendance à l'« éveil », à aller de l'avant, à empoigner et à comprendre la réalité. Pour le Joseph Valet croyant et bon serviteur, l'Ordre, Castalie et le Jeu des Perles de Verre étaient quelque chose de sacré, d'une valeur absolue; pour le Valet vigilant, lucide et dynamique, c'étaient, abstraction faite de leur valeur, des créations humaines, résultat d'une évolution, d'une lutte, sujettes à changer dans leurs formes vitales, exposées au danger de vieillir, de devenir stériles et décadentes : leur principe gardait toujours pour lui sa valeur intangible et sacrée, mais il avait reconnu que leur état actuel était précaire et exigeait une critique. Il servait une communauté spirituelle, dont il admirait la force et l'esprit, mais il voyait un danger dans sa tendance à se considérer comme une fin en soi, à oublier qu'elle avait à travailler pour l'ensemble du pays et de l'univers et à collaborer avec eux; elle risquait finalement de se perdre, en se détournant avec éclat de la vie universelle pour succomber de plus en plus à la stérilité. Il avait eu un pressentiment de ce danger quand, dans ses jeunes années, il avait hésité et craint à maintes reprises de se lier entièrement à l'Ordre. Au cours des discussions qu'il avait eues avec les moines, notamment avec le père Jacobus, en dépit de sa vaillance à défendre Castalie contre eux, cette idée s'était de plus en plus imposée à son esprit,

---

1. Dans la philosophie taoïste, le Ying est le principe féminin de l'univers, le Yang le principe masculin. *(N. d. T.)*

et, depuis qu'il vivait de nouveau à Celle-les-Bois et qu'il
était devenu Magister Ludi, les symptômes tangibles de
ce danger lui sautaient constamment aux yeux : il en voyait
dans la méthode de travail loyale, mais ésotérique et purement formaliste, de beaucoup de services et de ses propres
fonctionnaires, dans la spécialisation intelligente, mais orgueilleuse, de ses aspirants de Celle-les-Bois, et surtout dans la
figure aussi touchante qu'effrayante de son ami Tegularius.
Après s'être acquitté de sa première et difficile année de
fonctions, durant laquelle il n'avait pu s'accorder ni loisirs
ni vie privée, il en revint aussi aux études historiques;
pour la première fois, il médita, les yeux ouverts, sur l'histoire
de Castalie, et il acquit la conviction qu'il en était autrement
que la fatuité de la Province ne l'imaginait : en particulier,
depuis des dizaines d'années, les relations de Castalie avec
le monde extérieur, l'influence réciproque que le pays et
elle-même exerçaient l'un sur l'autre en matière de politique,
de vie, de culture, étaient en régression. Certes, la Direction de l'Enseignement avait encore son mot à dire au Conseil fédéral quand il s'agissait des écoles et de la culture; certes,
la Province continuait à doter le pays de bons professeurs,
et elle exerçait son autorité dans tous les problèmes du
savoir; mais tout cela tournait aux habitudes acquises et
à l'automatisme. Les jeunes gens des différentes élites, volon-
taires pour un service d'enseignement *extra muros*, se faisaient plus rares, et ils étaient moins enthousiastes; les
administrations et les particuliers du pays ne s'adressaient
plus que rarement à Castalie pour demander conseil, alors
qu'à une époque plus ancienne on avait volontiers sollicité
et entendu son avis, par exemple dans d'importants débats
juridiques. Comparait-on le niveau de culture de Castalie
et celui du pays, on voyait qu'au lieu de se rapprocher ils
accusaient une divergence funeste : plus la spiritualité castalienne s'affinait, se différenciait, tournait à la préciosité,
plus le siècle avait tendance à laisser la Province demeurer
Province et à la considérer, non plus comme une nécessité
et le pain quotidien, mais comme un corps étranger, dont
on tirait certes la même petite fierté que d'une antiquité de prix
et que dans l'immédiat on n'aurait pas non plus cédé, ni
perdu volontiers, mais dont on restait sans regret à l'écart et
auquel on attribuait, sans être bien au courant, une menta-

lité, une morale et une fatuité qui n'étaient plus guère à
leur place dans la vie réelle et active. L'intérêt de leurs
concitoyens pour la vie de la Province pédagogique, leur
attachement à ses institutions et en particulier aussi au
Jeu des Perles de Verre, avaient subi la même régression
que la sympathie des Castaliens pour la vie et le sort du pays.
C'était là qu'était l'erreur, Valet s'en était aperçu depuis
longtemps. Maître du Jeu des Perles de Verre, enfermé dans
son village de Joueurs, cela le chagrinait de n'avoir affaire
qu'à des Castaliens et à des spécialistes. C'était pour cela
qu'il s'efforçait de se consacrer de plus en plus aux cours de
débutants, qu'il désirait avoir des élèves aussi jeunes que
possible; plus ils étaient jeunes et plus ils avaient encore
de liens avec l'ensemble du monde et de la vie, moins ils
étaient dressés et spécialisés. Souvent, il éprouvait un ardent
désir de connaître le siècle, les hommes, une vie naturelle
— si toutefois cela existait encore à l'extérieur, dans l'inconnu. La plupart d'entre nous ont ressenti de loin en loin
un peu de cette nostalgie, de cette impression de vide, de
vie dans un air trop raréfié, et la Direction de l'Enseignement connaît bien aussi cette difficulté; du moins a-t-elle
cherché de temps à autre des moyens d'y remédier et de
combler cette lacune en développant l'usage des exercices physiques et des jeux, et en faisant l'essai de toutes
sortes de travaux de jardinage et d'artisanat. Si nos observations sont exactes, la Direction de l'Ordre manifeste aussi,
depuis peu, une tendance à mettre fin à certaines spécialisations scientifiques qui paraissent à certains de la préciosité, et cela au bénéfice d'une intensification des pratiques
contemplatives. Il n'est pas nécessaire d'être un sceptique,
un pessimiste et un mauvais membre de l'Ordre pour donner raison à Joseph Valet quand, longtemps avant nous, il
avait reconnu que l'appareil complexe et sensible de notre
république avait vieilli et qu'il avait, à bien des égards,
besoin d'être rénové.

A partir de la deuxième année de sa charge, nous le trouvons, disions-nous, orienté de nouveau vers les études historiques : en dehors de l'histoire de Castalie, il se consacrait
surtout à la lecture de tous les travaux, grands et mineurs,
que le père Jacobus avait écrits sur l'Ordre des Bénédictins.
Il trouvait aussi l'occasion, dans ses conversations avec

M. Dubois et l'un des linguistes de Trias-Cité, qui assistait à
toutes les séances du Directoire en qualité de secrétaire, de
donner un dernier écho à ses préoccupations historiques ou
un nouvel aliment; c'était toujours pour lui un réconfort
bienvenu et une joie. Il n'en trouvait pas l'occasion, à vrai dire,
dans son entourage quotidien; son ami Tegularius incarnait
véritablement dans sa personne l'aversion de ce milieu pour
toute étude historique. Nous avons trouvé, entre autres, une
feuille de carnet, contenant des annotations relatives à un
entretien, dans lequel Tegularius déclarait avec passion
que, pour des Castaliens, l'histoire était un objet absolument indigne d'étude. Évidemment, disait-il, on pouvait pratiquer l'interprétation et la philosophie de l'histoire d'une
manière spirituelle, amusante, au besoin aussi extrêmement
pathétique; c'était un passe-temps, comme d'autres philosophies, et il ne voyait pas de mal à ce qu'on y prît plaisir. Mais la
chose elle-même, l'objet de ce passe-temps, l'histoire en un
mot, était quelque chose de si laid, de si banal et de si diabolique à la fois, de si ignoble et de si ennuyeux, qu'il ne
comprenait pas qu'on pût s'y attacher. Son contenu ne se
bornait-il pas à l'égoïsme humain et à cette lutte pour le
pouvoir, éternellement pareille, qui éternellement se surestimait et se glorifiait elle-même, à ce combat pour une puissance
matérielle, brutale, bestiale, pour une chose, par conséquent,
que le monde des représentations d'un Castalien ne connaissait pas ou qui n'y avait pas la moindre valeur?
L'histoire universelle, c'était l'interminable récit, sans esprit
ni ressort dramatique, de la violence faite au plus faible
par le plus fort. Et vouloir établir une relation entre l'histoire véritable, réelle, l'histoire intemporelle de l'esprit et
cette rixe stupide et vieille comme le monde d'ambitieux
en quête du pouvoir et d'arrivistes avides d'une place au
soleil, ou vouloir l'expliquer par celle-ci, c'était vraiment
déjà trahir l'esprit. Et cela lui rappelait une secte fort
répandue au xixe ou au xxe siècle, dont on lui avait parlé
un jour : elle croyait avec le plus grand sérieux que les sacrifices faits par les peuples de l'antiquité à leurs dieux, ainsi
que ces dieux eux-mêmes, leurs temples et leurs mythes
étaient, comme toutes les autres jolies choses, les conséquences d'un manque ou d'un excès chiffrables de nourriture
et de travail, les résultats d'une tension calculable, fonction

du salaire et du prix du pain ; elle se figurait que les arts et les religions étaient des façades en trompe-l'œil (on appelait cela des idéologies), masquant une humanité tout entière occupée à sa faim et à sa mangeaille. Valet, que cette conversation amusait, demanda, en passant, si l'évolution de l'esprit, de la culture, des arts, n'était pas aussi de l'histoire et si elle n'avait pas malgré tout quelques rapports avec l'ensemble de celle-ci. « Non », s'écria son ami avec véhémence, c'était ce qu'il niait, précisément. L'histoire universelle était une compétition dans le temps, une course au gain, au pouvoir, au trésor ; ce qui y importait toujours c'était d'avoir assez de vigueur, de chance ou de bassesse, pour ne pas manquer le bon moment. L'acte spirituel, culturel, artistique était exactement le contraire : c'était chaque fois une évasion hors de l'esclavage du temps ; l'homme, de la boue de ses instincts et de son inertie, se glissait et se hissait à un autre niveau, dans l'intemporel, le supra-temporel, le divin, dans un domaine radicalement étranger et rebelle à l'histoire. Valet avait plaisir à l'écouter, il provoqua encore d'autres explosions de sa part, qui ne manquèrent nullement d'esprit, puis il conclut froidement l'entretien par cette remarque : « Je tire mon chapeau à ton amour de l'esprit et de ses actes ! Mais la création spirituelle est une chose à laquelle nous ne pouvons à dire vrai, prendre autant part que beaucoup de gens le croient. Un dialogue de Platon ou un motif de chorale d'Heinrich Isaac, tout ce que nous appelons un acte de l'esprit, ou une œuvre d'art, ou une objectivation spirituelle, sont les résultats finals, les ultimes bilans d'une lutte pour la pureté et la liberté ; disons, pour parler comme toi, que ce sont des évasions du temps dans l'intemporel et, dans la majeure partie des cas, les plus parfaites de ces œuvres sont celles qui ne laissent plus rien deviner du combat et du corps à corps qui les ont précédées. C'est une grande chance que nous ayons ces œuvres, et, en vérité, nous ne vivons presque que d'elles, nous autres Castaliens, notre capacité de produire se borne à reproduire, nous vivons constamment dans cette sphère transcendante de l'intemporel et de la non-violence, qui consiste précisément en ces œuvres et que nous ignorerions sans elles. Et nous allons encore plus loin dans la voie de la spiritualisation ou, si tu veux, de l'abstraction : dans notre Jeu des Perles de Verre, nous

démontons pièce par pièce ces œuvres des sages et des
artistes, nous en extrayons des règles de style, des schémas
de formes, des interprétations sublimées, et nous opérons
avec ces abstractions, comme si c'étaient des matériaux de
construction. Or, tout cela est très beau, personne ne te le
conteste. Mais tout le monde ne peut pas, sa vie durant,
respirer, manger et boire uniquement des abstractions. Sur
ce qu'un aspirant de Celle-les-Bois trouve digne de son intérêt, l'histoire a un avantage : elle a affaire avec la réalité.
Les abstractions sont ravissantes, mais je suis d'avis qu'il
faut aussi respirer de l'air et manger du pain. »

De loin en loin, Valet trouvait moyen de faire une courte
visite à l'ancien Maître de la Musique. Le vénérable vieillard, dont les forces baissaient maintenant visiblement et
qui, depuis longtemps, s'était complètement déshabitué de
l'usage de la parole, demeura jusqu'à la fin dans son état
de recueillement serein. Il n'était pas malade, et son décès
ne fut pas à proprement parler une mort, ce fut une déma-
térialisation progressive, un évanouissement de sa substance
corporelle et de ses fonctions charnelles, tandis que sa vie
se concentrait de plus en plus exclusivement dans le regard
de ses yeux et dans le léger rayonnement de son visage de
vieillard qui se creusait. La plupart des habitants de Monteport connaissaient bien ce phénomène et ils l'avaient
accueilli avec respect, mais il ne fut donné qu'à peu de gens,
comme Valet, Ferromonte et au jeune Petrus, de participer un
peu à l'éclat de ce couchant et aux derniers rayons d'une vie
pure et désintéressée. Quand ces quelques personnes entraient,
l'esprit préparé et recueilli, dans la petite pièce où l'ancien
Maître était assis dans son fauteuil, elles avaient le privilège
de pénétrer dans ce doux éclat de la fin d'un devenir, de
partager l'intuition de cette perfection devenue sans paroles;
comme à portée d'invisibles rayons, elles passaient dans la
sphère cristalline de cette âme des instants de félicité, auditeurs d'une musique qui n'était pas de cette terre, et revenaient ensuite à leur journée, le cœur éclairé et fortifié,
comme au retour d'un grand sommet. Le jour vint, où
Valet reçut la nouvelle de sa mort; il partit précipitamment
et trouva le Maître, qui s'était éteint doucement, allongé
sur sa couche; son visage menu avait fondu et s'était
creusé jusqu'à ne plus former qu'une rune, une arabesque

muette, une figure magique, qui n'était plus lisible, et qui semblait pourtant parler de sourires et de bonheur accompli. Sur sa tombe, après le Maître de la Musique et Ferromonte, Valet prit aussi la parole, mais il ne parla pas du musicien sage et illuminé, ni du grand professeur, ni du doyen du Directoire avisé et bon enfant, il dit seulement la grâce de sa vieillesse et de sa mort, la beauté impérissable de l'esprit qui s'était manifestée en lui aux compagnons de ses dernières journées.

Nous savons, par plusieurs de ses déclarations, que Valet avait formé le vœu de décrire la vie de l'ancien Maître, mais ses fonctions ne lui laissèrent pas le loisir d'un tel travail. Il avait appris à ne plus accorder beaucoup de place à ses désirs. Il dit un jour à l'un de ses aspirants : « C'est dommage que vous ne connaissiez pas, vous autres étudiants, le superflu et le luxe dans lesquels vous vivez. Mais j'étais également ainsi quand j'étais encore étudiant. On étudie, on travaille, on n'est pas un oisif, on croit pouvoir se dire laborieux, mais on sent à peine tout ce qu'on pourrait réaliser, tout ce qu'on pourrait faire de cette liberté. Et soudain il vous arrive une convocation du Directoire, on a besoin de vous, on vous donne une chaire, une mission, une fonction, de là on passe à un échelon plus élevé et l'on se trouve pris à l'improviste dans un réseau d'obligations et de devoirs qui ne fait que se rétrécir et se resserrer à mesure qu'on s'y agite. Ce ne sont que des tâches petites par elles-mêmes, mais chacune exige d'être faite à son heure, et la journée de fonctions comporte plus de tâches que d'heures. C'est bien ainsi, il ne faut pas qu'il en soit autrement. Mais lorsque, entre la salle de cours, les archives, le secrétariat, le cabinet de réception, les séances et les déplacements de service, on se rappelle un instant la liberté qu'on possédait et qu'on a perdue, la faculté de ne pas travailler sur commande, de faire de vastes études sans limites, on peut bien avoir un moment de regret, et se figurer que si l'on venait à les avoir encore on savourerait jusqu'à la lie leurs joies et leurs possibilités. »

Il savait déceler avec un sens extrêmement fin si ses étudiants et ses fonctionnaires étaient aptes aux services de la hiérarchie; il choisissait avec circonspection un homme pour chaque tâche, pour chaque poste vacant, et les appréciations, les caractéristiques dont il tenait sur eux un livre témoignent d'une grande sûreté de jugement, qui porte toujours au premier chef sur la valeur humaine, le caractère. Quand il s'agissait d'apprécier et de manier des caractères difficiles, on allait aussi volontiers lui demander conseil. Il y eut par exemple le cas de cet étudiant Petrus, le dernier des disciples préférés de l'ancien Maître de la Musique. Ce jeune homme, du genre des fanatiques silencieux, avait jusqu'à la fin donné toute satisfaction dans son rôle un peu particulier de jeune homme de compagnie, d'infirmier et de disciple fervent du vénéré Maître. Mais quand ce rôle trouva son terme naturel à la mort de l'ancien Magister, il sombra d'abord dans une mélancolie et une tristesse qu'on comprit et qu'on admit quelque temps, mais dont les symptômes ne tardèrent pas à causer de sérieuses préoccupations au dirigeant de Monteport de cette époque, le Maître de la Musique Ludwig. Petrus tenait en effet obstinément à continuer à habiter dans ce pavillon qui avait été la résidence de vieillesse du défunt; il s'était fait le gardien de cette maisonnette, en entretenait aussi méticuleusement que par le passé le mobilier et le ménage, et il considérait en particulier les pièces où le disparu avait vécu et était décédé, avec son fauteuil, son lit de mort et son clavecin, comme un sanctuaire intangible, qu'il avait mission de garder. Et, en dehors de la conservation minutieuse de ces reliques, il ne connaissait plus qu'un souci et un devoir : l'entretien de la tombe où reposait son Maître bien-aimé. Il se voyait appelé à consacrer sa vie à un culte permanent du mort, dans ces lieux du souvenir, à les garder, comme un serviteur du temple les Lieux Saints, à les voir peut-être devenir un but de pèlerinage. Dans les premiers jours qui suivirent l'enterrement, il n'avait pris aucune nourriture, par la suite il s'était limité à ces rares et légers repas dont le Maître s'était contenté dans les derniers temps de sa vie. On eût dit qu'il méditait de prendre ainsi la succession du vénéré Magister, et de le suivre dans la mort. N'y tenant pas longtemps à ce régime, il adopta l'attitude qui devait le désigner comme l'administrateur de la maison et de la tombe, comme le préposé éternel à ces lieux du souvenir. Il ressortait clairement de tout cela que ce jeune homme, au surplus original, et qui, depuis beau temps, jouissait d'une situation exceptionnelle pleine de charme pour lui, entendait la conserver à tout prix et ne voulait absolument pas reprendre son service quotidien, qu'en secret il ne devait plus se sentir de taille à assurer. « Du reste, ce Petrus, qui avait été affecté à l'ancien Maître décédé, a perdu la tête », déclare brièvement et froidement un billet de Valet à Ferromonte.

Certes, l'étudiant en musique de Monteport n'était pas du ressort du Magister de Celle-les-Bois, Valet n'en était pas responsable et il n'éprouvait assurément pas le besoin de se mêler d'une affaire de Monteport, ni de se donner un travail supplémentaire. Mais le malheureux Petrus, à qui on avait dû faire évacuer de force son pavillon, ne se calmait pas; dans son chagrin et son désarroi, il était parvenu à un état d'isolement et de mépris des réalités qui ne permettait guère de lui appliquer les sanctions courantes pour manquement à la discipline. Comme ses supérieurs connaissaient les relations bienveillantes que Valet avait eues avec lui, la chancellerie du Maître de la Musique demanda à Valet conseil et assistance, tandis que le rebelle, provisoirement considéré comme malade, était gardé en observation dans une cellule de l'infirmerie. Valet avait un peu rechigné à s'occuper de cette affaire pénible, mais une fois qu'il y eut bien réfléchi et qu'il eut résolu de faire une tentative de sauvetage, il prit fermement l'affaire en main. Il offrit d'appeler Petrus auprès de lui à titre d'essai, à la condition qu'on le traitât absolument comme un homme en bonne santé et qu'on le laissât voyager seul. Il joignit à cela une brève et aimable invitation à son adresse, dans laquelle il le priait de lui rendre une courte visite, s'il était disponible, et où il laissait entendre qu'on espérait obtenir de lui toutes sortes de renseignements sur les derniers jours de l'ancien Maître de la Musique. Le médecin de Monteport donna son accord avec hésitation, on remit à l'étudiant l'invitation de Valet; comme celui-ci l'avait supposé avec raison, rien ne pouvait être plus agréable et plus salutaire à ce garçon, qui s'était enferré dans sa fâcheuse situation, que de s'éloigner rapidement du lieu de ses malheurs; en effet, Petrus se déclara sur-le-champ prêt à entreprendre ce voyage, il ne refusa pas d'absorber un véritable repas, on lui donna une autorisation de déplacement, et il se mit en route à pied. Il arriva à Celle-les-Bois en assez bonne forme; sur les instructions de Valet, on ignora son air instable et agité et on l'hébergea avec les hôtes des archives. Il constata qu'on ne le traitait ni comme un individu passible de sanctions, ni comme un malade, ni comme quelqu'un qui sortît à un titre quelconque de la normale. Il n'était pas assez souffrant, malgré tout, pour ne pas apprécier cette atmosphère agréable et pour ne pas utiliser ce chemin qui s'offrait à lui pour revenir à la vie. Certes, il fut encore, dans les semaines suivantes de son séjour, un fardeau assez lourd pour le Magister qui lui fixa une tâche, en contrôlant sans cesse ce prétexte de travail qui consistait à relever les exercices musicaux et les études faits par son Maître dans ses derniers jours. Aux archives, il le fit aussi astreindre systématiquement à de petits travaux matériels : on lui demandait, quand ses loisirs le lui permettaient, de donner un coup de main, on lui disait qu'on était justement très occupé et qu'on manquait d'auxiliaires. Bref, on aida cet égaré à rentrer dans le droit chemin. Ce fut seulement quand il eut retrouvé son calme et qu'il fut visiblement décidé à se soumettre, que Valet commença aussi, dans de brefs entretiens, à exercer directement sur lui son influence d'éducateur et à chasser complètement de son esprit l'idée que son culte idolâtre pour le défunt eût un caractère sacré et fût possible à Castalie. Mais comme il ne pouvait triompher des appréhensions que lui causait son retour à Monteport, on lui donna, puisqu'il paraissait guéri, la mission d'assister un professeur de musique, dans l'une des écoles élémentaires des élites, et là il se comporta du reste honorablement.

On pourrait encore citer bien des exemples de l'activité de Valet, éducateur et médecin des âmes, et il ne manque pas de jeunes étudiants qui furent gagnés à une vie conforme au véritable esprit castalien par la douce violence de sa personnalité, de la même manière que Valet y avait été poussé jadis lui-même par le Maître de la Musique. Tous ces exemples nous montrent que le Magister Ludi n'avait rien d'un caractère tourmenté, ils témoignent tous de sa santé et de son équilibre. Mais la sollicitude pleine d'amour du Vénérable Maître pour des caractères instables et en péril, comme ceux de Petrus ou de Tegularius, semble

révéler une vigilance, un flair particulier pour ce genre de
maladies ou de disposition des Castaliens, une attention aux
problèmes et aux dangers inhérents à leur nature, qui,
une fois éveillée, ne connut plus jamais ni repos ni sommeil.
Il n'était pas dans sa manière nette et courageuse de fermer
les yeux à ces dangers par légèreté ou par sybaritisme,
ainsi que le font une bonne majorité de nos concitoyens.
Et il est probable qu'il n'a jamais fait sienne la tactique de
la plupart de ses collègues du Directoire qui, tout en connaissant l'existence de ces périls, ont pour principe de les traiter
comme s'ils n'existaient pas. Il voyait, il connaissait ces
dangers, du moins beaucoup d'entre eux. Familier de l'histoire des origines de Castalie, il concevait l'existence au milieu
d'eux comme un combat, et il aimait cette vie dangereuse,
il en affirmait la valeur, alors que tant de Castaliens ne
voient dans leur communauté et le rôle qu'ils y jouent
qu'une simple idylle. Les œuvres du père Jacobus sur l'Ordre
des Bénédictins lui avaient également rendue familière l'idée
que l'Ordre était une communauté militante et la piété une
attitude de combat. « Il n'y a pas, a-t-il dit un jour, de vie
noble et supérieure, si l'on ne sait pas qu'il existe des diables
et des démons et si on ne les combat pas constamment. »

Il est extrêmement rare chez nous que de véritables amitiés se nouent à l'échelon des fonctions les plus élevées : nous
ne nous étonnerons donc pas que Valet, dans les premières
années de sa charge, n'ait eu de relations de ce genre avec
aucun de ses collègues. Il avait beaucoup de sympathie pour
le spécialiste des langues anciennes de Trias-Cité et une
profonde considération pour la Direction de l'Ordre, mais
dans ces sphères l'élément individuel et privé est presque
totalement refoulé et dépersonnalisé, si bien qu'en dehors
du travail officiel en commun, il est à peine possible qu'il
y ait des rapprochements sérieux et des amitiés. Et cependant, c'était une expérience qu'il devait encore faire.

Nous ne disposons pas des archives confidentielles de la
Direction de l'Enseignement. Sur l'attitude et l'activité de
Valet au cours des séances et des scrutins, nous savons
seulement ce qu'il est possible de déduire des déclarations
qu'il fit parfois à ses amis. Il ne semble pas avoir toujours
observé dans ces réunions le même mutisme qu'à son entrée en fonctions, mais il paraît n'y avoir que rarement

tenu de discours, si ce n'est quand il proposait lui-même
une initiative ou présentait une requête. Nous savons par
des témoignages formels avec quelle rapidité il fit sien le ton
qui est de mise dans les conversations de nos plus grands
hiérarques, et quelle élégance, quelle richesse d'invention
et quel plaisir de virtuose il montra dans l'art d'en manier
les formes. Les chefs de notre hiérarchie, les Magisters et lse
hommes de la Direction de l'Ordre ne conversent entre eux,
on le sait, que dans un style protocolaire dont ils ont soin
de ne se pas départir et il règne, d'autre part, parmi eux,
nous ne saurions dire depuis quand, une tendance —
peut-être est-ce un règlement secret, une règle du jeu —
qui veut qu'ils observent une courtoisie d'autant plus
stricte, d'autant plus subtilement raffinée, que leurs divergences d'opinions sont plus grandes et les questions
en litige à l'ordre du jour plus importantes. Il est probable que cette politesse qui s'est transmise d'âge en âge,
outre les autres fonctions qu'elle peut avoir, constitue aussi
et surtout une mesure de précaution : non seulement le
ton extrêmement courtois des débats évite aux interlocu-
teurs de se laisser aller à la passion et les aide à conserver
une tenue parfaite, mais elle protège et garde aussi la
dignité même de l'Ordre et du Directoire, elle les revêt des
surplis du cérémonial et des voiles de la sainteté. Cet art
des compliments, souvent doucement raillé par les étudiants,
a donc sans doute sa raison d'être. Avant l'arrivée de Valet,
son prédécesseur, le Magister Thomas de La Trave était
particulièrement admiré pour sa maîtrise dans ce domaine.
On ne peut pas vraiment dire que Valet ait été son successeur et encore moins son imitateur : il était plutôt un
élève des Chinois. Sa courtoisie cachait moins de pointes
et d'ironie. Mais parmi ses collègues sa politesse passait
aussi pour être sans égale.

UNE CONVERSATION

Nous voici parvenu dans notre essai au point où toute notre attention est captivée par cette évolution qui s'empara de la vie du Maître dans ses dernières années et qui aboutit à la résignation de ses fonctions, à son départ de la Province, à son passage dans une sphère de vie différente et à sa fin. Bien que, jusqu'à l'instant de ce départ il eût géré sa charge avec un loyalisme exemplaire et qu'il eût joui jusqu'au dernier jour de l'affection et de la confiance de ses élèves et de ses collaborateurs, nous renonçons à poursuivre la description de son activité de fonctionnaire, car nous voyons qu'au tréfonds de lui-même il en est fatigué et s'oriente vers d'autres buts. Il avait fait le tour des possibilités que sa charge lui donnait de déployer ses forces, et il en était arrivé au point où de grandes natures abandonnent la voie de la tradition et du conformisme docile et où, confiantes dans des puissances suprêmes qui n'ont point de nom, elles doivent se hasarder dans des voies nouvelles que nul n'a encore tracées ni connues et en assumer les risques.

Lorsqu'il eut pris conscience de cela, il examina soigneusement, de sang-froid, sa situation et les possibilités de la modifier. Il était arrivé à un âge exceptionnellement précoce au faîte de ce qu'un Castalien doué et ambitieux peut souhaiter et rechercher; il n'y était pas parvenu à force d'ambition, ni de peine, mais sans arrivisme, sans effort

de conformisme, presque contre son gré, car une vie de
savant effacée, indépendante, libre des obligations de toute
fonction, aurait mieux répondu à ses vœux. Il n'attachait
pas une égale valeur à tous les avantages et à tous les
privilèges éminents que sa charge lui avait procurés, et
il semble qu'il lui fallut peu de temps pour perdre presque
le goût de quelques-unes de ces distinctions et de certains
de ces pouvoirs. En particulier, le travail politique et administratif auquel il se livrait avec ses collègues du Directoire
général lui parut toujours un fardeau, bien que naturellement il ne s'y consacrât pas avec moins de conscience. Et
la tâche proprement dite, caractéristique et originale de
son poste, la formation d'une sélection de Joueurs de Perles
de Verre accomplis, en dépit de toute la joie qu'elle lui
procurait parfois et de la fierté que cette élite témoignait
de son Maître, fut peut-être à la longue plutôt une charge
pour lui qu'un plaisir. Sa joie, sa satisfaction, c'était d'enseigner et d'éduquer, et, dans ce domaine, l'expérience lui avait
appris que le plaisir et le succès étaient d'autant plus grands
que les élèves étaient plus jeunes. Aussi était-ce à ses yeux
une privation, un sacrifice, que d'exercer une fonction qui
attirait à lui, non les enfants et les petits garçons, mais
seulement des jeunes gens et des adultes. Toutefois, il y
eut encore d'autres considérations, d'autres expériences,
d'autres réflexions qui l'amenèrent au cours de ses années
de Magister à adopter une attitude critique à l'égard de sa
propre activité et de certaines particularités de Celle-les-
Bois, à considérer même sa charge comme un grave obstacle
à l'épanouissement de ses facultés les meilleures et les plus
fécondes. Il y a là bien des faits que chacun de nous connaît,
beaucoup que nous présumons seulement. Le Magister Valet
a-t-il eu vraiment raison de chercher à se libérer du fardeau
de sa charge, de souhaiter un travail plus effacé mais plus
intense, de critiquer la situation de Castalie? Faut-il le considérer comme un pionnier et un hardi champion ou comme
une sorte de rebelle, voire de déserteur? C'est une question
que nous n'aborderons pas non plus : on n'en a que trop
discuté. Cette querelle a divisé quelque temps Celle-les-Bois
et même toute la Province en deux camps, et tous les échos
ne s'en sont pas encore tus. Bien que nous fassions profession d'être des admirateurs reconnaissants du grand Magis-

ter, nous nous refusons à prendre position sur ce point;
voilà longtemps, d'ailleurs, que la synthèse des opinions et
des jugements formulés dans cette querelle sur la personne
et la vie de Joseph Valet a commencé à se faire Nous ne
désirons ni juger, ni convertir, mais raconter avec le maximum de véracité l'histoire de la fin de notre vénéré Maître.
Or il se trouve que ce n'est pas tout à fait une histoire
véritable, nous serions tenté de la qualifier plutôt de légende :
c'est un récit où se mêlent les informations authentiques
et de simples bruits, dans la forme précisément où, confluant
de sources claires et obscures, il se sont répandus dans
la Province jusqu'aux nouveaux venus que nous sommes.

A une époque où Joseph Valet avait déjà commencé,
en pensée, à se mettre en quête d'un chemin de la liberté,
il retrouva à l'improviste une figure qui lui avait jadis été
familière dans sa jeunesse et qu'il avait à moitié oubliée
depuis, celle de Plinio Designori. Cet ancien auditeur libre, fils
d'une vieille famille qui avait bien mérité de la Province,
député et écrivain politique influent, apparut soudain un
jour, à un titre officiel, au Directoire général. En effet
il y avait eu, comme périodiquement, de nouvelles élec-
tions à la commission gouvernementale chargée de contrôler le budget de Castalie, et Designori était devenu
l'un des commissaires. La première fois qu'il se présenta
en cette qualité, au cours d'une réunion dans la maison
de la Direction de l'Ordre, à Terramil, le Maître du Jeu
des Perles de Verre était également présent. Cette rencontre a fait sur lui une forte impression et elle eut des
conséquences : nous possédons à ce sujet de nombreuses
informations dues à Tegularius, puis à Designori lui-même,
qui, à cette période de sa vie, sur laquelle plane pour nous
une certaine obscurité, redevint bientôt son ami et même
son confident. Lors de cette première rencontre, après des
dizaines d'années d'oubli, le speaker présenta aux Magisters,
selon l'usage, les membres de la commission d'État nou-
vellement constituée. Quand notre Maître entendit le nom
de Designori, il fut surpris, confus même, car au premier
coup d'œil il n'avait pas reconnu ce camarade de sa jeunesse qu'il avait perdu de vue depuis de longues années.
Renonçant à la révérence et à la formule de salutations
officielles, il lui tendit amicalement la main. En même

temps il regarda attentivement son visage, cherchant à
découvrir quelles transformations avaient pu le rendre méconnaissable à un vieil ami. Pendant la séance également,
son regard s'attarda souvent sur ces traits jadis si familiers.
Du reste, Designori lui avait parlé à la troisième personne,
en lui donnant son titre magistral, et il avait dû le prier à
deux reprises de l'appeler comme autrefois et de recommencer à lui dire « tu », avant que celui-ci s'y décidât.
 Le Plinio que Valet avait connu était un adolescent fougueux et gai, communicatif et brillant, bon élève et en
même temps jeune homme du monde, qui se sentait supérieur aux jeunes Castaliens ignorants du siècle et trouvait
parfois plaisir à les provoquer. Il n'avait peut-être pas été
exempt de vanité, mais c'était une nature ouverte, sans
mesquinerie, et qui, pour la plupart des camarades de son
âge, était intéressante, attirante et aimable; il éblouissait
même certains par sa joliesse, la sûreté de ses manières et
par le parfum d'exotisme qui entourait cet auditeur libre
d'enfant du siècle. Des années plus tard, vers la fin de ses
études, Valet l'avait revu : il lui avait alors trouvé moins
de relief; Plinio lui avait paru plus fruste et dépouillé
de tout son charme d'autrefois; il l'avait déçu. On s'était
séparés froidement, avec gêne. Maintenant, il paraissait de
nouveau un tout autre homme. Il semblait surtout avoir
totalement abdiqué ou perdu sa jeunesse et sa gaîté, son
goût de s'extérioriser, de discuter, d'échanger des idées, son
génie actif, conquérant, tourné vers l'extérieur. Lors de
cette rencontre avec son ami d'autrefois, il n'avait pas
attiré son attention, il ne l'avait pas salué le premier, et
même, après que leurs noms eurent été prononcés, il n'avait
pas tutoyé le Magister; cordialement invité à le faire, il ne
s'y était résolu qu'à regret. De même, dans son attitude,
dans son regard, sa façon de parler, dans les traits de son
visage et dans ses mouvements, l'agressivité d'autrefois, la
franchise, l'élan avaient fait place à de la réserve ou à de
l'abattement, à une volonté de se ménager et de rester à
l'arrière-plan, à une sorte de hantise ou de crispation, ou
peut-être seulement à de la fatigue. Dans tout cela le
charme de la jeunesse était noyé, éteint, mais la superficialité et la verdeur excessive de sa mondanité avaient disparu, elles aussi. Toute sa personne, et surtout son visage,

paraissaient désormais marqués, en partie ravagés, et en partie ennoblis par une expression de douleur. Et le Maître du Jeu des Perles de Verre, tout en suivant les débats, ne cessait de réserver une part de son attention à ce spectacle; il ne pouvait s'empêcher de se demander quelle sorte de souffrance pouvait bien dominer et avoir ainsi marqué cet homme vif, beau et plein d'allant. Il semblait que ce fût une douleur singulière, que Valet ne connaissait pas, et plus il se livra en pensée à cette recherche, plus il éprouva de compassion et de sympathie pour cet être souffrant, plus il se sentit attiré vers lui. Sa pitié et son amour se nuançaient légèrement d'un sentiment de dette envers cet ami de jeunesse qui paraissait si triste, du sentiment de lui devoir réparation. Il fit toutes sortes d'hypothèses sur la cause de la tristesse de Plinio, puis il les abandonna, et une idée lui vint alors : la douleur qu'exprimait ce visage n'était pas d'origine vulgaire, c'était une douleur noble, peut-être tragique, et son expression était d'une nature inconnue à Castalie; il se rappelait avoir vu parfois une expression analogue sur des visages de gens du siècle, de non-Castaliens, mais jamais aussi forte, ni aussi captivante. A sa connaissance, il y avait aussi quelque chose de semblable dans certains portraits de personnages du passé, dans ceux de beaucoup de savants ou d'artistes, où se lisaient une tristesse, un sentiment d'isolement et d'impuissance émouvants, moitié maladifs, moitié dus au destin. Pour le Magister, artiste si délicatement sensible aux secrets de l'expression, éducateur si attentif aux caractères, il existait depuis beau temps des signes physiognomoniques déterminés, auxquels il se fiait d'instinct, sans en faire un système; pour lui il y avait, par exemple, une manière de rire, de sourire, d'être gai spécifiquement castalienne et une autre spécifique du siècle, et, de même, il en existait une de souffrir et d'être triste particulière au siècle. C'était ce genre de tristesse qu'il croyait reconnaître sur le visage de Designori : l'expression en était si forte et si pure qu'on eût dit que ce visage était destiné à en représenter beaucoup d'autres, à rendre visibles la douleur et le mal secrets d'une foule de gens. Ce visage l'inquiétait, l'émouvait. Il ne lui paraissait pas seulement significatif que le siècle lui eût alors envoyé ici cet ami perdu, que Plinio et Joseph, comme autrefois dans leurs

duels oratoires d'écoliers, fussent maintenant réellement et
valablement les représentants, l'un du siècle et l'autre de
l'Ordre. Il était tenté de trouver plus important encore et
plus symbolique le fait que le monde, dans ce visage solitaire
et voilé de tristesse, n'eût plus, cette fois, délégué à Castalie
son rire, sa joie de vivre, la gaîté de sa force et sa verdeur,
mais sa détresse et sa douleur. Cela lui donnait aussi à réfléchir, et il ne lui déplaisait nullement, que Designori parût
l'éviter plutôt que le rechercher, qu'il ne cédât à ses instances
et ne s'ouvrît à lui qu'après une forte résistance. Du reste,
et cela servait naturellement Valet, son camarade d'école,
élevé lui-même à Castalie, n'était pas, dans cette commission si importante pour elle, un commissaire pénible, chagrin, voire presque malveillant, comme on en avait déjà
connu; il faisait partie au contraire des admirateurs de
l'Ordre et des mécènes de la Province à laquelle il pouvait
rendre bien des services. Il avait, il est vrai, renoncé depuis
de longues années au Jeu des Perles de Verre.

Nous ne pourrions raconter par le menu de quelle manière
le Magister regagna peu à peu la confiance de son ami.
Chacun de ceux qui, parmi nous, connaissent la calme sérénité et la gentillesse affectueuse du Maître peut se représenter la chose à sa façon. Valet n'eut de cesse qu'il n'eût
conquis Plinio, et qui eût pu lui résister à la longue,
quand il y tenait?

Quelques mois après cette première rencontre, Designori
avait fini par accepter son invitation répétée de venir lui
rendre visite à Celle-les-Bois, et tous deux, par un après-midi d'automne venteux et couvert, traversèrent en voiture la campagne, où l'ombre et la lumière alternaient
sans cesse, pour gagner le théâtre de leurs années de collège et de leur amitié, Valet calme et serein, son invité
silencieux mais agité : comme les champs vides entre le
soleil et l'ombre, il oscillait entre la joie de retrouver son
ami et la douleur de lui être devenu étranger. Arrivés près
de la cité, ils descendirent et firent à pied les vieux chemins qu'ils avaient parcourus ensemble collégiens, ils évoquèrent force souvenirs de camarades, de professeurs et de
conversations qu'ils avaient eues alors. Designori fut vingt-quatre heures l'invité de Valet qui lui avait promis de le
laisser assister en spectateur pendant cette journée à tous

ses actes et à tous ses travaux officiels. A la fin — son invité
voulait s'en aller le lendemain matin de très bonne heure —
ils restèrent seuls ensemble, dans le salon de Valet et retrou-
vèrent presque leur intimité d'autrefois. Cette journée, pendant laquelle il avait pu observer d'heure en heure le travail
du Magister, avait fait sur le visiteur profane une grande
impression. Ce soir-là, il y eut entre eux une conversation,
dont Designori prit note dès son retour chez lui. Bien
qu'elle contienne en partie des éléments sans importance et
qu'elle vienne couper l'impartialité de notre récit d'une
manière qui gênera peut-être plus d'un lecteur, nous vou-
drions cependant la reproduire telle qu'il l'a notée.

« — Je m'étais mis en tête de te montrer tant de choses,
dit le Magister, mais je n'y suis pas arrivé. Mon joli jardin,
par exemple; te rappelles-tu encore le « jardin du Magister »
et les plantations de Maître Thomas? — eh! oui, et beaucoup
d'autres choses de ce genre. J'espère que nous aurons encore
un moment pour cela un jour. Depuis hier, en tout cas, tu
auras pu vérifier plus d'un souvenir, et tu t'es fait aussi
une idée de ce que sont les devoirs de ma charge et de toutes
mes journées.

« — Je t'en sais gré, dit Plinio. Aujourd'hui seulement
j'ai pressenti de nouveau ce qu'est vraiment votre Province, quels grands et singuliers mystères elle cache, bien
que, même pendant les années où je suis resté loin d'elle,
j'aie pensé à vous bien plus que tu ne l'aurais supposé. Tu
m'as donné aujourd'hui un aperçu de tes fonctions et de
ta vie, Joseph. J'espère que ce ne sera pas la dernière fois
et que nous nous entretiendrons encore souvent de ce que
j'ai vu ici et dont je ne puis encore parler ce soir. Je sens en
revanche que ta confiance me crée aussi des obligations, et
je sais que l'attitude renfermée que j'ai eue jusqu'ici a dû
te peiner. Eh bien, tu viendras me voir un jour, toi aussi,
et tu verras mon foyer. Pour aujourd'hui, je ne puis t'en
dire que peu de chose, juste assez pour que tu saches de
nouveau à quoi t'en tenir sur mon compte et, bien que ce
soit à la fois une humiliation et une punition pour moi,
cela me soulagera sans doute aussi un peu de t'en parler.

« Tu sais que j'appartiens à une vieille famille qui a bien
mérité du pays et qui est amie de votre Province, une
famille conservatrice de propriétaires terriens et de hauts

fonctionnaires. Mais, tu vois, il suffit que je dise simplement cela, pour me trouver devant le fossé qui me sépare de toi! Je dis « famille », et je crois avoir dit quelque chose de simple, d'évident, qui ne comporte pas d'équivoque, mais qu'est-ce au juste? Vous autres, gens de la Province, vous avez votre Ordre et votre hiérarchie, mais vous n'avez pas de famille, vous ne savez pas ce que c'est que la famille, le sang, l'extraction, vous n'avez pas la moindre idée des forces et des sortilèges mystérieux et puissants de ce qu'on nomme une famille. Et au fond il en est de même de la plupart des mots et des concepts qui expriment notre vie : la plupart de ceux qui sont importants pour nous ne le sont pas pour vous; beaucoup vous sont tout simplement incompréhensibles, et d'autres signifient chez vous tout autre chose que chez nous. Et nous voulons causer ensemble! Vois-tu, quand tu me parles, c'est comme si un étranger m'adressait la parole, mais un étranger du moins dont j'ai appris et parlé la langue moi-même dans ma jeunesse; je comprends presque tout. Or, la réciproque n'est pas vraie : quand je te parle, tu entends une langue dont tu ne connais qu'à moitié les expressions, et absolument pas les nuances et les vibrations. Tu entends raconter les histoires d'une vie humaine, d'un mode d'existence qui ne sont pas les tiens. Même si cela devait t'intéresser, cela te reste en majeure partie étranger et tu en comprends tout au plus la moitié. Tu te rappelles nos nombreux duels oratoires et nos conversations, quand nous étions écoliers; de ma part, c'était simplement un essai, parmi beaucoup d'autres, pour harmoniser l'univers et la langue de votre Province avec les miens. C'est toi qui as montré le plus d'ouverture d'esprit, de bonne volonté et de loyauté, de tous ceux avec qui j'aie jamais tenté pareille expérience. Tu te faisais vaillamment le champion des droits de Castalie, sans pourtant être indifférent à mon autre univers et à ses droits et surtout sans le mépriser. Nous arrivions alors vraiment à un certain rapprochement. Mais nous reviendrons plus tard sur ce point. »

Il se tut un moment pensivement, et Valet déclara avec circonspection : « Cette impossibilité de se comprendre n'est peut-être pas si terrible. Il est certain que deux peuples et deux langues ne communiqueront jamais ensemble avec autant de compréhension et d'intimité que deux individus qui ont en commun la nation et le langage. Mais ce n'est pas une raison pour renoncer à se comprendre et à refuser le dialogue. Entre personnes d'un même peuple et d'une même langue, il existe aussi des barrières qui empêchent une parfaite communication et une pleine compréhension réciproque : les barrières de la culture, de l'éducation, du talent, de l'individualité. On peut affirmer que tout homme sur terre peut en principe exprimer ses idées à n'importe quel autre, et l'on peut prétendre qu'il n'y a pas deux êtres au monde à qui il soit possible de communiquer entre eux et de se comprendre vraiment, totalement, intimement : les deux thèses sont aussi vraies l'une que l'autre. C'est Ying et Yang, le jour et la nuit; toutes deux ont raison, il faut de temps en temps se les remettre en tête, et je te donne raison dans la mesure où je ne crois naturellement pas non plus que nous puissions jamais tous deux nous comprendre parfaitement et complètement. Que tu sois Occidental et moi Chinois, que nous parlions des langues différentes, nous n'en parviendrons pas moins, si nous sommes des hommes de bonne volonté, à nous communiquer beaucoup de choses et à en deviner, à en pressentir l'un de l'autre beaucoup d'autres, au-delà de ce qui est exactement communicable. En tout cas, essayons. »

Designori approuva d'un signe et poursuivit : « Je vais d'abord te raconter le peu qu'il faut que tu saches, pour avoir quelque idée de ma situation. En premier lieu il y a donc la famille, puissance suprême dans la vie d'un être jeune, qu'il la reconnaisse ou non. Je me suis bien entendu avec elle, aussi longtemps que j'ai été auditeur libre dans vos écoles des élites. Pendant toute l'année, j'étais en bonnes mains chez vous; aux vacances on me faisait fête à la maison et l'on me gâtait, j'étais fils unique. J'avais pour ma mère un amour tendre, passionné même; je n'éprouvais qu'une seule douleur chaque fois que je partais, c'était de me séparer d'elle. Mes rapports avec mon père étaient plus froids, mais amicaux, du moins pendant toutes les années de mon enfance et de mon adolescence, que j'ai passées chez vous. C'était un vieil admirateur de Castalie, et il était fier de me voir élever dans les écoles des élites et initier à des choses aussi sublimes que le Jeu des Perles de Verre. Ces séjours de vacances chez moi respiraient vraiment sou-

vent l'enthousiasme et la solennité : ma famille et moi,
nous ne nous connaissions plus, en somme, qu'en habits de
fête. Quelquefois, en partant ainsi en vacances, j'ai eu pitié
de vous qui restiez à l'école et ne connaissiez pas pareil
bonheur. Je n'ai pas besoin de parler beaucoup de cette
époque : tu m'as connu, n'est-ce pas, mieux que quiconque.
J'étais presque un Castalien, un peu plus porté sur le siècle
peut-être, plus fruste et plus superficiel, mais plein de fierté
heureuse, d'élan et d'enthousiasme. Ce fut la plus heureuse
époque de mon existence; je ne m'en doutais certes pas
alors, car durant ces années de Celle-les-Bois je situais le
bonheur et le point culminant de ma vie au moment où je
quitterais vos écoles pour rentrer chez moi, et où je conquerrais le monde, là-bas, grâce à la supériorité que j'aurais
acquise chez vous. Au lieu de cela, après avoir pris congé
de toi, je vis s'engager un conflit qui dure aujourd'hui
encore et une bataille, dans laquelle je n'ai pas eu le dessus.
Car ce pays natal, où je retournais, ne se composait plus
cette fois uniquement de ma maison paternelle, et il n'avait
nullement attendu le privilège de m'embrasser et de reconnaître ma distinction de Cellois. Même chez moi, il y eut
bientôt des déceptions, des difficultés et des dissonances.
Il me fallut quelque temps pour m'en apercevoir. J'étais
protégé par ma confiance naïve, par la foi de collégien que
j'avais en moi-même et dans ma chance, protégé aussi par
la morale de l'Ordre que vous m'aviez donnée en viatique,
par l'habitude de la méditation. Mais quelle déception, quel
dégrisement me causa l'Université, où je voulus étudier les
sciences politiques! Le ton qui était de mise chez les étudiants, le niveau de leur culture générale et de leur vie
sociale, la personnalité de beaucoup de professeurs, comme
tout cela contrastait avec ce dont j'avais pris l'habitude
chez vous! Tu te rappelles comme je défendais autrefois
notre monde contre le vôtre : je chantais les louanges de la
vie sans contraintes, sans artifices, j'en avais souvent plein
la bouche. Si cela méritait une punition, mon ami, j'en ai
été durement puni. Car cette vie instinctive, naïve et innocente, cette ingénuité et cette génialité spontanée de la
nature, elles existaient sans doute quelque part, peut-être
chez les paysans, chez les artisans ou ailleurs, mais je n'arrivais pas à les voir et encore moins à y participer. Tu te

rappelles aussi, n'est-ce pas, que dans mes discours je critiquais la fatuité des Castaliens, les airs de paon de cette caste imbue d'elle-même, efféminée dans son esprit de chapelle et son orgueil d'élite. Eh bien, les gens du siècle n'étaient pas moins fiers de leurs mauvaises manières, de leur culture sommaire, de leur épais et bruyant humour, de leur habileté matoise à se limiter à des buts pratiques et égoïstes; avec leur naturel borné ils ne se trouvaient pas moins précieux, pas moins chéris des dieux, pas moins élus que n'a jamais pu se croire le plus maniéré des élèves modèles de Celle-les-Bois. Ils se moquaient de moi, ou me tapaient sur l'épaule, mais beaucoup réagirent contre ce qu'ils flairaient en moi d'étranger, de castalien, avec cette haine déclarée, à couteau tiré, qu'a le vulgaire contre tout ce qui est noble et que j'étais résolu à supporter comme une distinction. »

Designori fit une courte pause et jeta un coup d'œil vers Valet, se demandant s'il ne le fatiguait pas. Son regard rencontra celui de son ami et trouva en lui une expression de profonde attention et de cordialité, qui lui fit du bien et le tranquillisa. Il vit que son interlocuteur était tout entier captivé par ses révélations; il ne l'écoutait pas comme on prête l'oreille à un bavardage ou même à un récit intéressant, mais avec la concentration, et l'élan avec lesquels on se recueille dans une méditation, et en même temps avec une bienveillance sincère et affectueuse, dont l'expression dans son regard l'émut, tant elle lui parut cordiale et presque enfantine. Ce fut avec une sorte de stupeur qu'il vit cette expression sur le visage de l'homme dont il avait admiré tout au long du jour les travaux multiples, la sagesse et l'autorité d'administrateur. Soulagé, il continua :

« Je ne sais pas si ma vie a été inutile, si elle n'a été qu'un contresens ou si elle a une signification. Si elle devait en avoir une, ce serait sans doute celle-ci : un individu, un homme de notre temps, en chair et en os, a eu l'occasion de reconnaître et d'éprouver de la manière la plus nette et la plus douloureuse à quel point Castalie s'est éloignée de sa mère-patrie ou, si l'on veut, l'inverse : à quel point notre pays est devenu étranger et infidèle à la plus noble de ses provinces et à son esprit, à quel point chez nous le corps et l'âme, l'idéal et la réalité divergent, à quel point ils s'ignorent et veulent s'ignorer. Si j'ai eu dans ma vie une tâche et un idéal, ce fut de réaliser dans ma personne une synthèse de ces deux principes, de servir entre eux d'intermédiaire, d'interprète et de conciliateur. J'ai essayé et j'ai échoué. Mais je ne peux pas te raconter toute ma vie, tu ne comprendrais pas tout non plus. Je vais donc seulement évoquer l'une des situations caractéristiques de mon échec. Quand je commençai alors mes études à l'Université, la difficulté ne fut pas tant pour moi de triompher des brimades ou de l'hostilité auxquelles j'étais en butte, en ma qualité de Castalien et de jeune homme modèle. Mes quelques nouveaux camarades qui considéraient ma formation dans les écoles des élites comme une distinction, une chose sensationnelle, me donnèrent même davantage de fil à retordre et me causèrent plus d'embarras. Non, la difficulté, l'impossibilité peut-être, c'était de continuer à vivre dans l'esprit castalien au milieu de l'atmosphère du siècle. Au début, je m'en aperçus à peine, j'observais les règles que j'avais apprises chez vous, et pendant quelque temps elles semblèrent s'avérer bonnes, ici aussi; elles paraissaient me fortifier et me protéger, me garder en belle humeur et en bonne santé et me confirmer dans mon intention de passer mes années d'études tout seul, dans l'indépendance, selon le meilleur style castalien, en n'obéissant qu'à ma soif de savoir et en ne me laissant pas imposer un programme d'études dont le seul objectif était, dans un minimum de temps, de spécialiser le plus possible l'étudiant dans une profession lucrative, en tuant en lui toute prescience de liberté et d'universalité. Mais la protection dont Castalie m'avait doté s'avéra dangereuse et contestable, car je ne voulais tout de même pas conserver la paix de mon âme et le calme contemplatif de mon esprit dans la résignation et la claustration; ce que je voulais, c'était conquérir le monde, le comprendre, l'obliger à me comprendre lui aussi, je voulais affirmer sa valeur et, si possible, le rénover et l'améliorer; je voulais réunir et réconcilier en ma personne Castalie et le siècle. Lorsqu'après une déception, une querelle, une crise d'indignation, je me retirais pour méditer, au début ce fut chaque fois pour moi un bienfait, une détente, un bol d'air, un retour aux puissances de bonté et d'affection. Mais avec le temps, je remarquai que c'était justement ce recueillement, le soin et l'usage de mon âme qui m'isolaient, qui me donnaient aux yeux d'autrui cette allure désagréablement étrangère et me rendaient moi-même incapable de le comprendre réellement. Les autres, les gens du siècle, je ne pouvais les comprendre, je le voyais bien, qu'en redevenant comme eux, qu'en n'ayant aucun avantage sur eux, même pas cet asile de la contemplation. Il se peut aussi, naturellement, que j'embellisse les choses en les décrivant ainsi. Il est possible ou probable que, sans camarades de même formation et de même esprit, sans le contrôle des professeurs, sans l'atmosphère protectrice et salutaire de Celle-les-Bois, j'aie tout simplement perdu peu à peu ma discipline, que je sois devenu paresseux et inattentif, et que j'aie cédé à la routine : quand j'avais mauvaise conscience, je m'en excusais, en me disant que la routine est bel et bien l'un des attributs de ce siècle, et qu'en m'y abandonnant, j'arriverais mieux à comprendre mon entourage. Je n'ai pas de raison, devant toi, de farder la vérité, mais je ne voudrais pas non plus nier et dissimuler que je me suis donné de la peine, que j'ai fait des efforts, que j'ai lutté, même là où je me suis trompé. Cela me tenait à cœur. Mais que ma tentative de m'intégrer au siècle, de le comprendre et d'y avoir un sens, n'ait été que pure présomption de ma part ou non, il arriva ce qui était naturel : le monde fut plus fort que moi; lentement il m'a terrassé et englouti. Tout se passa exactement comme si la vie me prenait au mot et m'alignait totalement sur ce siècle, dont, dans nos discussions de Celle-les-Bois, j'avais tellement vanté et défendu contre ta logique l'excellence, le naturel, la force et la supériorité originelle. Tu t'en souviens.

« Et maintenant il faut que je te rappelle autre chose que tu as sans doute oublié depuis longtemps, car cela n'avait pas d'importance pour toi. Mais pour moi, cela en avait beaucoup; ce fut grave pour moi, grave et effrayant. Mes années d'études étaient terminées, je m'étais adapté, j'étais vaincu, mais pas tout à fait : au fond de moi-même, je continuais au contraire à me considérer comme l'un des vôtres, et je croyais avoir opéré par astuce et volontairement certaines adaptations, certains rabotages, plutôt que de les avoir subis en vaincu. C'est ainsi que je restai encore fidèle à bien des habitudes et à des besoins de ma

jeunesse, entre autres au Jeu des Perles de Verre, ce qui
n'avait probablement guère de sens, car sans un entraînement permanent et sans un commerce constant avec des
partenaires de même force et surtout d'un niveau supérieur,
on ne peut rien apprendre; jouer tout seul y supplée tout
au plus comme un monologue supplée à une conversation
réelle et à un vrai dialogue. Donc, sans bien savoir où nous
en étions, moi, mon art de joueur, ma culture, ma qualité
d'élève des élites, je me donnais pourtant de la peine pour
sauver ces biens, tout au moins en partie. Et quand, devant
l'un de mes amis de cette époque qui essayaient de parler avec moi du Jeu des Perles de Verre, sans avoir la
moindre idée de son esprit, j'esquissais le schéma d'une
partie ou que j'analysais une phase de jeu, cela devait faire
à ces parfaits ignorants l'effet d'une véritable sorcellerie.
Durant ma deuxième ou ma troisième année d'études, je
suivis un cours de Perles de Verre à Celle-les-Bois. J'éprouvai une joie mélancolique à revoir la région, la petite ville,
notre ancienne école, le village des Joueurs, mais tu n'étais
pas là, tu étudiais alors je ne sais où, à Monteport ou à Trias-
Cité, et tu passais pour un ambitieux qui faisait bande à
part. Mon cours de Perles de Verre n'était en vérité qu'un
cours de vacances, à notre portée à nous, pauvres séculiers et dilettantes; cependant il présentait des difficultés
pour moi, et je fus fier d'obtenir à la fin le « trois » ordinaire, cette mention « passable », qui suffit tout juste à
permettre de suivre d'autres cours de vacances.

« Et quelques années plus tard, je pris encore une fois
mon courage à deux mains et je m'inscrivis de nouveau à l'un
de ces cours; c'était du temps de ton prédécesseur. J'avais
fait de mon mieux pour être à peu près présentable à Celle-
les-Bois. J'avais relu de bout en bout mes vieux cahiers de
travaux pratiques, j'avais aussi fait des essais, pour me
familiariser de nouveau un peu avec l'exercice de concentration; bref, avec mes modestes moyens je m'étais entraîné
au cours de vacances, je m'y étais mentalement préparé,
je m'étais recueilli, comme peut le faire un vrai Joueur de
Perles de Verre en vue du grand Jeu annuel. Je fis ainsi
mon entrée à Celle-les-Bois où, après cet intervalle de
quelques années, je me sentis encore bien plus dépaysé.
Pourtant, en même temps j'en ressentais le charme, il me

semblait rentrer dans une belle patrie perdue, mais dont la langue ne m'était plus très familière. Et cette fois, le vif désir que j'avais de te revoir fut également exaucé. Tu dois te le rappeler, Joseph ? »

Valet le regarda gravement dans les yeux, fit un signe de tête affirmatif et sourit un peu, mais ne dit mot.

« — Bien, poursuivit Designori, tu te le rappelles donc. Mais qu'est-ce que tu te rappelles ? Une entrevue fugitive avec un camarade d'école, une brève rencontre et une déception ; on va son chemin et on n'y pense plus, à moins que des dizaines d'années plus tard votre interlocuteur n'ait l'inélégance de vous le remettre en mémoire. N'est-ce pas ainsi ? Est-ce que ce fut autre chose, est-ce que ce fut davantage pour toi ? »

Bien qu'il s'efforçât visiblement de se contenir, il était dans un état de grande excitation, on eût dit qu'il allait se décharger de sentiments accumulés pendant des années et insurmontés.

« — Tu anticipes, dit Valet avec beaucoup de circonspection ; ce que ce fut pour moi, nous en parlerons quand ce sera mon tour et que je te rendrai des comptes. Maintenant, c'est toi qui as la parole, Plinio. Je vois que cette rencontre ne t'a pas été agréable. A cette époque, elle ne le fut pas non plus pour moi. Mais continue à raconter ce qui se passa alors. Parle en toute franchise !

« — J'essaierai, dit Plinio. Je ne veux pas te faire de reproches. Je dois aussi reconnaître à ton actif qu'à ce moment-là tu t'es comporté à mon égard avec une parfaite correction, et même mieux encore. Quand j'ai donné suite à l'invitation que tu m'as faite maintenant de venir à Celles-les-Bois, que je n'avais plus revu depuis ce deuxième cours de vacances, et même dès l'instant où j'acceptai d'être élu membre de cette Commission chargée de Castalie, mon intention était de t'affronter, d'affronter ce qui s'était passé alors, que cela nous fût agréable à tous deux ou non. Et maintenant, je continue. J'étais venu pour le cours de vacances, et on m'avait logé dans la maison des hôtes. Les gens inscrits au cours avaient tous à peu près mon âge, certains étaient même sensiblement plus âgés ; nous étions vingt tout au plus, en majeure partie des Castaliens, mais soit de mauvais Castaliens, indifférents et ratés,

soit des débutants, qui n'avaient eu que sur le tard l'idée
de se familiariser aussi un peu avec le Jeu; ce fut un soulagement pour moi de n'être connu de personne. Bien que le
directeur de cet enseignement, un auxiliaire des archives, fît
de louables efforts et se montrât aussi très aimable à notre
égard, cela eut cependant d'emblée un peu l'allure d'une
école de deuxième ordre, d'un de ces cours inutiles pour
élèves punis, au sens et à l'efficacité duquel ses participants,
échoués là par hasard, ne croient pas plus que leur professeur, bien qu'aucun ne l'avoue. On pouvait se demander
avec étonnement pourquoi cette poignée de gens s'étaient
réunis là, afin de pratiquer volontairement un sport au-dessus de leurs moyens et qui ne les intéressait pas assez pour
leur fournir la vigueur de l'endurer et de s'y sacrifier, et
pourquoi un savant spécialiste consentait à leur donner un
enseignement et à les occuper à des exercices dont il ne
pouvait guère se promettre de succès lui-même. J'ignorais
alors, et je ne l'ai appris que beaucoup plus tard de gens
plus expérimentés, que j'avais eu une malchance insigne
et qu'une distribution légèrement différente des participants aurait pu rendre ce cours vivant, stimulant,
enthousiasmant même. Il suffit souvent, m'a-t-on dit plus
tard, de deux partenaires qui s'enflamment mutuellement
ou qui se connaissaient et avaient déjà sympathisé auparavant, pour donner à un cours de ce genre, à tous ses participants, au professeur, un élan de grandeur. Tu es Maître
du Jeu des Perles de Verre, tu dois bien connaître cela.
Bref, je n'eus donc pas de chance; dans notre communauté
fortuite il manqua la petite cellule vivifiante; l'atmosphère
ne se réchauffa pas, l'élan ne vint pas, ce fut et cela resta
une morne classe de rattrapage pour collégiens adultes. Les
jours passaient, et chacun ajoutait à ma déception. Mais
en dehors du Jeu, j'avais encore Celle-les-Bois, lieu de souvenirs sacrés, cultivés avec soin, et si le cours me décevait,
il me restait la joie de ce retour, le contact avec des camarades d'autrefois, peut-être aussi la chance de revoir celui
d'entre eux auquel se rattachaient mes souvenirs les plus
nombreux et les plus forts et qui à mes yeux, plus qu'aucun
autre, incarnait notre Castalie : c'était toi, Joseph. Si je
retrouvais quelques-uns de mes camarades de jeunesse et
d'école, si dans mes promenades à travers cette belle contrée

que j'aimais tant, je rencontrais de nouveau les bons esprits de mon adolescence, et si tu venais, toi aussi, à te rapprocher de moi, si dans nos entretiens comme jadis une discussion naissait, moins entre toi et moi qu'entre mon problème castalien et moi-même, alors ces vacances n'auraient pas été perdues, alors peu importaient le cours et tout le reste.

« Les deux camarades d'école que je trouvai d'abord sur mon chemin étaient insignifiants, ils me tapèrent joyeusement sur l'épaule et me posèrent des questions enfantines sur la vie fabuleuse que je menais dans le siècle. Mais les quelques autres étaient moins innocents, ils faisaient partie du village des joueurs et du plus jeune contingent de l'élite; ils ne posèrent pas de questions naïves, mais quand nous nous rencontrions dans l'une des pièces de ce sanctuaire et qu'il leur était impossible de m'éviter, ils me saluaient avec une politesse ou plutôt, une affabilité acide, un peu forcée, et ils avaient toujours peur de ne pas souligner assez combien ils étaient absorbés par des affaires importantes que je n'aurais pas pu comprendre, combien le temps, la curiosité, la sympathie, la volonté leur manquaient pour renouer nos relations d'autrefois. Je n'ai pas cherché à m'imposer, je les ai laissés en paix, à leur paix olympienne, sereine, railleuse de Castaliens. Je louchais de leur côté, vers les occupations quiètes de leur journée, comme un prisonnier à travers ses barreaux ou comme les pauvres, les affamés et les opprimés louchent vers les aristocrates et les riches, vers ces gens gais, jolis, cultivés, bien élevés, bien reposés, aux mains et aux visages soignés.

« Et ce fut alors que tu apparus, Joseph; la joie et un nouvel espoir naquirent en moi quand je te vis. Tu traversais la cour, je te reconnus de dos à ta démarche et je t'appelai aussitôt par ton nom. Enfin, un être humain! pensai-je, enfin un ami, peut-être aussi un adversaire, mais à qui l'on peut parler, un Castalien orthodoxe, c'est vrai, mais chez qui l'esprit de Castalie ne s'est pas figé en un masque et en une armure, un être humain, qui me comprendra! Tu as dû voir ma joie et tout ce que j'attendais de toi, et en effet tu es aussi venu vers moi avec la plus grande gentillesse. Tu me connaissais encore, je représentais encore quelque chose pour toi, cela te faisait plaisir de revoir mon visage. On n'en resta donc pas à ce bref et joyeux salut dans la cour, tu m'as invité et tu m'as consacré, sacrifié une soirée. Mais quelle soirée ce fut, mon cher Valet! Comme nous nous sommes mis à la torture, tous les deux, pour paraître d'excellente humeur, pour trouver un ton de parfaite courtoisie, presque de camaraderie, et quelle peine nous avons eue à traîner d'un sujet à l'autre cette conversation qui languissait! Si les autres m'avaient manifesté leur indifférence, avec toi c'était pire; cet effort fatigant et vain pour ranimer une amitié révolue me fit bien davantage de mal. Cette soirée mit un point final à mes illusions; je me vis démontrer avec une impitoyable clarté que je n'étais pas un camarade et un égal, que je n'étais pas un Castalien, un homme de classe, mais un lourdaud pénible qui se donnait des airs de familiarité, un étranger sans culture. Et ce qui me parut le pire, ce fut que tout cela se fît sous cette forme correcte et belle, et qu'un masque aussi parfait cachât ta déception et ton impatience. Si tu m'avais insulté, si tu m'avais fait des reproches, si tu m'avais accusé : « Mais qu'es-tu donc devenu, mon ami, comment as-tu pu dégénérer à ce point? », j'aurais été heureux et la glace eût été rompue. Mais il n'y eut rien de tout cela. Je vis que cela ne comptait pas d'avoir appartenu à Castalie, de vous avoir aimés, d'avoir étudié le Jeu des Perles de Verre, et d'avoir été ton camarade. L'aspirant Valet avait accepté mon importune visite à Celle-les-Bois, il m'avait eu sur les bras toute une soirée, il s'était ennuyé; après quoi, avec un irréprochable respect des formes, il m'avait poliment reconduit à la porte. »

Luttant contre son irritation, Designori s'interrompit et regarda le Magister d'un air torturé. Celui-ci, très attentif, était tout ouïe, mais nullement ému, et il considérait son vieil ami avec un sourire plein de sympathie amicale. Comme il ne reprenait pas la parole, Valet laissa son regard s'attarder sur lui, plein de bienveillance et avec une expression de satisfaction, de plaisir même; Plinio le supporta une minute, plus longtemps peut-être, d'un air sombre.

« — Tu ris? s'écria-t-il avec véhémence, mais sans colère. Tu ris? Tu trouves tout cela normal?

« — Je dois dire, dit Valet en souriant, que tu as décrit cette aventure à merveille, à la perfection; cela s'est passé exactement comme tu l'as raconté, et il était peut-être nécessaire que ta voix gardât ce ton offensé et accusateur, pour l'évoquer ainsi et me remettre cette scène aussi parfaitement en mémoire. Bien que manifestement tu voies encore cela, hélas! un peu du même œil qu'alors et qu'il y ait encore là quelque chose qui te blesse, je dois dire que tu as conté objectivement cette histoire de deux jeunes gens placés dans une situation assez pénible, contraints de dissimuler un peu tous les deux, et dont l'un, ce fut toi, commit la faute de cacher également sous un air dégagé la souffrance réelle et grave que cela lui causait, au lieu de jeter le masque. Il semble même, jusqu'à un certain point, que c'est plutôt à moi que tu attribues aujourd'hui encore l'échec de cette rencontre, alors que ç'aurait été à toi, sans aucun doute, de renverser la situation. Est-ce que vraiment tu ne l'as pas vu? Mais je dois dire que tu as très bien décrit la chose. J'ai réellement ressenti de nouveau toute la gêne et l'embarras de cette soirée bizarre, j'ai cru de nouveau par instant qu'il me faudrait lutter pour garder une contenance, et j'ai eu un peu honte pour nous deux. Non, ton récit est parfaitement exact, c'est un plaisir de t'entendre parler ainsi.

« — Eh bien, reprit Plinio avec un peu d'étonnement, et l'on sentait à sa voix qu'il était encore offensé et méfiant, c'est tant mieux que mon récit ait amusé au moins l'un de nous deux. Je n'avais pas du tout envie de m'amuser, si tu veux le savoir.

« — Mais à présent, dit Valet, tu te rends tout de même compte que nous pouvons considérer avec gaîté cette histoire, qui n'est guère glorieuse pour aucun de nous? Nous pouvons en rire.

« — En rire? Et pourquoi?

« — Parce que cette histoire de l'ex-Castalien Plinio, qui se donne de la peine pour jouer aux Perles de Verre et pour mériter l'estime de ses anciens camarades, appartient au passé et qu'elle a perdu toute réalité, aussi bien que celle du courtois aspirant Valet, qui en dépit de tout le cérémonial castalien a si peu su cacher son embarras à ce Plinio qui lui tombait du ciel, qu'après tant d'années on a pu lui montrer aujourd'hui comme dans un miroir à quoi cela ressemblait. Encore une fois, Plinio, tu as bonne mémoire, tu as bien raconté cela, moi, je n'aurais pas su. C'est une chance pour nous que cette histoire appartienne à ce point au passé et que nous puissions en rire. »

Designori était désorienté. Il y avait certes dans la bonne humeur du Maître quelque chose qui lui était agréable, une cordialité exempte de toute raillerie, et il sentait aussi que cette gaîté cachait un grand sérieux. Mais, en faisant son récit il avait trop douloureusement ressenti de nouveau l'amertume de cette aventure, et sa narration avait trop revêtu le caractère d'une confession, pour qu'il pût changer de ton aussi simplement.

« — Tu oublies peut-être, dit-il avec hésitation, bien qu'à demi convaincu déjà, que ce que je te racontais n'était pas pour moi la même chose que pour toi. Pour toi, c'était un désagrément, tout au plus; pour moi, ce fut une défaite et un effondrement, ce fut du reste aussi le début d'importants changements dans mon existence. Quand je quittai alors Celle-les-Bois, dès la fin du cours, je décidai de ne jamais revenir ici, et je n'étais pas loin de haïr Castalie et vous tous avec elle. J'avais perdu mes illusions et compris que je n'étais plus des vôtres, peut-être aussi que je n'avais jamais été des vôtres autrefois autant que je me le figurais, et peu s'en fallut vraiment que je ne devinsse un renégat et votre ennemi déclaré.

Son ami lui jeta un regard gai et pénétrant à la fois.

« — Bien sûr, dit-il, et j'espère que tu me raconteras encore tout cela prochainement. Mais pour aujourd'hui notre situation est la suivante, à ce qu'il me semble : nous avons été amis dans notre prime jeunesse, nous nous sommes trouvés séparés et nous avons suivi des voies très différentes; ensuite, nous nous sommes rencontrés, ce fut lors de ton malheureux cours de vacances. Tu étais à moitié devenu un homme du siècle, complètement peut-être, moi, j'étais un Cellois un peu fat et soucieux du formalisme castalien. Nous nous sommes rappelé aujourd'hui cette rencontre décevante et humiliante. Nous nous sommes revus, avec notre embarras d'alors, et nous avons pu supporter ce spectacle et en rire, car aujourd'hui tout est totalement différent. Je ne dissimulerai pas non plus que l'impression que tu m'as faite alors me mit effectivement dans un grand embarras; ce fut une impression extrêmement désagréable et négative : je ne savais que faire de toi, tu m'apparaissais, à un degré inattendu, bouleversant et provocant, un être primitif, grossier, séculier. J'étais un jeune Castalien ignorant du siècle et vraiment peu désireux aussi de le connaître, et toi... eh bien, toi, tu étais un jeune étranger, dont je ne comprenais pas très bien pourquoi il venait nous voir, pourquoi il suivait un cours de Perles de Verre, car tu ne me semblais plus guère avoir l'étoffe d'un élève des élites. Tu m'as énervé alors comme je t'agaçais moi-même. Je devais naturellement te faire l'effet d'un orgueilleux Cellois dépourvu de mérites, soucieux de maintenir soigneusement les distances entre lui et un non-Castalien, joueur dilettante. Et toi, tu étais pour moi une sorte de barbare ou d'individu à demi cultivé, qui semblait avoir des prétentions d'ordre sentimental, pénibles et peu fondées, à mon intérêt et à mon amitié. Nous étions l'un et l'autre sur la défensive, nous n'étions pas loin de nous haïr. Tout ce que nous pouvions faire, c'était de nous en aller chacun de notre côté, car aucun de nous n'avait rien à donner à l'autre et n'était capable de répondre à ce qu'il attendait.

« Mais aujourd'hui, Plinio, nous étions en droit de rappeler ce souvenir que nous avions pudiquement enterré, en droit de rire de cette scène et de nous deux, car aujourd'hui nous sommes venus l'un vers l'autre différents, avec des intentions et des possibilités tout autres, sans émotion fausse, sans réprimer un sentiment de jalousie ou de haine, sans être infatués de nous-mêmes, car voilà beau temps que nous sommes tous deux devenus des hommes. »

Designori eut un sourire de délivrance. Mais il demanda encore : « En sommes-nous tellement sûrs ? En fin de compte, dans ce temps-là aussi nous avions de la bonne volonté.

« — Je le crois bien, dit Valet en riant, et avec notre bonne volonté nous nous sommes infligé un tourment et un surmenage presque intolérables. A ce moment-là, nous ne pouvions pas nous souffrir. C'était instinctif ; chacun de nous trouvait à l'autre un air insolite, troublant, étrange, antipathique, et seule l'illusion d'obligations réciproques, de liens mutuels nous a contraints à jouer toute une soirée cette pénible comédie. Peu après ton départ, j'y ai déjà vu clair. Nous n'avions encore, ni l'un ni l'autre, dépassé le stade de notre amitié et de notre rivalité d'autrefois. Au lieu de les laisser s'éteindre, nous croyions devoir les déterrer et leur donner une suite, quelle qu'elle fût. Nous sentions que nous avions là une dette et nous ne savions pas comment nous en acquitter. Ai-je raison?

« — Je crois, dit pensivement Plinio, que tu es un peu trop poli, aujourd'hui encore. Tu parles de « nous deux », mais nous n'étions pas deux à nous chercher et à ne pouvoir nous trouver. La recherche, l'amour étaient tout entiers de mon côté, et aussi la déception et la souffrance. Quel changement y a-t-il eu dans ta vie, je te le demande, depuis notre rencontre? Aucun! Pour moi, au contraire, elle a marqué une coupure profonde et douloureuse, et c'est pourquoi je ne puis partager ce rire avec lequel tu la voues à l'oubli.

« — Excuse-moi, dit Valet d'un ton conciliant et amical, j'ai sans doute été trop vite. Mais j'espère encore parvenir, avec le temps, à te faire rire avec moi. Tu as raison, tu as été blessé ce jour-là, non par moi, à vrai dire, comme tu le croyais et comme tu as l'air de le penser encore, mais par la présence de ce fossé qui vous sépare de Castalie, par cette incompatibilité dont nous nous figurions être venus à bout quand nous étions camarades d'école et qui surgissait soudain devant nous, terriblement grande et profonde. Si c'est à moi personnellement que tu en donnes la faute, je te demande d'exposer tes griefs en toute franchise.

« — Bah! ce n'a jamais été un grief. C'est une plainte : tu ne l'as pas entendue alors, et il semble que tu ne veuilles pas l'entendre non plus aujourd'hui. Tu y as répondu dans ce temps-là en souriant et en faisant bonne contenance, et tu fais encore de même aujourd'hui. »

Bien qu'il sentît dans le regard du Maître son amitié et sa profonde bienveillance, il ne pouvait s'arrêter d'insister sur ce point. Il croyait le moment venu de se décharger du fardeau de cette douleur ancienne.

Valet ne changea pas d'expression. Il réfléchit un peu et finit par dire avec circonspection : « Je crois que je commence maintenant seulement à te comprendre, mon ami. Tu as peut-être raison, et il faut aussi parler de cela. Mais je voudrais d'abord te rappeler simplement que tu ne pourrais prétendre que je m'intéresse à ce que tu appelles ta plainte, que si tu l'avais réellement formulée. Or, au cours de notre conversation, ce soir-là, dans la maison des hôtes, tu n'exprimais pas la moindre plainte; au contraire, comme moi du reste, tu faisais le faraud, le vaillant, autant que tu le pouvais; tu jouais comme moi à l'homme qui n'a rien à se reprocher et qui n'est vraiment pas à plaindre. Mais en secret, à ce que j'apprends maintenant, tu t'attendais à ce que cette plainte étouffée parvînt cependant à mon oreille, à ce que, derrière ton masque, ton vrai visage m'apparût. Eh bien, c'est vrai, j'ai pu alors m'apercevoir de quelque chose; j'étais bien loin de tout voir. Mais comment pouvais-je, sans blesser ta fierté, te faire comprendre que je me faisais des soucis pour toi et que tu m'inspirais de la pitié? Et à quoi cela aurait-il servi de te tendre la main, puisque la mienne était vide et que je n'avais rien à te donner, pas un conseil, pas une consolation, pas d'amitié, car nos chemins étaient totalement différents? Oui, ce jour-là, ce malaise et ce malheur secrets que tu cachais sous ton air désinvolte m'étaient pénibles et me dérangeaient; disons-le franchement, cela me répugnait. Cela incluait une prétention à la sympathie et à la pitié, qui ne s'accordait pas avec ton attitude; je trouvais que cela avait quelque chose d'indiscret et de puéril, et cela ne fit que refroidir mon amitié. Tu revendiquais ma camaraderie, tu voulais être un Castalien, un Joueur de Perles de Verre, et tu paraissais en même temps si peu maître de toi, si bizarre, tellement accaparé par des sentiments égoïstes! Ce fut à peu près ainsi que je te jugeai alors; car je voyais bien qu'il n'était presque rien resté de castalien en toi; il était clair que tu avais oublié jusqu'aux règles fondamentales. Bon, cela ne me regardait pas. Mais pourquoi, dans ce cas, venais-tu à Celle-les-Bois, pourquoi voulais-tu nous aborder en camarade? C'était cela, comme je te le disais, qui m'irritait et me répugnait, et tu as eu parfaitement raison d'interpréter alors ma politesse forcée comme une fin de non-recevoir. Oui, je te repoussais d'instinct, non pas parce que tu étais un enfant du siècle, mais parce que tu prétendais passer pour Castalien. Quand, après tant d'années, tu as réapparu dernièrement, il n'y avait plus trace de cela en toi, tu avais l'air d'un homme du siècle, tu parlais comme quelqu'un de l'extérieur, et ce qui me parut le plus étranger en toi, ce fut cette expression de tristesse, de chagrin ou de malheur sur ton visage. Mais tout cela, ton

attitude, tes paroles et jusqu'à ta tristesse, tout cela m'a
plu : c'était beau, cela t'allait, c'était digne de toi; il n'y
avait rien là qui me choquât; je pouvais t'admettre, te
défendre, sans éprouver un sentiment intérieur de désaveu;
cette fois il n'était pas besoin d'un excès de politesse et de
convention : je suis donc venu tout de suite à ta rencontre
en ami, et je me suis efforcé de te montrer mon affection et
ma sympathie. Cette fois, ce fut l'inverse de l'autre : c'est
plutôt moi qui me suis donné de la peine et qui t'ai fait la
cour, tandis que tu restais très réticent. Mais évidemment,
sans le dire, j'ai considéré ton apparition dans notre Province et l'intérêt que tu manifestais pour son destin, comme
une sorte de profession d'attachement et de fidélité. Bref,
tu as fini par céder à mes instances, et nous en sommes
arrivés au point où nous pouvons nous ouvrir l'un à l'autre
et, je l'espère, renouveler notre vieille amitié.

« Tu viens de dire que cette rencontre de jeunesse t'avait
fait mal, mais qu'elle avait été sans importance pour moi.
N'en discutons pas tu as peut-être raison. Mais notre
rencontre de maintenant, *amice*, est loin d'être pour moi
sans importance, elle en a beaucoup plus que je ne puis te
le dire et que tu ne peux certainement le supposer aujour-
d'hui. Pour l'indiquer d'un mot, ce n'est pas seulement le
retour d'un ami perdu, et par suite la résurrection d'un
passé qui trouve là un regain de force et s'y métamorphose. Cela prend surtout pour moi le sens d'un appel,
d'une main tendue, cela m'ouvre un chemin vers votre
siècle, et me place de nouveau devant le vieux problème
d'une synthèse entre vous et nous; cet événement, je te le
dis, vient à son heure. Cet appel, cette fois, ne trouvera
pas un sourd, il me trouvera plus éveillé que je ne l'ai
jamais été, car, à dire vrai, il ne me surprend pas, il ne me
fait pas l'effet d'une voix étrangère venue de l'extérieur,
à laquelle on peut aussi bien prêter l'oreille que la fermer;
il me semble au contraire émaner de moi-même, il est la
réponse à une très forte exigence qui se faisait pressante,
à une détresse et à une nostalgie que je porte en moi.
Mais nous parlerons de cela une autre fois, il est déjà tard,
nous avons tous deux besoin de repos.

« Tu parlais tout à l'heure de ma sérénité et de ta tristesse,
et tu donnais à entendre, me semble-t-il, que je ne tiens pas

compte de ce que tu appelles ta « plainte », même aujour-
d'hui, puisque j'y réponds par un sourire. Il y a là quelque
chose que je ne comprends pas très bien. Pourquoi ne pas
écouter une plainte avec sérénité, pourquoi n'y faut-il pas
répondre d'un sourire, mais par de la tristesse? Tu es revenu
à Castalie, auprès de moi, avec ton chagrin et tes soucis : je
crois pouvoir en conclure que c'est peut-être justement notre
sérénité qui te tient à cœur. Si d'autre part je ne partage
pas ta tristesse et tes préoccupations, et si je n'ai pas le droit
de me laisser gagner par elles, cela ne signifie pas que je
les conteste et que je ne les prenne pas au sérieux. L'expression que tu as, que ta vie et ton destin séculier t'ont impri-
mée sur le visage, j'en reconnais tout le sens : elle est
ton lot, elle t'appartient; je l'aime et la respecte, tout en
espérant la voir changer encore. D'où vient-elle? Je ne puis
que le deviner, tu m'en diras ou m'en tairas plus tard
ce que tu jugeras bon. Tout ce que je puis voir, c'est que tu
sembles avoir une vie difficile. Mais pourquoi crois-tu que
je ne veuille ni ne puisse tenir compte de tes préoccupations? »

Le visage de Designori s'était de nouveau assombri.
« Quelquefois, dit-il avec résignation, il me semble que non
seulement nous avons deux modes d'expression, deux langages différents qui ne peuvent se traduire l'un dans l'autre
que par des allusions, mais que ce sont nos êtres qui diffèrent
totalement et foncièrement et que. nous ne pourrons jamais
nous comprendre. Qui de nous ou de vous représente le
type de l'homme authentique et complet? Est-ce même l'un
de nous? Cela me paraît de plus en plus douteux. Il y eut
des moments où je levais les yeux vers vous, membres de
l'Ordre et Joueurs de Perles, avec autant de vénération,
d'humilité et d'envie que vers des dieux ou des surhommes
voués à une éternité de gaîté, de jeu et de jouissance de
leur propre existence, inaccessibles à toute douleur. A d'autres
moments, vous m'êtes apparus dignes tantôt d'envie, tantôt
de pitié et tantôt de mépris, castrats que vous êtes, artificiel-
lement retenus dans une éternelle enfance, gamins et puérils
dans votre monde du Jeu, dans ce jardin d'enfants ignorant
des passions, proprement enclos et bien rangé, où tous les
nez sont bien mouchés et tous les élans incongrus du cœur
et de l'esprit endormis et étouffés, où l'on joue toute sa vie
à de gentils petits jeux sans danger, qui ne font pas couler

de sang, où tout élan de vie, tout grand sentiment,
toute vraie passion, tout émoi du cœur qui vient jeter
le trouble est aussitôt contrôlé, dévié et neutralisé par la
thérapeutique de la contemplation. N'est-ce pas un monde
artificiel, stérilisé, châtré par vos maîtres d'école, est-ce plus
qu'un monde tronqué et en trompe-l'œil, que cet univers
où vous végétez lâchement, monde sans vices, sans passions, sans faim, sans sève ni sel, monde sans famille, sans
mères, sans enfants, et même sans femmes ou peu s'en faut!
La vie instinctive y est domptée par la méditation; ce qui
est dangereux, casse-cou, gros de responsabilité, comme l'économie, le droit, la politique, on l'a, depuis des générations,
abandonné à d'autres; on y mène lâchement sa vie de parasite, bien à l'abri, délivré du souci de se nourrir, sans obligations trop fastidieuses et, pour que cela ne devienne pas
ennuyeux, on se consacre diligemment à toutes ces spécialités d'érudits, on compte des syllabes et des lettres, on fait
de la musique et on joue aux Perles de Verre, tandis qu'à
l'extérieur, dans la crasse du siècle, de pauvres gens harcelés
vivent la vie véritable et font le vrai travail. »

Valet l'avait écouté avec une attention soutenue et amicale.

« — Cher ami, dit-il pensivement, comme tes paroles m'ont
rappelé le temps où nous étions collégiens, où tu me critiquais et tu m'attaquais à cœur joie! La seule différence est
que je n'ai plus maintenant le même rôle qu'alors; je n'ai
pas aujourd'hui à défendre l'Ordre et la Province contre tes
attaques, et je suis bien aise de n'être plus chargé de cette
tâche pénible qui, une fois déjà, m'a coûté de trop grands
efforts. C'est qu'il est un peu difficile de riposter à un assaut
de grand style comme celui que tu viens de lancer, tambour
battant. Tu me parles par exemple de gens qui, à l'extérieur,
dans le pays, « vivent la vie véritable et font le vrai travail ». Cela a un bel accent d'absolu et de sincérité, presque
une allure d'axiome et si l'on voulait relever le gant, il
faudrait devenir désobligeant, ou peu s'en faut, et rappeler
à l'orateur que son « vrai travail », à lui, consiste pourtant
en partie à contribuer, au sein d'une commission, à la prospérité et au maintien de Castalie. Mais trêve de plaisanterie!
Tes paroles et leur ton me montrent que si ton cœur est
encore rempli de haine contre nous, il est en même temps

plein d'un amour désespéré, d'envie et de nostalgie. A tes
yeux nous sommes des lâches, des parasites ou des bambins
qui jouent dans un jardin d'enfants, mais à certains moments
tu as aussi vu en nous des dieux éternellement sereins. Il
y a une chose, en tout cas, que je crois pouvoir déduire de
tes paroles : ce n'est tout de même pas Castalie qui est responsable de ta tristesse, de ton malheur, appelons-le comme
nous voudrons. Si c'était nous, Castaliens, qui en étions
cause, les reproches et les objections que tu nous fais ne
seraient certainement plus les mêmes aujourd'hui que dans
les discussions de notre enfance. Tu m'en parleras davantage dans nos conversations ultérieures, et je ne doute pas
que nous trouvions un moyen de te rendre plus heureux et
plus gai, ou tout au moins de rendre tes relations avec Castalie plus spontanées et plus agréables. Autant que je puis
voir jusqu'à présent, ton attitude envers nous, envers Castalie, et par suite vis-à-vis de ta propre jeunesse et de tes
années d'écolier est fausse, partiale et sentimentale. Tu as
l'âme partagée entre les Castaliens et les gens du siècle, et
tu te tortures outre mesure pour ce dont tu n'es pas responsable. Mais il se peut que tu prennes trop à la légère
d'autres choses, dont tu portes la responsabilité. Je suppose
que depuis assez longtemps déjà tu n'as plus fait d'exercices
de méditation, n'est-il pas vrai? »

Designori eut un rire tourmenté. « Quelle perspicacité,
domine! Depuis assez longtemps, tu crois? Voilà des années
et des années que j'ai renoncé aux magies de la méditation.
Comme tu te soucies de moi, tout à coup! A cette époque,
où vous m'avez tous montré à Celle-les-Bois, au moment
de mon cours de vacances, tant de courtoisie et de mépris, où
vous avez repoussé avec tant de distinction mes avances
amicales, je suis parti d'ici avec la résolution de mettre
fin pour toujours à ce qu'il y avait en moi de castalien. A
partir de ce jour, j'ai renoncé au Jeu des Perles de
Verre, je n'ai plus médité; pendant quelque temps j'ai même
perdu le goût de la musique. Au lieu de cela, j'ai trouvé de
nouveaux camarades, qui m'ont enseigné les plaisirs du
siècle. Nous avons bu et couru les filles, nous avons expérimenté tous les stupéfiants accessibles, nous avons craché
sur toutes les convenances, les respectabilités, les idéals, nous
les avons tournés en dérision. Ces extravagances n'ont natu-

rellement pas duré très longtemps, elles ont suffi cependant
pour décaper complètement ce qui me restait de vernis castalien. Et quand, des années plus tard, il m'est arrivé de me
rendre compte que j'avais été un peu fort et qu'un peu de
technique contemplative m'aurait été bien utile, j'étais
devenu trop fier pour recommencer à la pratiquer.

« — Trop fier? demanda Valet à mi-voix.

« — Oui, trop fier. Entre temps, j'avais sombré dans le
siècle, j'étais devenu un homme du siècle. Je voulais seulement être l'un d'entre eux, je ne voulais plus d'autre vie
que la leur, leur vie passionnée, enfantine, cruelle, impétueuse, qui vacille entre le bonheur et la peur. Je dédai-
gnais d'avoir recours à vos procédés pour me soulager un
peu et me créer une position privilégiée. »

Le Magister lui jeta un regard pénétrant. « Et tu as
enduré cela, pendant des années? Tu n'as pas utilisé d'autres
moyens pour en venir à bout?

« — Oh! si, avoua Plinio, je l'ai fait et je le fais encore
aujourd'hui. Il y a des moments où je me remets à boire,
et généralement, pour pouvoir dormir, j'ai besoin aussi de
toutes sortes de stupéfiants. »

Valet ferma les yeux une seconde, comme sous le coup
d'une fatigue soudaine, puis il tint de nouveau son ami
fermement sous son regard. Il le fixa dans les yeux, en
silence, inquisiteur d'abord et sévère, mais peu à peu avec
une douceur, une affection et une sérénité toujours plus
grandes. Designori déclare dans ses notes que jusqu'alors
il n'avait encore jamais vu pareil regard dans des yeux
humains, à la fois aussi scrutateur et aussi plein d'amour,
innocent et condamnatoire, rayonnant d'amitié et omnis-
cient. Il avoue que ce regard l'a d'abord désorienté et irrité,
puis tranquillisé et peu à peu dompté avec une douce violence. Mais il essaya encore de se défendre.

« — Tu disais, fit-il, que tu connais des moyens de me
rendre plus heureux et plus gai. Mais tu ne me demandes
même pas si j'en ai envie.

« — Mais, dit Valet en riant, quand on peut rendre
un être plus heureux et plus serein, on devrait le faire
dans tous les cas, qu'il le demande ou non. Et comment
pourrais-tu ne pas rechercher et ne pas désirer cela? C'est
pour cela que tu es ici, que nous sommes de nouveau assis

ici l'un en face de l'autre, c'est pour cela que tu es revenu chez nous. Tu hais Castalie, tu la méprises, tu es bien trop fier de ta vie de séculier et de ta tristesse pour vouloir les alléger par un peu de raison et de méditation, et cependant une nostalgie secrète et indomptable t'a, pendant toutes ces années, conduit et attiré vers nous, vers notre sérénité, jusqu'à ce que tu te sois vu obligé de revenir et de tenter encore une fois l'expérience avec nous. Et je te le dis, cette fois tu es venu au bon moment, à l'instant où moi aussi j'avais une grande nostalgie d'entendre un appel de votre siècle, de voir une porte s'ouvrir. Mais nous en parlerons la prochaine fois! Tu m'as fait toutes sortes de confidences, mon ami, je t'en remercie, et tu vas voir que j'ai, moi aussi, des confessions à te faire. Il est tard, tu pars en voyage demain matin de bonne heure, et moi, une nouvelle journée de travail m'attend; il ne faut pas que nous tardions à aller nous coucher. Accorde-moi seulement un quart d'heure encore, je t'en prie. »

Il se leva, alla à la fenêtre et regarda le ciel : entre les nuages qui passaient, apparaissaient partout des traînées d'azur profond et limpide, parsemé d'étoiles. Comme il ne revenait pas tout de suite, son hôte se leva aussi et alla le rejoindre à la fenêtre. Le Magister restait debout, regardant le ciel et savourant à grandes aspirations rythmiques l'air frais et léger de cette nuit d'automne. Il montra le ciel de la main.

« — Regarde, dit-il, ce paysage de nuages avec ses traînées d'azur! Au premier coup d'œil, on pourrait croire que les profondeurs sont là où la nuit est plus sombre, mais on s'aperçoit aussitôt que cette obscurité sans résistance n'est faite que de nuages, et que les grands fonds de l'espace cosmique commencent seulement au bord et dans les fjords de ces massifs de brume... Ils y plongent dans l'infini, où brillent solennellement les étoiles, symboles suprêmes, pour nous humains, de la clarté et de l'ordre. Les profondeurs du monde et de ses secrets ne se trouvent pas là où sont les nuages et les ténèbres : sa profondeur est dans la clarté et la sérénité. Permets-moi de t'adresser une prière : avant d'aller te coucher, regarde encore un instant ces golfes et ces détroits avec toutes leurs étoiles, et ne chasse pas les pensées ou les rêves qui pourront te venir. »

Plinio eut au cœur un élancement singulier, il ne sut si c'était de douleur ou de joie. C'était avec des paroles analogues, il se le rappelait, que jadis, en des temps infiniment lointains, dans la belle sérénité de ses débuts d'écolier à Celle-les-Bois, on l'avait exhorté à ses premiers exercices de méditation.

« — Et permets-moi d'ajouter un mot, reprit le Maître du Jeu des Perles de Verre à voix basse. J'aimerais te dire encore quelque chose au sujet de la sérénité, de celle des étoiles et de celle de l'esprit, et aussi de celle qui nous est particulière, à Castalie. Tu as de l'aversion contre la sérénité, probablement parce que la voie que tu as dû suivre était celle de la tristesse. A présent, toute espèce de clarté et de bonne humeur, en particulier les nôtres, te paraissent superficielles, enfantines, et lâches aussi; tu y vois une évasion des épouvantes et des abîmes de la réalité dans un monde clair, bien ordonné, tout en formes et en formules, tout en abstractions et en surfaces lisses. Mais, cher et triste ami, même si c'est une évasion, même s'il ne manque pas de Castaliens pleutres et timorés, qui jouent avec des formules creuses, même si par-dessus le marché ils étaient en majorité chez nous, cela n'enlève rien de sa valeur et de son éclat à la vraie sérénité, celle du ciel et celle de l'esprit. S'il y a chez nous des gens vite satisfaits et qui n'ont qu'un faux semblant de sérénité, il en est d'autres, des hommes, des générations d'hommes, pour qui la sérénité n'est pas un jeu et un vernis, mais une chose grave et profonde. J'en ai connu un : c'était notre ancien Maître de la Musique, que tu as vu aussi parfois jadis à Celle-les-Bois. Dans les dernières années de sa vie, cet homme possédait à tel point la vertu de la sérénité, qu'elle rayonnait de lui comme la lumière d'un soleil, qu'elle débordait sur tous, flot de bienveillance, de joie de vivre, de bonne humeur, de confiance et d'assurance, et que ses rayons se réfléchissaient chez tous ceux qui avaient recueilli son éclat avec gravité et s'en étaient laissés pénétrer. Moi aussi, je suis resté à sa lumière, et il m'a aussi communiqué un peu de sa clarté et de l'éclat de son cœur, comme à notre ami Ferromonte et à bien d'autres encore. Atteindre à cette sérénité, c'est pour moi, c'est pour beaucoup d'hommes le but suprême et le plus noble. Tu la trouveras aussi chez

quelques pères de la Direction de l'Ordre. Cette sérénité
n'est faite ni de badinage, ni de narcissisme, elle est connaissance suprême et amour, affirmation de toute réalité, attention en éveil au bord des grands fonds et de tous les abîmes;
c'est une vertu des saints et des chevaliers, elle est indes-
tructible et ne fait que croître avec l'âge et l'approche de
la mort. Elle est le secret de la beauté et la véritable substance de tout art. Le poète qui célèbre, dans la danse de
ses vers, les magnificences et les terreurs de la vie, le musicien qui leur donne les accents d'une pure présence, nous
apportent la lumière; ils augmentent la joie et la clarté sur
terre, même s'ils nous font d'abord passer par des larmes
et des émotions douloureuses. Peut-être le poète dont les
vers nous ravissent a-t-il été un triste solitaire, et le musicien
un rêveur mélancolique : cela n'empêche leurs œuvres de
participer de la sérénité des dieux et des étoiles. Ce qu'ils
nous donnent, ce ne sont plus leurs ténèbres, leur douleur ou leur crainte, c'est une goutte de lumière pure, d'éternelle sérénité. Même quand des peuples entiers, des langues
entières cherchent à explorer les profondeurs cosmiques
dans des mythes, des cosmogonies, des religions, l'ultime et
suprême terme qu'ils puissent atteindre est cette sérénité.
Tu te souviens des anciens Hindous, notre professeur de
Celle-les-Bois nous en a parlé joliment autrefois : c'était
le peuple de la douleur, de la recherche opiniâtre, de l'expiation, de l'ascétisme; mais les dernières grandes trouvailles
de son esprit furent toutes de lumière et de sérénité : sourire
serein des triomphateurs du monde et des bouddhas, figures
sereines de ses insondables mythologies. Le monde, tel que
ces mythologies le représentent, commence dans ses origines
par être divin, bienheureux, rayonnant, beau comme le printemps : c'est un âge d'or. Ensuite, il succombe à la maladie
et dégénère de plus en plus, il devient fruste et misérable,
et, à la fin des quatre âges cosmiques, durant lesquels il
sombre de plus en plus profondément, il est mûr pour être
foulé aux pieds et détruit par Siva, le rieur qui danse.
Mais l'univers ne finit pas là, il recommence avec le sourire
de Vichnou qui, en rêve, crée de ses mains espiègles un
monde neuf, jeune, beau, rayonnant. Cela est admirable :
ce peuple, perspicace et sensible, comme peut-être aucun
autre, a observé avec honte et horreur le jeu cruel de

l'histoire universelle, l'éternelle rotation de la roue de la cupidité et de la douleur, il a vu et compris la caducité de la chose créée, la rapacité et la diablerie de l'homme et, en même temps, sa profonde nostalgie de pureté et d'harmonie. Et, pour exprimer toute la beauté et le tragique de la création, il a trouvé ces symboles magnifiques des âges et de l'effondrement du monde, du puissant Siva, dont la danse réduit en ruines cet univers dégénéré, et du souriant Vichnou, qui sommeille sur sa couche et, de ses divins rêves d'or, fait surgir en jouant un univers nouveau.

« Notre sérénité castalienne est une branche peut-être tardive et mineure de cette grande sérénité, mais parfaitement légitime. Le savoir n'a pas toujours, ni partout, été serein, encore qu'il dût l'être. Chez nous, le savoir, le culte de la vérité, est étroitement lié au culte du beau ainsi qu'à la pratique de la méditation et à la culture de l'âme : il ne peut donc jamais perdre entièrement sa sérénité. Quant à notre Jeu des Perles de Verre, il unit en lui ces trois principes : la science, le respect du beau et la méditation. Un vrai Joueur de Perles devrait donc être imprégné de sérénité, comme un fruit mûr de son jus sucré; il devrait avant tout posséder en lui la sérénité de la musique, cette forme de la vaillance, ce pas de danse gai et souriant à travers l'épouvante et les flammes du monde, cette solennelle offrande d'une victime. C'est ce genre de sérénité qui m'attira, dès que je commençai, écolier et étudiant, à la pressentir et à la comprendre, et je n'y renoncerai jamais, même dans le malheur et la souffrance.

« Allons dormir à présent, tu dois partir de bonne heure demain. Reviens bientôt, parle-moi davantage de toi; je t'en dirai davantage, moi aussi; tu apprendras que, même à Celle-les-Bois et dans la vie d'un Magister, il y a des problèmes, des déceptions, et même des désespoirs et des diableries. Mais à présent il faut que tu ailles dormir l'oreille pleine de musique. Lever les yeux vers le ciel étoilé et s'emplir l'oreille de musique avant d'aller au lit, cela vaut mieux que tous tes soporifiques. »

Il s'assit et joua délicatement, très bas, une phrase de cette sonate de Purcell qui était l'un des morceaux favoris du père Jacobus. Comme des gouttes de lumière dorée, les sons filtraient dans le silence, si bas qu'on entendait encore dans leurs intervalles chanter la vieille fontaine qui coulait dans la cour. Tendres et sévères, austères et douces, les voix de cette musique gracieuse se rencontraient et se croisaient; elles dansaient, vaillantes et sereines, leur ronde intime à travers le néant du temps et de la précarité; éphémères, elles donnaient à l'espace et à cette heure nocturne l'ampleur et la grandeur de l'univers et, quand Joseph prit congé de son hôte, le visage de celui-ci avait changé : il s'était éclairé, et en même temps il y avait des larmes dans ses yeux.

PRÉPARATIFS

Valet avait réussi à rompre la glace; des rapports, des échanges pleins de vie, réconfortants pour tous deux, naquirent de nouveau entre lui et Designori. Cet homme, qui avait vécu de longues années dans une mélancolie résignée, dut donner raison à son ami : c'était bien la nostalgie de la guérison, de la clarté, de la sérénité castalienne qui l'avait fait revenir dans la Province pédagogique. Il y vint fréquemment désormais, même sans la Commission et sans but officiel. Tegularius l'observait avec une méfiance jalouse. Et le Magister Valet ne tarda pas à savoir sur sa personne et sur sa vie tout ce dont il avait besoin. L'existence de Designori n'avait pas été aussi extraordinaire ni aussi compliquée que Valet l'avait supposé après ses premières révélations. Au cours de sa jeunesse, Plinio avait subi, dans son enthousiasme et sa soif d'action, la déception et l'humiliation que l'on sait. Placé entre le siècle et Castalie, il n'était pas devenu un intermédiaire et un réconciliateur, mais un outsider solitaire et aigri. Il n'avait pas réussi la synthèse des éléments séculiers et castaliens qui lui venaient de ses origines et de son caractère. Et pourtant ce n'était pas un simple raté, il avait malgré tout, dans la défaite et le renoncement, pris une figure à lui et assumé un destin particulier. Chez lui, l'éducation reçue à Castalie ne semblait pas faire ses preuves; elle ne lui avait, en tout cas, valu tout d'abord que des conflits et des déceptions, une singularité et une

solitude profondes difficilement supportables pour sa nature.
Et l'on eût dit qu'une fois engagé dans cette voie épineuse
d'original inadapté, il était encore obligé d'y mettre du
sien pour s'isoler et accroître ses difficultés. En particulier,
dès qu'il fut étudiant, il eut un différend irréductible avec
sa famille, surtout avec son père. Celui-ci, sans compter
au nombre des chefs politiques proprement dits, avait cependant été toute sa vie, comme tous les Designori, un pilier
du conservatisme et du parti gouvernemental, un ennemi
de toutes les innovations, opposé aux revendications juridiques et sociales des classes défavorisées, plein de méfiance
envers les gens qui n'avaient ni un nom ni un rang, fidèle
à l'ordre ancien, à tout ce qui lui semblait légitime et sacré,
et prêt à s'y sacrifier. Sans avoir de besoins religieux, il
était par suite un ami de l'Église et, bien qu'il ne man-
quât pas d'esprit de justice, de bienveillance et qu'il fût
tout disposé à faire œuvre de bienfaisance et d'assistance, il
s'opposait obstinément et par principe aux efforts tentés
par les métayers pour améliorer leur situation. Il justifiait
cette dureté avec une fausse logique, en invoquant le programme et les slogans de son parti. En réalité, ce n'étaient
évidemment pas la conviction ni la perspicacité qui le gui-
daient, mais une aveugle fidélité féodale à ses pairs et aux
traditions de sa maison. Un certain esprit et un sens chevaleresques de l'honneur, ainsi qu'un dédain ostensible pour
tout ce qui se prétendait moderne, progressiste et actuel,
constituaient du reste l'un des traits de son caractère.

Tel était l'homme. Son fils Plinio le déçut, l'irrita et l'aigrit
en se rapprochant, quand il était étudiant, d'un parti nettement moderniste d'opposition et en s'y affiliant. Il s'était
alors formé une aile gauche juvénile d'un vieux parti libé-
ral bourgeois, dirigée par Veraguth, publiciste, député et
tribun populaire, qui jetait fort efficacement la poudre aux
yeux, ami du peuple, héros de la liberté plein de tempérament,
qui parfois se laissait un peu émouvoir et mettre en transes
par ses propres paroles. Ses efforts pour gagner à sa cause la
jeunesse estudiantine en faisant des conférences publiques
dans les villes d'université portèrent leurs fruits et, parmi
d'autres auditeurs et partisans enthousiastes, ils lui amenèrent le fils Designori. Ce jeune homme, déçu par l'Université et en quête d'une base, d'un succédané de la morale

castalienne qui avait perdu à ses yeux sa substance, à la
recherche d'un idéalisme et d'un programme nouveaux
quels qu'ils fussent, avait été enthousiasmé par les conférences de Veraguth; il admirait son pathos et son courage
agressif, son esprit, ses poses accusatrices, la beauté de sa
prestance et de son langage, et il se joignit à un groupe
d'étudiants qui, après avoir été ses auditeurs, faisaient de
la propagande pour son parti et ses objectifs. Quand le
père de Plinio l'apprit, il se rendit aussitôt chez son fils;
pour la première fois de sa vie il fulmina contre lui, au comble
de la colère, lui reprocha de conspirer, de trahir son père,
sa famille et les traditions de leur maison, et, d'une voix
brève, il lui intima l'ordre de réparer ses fautes sur-le-champ
et de rompre avec Veraguth et son parti. Ce n'était pas la
bonne méthode pour influencer ce jeune homme, car il crut
que son attitude allait même faire de lui une sorte de mar-
tyr. Plinio résista aux foudres de son père et lui déclara
qu'il n'avait pas fréquenté dix ans les écoles des élites, et
l'Université quelques années, pour renoncer à ses conceptions et à son jugement personnels et se laisser dicter ce
qu'il devait penser de l'État, de l'économie et de la justice
par une clique de hobereaux égoïstes. Il mit à profit, en
cette circonstance, les leçons de Veraguth qui, à l'exemple
des grands tribuns, ignorait toujours ses propres intérêts
et ceux de sa classe et ne visait à rien d'autre au monde
qu'à la justice et à l'humanité pures et absolues. Le vieux
Designori éclata d'un rire amer. Il invita son fils à commencer,
du moins, par achever ses études avant de se mêler des
affaires d'homme et de se figurer qu'il en savait davantage
sur la vie humaine et la justice que des séries de générations
vénérables des nobles races dont il était le rejeton dégénéré,
et à qui sa trahison donnait à présent un coup de poignard
dans le dos. Chaque mot aggravait la querelle, leur amertume et leurs outrages : finalement le vieillard, comme s'il
avait vu dans une glace son visage défiguré par la colère,
se tut, glacé de honte, et s'en fut sans un mot. A dater de ce
jour, Plinio ne retrouva plus jamais l'intimité ancienne et innocente qui faisait pour lui l'attrait de la maison paternelle, car
non seulement il resta fidèle à son groupe et au néo-libéra-
lisme de celui-ci, mais, avant même de terminer ses études,
il devint le disciple, l'aide et le collaborateur direct de Vera-

guth, et quelques années plus tard son gendre. Si l'éducation qu'il avait reçue dans les écoles des élites, ou plutôt si la difficulté de se réacclimater ensuite dans le siècle et dans son pays natal avaient rompu l'équilibre spirituel de Designori et pénétré sa vie d'une inquiétude qui la minait tout entière, cette nouvelle situation acheva de l'engager dans une passe exposée, difficile et délicate. Il y gagna assurément un bien de prix : une sorte de foi, de conviction et d'appartenance politiques, qui répondaient à son besoin juvénile de justice et de volonté de progrès. Il trouva en la personne de Veraguth un maître, un guide et l'amitié d'un aîné qu'il admira et aima tout d'abord sans esprit critique, qui, de plus, semblait l'estimer et avoir besoin de lui; il y gagna une orientation et une finalité, un travail et la tâche de sa vie. Ce n'était pas négligeable, mais il dut le payer cher. Ce jeune homme aurait su se résigner à la perte de sa position naturelle, héréditaire, dans la maison de son père et dans sa classe sociale; il aurait pu supporter avec un certain masochisme fanatique d'être exclu d'une caste privilégiée et d'endurer son hostilité, mais il resta bien des choses dont il ne put se consoler tout à fait : il était surtout rongé par le sentiment d'avoir fait de la peine à sa mère qu'il aimait beaucoup, de l'avoir mise dans une situation extrêmement pénible et délicate, entre son père et lui, et d'avoir ainsi sans doute abrégé sa vie. Elle mourut peu de temps après son mariage. Après sa mort, Plinio ne se montra plus guère dans la maison de son père et après le décès de celui-ci il vendit leur antique demeure familiale.

Il y a des natures qui réussissent ce tour de force d'aimer et de faire leurs une situation, une fonction, un mariage, une profession en raison même du sacrifice que ceux-ci leur ont coûté et qui y trouvent ainsi leur bonheur et leur satisfaction. Il en fut autrement chez Designori. Il resta certes fidèle à son parti et à son chef de file, à son orientation et à son activité politiques, à son ménage et à son idéalisme. Mais, avec le temps, il y trouva la source d'autant de problèmes que lui en avait toujours valus sa propre nature. Son enthousiasme politique et idéologique de jeune homme se calma; à la longue, lutter pour avoir raison ne le rendit pas plus heureux que de souffrir et de se sacrifier par bravade. D'autre part, il acquit une expérience de professionnel et

devint blasé. Il se demanda finalement si, au fond, c'était
seulement le sens de la vérité et du droit qui avait fait de
lui un partisan de Veraguth, si la rhétorique de celui-ci et
son savoir-faire de tribun populaire, son charme et son
habileté sur la scène publique, si les sonorités de sa voix et
la virilité de son rire superbe, l'intelligence et la beauté de
sa fille n'en étaient pas, au moins à moitié, responsables.
De plus en plus, il se demanda si le vieux Designori avait
vraiment défendu le point de vue le moins noble en restant
fidèle à sa classe et en faisant montre de dureté envers les
métayers. Il se demanda aussi si le bien et le mal, le juste
et l'injuste existaient dans l'absolu, si en fin de compte le
langage de sa propre conscience n'était pas le seul juge
valable : s'il en était ainsi, Plinio était dans son tort, car il
ne vivait pas dans le bonheur, le calme et la foi, dans la
confiance et la certitude, mais dans l'indécision, le doute
et la mauvaise conscience. Son mariage n'était certes pas
un mariage malheureux et manqué, au sens brutal du mot,
mais il connaissait sans cesse des crises, des complications, des
difficultés. C'était peut-être ce que Plinio avait de meilleur,
mais cela ne lui donnait pas le repos, le bonheur, cette conscience tranquille dont il avait tant besoin; cela exigeait beaucoup de circonspection et de tenue, et lui coûtait beaucoup
d'efforts. Même son petit garçon, Tito, un bel enfant très
doué, devint bientôt un objet de conflit, de manœuvres diplomatiques; on quêta ses faveurs, on en fut jaloux jusqu'au
moment où ce petit être trop aimé et gâté opta de plus en
plus pour sa mère et se fit son champion. Ç'avait été la
dernière douleur, la dernière perte que Designori avait
connue dans sa vie, et c'était, semblait-il, ce qui lui avait
causé le plus d'amertume. Cela ne l'avait pas brisé, il en
avait triomphé et il avait trouvé et gardé une contenance,
qui était digne, mais grave, contrainte et mélancolique.

 Valet apprit peu à peu tout cela de la bouche de son ami,
au cours de visites et de rencontres nombreuses. En
échange, il lui avait aussi beaucoup parlé de ses expériences
et de ses problèmes personnels. Il ne laissa jamais Plinio
en venir à la situation d'un homme qui s'est confessé et qui,
dès que l'heure tourne et que l'atmosphère change, se repent
et souhaite se rétracter. Il conservait et fortifiait au contraire
la confiance de Designori par sa propre franchise et par son

abandon. Peu à peu, sa vie se déploya sous les yeux de son
ami, en apparence toute simple, rectiligne, exemplaire et
bien réglée, dans le cadre d'un ordre hiérarchisé, de structure limpide; c'était une carrière riche de succès et de distinctions, mais une vie dure, pleine de sacrifices et très solitaire; si bien des choses en elle n'étaient pas entièrement
intelligibles à cet homme de l'extérieur, il en saisissait
cependant les grands courants et les accents profonds, et
rien ne pouvait lui être plus compréhensible et le faire
vibrer davantage que ce besoin de Valet de s'adresser à
la jeunesse, à de jeunes élèves qui ne fussent pas encore
déformés, d'exercer une activité modeste, sans éclat, sans
cette obligation constante du décorum, une activité par
exemple de professeur de latin ou de musique dans des
classes élémentaires. Et il était bien dans le style de la méthode thérapeutique et éducative de Valet que de ne pas se
contenter de faire la conquête de ce patient par sa grande
franchise, mais de lui suggérer aussi qu'il pouvait en retour
l'aider, lui rendre service et l'inciter ainsi à le faire réellement. Effectivement, Designori pouvait être utile au Magister à bien des points de vue, peu pour l'essentiel, mais davantage en revanche, pour satisfaire sa curiosité et sa soif de
connaître cent détails de la vie du siècle.

Nous ignorons pourquoi Valet prit sur lui de réapprendre
à sourire et à rire à son mélancolique ami de jeunesse et si,
ce faisant, il se demanda si celui-ci pouvait à son tour lui
être utile. Designori, qui devrait le savoir mieux que
personne, ne l'a pas cru. Il a raconté plus tard : « Quand
je cherche à voir comment mon ami Valet s'est mis à exercer son influence sur un homme aussi résigné et aussi renfermé que moi, il me paraît de plus en plus clair qu'au fond
de tout cela il y avait surtout une grande part de magie et,
je dois le dire aussi, d'espièglerie. Il était beaucoup plus
espiègle que ses gens ne s'en doutaient, épris de jeu, plein
d'esprit, d'astuce, ravi de ses tours de passe-passe, de ses
feintes, de ses disparitions et de ses retours surprenants. Je
crois que, dès ma première apparition au Directoire de
Castalie, il a décidé de m'attirer et de m'influencer à sa
manière, c'est-à-dire de me réveiller et de me mettre dans
une meilleure forme. Toujours est-il que, dès le premier instant, il se mit en frais pour faire ma conquête. Pourquoi a-t-il

agi ainsi, pourquoi s'est-il chargé de ce fardeau que j'étais, je
ne puis le dire. Je crois que les êtres de son espèce agissent
en général inconsciemment, comme par réflexe : ils se sentent
mis en présence d'une tâche; ils entendent l'appel d'une
détresse et ils lui répondent sans plus de réflexion. Il me
trouva méfiant et farouche, nullement prêt à tomber dans
ses bras et encore moins à lui demander son aide. Moi qui
avais été jadis un ami si ouvert et si communicatif, il me
trouva déçu et renfermé, et ce fut cet obstacle, cette difficulté qui n'était pas mince, qui justement parut le piquer
au jeu. Il ne lâcha pas pied, si rétif que je fusse, et il a fini
par obtenir ce qu'il voulait. Pour cela, il eut recours entre
autres à ce procédé qui consistait à donner une apparence
de réciprocité à nos relations, comme si ma force répondait
à sa force, ma valeur à la sienne, comme s'il avait besoin
d'aide autant que moi. Dès le premier entretien un peu
long que nous eûmes ensemble, il me fit comprendre qu'il
avait attendu un événement tel que mon apparition, qu'il
en avait même eu la nostalgie, et il m'initia ensuite progressivement au plan qu'il avait formé de résigner ses fonctions
et de quitter la Province. Constamment, il faisait remarquer
combien il comptait pour cela sur mes conseils, sur mon
assistance, ma discrétion, puisqu'il n'avait pas d'autre ami
que moi au-dehors, dans le siècle, et qu'il ne possédait
aucune expérience de celui-ci. J'avoue que cela me faisait
plaisir à entendre et que cela ne contribua pas peu à lui
gagner toute ma confiance et à me livrer en quelque sorte à
lui; je le crus sur parole. Mais plus tard, avec le temps, j'en
vins pourtant à remettre tout cela en doute, à le trouver
invraisemblable, et j'aurais été bien incapable de dire s'il
attendait réellement quelque chose de moi et dans quelle
mesure. Je n'aurais pas davantage su dire si sa manière de
me prendre dans ses rêts était d'un ingénu ou d'un diplomate, si elle était naïve ou calculatrice, si c'était son intention sincère ou un artifice et un jeu. Il m'était par trop
supérieur et il m'a fait trop de bien, pour que j'aie eu jamais
le front de me livrer à une enquête sur ce point. En tout cas,
cette fiction que sa situation était analogue à la mienne, et
qu'il avait autant besoin de ma sympathie et de mon dévouement que moi des siens, me fait l'effet aujourd'hui d'une
simple gentillesse, d'une suggestion séduisante et agréable,

avec laquelle il me circonvenait. Mais je ne saurais dire
jusqu'à quel point le jeu qu'il jouait avec moi était conscient,
calculé et voulu, ni dans quelle mesure il était naïf et dans
sa nature. Car le Magister Joseph fut en vérité un grand
artiste; d'une part, il était incapable de résister à la passion qu'il avait d'éduquer, d'influencer, de guérir, d'aider,
de développer ses semblables, au point que les moyens
employés lui devenaient presque indifférents. D'autre part,
il lui était impossible de faire la plus petite chose sans s'y
donner tout entier. Un fait du moins est certain, c'est qu'il
s'est alors occupé de moi en ami, comme un grand médecin
et un guide, qu'il ne m'a plus lâché et qu'il a fini par me
réveiller et me guérir autant que cela était réalisable. Et,
chose curieuse et qui était bien dans sa ligne : alors qu'il faisait
semblant d'avoir recours à mon assistance pour se dégager
de ses fonctions et qu'il m'écoutait sans émoi, souvent
même d'un air approbateur, critiquer fréquemment Castalie
avec rudesse et naïveté, voire la suspecter et l'insulter,
qu'il luttait lui-même pour se libérer d'elle, en réalité il
m'y a cependant de nouveau attiré et ramené; il m'a fait
retrouver le chemin de la méditation; par la musique et la
contemplation, par sa sérénité, sa vaillance castaliennes, il
m'a éduqué et transformé. En dépit de la nostalgie que
vous m'inspiriez, j'étais très peu Castalien et très hostile à
Castalie; or, il a de nouveau fait de moi l'un des vôtres;
de la passion malheureuse que j'avais pour vous, il fit un
amour heureux. »

C'est ainsi que s'exprima Designori, et cette gratitude
admirative était fondée. S'il n'est pas trop difficile, à l'aide
de nos vieilles méthodes éprouvées, de former au style de
vie de l'Ordre de jeunes garçons et des adolescents, chez
un homme qui approchait déjà de la cinquantaine, c'était
certainement une tâche ardue, même si celui-ci y mettait
beaucoup de bonne volonté. Non que Designori fût devenu
un Castalien intégral et encore moins un Castalien exemplaire. Mais Valet a parfaitement réussi ce qu'il s'était
proposé : triompher de son esprit rebelle et du poids de
son amère tristesse, ramener cette âme hypersensible et
farouche à l'harmonie et à la sérénité, remplacer beaucoup
de ses mauvaises habitudes par de bonnes. Le Maître du
Jeu des Perles de Verre ne pouvait naturellement pas

s'acquitter personnellement de tout l'immense travail de
détail que cela nécessitait. Il fit appel, pour cet hôte d'honneur, à l'appareil et au personnel de Celle-les-Bois et de
l'Ordre, il lui donna même quelque temps un maître ès
méditations de Terramil, siège de la Direction de l'Ordre,
pour aller chez lui contrôler en permanence ses exercices.
Mais il garda la haute main sur leur plan et leur orientation.

 Ce fut dans la huitième année de sa magistrature qu'il
répondit pour la première fois aux invitations maintes fois
renouvelées de son ami et qu'il alla le voir dans sa demeure
de la capitale. Avec l'autorisation de la Direction de l'Ordre,
dont le président Alexandre lui était cher, il profita d'une
journée de congé pour faire cette visite, dont il se promettait beaucoup et que, depuis un an, il n'avait pourtant cessé
de remettre, d'abord parce qu'il voulait être sûr de son ami,
et aussi peut-être par une sorte d'appréhension naturelle.
C'était en effet le premier pas qu'il risquait dans ce siècle,
d'où son camarade Plinio avait rapporté sa tristesse opiniâtre et qui recélait pour lui tant de mystères importants.
Il trouva la maison moderne que son ami avait échangée
contre la vieille résidence citadine des Designori dirigée par
une dame de belle prestance, fort intelligente, pleine de
réserve, et cette dame dominée à son tour par son joli petit
garçon prétentieux et assez insupportable. Tout semblait
tourner autour de la petite personne de celui-ci, et il paraissait avoir appris de sa mère l'attitude ergoteuse et autoritaire un peu humiliante qu'il avait envers son père. On
manifestait d'ailleurs dans la maison une certaine froideur
et de la méfiance à l'égard de tout ce qui était castalien,
mais la mère et le fils ne résistèrent pas très longtemps
à la personnalité du Magister, dont les fonctions s'entouraient du reste pour eux d'une atmosphère de mystère,
de consécration et de légende. Néanmoins, la première
visite se déroula dans un climat de raideur et de contrainte extrêmes. Valet garda une attitude d'observation
et d'attente, il parla peu; la dame le reçut avec une courtoisie formaliste et froide et une répugnance secrète, un peu
comme un officier supérieur ennemi en billet de logement.
Ce fut son fils Tito qui montra le moins de gêne : il avait dû
être bien assez souvent le témoin attentif, peut-être amusé,
et le bénéficiaire de situations semblables. Son père parais-

sait jouer le rôle du maître de la maison plus qu'il ne l'était.
Entre lui et sa femme, le ton de rigueur était celui d'une
politesse tempérée, circonspecte, un peu anxieuse, d'une
sorte d'urbanité sur la pointe des pieds; la femme s'y can-
tonnait plus aisément et avec plus de naturel que son mari.
Vis-à-vis de son fils, Plinio s'efforçait de prendre une attitude de camaraderie, que celui-ci semblait habitué tantôt à
exploiter, tantôt à repousser avec insolence. Bref, c'était
une cohabitation pénible, sans spontanéité, lourde d'instincts refoulés; elle respirait la peur des désordres, des explosions, les crises; le style de leur comportement et de leurs
discours était, comme celui de toute la maison, un peu
trop soutenu et trop voulu, comme si l'on n'avait pu dresser
de rempart assez solide, assez impénétrable et assez sûr
contre une irruption et un coup de main éventuels. Et
Valet fit encore une observation dont il prit note : une
grande partie de la sérénité que Plinio avait retrouvée s'était
effacée de son visage. Lui qui, à Celle-les-Bois ou dans la
maison de la Direction de l'Ordre, à Terramil, semblait
s'être presque entièrement débarrassé de sa mélancolie et
de sa tristesse, retrouvait ici, dans son propre foyer, toutes
ses ténèbres et provoquait la critique autant que la pitié.
Sa maison était belle, elle respirait la richesse et le sybaritisme; l'ameublement de chaque pièce y était fonction de
ses dimensions, dans chacune d'elles régnait une agréable
harmonie en deux ou trois couleurs, ponctuée çà et là d'une
œuvre d'art de prix. Valet y laissa errer ses regards avec
satisfaction, mais ce plaisir des yeux lui parut à la fin un
rien trop beau, trop parfait, trop bien calculé; il y manquait
un devenir, une histoire, un renouvellement, et il sentait que
même cette beauté des pièces et des objets revêtait le sens
d'un exorcisme, d'un geste de défense, et que ces salles, ces
tableaux, ces vases et ces fleurs encadraient et accompagnaient une vie qui aspirait à l'harmonie et à la beauté,
sans réussir justement à y atteindre autrement qu'en gardant le diapason de ce décor.

Ce fut dans la période qui suivit cette visite, riche d'impressions en partie peu réjouissantes, que Valet envoya à
son ami un maître de méditation à domicile. Après avoir
passé une journée dans l'atmosphère curieusement tendue et lourde de cette maison, il avait appris bien des

choses dont il n'avait nulle envie, mais beaucoup d'autres aussi qui lui manquaient et qu'il recherchait par amour de son ami. On n'en resta pas à cette première visite, il la renouvela plusieurs fois, et ce fut l'origine de conversations sur l'éducation et sur le jeune Tito. La mère de celui-ci y prit part aussi avec vivacité. Le Magister gagna peu à peu la confiance et la sympathie de cette femme avisée et défiante. Lorsqu'un jour, presque en plaisantant, il dit que c'était dommage que leur petit garçon n'eût pas été envoyé à temps à Castalie pour y être élevé, elle prit cette remarque au sérieux, comme un reproche, et se défendit : il n'était pas du tout sûr, dit-elle, que Tito y eût été admis; il était certes assez doué pour cela, mais difficile à manier, et elle ne se serait jamais permis d'intervenir ainsi dans la vie de cet enfant contre sa volonté, d'autant que la même expérience n'avait nullement réussi à son père. Du reste, ni elle ni son mari n'avaient eu l'idée de revendiquer pour leur fils un privilège de l'antique famille des Designori, étant donné que Plinio avait rompu avec son père et avec toute la tradition de leur vieille maison. Et elle ajouta tout à la fin, avec un sourire douloureux, que, même si les circonstances avaient été différentes, elle n'aurait pas pu se séparer de son enfant, car en dehors de lui elle n'avait rien qui rendît sa vie digne d'être vécue. Cette remarque plus involontaire que réfléchie donna beaucoup à penser à Valet. Ainsi cette belle demeure, dans laquelle tout respirait la distinction, la splendeur et l'harmonie, ainsi son mari, la politique et son parti, l'héritage de ce père qu'elle avait jadis adoré, tout cela ne suffisait pas à donner à sa vie un sens et une valeur : il n'y avait que son fils. Et elle préférait laisser cet enfant grandir dans des conditions aussi mauvaises et préjudiciables que celles qui régnaient dans sa maison et son ménage, plutôt que de se séparer de lui pour son bien. De la part d'une femme aussi intelligente, intellectuelle, et qui paraissait d'esprit aussi rassis, c'était là une confession étonnante. Valet ne pouvait pas lui venir aussi directement en aide qu'à son mari et il ne songea pas non plus un instant à s'y risquer. Mais ses rares visites et l'influence qu'il avait prise sur Plinio apportèrent un élément d'équilibre et prirent une valeur d'exhortation dans cette vie familiale déviée et faussée. Pour le Magister,

en même temps que d'une fois à l'autre il acquérait dans
cette maison plus d'influence et d'autorité, la vie de ces gens
du siècle se révélait plus riche d'énigmes, à mesure qu'il la
connaissait mieux. Mais nous ne savons que fort peu de
choses sur ses visites dans la capitale, sur ce qu'il y vit et
l'expérience qu'il en acquit, et nous nous contenterons de ces
indications.

Jusqu'alors, Valet n'avait pas fréquenté le président de la
Direction de l'Ordre, à Terramil, plus que ses fonctions officielles ne l'exigeaient. Il ne le voyait du reste qu'à celles
des séances plénières du Directoire de l'enseignement qui
avaient lieu à Terramil et, même là, le président ne procédait
guère généralement qu'aux formalités protocolaires de sa
fonction : il était là pour recevoir ses collègues et prendre
congé d'eux, tandis que le travail principal de direction
des séances incombait au héraut. Le président précédent,
qui à l'entrée en fonctions de Valet, était déjà d'âge respectable, était certes vénéré par le Magister Ludi, mais il ne lui
fournit jamais l'occasion de se rapprocher de lui. A ses yeux,
ce n'était déjà presque plus un être humain, une personne :
il planait, grand prêtre, symbole de la dignité et de la concentration, au-dessus de la pyramide des autorités et de toute
la Hiérarchie, il en était le sommet silencieux et le couronnement. Or, cet homme vénérable était mort, et l'Ordre avait
élu Alexandre à sa place comme nouveau président. C'était
précisément le Maître ès méditations que la Direction de
l'Ordre avait affecté à Joseph Valet dans les premiers temps
de ses fonctions, et depuis lors le Magister nourrissait pour
ce membre exemplaire de l'Ordre une admiration et une affection reconnaissantes. De son côté celui-ci, pendant la période
où le Maître du Jeu des Perles de Verre avait été chaque
jour l'objet de ses soins et, en quelque sorte, son pupille,
avait pu observer et connaître d'assez près son tempérament
et son comportement pour l'aimer. Ils prirent tous deux conscience de cette amitié jusqu'alors latente, et elle se manifesta
dès l'instant où Alexandre devint le collègue de Valet et
le président du Directoire, car ils se virent alors de nouveau
assez fréquemment et ils eurent des tâches communes. Certes,
il manqua toujours à cette amitié le contact de chaque jour
ainsi que la communauté des souvenirs de jeunesse; ce fut
une sympathie de collègues haut placés; elle se manifestait

seulement par une légère cordialité supplémentaire quand
ils se rencontraient ou se séparaient, par une compréhension
réciproque plus totale et plus prompte, peut-être aussi par
des bavardages de quelques minutes dans les intervalles des
séances.

 Si, aux termes de la constitution, le président de la Direction de l'Ordre, qu'on appelait aussi Maître de l'Ordre,
n'était pas placé sur un plan supérieur à ses collègues, les
Magisters, il l'était cependant en vertu de la tradition qui
lui donnait la présidence des séances du Directoire suprême.
Et plus l'Ordre, au cours des dernières dizaines d'années,
était devenu contemplatif et monastique, plus son autorité
avait grandi, seulement, il est vrai, à l'intérieur de la Hiérarchie et de la Province, non à l'extérieur. De plus en
plus, dans le Directoire de l'enseignement, c'était le président de l'Ordre et le Maître du Jeu des Perles de Verre qui
étaient devenus les deux sommités et les véritables représentants de l'esprit de Castalie. En comparaison des antiques
disciplines héritées des âges précastaliens, comme la grammaire, l'astronomie, les mathématiques ou la musique, il
est certain que la discipline contemplative et le Jeu des
Perles de Verre étaient ce qui caractérisait vraiment Castalie. Il n'était donc pas sans importance que leurs deux
représentants et dirigeants de cette époque eussent des
relations amicales. A leurs yeux, à tous deux, cela confirmait et rehaussait leur dignité, cela mettait un peu de chaleur et de satisfaction dans leur existence, c'était un aiguillon
de plus à remplir leur tâche : représenter dans leur personne et proclamer par leur vie les deux richesses et les deux
vertus sacrées les plus profondes de l'univers castalien. Pour
Valet, c'était par conséquent un lien de plus et un contrepoids supplémentaire à cette tendance qui avait mûri en
lui et qui le poussait à renoncer à tout cela, à se frayer un
chemin dans une sphère de vie nouvelle et différente. Cette
tendance continua cependant irrésistiblement à se développer. Depuis qu'il en avait eu pleinement conscience (cela
pouvait remonter à la sixième ou septième année de son
Magistère), elle avait pris de la force, et cet homme épris
d'un « éveil » l'avait admise sans fausse pudeur dans sa vie
consciente et dans ses pensées. Nous croyons être en droit
de dire que, depuis cette époque, l'idée qu'il en viendrait à

quitter sa fonction et la Province lui était devenue familière, parfois, comme chez un prisonnier la foi en une délivrance, parfois aussi comme peut l'être chez un grand malade la certitude de la mort. Au cours de son premier entretien avec Plinio, ce camarade d'enfance qui était revenu à lui, il en avait parlé pour la première fois, peut-être uniquement pour gagner la sympathie d'un ami devenu taciturne et renfermé et pour le pousser à se confier, peut-être aussi parce qu'il voulait, par cette première déclaration à autrui, donner à son nouvel éveil, à son nouveau climat de vie un confident, un début d'orientation vers l'extérieur, une ébauche de réalisation. Dans les entretiens qu'il eut par la suite avec Designori, son désir de renoncer un jour quelconque à sa vie d'alors, de risquer le saut dans une autre, prit déjà valeur de décision. Entre temps, il cultiva soigneusement leur amitié; Plinio ne lui fut plus attaché désormais par les seuls liens de l'admiration, mais également par ceux d'une reconnaissance de convalescent et de malade guéri. Il posséda ainsi un pont vers le monde extérieur et tous les mystères de sa vie.

Nous ne saurions nous étonner que le Magister n'ait permis que très tard à son ami Tegularius d'entrevoir son secret et son plan d'évasion. Malgré toute la bienveillance et la sympathie agissante qui caractérisaient ses amitiés, il a toujours su les dominer et les diriger en toute indépendance et avec diplomatie. Or, la rentrée en scène de Plinio dans la vie du Magister, c'était pour Fritz l'entrée en lice d'un rival : ce nouvel ami d'autrefois avait des droits à l'intérêt et au cœur de Valet, et celui-ci ne put guère s'étonner de voir Tegularius réagir tout d'abord avec une jalousie véhémente. Pendant quelque temps, jusqu'à ce que le Magister eût achevé la conquête de Designori et qu'il lui eût fait retrouver sa juste place, il se peut même que la bouderie et les réticences de son autre ami lui aient paru en somme les bienvenues. A la longue, évidemment, une autre considération prévalut. Comment allait-il accommoder au goût d'un être comme Tegularius et lui rendre assimilable son désir de se retirer discrètement de Celle-les-Bois et de son Magistère ? Si Valet quittait Celle-les-Bois, cet ami le perdait pour toujours. L'emmener sur la voie étroite et dangereuse qui s'ouvrait à lui, il n'y fallait pas songer,

même si, contre toute attente, il en manifestait l'envie et
le courage. Valet attendit, réfléchit et hésita très longtemps
avant d'en faire le confident de ses intentions. Finalement,
cependant, il le fit, alors que sa décision de s'évader était
arrêtée depuis longtemps. Il aurait été par trop contraire à
sa nature de laisser son ami dans l'ignorance jusqu'à la fin,
pour ainsi dire derrière son dos, et de monter des plans
et de préparer des démarches dont il aurait également à
supporter les conséquences. Comme de Plinio, il voulait
faire de lui, s'il se pouvait, non seulement son confident,
mais un complice et un auxiliaire, sinon réels du moins imaginaires, car l'activité fait plus facilement accepter toutes
les situations.

Son ami connaissait naturellement depuis longtemps ses
idées sur le déclin qui menaçait le castalisme, dans la mesure
où Valet avait bien voulu lui en faire part et où lui-même
avait été disposé à y prêter l'oreille. Ce fut elles que le Magister invoqua, quand il eut décidé de s'ouvrir à Fritz de ses
intentions. Contre son attente et à son grand soulagement,
celui-ci ne prit pas au tragique cette déclaration confiden-
tielle; au contraire l'idée d'un Magister qui jetait son titre
à la tête des autorités, qui secouait de ses semelles la
poussière de Castalie pour faire choix d'une vie à son goût,
parut l'exciter agréablement, l'amuser même. Original et
ennemi de toute norme obligatoire, Tegularius avait toujours été du côté de l'individu contre les autorités; chaque
fois qu'il s'agissait de lutter avec esprit contre les pouvoirs
officiels, de les taquiner, de jouer au plus fin avec eux, il
ne demandait qu'à être de la partie. Cela montra à Valet
le chemin à suivre; il soupira de soulagement et, riant en
lui-même, il épousa aussitôt les réactions de son ami. Il le
laissa croire qu'il s'agissait d'une espèce de coup de main
contre les autorités et les ronds-de-cuir; dans cette entreprise, il lui donna un rôle de confident, de collaborateur
et de conjuré. Il fallait élaborer une requête du Magister
au Directoire, exposant et expliquant tous les motifs qui
le faisaient souhaiter de se démettre de sa charge. La préparation et l'élaboration de cette requête seraient essentiellement l'œuvre de Tegularius. Avant tout, il devait s'assimiler la conception historique que Valet s'était faite de la
naissance, de l'ascension et de l'état actuel de Castalie, ras-

sembler ensuite une documentation historique et y puiser
des arguments pour appuyer ses vœux et ses propositions.
Cela l'obligeait à s'engager dans un domaine qu'il avait
jusqu'alors réprouvé et méprisé, celui des études historiques,
mais il n'en parut pas gêné; Valet s'empressa de lui donner
les indications nécessaires, et c'est ainsi que Tegularius se
plongea dans ce travail nouveau avec le zèle et l'opiniâtreté
dont il savait faire preuve dans ses entreprises d'original
solitaire. Cet individualiste têtu trouva un plaisir croissant
et singulièrement féroce à ces études qui devaient le mettre
en mesure de démontrer aux bonzes et à la Hiérarchie leurs
lacunes et leur caractère contestable, ou tout au moins de
provoquer leur susceptibilité.

Joseph Valet ne prenait pas plus part à ces plaisirs qu'il
ne croyait au succès des efforts de son ami. Il était résolu
à se dégager des liens de sa situation actuelle et à se libérer
pour les tâches qui l'attendaient, il le sentait. Mais il se rendait
compte qu'il ne pourrait ni venir à bout du Directoire par
une argumentation rationnelle, ni se décharger sur Tegularius d'une partie de ce qu'il faudrait alors faire. Il lui était
cependant très agréable de le savoir occupé et absorbé par
autre chose, pour le temps qu'il lui restait à vivre dans son
voisinage. Après en avoir parlé à Designori la première fois
qu'ils se rencontrèrent alors, il ajouta : « Mon ami Tegularius est maintenant occupé et dédommagé de ce qu'il
croit que ton retour lui a fait perdre. Sa jalousie est déjà à
moitié guérie, et le travail auquel il se livre pour moi contre
mes collègues lui fait du bien, il est presque heureux. Mais
ne crois pas, Plinio, que je me promette quoi que ce soit
de son action, en dehors, précisément, du bien qu'elle lui
fait. Il est absolument invraisemblable, impossible même,
que notre Directoire suprême donne suite à la requête que
je projette. Il me répondra tout au plus par un discret
rappel à l'ordre. Entre mes intentions et leur réalisation,
il y a la loi fondamentale de notre Hiérarchie, et un
Directoire qui rendrait sa liberté au Maître du Jeu des
Perles de Verre, fût-ce sur une requête fondée sur les
motifs les plus convaincants, qui lui assignerait une activité
hors de Castalie, ne me plairait certes pas non plus. Du
reste, il y a là Maître Alexandre, de la Direction de l'Ordre,
et c'est un homme impossible à fléchir. Non, ce combat, il

faudra que j'en vienne à bout tout seul. Mais laissons donc d'abord Tegularius exercer sa perspicacité! Cela nous fait seulement perdre un peu de temps, et j'en ai besoin, quoi qu'il en soit, pour laisser tout en ordre ici, afin que mon départ ne puisse porter préjudice à Celle-les-Bois. Mais, en attendant, il faut que tu me procures là-bas, chez vous, un logement et un travail, si modestes fussent-ils. Au besoin, je me contenterai d'une place de professeur de musique, il suffit que ce soit un commencement, un tremplin. »

Designori déclara que cela se trouverait sûrement et que, le moment venu, sa maison serait ouverte à son ami aussi longtemps qu'il le voudrait. Mais Valet ne fut pas satisfait de cette solution.

— Non, dit-il, je ne suis pas fait pour le rôle d'invité, il me faut du travail. Et un séjour dans ta maison, si belle soit-elle, ne ferait, s'il dépassait quelques jours, qu'y aggraver les crises et les difficultés. J'ai grande confiance en toi, et ta femme a eu également l'amabilité de s'habituer à mes visites, mais cela prendrait un autre aspect dès que je ne viendrais plus en Magister Ludi, mais en déserteur et en hôte à demeure.

— Tu te fais bien trop de soucis, fit Plinio. Une fois que tu te seras libéré des obligations que tu as ici et que tu auras élu domicile dans la capitale, on ne tardera guère à t'offrir un emploi digne de toi, pour le moins une chaire de professeur dans une université, tu peux y compter en toute certitude. Mais ce genre de choses demande du temps, tu le sais bien, et je ne pourrai naturellement rien entreprendre pour toi avant que ta rupture avec Castalie soit chose faite.

— Bien sûr, dit le Magister, jusqu'à cet instant ma décision doit rester secrète. Je ne puis me mettre à la disposition de votre administration avant que la mienne ait été informée et qu'elle ait pris une décision; cela va de soi. Mais je ne cherche pas non plus une fonction publique pour commencer. Je n'ai que peu de besoins, moins que tu n'arrives probablement à te l'imaginer. Il me faut une chambrette et mon pain quotidien, mais j'ai surtout besoin d'avoir un travail et une tâche de professeur et d'éducateur, il me faut un élève, un pupille, ou plusieurs avec lesquels je vive et sur lesquels je puisse exercer une influence. L'Université est la chose à laquelle je pense le moins; j'aimerais

autant, que dis-je, j'aimerais bien mieux, être le précepteur
d'un jeune garçon ou quelque chose d'analogue. Ce que je
cherche, ce qu'il me faut, c'est une tâche simple, naturelle,
un être qui ait besoin de moi. Une chaire d'université m'intégrerait d'emblée dans un appareil administratif traditionnel, consacré et mécanisé, et je désire tout le contraire.

Designori se décida alors avec hésitation à formuler une
requête qu'il méditait déjà depuis quelque temps.

— J'aurais une proposition à te faire, dit-il, et je te
demande au moins de l'entendre et de l'examiner avec bienveillance. Peut-être te paraîtra-t-elle acceptable, et ce serait
aussi un service que tu me rendrais. Depuis le premier jour
où j'ai été ton hôte ici, tu m'as apporté sur bien des points
une aide féconde. Tu as aussi appris ce que sont ma vie et
mon foyer, tu sais ce qu'il en est. Ma situation n'est pas
brillante, mais elle est meilleure que depuis des années. Le
plus délicat, ce sont mes relations avec mon fils. Il est gâté
et suffisant, il s'est fait chez nous une position privilégiée
et incontestée : on la lui a offerte, on y a prêté la main, au
temps où il était encore enfant et où sa mère et moi nous
quêtions également ses bonnes grâces. Ensuite, il a résolument pris le parti de sa mère, et j'ai perdu peu à peu tout
moyen d'éducation efficace. Je m'y étais résigné, comme
d'ailleurs à la vie un peu ratée que je mène. J'en avais fait
mon deuil. Mais maintenant que, grâce à ton aide, je suis
presque guéri, j'ai pourtant repris confiance. Tu vois où je
veux en venir. Je me promettrais beaucoup d'un professeur
et d'un éducateur qui s'occuperait quelque temps de Tito.
D'ailleurs, il a des difficultés à l'école. C'est une requête
égoïste, je le sais, et je me demande si cette tâche pourrait
t'attirer. Mais c'est toi qui m'as donné le courage d'exprimer cette proposition.

Valet sourit et lui tendit la main.

— Je te remercie, Plinio. Aucune offre ne pourrait m'être
plus agréable. Mais il nous manque encore l'accord de ta
femme. En outre, il faudrait que vous acceptiez tous deux
de me confier entièrement votre fils dans les premiers temps.
Pour que je l'aie bien en main, il faut le soustraire à l'influence quotidienne de la maison paternelle. Tu devras en
parler à ta femme et l'amener à accepter cette condition.
Fais-le avec circonspection, prenez votre temps!

— Et tu crois, demanda Designori, que tu feras quelque chose de Tito ?

— Mais oui, pourquoi pas ? Il tient de ses parents la race et le talent, il ne lui manque que d'équilibrer ces forces. Mon travail, et je m'en charge volontiers, sera d'éveiller en lui le désir de cette harmonie ou plutôt de le fortifier et de le rendre finalement conscient.

Joseph Valet vit ainsi ses deux amis occupés de son cas, chacun d'une manière différente. Tandis que, dans la capitale, Designori exposait ses nouveaux plans à sa femme et cherchait à les lui rendre acceptables, à Celle-les-Bois Tegularius, assis dans une cellule de travail de la bibliothèque, rassemblait, sur les indications de Valet, une documentation en vue du mémoire projeté. Le Magister avait trouvé un excellent appât dans la lecture qu'il lui faisait mettre sous les yeux ; Fritz Tegularius, ce grand contempteur de l'histoire, ne pouvait plus démordre de la chronique de l'ère des guerres, il en était épris. Il avait toujours été, en se jouant, un grand travailleur, et il rassembla avec un appétit croissant des anecdotes symptomatiques de cette époque, de cette ère sinistre antérieure à l'Ordre ; il en accumula tellement que son ami, quand il lui présenta son travail, plusieurs mois plus tard, put à peine en laisser subsister la dixième partie.

A cette époque, Valet revint plusieurs fois en visite dans la capitale. Mme Designori prenait progressivement confiance en lui, car un homme sain et équilibré trouve facilement accès auprès des caractères difficiles et tourmentés. Elle fut bientôt acquise au projet de son mari. Quant à Tito, nous savons qu'au cours d'une de ces visites il déclara avec insolence à Valet qu'il ne voulait pas que celui-ci le tutoyât, puisque tout le monde, même ses professeurs à l'école, lui disaient « vous ». Valet le remercia très courtoisement et s'excusa. Il lui raconta que dans sa Province les professeurs disaient « tu » à tous les élèves et à tous les étudiants, même à ceux qui étaient adultes depuis longtemps. Et après le repas, il pria le jeune garçon de sortir un moment avec lui et de lui montrer un peu la ville. Au cours de cette promenade, Tito le fit également passer par une rue étroite et majestueuse des vieux quartiers, que bordait presque sans interruption la série des maisons centenaires de riches et

illustres familles patriciennes. Tito s'arrêta devant l'une
de ces hautes demeures, solides et étroites, il lui montra
un blason au-dessus du portail et lui demanda : « Connaissez-vous cela ? » Valet répondit que non. « Ce sont, dit-il,
les armes des Designori, et ceci est l'ancien hôtel de
notre famille, il lui a appartenu trois cents ans. Mais nous,
nous vivons dans notre immeuble anonyme et banal, uniquement parce qu'il a pris fantaisie à mon père, après la mort
de mon aïeul, de vendre cette belle et vénérable demeure
et de s'acheter une maison au goût du jour, qui, d'ailleurs,
n'est déjà plus tellement à la mode. Pouvez-vous comprendre
une chose pareille ?

— Cela vous fait beaucoup de peine d'avoir perdu cette
vieille maison ? lui demanda Valet amicalement. Tito répondit « Oui » avec un accent passionné et répéta sa question :
« Pouvez-vous comprendre une chose pareille ? — On peut
tout comprendre, dit Valet, quand on cherche à y voir clair.
Une maison ancienne est une belle chose : si la nouvelle
s'était trouvée à côté et s'il avait eu le choix, il aurait très
probablement conservé l'ancienne. C'est vrai, les vieilles
demeures sont belles et vénérables, surtout quand elles sont
aussi jolies que celle-ci. Mais c'est aussi une tâche séduisante que de construire soi-même une maison, et, quand un
jeune homme travailleur et ambitieux a le choix entre s'installer commodément, et sans plus chercher, dans un nid
tout prêt, et essayer de s'en construire un entièrement neuf,
on comprend aisément qu'il puisse aussi opter pour la
construction. Tel que je connais votre père, et je l'ai connu
quand il avait encore votre âge et qu'il était passionnément entreprenant, la vente et la perte de cet hôtel ont
dû lui faire plus de peine qu'à quiconque. Il a souffert d'un
pénible conflit entre son père, sa famille et lui-même, et il
semble que l'éducation reçue chez nous, à Castalie, n'était
pas tout à fait celle qui lui convenait ; elle n'a pas réussi, en
tout cas, à le préserver de certaines précipitations passionnelles. L'une d'elles fut évidemment de vendre cette maison.
Il a voulu ainsi jeter le gant à la tradition de sa famille,
à son père, à tout son passé de dépendance, et leur déclarer
la guerre : cela me semblerait, du moins, fort explicable
ainsi. Mais l'homme est un être singulier, et une autre hypothèse ne me paraîtrait pas absolument invraisemblable :

c'est que le vendeur de cette vieille demeure ait voulu, par cette vente, non seulement faire de la peine à sa famille, mais surtout s'en faire à lui-même. Sa famille l'avait déçu, elle l'avait envoyé dans nos écoles des élites, elle l'y avait fait élever à notre manière, et à son retour il avait dû faire face, chez elle, à des tâches, à des exigences et à des prétentions auxquelles il ne pouvait être préparé. Mais je ne voudrais pas m'avancer plus loin dans cette interprétation psychologique. En tout cas, l'histoire de la vente de cette maison montre combien le conflit entre un père et son fils, combien cette haine, cet amour métamorphosé en haine, peut être un ressort puissant. Il est rare que des natures pleines de vie et de talent échappent à ce conflit : l'histoire universelle est pleine d'exemples de ce genre. Du reste, j'imaginerais fort bien qu'un jeune Designori d'une autre génération se proposât pour but de remettre à tout prix sa famille en possession de cet hôtel.

— Eh alors, s'écria Tito, est-ce que vous ne lui donneriez pas raison, s'il le faisait ?

— Je ne voudrais pas me faire son juge, jeune homme. Si plus tard un Designori, conscient de la grandeur de sa race et des obligations qu'elle lui impose dans l'existence, sert de toutes ses forces sa cité, l'État, le peuple, la justice, le bien public, et s'il y puise la force de parvenir, en outre, à réacquérir cet hôtel, alors ce sera un homme digne de notre respect et nous lui tirerons notre chapeau. Mais s'il n'a pas d'autre but en tête, dans sa vie, que cette histoire de maison, ce ne sera qu'un maniaque et un obsédé, un passionné, et, selon toute vraisemblance, un individu qui n'aura jamais compris le sens de ces différends qu'on a dans sa jeunesse avec son père ; il en traînera les séquelles toute sa vie, même quand il sera un homme fait. Nous saurons le comprendre, le plaindre aussi, mais il ne contribuera pas à la gloire de sa maison. C'est bien qu'une vieille famille soit tendrement attachée à sa résidence, mais elle ne connaîtra de jeunesse et de grandeur nouvelles que si ses fils se mettent au service de fins supérieures aux siennes.

Au cours de cette promenade, Tito écouta l'invité de son père attentivement et avec assez de bonne volonté. Mais, en d'autres circonstances, il lui manifesta de nouveau son antipathie et son esprit rebelle. Dans cet homme, dont ses

parents, d'ordinaire si peu d'accord, semblaient faire si grand
cas tous les deux, il devinait une force capable de compromettre sa liberté d'enfant gâté. Il lui arriva de se montrer
nettement désagréable. Certes, chaque fois, il le regrettait
ensuite et s'efforçait de se racheter, car cela blessait son
amour-propre que de montrer le défaut de sa cuirasse, alors
que le Magister se retranchait derrière sa courtoisie sereine,
comme derrière un palladium éclatant. Et en secret, il sentait aussi, dans son cœur novice, un peu à l'abandon, que
c'était un homme qu'on pouvait peut-être vénérer et aimer
beaucoup.

Il le pressentit en particulier au cours d'une certaine demi-
heure où il trouva Valet seul, en train d'attendre son père
retenu par ses affaires. En entrant dans la pièce, Tito vit
leur hôte assis, les yeux mi-clos, immobile, dans une attitude sculpturale, rayonnant de tranquillité et de calme dans
sa contemplation. L'enfant, involontairement, marcha plus
doucement et voulut se retirer sur la pointe des pieds. Mais
Valet ouvrit alors les yeux, le salua amicalement, se leva,
et, montrant du doigt un piano qui se trouvait dans la
pièce, il lui demanda s'il aimait la musique.

— Oui, dit Tito. A vrai dire, il y avait déjà longtemps
qu'il ne prenait plus de leçons de musique et qu'il ne faisait
plus jamais d'exercices, car il n'était pas très brillant à
l'école et on l'ennuyait bien assez là-bas en lui faisant
prendre des répétitions. Mais ç'avait toujours été une joie
pour lui que d'entendre de la musique. Valet souleva le
couvercle, s'assit devant le piano, s'assura qu'il était accordé
et joua un andante de Scarlatti, qu'il avait pris quelques
jours auparavant comme base d'un exercice de Perles de
Verre. Puis il s'arrêta et, voyant le jeune garçon attentif
et intéressé, il se mit à lui expliquer en quelques mots comment on procédait approximativement dans un exercice de
ce genre; il analysa les composantes de la mélodie, lui montra plusieurs des méthodes d'analyse utilisables, et il évoqua
les moyens de transcrire cette musique dans les hiéroglyphes
du Jeu. Pour la première fois, Tito cessa de voir dans le
Maître un invité, une célébrité de la science, qui lui était
antipathique parce qu'elle gênait son amour-propre : il
voyait à l'œuvre un homme qui avait appris un art très
subtil et très précis, et le pratiquait avec maestria. C'était

un art dont Tito ne pouvait certes que deviner le sens, mais qui paraissait exiger une concentration et un élan de tout l'être. Cela flatta aussi son amour-propre d'être considéré assez grand et assez intelligent pour qu'on tentât de l'intéresser à ces choses complexes. Il se tut et commença, au cours de cette demi-heure, à pressentir à quelles sources cet homme curieux puisait sa sérénité et son calme tranquille.

L'activité professionnelle de Valet fut, pendant cette dernière période, presque aussi intense que celle des jours difficiles où il avait pris jadis possession de sa charge. Il avait à cœur de laisser dans un état exemplaire tous les départements de son Magistère. Il y parvint du reste, tout en manquant le but qu'il visait en même temps : montrer que sa personne n'était pas indispensable ou du moins qu'elle était aisément remplaçable. Il en est presque toujours ainsi aux postes les plus élevés de notre Hiérarchie : le Magister plane, simple et suprême élément décoratif, figure brillante, au-dessus de la multiplicité complexe de son département; il va et vient, rapide, léger comme un esprit propice, dit deux mots, opine du chef, indique d'un geste un travail à faire. Et déjà il est parti, il en est déjà au suivant, il joue de l'appareil de sa charge comme un musicien de son instrument, il semble agir sans effort, presque sans réfléchir, et tout tourne comme il faut. Mais chaque employé de cet appareil sait ce que représente un déplacement ou une maladie du Magister, ce que c'est que de le remplacer, ne fût-ce que quelques heures ou une journée! En parcourant, une fois encore, d'un œil critique tout l'état miniature du Vicus Lusorum et en mettant, en particulier, tous ses soins à préparer son « ombre », sans en avoir l'air, à le remplacer très prochainement pour de bon, il constata qu'au fond de lui-même il s'était déjà détaché et éloigné de tout, et que tous les joyaux de ce petit monde bien conçu ne le satisfaisaient, ni ne le captivaient plus. Déjà Celle-les-Bois et son Magistère lui faisaient presque l'effet d'appartenir au passé : c'était un domaine qu'il avait traversé, qui lui avait beaucoup donné et beaucoup appris, mais qui ne pouvait plus désormais exciter ses forces et son activité. Peu à peu, durant cette période de lent détachement et d'adieu, il se rendit compte également que ce qui faisait de lui un étranger et le poussait à partir, c'était peut-être moins la connaissance des dangers qui menaçaient Castalie et le souci de l'avenir de celle-ci, que tout simplement cette partie de son être, de son cœur, de son âme qui était restée vide et inoccupée et qui, à présent, réclamait son dû et cherchait la plénitude.

A cette époque, il étudia aussi encore une fois à fond la constitution et les statuts de l'Ordre, et il vit que son départ de la Province n'était pas, en réalité, difficile ni presque impossible à obtenir, comme il se l'était imaginé au début. Il était libre de résigner ses fonctions pour raison de conscience, ainsi que de quitter l'Ordre. Le serment de l'Ordre n'engageait pas pour la vie, bien que rarement l'un de ses membres et jamais l'un des titulaires du Directoire suprême n'eussent fait usage de cette liberté. Non, ce qui lui faisait paraître cette démarche si difficile, ce n'était pas la rigueur des lois, c'était l'esprit même de la Hiérarchie, le loyalisme de son cœur et sa fidélité au pacte qu'il avait conclu. Il ne voulait évidemment pas fuir clandestinement, il préparait une requête circonstanciée pour solliciter sa liberté, et cet enfant de Tegularius s'en barbouillait les doigts d'encre. Mais il ne croyait pas au succès de cette requête. On lui répondrait par de bonnes paroles, par des exhortations, on lui offrirait peut-être de prendre un congé de détente à Mariafels, où le père Jacobus était mort peu de temps auparavant, ou peut-être à Rome. Mais on ne le lâcherait pas, cela lui paraissait de plus en plus certain. Lui rendre sa liberté serait contraire à toutes les traditions de l'Ordre. Si le Directoire le faisait, il reconnaîtrait que son désir était justifié, que la vie à Castalie, et, qui plus est, à un poste aussi éminent, pouvait, dans certains cas, ne pas répondre aux exigences d'un homme et représenter pour lui un renoncement et une prison.

LA CIRCULAIRE

Nous approchons du terme de notre récit. Ainsi que nous l'avons déjà indiqué, nous ne connaissons cette fin que fragmentairement; elle revêt presque davantage le caractère d'une légende que celui d'une narration historique. Nous devrons nous en contenter. Il nous est d'autant plus agréable de pouvoir nourrir cet avant-dernier chapitre de la biographie de Valet d'un document authentique. C'est le volumineux écrit dans lequel le Maître du Jeu des Perles de Verre expose lui-même au Directoire les motifs de sa décision et demande qu'on le libère de sa charge.

Nous devons ajouter, il est vrai, que Joseph Valet, non seulement ne croyait plus, nous le savons depuis longtemps, à un succès quelconque de cet exposé si circonstancié, mais qu'il eût préféré, quand il en fut arrivé là, ne pas écrire et ne pas déposer cette « requête ». Il en était de lui comme de tous les hommes qui exercent sur autrui un pouvoir naturel et au début inconscient : ce pouvoir comporte des conséquences pour qui l'exerce, et, si le Magister s'était réjoui de rallier ainsi son ami Tegularius à ses vues, en en faisant leur défenseur et son collaborateur, les événements s'avéraient maintenant plus forts que ses idées et ses désirs. Il avait engagé ou fourvoyé Fritz dans un travail à la valeur duquel il ne croyait pas, lui, qui en était l'initiateur; mais quand Tegularius le lui présenta enfin, il ne put l'annuler, ni le classer et le laisser inutilisé, sans blesser vraiment profondément et décevoir son ami, auquel il avait voulu rendre par ce biais leur séparation supportable. Nous croyons savoir qu'à cette époque il aurait été beaucoup plus dans les intentions de Valet de résigner simplement ses fonctions et de déclarer qu'il se retirait de l'Ordre, que de recourir à ce détour de la « requête » qui à présent lui paraissait presque une comédie. Mais, par égard pour son ami, il résolut de faire taire encore un peu son impatience.

Il serait sans doute intéressant de connaître le manuscrit du consciencieux Tegularius. Il se composait essentiellement des documents historiques qu'il avait recueillis pour servir de preuves ou d'illustration de sa thèse, mais nous ne devons guère nous tromper en supposant qu'il contenait aussi force critiques acérées et spirituellement formulées à l'adresse de la Hiérarchie, aussi bien que du siècle et de l'histoire universelle. Toutefois, en admettant même que ce manuscrit, fruit d'un travail exceptionnellement opiniâtre de plusieurs mois, existât encore, ce qui est fort possible, et qu'il fût à notre disposition, nous n'en devrions pas moins renoncer à le publier, car il ne serait pas vraiment à sa place dans notre ouvrage.

La seule chose qui compte pour nous, c'est l'usage que le Magister Ludi a fait du travail de son ami. Quand celui-ci le lui remit d'un geste solennel, il le prit en lui exprimant cordialement sa gratitude et sa satisfaction, et, sachant que cela lui ferait plaisir, il lui demanda de le lui lire. Tegularius vint donc pendant plusieurs jours s'asseoir une demi-heure auprès du Magister, dans son jardin, car c'était en été, et il lui lut avec complaisance les nombreux feuillets dont se composait son manuscrit. Il n'était pas rare qu'un grand éclat de rire des deux hommes vînt interrompre cette lecture. Ce furent de beaux jours pour Tegularius. Mais ensuite Valet se retira et il rédigea, à l'aide de nombreuses parties du manuscrit de Fritz, sa lettre au Directoire, que nous reproduisons textuellement et qui se passe de tout commentaire.

Lettre du Magister Ludi
a la Direction de l'Enseignement.

« Diverses considérations ont déterminé le signataire, Magister Ludi, à présenter au Directoire une requête d'une nature particulière dans cette lettre séparée, et en quelque sorte plutôt privée, au lieu de lui réserver une place dans le compte rendu solennel de sa fonction. Je joins, au demeurant, cette lettre au rapport dont je suis redevable maintenant, et j'attendrai la suite officielle qu'elle comporte, mais je la considère cependant plutôt comme une sorte de circulaire à l'intention des Maîtres, mes collègues.

« Il est du devoir d'un Magister de signaler au Directoire les obstacles qui compromettent ou les dangers qui menacent éventuellement l'exécution régulière de ses fonctions. Or, mon Magistère, bien que je m'applique à y consacrer toutes mes forces, est, ou me paraît, menacé d'un danger qui réside en moi, bien que ce ne soit pas là sa seule origine. Je considère, en tout cas, que le danger moral d'un amoindrissement de mes qualités de Maître du Jeu des Perles de Verre constitue un péril objectif, aussi bien qu'étranger à ma personne. Pour le dire d'un mot : j'ai commencé à douter de mes capacités à assurer pleinement la direction de mon service, parce que je ne puis que constater les dangers que courent ce service lui-même et le Jeu des Perles dont je suis le gardien. L'objet de cette épître est d'ouvrir les yeux du Directoire sur l'existence du danger que je signale et de lui démontrer que c'est lui précisément qui, maintenant que je l'ai décelé, m'appelle d'urgence en un autre lieu que celui où je me trouve. Qu'on me permette d'illustrer cette situation par une parabole : un homme, dans une mansarde, est plongé dans un subtil travail d'érudit, quand il s'aperçoit que le feu a dû éclater en bas de sa maison. Il ne va pas se demander si c'est une obligation de sa fonction, ni s'il vaut mieux qu'il mette ses tableaux au net : il descendra quatre à quatre et essaiera de sauver l'immeuble. Je suis moi-même à l'un des étages supérieurs de notre édifice castalien, occupé au Jeu des Perles de Verre; je ne travaille qu'avec des instruments délicats et sensibles, mais c'est mon instinct, mon nez qui me font remarquer que cela brûle

quelque part en bas, que tout notre édifice est menacé,
en danger, et que ce que j'ai à faire, ce n'est pas d'analyser de
la musique ni de nuancer des règles du Jeu, mais de me
précipiter là d'où vient la fumée.

« L'institution de Castalie, notre Ordre, notre activité
scientifique et scolaire, y compris le Jeu des Perles de Verre
et tout le reste, semblent à la plupart des membres de notre
Ordre aussi naturels qu'à l'homme l'air qu'il respire et le
sol qui le supporte. Il n'y en a peut-être pas un qui
pense jamais que cet air et ce sol pourraient aussi ne pas
être là, que l'air pourrait un jour nous faire défaut et le sol
manquer sous nos pas. Nous avons la chance de vivre à
l'abri, dans un petit univers propre et serein, et la grande
majorité d'entre nous, si singulier que cela puisse paraître,
vit dans la fiction que cet univers a toujours existé et qu'on
nous y a mis au monde. Moi-même, j'ai passé mes jeunes
années dans cette illusion fort agréable, alors que la réalité
m'était cependant parfaitement connue, c'est-à-dire que je
n'étais pas né à Castalie, mais que l'administration m'y avait
envoyé, que j'y avais été élevé, et que Castalie, l'Ordre, le
Directoire, les établissements d'enseignement, les archives
et le Jeu des Perles de Verre n'avaient pas été là de tout
temps et n'étaient pas l'œuvre de la nature, mais une création tardive et noble de la volonté humaine, périssable
comme toute chose créée. Tout cela, je le savais, mais pour
moi cela n'avait aucune réalité, je n'y pensais pas, tout
simplement; je regardais à côté, et je sais que plus des trois
quarts d'entre nous vivent et mourront dans cette singulière
et agréable illusion.

« Mais, de même qu'il y a eu des siècles et des millénaires
sans Ordre et sans Castalie, il y aura de nouveau à l'avenir
des époques analogues. Et si, aujourd'hui, je rappelle ce fait,
cette banalité à mes collègues et au vénéré Directoire, si je
les engage à jeter un moment les yeux sur les dangers qui
nous menacent, si j'adopte donc pour un instant le rôle,
assez peu sympathique et trop facile à ridiculiser, d'un pro-
phète exhortant à la vigilance et à la pénitence, je suis
prêt à essuyer des railleries éventuelles. Mais j'ai pourtant
l'espoir que la majorité d'entre vous liront cette épître
jusqu'au bout et que certains me donneront même raison
sur quelques points. Ce serait déjà beaucoup.

« Une institution comme notre Castalie, petit état de l'esprit, est exposée à des dangers intérieurs et extérieurs. Les dangers intérieurs, du moins beaucoup d'entre eux, nous sont connus, nous les observons et nous les combattons. A chaque instant, nous renvoyons des élèves des écoles des élites, parce que nous découvrons en eux des défauts et des instincts indéracinables, qui les rendent inutilisables et dangereux pour notre communauté. La plupart d'entre eux, nous l'espérons, ne sont pas pour autant des êtres de moindre valeur; simplement ils ne sont pas faits pour la vie castalienne et ils peuvent, une fois revenus dans le siècle, y trouver des conditions d'existence plus propices et devenir des hommes valeureux. A ce point de vue, nos pratiques ont fait leurs preuves, et, dans l'ensemble, on peut dire de notre communauté qu'elle fait grand cas de sa dignité et de sa discipline et qu'elle satisfait à son propos de représenter une classe supérieure, une aristocratie de l'esprit et d'en former toujours de nouveaux éléments. Il est vraisemblable que nous n'avons pas plus d'individus indignes et négligents parmi nous qu'il n'est naturel et supportable. Ce qui échappe moins à la critique, c'est la suffisance de notre Ordre, cet orgueil de caste, que toute aristocratie, toute position privilégiée a le tort d'inspirer et qu'on a aussi coutume de reprocher à toute noblesse, parfois à tort, parfois à bon droit. L'histoire sociale a toujours pour ressort l'essai de constituer une aristocratie. C'est là son faîte et son couronnement, et il semble qu'une espèce d'aristocratie quelconque, de règne des meilleurs, soit toujours le but et l'idéal véritables, sinon toujours avoués, de toutes les tentatives faites pour constituer une société. Le pouvoir, qu'il soit monarchique ou anonyme, s'est toujours montré disposé à favoriser une noblesse naissante par sa protection et par des privilèges, qu'il s'agisse d'une noblesse politique ou d'une autre nature, d'une noblesse de la naissance ou de la sélection et de l'éducation. Toujours, l'aristocratie favorisée a prospéré sous ce soleil, et toujours la proximité du soleil et le bénéfice des privilèges sont devenus, à partir d'un certain degré de son développement, une tentation qui aboutit à la corrompre. Or, si nous considérons notre Ordre comme une aristocratie et si nous essayons de faire notre examen de conscience, pour savoir dans quelle mesure notre attitude à l'égard de notre peuple et du siècle justifie notre position privilégiée, dans quelle mesure peut-être cette maladie caractéristique des aristocraties, l'*hybris*, la suffisance, l'orgueil de classe, la fatuité, une ingratitude de profiteurs se sont déjà emparés de nous et nous régentent, cela peut nous donner à penser. Il se peut que le Castalien d'aujourd'hui observe les lois de l'Ordre, qu'il ne manque ni de zèle, ni de culture intellectuelle; mais ce qui lui manque, n'est-ce pas souvent de comprendre quelle est sa place dans la structure de notre peuple, dans le siècle, dans l'histoire universelle? A-t-il conscience de ce qui est le fondement de son existence, sait-il qu'il appartient à un organisme vivant, qu'il en est une feuille, une fleur, un rameau ou une racine? Se doute-t-il des sacrifices que le peuple fait pour lui, en le nourrissant, en l'habillant, en lui permettant d'aller à l'école et de faire ses multiples études? Et se soucie-t-il beaucoup du sens de la situation sociale, de la place à part qui nous sont faites? A-t-il vraiment idée du but de notre Ordre et de notre vie? En admettant même qu'il y ait des exceptions, de nombreuses et louables exceptions, j'incline à répondre non à toutes ces questions. Peut-être le Castalien moyen n'a-t-il pour l'homme du siècle et l'être peu cultivé ni mépris, ni envie, ni haine; mais il ne le considère pas comme son frère, il ne voit pas qu'il lui doit son pain, il ne sent pas le moins du monde qu'il est responsable avec lui de ce qui arrive à l'extérieur, dans le siècle. Il lui semble que le but de sa vie, c'est de cultiver les sciences pour l'amour d'elles-mêmes ou, tout bonnement, d'errer avec délices dans le jardin d'une culture qui joue volontiers à l'universalité, sans y atteindre tout à fait. Bref, cette culture castalienne, qui a certes de la grandeur et de la noblesse, et à laquelle je dois une profonde gratitude, ne constitue pas chez la plupart de ses possesseurs et de ses représentants un organe et un instrument; elle n'est pas active, ni orientée vers des objectifs, elle ne se met pas consciemment au service de valeurs plus grandes ou plus profondes; au contraire, elle est un peu portée au narcissisme et à la fatuité, elle se plaît à développer et à affiner les spécialisations intellectuelles. Je sais qu'il y a un grand nombre de Castaliens intègres et d'une valeur supérieure, qui ne visent réellement qu'à servir : ce sont les professeurs formés chez nous, en particulier ceux

qui, dans le pays, loin de l'agréable climat et du sybaritisme
intellectuel de notre Province, assurent dans les écoles séculières un service tout de renoncement, mais d'une importance inappréciable. A voir strictement les choses, ces braves
professeurs sont vraiment les seuls parmi nous qui satis-
fassent pleinement aux fins de Castalie et qui rendent à notre
pays et à notre peuple tout le bien que ceux-ci nous font.
Notre devoir suprême et le plus sacré est de garder au pays
et au siècle leur fondement spirituel, qui s'est aussi révélé
un élément moral d'une efficacité supérieure : je veux dire
ce sens de la vérité sur lequel repose entre autres également
la justice. Cela, chacun de nous, dans l'Ordre, le sait fort
bien, mais il suffirait à la plupart d'entre nous d'un examen
de conscience rapide pour avouer que le bien du siècle, le
maintien de la probité et de la propreté intellectuelles à
l'extérieur de notre Province si bien entretenue, ne sont pas
pour eux l'essentiel, que cela ne leur paraît même pas très
important et que nous nous en remettons bien volontiers à
ces vaillants professeurs de l'extérieur de payer notre dette
au siècle par leur travail dévoué, et de nous donner, en somme,
le droit à nous autres, Joueurs de Perles de Verre, astronomes, musiciens et mathématiciens, de jouir de nos privilèges. Un corollaire de cet orgueil et de cet esprit de caste,
dont j'ai déjà parlé, veut que, précisément, nous ne nous
préoccupions pas trop de savoir si nous méritons nos privilèges par nos œuvres; bon nombre d'entre nous se
figurent même que l'ascétisme que l'Ordre impose à notre
vie est une vertu, que nous ne pratiquons que pour l'amour
d'elle-même, alors qu'elle constitue de notre part une contrepartie minimum à ce que le pays fait pour nous permettre
de vivre en Castaliens.

« Je me contenterai de signaler ces détériorations et ces
dangers intérieurs. Il ne faut pas les prendre à la légère,
encore qu'ils ne risquent guère, à une époque tranquille,
de compromettre notre existence. Mais nous autres Castaliens ne dépendons pas uniquement de notre morale et de
notre raison. Nous dépendons aussi essentiellement de la
situation du pays et de la volonté de notre peuple. Nous
mangeons notre pain, nous utilisons nos bibliothèques, nous
agrandissons nos écoles et nos archives — mais si le peuple
n'a plus envie de nous en donner la possibilité, ou si notre

patrie, par suite d'un appauvrissement, d'une guerre, etc... en devient incapable, c'en sera fait sur l'heure de notre vie et de nos études. Il se peut que notre pays cesse un jour de pouvoir entretenir sa Castalie et notre culture, qu'il considère un jour Castalie comme un luxe qu'il ne peut plus se permettre, qu'un jour même, au lieu d'être, comme jusqu'à présent, gentiment fier de nous, il ait le sentiment que nous sommes des pique-assiettes et des parasites nuisibles, voire de faux prophètes et des ennemis : ce sont là les dangers qui nous menacent de l'extérieur.

« Si je voulais essayer de les rendre sensibles à un Castalien moyen, je devrais sans doute avoir d'abord recours à des exemples empruntés à l'histoire, et je me heurterais alors à une certaine résistance passive, à une ignorance et à une indifférence que je qualifierais presque d'enfantines. L'intérêt que nous portons à l'histoire est bien faible, vous le savez. Ce qui manque à la plupart d'entre nous, ce n'est pas seulement de s'intéresser à elle, c'est même, dirais-je, de lui rendre justice, de la respecter. Cette antipathie, faite d'indifférence et de présomption, à l'égard des études historiques m'a souvent poussé à en rechercher les causes, et j'en ai trouvé deux. D'abord le contenu de l'histoire nous paraît de valeur médiocre — je ne parle naturellement pas de l'histoire des idées, ni de celle de la culture, que nous pratiquons certes beaucoup. L'histoire universelle, autant que nous puissions nous en rendre compte, est faite de luttes brutales pour la conquête d'un pouvoir, de biens, de terres, de matières premières, d'argent, bref de matières et de quantités, choses que nous estimons étrangères à l'esprit et que nous sommes portés à dédaigner. Pour nous, le XVIIe siècle est l'époque de Descartes, de Pascal, de Froberger, de Schutz; ce n'est pas celle de Cromwell ou de Louis XIV. Notre antipathie pour l'histoire a un second motif : c'est la méfiance héréditaire et, à mon avis, en grande partie justifiée que nous inspire une certaine optique, une certaine présentation des faits, qui fut très à la mode durant la période de décadence antérieure à la fondation de notre Ordre et en laquelle, *a priori*, nous n'avons pas la moindre confiance : je veux dire ce qu'on a appelé la philosophie de l'histoire; nous en trouvons chez Hegel l'épanouissement le plus spirituel, et l'effet en même temps le plus dangereux; dans le siècle suivant, elle aboutit aux falsifications historiques les plus odieuses et fit oublier la valeur morale de l'esprit de vérité. La prédilection pour cette prétendue philosophie de l'histoire constitue, à nos yeux, l'un des caractères principaux de cette époque de profond abaissement spirituel et de conflits politiques de grande envergure, qu'il nous arrive de qualifier de « siècle des guerres », mais que généralement nous appelons l' « ère des pages de variétés ». C'est sur les ruines de cette époque, c'est du combat contre son esprit — ou contre son antispiritualité — c'est du triomphe remporté sur eux, qu'est née notre culture actuelle, que sont issus notre Ordre et Castalie. C'est par orgueil intellectuel que nous tournons le dos à l'histoire, en particulier à celle des temps modernes, un peu comme les ascètes et les ermites du christianisme primitif tournaient le dos au théâtre du monde. L'histoire nous fait l'effet d'une scène où les instincts et le goût du jour, la cupidité, l'amour de l'argent, de la puissance et du meurtre se donnent libre cours, l'effet d'un étalage de violences, de destructions et de guerres, de ministres ambitieux, de généraux vendus, de villes canonnées. Et nous oublions trop facilement que ceci fut seulement l'un de ses nombreux aspects. Et surtout nous perdons de vue que nous sommes nous-mêmes un fragment de l'histoire, le fruit d'une évolution, condamné à périr lui aussi, s'il perd ses capacités de développement ultérieur et de métamorphose. Nous sommes nous-mêmes de l'histoire, nous partageons la responsabilité de l'histoire universelle et de la position que nous y occupons. Nous manquons beaucoup du sens de cette responsabilité.

« Jetons un regard sur notre propre histoire, sur la période qui vit naître les Provinces Pédagogiques actuelles dans notre pays comme dans tant d'autres, surgir les divers ordres et les hiérarchies, dont la nôtre est un exemple. Nous constatons aussitôt que notre Hiérarchie et notre patrie, notre chère Castalie, sont loin d'avoir été fondées par des gens qui manifestaient autant de résignation et d'orgueil que nous à l'égard de l'histoire universelle. Nos prédécesseurs, nos fondateurs ont commencé leur œuvre à la fin de l'ère des guerres, dans un monde détruit. Nous avons coutume de donner de la situation mondiale de cette époque, qui débuta à peu près à ce qu'on appelle la première guerre

mondiale, une explication partielle, en disant qu'alors on
n'attachait justement aucune valeur à l'esprit et qu'il n'était,
pour les despotes au pouvoir, qu'un moyen de combat occa-
sionnel de second ordre, ce qui est, à nos yeux, une conséquence de la corruption des « pages de variétés ». Or, il est
facile de constater avec quelle absence de soucis spirituels,
avec quelle brutalité, on lutta alors pour le pouvoir. Si
je déclare ces luttes contraires à l'esprit, ce n'est pas que
l'intelligence et la méthode de leurs énormes réalisations
m'échappent, mais parce que nous sommes habitués et que
nous tenons à considérer au premier chef l'esprit comme
une volonté de vérité; et l'esprit qui fut galvaudé dans ces
luttes ne paraît vraiment rien avoir de commun avec cela.
Le malheur de cette époque fut que l'agitation et le dynamisme qu'engendra l'accroissement prodigieusement rapide
de l'espèce humaine ne trouvèrent pas en face d'eux un
ordre moral vraiment fort; ce qui en restait fut balayé par
les devises à la mode, et nous nous trouvons, au cours
de ces luttes, en présence de faits étranges et effrayants.
Exactement comme au temps du schisme confessionnel provoqué par Luther, quatre siècles plus tôt, le monde entier
se trouva soudain en proie à une agitation prodigieuse,
partout il se constitua des fronts, partout une inimitié for-
cenée et amère opposa les jeunes aux vieux, entre la
patrie et le genre humain, le Rouge et le Blanc. Et nous
n'arrivons vraiment plus, aujourd'hui, à reconstituer, ni à
plus forte raison à comprendre et à sentir la puissance,
le dynamisme internes de ce « rouge » et de ce « blanc »,
ni le contenu et le sens réels de toutes ces devises et de
tous ces cris de guerre. Comme du temps de Luther, nous
voyons dans toute l'Europe, que dis-je, sur la moitié du
globe, des croyants et des hérétiques, des jeunes et des vieux,
des champions du passé et des champions de l'avenir échanger des horions dans l'enthousiasme ou le désespoir. Souvent
les fronts coupaient les territoires nationaux, les peuples et
les familles, et rien ne nous autorise à douter que tout cela
ait revêtu un sens extrêmement profond pour la majorité
des combattants, ou du moins de leurs chefs, pas plus que
nous ne sommes en droit de dénier à beaucoup de leurs
meneurs et de leurs porte-parole dans ces conflits une certaine bonne foi robuste, un certain idéalisme, comme on

disait alors. Partout on se battait, on se tuait, on accumulait les destructions, et partout c'était, de part et d'autre, avec la foi de combattre pour Dieu contre le diable.

« Chez nous, cette époque farouche de grands enthousiasmes, de haines déchaînées et de souffrances absolument indicibles est tombée dans une sorte d'oubli, qu'on comprend à peine, puisqu'elle est étroitement liée, cependant, à la naissance de toutes nos institutions et qu'elle en est le postulat et la cause. Un esprit satirique pourrait comparer cet oubli à ce manque de mémoire que les aventuriers anoblis et parvenus éprouvent à l'égard de leur naissance et de leurs parents. Considérons encore un peu cette époque de guerres. J'ai lu beaucoup de ses documents et me suis moins intéressé aux peuples asservis et aux villes détruites qu'au comportement des intellectuels de cette période. Leur situation était difficile, et la plupart d'entre eux n'y ont pas résisté. Il y eut des martyrs, aussi bien parmi les savants que parmi les religieux. Et leur martyre et leur exemple ont exercé une influence, même à cette époque, familière des atrocités. Quoi qu'il en soit, la plupart des représentants du monde de l'esprit ne purent supporter le poids de cette ère de violence. Les uns se rendirent et mirent leur talent, leurs connaissances et leurs méthodes à la disposition des hommes au pouvoir. On sait la déclaration que fit alors un professeur d'université de la république des Massagètes : « Ce que font « deux fois deux, ce n'est pas à la Faculté, c'est à notre « général d'en décider. » D'autres, par contre, firent de l'opposition, aussi longtemps qu'ils le purent, dans un secteur à demi à l'abri, et ils diffusèrent des protestations. On assure qu'un auteur de réputation mondiale — nous avons lu cela chez Coldebique — a signé en une seule année plus de deux cents de ces protestations, de ces avertissements, de ces appels à la raison, plus peut-être qu'il n'en avait réellement lu. Mais la plupart apprirent à se taire, ils apprirent aussi à avoir faim et froid, à mendier et à se cacher pour fuir la police; ils eurent une fin précoce, et ceux qui mouraient provoquaient l'envie des survivants. On ne compte plus ceux qui se donnèrent la mort. Ce n'était vraiment plus une satisfaction, ni un honneur que d'être homme de science ou de lettres : ceux qui se mettaient au service des gens au pouvoir et de leurs mots d'ordre trouvaient, il est vrai,

un emploi et du pain, mais également le mépris des meilleurs
de leurs confrères et ils avaient généralement aussi, sans
doute, une fort mauvaise conscience. Ceux qui se refusaient à
servir ainsi devaient souffrir de la faim, vivre en hors-la-loi
et mourir dans la misère ou en exil. Il fut procédé là à une
sélection cruelle, d'une dureté inouïe. Il n'y eut pas seulement un déclin rapide de la recherche scientifique, dans la
mesure où elle ne servait pas les fins du pouvoir et de la
guerre, mais aussi un déclin de l'enseignement. Chacune des
nations, quand c'était son tour d'hégémonie, exploitait pour
son compte l'histoire universelle, et ce fut surtout elle qui
fut simplifiée et remaniée à l'infini : la philosophie de l'histoire et la page de variétés régnèrent jusque dans les écoles.

« Trêve de détails. Ce furent des époques de violence et
de sauvagerie, une ère chaotique et babylonienne, où les
peuples et les partis, les jeunes et les vieux, les rouges et
les blancs ne se comprenaient plus. A la fin de tout cela,
quand il eut coulé assez de sang et que la misère fut devenue
assez grande, tous éprouvèrent un désir de plus en plus
puissant de se recueillir, de retrouver un langage commun,
un ordre, une morale, des normes valables, un alphabet et
une arithmétique qui ne fussent plus dictés et modifiés à
chaque instant par les intérêts du pouvoir. Il naquit un
immense besoin de vérité et de justice, de raison, un besoin
de triompher du chaos. C'est à ce vide, au terme d'une
époque de despotisme, uniquement soucieuse de l'extérieur,
c'est au paroxysme inexprimable de violence et de pathétique qu'atteignit chez tous le désir de connaître un renou-
veau et un ordre, que nous devons d'avoir notre Castalie
et d'exister. La troupe infime et courageuse des intellectuels dignes de ce nom, à demi morts de faim, mais qui
n'avaient pas plié, commença à se rendre compte de ses
possibilités. Avec une discipline d'un héroïsme ascétique, elle
commença à se donner un ordre et une constitution; elle
se remit partout au travail en petits cénacles, en groupes
minuscules; elle commença à faire place nette des mots
d'ordre et à reconstruire, en partant de la base, une spiritualité, un enseignement, une recherche scientifique, une culture. Elle a réussi dans sa construction; au début héroïque
et misérable, celle-ci est devenue lentement un édifice splen-
dide, elle a créé en une série de générations notre Ordre,

l'administration de l'enseignement, les écoles des élites, les archives et les collections, les écoles de spécialisés et les instituts, le Jeu des Perles de Verre, et c'est nous qui habitons aujourd'hui dans ce bâtiment presque trop somptueux, nous, leurs héritiers et leurs usufruitiers. Répétons encore que nous y habitons en hôtes assez inconscients et que nous commençons à y prendre un peu nos aises. Nous ne voulons plus entendre parler des monstrueux sacrifices humains sur lesquels nos fondations ont été édifiées. ni des douloureuses expériences dont nous sommes les héritiers, ni de l'histoire universelle, qui a construit ou toléré notre édifice, qui nous supportera et nous tolérera, nous et peut-être encore beaucoup de Castaliens et de Magisters après nous, mais qui, un jour, renversera et engloutira notre maison, comme elle renverse et engloutit tout ce qu'elle a laissé grandir.

« Je quitte le domaine de l'histoire, et ma conclusion, son application au présent et à nous-mêmes, est celle-ci : notre système et notre Ordre ont déjà dépassé le point culminant d'épanouissement et de bonheur que le jeu énigmatique du destin de ce monde permet parfois au beau et au désirable d'atteindre. Nous sommes sur le déclin; il se prolongera peut-être encore très longtemps, mais en tout cas il ne peut plus nous être réservé rien de plus grand, de plus beau et de plus désirable que ce que nous avons déjà possédé; nous descendons la pente. Historiquement, nous sommes, je crois, mûrs pour la régression, et elle surviendra sans aucun doute, non pas demain, mais après-demain. Qu'on n'aille pas croire que c'est un diagnostic par trop moral de nos réalisations et de nos capacités qui me conduit à cette conclusion : je la déduis bien davantage encore des mouvements que je vois se préparer dans le monde extérieur. Nous approchons d'une époque critique; partout on en sent les prémices, le monde s'apprete une fois de plus à déplacer son centre de gravité. Il se prépare des changements de pouvoir, ils ne s'effectueront pas sans guerre ni sans violence, et ce n'est pas seulement une menace pour la paix, mais une menace pour la vie et la liberté qui s'annonce du fond de l'Orient. Même si notre pays et sa politique observent une attitude de neutralité, même si notre peuple persiste unanimement (et il n'en fait rien) dans le maintien de l'ordre actuel, même s'il veut rester fidèle à l'idéal castalien et à nous-mêmes, ce sera en vain. Dès maintenant, plus d'un de nos parlementaires déclare fort explicitement, quand l'occasion s'en présente, que Castalie est un luxe un peu trop cher pour notre pays. Dès que celui-ci sera obligé de s'armer sérieusement, de s'équiper pour se défendre, et le temps n'en est peut-être pas éloigné, on en viendra aux grandes économies, et, si bien intentionné que le gouvernement soit à notre égard, une grande partie de celles-ci nous concerneront. Nous sommes fiers de ce que notre Ordre, et la permanence de la culture spirituelle qu'il assure, n'exigent de notre pays que des sacrifices relativement modestes. En comparaison d'autres époques, en particulier des premiers temps de l'ère des pages de variétés, avec leurs universités dotées de crédits somptueux, avec leurs nombreux conseillers honoraires et leurs luxueux instituts, ces sacrifices ne sont vraiment pas grands et ces dépenses sont infimes, si on les compare à ceux qu'engloutissaient les opérations et l'armement au siècle de la guerre. Mais cet armement va peut-être, précisément, redevenir sous peu l'impératif suprême ; au Parlement ce seront de nouveau les généraux qui domineront, et, quand le peuple aura à choisir entre sacrifier Castalie et s'exposer au danger de la guerre et de l'effondrement, nous savons comment il votera. A ce moment-là, une idéologie belliciste sera aussi à la mode, sans aucun doute ; elle s'emparera en particulier de la jeunesse : ce sera une philosophie à coups de slogans d'après laquelle les hommes de science et le savoir, le latin et les mathématiques, la culture et le culte de l'esprit n'auront plus le droit d'exister que dans la mesure où ils pourront servir les objectifs de guerre.

« Déjà cette vague est en route, elle nous balaiera un jour. Peut-être sera-ce un bien, une chose nécessaire. Mais auparavant il nous est donné, très vénérables collègues, dans la mesure où nous comprenons les événements, dans la mesure où notre esprit est en éveil et courageux, d'user de cette liberté limitée de décider et d'agir qui est accordée à l'homme, et qui fait de l'histoire de l'univers une histoire de l'humanité. Nous pouvons fermer les yeux, si nous le voulons, car le péril est encore assez éloigné. Il est probable que nous, qui sommes aujourd'hui Magisters, nous pourrons encore respirer tous en paix jusqu'à la fin et nous coucher tranquillement pour mourir, avant que le danger approche et devienne visible aux yeux de tous. Mais pour moi, et je ne serai sans doute pas le seul, cette quiétude ne serait pas celle d'une conscience tranquille. Je ne voudrais pas continuer à administrer paisiblement ma charge et à faire des parties de Perles de Verre, en me disant avec satisfaction que ce qui doit arriver ne me trouvera probablement plus en vie. Non, il me paraît, au contraire, nécessaire de me rappeler que nous aussi, qui ne nous mêlons point de politique, nous appartenons à l'histoire universelle et que nous aidons à la faire. C'est la raison pour laquelle je disais au début de cette épître que mon activité magistrale était réduite ou même compromise, car je ne puis empêcher qu'une grande partie de mes pensées et de mes soucis aient pour unique objet ce péril futur. Je refuse, certes, à mon imagination de jouer avec les formes qu'un sort néfaste pourrait revêtir pour nous et pour moi. Mais je ne puis fermer l'oreille à cette question : Qu'avons-nous, qu'ai-je à faire, pour affronter le danger ? Qu'on me permette encore un mot à ce sujet.

« Je ne voudrais pas prendre à mon compte l'exigence de Platon, selon laquelle le savant, ou plutôt le sage, doit détenir le pouvoir dans l'État. Le monde était alors plus jeune. Et Platon, encore que fondateur d'une sorte de Castalie, ne fut nullement un Castalien, mais un aristocrate par sa naissance, et de souche royale. Certes, nous sommes, nous aussi, des aristocrates et nous constituons une noblesse, mais de l'esprit et non du sang. Je ne crois pas que les hommes réussissent jamais à sélectionner une aristocratie fondée sur le sang en même temps que sur l'esprit. Ce serait l'aristocratie idéale, mais elle reste un rêve. Nous autres Castaliens, bien que nous soyons des gens policés et très malins, nous ne sommes pas faits pour le pouvoir; si nous devions gouverner, nous ne le ferions pas avec la force et la naïveté qu'il faut aux véritables dirigeants. Notre propre domaine et notre rôle spécifique, le culte d'une vie intellectuelle exemplaire, ne tarderaient pas, eux-mêmes, à être alors négligés. Pour régner, il n'est nullement nécessaire d'être sot et brutal, comme se le figurent parfois des intellectuels vaniteux, mais il faut se plaire constamment à une activité orientée vers l'extérieur, il faut la passion de s'identifier avec ses buts et ses propos, et aussi assurément de la rapidité et une certaine absence de scrupules dans le choix des moyens de réussir. Autant de qualités par conséquent qu'un savant — car nous ne voulons pas nous appeler des sages — ne saurait avoir et qu'il n'a pas, car pour nous la contemplation est plus importante que l'action, et, dans le choix des moyens et des méthodes à employer pour atteindre nos fins, nous avons appris à être aussi scrupuleux et méfiants que possible. Il ne nous appartient donc pas de gouverner ni de faire de la politique. Nous sommes des techniciens de l'enquête, de l'analyse et de la mesure, nous sommes les conservateurs et les perpétuels vérificateurs de tous les alphabets, des tables de multiplication et des méthodes, nous sommes contrôleurs des poids et mesures spirituels. Certes, nous sommes aussi bien d'autres choses, à l'occasion nous pouvons aussi être des novateurs, des découvreurs, des aventuriers, des conquérants, des interprètes révolutionnaires, mais notre fonction première et essentielle, celle qui nous rend nécessaires au peuple et fait qu'il nous entretient, consiste à garder pures toutes les sources du savoir. Dans le commerce, dans la politique et un peu partout à l'occasion, faire d'un U un X peut passer peut-être pour un exploit et un trait de génie, chez nous jamais.

« A des époques antérieures, dans les années d'exaltation, dans ce qu'on appelait les « grandes » époques, au moment des guerres et des changements de régime, on exigeait parfois des intellectuels qu'ils fissent de la politique. Ce fut le cas notamment à la fin de l'ère des pages de variétés. Elle prétendait aussi politiser ou militariser l'esprit. De même que les cloches des églises servaient à couler des canons, et la jeunesse fraîche des écoles à combler les vides des troupes décimées, de même l'esprit devait être réquisitionné et employé à contresens comme moyen de combat.

« Nous ne pouvons naturellement admettre cette prétention. Qu'un homme de science soit, en cas de péril, enlevé à sa chaire ou à sa table de travail pour en faire un soldat, qu'éventuellement aussi il s'engage volontairement, que d'autre part, dans un pays épuisé par la guerre, il doive accepter les plus grands sacrifices matériels et même la faim, cela se passe de commentaire. Plus un homme a une haute culture, plus les privilèges dont il a joui sont considérables, et plus grands doivent être les sacrifices qu'il consent en cas de péril. Nous espérons que tout cela paraîtra un jour évident à tous les Castaliens. Mais si nous sommes prêts à sacrifier à notre peuple notre bien-être, nos commodités, notre vie, quand il est en danger, cela n'implique pas que nous soyons prêts à sacrifier l'esprit lui-même, la tradition et la morale de notre spiritualité aux intérêts du jour, de la nation ou des généraux. Lâche, qui se dérobe aux actes, aux sacrifices et aux périls que son peuple affronte. Mais non moins lâche, ni moins traître qui trahit les principes de la vie spirituelle au profit d'intérêts matériels, qui est prêt à s'en remettre par exemple aux puissants du jour, pour décider combien font deux fois deux! Sacrifier l'esprit de vérité, la probité intellectuelle, la fidélité aux lois et aux méthodes de l'esprit à un autre intérêt, quel qu'il soit, fût-ce celui de la patrie, est une trahison. Quand, dans les conflits des intérêts et des mots d'ordre, la vérité est en danger d'être dévaluée, défigurée et violentée comme l'individu, la langue, les arts, comme toute création organique et le fruit subtil de toute haute culture, alors notre unique devoir est de résister et de sauver la vérité, je veux dire sa recherche, comme article suprême de notre foi. L'homme de science qui, dans son rôle d'orateur, d'auteur, de professeur, dit sciemment des choses fausses, qui accorde sciemment son appui à des mensonges et à des falsifications, non seulement agit contre des lois organiques fondamentales, mais, quoi qu'il semble sur le moment, il ne sert par ailleurs nullement son peuple, il lui cause au contraire un dommage grave, il corrompt l'air et la terre, le manger et le boire, il empoisonne sa pensée et sa justice et il vient en aide à toutes les puissances malignes et hostiles qui menacent de le détruire.

« Le Castalien ne doit donc pas devenir un politicien. En cas de péril, il doit certes sacrifier sa personne, mais jamais sa fidélité envers l'esprit. L'esprit n'est bienfaisant et noble que lorsqu'il obéit à la vérité. Dès qu'il la trahit, dès qu'il perd le respect, qu'il devient vénal et souple à discrétion, il est le diable en puissance, il est infiniment pire que la bestialité animale instinctive, qui garde encore quelque chose de l'innocence de la nature.

« Je m'en remets à chacun de vous, mes vénérés collègues, de songer en quoi consisteront les devoirs de notre Ordre,

si lui-même et le pays sont menacés. Les conceptions diffé-
reront sur ce point. J'ai la mienne, moi aussi et, après avoir
beaucoup pesé tous les problèmes soulevés ici, je suis arrivé,
pour ma part, à me représenter clairement ce qui était mon
devoir et méritait d'être mon objectif. Ceci m'amène à présenter au vénérable Directoire une requête personnelle, par
laquelle se terminera mon mémorandum.

« De tous les Magisters qui composent notre Directoire,
je suis sans doute, en tant que Magister Ludi, celui que ses
fonctions retiennent le plus loin du monde extérieur. Le
mathématicien, le linguiste, le physicien, le pédagogue et
tous les autres Magisters travaillent dans des domaines qu'ils
partagent avec le monde profane. Dans les écoles ordinaires,
non castaliennes, de notre pays et de tous les autres, les
mathématiques et l'étude du langage constituent aussi les
bases de l'enseignement; dans les universités profanes, on
fait aussi de l'astronomie, de la physique; il y a des gens
totalement incultes qui font aussi de la musique. Toutes ces
disciplines remontent à la nuit des temps, elles sont beaucoup plus anciennes que notre Ordre, elles existaient bien
avant lui et elles lui survivront. Seul, le Jeu des Perles de
Verre est notre invention personnelle, notre spécialité, notre
prédilection, notre jouet; il est l'expression dernière et la
plus différenciée d'un genre de spiritualité spécifiquement
castalien. C'est le joyau à la fois le plus précieux et le plus
inutile, le plus aimé et le plus fragile de notre trésor. C'est
lui qui périra le premier, quand le maintien de Castalie sera
mis en question. Non seulement parce qu'il est par nature
le plus fragile de nos biens, mais aussi parce que, pour des
profanes, il représente sans aucun doute l'élément le moins
indispensable de Castalie. S'il s'agit d'épargner au pays
toute dépense qui ne soit pas inévitable, on limitera le
nombre des écoles des élites, on rognera les crédits destinés
à conserver et à enrichir les bibliothèques et les collections
et on les supprimera finalement d'un trait de plume, on
réduira nos repas, on ne renouvellera plus notre garde-robe,
mais on laissera subsister toutes les disciplines maîtresses
de notre Universitas Litterarum, à l'exception du Jeu des
Perles de Verre. On a aussi besoin des mathématiques pour
inventer de nouvelles armes à feu, mais que la fermeture du
Vicus Lusorum et la suppression de notre Jeu puissent causer

le moindre dommage au pays et à notre peuple, personne ne le croira, les militaires moins que quiconque. Le Jeu des Perles de Verre est la partie la plus avancée et la plus exposée de notre édifice. Peut-être est-ce pour cela que c'est justement le Magister Ludi, chef de file de notre discipline la plus étrangère au siècle, qui pressent le premier les séismes en marche ou, du moins, qui exprime le premier ce sentiment devant le Directoire.

« Je considère, par conséquent, qu'en cas de bouleversements politiques et surtout militaires, le Jeu des Perles de Verre est perdu. Il dégénérera rapidement, quel que soit le nombre des individus qui lui conservent leur attachement et il ne sera pas restauré. L'atmosphère qui succédera à une nouvelle ère de guerres ne le permettra pas. Il disparaîtra, tout comme certains usages d'une très haute culture ont disparu dans l'histoire de la musique, par exemple les chœurs des chantres de profession, aux environs de 1600, ou les chants figurés [1] du dimanche dans les églises, vers 1700. Les oreilles humaines ont entendu à cette époque des accents qu'aucune science et aucune magie ne pourront ressusciter dans le rayonnement séraphique de leur pureté. Le Jeu des Perles de Verre ne sera pas oublié, lui non plus, mais il ne pourra être rappelé à la vie, et ceux qui étudieront son histoire, sa genèse, son épanouissement et sa fin soupireront et nous envieront d'avoir pu vivre dans un monde aussi paisible, aussi cultivé, et aux accents d'une spiritualité aussi pure.

« Or, bien que je sois Magister Ludi, je ne considère nullement qu'il soit de mon ou de notre devoir d'empêcher ou de retarder la fin de notre Jeu. La beauté et la suprême beauté sont périssables, elles aussi, dès qu'elles sont devenues histoire et phénomènes de cette terre. Nous le savons et nous pouvons en éprouver de la mélancolie, mais non essayer sérieusement d'y changer quelque chose; car c'est un fait immuable. Quand viendra la fin du Jeu des Perles de Verre, Castalie et le monde éprouveront une perte, mais sur le moment ils la ressentiront à peine, tant ils seront occupés, dans cette grande crise, à sauver ce qui pourra encore l'être. Une Castalie sans Jeu de Perles est concevable, mais non une Castalie sans respect de la vérité et sans fidélité

---

1. Musique à plusieurs voix, en usage depuis le XIIIe siècle, et dont la notation ne comportait pas l'indication des mesures. *(N. d. T.)*

à l'esprit. Une administration de l'enseignement pourra se débrouiller sans Magister Ludi. Mais cette expression de « Magister Ludi » en vérité, nous l'avons presque oublié, ne signifie pas primitivement, ni essentiellement, la spécialité que nous désignons par ce terme. Magister Ludi, à l'origine, signifie tout simplement maître d'école. Et notre pays aura d'autant plus besoin de maîtres d'école, de bons et vaillants maîtres d'école, que Castalie sera plus en danger et qu'un plus grand nombre de ses joyaux paraîtront désuets et tomberont de vétusté. Nous avons plus besoin de maîtres que de tout le reste, d'hommes qui inculquent à la jeunesse la capacité de mesurer et de juger, qui soient ses modèles dans le respect du vrai, l'obéissance à l'esprit, le service du verbe. Et cela ne vaut pas seulement, ni au premier chef, pour nos écoles des élites, dont l'existence aura bien aussi une fin un jour, cela vaut pour les écoles séculières de l'extérieur, où bourgeois et paysans, artisans et soldats, hommes politiques, officiers et souverains sont élevés et formés, aussi longtemps qu'ils sont encore enfants et malléables. C'est là qu'est la base de la vie spirituelle du pays, non dans les instituts ni dans le Jeu des Perles de Verre. Nous avons toujours fourni au pays ses maîtres et des éducateurs; je l'ai déjà dit : ce sont les meilleurs d'entre nous. Mais nous devons faire bien plus qu'il n'a été fait jusqu'à présent. Nous ne devons plus nous attendre à ce que les écoles de l'extérieur déversent constamment chez nous l'élite des élèves doués et nous aident à entreteni rnotre Castalie. Nous devons de plus en plus reconnaître que cet humble service, gros de responsabilités dans les écoles séculières, est la partie essentielle et la plus prestigieuse de notre tâche, et nous devons le développer.

« Ceci m'amène aussi maintenant à la requête personnelle que je voudrais présenter au vénérable Directoire. Je lui demande par la présente de me dégager de mes fonctions de Magister Ludi, de me confier à l'extérieur, dans le pays, une école ordinaire, grande ou petite, et de me permettre d'y attirer peu à peu auprès de moi, pour y enseigner, un état-major de jeunes Frères de notre Ordre, des gens à qui je puisse faire confiance pour m'aider fidèlement à faire entrer nos principes dans la tête et dans le sang des jeunes laïcs.

« Plaise au vénérable Directoire examiner avec bienveillance ma requête et ses motifs et me faire ensuite connaître ses ordres.

« *Le Maître du Jeu des Perles de Verre.* »

« *Post-scriptum.* — Qu'on me permette de citer un mot du vénéré père Jacobus, que j'ai noté lors d'une de ses inoubliables leçons :

« Des périodes de terreur et de très profonde misère peuvent
« survenir. Mais s'il doit y avoir encore un bonheur dans la
« misère, ce ne peut être qu'un bonheur de l'esprit, orienté,
« dans le passé, vers le sauvetage de la culture des époques
« antérieures, et, pour l'avenir, vers l'affirmation sereine et
« persévérante de l'esprit, dans une ère qui sans cela risque-
« rait d'être entièrement vouée à la matière. »

Tegularius ignora à quel point son travail avait laissé peu de traces dans cette épître; il n'en a pas vu la dernière version. Valet lui en a donné à lire, en revanche, deux rédactions antérieures, beaucoup plus circonstanciées. Il envoya sa lettre et attendit la réponse du Directoire avec beaucoup moins d'impatience que son ami. Il avait pris la résolution de ne plus faire de lui désormais le confident de ses démarches. Il lui interdit donc de parler davantage de cette affaire et lui donna simplement à entendre qu'il se passerait certainement beaucoup de temps avant qu'il arrivât une réponse.

Et lorsque celle-ci lui parvint, dans un délai plus bref qu'il ne l'eût pensé lui-même, Tegularius n'en fut pas informé. Cette lettre de Terramil était ainsi conçue :

A Sa Grandeur le Magister Ludi,
a Celle-les-Bois.

« Éminent Collègue,

« C'est avec un intérêt exceptionnel que le collège des Magisters, ainsi que la Direction de l'Ordre, ont pris connaissance de votre circulaire aussi pleine de cœur que d'esprit. Les rétrospectives historiques de cette lettre n'ont pas moins captivé notre attention que ses anxieuses perspectives d'avenir, et beaucoup d'entre nous ne manqueront certainement pas de réserver une place dans leurs pensées à ces considé-

rations captivantes et certes en partie assez fondées, afin
d'en tirer profit. Nous avons tous rendu hommage avec joie
à l'esprit qui vous anime, à votre castalisme authentique et
désintéressé, à votre amour profond de notre Province, de
sa vie, de ses coutumes, qui est devenu chez vous une seconde
nature, et qu'assombrissent des soucis et actuellement un peu
d'angoisse. Nous avons également rendu hommage avec joie
à la nuance et à l'accent personnel que prend actuellement
cet amour, à son esprit de sacrifice, à sa soif d'action, à sa
gravité, à son zèle et à sa tendance à l'héroïsme. Nous reconnaissons à tous ces traits le caractère de notre Maître du
Jeu des Perles de Verre, son énergie, sa flamme, son audace.
C'est une attitude bien digne de l'élève du célèbre Bénédictin, que de répugner à n'étudier l'histoire qu'en observateur
impassible, par pur souci d'érudition et en quelque sorte par
jeu d'esthète, et d'aspirer à utiliser directement ses connaissances historiques dans l'immédiat, à agir et à secourir! Et
il est bien aussi dans votre caractère, vénéré Collègue, d'avoir
des désirs personnels aussi modestes, de ne pas vous sentir
attiré par des tâches et des missions politiques, vers des
postes influents et représentatifs, mais de n'ambitionner en
tout et pour tout que d'être Magister Ludi, maître d'école!

« Ce sont là quelques-unes des impressions et des pensées
qui nous sont venues spontanément à l'esprit dès la première
lecture de votre circulaire. La plupart de nos collègues ont eu
les mêmes ou en ont du moins éprouvé d'analogues. Par
contre, lorsqu'il s'est agi de juger par ailleurs votre communication, vos avertissements et vos prières, le Directoire
n'est pas parvenu à une prise de position aussi unanime.
Au cours de la session tenue à ce sujet, votre conception
des dangers qui pèseraient sur notre existence, la nature,
l'étendue et la proximité éventuelle de ces périls dans le
temps furent notamment l'objet de vives discussions, et la
majorité des Directeurs a envisagé ces questions avec une
gravité manifeste et non sans flamme. Toutefois, nous devons
vous informer que, sur aucun de ces points, la majorité des
voix ne s'est ralliée à votre conception. Il fut seulement
rendu hommage au relief suggestif et aux vastes perspectives de vos considérations historico-politiques. Mais dans le
détail aucune de vos suppositions — faut-il dire de vos prophéties? — ne fut approuvée dans toute son ampleur, ni recon-

nue convaincante. Même sur le point de savoir dans quelle mesure l'Ordre et les institutions castaliennes contribuent au maintien de cette période de paix d'une longueur inusitée, dans quelle mesure même ils pourraient passer au regard de l'absolu et des principes pour des facteurs de l'histoire politique et de ses données, vous n'avez recueilli que peu de suffrages; encore étaient-ils assortis de réserves. L'opinion formulée par la majorité est, en somme, que le calme qui est intervenu dans notre partie du globe au terme de l'époque des guerres, est partiellement imputable à l'épuisement général et aux pertes humaines consécutives aux terribles conflits qui l'avaient précédé, mais plus encore au fait que l'Occident avait alors cessé d'être le point névralgique de l'histoire universelle et le champ clos des ambitions d'hégémonie. Sans mettre le moins du monde en doute les mérites de l'Ordre, on ne saurait reconnaître au concept castalien d'une haute culture spirituelle placée sous le signe d'une discipline contemplative de l'âme une force historiquement créatrice au sens propre du terme, c'est-à-dire une influence vivante sur les données de la politique mondiale, rien ne pouvant être plus éloigné de tout le caractère de cet esprit qu'une propension ou une ambition de cette espèce. Castalie, quelques interventions fort graves dans les débats insistèrent sur ce point, n'est, ni par volonté ni par destination, appelée à exercer une action politique, ou à chercher à influer sur la guerre et la paix. Un finalisme de cet ordre est du reste hors de question, du fait même que tout le Castalisme est fondé sur la raison et n'a pour champ que le rationnel; on ne saurait, certes, en dire autant de l'histoire universelle, à moins de retomber dans les rêveries théologico-poétiques de la philosophie romantique de l'histoire, et de déclarer méthode de la raison universelle tout l'appareil de meurtre et de destruction des puissances qui font l'histoire. Le plus furtif coup d'œil sur l'histoire de l'esprit fait apparaître à l'évidence que les époques de grand épanouissement spirituel n'ont jamais été expliquées par des circonstances politiques; la culture, l'esprit ou l'âme ont au contraire leur histoire propre qui se déroule parallèlement à ce qu'on qualifie d'histoire universelle, c'est-à-dire en marge des combats incessants pour le pouvoir matériel, comme une histoire **seconde, secrète,** sacrée et sans effusion de sang. C'est uni-

quement avec cette histoire universelle sacrée et secrète que
notre Ordre a affaire et non avec l'histoire « réelle » et brutale de l'univers. Et il ne saurait jamais avoir pour tâche
de surveiller l'histoire politique et encore moins d'y prêter
la main.

« Que la conjoncture politique mondiale soit donc réellement telle que votre circulaire le donne à entendre, ou non,
il n'appartient pas à notre Ordre d'adopter une autre attitude que celle de l'attente et de la tolérance. Ainsi, l'em-
portant sur quelques voix, la majorité repoussa nettement
votre opinion, selon laquelle nous devrions considérer cette
conjoncture comme un appel à l'action. Quant à votre
conception de la situation actuelle du monde et aux allusions que vous avez faites à l'avenir immédiat, elles ont, il
est vrai, manifestement produit une certaine impression
sur la majeure partie de nos collègues et même presque fait
sensation auprès de quelques-uns de ces messieurs. Toutefois sur ce point non plus, en dépit du respect que la plupart
des orateurs ont témoigné pour vos connaissances et votre
perspicacité, il ne s'est pas trouvé de majorité unanime en
votre faveur, au contraire. On inclina plutôt, tout en jugeant
vos déclarations à ce sujet remarquables, et d'un grand intérêt, à les estimer cependant exagérément pessimistes. Une
voix s'éleva même pour demander si l'on ne pouvait qualifier de manœuvre dangereuse, voire criminelle, ou à tout le
moins irréfléchie, celle d'un Magister qui entreprend d'effrayer son Directoire par des images aussi sinistres de périls
et d'épreuves prétendus imminents. Certes il est licite,
disait-elle, de rappeler à l'occasion la précarité de toutes
choses et il est du devoir de chacun, en particulier aux
postes élevés et qui comportent des responsabilités, de se
remémorer de temps à autre le *memento mori*. Cependant
prophétiser avec de telles généralisations et un tel nihilisme
une fin prétendue proche à toute la classe des Magisters, à
la totalité de l'Ordre et de la Hiérarchie, ce n'est pas seulement porter indignement atteinte au repos moral et à
l'imagination de nos collègues, c'est aussi mettre en danger
le Directoire lui-même et son efficience. L'activité d'un
Magister ne saurait vraiment gagner à ce qu'il allât chaque
matin au travail en se disant que sa fonction, son travail,
ses élèves, sa responsabilité devant l'Ordre, sa vie pour Cas-

talie, son existence dans son sein, que tout cela sera demain ou après demain oublié et réduit à néant. Encore que cette voix ne trouvât pas l'appui de la majorité, elle recueillit cependant quelques approbations.

« Nous en resterons à ce bref compte rendu, mais nous sommes à votre disposition pour en discuter oralement. Vous voyez déjà à ce court exposé, très vénéré Collègue, que votre circulaire n'a pas produit l'effet que vous vous en étiez peut-être promis. Cet insuccès tient sans doute, en majeure partie, à des causes matérielles, à un désaccord de fait entre les points de vue et les vœux que vous y avez exprimés et ceux de la majorité. Toutefois des raisons de forme y ont aussi contribué. Il nous semble, tout au moins, qu'une discussion orale directe entre vous et vos collègues aurait eu une issue sensiblement plus harmonieuse et plus positive. Et ce n'est pas seulement cette forme d'enquête écrite qui a nui, croyons-nous, à votre requête; ce fut bien davantage encore l'association, généralement inusitée dans nos rapports, d'une communication à des collègues avec une demande personnelle, une requête. La plupart d'entre nous voient dans cet amalgame une tentative d'innovation malheureuse, certains le qualifient sans ambages d'inadmissible.

« Ceci nous amène au point le plus délicat de votre affaire, à la demande que vous avez formulée d'être dégagé de vos fonctions et affecté au service scolaire séculier. Le solliciteur aurait dû savoir d'avance que le Directoire ne pouvait s'arrêter à une requête présentée aussi *ex abrupto* et fondée sur des motifs aussi particuliers, qu'il était exclu qu'il donnât son avis favorable et son acceptation. La réponse du Directoire est évidemment non.

« Qu'adviendrait-il de notre Hiérarchie, si ce n'étaient plus l'Ordre et les instructions du Directoire qui assignaient à chacun sa place? Qu'adviendrait-il de Castalie, si chacun voulait apprécier lui-même sa valeur personnelle, ses talents, ses aptitudes, et choisir un poste en conséquence? Nous recommandons au Maître du Jeu des Perles de Verre d'y réfléchir quelques instants et le chargeons de continuer à administrer la charge éminente dont nous lui avons confié la direction.

« Nous croyons avoir satisfait ainsi à votre demande de

réponse. Nous n'avons pas pu vous donner celle que vous
espériez peut-être. Mais nous ne saurions ne pas rendre
hommage aux intéressantes suggestions et aux mises en
garde de votre document. Nous comptons nous entretenir
encore verbalement avec vous de son contenu et cela prochainement, car, encore que la Direction de l'Ordre croie
pouvoir vous faire confiance, il est toutefois un point de
votre épître qui constitue pour elle un motif de préoccupation : c'est celui où vous dites que votre aptitude à assurer
ultérieurement vos fonctions serait diminuée ou compromise. »

Valet lut cette lettre sans en attendre grand-chose, mais
avec une extrême attention. Il n'avait pas eu de peine à
imaginer qu'on eût au Directoire des « motifs de préoccupation », et il croyait d'ailleurs pouvoir le conclure d'un
indice particulier. Un hôte venu de Terramil avait fait son
apparition au village des joueurs, peu de temps auparavant,
muni de papiers en règle et d'une recommandation de la
Direction de l'Ordre. Il avait demandé l'hospitalité pour
quelques jours, en invoquant des travaux à faire aux
archives et à la bibliothèque; il avait également sollicité
l'autorisation d'assister à quelques conférences de Valet.
Cet homme, qui avait déjà un certain âge, avait fait son
apparition, silencieux et attentif, dans presque toutes les
sections et toutes les salles de la cité, il s'était enquis de
Tegularius et avait rendu plusieurs visites au directeur de
l'école des élites de Celle-les-Bois, qui habitait dans le voisinage. A n'en pas douter, c'était un observateur, envoyé
pour se rendre compte de la situation au village des joueurs,
pour voir si l'on y décelait des négligences, si le Magister
était en bonne santé et à son poste, les fonctionnaires au
travail, et si les étudiants ne manifestaient pas quelque
inquiétude. Il était resté là toute une semaine, et n'avait
pas manqué une seule des conférences de Valet; son allure
d'observateur et sa présence silencieuse en tous lieux
avaient attiré l'attention de deux des fonctionnaires. C'était
donc le rapport de cet espion que la Direction de l'Ordre
avait attendu, avant d'adresser sa réponse au Magister.

Que penser de cette réponse et qui pouvait en être le
rédacteur ? Le style ne le trahissait pas, c'était le style admi-

nistratif courant et impersonnel qu'exigeaient les circonstances. A y regarder de plus près, cette lettre révélait cependant plus d'originalité et de personnalité qu'on ne l'eût supposé à la première lecture. Tout ce document se fondait sur l'esprit hiérarchique de l'Ordre, la justice et l'amour des institutions. On voyait clairement combien la requête de Valet avait paru déplacée, incongrue, pénible même et irritante. Le rédacteur de cette réponse avait certainement décidé de la repousser dès qu'il en avait eu pris connaissance et sans que le jugement des autres l'eût influencé. Par contre ce mécontentement et cette attitude de défense étaient contrebalancés par un autre élan, un autre état d'esprit : il y avait là une sympathie sensible; la bienveillance et l'amitié de tous les jugements et de toutes les interventions au cours de la séance relative à la demande de Valet étaient soulignées. Joseph ne douta pas qu'Alexandre, le président de la Direction de l'Ordre, eût rédigé cette réponse.

Nous voici parvenu ici au terme de notre chemin, et nous espérons avoir rapporté l'essentiel de la biographie de Joseph Valet. Il sera sans aucun doute loisible à un historien de l'avenir de découvrir et de relater encore bien des détails de sa fin.

Nous renonçons à décrire nous-même les derniers jours de la vie du Magister, nous n'en savons pas davantage que n'importe quel étudiant de Celle-les-Bois et nous ne saurions non plus faire mieux que « la légende du Maître des Perles de Verre », dont de nombreuses copies circulent parmi nous, et dont les rédacteurs sont probablement quelques-uns des élèves préférés du disparu. Qu'on nous permette donc de terminer notre livre par cette légende.

LA LÉGENDE

Quand nous écoutons nos camarades parler de la disparition de notre maître et de ses causes, ou du bien et du mal fondé des décisions et des démarches de celui-ci, de la signification ou de l'absurdité de son destin, cela nous fait l'effet des commentaires de Diodorus Siculus sur les causes présumées des inondations du Nil. Et, à notre sens, il serait non seulement inutile, mais injuste d'ajouter encore de nouveaux commentaires à ceux qui existent déjà. Au lieu de tout cela, nous voulons nourrir dans notre cœur la mémoire de notre Maître qui, après son départ mystérieux dans le siècle, passa si prématurément dans un au-delà plus inconnu et plus mystérieux encore. C'est pour servir sa mémoire qui nous est chère, que nous allons retracer ce qui, de ces événements, est parvenu à nos oreilles.

Après avoir lu la lettre dans laquelle le Directoire repoussait sa requête, le Maître eut un léger frisson, il éprouva ce sentiment de fraîcheur et de disponibilité qu'on ressent le matin, et cela lui fit comprendre que l'heure avait sonné, qu'il n'était plus possible désormais d'hésiter et de temporiser. Ce sentiment particulier, auquel il donnait le nom d' « éveil »[1], il l'avait connu aux instants décisifs de son existence; c'était à la fois stimulant et douloureux, en même temps une rupture et un départ, et cela ébranlait les profondeurs de son

[1]. Dans les textes sacrés de l'Inde, Bouddha signifie l'« éveillé ». *(N. d. T.)*

inconscient comme une tempête de printemps. Il regarda l'horloge, il devait faire un cours une heure plus tard. Il résolut de consacrer cette heure à la méditation et se rendit dans son tranquille jardin magistral. Le souvenir d'un vers, qui lui vint soudain à l'esprit, l'accompagna.

Car tout commencement possède un charme propre.

Il prononça ce vers, sans savoir chez quel poète il l'avait lu jadis; ce vers lui parlait et lui plaisait. Il lui paraissait répondre parfaitement à ce qui lui arrivait en cet instant. Il s'assit dans le jardin, sur un banc que parsemaient les premières feuilles mortes, régla sa respiration, et lutta pour trouver son calme intérieur jusqu'à ce que, le cœur serein de nouveau, il se plongeât dans une contemplation, où la conjoncture de cette heure de sa vie s'ordonnait dans des images générales qui dépassaient sa personne. Mais quand il retourna dans sa petite salle de cours, ce vers lui revint à l'esprit, il dut y réfléchir encore et trouva que le texte devait être un peu différent. Et soudain la mémoire lui revint et lui prêta secours. Il récita tout bas :

En tout commencement un charme a sa demeure,
C'est lui qui nous protège et qui nous aide à vivre.

Mais ce ne fut que vers le soir, longtemps après avoir fait son cours et terminé toutes sortes d'autres travaux, qu'il découvrit l'origine de ces vers. Ils se trouvaient, non chez quelque poète ancien, mais dans l'un de ses propres poèmes : il l'avait écrit jadis, quand il était élève ou étudiant, et cette poésie se terminait par ce vers :

Allons donc, mon cœur, dis adieu et guéris !

Le soir même, il convoqua son adjoint et lui déclara qu'il devait partir en voyage le lendemain pour une durée indéterminée. Il lui transmit toutes les affaires courantes avec de brèves instructions et prit congé de lui amicalement, sans phrases, comme il avait coutume de faire avant un bref déplacement de service.

Il s'était bien rendu compte auparavant qu'il devrait abandonner Tegularius sans le mettre au courant et sans lui infliger le chagrin de ses adieux. Il lui fallait agir ainsi, non seulement pour épargner l'extrême sensibilité de

son ami, mais aussi pour ne pas compromettre tout son plan.
Tegularius s'accommoderait probablement du fait accompli;
une déclaration qui le surprendrait et une scène d'adieux
pouvaient, par contre, l'entraîner à des excès déplaisants.
Valet avait même songé un instant à partir sans le revoir
encore une fois. Mais en y réfléchissant, il trouva que cela
ressemblait par trop à une fuite devant la difficulté. S'il était
juste et de bon sens d'épargner à son ami une scène, une
excitation et une occasion de faire des folies, il n'avait nul
droit de s'accorder autant de ménagements à lui-même. Il
lui restait encore une demi-heure avant d'aller se coucher,
il pouvait encore rendre visite à Tegularius, sans le déranger,
ni lui ni qui que ce fût. Il faisait déjà nuit dans la vaste cour
intérieure, qu'il traversa. Il frappa à la cellule de son ami,
avec le sentiment singulier que c'était la dernière fois, et il le
trouva seul. Surpris en train de lire, celui-ci l'accueillit avec
joie, rangea son livre et fit asseoir son visiteur.

— Je me suis rappelé aujourd'hui un vieux poème, commença Valet sur un ton de bavardage, ou plus exactement
quelques vers de ce poème. Tu sais peut-être où l'on peut
trouver le reste?

Et il le cita : « En tout commencement un charme a sa
demeure... »

L'aspirant n'eut pas besoin de longs efforts. Un instant
de réflexion lui fit reconnaître le texte, il se leva et sortit
d'un compartiment de son bureau le manuscrit des poèmes
de Valet; c'était l'exemplaire original, dont celui-ci lui avait
fait cadeau autrefois. Il chercha et en sortit deux feuillets
qui contenaient le texte primitif du poème. Il les tendit au
Magister :

— Voici, dit-il en souriant. Que Votre Grandeur se serve.
C'est la première fois depuis des années qu'Elle daigne se
souvenir de ces poésies.

Joseph Valet considéra les feuillets attentivement et non
sans émotion. C'était au temps où il était étudiant, pendant
son séjour à l'Institut de l'Extrême-Orient, qu'il avait tracé
des vers sur ces deux pages : ils évoquaient pour lui un passé
lointain; tout lui parlait là d'un temps presque oublié, dont
le réveil douloureux était un avertissement : ce papier qui
commençait à jaunir légèrement, cette écriture juvénile, ces
ratures et ces corrections dans le texte. Il lui sembla se rap-

peler non seulement l'année et la saison où ces vers étaient nés, mais même le jour et l'heure, et aussi son état d'esprit d'alors, le sentiment de force et de fierté qui l'avait rempli et transporté et dont ces lignes étaient l'expression. Il les avait écrites au cours de l'une de ces journées singulières où il lui avait été donné de connaître ce qu'il appelait l'éveil.

Manifestement, le titre avait été conçu avant le poème lui-même, avant son premier vers. Il avait été tracé d'une écriture impétueuse, en gros caractères :

« Se transcender! »

Plus tard seulement, à une autre époque, dans un autre état d'esprit et dans une situation différente, ce titre et son point d'exclamation avaient été rayés et remplacés par un autre texte écrit en lettres plus petites, plus fines, plus modestes :

« Degrés. »

Valet se rappelait comment, dans l'envolée des idées de son poème, il avait tracé ces mots : « Se transcender! ». C'était un appel et un ordre, une exhortation à lui-même, une décision qu'il venait de formuler et de se confirmer : placer son action et sa vie sous ce signe et lui faire transcender, franchir avec une sérénité résolue, combler et dépasser tous les espaces, toutes les distances. Il lut à mi-voix quelques strophes :

> Franchissons donc, sereins, espace après espace,
> N'acceptons en aucun les liens d'une patrie;
> Pour nous, l'esprit du monde n'a ni chaînes ni murs,
> Par degrés, il veut nous hausser, nous grandir.

— J'ai oublié ces vers pendant bien des années, dit-il, et quand l'un d'eux m'est revenu aujourd'hui à l'esprit, par hasard, je ne savais plus comment je l'avais appris, ni qu'il était de moi. Quelle impression te font-ils aujourd'hui? Est-ce qu'ils te disent encore quelque chose?

Tegularius réfléchit.

— Ce poème en particulier m'a toujours fait une impression singulière, dit-il ensuite. Il est du petit nombre des poésies de Votre Grandeur qu'à dire vrai je n'aimais pas, qui me choquaient ou me gênaient par quelque détail. Je ne savais pas alors ce que c'était. Je crois que je le vois aujourd'hui. Le poème de Votre Grandeur, vénéré Magister, au-dessus duquel vous avez tracé cet ordre de marche « Se transcender! » et dont vous avez, Dieu merci, remplacé le titre par un autre bien meilleur, ne m'a jamais vraiment plu, parce qu'il a quelque chose d'impératif, de moralisateur, ou qui sent son maître d'école. Si l'on pouvait enlever cet élément ou plutôt décaper ce vernis, ce serait l'une de vos plus belles poésies, je viens de le remarquer de nouveau. Son contenu véritable est assez bien indiqué par le titre de « Degrés ». Vous auriez pu, tout aussi bien, vous auriez même mieux fait, de l'intituler « Musique » ou « Nature de la musique ». Car si l'on en élimine cette attitude de moralisateur ou de prédicateur, ce sont vraiment des considérations sur la nature de la musique ou, si l'on veut, un éloge de la musique, de sa présence permanente, de sa gaieté et de son allure décidée, de sa mobilité, de sa disponibilité et de son infatigable volonté de poursuivre son vol, de quitter l'espace ou le secteur où elle vient seulement de pénétrer. Si ce poème s'était borné à ces considérations ou à cet éloge de l'esprit de la musique, si, apparemment dominé dès cette époque par une ambition d'éducateur, vous n'en aviez pas fait une exhortation et un prêche, ce pourrait être un pur joyau. Tel qu'il se présente, il ne me semble pas seulement trop didactique, trop pédant, il me paraît aussi pécher par une faute de raisonnement. Pour les seuls besoins de la morale, il met sur le même plan la musique et la vie, et c'est pour le moins douteux et contestable; il fait de ce moteur naturel, étranger à la morale, qui est le ressort de la musique, une « vie » qui veut nous éduquer et nous développer par des injonctions, des ordres et de bons principes. Bref, dans ce poème une vision, une chose d'une beauté et d'une grandeur uniques, se trouve falsifiée et exploitée pour des fins didactiques, et c'est ce qui m'a toujours prévenu contre lui.

Le Magister avait pris plaisir à écouter son ami et à le voir puiser dans une sorte de colère une chaleur verbale qui lui plaisait chez lui.

— Puisses-tu avoir raison, dit-il, d'un ton mi-sérieux, mi-plaisant. Tu dis vrai en tout cas, pour ce qui est des références à la musique que contient ce poème. Ce « franchir les espaces » et l'idée fondamentale de mes vers viennent effectivement de la musique, sans que je l'aie su ou remarqué. Je ne sais pas si j'ai faussé l'idée ou déformé la vision; tu as peut-être raison. Quand je faisais des vers, leur sujet, en vérité, n'était déjà plus la musique, mais une découverte : le beau symbole de la musique m'avait en effet révélé son aspect moral, et il était devenu pour moi un élément de mon éveil, une exhortation, un appel vital. Cette forme impérative du poème, qui te déplaît particulièrement, n'exprime pas une volonté de commander et d'endoctriner, car cet ordre, cette exhortation ne s'adressent qu'à moi. Même si tu ne l'avais pas parfaitement su par ailleurs, cher ami, tu aurais pu le reconnaître au dernier vers. J'ai donc eu une illumination, une intuition, une vision intime, et j'ai voulu me rappeler et m'enfoncer dans la tête le contenu et la morale de cette illumination. C'est pour cela que ce poème, sans que je l'eusse voulu, m'est resté en mémoire. Que ces vers soient bons ou mauvais, ils ont donc atteint leur but, cette exhortation a survécu en moi et je ne l'ai pas oubliée. Aujourd'hui elle reprend pour mon oreille un accent presque nouveau. C'est une petite émotion qui n'est pas sans beauté, tes railleries ne peuvent me la gâcher. Mais il est temps de nous séparer. Quelle belle époque, camarade, que ces années où, tous deux étudiants, nous pouvions nous permettre souvent d'enfreindre le règlement et de rester plongés dans nos discussions jusqu'à une heure avancée de la nuit. Un Magister n'a plus ce droit. C'est dommage!

— Oh! fit Tegularius, on en aurait le droit, c'est le courage qu'on n'a pas.

Valet lui mit la main sur l'épaule, en riant.

— Pour ce qui est du courage, mon cher, je serais encore capable de bien d'autres incartades. Bonne nuit, vieux dénigreur!

Il était joyeux en quittant sa cellule, mais en route, dans les couloirs et les cours où régnait le vide de la nuit, sa gravité lui revint, la gravité de son départ. Partir réveille toujours des images du passé, et pendant ce trajet un souvenir l'assaillit : celui de la première fois où, encore enfant, nouveau à l'école de Celle-les-Bois, il avait parcouru la localité et le village des joueurs, rempli de pressentiments et d'espoirs, et alors seulement, au milieu des arbres et des bâtiments silencieux, dans la fraîcheur nocturne, il se sentit pénétré de douleur, en réalisant que c'était la dernière fois qu'il voyait tout cela, la dernière fois qu'il prêtait l'oreille à cette chute du silence, à cet assoupissement de la cité si pleine de vie dans la journée, la dernière fois qu'il voyait la petite lumière au-dessus du pavillon du concierge se refléter dans la vasque de la fontaine, et les nuages de la nuit passer au-dessus des arbres de son jardin magistral. Il explora lentement tous les chemins et les recoins du village des joueurs, il éprouva le désir d'ouvrir encore une fois la petite porte de son jardin et d'y entrer, mais il n'avait pas la clef sur lui, et cela contribua à lui rendre rapidement son sang-froid et à le faire revenir à lui-même. Il rentra chez lui, écrivit encore quelques lettres, en particulier pour annoncer à Designori son arrivée dans la capitale. Ensuite, il se libéra, dans une méditation consciencieuse, des élans sentimentaux de cet instant, afin d'être fort le lendemain pour affronter sa dernière tâche à Castalie, l'entretien avec le Directeur de l'Ordre.

Le lendemain matin le Magister se leva à son heure habituelle, il commanda sa voiture et partit. Il n'y eut que peu de gens à remarquer son départ, personne ne s'en préoccupa. Il fit le voyage de Terramil, dans le matin saturé des premiers brouillards d'automne, il y arriva vers midi et se fit annoncer chez le Magister Alexander, président de la Direction de l'Ordre. Il portait sur lui, enveloppé dans une étoffe, un beau coffret de métal, qu'il avait sorti d'un casier secret de sa chancellerie et qui contenait les insignes de sa dignité, les sceaux et les clefs.

Dans le « grand » bureau de la Direction de l'Ordre, on l'accueillit avec une certaine surprise ; il n'était presque jamais arrivé qu'un Magister y fût apparu sans être annoncé ou invité. Sur les instructions du Directeur de l'Ordre, on le fit déjeuner, puis on lui ouvrit une cellule de repos dans le vieux cloître, et on l'informa que Sa Grandeur espérait pouvoir se libérer dans deux ou trois heures pour le recevoir. Il se fit donner un exemplaire des règles de l'Ordre et s'installa. Il lut le fascicule d'un bout à l'autre et s'assura une dernière fois de la simplicité et de la légalité de son plan : il lui paraissait pourtant encore vraiment impossible, même à cet instant, d'en faire comprendre par des paroles le sens et la légitimité profonds. Il se rappela une phrase du règlement, qu'on lui avait donnée à méditer autrefois, aux derniers jours de sa jeunesse et de ses années d'études, à l'instant de son admission dans l'Ordre. Il relut cette phrase, se plongea dans la contemplation et sentit alors combien il était différent, à présent, du jeune aspirant un peu anxieux qu'il avait été alors. « Si les autorités supérieures t'appellent à une fonction, disait ce passage des règlements, sache que toute ascension dans l'échelle des fonctions, loin d'être un pas vers la liberté, crée une obligation nouvelle. Plus le pouvoir de la charge est grand, plus le service y est rigoureux. Plus une personnalité est forte, plus son arbitraire est répréhensible. » Quel accent définitif et évident tout cela avait eu pour lui jadis, et, pourtant, comme le sens de bien des termes avait changé depuis, comme il s'était même inversé, à ses yeux, surtout celui de mots aussi captieux qu' « obligation, personnalité, arbitraire »! Et pourtant quelles belles phrases claires, solides et admirablement suggestives, bien faites pour paraître à un jeune esprit absolues, éternelles et vraies de bout en bout! Oh! pour qu'elles le fussent encore il eût suffi, en vérité, que Castalie fût le monde entier, multiple et cependant indivisible, au lieu de n'être précisément qu'un petit univers dans le grand ou un extrait hardi et arbitraire de celui-ci. Si la terre était une école des élites, l'Ordre la communauté de tous les hommes et son Président Dieu, comme toutes ces phrases et tout ce règlement seraient parfaits! Ah! s'il en avait été ainsi, quelle grâce la vie n'aurait-elle pas eue, quel épanouissement, quelle beauté innocente! Jadis, il en avait été réellement ainsi; jadis, il lui avait été donné de voir et de connaître cela : l'Ordre et l'esprit castalien représentaient le divin et l'absolu, la Province le monde, les Castaliens l'humanité, et la fraction non castalienne du tout une sorte de monde enfantin, d'antichambre de la Province, un sol vierge qui attendait encore d'être cultivé et rédimé, qui levait vers Castalie des regards pleins de respect et lui envoyait de loin en loin d'aussi aimables visiteurs que le jeune Plinio.

Quelle singulière situation pourtant que la sienne, que celle de son esprit! Cette sorte d'intelligence et d'intuition qui lui étaient propres, cette connaissance vécue de la réalité, qu'il qualifiait d'éveil, ne l'avait-il pas considérée autrefois, et hier encore, comme une pénétration pas à pas vers le noyau du monde, le cœur de la vérité, comme une espèce

d'absolu, une voie ou une progression qu'on ne pouvait certes
réaliser que pas à pas, mais qui, dans sa conception, était
continue et rectiligne? Jadis, dans sa jeunesse, cela ne lui
avait-il pas paru un éveil, un progrès, un acte de valeur in-
discutable et certaine, que de marquer consciemment et exactement en bon Castalien les distances entre lui et le monde
extérieur, tout en lui rendant hommage, il est vrai, en la
personne de Plinio. Et ç'avait été encore un progrès et une
marque de sincérité que d'opter, après des années de doute,
pour le Jeu des Perles de Verre et la vie de Celle-les-Bois. Et
aussi de se laisser intégrer dans le service par Maître Thomas,
accueillir dans l'Ordre par le Maître de la Musique, et plus
tard nommer Magister. Tout cela, c'étaient autant de pas,
petits ou grands, sur une voie en apparence rectiligne — et
pourtant il était à présent arrivé au terme de celle-ci, et il
n'était ni au cœur du monde ni dans les arcanes du vrai; dans
son éveil actuel, il n'avait encore fait qu'ouvrir les yeux, se
retrouver dans une nouvelle situation et s'adapter à des
conjonctures nouvelles. Ce même sentier strict, clair, évident, rectiligne qui l'avait amené à Celle-les-Bois, à Mariafels, qui l'avait fait entrer dans l'Ordre, accéder à la fonction
magistrale, l'en faisait maintenant sortir. Ce qui avait été
une succession d'actes d'éveil était en même temps une
suite d'adieux. Castalie, le Jeu de Perles, la dignité magistrale avaient été chacun un sujet qu'il avait fallu explorer et
épuiser, un espace à traverser, à transcender. Il les avait
déjà franchis. Et manifestement jadis, quand sa pensée et
ses actes étaient le contraire de ce qu'ils étaient aujourd'hui,
il savait ou pressentait déjà ce qu'il y avait là de problématique; n'avait-il pas tracé cet appel : « Se transcender! »,
au-dessus du poème, qu'il avait écrit quand il était étudiant
et où il était question de degrés et d'adieux?

Ainsi il avait marché en rond, à moins que ce ne fût en
ellipse, ou en spirale. En tout cas il n'était pas allé tout droit,
car la ligne droite paraissait n'exister qu'en géométrie et être
étrangère à la nature et à la vie. Cependant, même après
avoir oublié depuis longtemps ce poème et son éveil d'alors,
il s'était fidèlement conformé aux exhortations et aux
encouragements qu'il s'était adressés à lui-même, pas entièrement, il est vrai, et non sans hésitation, sans scepticisme,
sans crise et sans luttes, mais il avait gravi un degré après

l'autre, traversé vaillamment espace après espace, avec recueillement et avec assez de sérénité, sans le rayonnement de l'ancien Maître de la Musique, mais sans fatigue, et sans faiblesse, sans reniement ni infidélité. Et s'il commettait aujourd'hui aux yeux d'un Castalien un reniement et une infidélité, si, au mépris de toute la morale de l'Ordre, il semblait agir dans l'intérêt de sa propre personnalité, avec arbitraire, par conséquent, il agirait aussi dans l'esprit de la vaillance et de la musique, fidèle, donc, à sa cadence, et dans la sérénité, quoi qu'il advînt par ailleurs. N'aurait-il pas pu expliquer et prouver aux autres ce qui lui paraissait si clair : que cet « arbitraire » de ses actes actuels était en réalité une manière de servir et d'obéir, qu'il s'orientait non vers la liberté, mais vers des obligations nouvelles, inconnues et angoissantes, que, loin de déserter, il répondait à un appel, qu'il n'agissait pas à sa guise, mais par obéissance, non en maître, mais en victime! Et les vertus, la sérénité, le respect de la mesure, la vaillance? Ils devenaient minces, mais ils existaient encore. A supposer qu'on ne progressât pas, qu'on suivît seulement un guide, qu'on ne se transcendât point de sa propre autorité, mais que l'espace tournât seulement autour de l'être placé en son milieu, ces vertus n'en demeuraient pas moins, elles conservaient leur valeur et leur magie, elles consistaient à dire oui au lieu de nier, à obéir au lieu de se dérober, et peut-être aussi un peu à se donner l'air d'agir et de penser en maître plein d'initiative, à accepter sans contrôle la vie et son leurre spontané, ce reflet auréolé d'une apparence d'autodétermination et de responsabilité, à être justement, pour des raisons inconnues, plutôt bâti, au fond, pour agir que pour connaître, plus instinctif que spirituel. Ah! pouvoir s'entretenir de cela avec le père Jacobus!

Des pensées et des rêveries de ce genre prolongèrent l'écho de sa méditation. L'enjeu de l' « éveil », c'était, semblait-il, non la vérité et la connaissance, mais la réalité, le fait de la vivre et de l'affronter. L'éveil ne vous faisait pas pénétrer plus près du noyau des choses, plus près de la vérité. Ce qu'on saisissait, ce qu'on accomplissait ou qu'on subissait dans cette opération, ce n'était que la prise de position du moi vis-à-vis de l'état momentané de ces choses. On ne découvrait pas des lois, mais des décisions, on ne pénétrait pas

dans le cœur du monde, mais dans le cœur de sa propre
personne. C'était aussi pour cela que ce qu'on connaissait
alors était si peu communicable, si singulièrement rebelle
à la parole et à la formulation. Il semblait qu'exprimer ces
régions de la vie ne fît pas partie des objectifs du langage.
Quand, par exception, il arrivait qu'on suivît quelque temps
votre pensée, c'était que l'homme qui vous comprenait
était dans une situation analogue, qu'il souffrait ou s'éveillait comme vous. Il était arrivé à Fritz Tegularius de le
comprendre un peu, Plinio l'avait suivi plus loin encore. Qui
pouvait-il nommer encore? Personne.

Le soir commençait déjà à tomber, et il était entièrement
perdu et absorbé dans le jeu de ses pensées, quand on frappa
énergiquement à la porte. Comme il ne revenait pas tout de
suite à lui et ne répondait pas, la personne qui se trouvait à
l'extérieur attendit un peu, puis se risqua à frapper de
nouveau légèrement. Cette fois Valet répondit. Il se leva,
accompagna le domestique qui le conduisit dans le bâtiment
de la chancellerie et le fit entrer, sans l'annoncer, dans le
bureau du président. Maître Alexandre vint à sa rencontre.

— Dommage que vous veniez sans être annoncé, dit-il;
vous avez dû attendre. Je suis impatient de savoir ce qui
vous a amené ici si soudainement. Rien de fâcheux, j'espère?

Valet rit. « Non, rien de fâcheux. Mais ma venue est-elle
réellement si inattendue et ne pouvez-vous vraiment imaginer ce qui m'amène? »

Alexandre le regarda dans les yeux d'un air grave et soucieux. « Eh bien, oui, dit-il, je peux m'en faire une idée. Je
me disais, par exemple, ces jours-ci, que pour vous l'affaire
de votre circulaire n'était certainement pas encore réglée.
Le Directoire a dû y répondre un peu brièvement, dans un
esprit et sur un ton peut-être décevants pour vous, *Domine*.

— Non, fit Joseph Valet, au fond j'avais à peine attendu
autre chose que ce que contient, en substance, cette réponse
du Directoire. Et pour ce qui est du ton, eh bien, c'est justement lui qui m'a fait du bien. J'ai remarqué, en lisant cette
lettre, qu'elle avait coûté de la peine à son rédacteur, qu'elle
lui avait même presque causé du chagrin et qu'il avait
éprouvé le besoin de mêler quelques gouttes de miel à cette
réponse désagréable et un peu humiliante pour moi. Il y a
parfaitement réussi et je lui en sais gré.

— Et le contenu de cette lettre, vous l'avez donc admis, Éminence?

— J'en ai, en effet, pris connaissance, oui, et au fond je l'ai aussi compris et approuvé. Cette réponse pouvait difficilement m'apporter autre chose qu'un refus, joint à un blâme voilé. Ma circulaire était chose insolite et propre à mettre le Directoire en grand embarras, je n'en ai jamais douté. De plus, dans la mesure où elle contenait une requête personnelle, elle n'était peut-être pas rédigée en termes très opportuns. Je ne pouvais guère m'attendre à autre chose qu'à un refus.

— Il nous est agréable, dit le président de la Direction de l'Ordre avec une nuance de sévérité, de constater que vous le voyez et que notre lettre n'a donc pas pu vous causer une surprise douloureuse. Cela nous est fort agréable. Mais il y a encore un point que je ne comprends pas. Si, en rédigeant et en expédiant votre lettre — je vous comprends bien, n'est-ce pas? — vous ne croyiez déjà pas à un succès ni à une réponse positive, si vous étiez même convaincu d'avance de votre insuccès, pourquoi avez-vous achevé, mis au propre et expédié votre circulaire, qui représente, somme toute, un travail considérable? »

Valet le regarda avec sympathie, et répondit : « Monsieur le Président, le contenu, l'intention de ma lettre étaient doubles, et je ne crois pas que sur ces deux points elle ait été aussi totalement infructueuse et inefficace. Elle comportait une prière personnelle : je demandais à être dégagé de mes fonctions et employé ailleurs; j'étais en droit de considérer ceci comme un élément relativement secondaire, puisque tout Magister doit, autant que possible, faire passer au second plan ses affaires personnelles. Ma demande a été repoussée, j'ai dû en prendre mon parti. Mais ma circulaire contenait encore bien d'autres choses que cette prière : d'une part une foule de faits, d'autre part des idées que j'estimais devoir porter à la connaissance du Directoire et recommander à son attention. Tous les Magisters, ou du moins la majorité d'entre eux, ont lu mon exposé, pour ne pas dire mes avis, et, encore que la plupart n'aient certainement absorbé ce brouet qu'à contre-cœur et en manifestant plutôt, de la mauvaise humeur, ils n'en ont pas moins lu et avalé ce que je croyais devoir leur dire. Que cette épître n'ait pas recueilli leurs suffrages ne constitue pas à mes yeux un échec. Je ne recherchais, en vérité, ni leurs suffrages ni leur approbation ; mon but était plutôt de les faire sortir de leur quiétude et de les secouer. Si, pour les raisons que vous énonciez, j'avais renoncé à expédier cette étude, je le regretterais vivement. Qu'elle ait produit peu ou beaucoup d'impression, elle aura en tout cas fait l'effet d'un réveil, d'un appel.

— Assurément, dit le président avec hésitation, mais à mes yeux cela ne résout pas l'énigme. Si vous vouliez avoir l'assurance que vos avis, vos cris d'alarme, vos avertissements parviendraient au Directoire, pourquoi avez-vous affaibli, ou en tout cas compromis, l'effet de vos paroles d'or, en les associant à une requête personnelle, dont vous n'avez guère cru vous-même qu'elle fût exaucée, ni qu'elle pût l'être ? Jusqu'à nouvel ordre, je ne le comprends pas encore. Mais ceci va sans doute être éclairci, si nous examinons ensemble toute cette affaire. En tout cas, le point faible de votre circulaire a été d'associer ce cri d'alarme et cette requête, vos avis et cette prière. On serait en droit de penser que vous n'aviez tout de même pas besoin de recourir à cette requête pour servir de véhicule à vos admonestations. Vous aviez assez de facilités pour toucher vos collègues oralement ou par écrit, si vous estimiez qu'ils avaient besoin d'être secoués de leur quiétude. Et votre requête aurait suivi la voie administrative qui lui revenait. »

Valet le regarda avec sympathie. « Oui, dit-il d'un ton léger, il se peut que vous ayez raison, bien que... Considérez donc encore une fois cette affaire complexe ! Ni dans mon exhortation ni dans ma requête il ne s'agissait d'un fait banal, habituel et normal ; toutes deux allaient de pair par ce qu'elles avaient d'exceptionnel, en ce qu'elles étaient le fruit d'un état d'urgence et se situaient hors des conventions. Il n'est ni courant ni normal que, sans une cause extérieure urgente, un homme conjure soudain ses collègues de se rappeler qu'ils sont mortels et toute leur situation précaire. Il n'est pas non plus courant et banal de voir un Magister castalien solliciter un poste de maître d'école à l'extérieur de la Province. En ce sens, les deux points de ma lettre vont fort bien ensemble. L'esprit d'un lecteur qui aurait vraiment pris toute cette lettre au sérieux aurait dû, à mon sens, aboutir à cette conclusion : nous ne sommes pas seulement en présence d'un individu un peu fantasque, qui clame ses pressentiments et entreprend de morigéner ses collègues, mais les idées et la détresse de cet homme le mettent dans une situation dramatique, il est prêt à répudier ses fonctions, son titre, son passé, pour tout reprendre à la base, au poste le plus humble; il en a assez de sa dignité, de sa paix, des honneurs et de l'autorité, il aspire à s'en défaire, à les jeter aux orties. Cette lecture — je cherche encore à me mettre dans l'esprit du lecteur de ma lettre — aurait pu, me semble-t-il, conduire à deux déductions : ou bien que l'auteur de cette homélie était, hélas! un fou et qu'il ne saurait donc plus être question de le conserver comme Magister, ou bien que le rédacteur de ce pénible prêche n'étant manifestement pas dément, mais sain et normal, ses sermons et ses déclarations pessimistes devaient recouvrir plus que des lubies et des idées de fantasque : je veux dire une réalité, une vérité. C'est à peu près ainsi que j'avais imaginé que les choses se passeraient dans la tête de mes lecteurs, et je dois reconnaître que j'avais fait là une erreur de calcul. Ma requête et mon cri d'alarme, loin de se soutenir et de se renforcer mutuellement, n'ont été pris au sérieux ni l'un ni l'autre, et on les a mis au panier. Ce refus ne m'afflige pas outre mesure et ne me surprend pas vraiment, car au fond, je dois le répéter, je m'y étais attendu malgré tout, et je conviens que je l'avais aussi mérité. Ma requête, en effet, au succès de laquelle je ne croyais pas, était une sorte de feinte, un geste, une formule. »

La mine de Maître Alexandre s'était faite plus grave encore, elle s'était presque rembrunie. Mais il n'interrompit pas le Magister.

— Il n'était pas dans mon esprit, poursuivit celui-ci, d'espérer sérieusement une réponse favorable quand j'ai expédié ma requête, ni de m'en réjouir d'avance, mais je n'étais pas non plus disposé à accepter docilement une réponse négative comme une décision qui me dépassât.

— Pas disposé à accepter une réponse de votre Directoire comme une décision qui vous dépassât, vous ai-je bien entendu, Magister? interrompit le président, en soulignant fortement chaque mot. Il était clair qu'il avait reconnu à présent toute la gravité de la situation.

Valet s'inclina légèrement. « Certainement, vous avez bien

entendu. Je ne croyais guère à un succès possible de ma demande, mais j'estimais cependant que je devais la présenter, pour le bon ordre et par respect de la forme. Je fournissais ainsi, en quelque sorte, à notre vénéré Directoire une possibilité de régler l'affaire sans esclandre. Si cette solution lui répugnait, j'étais, à vrai dire, d'ores et déjà résolu à ne pas me laisser retenir, ni apaiser, mais à agir.

— Et à agir comment? demanda Alexandre d'une voix contenue.

— Comme mon cœur et ma raison me le dictent. J'étais résolu à me démettre de mes fonctions et à commencer à me livrer à une activité à l'extérieur de Castalie, même sans avoir reçu de mission ou de congé du Directoire. »

Le Directeur de l'Ordre ferma les yeux et parut ne plus écouter. Valet vit qu'il se livrait à cet exercice des cas de détresse, à l'aide duquel les membres de l'Ordre cherchent, en présence d'une menace ou d'un danger soudain, à assurer leur maîtrise d'eux-mêmes et leur calme intérieur; il comporte deux arrêts successifs très longs de la respiration qui s'effectuent les poumons vides. Il vit le visage de cet homme, qu'il se savait coupable de mettre dans cette situation déplaisante, blêmir légèrement puis recouvrer ses couleurs en une lente inspiration qui commença par les muscles du ventre; il vit les yeux de ce Magister qu'il estimait si hautement, qu'il chérissait même, se rouvrir un instant, fixes et sans objet, mais aussitôt après s'éveiller et reprendre leur vigueur; avec un léger effroi, il vit le regard clair, plein de maîtrise et toujours discipliné de cet être, aussi grand dans l'obéissance que dans le commandement, se tourner alors vers lui et le considérer avec une froideur recueillie, le toiser, le juger. Longtemps il dut subir ce regard en silence.

— Je crois avoir compris Votre Grandeur, dit enfin Alexandre d'une voix calme. Depuis quelque temps vous étiez las de vos fonctions ou de Castalie, ou tourmenté par le désir de vivre la vie du siècle. Vous avez pris la résolution d'obéir plutôt à cette humeur qu'aux lois et à vos obligations. Vous n'avez pas éprouvé non plus le besoin de vous confier à nous et de chercher conseil et assistance auprès de l'Ordre. Pour satisfaire à une exigence de forme et décharger votre conscience, vous nous avez donc adressé alors cette requête, que vous saviez inacceptable pour nous, mais que vous pourriez invoquer, si l'affaire venait en discussion. Admettons que ce comportement si insolite ait été motivé et que vos intentions aient été honnêtes et respectables — je ne puis du reste imaginer qu'il en ait été autrement. Mais comment a-t-il été possible que, nourrissant dans votre cœur de telles pensées, de tels désirs, de telles résolutions, que déjà déserteur en votre for intérieur, vous ayez pu rester si longtemps en fonctions sans mot dire et continuer à vous en acquitter sans paraître y manquer?

— Je suis ici, dit le Maître du Jeu des Perles de Verre avec la même affabilité, pour parler à fond de tout cela avec vous, pour répondre à chacune de vos questions, et j'ai décidé, puisque j'ai opté désormais pour la voie de mes idées personnelles, de ne pas quitter Terramil et votre maison avant de savoir que vous m'avez un peu compris, moi, ma situation et mes actes.

Maître Alexandre réfléchit. « Dois-je comprendre que vous vous attendez à ce que j'approuve jamais votre conduite et vos plans? demanda-t-il avec hésitation.

— Oh! loin de moi de penser à une approbation. J'espère et j'attends d'être compris de vous et de conserver un reste de votre estime, quand je partirai d'ici. Ce sont les seuls adieux qui me restent à faire dans notre Province. J'ai quitté Celle-les-Bois et le village des joueurs aujourd'hui pour toujours. »

Alexandre ferma de nouveau les yeux quelques secondes. Les révélations de cet homme incompréhensible le bouleversaient.

— Pour toujours? demanda-t-il. Vous avez donc vraiment l'intention de ne plus retourner à votre poste? Je dois dire que vous avez l'art de surprendre les gens. Une question, si vous permettez : vous considérez-vous à présent vraiment encore comme le Maître du Jeu des Perles de Verre ou non?

Joseph Valet prit la cassette qu'il avait apportée avec lui.

— Je l'ai été jusqu'à hier, dit-il, et je pense m'en dégager aujourd'hui, en déposant entre vos mains, à l'intention du Directoire, mes sceaux et mes clefs. Ils sont au complet; vous trouverez également tout en ordre au village des joueurs, quand vous irez vous en assurer.

Le Président de l'Ordre se leva alors lentement de sa chaise; il avait l'air fatigué et soudain presque vieilli.

— Nous allons laisser votre cassette ici pour aujourd'hui, dit-il sèchement. Si le fait de recevoir vos sceaux doit signifier, en même temps, que votre sortie de charge est chose faite, je suis de toute manière incompétent : un tiers au moins de tout le Directoire devrait être présent. Vous aviez naguère un sens si vif des usages anciens et de la forme; je ne puis me faire si vite à ces manières nouvelles. Peut-être aurez-vous l'obligeance de m'accorder un délai jusqu'à demain, avant que nous parlions encore de cela?

— Je suis entièrement à votre disposition, Éminence. Vous me connaissez et vous savez le respect que je nourris pour vous déjà depuis des années; croyez que rien n'y est changé. Vous êtes la seule personne dont je prenne congé avant de quitter la Province, et votre charge de président de la Direction de l'Ordre n'en est pas le seul motif. De même que j'ai remis entre vos mains ces sceaux et ces clefs, j'espère, *Domine*, quand nous aurons complètement terminé demain notre entretien, que vous me délierez aussi de mon serment de membre de l'Ordre.

Alexandre le regarda dans les yeux d'un air triste et inquisiteur et il réprima un soupir. « Laissez-moi seul maintenant, mon cher maître, vous m'avez donné assez de soucis et de matière à réflexion pour une journée. Cela suffit bien pour aujourd'hui. Nous en reparlerons demain. Revenez ici une heure environ avant midi. »

Il prit congé du Magister d'un geste courtois, et ce geste empreint de résignation et d'une courtoisie voulue, qui ne s'adressait plus à un collègue, mais déjà à un étranger, fit plus de mal au Maître du Jeu des Perles de Verre que toutes ses paroles.

Le *famulus* qui, un instant plus tard, vint chercher Valet pour le dîner le mena à une table réservée aux hôtes et lui annonça que Maître Alexandre s'était retiré pour un exercice assez long, qu'il présumait que M. le Magister ne souhaitait pas non plus avoir de compagnie ce jour-là et qu'une chambre était préparée à son intention.

Alexandre avait été absolument pris de court par la visite et par les déclarations du Maître du Jeu de Perles. Certes, depuis qu'il avait rédigé la réponse du Directoire à son épître, il s'était attendu à le voir paraître un jour, et il avait songé avec une légère inquiétude à leur discussion immi-

nente. Mais il eût jugé absolument impossible que le Magister
Valet, dont il connaissait la docilité exemplaire, la courtoisie
raffinée, la modestie et le tact inné, se présentât un jour chez
lui sans être annoncé, qu'il résignât ses fonctions de sa
propre autorité, sans avoir consulté le Directoire et bafouât
de cette manière bouleversante tous les usages et toutes
les traditions. Certes, il fallait en convenir, la manière dont
Valet s'était présenté, le ton et les termes de son discours,
sa courtoisie discrète étaient demeurés ceux de toujours,
mais le contenu et l'esprit de ses déclarations étaient
effrayants et blessants, ils étaient nouveaux, surprenants
et oh! combien peu castaliens! Personne, en voyant et en
entendant le Magister Ludi, n'aurait pu le soupçonner d'être
malade, surmené, excité, ni de ne pas être parfaitement
maître de soi. Les observations précises auxquelles le Directoire avait fait procéder récemment encore à Celle-les-Bois
n'avaient pas révélé le moindre indice de trouble, de désordre, ni de laisser-aller dans la vie et les travaux du village
des joueurs. Et pourtant cet homme effrayant était là, maintenant; lui qui, la veille encore, avait été son collègue le plus
cher, il déposait cette cassette avec les insignes de sa charge
comme un sac de voyage, déclarait qu'il avait cessé d'être
Magister, cessé d'être membre du Directoire, cessé d'être
un Frère de l'Ordre et un Castalien et qu'il était seulement
venu rapidement prendre congé. C'était la situation la plus
effrayante, la plus difficile et la plus odieuse dans laquelle
ses fonctions de Président de la Direction de l'Ordre l'eussent
jamais mis; il avait eu grand peine à conserver son sang-froid.

Et que faire? Fallait-il avoir recours à la force, faire mettre
par exemple le Magister Ludi aux arrêts de rigueur, et surle-champ, ce soir même, adresser des messages urgents à
tous les membres du Directoire et les convoquer? Qu'est-ce
qui s'y opposait? N'était-ce pas la solution la plus naturelle
et la plus valable? Et pourtant quelque chose en lui y
répugnait. Et au fond, quel résultat obtenir par ces mesures?
Elles n'auraient d'autre effet sur le Magister Valet que de
l'humilier, elles ne rapporteraient rien à Castalie et ne
feraient guère que le décharger lui-même d'une partie de ses
responsabilités de Président et soulager sa conscience, en lui
épargnant de continuer à affronter tout seul ce problème
odieux et délicat. A supposer même qu'il fût encore possible

d'apporter quelque remède à cette fâcheuse affaire, d'en
appeler par exemple à l'honneur de Valet et qu'un changement d'attitude de sa part fût peut-être concevable, on
ne pouvait y parvenir qu'en tête à tête. C'était entre eux
deux, Valet et Alexandre, que devait se vider cette triste
querelle, sans personne d'autre. Et en pensant cela, il devait
rendre à Valet cette justice, que son acte était au fond juste
et noble, puisqu'il se retirait du Directoire dont il ne reconnaissait plus l'autorité, mais se présentait à son Président, pour livrer cette dernière joute et prendre congé de
lui. Ce Joseph Valet, bien qu'il commît un acte prohibé
et odieux, savait cependant se conduire, et son tact était
sûr.

Maître Alexandre décida de s'en remettre à cette considération et de laisser hors du jeu tout l'appareil de l'administration. Ce fut seulement quand il eut pris cette résolution qu'il commença à réfléchir aux détails de cette affaire
et à se demander, tout d'abord, dans quelle mesure l'action
du Magister était licite ou illégale. Celui-ci donnait tout à
fait l'impression d'être convaincu de son intégrité et de la
légitimité de son invraisemblable démarche. Il se mit alors
à ramener à une formule l'audacieux projet du Maître du
Jeu des Perles de Verre et à la confronter avec les lois de
l'Ordre, que nul ne connaissait plus à fond que lui, et il aboutit à cette conclusion qui le surprit : effectivement Joseph
Valet n'avait pas enfreint la lettre du règlement et il n'avait
pas eu l'intention de le faire, car le texte de celui-ci, dont la
portée n'avait plus été contrôlée, il est vrai, depuis des
dizaines d'années, accordait à tout membre de l'Ordre la
liberté d'en sortir, à chaque instant, sous réserve de renoncer
en même temps aux privilèges de Castalie et à sa vie communautaire. Si Valet rendait ses sceaux, déclarait qu'il
quittait l'Ordre et entrait dans le siècle, il commettait certes
un acte dont, de mémoire d'homme, on n'avait jamais
entendu parler, un acte insolite, effrayant et peut-être une
grave inconvenance, mais à la lettre ce n'était pas une
infraction aux règles de l'Ordre. Il entendait commettre cet
acte incompréhensible, mais qui sur le plan formel n'avait
rien d'illégal, non pas derrière le dos du Président de la
Direction de l'Ordre, mais au cours d'un entretien d'homme
à homme avec lui : c'était plus que ce à quoi la lettre du

règlement l'engageait. Mais comment cet homme respecté, l'un des piliers de la Hiérarchie, en était-il arrivé là? Comment pouvait-il se référer à la loi écrite, pour justifier son projet, qui malgré tout était une désertion, alors que cent engagements non écrits, mais non moins sacrés et évidents, auraient dû le lui interdire?

Il entendit une horloge sonner, s'arracha à ces vaines pensées, alla prendre un bain, se livra pendant dix minutes à des exercices respiratoires méticuleux et se rendit dans sa cellule de méditation, pour faire encore provision d'une heure de force et de calme avant de dormir et ne plus penser jusqu'au lendemain à cette affaire.

Le jour suivant, un jeune *famulus* de la maison des hôtes de la Direction de l'Ordre mena le Magister Valet auprès du Président et fut témoin des saluts qu'ils échangèrent tous deux. Il était cependant habitué à voir des maîtres ès méditations et en maîtrise de soi, ainsi qu'à vivre parmi eux. Il y eut cependant dans l'aspect, dans le comportement et le salut de ces deux Éminences quelque chose de particulier, de nouveau pour lui, qui le frappa, un degré insolite et suprême de recueillement et de lucidité. Ce ne fut pas tout à fait, nous dit-il plus tard, le salut habituel qu'échangeaient deux dignitaires des plus hauts grades, qui, selon les cas, pouvait être un cérémonial au déroulement serein et désinvolte ou un acte cérémonieux empreint d'une gaie solennité, ou parfois une sorte de tournoi de politesses, d'effacement et d'humilité ostensibles. On eût dit la réception d'un étranger, d'un grand maître Yoghin venu de terres lointaines, pour rendre hommage au Président de l'Ordre et se mesurer avec lui. Leurs paroles et leurs gestes étaient certes modestes et mesurés, mais les regards et les mines de ces deux dignitaires étaient empreints de calme, de sang-froid, de recueillement et en même temps pleins d'une tension secrète, comme s'ils avaient été illuminés du dedans ou chargés d'un courant électrique. Ce témoin digne de foi ne vit et n'entendit rien de plus de leur entrevue. Les deux hommes disparurent à l'intérieur des pièces, probablement dans le cabinet particulier de Maître Alexandre, et ils y demeurèrent plusieurs heures ensemble, sans que personne fût autorisé à les déranger. Ce qui est parvenu jusqu'à nous de leur entretien a pour source les récits qu'en fit parfois M. le délégué Designori, à qui Joseph Valet a fait part de divers détails.

— Hier vous m'avez pris de court, commença le Président, et vous m'avez presque fait perdre mon sang-froid. J'ai pu, entre temps, réfléchir un peu à cela. Mon point de vue, bien entendu, n'a pas changé; je suis membre du Directoire et de la Direction de l'Ordre. La lettre du règlement vous autorise à annoncer que vous quittez l'Ordre et à résigner vos fonctions. Vous en êtes arrivé à un point où votre charge vous pèse et où il vous paraît nécessaire d'essayer de vivre en dehors de l'Ordre. Et si je vous proposais, maintenant, de risquer cet essai, non certes dans l'esprit de vos décisions impétueuses, mais sous la forme d'un congé prolongé ou même illimité? C'est en somme ce à quoi visait votre requête.

— Pas tout à fait, dit Valet. Si ma demande m'avait été accordée, je serais resté dans l'Ordre, c'est vrai, mais non dans mes fonctions. Ce que vous me proposez si aimablement serait un faux-fuyant. Du reste, Celle-les-Bois et le Jeu des Perles de Verre n'auraient que faire non plus d'un Magister en congé de longue durée, absent pour un délai indéterminé, et dont on ne saurait s'il reviendra ou non. Et à supposer même qu'il revînt au bout d'un ou deux ans, il n'aurait fait, dans le domaine de sa charge et de sa discipline, le Jeu des Perles de Verre, que désapprendre, au lieu d'enrichir ses connaissances.

Alexandre : « Peut-être aurait-il néanmoins appris toute sorte de choses. Peut-être la vie lui aurait-elle enseigné que le monde extérieur est différent de ce qu'il imaginait et qu'il en a aussi peu besoin que ce monde de lui-même. Il rentrerait apaisé et serait content de passer ses jours dans ce cadre ancien qui a fait ses preuves. »

— Votre bonté va très loin. Je lui en sais gré, mais je ne puis cependant l'accepter. Ce que je cherche, ce n'est pas tant à satisfaire une curiosité ou un désir sensuel de la vie du siècle, qu'une solution radicale. Je ne souhaite pas m'en aller dans le monde, avec, en poche, une assurance de retour, pour le cas où je serais déçu, en voyageur prudent qui va jeter un petit coup d'œil circulaire sur le siècle. Ce que je désire au contraire, c'est le risque, les difficultés et le danger; j'ai faim de réalité, de tâches à accomplir, d'action; j'ai faim aussi de privations et de souffrances. Permettez-moi de vous prier de ne pas vous arrêter à votre bienveillante proposition et de ne pas chercher par ailleurs à affaiblir ma résolution et à me retenir par des promesses. Cela n'aboutirait à rien. Ma visite chez vous perdrait à mes yeux son prix et sa solennité, si elle devait me valoir un consentement tardif et que je ne désire plus, à ma requête. Depuis que je l'ai rédigée, je ne suis pas resté inactif; la voie sur laquelle je me suis engagé est maintenant tout pour moi, c'est ma loi, ma patrie, mon service.

Alexandre le lui accorda avec un hochement de tête et un soupir. « Admettons donc, dit-il patiemment, qu'il soit effectivement impossible de vous attendrir et de vous faire changer d'attitude, qu'en dépit de toutes les apparences, vous soyez en proie à la frénésie de l'Amok ou un Berserker sourd à toute autorité, à toute raison, à toute bonté, et à qui il ne faut pas barrer la route. Je veux donc renoncer provisoirement à vous faire changer d'attitude et à chercher à vous influencer. Mais alors, dites-moi à présent ce que vous aviez l'intention de venir dire ici, racontez-moi l'histoire de votre chute, expliquez-moi ces actes et ces résolutions avec lesquels vous venez nous effrayer! Confession, justification ou réquisitoire, je veux l'entendre. »

Valet y consentit d'un signe de tête. « La victime de l'Amok vous en remercie et s'en réjouit. Je n'ai pas de réquisitoire à formuler. Ce que je voudrais dire — si ce n'était aussi difficile, aussi incroyablement difficile à rendre par des mots — a pour moi le sens d'une justification, pour vous il aura peut-être celui d'une confession. »

Il s'appuya contre le dossier de son fauteuil et regarda en l'air, là où le plafond voûté gardait encore de pâles restes d'une ancienne fresque, du temps où Terramil était un couvent, schèmes de lignes et de nuances, de fleurs et d'ornements, ténus comme un rêve.

— L'idée qu'il était aussi possible d'en avoir assez des fonctions de Magister et de les résigner m'est venue, pour la première fois, quelques mois seulement après qu'on m'eut nommé Maître du Jeu des Perles de Verre. J'étais assis, un jour, à lire un opuscule de mon prédécesseur, Louis Laquaralliste, qui fut jadis célèbre, dans lequel il donne des indications et des conseils à ses successeurs, au fil de l'année administrative, mois par mois. J'y lus son exhortation à

songer en temps utile au Jeu de Perles public de l'année à
venir, et au cas où l'on manquerait d'entrain, ou d'idées, à se
concentrer pour trouver l'humeur convenable. Quand je lus
cet avertissement, fort de ma foi de tout jeune Maître, je
souris d'abord, avec un peu de présomption juvénile, des
soucis du vieil homme qui avait écrit cela, mais en même
temps je flairai là quelque chose de grave, un danger, une
menace, une angoisse. En y réfléchissant, j'en vins à prendre
cette décision : si jamais un jour l'idée du prochain Jeu
solennel devait m'emplir, non de joie, mais de souci, non de
fierté, mais d'appréhension, alors, au lieu de m'échiner à
trouver un Jeu solennel nouveau, je prendrais ma retraite et
rendrais au Directoire les insignes de ma charge. Ce fut la
première fois qu'une idée semblable occupa mon esprit et,
pour dire la vérité, à cette époque où je venais précisément
de surmonter les grandes fatigues de l'initiation à ma
charge et où il me semblait avoir le vent en poupe, je ne
croyais guère, au fond de moi-même, à la possibilité de
devenir un jour, moi aussi, un vieillard, d'être fatigué du
travail et de la vie, ni d'être jamais embarrassé et chagrin
d'avoir à faire surgir par quelque tour de passe-passe de
nouveaux projets de Jeux de Perles. Toujours est-il que je
pris alors cette résolution. Vous m'avez fort bien connu à
cette époque, Éminence, mieux peut-être que je ne me
connaissais moi-même. Vous aviez été mon conseiller et
mon directeur de conscience durant la première et difficile
période de ma charge, et vous n'aviez quitté Celle-les-Bois
que peu de temps auparavant.

Alexandre lui jeta un regard inquisiteur. « Je n'ai sans
doute jamais rempli de mission plus belle, dit-il ; j'étais alors
content de vous et de moi-même, comme il arrive rarement.
S'il est vrai que, dans la vie, on doit payer pour tout ce qui
est agréable, il me faut expier maintenant mon exaltation
de ce temps-là. J'étais alors vraiment fier de vous. Je ne
puis l'être aujourd'hui. Si l'Ordre, de votre fait, connaît
à présent une déception et si Castalie en est ébranlée, je
sais que j'en partage la responsabilité. J'aurais peut-être dû,
alors que j'étais votre guide et votre conseiller, demeurer
quelques semaines de plus dans votre cité des Joueurs, ou
vous empoigner encore plus rudement, vous contrôler plus
exactement. »

Valet soutint son regard avec sérénité. « Vous ne devriez pas avoir de tels scrupules, *Domine*, car vous m'obligeriez à vous rappeler bien des avis que vous avez dû me donner à cette époque, où, tout jeune Magister, je prenais beaucoup trop au tragique les obligations et les responsabilités de ma charge. Vous m'avez dit un jour, à l'un de ces moments d'inquiétude, cela me revient justement, que si moi, Magister Ludi, j'étais un vaurien ou un incapable, que si je faisais tout ce qu'un Magister ne doit pas faire, que si même, intentionnellement, je m'appliquais, dans mes hautes fonctions, à causer le plus de mal possible, cela ne saurait troubler et atteindre plus profondément notre chère Castalie qu'un caillou qu'on jette dans un lac. Quelques petites vagues, des cercles, et c'est passé. Telles étaient, disiez-vous, la solidité, la sûreté de notre Ordre castalien, l'invulnérabilité de son esprit. Vous en souvenez-vous ? Non, vous êtes assurément innocent des tentatives que je fais pour être aussi mauvais Castalien que je puis et pour nuire à l'Ordre de mon mieux. Et vous savez aussi que je ne réussirai pas, que je ne peux pas réussir à troubler sérieusement votre paix. Mais je poursuis mon récit. Si, dès le début de ma carrière magistrale, j'ai pu prendre cette décision et si je ne l'ai pas oubliée, si je suis en train, au contraire, de la traduire dans les faits, cela n'est pas sans rapport avec un certain ébranlement spirituel auquel je suis sujet de temps à autre et que j'appelle un « éveil ». Mais vous êtes déjà au courant, je vous en ai parlé un jour, au temps où vous étiez mon mentor et mon gourou [1] : je me suis plaint alors auprès de vous de ce que, depuis mon entrée en fonctions, cet ébranlement ne m'eût été plus accordé et parût devenir de plus en plus lointain.

— Je me rappelle, confirma le Président ; je fus alors assez impressionné par l'aptitude que vous aviez à cela. Cela se trouve par ailleurs rarement chez nous et, à l'extérieur, dans le siècle, cela apparaît sous des formes fort différentes : comme génies par exemple, notamment chez les hommes d'État et les grands capitaines, mais aussi chez des êtres faibles, à demi malades et dans l'ensemble plutôt déshérités, comme les individus doués de double vue, de télépathie, chez des médiums. Vous me paraissiez n'avoir vraiment

---

1. Initiateur spirituel chez les Bouddhistes. *(N. d. T.)*

rien de commun avec ces deux genres de personnages, que
ce soient les grands hommes de guerre ou les voyants extra-
lucides et les radiesthésistes. Au contraire vous me sembliez un
esprit alors, et jusqu'à hier, être un bon membre de l'Ordre :
un esprit réfléchi, clair, docile. Il me semblait que ces visita-
tions, cette possession par des voix mystérieuses, divines,
démoniaques ou simplement intérieures, ne s'accordaient
nullement avec votre genre. Aussi ai-je interprété ces états
« d'éveil », que vous me décriviez, simplement comme une prise
de conscience occasionnelle du développement de votre personnalité. Il semblait naturel, dans cette hypothèse, que ces
ébranlements spirituels eussent alors cessé de se produire pendant assez longtemps : vous veniez en effet à peine de prendre
des fonctions et d'assumer une tâche qui étaient encore pour
vous comme un manteau trop grand, que vous ne deviez
remplir que par la suite. Mais dites-moi : avez-vous jamais
cru que ces éveils étaient une sorte de révélations de
puissances supérieures, de communications ou d'appels émanant des sphères d'une vérité objective, éternelle ou divine?

— Ceci nous amène, dit Valet, à la tâche et à la difficulté
qui m'incombent en cet instant, d'exprimer par des paroles
ce qui se dérobe constamment au verbe, de rendre rationnel
ce qui est manifestement hors du domaine de la raison. Non,
ces éveils ne m'ont jamais fait penser à des manifestations
d'un dieu ou d'un démon, ni d'une vérité absolue. Ce qui
donne à ces ébranlements leur puissance de choc et leur
vertu convaincante, ce n'est pas ce qu'ils recèlent de vérité,
ni leur origine sublime, leur caractère divin ou quelque trait
analogue, mais leur réalité. Ils sont prodigieusement réels,
de même que, par exemple, une violente douleur physique ou
un phénomène naturel surprenant, une tempête ou un
tremblement de terre, nous paraissent chargés d'une tout
autre qualité de réel, de présence, d'inéluctabilité que les
périodes et les situations ordinaires. Le coup de vent précurseur d'un orage sur le point d'éclater, qui nous fait rentrer en toute hâte à la maison et qui cherche encore à nous
arracher la porte des mains — ou un violent mal de dents,
qui semble concentrer dans notre mâchoire toutes les tensions, les douleurs et tous les conflits de l'univers — voilà
des choses dont nous pouvons plus tard, je le concède,
chicaner la réalité ou l'importance, si nous sommes portés à

ce genre de niaiseries; mais au moment où nous les éprouvons, ils ne souffrent pas le moindre doute, ils sont chargés de réalité à éclater. Eh bien, mon « éveil » a pour moi un caractère analogue de réalité exaltée, et c'est de là que vient son nom. Dans des instants pareils, il me semble vraiment qu'après être resté longtemps endormi ou assoupi je suis éveillé, que j'ai l'esprit clair et réceptif, comme jamais à l'ordinaire. Les instants de grande douleur ou de grand bouleversement, même dans l'histoire universelle, ont une nécessité qui convainc; ils déclenchent un sens de l'actualité et un sentiment de tension qui vous oppressent. Ce bouleversement peut ensuite provoquer l'avènement de la beauté et de la lumière, aussi bien que celui de la folie et des ténèbres; ce qui se produit revêt, en tout cas, les apparences de la grandeur, de la nécessité, de l'importance; il se distingue et se détache des événements quotidiens.

« Mais laissez-moi essayer, poursuivit-il après avoir repris son souffle, de prendre encore la chose d'un autre côté. Vous rappelez-vous la légende de saint Christophe? Oui? Ce Christophe était donc un homme d'une grande vigueur et d'un grand courage, mais il ne voulait pas devenir le maître et régner, il voulait servir. Servir était sa force et son art, c'était à cela qu'il s'entendait. Mais il ne lui était pas indifférent de servir n'importe qui. Il fallait que ce fût le plus grand, le plus puissant des maîtres. Et quand il entendait parler d'un maître qui était encore plus puissant que son maître d'alors, il lui offrait ses services. Ce grand serviteur m'a toujours plu et je dois lui ressembler un peu. Dans l'unique période de ma vie où il m'a été donné de disposer de moi-même, durant mes années d'étudiant, j'ai du moins longtemps balancé et cherché quel maître je servirais. Pendant des années, je me suis défendu et défié du Jeu des Perles de Verre, dans lequel j'avais pourtant reconnu de longue date le fruit le plus précieux et le plus original de notre Province. J'avais goûté l'appât et je savais qu'il n'était rien de plus délicieux et de plus subtil sur terre, que de se livrer à ce Jeu; j'avais aussi remarqué assez tôt que ce Jeu ravissant ne voulait pas de naïfs joueurs du dimanche, mais qu'il accaparait tout entier et attirait à son service quiconque s'y était un jour quelque peu initié. Et me livrer alors, à jamais, avec toutes mes forces, mes intérêts multiples, à ce sortilège, un instinct en moi, un sentiment naïf de la simplicité, de l'ensemble, de ce qui était sain, s'y opposait et me mettait en garde contre l'esprit du Vicus Lusorum de Celle-les-Bois, esprit de spécialisation et de virtuosité, esprit de haute culture certes et d'un raffinement d'une extrême richesse, mais s'était cependant retranché de l'ensemble de la vie et de qui l'humanité, pour s'égarer sur les cimes d'une solitude orgueilleuse. Pendant des années, j'ai douté et examiné la question, jusqu'à ce que ma décision eût mûri, et, malgré tout, j'ai opté pour le Jeu. Je l'ai fait, parce que quelque chose me poussait justement à rechercher la réalisation la plus haute et à ne servir que le maître le plus grand.

— Je comprends, dit Maître Alexandre; mais, de quelque manière que je considère la chose et que vous puissiez la présenter, je tombe toujours sur le même mobile de toutes vos originalités. Vous êtes trop imbu de votre propre personne ou vous en êtes trop dépendant, et ce n'est nullement le fait d'une grande personnalité. Un individu peut être une étoile de première grandeur par ses talents, la puissance de sa volonté, par sa persévérance, mais être si bien centré qu'il épouse les vibrations du système auquel il appartient, sans frictions et sans gaspillage d'énergie. Un autre aura les mêmes dons éminents, peut-être de plus beaux encore, mais son axe ne passera pas exactement par son centre, et il gaspillera la moitié de sa force en mouvements excentriques qui l'affaibliront et troubleront le monde qui l'environne. C'est à cette catégorie que vous devez appartenir. Mais je dois avouer, à la vérité, que vous avez eu l'art de le cacher admirablement. L'explosion du mal en paraît maintenant d'autant plus violente. Vous m'avez parlé de saint Christophe, et je dois dire que, si cette figure a de la grandeur et quelque chose d'émouvant, elle n'a rien d'exemplaire pour un serviteur de notre Hiérarchie. Qui veut servir doit servir celui à qui il a prêté serment, quels qu'en soient les risques et non avec la secrète intention de changer de maître, dès qu'il en trouvera un plus superbe. Ce serviteur se fait ainsi le juge de son maître, et c'est exactement ce que vous faites, vous aussi. Vous ne voulez jamais que servir le maître le plus grand et vous avez la candeur de trancher vous-même du rang des maîtres entre lesquels vous faites votre choix. »

Valet l'avait écouté avec attention, non sans qu'une ombre de tristesse effleurât son visage. Il continua : « Tout en respectant votre jugement, je n'en pouvais attendre autre chose. Mais laissez-moi poursuivre encore un peu mon récit. Je suis donc devenu Joueur de Perles de Verre et j'eus effectivement alors, pendant un bon moment, la conviction de servir le plus grand de tous les maîtres. Du moins mon ami Designori, notre bienfaiteur au Conseil fédéral, m'a-t-il décrit un jour, sous les couleurs les plus réalistes, quel virtuose arrogant, fat et blasé, quel pontife de l'Élite j'ai été jadis. Mais il faut que je vous dise encore quel sens le mot « transcender » a pris pour moi, depuis mes années d'étudiant et mon « éveil ». C'est, je crois, en lisant un philosophe de l'époque des Lumières et sous l'influence de Maître Thomas de la Trave, que ce mot s'est imposé à mon attention, et depuis, à l'égal de l' « éveil », il est devenu pour moi une véritable formule magique, provocante et dynamique, consolante et prometteuse. Ma vie, tel fut à peu près le projet que je formai, devait être une transcendance, un progrès d'échelon en échelon, elle devait franchir et dépasser un espace après l'autre, de même qu'une mélodie épuise, égrène, achève et abandonne un thème après l'autre, mesure après mesure, jamais lasse, jamais endormie, toujours éveillée et parfaitement présente. Établissant un lien entre cela et l'ébranlement de l'éveil, j'avais remarqué qu'il existe des échelons et des espaces de ce genre et que, toujours, la dernière période d'un chapitre de notre vie prend un aspect fané, un air de vouloir mourir, et que cela constitue la transition qui nous fait passer dans un espace nouveau, arriver à l'éveil, à un nouveau départ. Je vous fais part aussi de cette image, celle de la transcendance : c'est une clef qui aidera peut-être à comprendre ma vie. Ma décision d'opter pour le Jeu des Perles de Verre constitua un échelon important, ainsi que ma première intégration sensible dans la Hiérarchie. Même dans mes fonctions de Magister, il m'est encore arrivé de franchir des échelons de ce genre. Ce que ma charge m'a apporté de meilleur, ce fut la découverte que la musique et le Jeu de Perles ne sont pas les seules activités qui rendent heureux, mais qu'il y a aussi celles de l'enseignement et de l'éducation. Et je découvris en outre, peu à peu, que j'avais d'autant plus de joie à faire fonction d'édu-

cateur que mes élèves étaient moins âgés et moins déformés
par la culture. Et cela, avec bien d'autres choses, concourut
avec les années à me faire souhaiter des élèves jeunes, de
plus en plus jeunes, à préférer devenir instituteur dans une
classe de débutants, bref à occuper parfois mon imagination
de choses qui, déjà, étaient hors du champ de mes fonctions. »

Il s'arrêta pour se reposer. Le Président remarqua : « Vous
me surprenez de plus en plus, Magister. Voilà que vous parlez
de votre vie et il n'y est guère question que d'émotions individuelles, subjectives, de vœux personnels, d'évolution et
de décisions particulières! J'ignorais vraiment qu'un Castalien de votre classe pût voir sous ce jour sa personne et sa vie. »

Le ton de sa voix était à mi-chemin entre le reproche et la
tristesse : cela fit mal à Valet. Mais il se ressaisit et s'écria
gaiement : « Mais, Éminence, pour l'instant ce n'est pas de
Castalie, ni du Directoire, ni de la Hiérarchie, que nous parlons, mais uniquement de moi, de la psychologie d'un homme
qui a malheureusement dû vous causer de grands ennuis. Il ne
m'appartient pas de parler de la manière dont j'ai rempli
ma charge et satisfait à mes obligations, ni de ma valeur
ou de mon incapacité en tant que Castalien et Magister.
L'exercice de mes fonctions, comme toute ma vie publique,
est un livre ouvert que vous pouvez contrôler, vous n'y
trouverez rien à sanctionner. Ce dont il s'agit ici est tout
différent : je voudrais vous faire voir la voie que j'ai suivie
en tant qu'individu, qui m'a amené maintenant hors de
Celle-les-Bois et me conduira demain hors de Castalie.
Écoutez-moi encore un instant, ayez cette bonté!

« La connaissance de l'existence d'un monde extérieur à
notre petite Province, je ne la dois pas à mes études, au
cours desquelles ce monde ne m'apparut que sous la forme
d'un lointain passé, je l'ai due d'abord à mon condisciple
Designori, qui était un de nos hôtes venus de l'extérieur, et
plus tard à mon séjour chez les Bénédictins et chez le père
Jacobus. Ce que mes propres yeux ont vu du monde fut bien
peu de chose, mais grâce à cet homme j'eus l'idée de ce qu'on
appelle l'histoire, et peut-être ai-je alors déjà bâti avec cela
les fondements de cet isolement où je me suis plongé après
mon retour. En rentrant de ce couvent, je trouvai un pays
presque dépourvu d'histoire, une Province d'érudits et de
Joueurs de Perles de Verre, une société extrêmement dis-

tinguée et agréable, mais dans laquelle il semblait que je fusse tout seul à avoir une idée du siècle, à en être curieux, à éprouver de la sympathie pour lui. Il y avait là de quoi me dédommager amplement : quelques hommes que je révérais, et l'honneur de devenir leur collègue me remplit de confusion et de joie; il y avait une foule de gens de bonne éducation et de haute culture, il y avait aussi suffisamment de travail et beaucoup d'élèves fort doués et sympathiques. Mais pendant mon stage chez le père Jacobus, j'avais découvert que je n'étais pas seulement un Castalien, mais aussi un homme, et que le monde, le monde entier, me concernait et avait le droit de me voir partager sa vie. Cette découverte fit naître en moi des besoins, des vœux, des exigences, des obligations, auxquels ma vie ne pouvait nullement satisfaire. Dans l'optique des Castaliens, la vie du siècle était un élément arriéré et de valeur secondaire, une existence de désordre et d'instincts primitifs, faite de passions et de dispersion, sans beauté, sans rien qui méritât le désir. Mais le siècle et sa vie étaient en vérité infiniment plus grands et plus riches qu'un Castalien ne pouvait se les représenter, le monde était plein de devenir, d'histoire, d'essais et d'éternels recommencements; il était peut-être chaotique, mais il était la patrie et le sol nourricier de tous les destins, de tous les ennoblissements, de tous les arts, de toute humanité, il avait engendré les langages, les peuples, les états, les cultures; il nous avait engendrés, nous aussi et notre Castalie, il allait voir mourir tout cela et leur survivre. C'était pour ce monde que mon maître Jacobus avait éveillé en moi un amour qui ne cessait de grandir et qui cherchait un aliment. Or, à Castalie, il n'y avait rien qui pût l'alimenter, on y était hors du monde, Castalie était elle-même un petit univers parfait qui n'avait plus de devenir et ne grandissait plus. »

Il respira profondément et resta un moment silencieux. Comme le Président ne répondait rien et le regardait, en ayant l'air d'attendre, il lui adressa un signe de tête pensif et poursuivit : « J'ai donc eu pendant bien des années deux fardeaux à porter. J'avais à administrer une charge importante, à en assumer les responsabilités, et j'avais à venir à bout de mon amour. Ma charge, cela m'apparut clairement dès le début, ne devait pas souffrir de cet amour. Au contraire je pensais qu'elle devait en bénéficier. Si je devais m'acquitter de mon travail un peu moins parfaitement, moins irréprochablement qu'on ne peut l'attendre d'un Magister — et j'espérais bien le contraire — je savais cependant que mon cœur était plus vigilant et plus vivant que celui de maint collègue sans tare, et que je pouvais apporter ceci ou cela à mes élèves et à mes collaborateurs. Ma tâche, à mes yeux, consistait à élargir et à réchauffer lentement et doucement la vie et la pensée castaliennes, sans rompre avec la tradition, à lui apporter un sang neuf, puisé dans le siècle et dans l'histoire, et un hasard aimable a voulu qu'en même temps, à l'extérieur, dans le pays, un homme du siècle sentît et pensât comme moi, qu'il eût rêvé d'établir des liens d'amitié, une pénétration réciproque entre Castalie et le monde : c'était Plinio Designori. »

Maître Alexandre fit légèrement la moue et dit : « C'est bien cela. Je n'ai jamais attendu grand-chose de bon de l'influence de cet homme sur vous, pas plus que de ce raté que vous protégez, Tegularius. Ainsi c'est Designori qui vous a amené à rompre complètement avec l'ordre établi?

— Non, *Domine*, mais sans le savoir, il m'y a partiellement aidé. Il a apporté un peu d'air dans ma retraite; par lui j'ai repris contact avec le monde extérieur, et c'est alors seulement qu'il me fut possible de comprendre et de m'avouer à moi-même que j'étais arrivé ici au terme de ma carrière, que j'avais perdu le véritable goût de mon travail et qu'il était temps de mettre fin à ce tourment. J'avais de nouveau franchi un échelon, traversé un espace et, cette fois, cet espace, c'était Castalie.

— Vous exprimez cela d'une manière... fit observer Alexandre en secouant la tête. Comme si l'espace castalien n'était pas assez grand pour occuper dignement des quantités de gens leur vie durant! Croyez-vous sérieusement l'avoir mesuré et en être venu à bout?

— Oh! non, s'écria son interlocuteur avec vivacité, je n'ai jamais rien cru de semblable. Quand je dis que je suis parvenu à la limite de cet espace, je veux dire seulement que ce que je pouvais accomplir ici, en tant qu'individu et dans ma charge, a été fait. Je suis, depuis quelque temps, parvenu à la limite où mon travail de Maître du Jeu des Perles de Verre n'est plus qu'une éternelle répétition, un exercice vide, une formule creuse, où j'agis sans joie, sans enthousiasme, parfois même sans foi. Il était temps d'en finir. »

Alexandre soupira. « C'est votre point de vue, ce n'est pas celui de l'Ordre, ni de sa règle. Qu'un membre de notre Ordre ait ses humeurs, qu'il lui arrive parfois d'être fatigué de son travail, cela n'a rien de neuf, ni de remarquable. La règle lui indique alors la voie à suivre pour recouvrer son harmonie et sa place, l'aviez-vous oublié?

— Je ne crois pas, Éminence. Vous avez droit de regard sur la manière dont je remplis mes fonctions, et récemment encore, quand vous avez reçu ma circulaire, vous avez justement fait contrôler le village des Joueurs et ma propre personne. Vous avez pu constater que mon travail est fait, que ma chancellerie et mes archives sont en ordre, que le Magister Ludi ne manifeste ni maladie, ni lubies. C'est précisément à ces règles, auxquelles vous m'avez jadis si magistralement initié, que je dois d'avoir résisté et de n'avoir perdu ni ma force, ni mon sang-froid. Mais cela m'a coûté beaucoup de peine, et maintenant cela ne m'en coûte malheureusement guère moins, de vous convaincre que je ne me laisse pousser ni par des sautes d'humeur, ni par des lubies ou des désirs sensuels. Mais, que j'y réussisse ou non, je tiens tout au moins à vous faire reconnaître que, jusqu'à l'instant où vous les avez contrôlés pour la dernière fois, ma personne et mon travail étaient irréprochables et utilisables. Est-ce trop attendre de vous?

Maître Alexandre cligna légèrement des yeux comme pour se moquer.

— Mon cher collègue, dit-il, vous vous adressez à moi comme si nous étions deux particuliers, dont l'entretien est sans conséquence. Mais ce n'est vrai qu'en ce qui vous concerne : maintenant vous êtes en effet un particulier. Mais moi, je ne le suis pas, et ce que je dis, ce que je pense, ce n'est pas moi qui le dis, c'est le Président de la Direction de l'Ordre, et il est responsable devant son administration de toutes ses paroles. Ce que vous dites ici aujourd'hui n'aura pas de conséquence; autant que cela puisse vous tenir à cœur, cela reste le discours d'un particulier, qui parle dans son propre intérêt. Mais moi, je ne suis pas au terme de mes fonctions et de ma responsabilité, et ce que je dis ou fais aujourd'hui peut avoir des conséquences. Vis-à-

vis de vous et en ce qui concerne votre affaire, je représente
l'administration. L'administration voudra-t-elle admettre
votre manière de présenter les faits, ou même la reconnaître
licite? La chose n'est pas indifférente. Vous me faites donc
un tableau, d'après lequel, tout en nourrissant toute sorte
d'idées à vous, vous auriez été jusqu'à hier un Castalien et
un Magister irréprochables, au-dessus de tout soupçon,
d'après lequel, tout en subissant dans votre charge des
assauts et des crises de lassitude, vous les auriez régulièrement combattus et vaincus. Supposons que je l'admette :
comment comprendrai-je alors cette monstruosité que le
Magister irréprochable, intègre, qui, hier encore, satisfaisait
à toutes les règles, déserte aujourd'hui subitement? Il m'est
tout de même plus aisé de me transporter en pensée dans
l'esprit d'un Maître dont le cœur était déjà depuis longtemps transformé et malade et qui, alors qu'il se considérait
encore comme un fort bon Castalien, ne l'était déjà plus en
réalité depuis longtemps. Je me demande aussi pourquoi, à
vrai dire, vous attachez tant de prix à faire constater que
vous avez été jusqu'à la fin un Magister respectueux de ses
devoirs. Étant donné que vous venez de sauter le pas, que
vous avez rompu le serment d'obéissance et commis une
désertion, vous ne devez plus attacher d'importance à ces
constatations.

Valet se défendit. « Permettez, Éminence, pourquoi ne
dois-je pas y attacher d'importance? C'est mon nom et
ma réputation, c'est le souvenir que je laisse ici, qui sont en
jeu. C'est aussi la possibilité pour moi d'agir à l'extérieur en
faveur de Castalie. Je ne suis pas ici afin de sauver quelque
chose pour moi, ni d'obtenir que le Directoire accorde
son agrément à ce que je fais. Je me suis attendu et résigné
à ce que mes collègues doutent plus tard de moi et me consi-
dèrent comme une personnalité discutable. Mais je ne veux
pas être considéré comme un traître ou comme un fou, c'est
un jugement que je ne puis accepter. J'ai fait quelque chose
que vous êtes obligé de désapprouver, mais je l'ai fait parce
que j'y étais contraint, parce que c'était ma mission, parce
que c'est le destin dans lequel j'ai foi et que j'assume de bon
gré. Si vous ne pouvez même pas m'accorder cela, alors j'ai
perdu; il était inutile que j'eusse cet entretien avec vous.

— Nous tournons toujours autour du même point, répondit Alexandre. Vous voulez me faire admettre qu'il est des circonstances où la volonté d'un individu serait en droit d'enfreindre les lois dans lesquelles j'ai foi et que j'ai à représenter. Mais je ne puis, à la fois, croire à notre Ordre à nous et, par-dessus le marché, à votre droit personnel de battre cet Ordre en brèche. Ne m'interrompez pas, je vous prie. Je peux reconnaître que, selon toute apparence, vous êtes convaincu de votre droit et du sens de votre funeste démarche et que vous vous croyez la vocation de réaliser ce projet. Vous ne vous attendez évidemment pas à ce que j'approuve votre acte lui-même. Au contraire, vous avez même obtenu que je renonce à mon idée première de vous reconquérir et de vous faire changer de décision. J'accepte que vous sortiez de l'Ordre, et je transmettrai au Directoire l'avis, que vous m'avez donné, de votre sortie de charge volontaire. Je ne puis faire davantage pour vous être agréable, Joseph Valet. »

Le Maître du Jeu des Perles de Verre eut un geste de résignation. Puis il dit tranquillement : « Je vous remercie, monsieur le Président. J'ai déjà déposé ma cassette entre vos mains. Je vous remets également, à l'intention du Directoire, quelques notes que j'ai prises sur la situation actuelle à Celle-les-Bois, surtout sur le corps des aspirants et sur les quelques personnes auxquelles je crois qu'on pourra penser en premier lieu pour me remplacer. »

Il sortit de sa poche plusieurs feuillets pliés et les posa sur la table. Puis il se leva, et le Président fit de même. Valet fit un pas vers lui, le regarda longuement dans les yeux avec une tristesse affectueuse, s'inclina et dit : « J'avais l'intention de vous demander de me tendre la main en guise d'adieu, il faut sans doute que j'y renonce. J'ai toujours eu pour vous un particulier attachement, la journée d'aujourd'hui n'y a rien changé. Adieu, cher et vénéré ami. »

Alexandre resta immobile, un peu pâle; un instant, il sembla qu'il allait lever la main et la tendre à cet homme qui s'en allait. Il sentit que ses yeux devenaient humides; il inclina la tête, répondit à la révérence de Valet et le laissa partir.

Quand celui-ci eut fermé la porte derrière lui, le président resta immobile et écouta ses pas s'éloigner. Quand le dernier se fut assourdi et le silence revenu, il marcha quelque temps de long en large dans la pièce, jusqu'à ce que de nou-

veau des pas se fissent entendre au-dehors et qu'on frappât
légèrement à la porte. Le jeune domestique entra et annonça
un visiteur qui demandait à lui parler.

— Dis-lui que je pourrai le recevoir dans une heure et
que je le prie d'être bref, j'ai un travail urgent. Non, attends
un peu! Va aussi à la chancellerie et dis au premier secrétaire de bien vouloir convoquer sur-le-champ et d'urgence
le Directoire en séance plénière pour après-demain, en pré-
cisant qu'il est nécessaire que tous soient présents et que la
seule excuse admise sera une maladie grave. Va ensuite chez
l'intendant et dis-lui qu'il faut que j'aille demain matin à
Celle-les-Bois, que la voiture soit prête pour sept heures...

— Pardon, dit le jeune homme, mais la voiture de M. le
Magister Ludi serait disponible.

— Comment cela?

— Sa Grandeur est arrivée hier en voiture. Elle vient de
sortir, en prévenant qu'elle poursuivait sa route à pied et
qu'elle laissait sa voiture ici, à la disposition du Directoire.

— C'est bon. Je prendrai donc demain la voiture de
Celle-les-Bois. Répète, je te prie.

Le domestique répéta : « Le visiteur sera reçu dans une
heure, il devra être bref. Le premier secrétaire doit convoquer le Directoire pour après-demain. Tout le monde doit
être présent, seule excuse une maladie grave. Demain matin,
départ à sept heures pour Celle-les-Bois dans la voiture de
M. le Magister Ludi. »

Maître Alexandre poussa un soupir de soulagement quand
le jeune homme fut reparti. Il s'approcha de la table à
laquelle il avait été assis avec Valet. À son oreille résonnait
encore le bruit des pas de cet être incompréhensible,
qu'il avait aimé plus que tous les autres et qui lui avait fait
tant de peine. Toujours, depuis le temps où il lui avait rendu
quelques services, il avait aimé cet homme. Parmi bien
d'autres particularités, il avait aussi aimé précisément la
démarche de Valet, son pas net et rythmé, mais léger,
presque aérien, à mi-chemin entre la dignité et l'enfance,
entre le sacerdoce et la danse, son pas très personnel, sympathique et distingué, qui s'accordait parfaitement avec son visage et sa voix. Il s'harmonisait bien aussi avec son style
particulier de Castalien et de Magister, de grand seigneur et
d'esprit serein, qui rappelait parfois un peu l'allure aristo-

cratique et mesurée de son prédécesseur, Maître Thomas, parfois aussi cette simplicité de l'ancien Maître de la Musique, qui lui avait gagné les cœurs. Ainsi il était déjà parti, plein de hâte, à pied, Dieu savait où, et il était probable qu'il ne le reverrait jamais, qu'il n'entendrait plus son rire, qu'il ne reverrait plus sa belle main longue tracer les hiéroglyphes d'un motif du Jeu de Perles. Il prit les feuillets qui étaient restés sur sa table et commença à les lire. C'était un bref testament, très concis et très concret, souvent composé seulement de formules frappantes, en guise de phrases. Il devait servir à faciliter au Directoire le prochain contrôle du village des Joueurs ainsi que le choix d'un nouveau Magister. Ces observations intelligentes étaient là, en petits caractères gracieux; ces mots, cette écriture portaient la marque de la nature exceptionnelle, hors de pair, de ce Joseph Valet, au même titre que son visage, sa voix et sa démarche. Le Directoire aurait de la peine à trouver un homme de sa classe, pour lui donner sa succession; les grands seigneurs, les personnalités véritables étaient rares précisément, et une figure comme la sienne avait été une aubaine, un don providentiel, même ici, à Castalie, province de l'Élite.

Joseph Valet avait plaisir à marcher; depuis des années, il n'avait plus fait de voyage à pied. En y réfléchissant mieux, il lui semblait que sa dernière vraie randonnée avait été celle qui l'avait ramené jadis du couvent de Mariafels à Castalie et à Celle-les-Bois, pour ce fameux Jeu annuel sur lequel avait si lourdement pesé l'ombre de la mort de « Son Excellence » Maître Thomas de la Trave, et qui avait fait de lui son successeur. Toutes les fois qu'il s'était remémoré cette époque-là ou, à plus forte raison, ses années d'étudiant et le Bois des Bambous, il avait eu jusqu'alors l'impression de jeter, du fond d'une cellule austère et dépouillée, un regard sur des régions inondées de soleil printanier, sur un monde qu'il ne retrouverait plus et qui était devenu un paradis de la mémoire. Toujours ces souvenirs, même quand ils ne s'accompagnaient pas de mélancolie, lui présentaient un monde très lointain, à part, qu'un mystérieux air de fête différenciait du présent et du quotidien. Mais maintenant, par cet après-midi lumineux et serein de septembre, au milieu des couleurs tranchées du voisinage et des tonalités doucement

voilées de ces lointains d'une délicatesse de rêve, dont la
gamme allait du bleu au violet, il marchait paisiblement,
regardait autour de lui à loisir, et la randonnée qu'il avait
faite il y avait si longtemps, ne lui faisait plus l'effet d'une
aventure lointaine, ni d'un paradis entrevu du fond d'un
présent résigné : au contraire, le voyage qu'il était en
train de faire ressemblait comme un frère à celui d'alors,
le Joseph de ce jour à celui de jadis : cette fois encore,
tout était neuf, mystérieux, gros de promesses, tout le
passé pouvait revenir et mille nouveautés s'y ajouter.
Il y avait longtemps que le jour et le monde n'avaient
plus revêtu pour lui cet aspect, qu'ils n'avaient plus eu cette
légèreté, cette beauté, cette innocence. Le bonheur d'être
libre, de décider de lui-même, le pénétrait comme une bois-
son capiteuse. Depuis combien de temps n'avait-il plus
éprouvé cette sensation, la grâce et le ravissement de cette
illusion? Il réfléchit et se rappela l'instant où ce sentiment
délicieux l'avait effleuré jadis pour la première fois et où il
avait connu ses chaînes. C'était au cours d'un entretien avec
Maître Thomas, sous son regard plein de sympathie ironique,
et il se rappelait fort bien l'inquiétante sensation de cet
instant où il avait perdu sa liberté. A vrai dire, il n'avait pas
ressenti de souffrance, de douleur brûlante, mais plutôt une
angoisse, un léger frisson dans la nuque, l'avertissement
d'une sensation interne au-dessus du diaphragme; la température de son corps avait changé et surtout le rythme de sa
sensation de vivre. Le sentiment de grande angoisse, de
contraction, la menace d'étouffement à retardement qu'il
avait éprouvés en cet instant fatidique trouvaient maintenant leur compensation, parvenaient à leur guérison.

La veille, en se rendant à Terramil, Valet avait décidé de
ne rien regretter, en aucun cas, quoi qu'il y arrivât. Il s'interdit, pour la journée, de penser aux détails de ses entretiens avec Alexandre, à la lutte qu'il avait soutenue contre
lui, pour le conquérir. Il s'ouvrait tout entier à ce sentiment
de détente et de liberté qui le comblait, comme l'impression
du repos mérité remplit le paysan qui a fini sa journée. Il
se savait en sécurité, libre de tout engagement, il se savait
pour un instant parfaitement disponible, dégagé du circuit,
délivré de toute obligation de travail, de pensée, et ce jour
lumineux, coloré, l'environnait de son doux rayonnement; il

n'était qu'image, que présence, sans exigence, sans hier et sans lendemain. Parfois, de satisfaction, il fredonnait en chemin l'un des chants de marche qu'il avait chantés, jadis, à deux ou trois voix, en excursion, au temps où il était petit élève à l'école des élites, aux Frênes. Et, de ce matin serein de sa vie, de petits souvenirs lumineux, des bribes de sons voltigeaient vers lui, comme un gazouillis d'oiseaux.

Il s'arrêta sous un cerisier dont les feuilles prenaient déjà des reflets pourpres et s'assit sur l'herbe. Il fouilla dans la poche intérieure de sa veste et en tira un objet dont Maître Alexandre n'eût pas soupçonné la présence chez lui, une petite flûte en bois, et il la considéra avec un peu de tendresse. Il n'y avait pas encore très longtemps qu'il possédait cet instrument d'aspect naïf et enfantin, six mois peut-être, et il se rappela avec amusement le jour où il en était devenu le possesseur. Il était allé en voiture à Monteport, pour tirer au clair avec Ferromonte quelques questions de musicologie. Tous deux en étaient venus à parler également des instruments de bois à vent de certaines époques, et il avait prié son ami de lui montrer les collections de Monteport. Après avoir parcouru avec délices quelques salles, toutes remplies de claviers, d'orgues anciennes, de harpes, de luths et de clavecins, ils étaient entrés dans une resserre où l'on conservait des instruments destinés aux écoles. Et là, Valet avait vu un coffre tout plein de petites flûtes de ce genre, il en avait examiné et essayé une, et il avait demandé à son ami s'il pouvait lui permettre de l'emporter. En riant, Carlo l'avait prié de faire son choix et lui avait fait signer un reçu, mais il lui avait ensuite expliqué avec une extrême précision la structure de l'instrument, son maniement et la technique du jeu. Valet avait emporté ce joli joujou. Depuis la flûte primitive de son enfance aux Frênes, il n'avait plus jamais joué d'un instrument à vent et s'était déjà proposé à plusieurs reprises de s'y remettre; il s'y était donc exercé, de loin en loin. Pour cela il s'était servi, en plus des gammes, d'un cahier de mélodies anciennes que Ferromonte avait publié à l'usage des débutants et, de temps en temps, du jardin magistral ou de sa chambre à coucher avait jailli le son doux et suave de cette petite flûte. Il était encore loin d'y être passé maître, mais il avait appris à y jouer un certain nombre de ces psaumes et de ces chansons; il en savait les notes par cœur et, dans bien des cas, aussi les paroles. L'une de ces chansons, qui convenait à cet instant, lui vint à l'esprit et il en récita, tout seul, quelques vers :

> Mein Haupt und Glieder,
> Die lagen darnieder,
> Aber nun steh'ich,
> Bin munter und fröhlich,
> Schaue den Himmel mit meinem Gesicht [1].

Il porta ensuite l'instrument à ses lèvres et joua la mélodie, les yeux tournés vers l'éclat mat de l'horizon, du côté des hautes montagnes lointaines. Il entendit sa chanson sereine et innocente s'envoler dans les douces tonalités de la flûte, et se sentit satisfait, à l'unisson du ciel, des monts, de ce chant et du jour. Il avait plaisir à sentir entre ses doigts le bois lisse et rond, et il songea qu'en dehors des habits qu'il avait sur le corps, cette petite flûte était le seul bien qu'il se fût permis d'emporter de Celle-les-Bois. Au fil des années mille choses s'étaient accumulées autour de lui; elles avaient plus ou moins le caractère d'une propriété personnelle; c'étaient surtout des notes, des cahiers d'extraits de lectures... Il avait laissé tout cela, on s'en servirait comme on l'entendrait au village des Joueurs. Mais il avait emporté cette petite flûte et il était content de l'avoir avec lui. C'était un compagnon de voyage discret et sympathique.

Le lendemain, notre voyageur arriva dans la capitale et se présenta à la demeure des Designori. Plinio descendit l'escalier à sa rencontre et l'embrassa avec émotion.

— Nous t'avons attendu impatiemment et avec inquiétude, s'écria-t-il. Tu as franchi là un grand pas, mon ami, puisse-t-il nous porter chance à tous. Ils t'ont laissé partir? Je n'aurais jamais cru cela.

Valet rit. « Tu vois, je suis là. Mais je te raconterai cela un jour. Maintenant je voudrais avant tout dire bonjour à mon élève, à ta femme aussi naturellement, et parler avec vous de la manière dont nous allons concevoir mes nouvelles fonctions. J'ai hâte de commencer. »

Plinio appela une bonne et la chargea d'aller immédiatement chercher son fils.

---

[1]. Je gisais, tête et os rompus, / A présent, me voici debout, / Gai et dispos, / Je regarde le ciel en face.

— Notre jeune monsieur ? demanda-t-elle, avec un étonnement visible, mais elle partit aussitôt en courant, tandis que le maître de la maison conduisait son ami dans la chambre qui lui était destinée, et se mettait à lui exposer avec entrain tout ce qu'il avait prévu et préparé pour son arrivée et sa vie avec le jeune Tito. Tout s'était arrangé comme Valet l'avait désiré. La mère de Tito elle-même, après quelques réticences, avait compris ce qu'il voulait et s'y était pliée. Ils avaient dans la montagne, pour leurs villégiatures, un petit chalet nommé Belpunt [1], joliment situé au bord d'un lac. C'était là que Valet devait aller vivre dans les premiers temps, avec son élève. Une vieille servante s'occuperait d'eux; elle venait d'y partir, il y avait quelques jours, pour tout installer. Certes, ce ne serait qu'un séjour de courte durée, possible tout au plus jusqu'à l'entrée de l'hiver. Mais pour les premiers temps, précisément, une retraite de ce genre ne pouvait certainement qu'être profitable. Et il était content que Tito fût grand amateur de montagne et qu'il aimât ce chalet de Belpunt : ainsi il se faisait une joie d'aller faire un séjour là-haut, et il partirait sans répugnance. Designori se rappela qu'il avait un album de photographies de cette maisonnette et de la région. Il emmena Valet dans son bureau, chercha cet album de tous côtés et, quand il l'eut trouvé et ouvert, il se mit en devoir de montrer le chalet à son invité, il lui décrivit la grande pièce rustique, le poêle de faïence, les tonnelles, la baignade au bord du lac, la cascade.

— Est-ce que cela te plaît ? demandait-il de temps en temps. Est-ce que tu t'y sentiras à ton aise ?

— Pourquoi pas ? disait Valet tranquillement. Mais où est donc Tito ? Voilà déjà un bon moment que tu l'as envoyé chercher.

Ils parlèrent encore un peu de choses et d'autres, puis on entendit un pas à l'extérieur. La porte s'ouvrit et quelqu'un entra, mais ce n'était ni Tito ni la bonne qu'on avait envoyée à sa recherche. C'était la mère de Tito, Mme Designori. Valet se leva pour la saluer, elle lui tendit la main et lui sourit avec une amabilité un peu contrainte. Il vit que ce sourire poli cachait une expression de souci et d'irritation. A peine avait-elle prononcé quelques paroles de bienvenue

---

1. *Bel punto*, c'est-à-dire beau site. *(N. d. T.)*

qu'elle se tourna vers son mari et se délivra impétueusement de la nouvelle qui lui pesait sur le cœur.

— C'est vraiment désagréable! s'écria-t-elle. Pense : le petit a disparu, on ne le trouve nulle part.

— Eh bien, il sera sorti, dit Plinio pour la tranquilliser. Il ne va pas tarder.

— C'est peu probable, malheureusement, dit la mère, car il est parti depuis ce matin déjà. Je m'en suis aperçue de bonne heure.

— Et pourquoi me le dire seulement maintenant?

— Je m'attendais naturellement à chaque instant à le voir revenir et je ne voulais pas t'inquiéter inutilement. Au début je n'ai pas du tout pensé non plus que ce fût grave, je me disais qu'il était allé se promener. C'est seulement quand j'ai vu qu'il ne rentrait pas à midi que j'ai commencé à me faire des soucis. Tu n'as pas déjeuné ici aujourd'hui, sinon je te l'aurais dit à midi. A ce moment-là encore, j'essayais de me persuader que c'était seulement un manque d'attention de sa part, que de me faire attendre si longtemps. Mais il faut croire que ce n'était pas cela.

— Permettez-moi de poser une question, dit Valet. Ce jeune homme était bien au courant de mon arrivée prochaine et des projets qui nous concernent, lui et moi?

— Évidemment, Monsieur le Magister, et il paraissait même presque satisfait de ces projets. En tout cas, il préférait vous avoir comme professeur, plutôt que d'être encore envoyé dans une école quelconque.

— Eh bien, dit Valet, dans ce cas tout va bien. Votre fils, Signora, est habitué à jouir de beaucoup de liberté, surtout dans ces derniers temps. La perspective d'avoir un éducateur et un mentor ne lui sourit guère, c'est compréhensible. Et il s'est éclipsé au moment où l'on allait le confier à son nouveau professeur, moins peut-être dans l'espoir d'échapper réellement à son sort que dans l'idée qu'il n'aurait rien à perdre à un sursis. Il a aussi probablement voulu se rebiffer contre ses parents, contre le précepteur qu'ils avaient fait venir, et manifester contre l'univers entier des grandes personnes et des professeurs.

Designori fut heureux que Valet prît cet incident si peu au tragique. Mais il était lui-même soucieux et inquiet. Son cœur affectueux jugeait possibles tous les dangers qui menaçaient son fils. Peut-être, se disait-il, s'est-il enfui pour tout de bon, peut-être a-t-il même songé à attenter à ses jours? Tout ce qui avait été négligé et fait de travers dans l'éducation de ce garçon paraissait, hélas! chercher sa revanche à l'instant même où l'on espérait y porter remède.

A l'encontre de ce que conseillait Valet, il tint à prendre des mesures, à ce que quelque chose fût fait. Il se sentait incapable d'encaisser ce coup passivement, sans agir. Il céda à une impatience et à une nervosité croissantes qui déplurent vivement à son ami. On décida donc d'envoyer des émissaires dans quelques maisons où Tito allait parfois retrouver des camarades de son âge. Valet fut heureux de voir Mme Designori partir prendre ces dispositions et d'avoir son camarade pour lui seul.

— Plinio, lui dit-il, tu fais la même tête que si l'on t'avait apporté ton fils mort à la maison. Ce n'est plus un bébé : il ne sera pas tombé sous une voiture et il n'aura pas davantage mangé de la belladone. Ressaisis-toi donc, mon cher. Puisque ton petit garçon n'est pas là, permets-moi de te mettre un instant à l'école à sa place. Je t'ai observé un peu et je trouve que tu n'es guère en forme. A l'instant où un athlète reçoit un coup, ou subit une pression inattendue, sa musculature se livre, presque d'elle-même, aux mouvements nécessaires; elle s'allonge ou elle s'efface et l'aide à devenir maître de la situation. C'est ainsi, élève Plinio, qu'au moment où tu as reçu ce coup — ou ce qui t'a semblé avec quelque exagération un coup — tu aurais dû recourir au premier moyen de défense en cas d'attaque spirituelle et veiller à respirer lentement et de manière soigneusement calculée. Au lieu de cela, tu as respiré comme un acteur qui veut jouer l'émotion. Tu n'es pas suffisamment cuirassé. Vous autres, gens du siècle, vous paraissez singulièrement désarmés contre la douleur et les soucis. Cela a quelque chose d'emprunté et de touchant. Et parfois, surtout quand il s'agit de vraies douleurs et que ce martyre a un sens, cela touche même au sublime. Mais pour la vie quotidienne ce renoncement à se défendre ne constitue pas une arme. Je veillerai à ce que ton fils soit un jour mieux armé, s'il en a besoin. Et maintenant, Plinio, aie donc la bonté de faire quelques exercices avec moi, pour que je voie si tu as vraiment déjà tout désappris.

Grâce à ces exercices respiratoires, dont il lui donna le signal sur un rythme rigoureux, il fournit à son camarade qui se rongeait une diversion salutaire. Et ensuite il le trouva aussi disposé à entendre parler raison et à se défaire de tout l'appareil de terreur et de soucis dont il s'était entouré. Ils montèrent dans la chambre de Tito. Valet considéra avec amusement le fouillis de trésors du jeune garçon; il prit un livre posé sur la petite table près du lit, et en vit dépasser un morceau de papier glissé à l'intérieur. Miracle! Ce feuillet contenait un message du disparu. Il tendit le papier, en riant à Designori, et le visage de celui-ci s'éclaira de nouveau. Sur cette feuille, Tito informait ses parents qu'il s'était mis en route à la première heure et qu'il partait tout seul dans la montagne, où il attendrait son nouveau professeur à Belpunt. Il demandait qu'on lui accordât ce petit plaisir, avant que sa liberté fût de nouveau si désagréablement entravée; il éprouvait, disait-il, une répugnance invincible à faire ce charmant petit voyage en compagnie de son précepteur, déjà sous surveillance et en captif.

— Voilà qui est fort compréhensible, fit Valet. Je vais donc prendre demain le même chemin que lui et je le trouverai sans doute déjà arrivé à ta maison de campagne. Mais à présent il faut, avant tout, que tu ailles retrouver ta femme et que tu lui apportes cette nouvelle.

Pendant le reste de la journée, la maison connut une atmosphère sereine et détendue. Ce soir-là, Valet, sur l'insistance de Plinio, conta brièvement à son ami les événements des jours précédents et notamment ses deux entretiens avec Maître Alexandre. Ce fut aussi ce soir-là qu'il écrivit une strophe étrange sur un feuillet qui est aujourd'hui entre les mains de la famille Designori. Voici comment cela se passa :

Le maître du logis l'avait laissé seul pendant une heure, avant le repas du soir. Valet vit une armoire pleine de livres anciens, qui éveilla sa curiosité. Cela aussi, c'était un amusement dont il avait perdu l'habitude pendant de nombreuses années de renoncement, et qu'il avait presque oublié. Cela réveillait dans son cœur le souvenir profond de ses années d'étudiant, que se trouver en face de livres inconnus, d'y plonger la main au hasard, de pêcher çà et là un volume dont la dorure ou le nom de l'auteur, dont le format ou la couleur du cuir lui disaient quelque chose. Il parcourut d'abord avec

complaisance les titres inscrits au dos de ces ouvrages et
constata qu'il n'y avait là que des œuvres littéraires du
xixe et du xxe siècle. Il finit par sortir un volume relié en
toile un peu passée, dont le titre, *la Sagesse des Brahmanes*,
l'attira. Il le feuilleta d'abord debout, puis assis : il conte‑
nait des centaines de poèmes didactiques, où voisinaient
curieusement la verbosité sentencieuse et la sagesse réelle, le
philistinisme et l'authentique esprit poétique. Cet ouvrage
singulier et touchant ne manquait pas, lui sembla-t-il, d'éso‑
térisme, mais celui-ci était présenté sous une enveloppe
fruste qui sentait son terroir, et les plus jolis poèmes n'étaient
pas ceux où une doctrine, une sagesse cherchait vraiment sa
forme, c'étaient ceux où le cœur du poète, sa sensibilité
amoureuse, sa bonne foi et sa tendresse humaine, son carac‑
tère de brave bourgeois s'étaient exprimés. Tandis qu'il
cherchait à pénétrer l'esprit de ce livre, avec un mélange
particulier de respect et d'amusement, une strophe frappa
ses yeux. Il la savoura avec satisfaction, il y applaudit,
hocha la tête avec un sourire approbateur, comme si elle lui
avait été spécialement adressée pour cette journée. La voici :

> Il nous plaît de voir s'évanouir les jours chers,
> Pour trouver mûri un bien plus cher encore :
> Une plante rare, que nous cultivons au jardin,
> Un enfant que nous élevons,
> Un opuscule que nous écrivons.

Il ouvrit le tiroir du bureau, chercha, trouva une petite
feuille de papier et y nota ces vers. Il les montra plus tard à
Plinio et ajouta : « Ces vers m'ont plu, ils ont quelque chose
de particulier : cette sécheresse et en même temps cette
sincérité! Et ils s'appliquent si bien à moi, à ma situation
et à mon état d'esprit actuels. Si je ne suis pas jardinier et
si je n'ai pas l'intention de consacrer mes jours à soigner une
plante rare, en revanche, je suis professeur et éducateur, et me
voici en route pour aller remplir ma tâche, pour rejoindre
l'enfant que je veux élever. Quel plaisir je m'en promets!
Quant à l'auteur de ces vers, le poète Rückert, il a dû avoir
ces trois nobles passions, celles du jardinier, de l'éducateur
et de l'auteur, et c'est sans doute cette dernière qui a pris
chez lui la première place. Il la nomme en dernier, à l'endroit
le plus marquant, et il est si fort épris de l'objet de sa passion

qu'il cède à la tendresse et ne l'appelle pas une œuvre, mais un « opuscule ». Comme c'est touchant ! »

Plinio rit. « Qui sait, dit-il, si ce joli diminutif n'est pas simplement le procédé d'un rimailleur qui avait besoin à cet endroit de quatre syllabes au lieu de deux?

— Ne le sous-estimons tout de même pas, dit Valet en prenant sa défense. Un homme qui a écrit dans sa vie des dizaines de milliers de vers ne se laisse pas mettre en difficulté par une sordide nécessité de prosodie. Non, écoute un peu, quel accent de tendresse il y a là, et aussi de pudeur légère : « un opuscule que nous écrivons »! Peut-être d'ailleurs n'est-ce pas seulement un sentiment d'amour qui « d'œuvre » a fait « opuscule ». Il se peut qu'il y ait là l'intention d'enjolivement, un effort conciliant. Il est possible, il est même probable que ce poète se donnait tellement à son œuvre, que sa propre propension à écrire des livres lui faisait l'effet d'une sorte de passion, de vice. Dans ce cas, l'expression d' « opuscule » n'aurait pas seulement cette valeur et cet accent d'amour, il y aurait également là cette intention d'embellissement, de diversion, d'excuse, que l'on trouve dans la bouche du joueur qui vous invite, non à une partie, mais à une « petite partie », et du buveur qui réclame encore un « petit verre » ou un « godet ». Ce sont des hypothèses, certes. En tout cas, cet aède a toute mon approbation et toute ma sympathie pour ce qui est de l'enfant qu'il veut élever et du petit livre qu'il se propose d'écrire. Car je ne connais pas seulement la passion d'éduquer, celle d'écrire des opuscules ne m'est pas tout à fait étrangère non plus. Et maintenant que je me suis libéré de mes fonctions, cette idée a de nouveau pour moi quelque chose de délicieusement attirant. Écrire un livre à loisir et en belle humeur, ou plutôt un opuscule, un petit texte à l'intention de mes amis et des camarades qui partagent mes idées...

— Et sur quel sujet? demanda Designori avec curiosité.

— Oh! peu importe, le sujet n'aurait pas d'importance. Ce ne serait pour moi qu'une occasion de me retirer dans ma chrysalide et de jouir de la chance d'avoir beaucoup de temps libre. Ce qui compterait pour moi, ce serait le ton, convenablement choisi à mi-chemin entre le respect et la familiarité, entre le sérieux et l'enjouement, le ton, non de l'enseignement, mais de l'information amicale et de la discussion sur tel et tel point que je crois avoir élucidé par l'expérience et l'étude. La manière qu'a ce Friedrich Ruckert de mêler dans ses vers l'enseignement et la pensée, l'information et le bavardage, ne serait sans doute pas la mienne, et pourtant il y a dans cette façon de procéder quelque chose dont l'agrément me touche : elle est personnelle, sans être arbitraire, elle a de l'enjouement et s'astreint cependant à des règles formelles rigides, cela me plaît. Enfin, pour l'instant, je ne connaîtrai pas les joies ni les problèmes de la rédaction d'un petit livre, je dois me concentrer maintenant pour une autre tâche. Mais plus tard, je pense que je pourrais peut-être connaître un jour, dans sa fleur, le bonheur d'être auteur tel que je me l'imagine, cet art d'aborder les choses avec aisance, en même temps qu'avec soin, non pour en tirer un plaisir solitaire, mais toujours en songeant à un petit nombre de bons amis et de lecteurs. »

Le lendemain matin, Valet partit pour Belpunt. Designori lui avait déclaré la veille qu'il allait l'y accompagner, mais il s'y était opposé résolument, et quand celui-ci avait encore risqué un mot pour le convaincre, il l'avait presque invectivé : « Cet enfant, dit-il sèchement, aura bien assez à faire pour prendre contact avec son nouveau maître de malheur et s'en accommoder, nous n'avons pas le droit de lui infliger par surcroît la vue de son père qui, justement maintenant, saurait difficilement l'emplir de joie. »

En roulant par cette fraîche matinée de septembre, dans la voiture que Plinio avait louée pour lui, il retrouva la bonne humeur de son voyage de la veille. Il parlait assez souvent au conducteur, le priait parfois d'arrêter ou de rouler lentement, quand le paysage le séduisait; plusieurs fois il joua aussi de sa petite flûte. Ce fut un beau et passionnant voyage, de la capitale et des basses terres vers les contreforts de la chaîne, puis vers la haute montagne. En même temps, il passait de l'été finissant à un automne qui s'affirmait de plus en plus. Aux environs de midi, la dernière grande montée s'amorça en larges virages à travers la forêt de conifères déjà plus clairsemée, en bordure de torrents écumants qui grondaient entre les rochers, par-dessus des ponts, au long de fermes solitaires, aux murs massifs troués de petites fenêtres, pour s'enfoncer dans le monde

de pierre de la montagne, toujours plus austère et plus
âpre, dont la dureté et la gravité faisaient paraître deux
fois plus charmant l'épanouissement de nombreux menus
paradis fleuris.

La petite maison de campagne qu'ils atteignirent enfin
était cachée au bord d'un lac, dans les rochers gris dont elle
se détachait à peine. Quand il la vit, le voyageur fut
sensible à la sévérité, à l'allure sinistre même de cette
architecture adaptée aux rigueurs de la haute montagne.
Mais aussitôt un sourire serein illumina son visage, car,
sur le seuil de la porte ouverte, il distingua une silhouette
de jeune garçon en veste voyante et en culotte courte. Ce
ne pouvait être que son élève Tito et, bien que son escapade ne lui eût jamais vraiment causé de sérieux soucis, il
poussa cependant un soupir de délivrance et de reconnaissance. Si Tito était là, s'il venait saluer son professeur du
seuil de la maison, tout allait bien et cela excluait diverses
complications dont il avait, malgré tout, envisagé la possibilité chemin faisant.

Le jeune garçon vint à sa rencontre en souriant gentiment, un peu gêné, et il l'aida à descendre de voiture, en
disant : « Ce n'est pas dans une mauvaise intention que je
vous ai laissé faire seul le voyage. » Et avant même que
Valet eût pu répondre il ajouta d'un ton confiant : « Je
crois que vous avez compris ce que je voulais. Autrement,
vous auriez certainement amené mon père avec vous. Je lui
ai déjà fait savoir que j'étais bien arrivé. »

Valet lui serra la main en riant et se laissa conduire dans
la maison, où la servante vint également le saluer et lui
promit que le dîner ne se ferait pas attendre. Lorsque,
cédant à un besoin inaccoutumé, il s'étendit un peu sur
son lit de repos avant de passer à table, il se rendit compte
que ce beau voyage en voiture l'avait singulièrement fatigué, épuisé même, et, au cours de la soirée, tandis qu'il
bavardait avec son élève et se faisait montrer ses collections de fleurs alpestres et de papillons, cette fatigue grandit encore; il éprouva même une sorte de vertige, un vide
dans la tête qu'il n'avait encore jamais ressenti, une
faiblesse et une arythmie cardiaques pénibles. Il resta
cependant assis avec Tito jusqu'à l'heure où ils avaient
convenu d'aller dormir et fit un effort pour ne rien laisser

paraître de son malaise. Son élève fut un peu étonné que
le Magister ne dît pas un mot du moment où il commen-
cerait son enseignement, de leur emploi du temps, de ses
dernières notes de classe et de sujets de cet ordre. Et même,
quand Tito se risqua à exploiter ces bonnes dispositions
et proposa une assez longue promenade pour le lendemain
matin, afin de faire connaître à son professeur cette région,
nouvelle pour lui, son offre fut amicalement acceptée.

— Cela me fera plaisir de faire cette promenade, ajouta
Valet, et en même temps je vais vous demander un service. J'ai pu me rendre compte, en examinant votre herbier
que vous connaissez les plantes alpestres beaucoup mieux
que moi. L'objet de notre vie commune est évidemment,
entre autres, que nous échangions nos connaissances et que
nous les mettions au même niveau; commençons donc ainsi :
vous allez contrôler mes maigres connaissances de botanique
et m'aider à faire quelques progrès dans ce domaine.

Ils se souhaitèrent bonne nuit; Tito était très satisfait et
il prit de bonnes résolutions. De nouveau, ce Magister Valet
lui avait plu. Sans employer de grands mots, sans parler de science, de vertu, d'aristocratie de l'esprit et d'autres
fadaises, comme les professeurs de l'école aimaient à le
faire, cet homme gai et gentil avait, dans sa manière d'être
et de parler, quelque chose qui vous imposait et qui faisait appel à des impulsions et à des forces nobles, bonnes,
chevaleresques et supérieures. Il pouvait y avoir du plaisir,
voire du mérite à surprendre la bonne foi ou la malice d'un
maître d'école quelconque, mais devant cet homme on ne
pouvait vraiment pas avoir des idées pareilles. Il était —
au fait, qu'était-il et comment était-il? Tito se demanda
ce qui, chez cet inconnu, lui plaisait et l'imposait tant,
et il trouva que c'était sa noblesse, sa distinction, son air
de grand seigneur. C'était cela qui l'attirait par-dessus tout.
Ce monsieur Valet était distingué, c'était un grand monsieur,
un gentilhomme, encore que personne ne connût sa famille
et que son père eût fort bien pu avoir été savetier. Il avait
plus de noblesse et de distinction que la plupart des hommes
que Tito connaissait, plus de distinction même que son
père. Le jeune homme, qui appréciait fort les traditions et
les instincts patriciens de sa maison et qui ne pardonnait
pas à son père de s'en être détourné, se trouvait pour la

première fois en présence de l'aristocratie de l'esprit, de
l'éducation, de cette force qui, en une heureuse conjoncture, sait parfois réaliser le miracle, sans passer par une
longue série d'ancêtres et de générations, de transformer
en une seule vie un enfant de la plèbe en un être d'une
noblesse supérieure. Dans cet adolescent plein de feu et de
fierté, surgit vaguement l'idée que son honneur et son
devoir seraient peut-être d'appartenir à cette sorte d'a-
ristocratie et de la servir. Il songea que, sous l'apparence
et la figure de ce professeur, qui en dépit de toute sa douceur et de sa gentillesse était pourtant jusqu'au bout des
ongles un grand seigneur, c'était peut-être le sens de sa
vie qui se présentait à lui et qu'il était destiné à fixer des
buts à son existence.

Valet, après que Tito l'eut accompagné à sa chambre,
ne se coucha pas tout de suite, bien qu'il en eût grande
envie. Cette soirée lui avait coûté de la peine, il lui avait
été difficile et pénible, devant ce jeune homme qui l'observait certainement avec attention, de rester assez maître de
son expression, de sa contenance, de sa voix, pour qu'il
ne remarquât rien de cette fatigue, de cette dépression ou
de cette maladie singulières qui s'étaient encore aggravées
entre temps. Quoi qu'il en fût, il semblait y être parvenu.
Mais à présent, il devait affronter et surmonter ce vide,
ce malaise, ce vertige d'angoisse, cette fatigue mortelle,
faite en même temps d'inquiétude, et pour cela il fallait
d'abord les reconnaître et les comprendre. Il y arriva sans
trop de difficulté, bien qu'il lui fallût un certain temps.
Son malaise n'avait d'autre cause, à son sens, que le voyage
qu'il avait fait dans la journée et qui, dans un délai si bref,
l'avait amené de la plaine à quelque deux mille mètres
d'altitude. Ayant perdu l'habitude, depuis les rares excursions de sa prime jeunesse, de séjourner à de telles hau-
teurs, il avait mal supporté cette ascension rapide. Il aurait
sans doute à souffrir encore au moins un jour ou deux de
ce malaise, et s'il ne passait vraiment pas, eh bien! il serait
obligé de rentrer au logis avec Tito et la gouvernante, et,
dans ce cas, c'en serait fait justement du joli projet que
Plinio avait conçu pour Belpunt. Ce serait dommage, mais
le malheur ne serait pas grand.

Après ces considérations, il se mit au lit et passa la nuit,

sans beaucoup trouver le sommeil, en partie à revoir son
voyage, depuis ses adieux à Celle-les-Bois, en partie à
essayer d'apaiser les pulsations de son cœur et l'irritation
de ses nerfs. Il pensa aussi beaucoup à son élève, avec
plaisir, mais sans faire de projets; il lui paraissait préférable
de dompter ce jeune pur sang récalcitrant uniquement par
la bienveillance et l'accoutumance; il ne fallait pas brusquer les choses, ni employer la contrainte. Il avait l'intention d'éveiller peu à peu, chez cet adolescent, la conscience
de ses dons et de ses forces et, en même temps, de nourrir
en lui cette noble curiosité, cette insatisfaction aristocratique, qui donnent sa force à l'amour des sciences, de
l'esprit et du beau. C'était une belle tâche, et son élève
n'était d'ailleurs pas un jeune talent quelconque qu'il s'agissait d'éveiller et de mettre en forme : fils unique d'un
patricien influent et fortuné, il était aussi l'un des maîtres
de demain, l'un des hommes destinés, sur le plan de la
société et de la politique, à donner son visage à leur pays,
à leur peuple, à leur servir d'exemples et de chefs. Castalie avait gardé une dette envers cette vieille famille des
Designori. Elle n'avait pas offert au père de ce Tito, qui
lui avait été confié jadis, une éducation assez poussée, elle
ne l'avait pas suffisamment armé pour occuper cette situation délicate, à mi-chemin entre le siècle et l'esprit, qui
était la sienne. Non seulement le jeune et sympathique
Plinio, si riche de dons, avait été par suite un malheureux, victime d'une vie mal équilibrée qu'il n'avait guère
su diriger, mais son fils unique était en péril, lui aussi, et
impliqué dans les problèmes de son père. Il y avait là une
guérison à opérer, une réparation à apporter, une sorte de
culpabilité à assumer, et cela lui faisait plaisir; il lui paraissait significatif que cette tâche lui revînt justement à lui,
qui était un rebelle et, en apparence, un renégat.

Le matin, quand il s'aperçut que la vie s'éveillait dans
la maison, il se leva, trouva à côté de son lit un manteau
de bain tout préparé, qu'il endossa par-dessus son léger
pyjama et, comme Tito le lui avait montré la veille au
soir, il gagna par une porte de derrière un passage à demi
découvert qui reliait la maison à la cabine de bain et au
lac.

Ce petit lac s'étalait devant lui, gris vert, immobile. Sur

la rive opposée, une haute falaise abrupte, à la crête tranchante et déchiquetée, se découpait sur le ciel matinal sans profondeur, verdâtre et frais, brutalement dans la froideur de l'ombre. Mais on sentait que, derrière cette crête, le soleil déjà s'était levé; sa lumière faisait scintiller çà et là les facettes menues d'une arête de pierre vive. Il ne lui faudrait que quelques minutes pour paraître au-dessus des dentelures de la montagne et inonder de lumière le lac et la vallée alpestre. Valet contempla avec attention et gravité ce spectacle, dont le calme, l'austérité et la beauté ne lui étaient pas familiers et dont il avait pourtant l'impression qu'ils lui parlaient et qu'ils l'avertissaient. Plus fortement encore que durant son voyage de la veille, il fut sensible à la puissance, à la froideur et à cette dignité d'autre monde de l'univers de la haute montagne, qui n'a pour l'homme aucune prévenance, qui ne l'invite point et le tolère à peine. Et il lui parut singulier et significatif que son premier pas dans la liberté nouvelle de la vie du siècle l'eût amené justement ici, dans cette grandeur calme et froide.

Tito apparut, en maillot de bain, tendit la main au Magister et lui dit, en montrant la falaise en face d'eux : « Vous arrivez au bon moment, le soleil va se lever dans un instant. Ah! c'est magnifique, à cette altitude! » Valet approuva amicalement d'un signe de tête. Il savait depuis longtemps que Tito aimait se lever de bonne heure, faire de la course à pied, de la lutte, de grandes marches, ne fût-ce que pour protester contre l'attitude et la vie nonchalantes, confortables et peu martiales de son père, de même que pour une raison analogue il dédaignait le vin. Ces habitudes et ces tendances l'amenaient quelquefois, il est vrai, à poser au naturiste et au contempteur de l'esprit — tous les Designori semblaient avoir un penchant inné à l'exagération — mais Valet les trouvait bienvenues, et il était résolu à utiliser aussi la camaraderie du sport pour conquérir et dompter ce fougueux adolescent. C'était un moyen parmi d'autres, non l'un des plus importants. La musique, par exemple, le conduirait beaucoup plus loin. Il ne songeait pas non plus, bien entendu, à accomplir les mêmes performances sportives que le jeune homme et encore moins à le surpasser. Il lui suffirait de lui tenir compagnie, sans prétentions, pour lui montrer que son précepteur n'était ni un lâche, ni un rond-de-cuir.

Tito fixait passionnément la sombre crête de rochers sur la rive opposée, derrière laquelle le ciel roulait des flots de lumière matinale. Un fragment de la croupe rocheuse se mit alors à lancer des éclairs, comme un métal incandescent qui vient d'entrer en fusion. La crête perdit de sa netteté, elle parut soudain plus basse; on eût dit qu'elle s'aplatissait en fondant, et par le brasier de cette brèche l'astre du jour parut, éblouissant. Le sol, la maison, la cabine de bain et la rive du lac où ils se trouvaient furent ensoleillés en même temps, et les deux formes humaines, prises dans ce rayonnement puissant, ne tardèrent pas à ressentir l'agréable chaleur de la lumière. Le jeune garçon, pénétré de la beauté solennelle de cet instant et du sentiment enivrant de sa jeunesse et de sa force, s'étira, agita rythmiquement les bras, et bientôt tout son corps suivit le mouvement, pour célébrer en une danse enthousiaste le lever du jour et son accord intime avec les éléments qui l'environnaient de leurs ondes et de leurs rayons. Ses pas volaient, en hommage de joie, au-devant du soleil triomphant, reculaient respectueusement devant lui, ses bras écartés attiraient sur son cœur les monts, le lac et le ciel; à genoux, il semblait rendre hommage à la terre nourricière et, les mains écartées, aux eaux du lac; il paraissait offrir sa personne, sa jeunesse, sa liberté, la vie qui flambait au tréfonds de lui-même, en un pompeux holocauste aux puissances. Ses épaules bronzées reflétaient le soleil, ses yeux se fermaient à demi contre l'éblouissement, et son jeune visage se figea, tel un masque, en une expression de gravité enthousiaste et presque fanatique.

Le Magister était touché et ému, lui aussi, par le spectacle solennel du lever du jour dans cette solitude muette des rochers. Mais, plus que ce tableau, ce fut le phénomène humain qu'il avait sous les yeux qui le saisit et le captiva, cette danse de son élève, salut cérémonieux au matin et au soleil qui conférait à cet adolescent en pleine évolution, en proie à des lubies, une gravité quasi sacerdotale et découvrait en un instant au spectateur les plus profonds et les plus nobles de ses penchants, de ses dons et de ses vocations, aussi soudainement, par une révélation aussi radieuse que l'apparition du soleil dégageant et baignant de lumière cette froide et sinistre vallée lacustre de haute montagne. Il découvrait que ce jeune homme avait plus de vigueur encore et de caractère qu'il ne l'avait imaginé jusqu'alors, mais qu'il était aussi plus dur, plus inaccessible, plus étranger d'esprit, plus païen. Il y avait dans la danse de joie et d'offrande de cet enfant, possédé d'un enthousiasme panique, bien plus que jadis dans les discours et dans les vers du jeune Plinio. Tout en le situant plusieurs degrés plus haut, cela le faisait aussi apparaître plus étranger, plus insaisissable, plus inaccessible aux appels.

Quant au jeune garçon, il avait été saisi de cet enthousiasme, sans savoir ce qui lui arrivait. La danse qu'il exécutait n'était point un pas qu'il eût déjà connu, pratiqué ou essayé; ce n'était pas le rite d'une cérémonie solaire et matinale qui lui fût déjà courante, ni qu'il eût inventée. Ce n'était pas seulement, il devait le reconnaître plus tard, l'air de la montagne, le soleil, le matin et le sentiment de sa liberté qui avaient joué un rôle dans sa danse et dans sa frénésie magique, mais à un égal degré le changement imminent, le nouveau palier de sa jeune vie, qui se révélaient sous les traits aussi sympathiques qu'imposants du Magister. A cette heure matinale beaucoup d'éléments se conjuguaient dans le destin et dans l'âme du jeune Tito, pour conférer à cet instant une grandeur, une solennité, une consécration qui le distinguaient de milliers d'autres. Sans savoir ce qu'il faisait, sans esprit critique, ni soupçon, il accomplisssait ce que cet instant de béatitude exigeait de lui, il dansait son adoration, adressait une prière au soleil, confessait en mouvements et en gestes de dévotion sa joie, sa foi dans la vie, sa piété et son respect; dans sa danse, il offrait à la fois fièrement et humblement son âme innocente en sacrifice au soleil et aux dieux et aussi à cet être qu'il admirait et craignait en même temps, à ce sage, ce musicien, ce maître venu des sphères mystérieuses du Jeu magique, son futur précepteur et son ami.

Tout cela, comme l'ivresse de lumière de ce lever de soleil, ne dura que quelques minutes. Valet regarda, saisi, ce spectacle magnifique, au cours duquel son élève se transformait, se dévoilait sous ses yeux et se présentait à lui, neuf, étranger, dans toute sa valeur, comme son égal. Ils se trouvaient tous deux sur le sentier qui reliait la maison et la cabine de bain, baignés par la plénitude de lumière du levant, profondément excités par le tourbillon des instants qu'ils venaient de vivre. A peine eut-il exécuté son dernier pas de danse, que Tito se réveilla de ce vertige de bonheur et s'arrêta, comme un animal surpris dans ses jeux solitaires. Il s'aperçut qu'il n'était pas seul et qu'il n'avait pas seulement vécu et fait quelque chose d'insolite, mais qu'il y avait eu aussi un spectateur auprès de lui. Rapide comme l'éclair, il suivit la première inspiration qui lui permît de sortir de cette situation, où il crut soudain voir une sorte de danger et de honte, et de rompre énergiquement les sortilèges de ces minutes étranges qui l'avaient si totalement envoûté et dominé.

Son visage, que revêtait un instant plus tôt un masque de gravité sans âge, prit une expression puérile et un peu sotte, comme celle d'un être tiré trop brusquement d'un sommeil profond; il se dandina un peu, regarda son professeur dans les yeux avec une stupeur niaise et, pris d'une hâte soudaine, comme s'il venait de se rappeler une chose d'importance qu'il avait failli oublier, il tendit le bras droit, d'un geste démonstratif, vers la rive opposée. Ainsi que la moitié de la largeur du lac, celle-ci se trouvait encore dans la vaste zone d'ombre que le pic rocheux, vaincu par les rayons du matin, ramenait peu à peu, plus étroitement, autour de sa base.

— Si nous nageons très vite, s'écria-t-il précipitamment, avec un empressement de gamin, nous pouvons atteindre l'autre rive juste avant le soleil.

A peine avait-il proféré ces paroles, donné cette consigne de rivaliser avec le soleil, que Tito, d'un puissant élan, avait disparu dans le lac, la tête la première, comme si, par orgueil ou par embarras, il ne pouvait s'éclipser assez vite et faire oublier par une activité accrue la scène solennelle qui avait précédé. L'eau jaillit et se referma sur lui; quelques instants plus tard sa tête, ses épaules et ses bras réapparurent, restèrent visibles et s'éloignèrent rapidement sur le miroir bleu vert du lac.

Quand il était sorti, Valet n'avait nullement eu l'intention de se baigner, ni de nager : la température était beaucoup trop fraîche pour lui, et, après cette nuit de malaises, il était loin de se sentir assez bien pour cela. A présent, dans ce beau soleil, excité par ce qu'il venait de voir, invité,

appelé en camarade par son élève, il trouva cette témérité
beaucoup moins effrayante. Mais il craignit surtout de voir
sombrer et se perdre ce qu'amorçait et promettait cette
heure matinale, s'il laissait à présent le jeune garçon tout
seul, s'il le décevait, en refusant cette épreuve de force avec
une froide raison d'adulte. Il y avait, certes, la mise en garde
de ce sentiment d'insécurité et de faiblesse provoqué par sa
rapide ascension, mais peut-être le moyen le plus rapide de
surmonter ce malaise était-il justement de se forcer et d'agir
brutalement. L'appel fut plus fort que la mise en garde, sa
volonté plus forte que son instinct. Il se débarrassa en hâte
de sa légère robe de chambre, respira profondément et se
jeta à l'eau à l'endroit où son élève avait plongé.

Le lac, alimenté par les eaux des glaciers et qui n'était
accessible, même au plus fort de l'été, qu'à des gens très
endurcis, le reçut dans un froid glacial, mordant, hostile. Il
s'était attendu à un violent frisson, mais non à ce froid cruel
qui l'environna de toutes parts comme un jet de flammes et
qui, succédant à un instant de brûlure lancinante, le pénétra
rapidement. Après son plongeon, il était vite revenu à la surface ; il aperçut de nouveau devant lui Tito, qui avait pris
une grande avance, et il sentit les âpres assauts de l'élément glacial, farouche, hostile : il croyait encore lutter
pour réduire l'écart, pour atteindre le but de leur course,
conquérir l'estime et la camaraderie du jeune garçon, gagner
son âme, que déjà il luttait contre la mort, qui l'avait
acculé et ceinturé. Bataillant de toutes ses forces, il lui
résista aussi longtemps que son cœur continua de battre.

Le jeune nageur avait souvent regardé derrière lui et
constaté avec satisfaction que le Magister l'avait suivi dans
l'eau. Il jeta encore un coup d'œil perçant et ne le vit plus ;
l'inquiétude le saisit, il regarda attentivement et appela, fit
demi-tour et se précipita pour le secourir. Il ne le trouva
plus et chercha le disparu ; il nagea et plongea jusqu'à ce
que le froid redoutable eût épuisé ses forces, à lui aussi.
Chancelant, à bout de souffle, il regagna enfin la terre ferme,
vit le manteau de bain sur la rive, le ramassa et se mit
machinalement à se frotter le corps et les membres jusqu'à
ce que sa peau transie se réchauffât. Il s'assit au soleil,
presque hébété, les yeux fixés sur l'eau, dont la froide étendue bleu verdâtre lui paraissait maintenant étrangement

vide, étrangère et perfide et il se sentit gagné par le désarroi et une tristesse profonde, quand, une fois passée cette faiblesse corporelle, la conscience et l'effroi de ce qui venait de se passer le saisirent de nouveau.

« Hélas! songea-t-il avec épouvante, me voici responsable de sa mort! » Et ce ne fut qu'à cet instant, où il n'avait plus à défendre sa fierté, ni à opposer de résistance, qu'il sentit, à la douleur de son cœur épouvanté, combien il s'était déjà mis à aimer cet homme. Et, sentant qu'en dépit de tous les arguments il était en partie responsable de la mort du Maître, il lui vint avec un frisson sacré le pressentiment que cette faute allait transformer sa personne et sa vie, et réclamer de lui bien plus de grandeur, qu'il n'en avait jusqu'alors jamais exigé de lui-même.

ÉCRITS POSTHUMES
DE JOSEPH VALET

LES POÈMES DE L'ÉCOLIER
ET DE L'ÉTUDIANT [1]

BULLES DE SAVON

D'un alambic d'études, d'idées
de tant et tant d'années, sur le tard, un vieil homme
distille ses pages de vieux, dont les vrilles torses
s'ourdissent en se jouant de cent sagesses suaves.

L'éruption volcanique d'un étudiant zélé,
explorateur d'archives et de bibliothèques
et brûlant d'ambition,
livre un livre de jeune, abîme de génie.

Assis, la paille aux lèvres, un gamin
de son souffle gonfle des bulles diaprées.
Chacune se pavane comme un psaume de louanges.
Son âme tout entière s'exhale dans des bulles.

Et tous trois, le vieux, le gamin, l'étudiant,
de l'écume de la maya des mondes créent
la magie de leurs rêves, dont aucun ne vaut rien,
mais où, dans un sourire, la lumière éternelle
se reconnaît et flambe plus gaiement.

DEGRÉS

Fleurette passe et l'âge dépasse
la jeunesse : il est ainsi des fleurs
à chaque pas de la vie, de la sagesse, de la vertu;
chacune a sa saison, nulle l'éternité.
Cœur, quand la vie t'appelle,
sois paré à partir et à recommencer,
cours, vaillant, sans regret,
te plier à des jougs nouveaux et différents.

---

1. Trois seulement des treize poèmes ont pu figurer dans la présente édition. *(N. d. T.)*

En tout commencement un charme a sa demeure,
C'est lui qui nous protège et qui nous aide à vivre.

Franchissons donc, sereins, espace après espace;
n'acceptons en aucun les liens d'une patrie,
pour nous l'esprit du monde n'a ni chaînes, ni murs;
par degrés il veut nous hausser, nous grandir.
A peine acclimatés en un cercle de vie,
intimes en son logis, la torpeur nous menace.
Seul, prêt à lever l'ancre et à gagner le large,
tu pourras t'arracher aux glus des habitudes.

Peut-être aussi l'heure de la mort nous lancera-t-elle,
jeunes, vers de nouveaux espaces.
L'appel de la vie jamais ne prendra fin...
Allons, mon cœur, dis adieu et guéris.

LE JEU DES PERLES DE VERRE

Musique de l'univers et toi, musique des maîtres,
nous voici, respectueux, prêts à vous écouter.
En une fête de pureté, nous allons évoquer
les esprits vénérés des époques de grâce.

Nous nous livrons à vos mystères qui nous grandissent,
hiéroglyphes magiques; vos sortilèges,
des mers sans rives, des tempêtes et de la vie
ont fait cristalliser des symboles limpides.

Comme les figures du ciel, ils tintent cristallins.
A les servir notre vie prit un sens,
et nul de leurs orbites ne peut choir
que dans le sanctuaire de leur centre.

LES TROIS BIOGRAPHIES

LE FAISEUR DE PLUIE

C'ÉTAIT il y a bien des milliers d'années; les femmes détenaient le pouvoir. Dans la tribu et dans la famille c'était à la mère et à la grand-mère qu'on témoignait respect et obéissance. Quand il y avait une naissance, une fille avait bien plus de prix qu'un garçon.

Il était au village une bisaïeule, qui avait bien cent ans et plus; tous la respectaient et la craignaient comme une reine, bien que, de mémoire d'homme, il ne lui arrivât plus que rarement de lever un doigt ou de dire une parole. Souvent, le jour, elle restait assise devant l'entrée de sa hutte, entourée d'une suite de parents qui la servaient, et les femmes du village venaient lui témoigner leur respect, lui conter leurs affaires personnelles, lui montrer leurs enfants et les présenter à sa bénédiction. Les femmes enceintes venaient lui demander de toucher leur ventre et de leur donner un nom pour l'enfant qu'elles attendaient. La bisaïeule imposait parfois sa main, parfois elle se contentait d'un signe de tête d'approbation ou de refus, à moins qu'elle restât immobile. Elle prononçait rarement une parole; elle se contentait d'être là; elle était là, elle trônait et régnait. Elle trônait, et ses cheveux blancs et jaunes pendaient en mèches minces autour de son profil d'aigle desséché et perspicace. Elle trônait, et recevait les hommages, les cadeaux, les prières, les nouvelles, les rapports, les plaintes; elle trônait, et tous la savaient mère de sept filles, grand-mère et bisaïeule de nombreux petits et arrière-petits-enfants ; elle trônait et les rides profondes de ses traits, son front bronzé recélaient la sagesse, la tradition, le droit, la morale et l'honneur du village.

C'était un soir de printemps ; le ciel était couvert et la nuit tombait tôt. Devant la hutte de bauge de la bisaïeule, ce n'était pas elle qui trônait, mais sa fille qui n'était guère moins blanche et moins digne qu'elle, et guère moins chargée d'ans. Elle trônait là et se reposait ; son siège, c'était le seuil de la porte, une pierre plate rustique, qu'on couvrait d'une peau de bête quand il faisait froid et, en vaste demi-cercle, à l'extérieur, quelques enfants, quelques femmes, des petits garçons étaient accroupis par terre, dans le sable ou dans l'herbe. Ils venaient s'accroupir là le soir, chaque fois qu'il ne pleuvait et qu'il ne gelait pas, car ils voulaient entendre conter la fille de la bisaïeule. Elle contait des histoires ou chantait des adages. Jadis la bisaïeule avait fait cela elle-même, maintenant elle était par trop vieille et n'était plus communicative. C'était sa fille qui était là, à sa place, à croupetons et qui contait, et, de même qu'elle tenait toutes ses histoires et ses adages de la bisaïeule, elle avait aussi hérité d'elle la voix, la stature, la dignité tranquille de son attitude, de ses mouvements, de son langage, et les plus jeunes de ses auditeurs la connaissaient beaucoup mieux que sa mère, et ils ignoraient presque déjà que c'était à la place d'une autre qu'elle trônait là et leur transmettait les histoires et la sagesse du clan. C'était de sa bouche que coulait, ces soirs-là, la source du savoir ; elle gardait sous ses cheveux blancs le trésor de la tribu, derrière son vieux front légèrement ridé vivaient le souvenir et l'esprit de leur colonie. Si l'un d'eux savait quelque chose, s'il connaissait des dictons ou des histoires, il les tenait d'elle. En dehors d'elle et de la très vieille femme, il n'y avait dans la tribu qu'un être qui sût, mais il restait plus caché ; c'était un homme mystérieux et très taciturne, le faiseur de temps ou faiseur de pluie.

Parmi les auditeurs accroupis, il y avait aussi le jeune Valet et à côté de lui une petite fille, qui s'appelait Ada. Il aimait bien cette fillette, il lui tenait souvent compagnie et la protégeait ; ce n'était pas vraiment de l'amour ; il ne savait pas encore ce que c'était, étant encore enfant lui-même ; il agissait ainsi, parce qu'elle était la fille du faiseur de pluie. Et ce faiseur de pluie, Valet le respectait et l'admirait beaucoup, plus que quiconque, presque à l'égal de la bisaïeule et de sa fille. Mais elles, c'étaient des femmes. On pouvait les honorer et les craindre, on ne pouvait concevoir l'idée, ni nourrir le désir de devenir ce qu'elles étaient. Or, ce faiseur de pluie était un homme assez inabordable, il n'était pas facile à un jeune garçon de rester dans son voisinage ; il fallait trouver des détours et l'un des détours qui menaient à lui, c'était la sollicitude de Valet pour sa fille. Il allait la chercher, chaque fois qu'il le pouvait, dans la hutte un peu à l'écart de son père, pour l'emmener s'asseoir le soir devant la cabane de la vieille et l'entendre conter, et ensuite il la ramenait chez elle. C'était ce qu'il avait fait ce jour-là, et il était accroupi maintenant à côté d'elle, à écouter.

Ce jour-là, l'aïeule parlait du village des sorcières. Elle racontait ceci :

« Quelquefois dans un village il y a une femme méchante et qui ne veut de bien à personne. D'habitude, ces femmes n'ont pas d'enfants. Quelquefois, l'une d'elles est si mauvaise que son village ne veut plus la garder. Alors on va la chercher la nuit, on attache son mari, on fouette la femme à coups de verges, puis on la chasse au loin, dans les forêts et les marécages ; on prononce contre elle une malédiction et on l'abandonne là, dehors. On délivre alors l'homme de ses liens et s'il est encore assez jeune, il peut aller avec une autre femme. Mais celle qu'on a chassée, si elle ne périt pas, erre dans les forêts et dans les marécages, elle apprend la langue des bêtes et, quand elle a longtemps erré et marché, elle trouve un jour un petit village : c'est celui des sorcières. C'est là que toutes les méchantes femmes, qu'on a chassées, se sont rassemblées et elles se sont fait elles-mêmes un village. C'est là qu'elles vivent, qu'elles font le mal et pratiquent la magie. En particulier, comme elles n'ont pas d'enfants, elles aiment attirer ceux des vrais villages et, quand un enfant s'égare dans la forêt et ne revient plus, alors il se peut qu'il ne se soit pas noyé dans le marais et qu'un loup ne l'ait pas mis en pièces, mais qu'une sorcière l'ait attiré dans le mauvais chemin et qu'elle l'ait emmené dans son village. Au temps où j'étais encore petite et où c'était ma grand-mère qui était la plus vieille, une petite fille est allée un jour aux myrtilles avec les autres et, en les cueillant, la fatigue l'a prise et elle s'est endormie; elle était encore petite, les fougères la recouvraient, et les autres enfants s'en allèrent plus loin et ne s'aperçurent de rien, et c'est seulement en rentrant au village, c'était déjà le soir, qu'ils virent que la petite fille n'était plus parmi eux. On envoya les jeunes hommes la chercher et ils l'appelèrent dans la forêt jusqu'à la nuit, puis ils revinrent, mais ils ne l'avaient pas trouvée. Or, la petite, quand elle eut assez dormi, s'était enfoncée de plus en plus dans la forêt. Et plus elle avait peur, plus elle courait vite, mais depuis longtemps elle ne savait déjà plus où elle était, et elle ne fit que s'éloigner toujours davantage du village, jusqu'à l'endroit où personne n'était encore allé. Au cou elle portait, attachée à un fil d'écorce, une défense de sanglier. Son père lui en avait fait cadeau; il l'avait rapportée de la chasse, et avec un éclat de pierre il avait percé un trou à travers, par lequel on pouvait passer le fil et, auparavant, il avait fait bouillir cette défense trois fois dans le sang du sanglier, en chantant les formules qui font du bien, et quiconque portait sur lui une défense pareille était protégé contre beaucoup de sortilèges. Alors une femme sortit des arbres, c'était une sorcière, elle prit une figure douce et dit : « Je te salue, belle « enfant, tu t'es trompée de chemin? Viens donc avec moi, « je vais te ramener à la maison. » L'enfant l'accompagna. Mais elle se rappela ce que sa mère et son père lui avaient dit : elle ne devait jamais montrer à un inconnu sa défense de sanglier, et tout en marchant, elle détacha la défense du fil, sans se faire remarquer et la glissa dans sa ceinture. L'inconnue marcha pendant des heures avec la petite fille, il faisait déjà nuit quand elles arrivèrent au village, mais ce n'était pas le nôtre, c'était celui des sorcières. Là, la fillette fut enfermée dans une étable sans lumière, mais la sorcière, elle, alla dormir dans sa hutte. Le matin la sorcière dit : « N'as-tu pas une défense de sanglier « sur toi? » L'enfant dit : « Non, j'en avais bien une, mais « je l'ai perdue dans la forêt » et elle montra son petit collier d'écorce, auquel il ne pendait plus de défense. Alors la sorcière alla chercher un pot de pierre où il y avait de la terre, et dans cette terre trois plantes poussaient. L'enfant les regarda et demanda ce que c'était. La sorcière montra la première plante et dit : « C'est la vie de ta mère. » Puis elle montra la deuxième et dit : « C'est la vie de ton père. » Puis elle montra la troisième : « Et celle-ci, c'est ta vie, à toi. Aussi « longtemps que ces plantes seront vertes et pousseront, « vous resterez en vie et en bonne santé. Si l'une se fane, « alors celui dont elle représente la vie deviendra malade. « Si l'une d'elles est arrachée, comme je vais l'arracher « maintenant, alors celui dont elle représente la vie devra « mourir. » Elle saisit entre ses doigts la plante qui représentait la vie de son père et commença à tirer dessus, et quand elle eut un peu tiré et qu'on vit une partie de la racine blanche, la plante poussa un profond soupir... »

A ces mots, la petite fille assise à côté de Valet se leva d'un bond, comme si un serpent l'avait mordue, elle poussa un cri et s'enfuit à toutes jambes. Longtemps elle avait lutté contre la peur que lui causait cette histoire, maintenant elle n'avait pu en supporter davantage. Une vieille femme se mit à rire. D'autres, parmi les auditeurs, n'avaient guère moins de crainte que la petite, mais ils se continrent et restèrent assis. Valet, lui, dès qu'il se fut vraiment réveillé du rêve de ce récit et de sa peur, se leva également d'un bond et courut à la poursuite de la fillette. L'aïeule poursuivit son récit.

Le faiseur de pluie avait sa hutte près de l'étang du village, et c'est dans cette direction que Valet chercha la fugitive. Murmurant, chantant, fredonnant sur un mode attirant et apaisant, il essayait de l'amadouer, prenait la voix qu'ont les femmes pour appeler les poules, une voix traînante, douce, qui veut envoûter. « Ada, criait-il, chantait-il, Ada, petite Ada, viens, Ada, n'aie pas peur, c'est moi, moi Valet. » Il chanta et chanta ainsi sans arrêt et, avant même de l'avoir vue ou entendue, il sentit soudain sa petite main molle se glisser dans la sienne. Elle était restée au bord du chemin, le dos blotti contre la paroi d'une hutte, et elle l'avait attendu depuis que ses appels étaient parvenus à ses oreilles. Elle se serra, avec un soupir de soulagement, contre ce garçon qui lui semblait déjà grand et fort comme un homme.

— Tu as eu peur, hein? lui demanda-t-il. Il ne faut pas, personne ne te fera rien, tout le monde aime bien Ada. Viens, allons à la maison.

Elle tremblait encore et sanglotait un peu, mais elle était déjà apaisée et elle l'accompagna, pleine de gratitude et de confiance.

Par la porte de la hutte luisait une faible lumière rouge. Le faiseur de pluie était accroupi à l'intérieur, devant l'âtre. Une lueur claire et vermeille filtrait à travers ses cheveux tombants; il avait du feu et faisait cuire quelque chose dans deux petits pots. Avant d'entrer avec Ada, Valet regarda quelques instants curieusement, du dehors. Il vit aussitôt que ce n'était pas de la nourriture qui cuisait là; cela se faisait dans d'autres pots, et il était d'ailleurs déjà beaucoup trop tard pour cela. Mais le faiseur de pluie l'avait entendu. « Qui est là, à la porte? s'écria-t-il. Avancez! Entrez! Est-ce toi, Ada? » Il mit des couvercles sur ses petits pots, les entoura de braise et de cendres et se retourna.

Valet louchait encore vers ces pots mystérieux, plein de curiosité, de respect et de crainte, comme chaque fois qu'il pénétrait dans cette hutte. Il le faisait aussi souvent qu'il le pouvait, il inventait pour cela mille sortes d'occasions et de prétextes, mais toujours il éprouvait ce sentiment mi-excitant, mi-alarmant d'angoisse légère, où la curiosité et le plaisir de la convoitise luttaient contre la peur. Le vieux n'avait pu manquer de voir que Valet le suivait pas à pas depuis longtemps et surgissait toujours près de l'endroit où il pouvait supposer qu'il serait; il était sur sa piste comme un chasseur et lui offrait en silence ses services et sa compagnie.

Tourou, le faiseur de pluie, le fixa de ses yeux clairs d'oiseau de proie. « Que viens-tu faire ici? lui demanda-t-il froidement. Ce n'est pas le moment de rendre visite aux huttes des autres, mon petit.

— J'ai ramené Ada, maître Tourou. Elle était chez la bisaïeule, nous écoutions raconter des histoires, celles des sorcières, et tout à coup la peur l'a prise et elle s'est mise à crier, alors je l'ai accompagnée. »

Le père se tourna vers la petite : « Tu es une poltronne, Ada. Les filles intelligentes n'ont rien à craindre des sorcières. Et tu es une fille intelligente, n'est-ce pas?

— Oh! oui, mais les sorcières ne savent que des tours méchants, et quand on n'a pas de défense de sanglier...

— Ah! tu voudrais une défense de sanglier? Nous allons voir cela. Mais je connais quelque chose qui est encore meilleur. Je sais une racine, je te l'apporterai, il faudra que nous allions la chercher et que nous l'arrachions en automne; elle protège les petites filles intelligentes de tous les charmes et elle les rend même plus jolies encore. »

Ada sourit, contente. Elle était déjà tranquillisée depuis que l'odeur de sa hutte et la maigre lueur du feu l'environnaient. Valet demanda timidement : « Est-ce que je ne pourrais pas aller chercher cette racine? Tu devrais me la décrire... »

Tourou eut un clignement d'yeux. « Cela, bien des petits garçons voudraient le savoir, dit-il, mais sa voix était sans méchanceté, seulement un peu moqueuse. Cela ne presse pas. En automne peut-être. »

Valet se retira et s'en fut dans la direction de la cabane des garçons, où il dormait. Il n'avait pas de parents, il était orphelin, et c'était aussi pour cela que le voisinage d'Ada et que sa hutte avaient pour lui quelque chose de magique. Tourou, le faiseur de pluie, n'aimait pas les paroles, il ne s'écoutait, ni n'écoutait volontiers les autres parler; beaucoup de gens le trouvaient singulier, certains maussade. Il ne l'était pas. En tout cas, il était mieux informé de ce qui se passait autour de lui que son allure distraite de savant et d'ermite ne l'eût laissé croire. Il savait pertinemment, entre autres, que ce petit garçon un peu importun, mais joli et manifestement intelligent, le suivait à la trace et l'observait. Il s'en était aperçu dès le début, il y avait déjà un an et plus que cela durait. Il savait aussi fort bien pourquoi. C'était très important pour cet enfant et aussi pour lui, qui était vieux. Cela signifiait que ce garçon en pinçait pour le métier de faiseur de pluie et qu'il n'avait pas de plus ardent désir que de l'apprendre. Il se trouvait toujours un garçon de cette sorte dans leur colonie. Il en était déjà venu plus d'un auprès de lui. Beaucoup étaient faciles à effrayer et à décourager, d'autres non, et, pendant des années, il en avait déjà eu deux comme élèves et comme apprentis, qui étaient ensuite allés se marier au loin dans d'autres villages et y étaient devenus faiseurs de pluie ou ramasseurs de simples. Depuis, Tourou était resté seul, et s'il devait lui arriver encore d'accepter un apprenti, ce serait pour avoir un jour un successeur. Il en avait toujours été ainsi, c'était ainsi que cela devait être et il ne pouvait pas en être autrement : chaque fois, il fallait qu'un garçon doué surgît, qu'il s'attachât à l'homme, en qui il voyait un maître de son art et courût après lui. Valet avait des dons, il avait ce qu'il fallait, et certains indices aussi le recommandaient : surtout son regard inquisiteur, à la fois perçant et rêveur, la discrétion et le silence de ses manières et, dans l'expression de son visage et de sa tête, un air de chercher, de flairer, quelque chose d'éveillé, une attention aux bruits et aux odeurs qui tenait de l'oiseau et du chasseur. Ce garçon pouvait certainement devenir un connaisseur du temps, peut-être même un magicien, on pouvait s'en servir. Mais cela ne pressait pas. Il était beaucoup trop jeune et il n'était pas du tout nécessaire de lui montrer; qu'on reconnaissait sa valeur on ne devait pas trop lui faciliter les choses, il ne fallait pas lui épargner un seul pas. S'il se laissait intimider, effrayer, rebuter, décourager, alors tant pis pour lui. Il n'avait qu'à attendre, à rendre des services, il n'avait qu'à circonvenir le maître et à lui faire la cour.

Valet s'en alla en flânant vers le village, à la nuit tombante, sous le ciel couvert que parsemaient deux ou trois étoiles. Il était satisfait et agréablement excité. De tous les plaisirs, de toutes les beautés et des raffinements qui pour nous, aujourd'hui, vont de soi, qui nous sont indispensables et que possèdent même les plus pauvres, cette colonie ne connaissait aucun. Elle ignorait aussi bien la culture personnelle que les arts, elle ignorait d'autres demeures que ses huttes de bauge plantées de guingois, elle ignorait les ustensiles de fer et d'acier, et même des choses comme le blé ou le vin lui étaient encore inconnues. Des inventions comme la chandelle ou la lampe eussent été pour ces hommes des prodiges éclatants. La vie de Valet et l'univers de ses représentations n'en étaient pas moins riches : le monde l'entourait, mystère et livre d'images infini. Il en conquérait chaque jour nouveau une petite portion neuve, de la vie des animaux et de la croissance des plantes jusqu'au firmament, et, entre cette mystérieuse nature muette et l'âme solitaire qui respirait dans son cœur inquiet d'enfant, il existait toute la parenté et aussi toute la tension,

l'angoisse, la curiosité, le goût d'assimilation dont l'âme
humaine est capable. Si, dans son univers, il n'y avait pas
de savoir écrit, pas d'histoire, pas de livre, pas d'alphabet,
si tout ce qui se trouvait à plus de deux ou trois heures de
marche de son village lui était absolument inconnu, hors de
sa portée, en revanche, il partageait totalement, pleinement, la vie de son village, à lui. Ce village, cette patrie,
cette communauté de la tribu sous la direction des mères
lui donnaient tout ce que peuvent donner à l'homme son
peuple et son état : une terre pleine de mille racines,
dans l'entrelacement desquelles lui-même était une fibre et
où il avait part à tout.

Il s'en allait en flânant, satisfait. Le vent de la nuit mur-
murait dans les arbres, avec des craquements légers, il y
avait une senteur de terre humide, de roseaux et de vase,
de fumée de bois à demi vert, une odeur grasse et un peu
sucrée qui, plus que toute autre, était synonyme de patrie,
et enfin, quand il fut dans le voisinage de la hutte des
garçons, il y eut son odeur à elle : cela sentait les garçons,
les corps juvéniles. Sans bruit, il se glissa sous la natte
de roseaux, plongea dans l'obscurité chaude, pleine de res-
pirations, il s'étendit sur la litière et pensa à l'histoire des
sorcières, à la défense de sanglier, à Ada, au faiseur de
pluie et à ses petits pots mis à côté du feu, jusqu'au moment où il s'endormit.

Tourou était avare de prévenances à l'égard du jeune
garçon, il ne lui rendait pas la tâche facile. Mais l'enfant
était toujours sur ses traces; quelque chose, chez ce vieil
homme, l'attirait; il ne savait souvent pas lui-même comment. Parfois, quand le vieux, en quelque lieu très dissi-
mulé de la forêt, du marécage ou de la lande, tendait un
piège, flairait une trace de bête, déterrait une racine ou
ramassait des graines, il lui arrivait de sentir soudain le
regard de ce garçon qui depuis des heures le suivait, invisible et sans bruit, et qui l'épiait. Alors, quelquefois, il faisait semblant de n'avoir rien remarqué, quelquefois il gro-
gnait et chassait son poursuivant avec irritation, parfois
aussi il lui faisait signe d'approcher et le gardait avec lui
pour la fin de la journée; il se faisait rendre des services,
lui montrait ceci et cela, le faisait deviner, le mettait à
l'épreuve, lui disait les noms des plantes, lui ordonnait

d'aller puiser de l'eau ou d'allumer du feu, et pour chacune de ces opérations il connaissait des tours de main, des procédés, des secrets, des formules, dont il enjoignait à l'enfant de respecter le mystère. Et finalement, quand Valet fut un peu plus grand, il le garda en permanence auprès de lui, il le reconnut pour son apprenti et alla le chercher dans la hutte où dormaient les garçons pour l'installer dans la sienne. Et cela distingua Valet aux yeux de tous : il n'était plus un enfant, il était apprenti chez le faiseur de pluie, et cela signifiait que, s'il tenait bon et s'il valait quelque chose, il serait son successeur.

Dès l'instant où le vieux prit Valet dans sa hutte, la barrière qui les séparait tomba. Non celle du respect et de l'obéissance, mais celle de la méfiance et de la réserve. Tourou avait cédé et s'était laissé conquérir par les avances tenaces de Valet; désormais il ne songea plus qu'à faire de lui un bon faiseur de pluie et son successeur. Il n'existait pour cet enseignement ni concepts, ni doctrine, ni méthode, ni textes, ni chiffres, il n'y avait que bien peu de mots, et c'étaient les sens de Valet, bien plus que son entendement, que le maître formait. Il s'agissait, non seulement d'administrer et d'utiliser, mais de transmettre un trésor considérable de traditions et d'expérience, toute la science de la nature que l'homme possédât alors. Un vaste système compact de notions, d'observations, d'instincts et d'habitudes de chercheur s'ouvrit lentement, dans la pénombre, aux yeux de l'adolescent. Presque rien n'en avait été ramené à des concepts, c'était aux sens qu'il revenait de dépister presque tout, de l'apprendre, de le contrôler. Mais le fondement et le centre de cette science étaient la connaissance de la lune, de ses phases et de son action. Il fallait savoir qu'elle s'enflait régulièrement et régulièrement s'amenuisait, peuplée des âmes des morts, qu'elle envoyait renaître, pour faire de la place à des morts nouveaux.

Tout comme la soirée qui l'avait conduit de la conteuse aux pots placés près de l'âtre du vieux, une autre heure se grava dans la mémoire de Valet, une heure intermédiaire entre la nuit et le matin, où le maître l'avait éveillé deux heures après minuit et était sorti avec lui dans de profondes ténèbres, pour lui montrer le dernier lever d'un croissant de lune qui s'effilait. Ils attendirent alors un

long moment, le maître immobile et silencieux, le jeune
homme avec un peu d'angoisse, frissonnant de manque de
sommeil, au milieu des collines couvertes de forêts, sur un
rocher plat et dégagé, jusqu'à ce qu'à l'endroit indiqué
d'avance par le maître, dans la forme et sous l'inclinaison
qu'il avait d'avance décrites, la lune surgît, étroite, comme
un trait légèrement arqué. Sous le coup de l'angoisse et
du charme, Valet regarda fixement la lente ascension de
l'astre, qui progressait, planant doucement au milieu des
ténèbres des nuages, dans une île d'azur clair.

— Elle va bientôt changer de forme et s'enfler de nouveau, alors ce sera le moment de planter le blé noir, dit
le faiseur de pluie, en comptant à l'avance les jours sur
ses doigts. Puis, il retomba dans son ancien silence. Et,
comme si on l'eût laissé seul, Valet resta accroupi sur la
pierre où brillait la rosée, tremblant de froid. Du fond des
bois, un long hululement de chouette monta jusqu'à eux.
Le vieux médita longtemps, puis il se leva, posa la main
sur les cheveux de Valet et lui dit tout bas, comme s'il
sortait d'un rêve : « Quand je serai mort, mon esprit s'envolera dans la lune. Tu seras alors un homme et tu auras
une femme : ma fille Ada sera ta femme. Quand elle aura
un fils de toi, mon esprit reviendra et il habitera en votre
fils et tu le nommeras Tourou, comme je m'appelle Tourou. »

L'apprenti l'écouta avec stupeur, il n'osa pas dire un mot.
L'étroit croissant d'argent s'élevait, il était déjà englouti
à demi par les nuages. Une prémonition étrange saisit le
jeune homme, le pressentiment de rapports et de connexions
nombreuses, de répétitions et de croisements entre les choses
et les événements; il se trouva étrangement placé, à la
fois spectateur et acteur, devant ce ciel nocturne inconnu,
où, au-dessus des forêts immenses et des collines, le mince
croissant effilé était apparu, annoncé d'avance avec précision par le maître. Il trouva celui-ci prodigieux, tout
enveloppé de secrets, lui qui pensait à sa propre mort, lui
dont l'esprit allait séjourner dans la lune et reviendrait de
là dans un homme qui serait le fils de Valet et qui devrait
porter le nom du maître défunt. Comme le ciel couvert de
nuages, l'avenir, le destin semblaient se dégager par prodige, transparents par endroits, devant lui, et qu'on pût en

savoir quelque chose, les nommer et en parler, cela lui faisait l'effet de plonger le regard dans des espaces sans fin, remplis de merveilles, où pourtant régnait l'ordre. Un instant, il lui sembla que l'esprit pouvait tout saisir, tout savoir, tout épier, le pas léger et sûr des astres là-haut, la vie des hommes et des animaux, leurs unions et leurs hostilités, leurs rencontres et leurs luttes, toutes les grandeurs et les petitesses, ainsi que la mort incluse en chaque vivant; il vit ou sentit tout cela dans un premier frisson prémonitoire, comme un ensemble, où il était aussi inséré et compris lui-même, partie de ce tout parfaitement ordonnée, régie par des lois, accessible à l'esprit. Ce fut le premier pressentiment des grands mystères, de leur dignité et de leur profondeur, ainsi que de la possibilité de les connaître, qui dans la fraîcheur sylvestre de cette nuit, aux approches du matin, sur ce rocher surplombant les milliers de cimes chuchotantes des arbres, effleura l'adolescent, comme la main d'un esprit. Il ne put en parler, ni alors ni de toute sa vie, mais il dut y penser bien des fois. Aussi longtemps qu'il continua à apprendre et à prendre de l'expérience, ce fut toujours cette heure et son émotion qu'il eut présentes à l'esprit. « Songe, l'avertissaient-elles, songe qu'il y a tout cela, qu'entre la lune et toi, et Tourou et Ada, il passe des rayons et des courants, qu'il y a la mort et la terre des âmes et le retour de là-bas, et qu'à toutes les images et à tous les phénomènes de l'univers il y a une réponse au fond de ton cœur, que tout te concerne, que de tout cela tu devrais savoir autant qu'il est possible à l'homme. » Voilà à peu près ce que disait cette voix. C'était la première fois que Valet entendait ainsi parler l'esprit, qu'il percevait son appel, ses exigences, sa sollicitation magique. Il avait déjà vu bien des lunes errer dans le ciel et entendu la nuit bien des hululements de chouettes et, de la bouche de son maître, si peu loquace qu'il fût, il avait déjà entendu bien des paroles inspirées par une sagesse antique ou par des considérations solitaires, mais en cette heure présente tout était neuf et différent, c'était le pressentiment du tout qui l'avait touché, le sentiment des relations et des rapports, de l'ordre qui l'englobait lui-même et le rendait aussi responsable. Quiconque aurait la clef de cela ne devrait pas seulement être en mesure de reconnaître un animal à ses traces, une plante à ses racines ou à ses graines, il devrait pouvoir saisir la totalité de l'univers : embrasser les astres, les esprits, les hommes, les animaux, les remèdes et les poisons, tout dans sa totalité, et déchiffrer dans chaque élément, dans chaque signe toutes les autres parties. Il y avait de bons chasseurs qui savaient d'une trace, des laisses, d'un poil ou d'un vestige repérer plus que d'autres : à quelques menus poils, ils reconnaissaient non seulement de quelle espèce d'animal ils provenaient, mais aussi s'il était jeune ou vieux, mâle ou femelle. D'autres, à la forme d'un nuage, à une senteur dans l'air, au comportement particulier des animaux ou des plantes, décelaient, des journées à l'avance le temps qu'il ferait; dans ce domaine son maître était inégalé et presque infaillible. Il y en avait encore d'autres qui possédaient une adresse innée : il y avait des garçons capables, à trente pas, d'atteindre un oiseau avec une pierre. Ils ne l'avaient pas appris, ils le savaient, tout simplement. Ce n'était pas le résultat d'un effort, mais d'un charme ou d'une grâce : la pierre qu'ils avaient dans la main s'envolait toute seule, cette pierre voulait toucher son but, l'oiseau voulait être atteint. On disait qu'il y en avait d'autres qui connaissaient l'avenir d'avance : ils savaient si un malade mourrait ou non, si une femme enceinte mettrait au monde des garçons ou des filles; la fille de l'aïeule était célèbre pour cela, et l'on disait que le faiseur de pluie possédait aussi un peu de ce savoir. Or, il semblait à Valet en cet instant, que dans le gigantesque réseau des relations, il devait y avoir un centre d'où l'on pouvait savoir, voir et déchiffrer tout le passé et tout l'avenir. Quiconque se trouverait en ce point central devrait voir la connaissance venir à lui comme la vallée voit venir l'eau et le chou le lièvre. Sa parole toucherait le but, aussi tranchante et aussi infaillible que la pierre partie de la main du lanceur d'élite. Par la force de l'esprit, il devrait réunir en lui et laisser jouer tous ces dons particuliers, toutes ces capacités. Ce devait être là l'homme parfait, sage, sans rival! Être comme lui, se rapprocher de lui, être sur le chemin qui menait jusqu'à lui, c'était la voie suprême, c'était le but, c'était ce qui donnait à une vie sa consécration et son sens. Tels étaient à peu près ses sentiments, et ce que nous essayons d'en dire, dans notre langage qu'il ne connaissait pas, de concepts, ne peut rien exprimer du frisson de ses pensées et de l'ardeur de son émotion. Le souvenir de ce lever, en pleine nuit, d'avoir été conduit à travers la forêt obscure et silencieuse, pleine de dangers et de secrets, l'attente en haut de la plaque rocheuse, dans le froid du matin, l'apparition de ce mince fantôme de lune, les paroles parcimonieuses du sage, ce tête-à-tête avec son maître à cette heure insolite, tout cela Valet le revivait et le conservait dans sa mémoire comme une fête et un mystère, la fête de son initiation, de son admission dans une alliance et dans un culte, de son accession au droit de servir, mais avec honneur, ce qui n'avait pas de nom, le mystère de l'univers. Cette émotion et bien d'autres analogues, ne pouvaient pas devenir pensées, ni à plus forte raison paroles et une idée plus lointaine et plus impossible encore que toute autre eût été à peu près celle-ci : « Est-ce moi seul qui crée cette émotion ou bien est-ce une réalité objective ? Est-ce que le maître sent la même chose ou sourit-il de moi ? Mes pensées, quand j'éprouve ceci, sont-elles nouvelles, personnelles, uniques en leur genre ou bien le maître et bien d'autres avant lui ont-ils connu et pensé un jour exactement la même chose ? » Non, ces réfractions et ces différenciations n'existaient pas, tout était réalité, tout était imprégné et rempli de réalité, comme la pâte d'un pain l'était de levure. Les nuages, la lune et le théâtre changeant du ciel, le calcaire mouillé et froid sous ses pieds nus, le froid humide, ruisselant de rosée, dans la brise de la nuit blême, cette senteur consolante et familière de la fumée de l'âtre et de la litière de feuilles que gardait la peau de bête portée par le maître autour de ses flancs, son accent de dignité et, dans sa voix rauque, cette légère vibration de l'âge et de l'attente de la mort, tout cela était plus que réel et s'imposait presque avec violence aux sens de l'adolescent. Et pour les souvenirs, les impressions des sens constituent un humus plus profond que les meilleurs des systèmes et des méthodes à penser.

Le faiseur de pluie appartenait, il est vrai, au petit nombre d'hommes qui exerçaient une profession, qui, de leur propre chef, avaient mis au point un art spécial, une capacité. Mais sa vie quotidienne ne différait guère, extérieurement, de celle de tous les autres. C'était un haut fonctionnaire et il jouissait de la considération de la tribu, il en recevait aussi des redevances et un salaire, chaque fois qu'il avait à tra-

vailler pour la communauté, mais cela ne se produisait que
dans des circonstances particulières. Sa fonction de loin la
plus importante et la plus solennelle, qui revêtait même un
caractère sacré, consistait à fixer, au printemps, le jour des
semailles pour chaque espèce de graines et de plantes. Il
le faisait, en tenant strictement compte de l'état de la lune,
en partie d'après les règles qu'il avait héritées, en partie
d'après sa propre expérience. Mais l'acte solennel du début
des semailles proprement dit, le geste de lancer sur la terre
de la communauté la première poignée de grain et de graines
dépassait déjà ses fonctions. Aucun homme n'occupait un
rang assez élevé pour cela. Chaque année, c'était la bisaïeule
elle-même ou ses parentes les plus âgées qui l'accomplissaient.
Le maître devenait le personnage le plus important du
village lorsqu'il devait réellement faire fonction de
faiseur de pluie. Cela se produisait quand une longue
sécheresse, l'humidité ou le froid persistaient dans les champs
et menaçaient la tribu de famine. Alors Tourou devait utiliser les remèdes que l'on connaissait contre le manque d'eau et
la mauvaise récolte : les sacrifices, les conjurations, les processions. D'après la légende, quand aucun autre procédé ne
venait à bout d'une sécheresse opiniâtre ou d'une pluie sans
fin et que les esprits ne se laissaient convaincre ni par les
conjurations, ni par les lamentations ou les menaces, il existait encore un dernier moyen infaillible qui, disait-on, avait
été employé assez souvent du temps des mères et des grandmères : l'holocauste du faiseur de pluie lui-même par la
communauté. On racontait que la bisaïeule avait encore
connu cela et y avait assisté.

Outre la charge de s'occuper du temps, le maître avait
encore une sorte d'activité privée : il conjurait les esprits,
confectionnait des amulettes et des sortilèges et servait dans
certains cas de médecin, dans la mesure où la bisaïeule ne se
réservait pas ce privilège. Mais, par ailleurs, maître Tourou
menait la vie de tout un chacun. Il aidait, quand c'était son
tour, à cultiver le terrain de la communauté et il avait aussi, à
côté de sa hutte, ses petites plantations personnelles. Il ramassait des fruits, des champignons, du bois à brûler, et il les conservait. Il allait à la pêche et à la chasse, et il entretenait une
chèvre ou deux. C'était un paysan comme tous les autres,
mais quand il s'agissait de chasser, de pêcher et de chercher

des plantes, il n'était pas l'égal de n'importe qui : c'était un
original et un génie et il avait la réputation de connaître une
foule de ruses, de prises, de tours de main et d'astuces naturelles et magiques. On disait que, d'un lacet d'osier tressé
par lui, aucun animal pris au piège ne pouvait s'échapper. Il savait, par des moyens particuliers, donner du parfum et du goût aux appâts pour les poissons, il avait l'art
d'attirer à lui les écrevisses, et il y avait des gens qui croyaient
qu'il comprenait aussi le langage de beaucoup d'animaux.
Mais son véritable domaine restait cependant celui de sa
science magique : l'observation de la lune et des étoiles, la
connaissance des indices du temps, la prémonition des
intempéries et de la croissance des plantes, la pratique de
tout ce qui servait de moyen auxiliaire pour obtenir des
résultats magiques. C'est ainsi qu'il était réputé comme
connaisseur et collectionneur de ces formes du monde végétal et animal qui pouvaient servir de remèdes et de poisons,
de véhicules pour les sortilèges et les bénédictions et de
moyens de protection contre les esprits hostiles. Il connaissait et découvrait chaque plante, même la plus rare. Il
savait où et quand elle fleurissait et venait à graine, quand
le moment était venu de déterrer sa racine. Il connaissait
et trouvait toutes les espèces de serpents et de crapauds ; il
savait comment utiliser la corne, le sabot de cheval, les
serres, les poils, il s'y connaissait en matière de difformités,
de malformations, de formes épouvantables dues aux mauvais esprits, de tubérosités, d'excroissances, et de papilles
dans le bois, la feuille, le grain, la noix, la corne et le sabot.

Valet avait plus à apprendre par les sens, par les pieds et
par les mains, par l'œil, le toucher, l'oreille et l'odorat que
par l'entendement et Tourou lui enseignait bien davantage
par l'exemple et la démonstration que par des paroles et
des théories. Il était rare, du reste, que le maître prononçât
des mots cohérents et, même alors, ses paroles n'étaient
qu'un essai pour rendre plus claires encore ses mimiques
extraordinairement pressantes. L'apprentissage de Valet ne
différait guère de celui qu'un jeune pêcheur ou un jeune
chasseur peut faire chez un bon maître, et c'était pour lui
une grande joie, car il n'apprenait que ce pourquoi il avait
déjà des dispositions. Il apprenait le guet, l'écoute, l'approche furtive, l'observation, les attitudes de l'alerte et de

l'éveil, le repérage des traces à l'odorat et à la vue. Mais le gibier qu'ils épiaient, lui et son maître, n'était pas seulement le renard et le blaireau, la couleuvre et le crapaud, l'oiseau et le poisson, c'était l'esprit, le tout, les significations, les relations. Ce qu'ils cherchaient, c'était à déterminer, à repérer, à deviner et à savoir d'avance le temps fugace et capricieux, à connaître la mort toute prête dans une baie et dans une morsure de serpent, à déceler le secret d'après lequel les nuages et les tempêtes étaient en rapport avec les phases de la lune et influaient sur les semailles et la croissance des plantes, comme sur la prospérité et les maux qui marquaient la vie de l'homme et de l'animal. Leur effort sur ce point avait, à vrai dire, le même objectif que la science et la technique de millénaires ultérieurs : la domination de la nature et le pouvoir de jouer avec ses lois, mais ils procédaient d'une tout autre manière. Ils n'établissaient pas de séparation entre eux et la nature, et ne cherchaient pas à pénétrer ses secrets par violence; ils ne lui étaient jamais opposés et hostiles, ils demeuraient toujours un de ses éléments et nourrissaient pour elle un dévouement plein de respect. Il est permis de penser qu'ils la connaissaient mieux et qu'ils la traitaient plus intelligemment. Mais il y avait une chose qui leur était totalement impossible, jusque dans leurs pensées les plus téméraires : c'était d'être dévotement attachés, soumis à la nature et au monde des esprits sans en avoir peur ou, à plus forte raison, de se croire supérieurs à eux. Cette hybris leur était inconcevable et il leur eût paru impossible d'avoir d'autres rapports que ceux de la peur avec les puissances de la nature, la mort et les démons. C'était la crainte qui dominait la vie des hommes, il ne semblait pas qu'on pût en triompher. Mais on pouvait l'apaiser, l'astreindre à certaines formes, jouer au plus fin avec elle, lui imposer un masque et lui fixer sa place dans l'ensemble de la vie : c'était à cela que servaient les différents systèmes de sacrifices. La peur pesait sur la vie de ces hommes, et sans cette pression puissante leur vie aurait perdu, certes, ses terreurs, mais aussi son intensité. Arriver à promouvoir en respect une partie de sa crainte, c'était faire un grand pas. Les hommes qui l'avaient fait, ceux dont la peur était devenue piété, étaient les individus de valeur, les éléments les plus avancés de cette époque. On procédait à beaucoup de

sacrifices et sous des formes nombreuses, et une partie
d'entre eux et de leurs rites était du ressort du faiseur de
pluie.

A côté de Valet, la petite Ada grandissait dans la hutte.
C'était une belle enfant, la préférée du vieillard, et quand
celui-ci estima que le moment était venu, il la donna pour
femme à son élève. Dès lors, Valet fut considéré comme
l'auxiliaire du faiseur de pluie. Tourou le présenta à la
mère du village comme son gendre et son successeur et, à
partir de cette date, il se fit remplacer par lui dans beaucoup
d'opérations et d'actes officiels. Peu à peu, les saisons et les
années aidant, le vieux faiseur de pluie s'abîma tout entier
dans la solitude contemplative des vieillards, il lui abandonna toutes ses fonctions, et quand il mourut — on le
trouva mort, accroupi près de l'âtre, penché sur quelques
petits pots remplis d'une mixture magique, ses cheveux
blancs roussis par le feu — depuis longtemps le jeune homme,
l'élève Valet, était connu dans le village comme un faiseur
de pluies. Il réclama au conseil des obsèques qui fissent honneur
à son maître et brûla en sacrifice sur sa tombe toute une
charge de simples et de racines rares et délectables. Cela
remontait aussi à un passé lointain, et parmi les enfants de
Valet, dont plusieurs rendaient déjà trop étroite la hutte
d'Ada, il y avait un garçon qui portait le nom de Tourou.
C'était en lui que le vieillard était revenu du voyage que la
mort lui avait fait faire dans la lune.

Valet connut la vie qui avait été, auparavant, celle de
son maître. Une partie de sa peur devint piété et spiritualité. Une partie de ses aspirations juvéniles et de sa profonde
nostalgie demeura vivante, une autre mourut et se perdit, à
mesure qu'il prenait de l'âge, dans son travail, dans son
amour et dans les soins qu'il prenait d'Ada et des enfants.
C'était toujours à la lune qu'allait son attachement le plus
vif, elle qu'il étudiait avec le plus d'empressement, ainsi que
son influence sur les saisons et les intempéries; dans ce
domaine, il égala son maître Tourou et, à la fin, le surpassa.
Et, comme la croissance et l'amenuisement de la lune
étaient fort étroitement liés à la mort et à la naissance des
humains et que, de toutes les angoisses dans lesquelles ils
vivaient, la peur du décès inéluctable était la plus profonde, l'adorateur et le connaisseur de lune qu'était Valet

eut aussi, grâce à ses rapports étroits et vivants avec cet
astre, des rapports sacrés et plus purs avec la mort. Il fut,
dans son âge mûr, moins sujet que d'autres à la peur de
mourir. Il était capable de parler à la lune le langage du respect, de la supplication ou de la tendresse, il se savait lié à
elle par de tendres rapports spirituels, il connaissait très
exactement sa vie et prenait une part intime à ses aventures
et à son destin, il vivait son amenuisement et son renouvellement comme un mystère, il souffrait avec elle, il était
saisi d'épouvante quand un phénomène monstrueux se produisait et qu'elle paraissait exposée à des maladies et à des
dangers, à des transformations et des dégradations, quand
elle perdait son éclat et changeait de couleur, quand elle
s'assombrissait presque jusqu'à s'éteindre. Il est vrai qu'en
de pareils moments tout le monde participait à la vie de la
lune, tremblait pour elle, reconnaissait dans son assombrisse-
ment une menace et l'imminence d'un événement funeste et
fixait, plein d'angoisse, son vieux visage devenu malade.
Mais c'était justement alors qu'il se révélait que Valet, le
faiseur de pluie, était plus intimement lié que d'autres à
la lune et qu'il en savait plus long sur son compte. Certes, il
partageait les souffrances de son destin, le cœur serré de
crainte, mais ses souvenirs d'événements analogues étaient
plus vifs et mieux entretenus, sa confiance plus solidement
fondée; sa foi dans l'éternité et le retour des faits, dans la
possibilité de corriger et de vaincre la mort, était plus
grande, et plus grande aussi sa dévotion. En de pareils instants, il se sentait capable de vivre, lui aussi, le destin de
cet astre jusqu'à sa disparition et à sa renaissance; parfois
même il éprouvait une espèce d'envie impertinente, une
sorte de courage et de résolution téméraires de braver la
mort par l'esprit, de se donner de la force en se vouant à des
destins surhumains. Cela déteignait un peu sur sa manière
d'êtres et les autres s'en apercevaient: il avait la réputation
d'un homme savant, pieux, d'un être d'un grand calme,
craignant peu la mort et en bons termes avec les puissances.

Ses dons et ses vertus furent souvent mis à rude
épreuve. Une fois, il dut supporter une période de mauvaises récoltes et de temps contraire qui se prolongea
plus de deux ans. Ce fut la plus grande épreuve de sa
vie. Les signes néfastes et hostiles avaient commencé

dès les semailles, dont on avait plusieurs fois remis la date, puis toutes les mauvaises étoiles, tous les dégâts imaginables avaient sévi sur les moissons et les avaient presque entièrement détruites. La communauté avait connu une famine cruelle, et Valet avec elle. Ce fut déjà beaucoup qu'il pût surmonter l'amertume de cette année, que le faiseur de pluie ne perdît pas toute sa foi et son influence et qu'il réussît à aider sa tribu à supporter ce malheur avec humilité et un semblant de résignation. Lorsque, par-dessus le marché, après un dur hiver accompagné de nombreux décès, l'année suivante se présenta avec le même cortège de maux et de misères que la précédente, que les terres de la communauté grillèrent et se craquelèrent sous l'effet d'une sécheresse opiniâtre, qu'il y eut une horrible prolifération de souris et que ses invocations et ses sacrifices solitaires eurent aussi peu d'écho et d'efficience que les manifestations publiques, les concerts de tambour, les processions de la tribu entière, quand il s'avéra cruellement certain que, cette fois, le faiseur de pluie ne pouvait pas faire la pluie, ce ne fut pas une petite affaire. Il fallut se montrer plus qu'un homme ordinaire pour supporter cette responsabilité et tenir tête à la population terrorisée et bouleversée. Il y eut alors deux ou trois semaines, pendant lesquelles Valet se trouva absolument seul à faire face à la communauté tout entière, à la faim, au désespoir et à cette vieille croyance populaire d'après laquelle l'unique moyen de se réconcilier avec les puissances était de sacrifier le faiseur de pluie. Il avait triomphé en cédant. Il ne s'était nullement opposé à l'idée qu'on le sacrifiât, il s'était proposé lui-même comme victime. D'autre part, avec une peine et un dévouement inouïs, il avait contribué à adoucir leur détresse : il avait, chaque fois, découvert de l'eau, détecté une source, un ruisselet. Il avait empêché qu'au comble de la misère on n'anéantît tout le bétail et en particulier il avait, à cette époque de grands périls, évité par son assistance et ses conseils, par des menaces, des sortilèges et des prières, par l'exemple et par l'intimidation, que celle qui était alors l'aïeule du village, saisie d'un désespoir et d'une dépression funestes, ne s'effondrât et ne lâchât stupidement les rênes. Il s'était révélé alors qu'en des époques d'angoisse et de préoccupation générales un homme est d'un secours d'autant plus grand que sa vie et sa pensée sont

plus orientées vers l'esprit, vers des valeurs supérieures à sa
personne, et qu'il a mieux appris le respect, l'observation,
l'adoration, l'art de servir et de se sacrifier. Ces deux terribles années qui avaient failli faire de lui une victime et
causer sa perte lui valurent finalement un grand prestige et
la confiance, non seulement de la foule des irresponsables,
mais aussi des quelques individus qui portaient le poids des
responsabilités et savaient juger un homme de son espèce.
   Sa vie avait traversé ces épreuves et bien d'autres encore,
quand il atteignit l'âge mûr et se trouva au point culminant
de son existence. Il avait aidé à enterrer deux bisaïeules de la
tribu, perdu un beau petit garçon de six ans, que le loup
avait emporté. Il avait surmonté une maladie grave sans le
secours de personne, en se soignant lui-même. Il avait
souffert de la faim et du froid. Tout cela avait laissé des
marques sur son visage et aussi dans son âme. Il avait également fait l'expérience que les hommes de pensée provoquent chez autrui une singulière espèce de scandale et de
répulsion : de loin, certes, on les estime et, en cas de besoin,
on a recours à eux, mais on ne les aime pas, on ne les considère pas comme ses semblables, on préfère s'écarter de leur
route. Il s'était aussi rendu compte que des formules traditionnelles — ou librement inventées — de sortilèges et
d'exorcismes sont bien plus volontiers acceptées par des
malades ou des malheureux qu'un conseil sensé, que l'homme
aime mieux supporter des maux et une apparence d'expiation que d'amender ou simplement d'examiner son être
intime, qu'il croit plus facilement à la magie qu'à la raison, à
des formules qu'à l'expérience : toutes choses qui, durant les
quelques milliers d'années qui suivirent, n'ont sans doute
pas autant changé que bien des livres d'histoire le prétendent.
Mais il avait aussi appris qu'un homme de pensée, qui
cherche, n'a pas le droit de perdre l'amour, qu'il doit affronter les désirs et les folies des autres, sans orgueil, mais sans
le droit non plus de se laisser dominer par eux, qu'il n'y a
qu'un pas entre le sage et le charlatan, le prêtre et le jongleur, entre le frère secourable et le profiteur parasite, et
qu'au fond les gens préfèrent infiniment payer un escroc,
se faire exploiter par un crieur de foire plutôt qu'accepter
sans débours un secours généreusement offert. Ils n'aimaient
pas payer en confiance et en amour, ils préféraient que ce fût

en argent et en nature. Ils se trompaient mutuellement et attendaient qu'on les trompât. Il lui fallut apprendre à considérer l'être humain comme une créature faible, égoïste et lâche, et se rendre compte aussi qu'il partageait, lui-même, tous ces défauts et ces mauvais instincts. Et pourtant il lui fut permis de nourrir son âme de la foi que l'homme est aussi esprit et amour, qu'il y a en lui quelque chose qui s'oppose aux instincts et aspire à les ennoblir. Mais toutes ces idées sont sans doute bien trop déliées et trop subtilement formulées, pour que Valet en eût été capable. Disons qu'il était sur la voie qui y conduisait, que cette voie un jour mènerait jusqu'à elles et les dépasserait.

Tandis qu'il suivait ce chemin, dans le désir nostalgique des idées, mais vivant bien davantage encore dans le monde sensible, ensorcelé par la lune, le parfum d'une plante, les sels d'une racine, le goût d'une écorce, émerveillé par la culture des simples, les décoctions d'onguents, par sa dévotion au temps et à l'atmosphère, maintes facultés se développèrent en lui, que nous autres, tard venus, ne possédons pas toutes et que nous ne comprenons plus qu'à demi. La plus importante était naturellement celle de faire la pluie. Bien qu'en maintes circonstances particulières le ciel demeurât insensible et parût se railler cruellement de ses efforts, Valet a cependant fait la pluie cent fois, et presque chaque fois d'une manière un peu différente. Certes, il n'aurait pas osé modifier ou omettre le plus petit détail dans les sacrifices et le rite des processions, des conjurations et des roulements de tambour. Mais ce n'était là, en vérité, que la partie officielle, publique, de son activité, le côté spectaculaire de ses fonctions et de son sacerdoce. C'était certainement très beau, cela inspirait un magnifique orgueil, que de voir le ciel céder, le soir d'un jour de sacrifice et de procession, l'horizon se couvrir, le vent fleurer l'humidité et les premières gouttes flotter dans l'air. Mais, là encore, il avait d'abord fallu que l'art du faiseur de pluie choisît la journée convenablement, pour ne pas chercher à l'aveuglette à obtenir l'impossible. On avait sans doute le droit de supplier les puissances, de les assaillir même de prières, mais avec tact et mesure, en se pliant à leur volonté. Et, à ces beaux triomphes, que lui valaient le succès et l'audience des puissances, il en préférait encore certains autres, qu'en dehors de lui nul ne savait, et dont il n'avait lui-même qu'une conscience craintive, due plus aux sens qu'à l'entendement. Il y avait des états du temps, des tensions de l'air et de la chaleur, des sortes de nuages et de vents, il y avait des catégories d'odeurs d'eau, de terre et de poussière, il y avait des menaces ou des promesses, des humeurs et des caprices des démons du temps, que Valet pressentait et sentait dans sa peau, ses cheveux, dans tous ses sens, si bien que rien ne pouvait le surprendre, ni le décevoir, qu'il concentrait en lui le temps, qu'il en épousait les vibrations et le portait dans son être, d'une manière qui le rendait capable de commander aux nuages et aux vents, non pas certes arbitrairement et à son gré, mais en fonction justement de cette parenté, de ces liens qui supprimaient totalement la différence entre lui et le monde, entre son essence intime et l'univers extérieur. Il lui arrivait alors de rester debout, en transes, prêtant l'oreille, de demeurer accroupi, tous les pores de sa peau ouverts, et de ne plus sentir seulement en lui la vie des brises et des nuages, mais de la diriger, de la faire naître, un peu comme nous savons éveiller et reproduire en nous une phrase musicale que nous connaissons exactement. Il lui suffisait alors de retenir son souffle : et le vent ou le tonnerre se taisaient. Il lui suffisait de faire de la tête un signe d'acquiescement ou de refus : et l'orage de grêle se déchaînait ou n'avait pas lieu. Il lui suffisait, par un sourire, de donner aux forces en conflit un moyen d'exprimer en lui leur réconciliation : et là-haut, les rides des nuages s'effaçaient et découvraient l'azur lumineux et lisse. A certaines époques, où ses dispositions et l'ordre de son âme étaient particulièrement purs, il portait en lui le temps des jours suivants, en une prescience exacte et infaillible, comme s'il avait eu dans le sang le texte de toute la partition, d'après laquelle le concert devait se jouer au-dehors. C'étaient là ses bons jours, ses journées les meilleures, ses récompenses et ses délices.

Mais quand cette union intime avec l'extérieur venait à se rompre, quand le temps et le monde étaient insolites, incompréhensibles et imprévisibles, alors, en lui aussi, l'ordre était troublé et les courants interrompus ; il sentait qu'il n'était pas un bon faiseur de pluie, et ses fonctions, la responsabilité du temps et des récoltes lui pesaient et lui semblaient injustes. En de pareils moments, il était casanier, il obéissait

à Ada et il l'aidait, il s'occupait consciencieusement du
ménage avec elle, fabriquait des jouets et des outils pour les
enfants, faisait bouillir des remèdes; il avait besoin d'amour
et aspirait à se distinguer le moins possible des autres
hommes, à se plier entièrement aux usages et aux coutumes,
voire même à prêter l'oreille aux récits de sa femme et des
voisines, qui habituellement l'ennuyaient plutôt, et où il
était question de la vie, de la santé, des faits et des gestes
d'autrui. Mais dans ses bons moments, on le voyait peu à la
maison : il rôdait, il restait dehors, il pêchait à la ligne,
chassait, cherchait des racines, restait couché dans l'herbe
ou tapi dans les arbres, il flairait, épiait, imitait la voix
des animaux, faisait brûler de petits feux et comparait les
formes des nuages de fumée avec celles des nuages du ciel;
il laissait sa peau et ses cheveux s'imprégner de brouillard,
de pluie, d'air, de soleil ou de lune, et il collectionnait en
outre, comme son maître et son prédécesseur Tourou l'avait
fait toute sa vie, ces objets dont l'essence et l'aspect semblaient appartenir à des sphères différentes, dans lesquels la
sagesse ou le caprice de la nature paraissait trahir un peu les
règles de son jeu et les mystères de la création, des objets
qui réunissaient symboliquement en eux-mêmes des éléments fort éloignés, par exemple des branches noueuses qui
avaient figure d'homme ou de bête, des cailloux polis à
madrure de bois, des pétrifications d'animaux d'un monde
antérieur, des noyaux de fruits difformes ou jumeaux, des
pierres en forme de reins ou de cœurs. Sur une feuille d'arbre,
il déchiffrait ses dessins, sur une tête de morille ses linéaments
en forme de filet, et il pressentait alors un mystère, un sens,
un avenir, une possibilité : magie des signes, prémonition
du nombre et de l'écriture, fixation de l'infini et de ses milliers de formes dans l'élément simple, dans le système, le
concept. Toutes ces possibilités de saisir le monde par l'esprit
n'étaient-elles pas, en effet, en lui, sans nom, il est vrai,
inexprimées mais non exclues, non imprévisibles, encore
en germe et en bourgeon; elles faisaient partie de son essence,
et grandissaient en lui, partie organique de son être. Et si
nous pouvions même remonter encore quelques millénaires
plus tôt, au-delà de ce faiseur de pluie et de son époque qui
nous semble lointaine et primitive, partout déjà, nous en
sommes convaincu, nous rencontrerions l'esprit en même

temps que l'homme, cet esprit qui n'a pas de commencement et qui, de tout temps, a contenu tout ce qu'il produira plus tard.

Il ne fut pas réservé à ce faiseur de pluie de fixer pour l'éternité l'un de ses pressentiments, ni de l'acheminer vers une forme démontrable, dont, pour lui, il était d'ailleurs à peine besoin. Il ne devint pas l'un des nombreux inventeurs de l'écriture, de la géométrie, de la médecine ou de l'astronomie. Il demeura un maillon inconnu de cette chaîne, mais un chaînon aussi indispensable que tout autre. Il transmit ce qu'il avait reçu et y ajouta le fruit de ses nouvelles acquisitions et de ses luttes. Car, lui aussi, il eut des élèves. Au cours des années, il fit de deux apprentis des faiseurs de pluie, dont l'un devint plus tard son successeur.

Pendant de longues années, il pratiqua son métier et vécut sa vie, seul et sans être observé, et quand, pour la première fois — peu de temps après la succession des mauvaises récoltes et la famine — un adolescent commença à lui rendre visite, à l'observer, à l'épier, à le vénérer et à le poursuivre, poussé par la vocation de faire la pluie et de devenir un maître, alors il connut, avec un singulier élan de mélancolie, le retour et l'inverse de la grande aventure de sa jeunesse. En même temps, il éprouva pour la première fois ce sévère sentiment de midi, qui vous étreint et vous réveille à la fois : la conscience que la jeunesse est passée, et midi dépassé, que la fleur est devenue fruit. Et, ce qu'il n'eût jamais cru, il se comporta vis-à-vis de ce garçon exactement comme jadis le vieux Tourou à son égard, et cette attitude revêche, décourageante, d'attente et de temporisation s'imposa à lui spontanément, d'instinct, ni par imitation de son défunt maître, ni pour des considérations morales et pédagogiques. Il ne se dit pas par exemple qu'il fallait d'abord éprouver longuement un jeune homme pour s'assurer du sérieux de sa vocation, qu'il ne fallait faciliter à personne l'initiation aux mystères, mais la rendre au contraire très difficile, etc... Non, Valet se comporta tout simplement vis-à-vis de ses apprentis comme n'importe quel solitaire ou quel original érudit qui commence un peu à prendre de l'âge traite ses adorateurs et ses élèves : avec un embarras farouche, avec des rebuffades, prêt à fuir; il craignait pour sa belle solitude et sa liberté, pour ses randonnées errantes dans la nature sauvage, pour la liberté et la solitude de ses chasses et ses quêtes, pour ses rêveries et ses heures passées aux aguets; il aimait jalousement toutes ses habitudes et ses fantaisies d'amateur, ses secrets et ses recueillements. Il fut loin de serrer dans ses bras ce jeune homme hésitant qui venait le trouver avec une curiosité respectueuse, loin de l'aider à surmonter cette timidité et de l'encourager, loin de trouver une joie et une récompense, une consécration et un succès agréable dans ce message et cette déclaration d'amour que le monde des autres finissait par lui envoyer, dans cette cour qu'on lui faisait, dans l'attachement et la parenté d'un être qui se sentait, comme lui, la vocation de servir les mystères. Non, cela lui fit d'abord l'effet d'un dérangement importun, d'une atteinte à ses droits et à ses habitudes, d'un vol de son indépendance, dont il découvrit pour la première fois combien elle lui était chère. Il se défendit, s'ingénia à jouer au plus fin, à se cacher, à brouiller ses pistes, à tourner court et à s'échapper. Mais là encore, il lui arriva ce qui était arrivé jadis à Tourou : cette cour prolongée et muette du jeune homme attendrit lentement son cœur, elle fatigua peu à peu et brisa progressivement sa résistance. Et, plus le jeune homme gagnait du terrain, plus il apprenait, par un lent progrès, à s'adresser et s'ouvrir à lui, à approuver ce qu'il désirait, à accepter sa cour et à voir, dans cette obligation nouvelle et souvent si fastidieuse de l'initiation et de l'enseignement, un fait inévitable fixé par le destin et voulu par l'esprit. De plus en plus, il dut dire adieu au rêve, au sentiment et à la jouissance des possibilités infinies de l'avenir et de ses mille formes. Au lieu de son rêve d'un progrès infini, somme de toute sagesse, il avait maintenant devant lui cet élève, petite réalité proche et exigeante, un envahisseur, un trouble-fête, mais qu'il ne pouvait repousser, ni éviter : c'était son unique chemin vers l'avenir réel, la seule obligation essentielle, la seule voie étroite dans laquelle la vie et les actes, les convictions, les idées et les pressentiments du faiseur de pluie pouvaient être préservés de la mort et continuer de vivre dans un petit bourgeon nouveau. Il en prit son parti en soupirant, en grinçant des dents, avec un sourire.

Même dans cette importante sphère de ses fonctions, qui comportait peut-être le plus de responsabilités, la transmission des traditions et l'éducation de son successeur, il ne lui

fut pas non plus épargné de connaître une expérience et une
désillusion fort pénibles et fort amères. Le premier apprenti
qui s'efforça de gagner sa faveur et qui obtint de l'avoir pour
maître, après une longue attente et malgré sa résistance,
s'appelait Maro, et il lui causa une déception qu'il ne put
jamais surmonter complètement. Il était obséquieux et
flatteur et feignit longtemps l'obéissance absolue, mais il
manquait de certaines qualités et surtout de courage; en particulier, il avait peur de la nuit et de l'obscurité. Il chercha
à le cacher, et Valet, qui le remarqua néanmoins, prit encore
cela longtemps pour un reste d'enfance, qui disparaîtrait un
jour. Mais il n'en fut rien. Cet élève n'avait pas non plus le
don de se livrer avec désintéressement et sans arrière-pensée
à l'observation, aux opérations et aux procédés de sa profession, aux pensées, aux pressentiments. Il était intelligent,
il avait l'entendement clair, rapide, il s'assimilait aisément et
sûrement ce qui peut s'acquérir sans abnégation. Mais, de
plus en plus, il apparut qu'il avait des intentions et un but
égoïstes et que c'était pour cela qu'il voulait apprendre le
métier de faiseur de pluie. Il voulait surtout se donner une
valeur, jouer un rôle et faire impression, il avait la vanité
de l'homme de talent, à qui manque la vocation. Il recherchait le succès, faisait étalage devant les camarades de son
âge de ses connaissances et de tours fraîchement appris —
cela aussi pouvait passer pour enfantin et peut-être se corriger. Mais il ne cherchait pas seulement le succès, il ambi-
tionnait d'exercer un pouvoir sur les autres et d'en tirer
avantage. Quand le maître commença à s'en apercevoir, il
prit peur et retira peu à peu son affection à ce jeune garçon.
A deux ou trois reprises, celui-ci fut convaincu de manque-
ments graves, au bout de plusieurs années d'apprentissage
chez Valet. Il commit la faute, tantôt d'administrer de sa
propre autorité un remède à un enfant malade, à l'insu du
maître, sans sa permission et contre des présents, tantôt de
procéder dans une hutte à des conjurations contre le fléau
des rats. Et quand, en dépit de toutes les menaces et de
toutes les promesses, il fut encore pris à se livrer à de
semblables pratiques, le maître le congédia, porta l'affaire
devant la bisaïeule et essaya d'effacer de sa mémoire
l'image de ce jeune homme ingrat et inutilisable.

Il trouva une compensation à cela chez deux élèves qu'il

eut ensuite et tout particulièrement chez le second, qui ne fut autre que son fils Tourou. Il aima beaucoup ce benjamin, ce dernier de ses apprentis et de ses disciples, et il crut que celui-ci pourrait devenir plus qu'il n'était lui-même; visiblement l'esprit de son grand-père était revenu en lui. Valet eut la satisfaction et le réconfort spirituel d'avoir transmis à l'avenir la somme de son savoir et de sa foi, de connaître un être qui était son fils à un double titre et à qui il pouvait chaque jour remettre sa charge, si elle devenait trop pénible pour lui. Mais il ne put bannir de sa vie et de ses pensées ce premier élève qui avait mal tourné. Celui-ci était devenu dans le village un homme qui, sans jouir d'une grande considération, était cependant extrêmement apprécié de beaucoup de gens et qui ne manquait pas d'influence. Il s'était marié. Il avait une popularité de bouffon et de faiseur de tours, il était même premier tambour du chœur et il resta un ennemi secret du faiseur de pluie, dont il était envieux et auquel il causa toutes sortes de torts, petits et grands. Valet n'avait jamais été l'homme des amitiés et des palabres, il avait besoin d'être seul et libre, il n'avait jamais couru après la considération et l'amour, si ce n'est jadis après celui de maître Tourou, quand il était petit garçon. Mais il apprit alors ce qu'est l'existence d'un ennemi qui vous hait, et cela gâcha bien des journées de sa vie.

Maro avait été l'un de ces élèves, de ces disciples fort doués, qui, en dépit de leurs qualités, sont de tout temps désagréables et pénibles à leurs maîtres, parce que chez eux le talent n'est pas une force qui ait de profondes racines intimes, ni un fondement organique; ce n'est pas le tendre stigmate de noblesse d'une heureuse nature, la marque de la valeur du sang et du caractère, mais une sorte d'apport fortuit, quand ce n'est pas une usurpation ou un vol. Un élève de peu de caractère, mais doué d'une intelligence supérieure ou d'une imagination brillante met infailliblement son maître dans l'embarras. Celui-ci doit lui inculquer son patrimoine de savoir et de méthode, le rendre apte à collaborer à la vie de l'esprit, et il ne peut cependant manquer de sentir que son véritable devoir, et le plus noble, serait précisément de protéger la science et les arts de l'approche indiscrète de ceux qui n'ont que du talent. Car la tâche du maître n'est pas d'être utile à son élève : tous deux doivent servir l'esprit. C'est pour cette raison que les professeurs, en présence de certains talents éclatants, éprouvent de la répugnance et de l'horreur. Tout élève de ce genre fausse le sens entier et l'utilité de l'enseignement. Toute promotion accordée à un disciple capable de briller, mais non de servir, est au fond une atteinte à l'idée de service, une manière de trahir l'esprit. Nous connaissons, dans l'histoire de bien des peuples, des périodes où, quand les institutions spirituelles étaient profondément troublées, des individus qui n'avaient que des dons naturels ont quasiment pris d'assaut la direction des communes, des écoles, des académies et des états et où toutes les fonctions étaient occupées par des talents éminents qui voulaient tous diriger sans être capables de servir. Il est certes bien difficile de reconnaître à temps des talents de ce genre, avant même qu'ils se soient assimilés le rudiment d'une profession intellectuelle, et de les refouler avec la dureté nécessaire dans les voies qui mènent à des carrières d'un autre ordre. Valet, lui aussi, avait commis des fautes, il avait montré beaucoup trop de patience envers son apprenti Maro, il avait confié à un arriviste et à un esprit superficiel une part de sagesse réservée à des adeptes, et c'était dommage. Les conséquences furent plus lourdes pour lui qu'il ne l'eût jamais pensé.

 Il vint une année — la barbe de Valet grisonnait déjà fort — où l'ordre qui régnait entre le ciel et la terre parut détraqué et dérangé par des démons d'une force et d'une perfidie insolites. Ces troubles commencèrent en automne avec une majesté effrayante qui terrifia toutes les âmes jusqu'au tréfonds et les saisit d'angoisse : ce fut un spectacle céleste qu'on n'avait encore jamais vu, peu de temps après l'équinoxe que le faiseur de pluie observait et qu'il vivait toujours avec une certaine solennité, dans une dévotion respectueuse, avec une attention accrue. Un soir vint où, par un temps de vent léger et un peu frais, le ciel, d'une clarté vitreuse, n'était troublé que par quelques petits nuages mouvants qui planaient à une très haute altitude et retenaient anormalement longtemps la lumière rose du couchant, faisceaux de lumière à la dérive, effilochés et floconneux dans l'éther froid et livide. Depuis plusieurs jours déjà, Valet avait senti quelque chose de plus fort, de plus singulier que ce qui se manifestait chaque année à cette époque, où les jours com-

mençaient à raccourcir : une manifestation des puissances
dans l'espace céleste, un émoi de la terre, des plantes et des
bêtes, une inquiétude dans les airs, une instabilité, une
attente, une émotion, une prémonition de toute la nature.
Les petits nuages de cette heure vespérale qui lançaient de
longues flammes tardives et palpitantes se rattachaient à
cela, eux aussi, avec leurs mouvements onduleux, qui ne
correspondaient pas au vent de la terre, avec leur lumière
rouge suppliante qui se débattait longuement, tristement
contre l'extinction, et dont le refroidissement et la disparition les rendaient soudain invisibles. Dans le village, le
calme régnait. Devant la cabane de la bisaïeule, les visiteurs
et les auditeurs enfantins s'étaient déjà dispersés depuis
un moment, quelques petits garçons se poursuivaient et se
battaient encore, mais en dehors d'eux tout le monde était
rentré dans les cabanes et avait mangé depuis longtemps.
Beaucoup dormaient déjà et, à part le faiseur de pluie, il n'y
avait presque personne à observer les nuages rouges du
couchant. Valet faisait les cent pas dans sa petite plantation,
derrière sa hutte, il méditait sur le temps, préoccupé, inquiet.
Parfois, il s'asseyait pour se reposer un peu sur un billot
planté au milieu des orties, qui lui servait à fendre son bois.
Quand le dernier flambeau de nuages se fut éteint, dans le
ciel encore plein de lumière et, de reflets verdâtres, les étoiles
se firent soudain plus distinctes, leur nombre et leur éclat ne
tardèrent pas à augmenter; là où, un instant plus tôt, deux
ou trois seulement étaient visibles, il y en avait déjà dix,
vingt. Le faiseur de pluie connaissait beaucoup d'entre elles,
de leurs groupes et de leurs familles, il les avait vues des
centaines et des centaines de fois. Leur retour constant avait
quelque chose de tranquillisant, les étoiles étaient consola-
trices; là-haut, certes, elles étaient lointaines et froides,
elles ne dispensaient pas de chaleur, mais on pouvait se fier
à elles, leur disposition était solide, elles étaient messagères
d'ordre, prometteuses de durée. Elles paraissaient étrangères, lointaines, à l'opposé de la vie terrestre, de la vie des
hommes, inaccessibles à sa chaleur, à ses palpitations, à ses
douleurs et à ses extases, supérieures à elle jusqu'à la dérision, dans la noble froideur de leur majesté et de leur éternité, mais il y avait cependant des rapports entre elles et
nous, peut-être étaient-ce elles qui nous dirigeaient et nous

gouvernaient. Et s'il existait un savoir humain, un bien
spirituel, une certitude, une supériorité de l'esprit sur la
précarité des choses, qu'on pût obtenir et conserver, cela
ressemblait aux étoiles, cela avait leur rayonnement froid
et tranquille, leur réconfort frissonnant, leur air d'éternité
un peu ironique. Le faiseur de pluie avait eu souvent cette
impression et, bien qu'il n'eût pas avec les étoiles des relations aussi étroites, aussi excitantes, aussi éprouvées, dans
un cycle constant de modifications et de retours, qu'avec la
lune, ce grand poisson magique et proche, humide et gras
des mers célestes, il les respectait pourtant profondément
et leur était attaché par bien des croyances. Les contempler
longtemps, laisser leur action s'exercer sur lui, offrir sa
petitesse, sa chaleur et son émoi à leurs regards paisibles et
glacés, lui avait souvent fait l'effet d'un bain ou d'un breu-
vage salutaire.

Ce jour-là aussi, elles avaient leur aspect de toujours,
mais elles étaient très lumineuses, on les eût dites taillées à
facettes aiguës dans l'air tendu et sans profondeur. Il ne
trouvait pas le repos intérieur, il ne pouvait pas se livrer à
elles. Du fond d'espaces inconnus, une puissance l'aspirait,
rendait ses pores douloureux, lui suçait les yeux, agissait
silencieusement, continûment, comme un courant, un frémissement prémonitoire. A côté, dans sa cabane, la faible
lueur chaude de l'âtre avait un rougeoiement trouble; la
petite vie tiède s'écoulait : un appel retentissait, un rire, un
bâillement; une odeur d'humanité flottait, une chaleur de
peau, de maternité, de sommeil d'enfant, et ce voisinage
innocent semblait rendre plus profonde la nuit commencée
et refouler les étoiles plus loin encore, dans un espace et
à une hauteur inconcevables.

A l'instant où Valet entendait, dans sa cabane, Ada calmer
un enfant, bourdonner et fredonner d'une voix profonde et
mélodieuse, au ciel commença la catastrophe dont le
village devait se souvenir de longues années. Dans le filet
tranquille et brillant des étoiles, il se produisit çà et là un
scintillement, un papillotement, comme si ses fils habituellement invisibles prenaient feu; comme un jet de pierres
incandescentes et vite éteintes, des étoiles isolées dégringo-
lèrent en biais dans l'espace, une ici, deux là, puis une poignée, et l'œil ne s'était pas encore détourné de la chute des

premiers astres disparus, le cœur pétrifié par ce spectacle n'avait pas encore recommencé à battre, que déjà ces lumières qui tombaient ou qu'on projetait obliquement, en courbe légère à travers le ciel, se pourchassaient par essaims, par douzaines, par centaines, par troupes innombrables, comme si une gigantesque tempête muette les avait emportées à travers la nuit silencieuse, comme si un automne cosmique avait arraché toutes les étoiles, feuilles mortes de l'arbre céleste, pour les balayer sans bruit dans le néant. Comme des feuilles sèches, des flocons de neige au vent, elles s'envolaient par milliers dans un silence effroyable, tombaient et disparaissaient derrière les collines boisées du sud-est où jamais encore, de mémoire d'homme, une étoile ne s'était couchée, sombrant dans quelque abîme sans fond.

Le cœur paralysé, les yeux papillotants, Valet, la tête en arrière, contemplait d'un regard épouvanté et insatiable ce ciel transformé et maudit, n'en croyant pas ses yeux et trop sûr pourtant de cette horreur. Comme tous ceux qui assistèrent à ce spectacle nocturne, il crut voir les étoiles qu'il connaissait bien, osciller, fuser en étincelles et s'abîmer dans les profondeurs. Il s'attendait, si la terre ne l'engloutissait pas auparavant, à voir la voûte céleste devenir vite noire et vide. Il constata à vrai dire, au bout d'un moment, ce que d'autres n'étaient pas capables de voir : les étoiles bien connues étaient encore présentes çà et là, partout; ces giclées d'étoiles ne faisaient pas leurs horribles ravages parmi les vieux astres familiers, mais dans l'espace intermédiaire entre ciel et terre, et ces lumières qui tombaient ou qu'on lançait, qui apparaissaient et disparaissaient si vite, brûlaient d'un feu dont la couleur différait un peu de celle des vieilles étoiles authentiques. Ce fut pour lui une consolation et cela l'aida à se ressaisir. Cependant, même si c'étaient là d'autres étoiles, nouvelles et précaires, dont la bourrasque remplissait l'air, c'était cependant atroce, néfaste, c'était un malheur, une perturbation, et de profonds soupirs s'exhalèrent de la gorge desséchée de Valet. Il tourna les yeux vers la terre, prêta l'oreille de tous côtés pour se rendre compte s'il était seul à voir ce spectacle fantomatique ou si les autres l'apercevaient aussi. Il ne tarda pas à entendre dans leurs cabanes des gémissements, des hurlements et des cris de terreur. Eux aussi, ils avaient vu cela, ils

l'avaient crié, ils avaient semé l'alarme parmi les dormeurs
et les esprits sans méfiance. En un clin d'œil, la peur et la
panique s'empareraient de tout le village. Avec un profond
soupir, Valet prit cela sur lui. C'était lui, avant tout, que ce
malheur frappait, lui, le faiseur de pluie, qui était en quelque
sorte responsable de l'ordre du ciel et des airs. Il avait toujours reconnu et décelé d'avance les grandes catastrophes :
l'inondation, la grêle, les grandes tempêtes; chaque fois, il
avait préparé et alerté les mères et les plus anciens, il avait
évité le pire; de son savoir, de son courage et de sa confiance
dans les puissances supérieures, il avait fait au village un
bouclier contre le désespoir. Pourquoi, cette fois-ci, n'avait-
il rien su d'avance, n'avait-il pris aucune disposition?
Pourquoi n'avait-il dit mot à personne de l'obscure prémonition qu'il avait eue cependant?

Il écarta la natte qui fermait l'entrée de sa cabane et prononça à mi-voix le nom de sa femme. Elle vint, serrant leur
dernier-né contre son sein; il le lui prit, le coucha sur la
litière, saisit la main d'Ada et posa un doigt sur ses lèvres
pour exiger le silence. Il la conduisit au dehors et vit son
visage patient et tranquille, aussitôt défiguré d'angoisse et
de terreur.

— Les enfants doivent dormir, il ne faut pas qu'ils voient
cela, tu entends? murmura-t-il d'un ton véhément. Tu ne
dois en laisser sortir aucun, même pas Tourou. Et toi aussi,
tu resteras à l'intérieur.

Il hésita, ne sachant pas jusqu'à quel point il devait parler et trahir ses pensées, et il ajouta ensuite d'un ton assuré :
« Il ne t'arrivera rien, ni à toi ni aux enfants. »

Elle le crut aussitôt, mais cela ne suffit pas à effacer de
son visage ni de son cœur les traces de son effroi.

— Qu'y a-t-il donc? lui demanda-t-elle, en regardant de
nouveau fixement le ciel, par-dessus son épaule. Est-ce que
c'est très grave?

— C'est grave, dit-il doucement. Il me semble bien que
c'est très grave. Mais cela ne vous touche pas, ni toi ni les
petits. Restez dans la cabane, garde la natte bien tirée. Il
faut que j'aille voir nos gens, que je leur parle. Rentre, Ada.

Il la repoussa dans l'orifice de la hutte, tira soigneusement
la natte et resta encore là, le temps de reprendre un peu son
souffle, les yeux tournés vers la pluie d'étoiles qui n'en

finissait pas, puis il baissa la tête, soupira encore une fois, le cœur lourd, et s'en fut rapidement dans la nuit, vers le village et la cabane de la bisaïeule.

La moitié du village y était déjà rassemblée, dans une rumeur sourde, sous le coup d'un vertige de terreur et de désespoir que la peur paralysait et contenait à demi. Il y avait des femmes et des hommes qui s'abandonnaient à ce sentiment d'horreur et de fin du monde imminente avec une sorte de rage et de volupté, avec une crispation presque extatique, ou qui agitaient frénétiquement bras et jambes sans contrôle. Une femme avait l'écume aux lèvres et se livrait à une danse solitaire, désespérée et obscène à la fois, en arrachant ses longs cheveux par touffes entières. Valet se rendit compte que tout était déjà déclenché, que presque tous étaient déjà la proie de l'ivresse, ensorcelés et affolés par ces chutes d'étoiles. Il allait peut-être y avoir une orgie démentielle, furieuse, une rage de suicide. Il était grand temps de réunir et de réconforter les quelques êtres de cœur et d'esprit. La très vieille bisaïeule était calme; elle croyait venue la fin de toutes choses, mais n'y opposait aucune résistance et présentait au destin un visage ferme, dur, qui, dans son amère crispation, semblait presque ironique. Il réussit à se faire entendre d'elle. Il essaya de lui démontrer que les vieilles étoiles qui avaient toujours existé étaient encore là, mais elle ne pouvait pas faire entrer cette idée dans sa tête, soit que ses yeux n'eussent plus la force de le voir, soit que la représentation qu'elle avait des astres et de leurs rapports mutuels fût trop différente de celle du faiseur de pluie, pour qu'ils pussent se comprendre. Elle secoua la tête, garda son rictus énergique, et, quand Valet la conjura de ne pas laisser leurs gens s'abandonner à l'ivresse de la peur et aux démons, elle lui donna aussitôt son accord. Il se forma autour d'elle et du faiseur de temps un petit groupe d'êtres angoissés, mais qui n'avaient pas perdu la tête et qui étaient disposés à se laisser guider.

Jusqu'à l'instant où il était arrivé au village, Valet avait espéré pouvoir éviter la panique par la vertu de l'exemple, de la raison, par ses discours, ses explications et ses exhortations. Ce bref entretien avec la bisaïeule suffit à lui prouver qu'il était trop tard. Il avait espéré faire partager aux autres ses propres observations, leur en faire don, les leur

transmettre, il avait espéré qu'en l'entendant ils se rendraient
compte surtout que ce n'étaient pas les étoiles elles-mêmes,
pas toutes du moins, qui tombaient, emportées par cette
tempête cosmique; il avait pensé qu'ils passeraient de cette
terreur et de cet étonnement impuissants à l'observation
active et qu'ils sauraient ainsi résister à ce choc bouleversant. Mais il eut vite fait de voir que bien peu dans tout le
village auraient été accessibles à son influence; avant qu'il
eût fait leur conquête, les autres auraient succombé entièrement à la folie. Non, dans ce cas comme dans bien d'autres,
il n'y avait rien à attendre de la raison et d'un discours
intelligent. Par bonheur, il y avait d'autres recours. S'il
était impossible de diluer la peur de la mort en la teintant
de raison, il y avait cependant moyen d'orienter, d'organiser
cette peur, de lui donner forme et apparence, et de faire de
cette cohue navrante de déments une unité compacte, de
former un chœur de ces voix multiples affolées et farouches.
Valet l'employa immédiatement, et aussitôt le remède agit.
Il se posta devant les gens, clama les prières bien connues,
par lesquelles on faisait généralement débuter les deuils et
les expiations publics, la lamentation funèbre en l'honneur
d'une bisaïeule ou la cérémonie du sacrifice expiatoire en
cas de dangers publics, comme les épidémies et les inondations. Il en cria les paroles en mesure et marqua la cadence
en claquant dans ses mains. Et sur le même rythme, tout en
clamant et en battant des mains, il se pencha presque jusqu'à terre, se releva, se courba de nouveau, se redressa, et
déjà dix, vingt autres répétaient ses mouvements. La vieille
mère du village, debout, fit entendre un marmottement
rythmé et esquissa, en s'inclinant faiblement, les gestes
rituels. Ceux des autres cabanes qui se joignirent à leur
groupe épousèrent d'emblée la cadence et l'esprit de ce
cérémonial. Les quelques véritables possédés ou bien s'effondrèrent bientôt d'épuisement et restèrent inertes sur le
sol, ou bien furent domptés et entraînés par les murmures du
chœur et le rythme des prosternations de cet office divin.
Valet avait réussi. Au lieu d'une horde désespérée de déments,
il y avait un peuple de dévots, prêt aux sacrifices et aux
expiations; chacun se trouvait bien, sentait son cœur réconforté de ne pas garder par devers lui sa peur de la mort et
son épouvante, de ne pas les rugir tout seul, mais de s'in-

tégrer dans le chœur bien réglé de la foule, en cadence, dans une conjuration solennelle. Mille forces secrètes interviennent dans un exercice de ce genre. Le plus puissant de leurs réconforts est l'uniformité, qui double le sentiment communautaire, et leurs remèdes les plus infaillibles sont la mesure et l'ordre, le rythme et la musique.

Le ciel nocturne demeurait couvert de cette armée d'étoiles filantes, qui tombaient en cascade silencieuse de gouttes de lumière; deux bonnes heures encore, celle-ci continua de répandre à profusion ses grosses larmes de feu rougeâtre. Pendant ce temps, au village, l'horreur se métamorphosait en résignation et en dévotion, en invocations et en un sentiment d'expiation. Aux cieux qui s'étaient départis de leur ordre, l'angoisse et la faiblesse humaines s'opposaient sous la forme de l'ordre et de l'harmonie d'un culte. Avant même que la pluie d'étoiles commençât à donner des signes de fatigue et à couler en flots moins nourris, le miracle était réalisé et il en rayonna une force salutaire. Quand le ciel, lentement, parut s'apaiser et guérir, les pénitents, morts de fatigue, eurent tous le sentiment libérateur que leurs exercices avaient apaisé les puissances et remis le ciel en ordre.

Cette nuit d'épouvante ne fut pas oubliée, on en parla encore tout l'automne et tout l'hiver, mais déjà ce n'était plus dans le creux de l'oreille et avec force conjurations; on en devisait sur le ton de tous les jours, avec la satisfaction rétrospective de revoir un malheur vaillamment supporté, un danger combattu avec succès. On se repaissait des détails; chacun avait été surpris à sa manière par cet événement inouï, chacun voulait l'avoir découvert le premier. On osait se moquer de quelques poltrons insignes et de victimes de l'épouvante. Longtemps encore il persista dans le village une certaine excitation : on avait eu une émotion, il s'était produit un grand phénomène, il s'était passé quelque chose!

Valet resta étranger à cet état d'esprit, il ne connut pas l'estompement et l'oubli de ce grand événement. Cette aventure déconcertante resta pour lui un avertissement inoubliable, une épine qui ne cessa d'élancer sa chair. Le fait que cela appartînt au passé et que la procession, la prière et la pénitence y eussent apporté un adoucissement ne constitua pour lui ni une solution, ni une diversion. Plus cela recula dans le passé, plus cela prit même d'importance

à ses yeux, car il y mit un sens; ce fut alors qu'il apprit
vraiment à approfondir les choses et à les interpréter. Cet
événement en lui-même, ce prodigieux spectacle naturel lui
offrait déjà un problème d'une ampleur et d'une difficulté
infinies, aux perspectives nombreuses : après avoir vu cela,
on pouvait y méditer toute sa vie. Un seul être au village
aurait examiné cette pluie d'étoiles avec les mêmes postu-
lats que lui et avec les mêmes yeux : c'était son fils, son
disciple; seules les confirmations ou les corrections de ce
témoin auraient eu une valeur pour Valet. Mais il avait laissé
dormir son fils, et plus il se demandait, dans ses méditations,
pourquoi au fond il avait agi ainsi, pourquoi, en présence de
cet événement inouï, il avait renoncé au seul témoin, au seul
autre observateur qui méritât d'être pris au sérieux, plus il
crut fermement avoir bien fait et obéi à une sage inspiration.
Il avait voulu préserver les siens de ce spectacle et parmi
eux son élève, son collègue, et lui plus que tout autre, car il
tenait à lui plus qu'à qui que ce fût. C'était pour cela qu'il lui
avait caché, escamoté la pluie d'étoiles, d'abord parce qu'il
croyait aux bons esprits du sommeil, surtout du sommeil
juvénile, ensuite, si ses souvenirs étaient exacts, parce qu'à
vrai dire, dès cet instant, dès le début du phénomène céleste,
il avait moins cru à un danger mortel et immédiat pour tous
qu'à un signe annonciateur, et au présage d'un malheur
futur, qui concernerait et ne toucherait personne plus que le
faiseur de temps. Il y avait là une imminence, un danger,
une menace émanant de ces sphères auxquelles sa profession
le liait, et, quelle que fût leur forme, c'était lui qui était visé,
avant tout et expressément. Faire face à ce danger avec
lucidité et décision, s'y préparer spirituellement, l'assumer,
mais sans se laisser diminuer ni déshonorer par lui, voilà
l'avertissement qu'il lut dans ce grand présage et la décision
qu'il en tira. Le destin imminent allait exiger un homme
mûr et courageux, aussi n'eût-il pas été indiqué d'y mêler
son fils, de lui faire partager sa douleur et sa prescience, car
malgré tout le bien qu'il pensait de lui, il n'était pas certain
qu'un adolescent qui n'avait pas fait ses preuves fût à la
hauteur de cette situation.

Son fils Tourou était très mécontent, il est vrai, d'avoir
manqué ce grand spectacle et d'avoir dormi pendant ce
temps. De quelque manière qu'on l'interprétât, c'était en

tout cas un grand événement, et il ne s'en présenterait peut-être pas de pareil de toute sa vie : un phénomène sensationnel, un prodige universel lui avaient échappé, et pendant quelque temps il bouda son père pour cette raison. Mais cette bouderie prit fin, car le vieillard le dédommagea par une tendresse et des attentions accrues et fit plus que jamais appel à lui pour toutes les opérations de sa charge. En prévision de ce qui allait arriver, il se donna visiblement davantage de peine pour achever et parfaire le plus possible chez Tourou l'initiation et l'éducation de son successeur. S'il ne lui parla que rarement de cette pluie d'étoiles, il s'ouvrit à lui, avec de moins en moins de réserve, de ses secrets, de ses pratiques, de sa science et de ses recherches, il lui permit d'être à ses côtés même dans ses déplacements, dans ses essais, dans son espionnage de la nature, où il n'avait jusqu'alors souffert aucun partage.

L'hiver vint et passa, humide et assez doux. Il ne tomba plus d'étoiles, il ne se produisit pas de grands événements extraordinaires; le village avait retrouvé la paix, les chasseurs poursuivaient activement leurs proies, et partout, par temps de gel et de vent, les peaux de bêtes, raides de froid, claquaient contre les gaules où elles étaient pendues par bottes, au-dessus des cabanes. Sur de longs éclats de bois lisses, on traînait sur la neige des charges de bois de la forêt. Au cours de cette brève période de gel, une vieille femme vint à mourir au village et on ne put l'enterrer immédiatement. Pendant des jours, avant que le sol dégelât un peu, son cadavre glacé resta accroupi près de la porte de sa hutte.

Ce fut le printemps qui, le premier, confirma en partie les sombres pressentiments du faiseur de temps. Ce fut un printemps vraiment mauvais, trahi par la lune, un printemps sans joie, sans élan et sans sève. La lune était toujours en retard; jamais les divers signes nécessaires pour fixer le jour des semailles ne concordaient. Les fleurs sauvages fleurissaient chichement, les bourgeons fermés pendaient morts aux rameaux. Valet était très préoccupé, sans le laisser paraître. Seuls Ada, et surtout Tourou, voyaient combien cela le rongeait. Il ne procéda pas seulement aux conjurations habituelles, il se livra aussi à des sacrifices privés, personnels; il fit cuire pour les démons des bouillies et des décoctions odoriférantes et aphrodisiaques, il rogna sa barbe et en brûla les poils la nuit de la nouvelle lune, mélangés de résine et d'écorce humide, provoquant ainsi une fumée épaisse. Aussi longtemps qu'il le put, il évita les manifestations publiques, le sacrifice communal, les processions propitiatoires, les chœurs de tambours; aussi longtemps que ce fut possible, il fit du temps maudit de ce printemps néfaste son affaire personnelle. Mais quand la date habituelle des semailles eut été dépassée depuis longtemps déjà, il dut en rendre compte à la bisaïeule. Et voilà qu'il se heurta, là aussi, à la malchance et à de l'hostilité. Il ne fut pas reçu par la vieille femme, qui le traitait en ami et presque maternellement : elle ne se sentait pas bien, elle était au lit, et avait confié à sa sœur toutes ses obligations et ses tâches. Celle-ci avait fort peu de sympathie pour le faiseur de pluie. Elle ne possédait pas la rigueur et la droiture de son aînée, elle avait un penchant pour les distractions et les amusettes et cela avait attiré le tambour et le jongleur Maro : il savait lui faire passer d'agréables moments, la flatter. Or, Maro était l'ennemi de Valet. Dès leur premier entretien, Valet perçut cette froideur et cette antipathie, bien qu'elle n'eût pas un seul mot pour le contredire. Ses explications et la proposition qu'il lui soumit d'attendre encore pour faire les semailles et procéder éventuellement à des sacrifices et à des processions furent approuvées et acceptées. Mais la vieille l'avait reçu et traité avec froideur, en subalterne, et quand il manifesta le désir de voir la bisaïeule malade ou du moins de lui préparer un remède, il se heurta à un refus. Il revint de cette entrevue plein de tristesse et presque avec le sentiment d'être plus pauvre, un goût amer à la bouche. Pendant toute une demi-lune il s'efforça à sa manière de créer des conditions atmosphériques propices aux semailles. Mais le temps, qui épousait si souvent les courants de son âme, manifesta une obstination outrageante et hostile. Ni magie, ni sacrifice n'agissaient. Rien ne fut épargné au faiseur de pluie : il dut retourner voir la sœur de la bisaïeule, et cette fois il avait l'air de la prier de patienter, de lui accorder un sursis. Il s'aperçut aussitôt qu'elle devait avoir parlé de lui et de son cas avec Maro, son bouffon, car lorsqu'ils s'entretinrent de la nécessité de fixer le jour des semailles ou d'ordonner au contraire des cérémonies propitiatoires publiques, la vieille femme fit ostensiblement mine de tout savoir; elle employa quelques expressions qu'elle ne pouvait tenir que de Maro, son ancien apprenti. Valet sollicita encore un délai de trois jours, exposa que l'ensemble de la constellation serait différent et plus favorable, et il fixa les semailles au premier jour du troisième quartier. La vieille lui donna son accord et prononça la formule rituelle; sa décision fut proclamée dans le village, et chacun se prépara à la cérémonie. Et au moment où tout paraissait arrangé pour quelque temps, les démons manifestèrent de nouveau leur défaveur. Par un fait exprès, la vieille bisaïeule mourut la veille de cette fête des semailles tant désirée et déjà prête. La cérémonie dut être retardée, il fallut au lieu de celle-ci annoncer et préparer les obsèques. Le cérémonial fut de premier ordre; derrière la nouvelle mère du village, ses sœurs et ses filles, venait le faiseur de pluie dans sa tenue des grandes processions, coiffé de son haut bonnet pointu en peau de renard, assisté de son fils Tourou, qui agitait sa crécelle de bois dur à deux tons. On rendit de grands honneurs à la défunte ainsi qu'à sa sœur, la nouvelle doyenne. Maro s'exhiba beaucoup à la tête de ses tambours, il fut remarqué et applaudi. Le village pleura et fêta, il se délecta des lamentations et du jour de fête, des tambourinades et des sacrifices. Ce fut une belle journée pour tout le monde, mais les semailles étaient remises à plus tard. Valet conservait un air digne et résigné, mais il avait de profonds soucis. Il lui semblait qu'avec la bisaïeule il enterrait tous les bons jours de sa vie.

Peu de temps après, les semailles eurent lieu et, sur le vœu de la nouvelle aïeule, le cérémonial en fut également exceptionnel. La procession fit solennellement le tour des champs, solennellement la vieille répandit sur la terre de la communauté les premières poignées de graines, flanquée de part et d'autre de ses sœurs qui portaient chacune une besace dans laquelle elle puisait. Valet poussa un petit soupir de soulagement, quand cette opération fut enfin accomplie.

Mais ces semailles solennelles ne devaient rapporter ni joie, ni récolte. Ce fut une année funeste. Il y eut d'abord un retour offensif de l'hiver et du gel, et, au cours du printemps et de l'été, le temps se livra à toutes les perfidies et à toutes les hostilités imaginables. En été, lorsque enfin de maigres pousses clairsemées et rabougries couvrirent les champs, il se produisit l'ultime et la pire des catastrophes : il survint

une sécheresse absolument inouïe, telle qu'il n'y en avait
jamais eu de mémoire d'homme. Une semaine après l'autre,
le soleil sembla bouillir dans la brume blanchâtre de la
canicule, les petits ruisseaux tarirent, il ne resta de l'étang
du village qu'un marais malpropre, paradis des libellules et
d'une effroyable engeance de moustiques. Dans la terre
desséchée de profondes crevasses béaient, on assista à la
maladie et à la dessication de la récolte. De temps à autre,
des nuages se formaient, mais les orages restaient secs et,
quand parfois il tombait quelques gouttes de pluie, pendant
des jours ensuite un vent d'est desséchant soufflait. Souvent
la foudre tombait sur de grands arbres, et leurs cimes à demi
mortes brûlaient en flammes rapides.

— Tourou, dit un jour Valet à son fils, cela finira mal,
tous les démons sont contre nous. Cela a commencé par la
pluie d'étoiles. Je pense que cela me coûtera la vie. Rappelle-toi ceci : si je dois être sacrifié, assume mes fonctions
immédiatement. La première chose que tu exigeras sera que
mon corps soit brûlé et ses cendres répandues dans les
champs. Vous connaîtrez en hiver une grande famine. Mais
le sortilège sera rompu. Tu devras veiller à ce que personne
ne touche à la réserve de graines de la communauté. Il faut
que ce soit interdit sous peine de mort. L'année prochaine
sera meilleure et l'on dira : « C'est une bonne chose que nous
ayons ce jeune et nouveau faiseur de pluie. »

Dans le village, le désespoir régnait. Maro excitait les
gens, il n'était pas rare qu'on criât des menaces et des malé-
dictions au faiseur de pluie. Ada tomba malade et resta couchée, secouée de vomissements et de fièvre. Les processions,
les sacrifices, les concerts de tambours prolongés qui vous
ébranlaient le cœur ne pouvaient plus rien arranger. Valet
les dirigeait, c'était sa fonction, mais quand les gens se dis-
persaient, il demeurait seul, on l'évitait. Il savait ce qui restait
à faire, et il n'ignorait pas non plus que Maro avait déjà
réclamé à l'aïeule de le mettre à mort. Par sens de l'honneur
et pour l'amour de son fils, il fit cette ultime démarche : il
revêtit Tourou de sa tenue des grands jours, l'emmena chez
l'aïeule à qui il le recommanda comme son successeur, puis
il résigna lui-même ses fonctions et proposa qu'on le sacrifiât.
Elle l'observa un moment d'un œil critique et curieux, puis
elle fit un signe d'approbation et répondit affirmativement.

L'holocauste eut lieu le jour même. Tout le village y serait allé, mais beaucoup souffraient de la dysenterie, Ada elle-même était gravement malade. Tourou faillit avoir une insolation sous sa tenue solennelle et son grand bonnet de renard. Tous les notables et les dignitaires qui n'étaient pas malades vinrent, l'aïeule avec deux de ses sœurs, les anciens et Maro, le chef du chœur des tambours. Derrière eux, la masse populaire suivait en désordre. Nul n'injuria le vieux faiseur de pluie, tout se fit dans le silence et l'angoisse. On se dirigea vers la forêt, où l'on gagna une grande clairière presque ronde, que Valet avait lui-même désignée comme théâtre du sacrifice. La plupart des hommes étaient venus avec leur hache de pierre, afin d'aider à abattre du bois pour brûler son corps. Arrivé dans la clairière, on laissa le faiseur de pluie au milieu, un petit cercle se ferma autour de lui, tandis que la foule, plus loin, formait un vaste rond concentrique. Tous observaient un silence indécis et embarrassé, et ce fut Valet qui prit lui-même la parole. « J'ai été votre faiseur de pluie, dit-il. Pendant bien des années, j'ai fait mon métier aussi bien que je l'ai pu. Maintenant les démons sont contre moi, rien ne me réussit plus. C'est pourquoi je me suis offert en holocauste. Cela vous conciliera les démons. Mon fils Tourou sera votre nouveau faiseur de pluie. Tuez-moi à présent, et quand je serai mort suivez exactement les prescriptions de mon fils. Adieu!... Et qui va me tuer? Je recommande le tambour Maro, c'est l'homme qu'il faut. »

Il se tut et personne ne bougea. Tourou, pourpre sous son lourd bonnet de renard, jeta autour de lui un regard torturé. Un rictus ironique parut sur les lèvres de son père. Enfin l'aïeule frappa du pied avec fureur, fit signe à Maro d'approcher et lui cria : « Avance donc! Prends ta hache et va! » Maro, la hache en main, se planta devant son ancien maître. Il le haïssait encore plus que de coutume. La raillerie de cette vieille bouche silencieuse lui était horriblement douloureuse. Il leva sa hache et la brandit au-dessus de sa tête, la balança en l'air pour viser, regarda sa victime dans les yeux et attendit qu'elle fermât les paupières. Mais Valet n'en fit rien, il garda les yeux ouverts, résolument, fixant cet homme armé de sa hache d'un air presque inexpressif, mais le peu que trahissait sa mine était à mi-chemin entre la pitié et la raillerie.

Furieux, Maro laissa tomber la hache. « Je ne ferai pas cela », grommela-t-il, il traversa le cercle des notables et se perdit dans la foule. Certains rirent sous cape. L'aïeule était devenue blême de colère, autant de voir la lâcheté et l'incapacité de Maro que l'orgueil de ce faiseur de pluie. Elle fit signe à l'un des anciens. C'était un homme respectable et tranquille qui s'appuyait sur sa hache et paraissait avoir honte de toute cette scène pénible. Il fit un pas en avant, et adressa un bref signe de tête amical à la victime. Ils se connaissaient depuis leur enfance. Alors Valet accepta de baisser les paupières. Il ferma les yeux très fort et inclina un peu la tête. Le vieux lui asséna un coup de hache : il s'effondra. Tourou, le nouveau faiseur de pluie, était hors d'état de dire une parole, il se contenta d'ordonner par gestes ce qu'il fallait faire : bientôt un bûcher fut édifié, on y étendit le mort. Le premier acte officiel de Tourou fut de secouer solennellement le feu selon les rites, avec les deux tisonniers de bois consacrés.

LE CONFESSEUR

C'ÉTAIT au temps où saint Hilarion était encore en vie, bien que déjà fort âgé. Dans la ville de Gaza vivait alors un certain Josephus Famulus, qui, jusqu'à l'âge de trente ans ou plus, avait vécu dans le siècle et étudié les livres païens. Par la suite, une femme qu'il poursuivait de ses assiduités lui avait fait connaître la doctrine divine et la suavité des vertus chrétiennes. Il avait accepté de recevoir le saint baptême, abjuré ses péchés et, pendant plusieurs années, assis aux pieds des prêtres de sa ville, il avait notamment écouté, avec une avidité passionnée, les histoires si populaires qu'ils racontaient sur la vie des pieux ermites dans le désert. Et un jour vint, il pouvait avoir alors trente-six ans, où il s'engagea dans la voie que saint Paul et saint Antoine avaient prise les premiers et que tant d'hommes pieux avaient suivie par la suite. Il remit aux anciens le reste de son patrimoine, pour le distribuer aux pauvres de la communauté. A la porte de la ville, il prit congé de ses amis et s'en alla à pied dans le désert, quittant ce monde indigne pour connaître la pauvreté des pénitents.

Pendant des années, il fut brûlé, desséché par le soleil, il usa ses genoux en prières, sur le roc et le sable, jeûnant jusqu'à la chute du jour, avant de mastiquer ses quelques dattes. Quand les diables le harcelaient de doutes, de moqueries et de tentations, il en triomphait par la prière, la pénitence et le sacrifice de son être, comme nous le trou-

vons décrit par le menu dans les biographies des saints pères.
Durant bien des nuits, ses yeux sans sommeil se tournèrent
aussi vers les étoiles et elles aussi créèrent dans son âme le
doute et la confusion. Il déchiffrait leurs images où il avait
jadis appris à lire aussi les histoires des dieux et les symboles
de la nature humaine. Cette science, dont les prêtres avaient
grande horreur, l'obséda encore longtemps d'imaginations
et d'idées qui dataient de sa foi païenne.

Dans ces régions, partout où la nudité et la stérilité du
désert étaient interrompues par une source, une poignée de
verdure, une oasis petite ou grande, vivaient alors des
ermites, parfois tout seuls, parfois en petites communautés,
ainsi que les représente une fresque du Campo-Santo de Pise,
pratiquant la pauvreté et l'amour de leur prochain, adeptes
d'un nostalgique *ars moriendi*, d'un art de périr, de mourir
au monde et à leur propre moi, pour passer dans le trépas au
côté du Sauveur, dans la lumière et l'impérissable. Ils recevaient les visites des anges et des diables, composaient des
hymnes, exorcisaient des démons, guérissaient et bénissaient,
et semblaient s'être donné pour tâche de racheter les plaisirs
mondains, la rudesse et la sensualité de nombreux siècles
passés et à venir par une immense vague d'enthousiasme et
de dévouement, par un supplément extatique de renoncement au monde. Certains d'entre eux connaissaient sans
doute de vieilles pratiques païennes de purification, les
méthodes et les exercices d'un procédé de spiritualisation
que l'Asie avait porté, depuis des siècles, à un haut degré de
perfection, mais on n'en parlait pas; ces méthodes et ces
exercices du Yogha n'étaient plus réellement enseignés, ils
tombaient sous le coup de l'interdit dont le christianisme
frappait de plus en plus tout ce qui était païen.

Chez beaucoup de ces pénitents, la braise de cette existence faisait éclore des dons particuliers, ceux de prier, de
guérir en apposant les mains, de prophétiser, de chasser le
diable, de juger et de châtier, de consoler et de bénir. Chez
Josephus aussi un don sommeillait et, lorsque avec les années
ses cheveux se mirent à perdre leur éclat, lentement ce don
s'épanouit. C'était le don d'écouter. Quand un frère d'une
de leurs colonies ou un enfant du siècle, tourmenté et éperonné par sa conscience, venait trouver Josephus et lui dire
ce qu'il avait fait et souffert, ses doutes et ses erreurs,

quand il lui racontait sa vie, sa lutte pour le bien et sa défaite,
ou encore une perte qu'il avait subie, une douleur, un deuil,
Josephus avait l'art de l'écouter, de lui ouvrir et de lui offrir
son oreille et son cœur, de prendre et de garder sa douleur et
son tourment et de le laisser repartir délivré et tranquillisé.
Lentement, au cours de longues années, cette fonction
s'était imposée à lui et avait fait de lui un instrument, une
oreille à laquelle on se fiait. Il avait pour vertus une certaine
patience, une certaine passivité réceptive et une grande
habitude de se taire. De plus en plus fréquemment des gens
venaient le voir, pour vider leur cœur, se délivrer d'un amas
d'idées oppressantes. Beaucoup d'entre eux, même s'ils
avaient dû faire un long chemin avant de parvenir à sa
cabane de roseaux, ne trouvaient pas, en arrivant et après
l'avoir salué, la liberté et le courage qu'il fallait pour se
confesser. Ils cherchaient des faux-fuyants, ils avaient
honte, se faisaient prier pour dire leurs péchés, restaient
longtemps, des heures durant, à soupirer et à se taire. Vis-à-
vis de chacun il se comportait de la même manière, qu'on
parlât volontiers ou à regret, tout d'affilée ou avec hésitation, qu'on crachât ses secrets avec rage ou qu'on en tirât
gloire. Pour lui, l'un et l'autre se valaient, peu lui importait
de les entendre s'en prendre à Dieu ou à eux-mêmes, grossir
ou diminuer leurs péchés et leurs peines, confesser un
meurtre ou seulement un geste d'impudeur, pleurer l'infidélité d'une femme aimée ou la perte de leur salut éternel.
Il n'éprouvait point de frayeur quand on lui parlait d'un
commerce familier avec des démons et qu'on semblait à tu
et à toi avec le diable, point de dépit lorsqu'un long récit
circonstancié passait visiblement l'essentiel sous silence, point
d'impatience quand on s'accusait de péchés insensés inventés
de toutes pièces. Tout ce qui venait à lui de plaintes, d'aveux,
d'accusations et de crises de conscience semblait se perdre
dans son ouïe comme l'eau dans le sable du désert, il paraissait n'avoir point de jugement et n'éprouver ni pitié ni
mépris pour son pénitent. Et néanmoins, ou peut-être pour
cette raison même, ce qu'on lui confessait ne semblait
jamais tomber dans le vide : cela se transformait en paroles,
en choses entendues, et y perdait son poids et son tragique.
Il ne lui arrivait que rarement de prononcer une admones-
tation ou un avertissement, plus rarement encore de donner

un conseil et à plus forte raison un ordre. On eût dit que ce
n'était pas de son ressort, et ceux qui lui parlaient paraissaient le sentir, eux aussi. Sa fonction consistait à éveiller
la confiance et à en être l'objet, à écouter avec patience et
amour, à aider ainsi la confession, qui n'était encore qu'à
demi ébauchée, à prendre forme tout à fait, à provoquer le
flux et l'écoulement de ce qui croupissait ou s'encroûtait
dans les âmes, à le recueillir et l'entourer de silence. Simplement, à la fin de chaque confession, horrible ou innocente,
contrite ou orgueilleuse, il faisait agenouiller le pénitent
près de lui, disait un Notre Père et déposait un baiser sur
son front avant de lui donner congé. Infliger des pénitences
et des sanctions n'était pas son fait, et il ne se sentait pas non
plus le pouvoir de prononcer une absolution véritable,
sacerdotale. Ni la condamnation, ni le pardon n'étaient son
affaire. En écoutant et en comprenant, il semblait prendre
sur lui une part de la faute et aider à la supporter. En se
taisant, il paraissait envoyer par le fond ce qu'il avait
entendu et le reléguer dans le passé. En priant avec son
pénitent à la fin de la confession, il avait l'air de l'accepter
et de le reconnaître pour frère, et pour égal. En lui donnant
un baiser, il semblait le bénir plutôt en frère que comme un
prêtre, avec plus de tendresse que de solennité.

Sa réputation se répandit dans toute la région de Gaza,
il était connu loin à la ronde, et il arrivait même qu'on associât son nom à celui du grand et vénéré confesseur et ermite
Dion Pugil; à vrai dire, la réputation de celui-ci datait déjà
de dix années plus tôt et elle était fondée sur des qualités
et des habitudes toutes différentes. Le père Dion était en
effet célèbre pour lire plus clairement et plus vite encore
dans les âmes qui se confiaient à lui que dans les paroles
qu'elles prononçaient. Et il n'était pas rare qu'il surprît un
pénitent hésitant, en lui jetant à la tête les péchés qu'il
n'avait pas encore confessés. Ce connaisseur d'âmes, sur le
compte de qui Josephus avait entendu raconter cent histoires
étonnantes et auquel il n'eût jamais osé se comparer, avait
reçu aussi la grâce de conseiller les âmes égarées; c'était un
grand juge, un justicier et un faiseur d'ordre. Il infligeait
des pénitences, des mortifications et des pèlerinages, il
consacrait des unions, forçait les ennemis à se réconcilier, et
son autorité égalait celle d'un évêque. Il vivait près d'As-

calon, mais les solliciteurs venaient même de Jérusalem pour le voir, et de lieux plus reculés encore.

Josephus Famulus, comme la plupart des ermites et des pénitents, avait mené pendant de longues années une lutte passionnée et épuisante. Certes, il avait quitté la vie du siècle, donné sa fortune et sa maison, tourné le dos à la ville, repoussé ses multiples invites à jouir des plaisirs du monde et des sens, mais il avait bien fallu qu'il emmenât son être avec lui, et celui-ci portait en lui tous les instincts du corps et de l'âme qui peuvent induire un homme en tentation et le mettre en péril. D'abord, il avait surtout lutté contre son corps, il s'était montré dur et rigoureux à son égard, il l'avait habitué à la chaleur et au froid, à la faim et à la soif, aux cicatrices et aux ampoules, jusqu'à ce qu'il se fût lentement fané et desséché. Mais jusque dans sa maigre dépouille d'ascète, le vieil homme qui dormait en lui avait la bassesse de venir le surprendre et le tourmenter avec une prodigieuse extravagance de désirs, de concupiscences, de rêves et de pitreries fallacieuses. Nous n'ignorons pas que le diable se consacre avec un soin tout particulier aux déserteurs du siècle et aux pénitents. Quand il se trouva que des gens en quête de consolation et en mal de confession s'adressèrent à lui, il reconnut là avec gratitude un appel de la grâce et trouva en même temps que cela allégeait sa vie d'ermite. Il prenait ainsi une signification, une valeur qui le dépassaient lui-même; une fonction lui était impartie, il pouvait servir autrui ou servir à Dieu d'instrument pour attirer les âmes. Sentiment merveilleux et qui l'élevait vraiment. Mais par la suite, il s'était révélé que les biens de l'âme eux-mêmes appartiennent encore à cette terre et peuvent devenir des tentations et des pièges. Souvent en effet, quand un de ces voyageurs à pied ou à cheval s'arrêtait devant sa grotte pour lui demander une gorgée d'eau et le prier ensuite d'écouter sa confession, un sentiment de satisfaction et de contentement effleurait notre Joseph, de contentement de soi, de vanité et d'amour-propre, qui l'effrayait profondément, dès qu'il s'en apercevait. Il n'était pas rare qu'il implorât à genoux le pardon de Dieu et lui demandât que personne ne vînt plus se confesser à l'être indigne qu'il était, ni des cabanes des pénitents du voisinage, ses frères, ni des villages et des villes du siècle. Cependant, même quand vraiment

il ne venait plus de pénitents pendant quelque temps, il ne
s'en trouvait guère mieux, et lorsque ensuite ils revenaient
nombreux, il se surprenait à commettre un nouveau péché :
il lui arrivait, en écoutant certains aveux, d'éprouver des
élans de froideur et d'indifférence, ou même de mépris à
l'égard de son pénitent. Il assuma aussi ces combats en soupirant, et il y eut des époques où il s'astreignit après chaque
confession qu'il entendait à des exercices solitaires d'humilité et d'expiation. Il se fit en outre une loi de traiter tous
ses pénitents non seulement comme des frères, mais avec
un respect particulier et d'autant plus grand que leur personne lui déplaisait davantage : il les accueillait comme des
envoyés de Dieu, venus pour le mettre à l'épreuve. Et c'est
ainsi qu'au cours des années, et sur le tard, alors qu'il prenait déjà de l'âge, il trouva un certain équilibre de vie, et
ceux qui étaient dans son voisinage eurent l'impression
que c'était un homme irréprochable, qui avait trouvé la
paix en Dieu.

Mais la paix est chose vivante, elle aussi, et comme tout
ce qui vit, elle doit croître et décroître, s'adapter, supporter
des épreuves et des métamorphoses. Il en était ainsi de la
paix de Josephus Famulus, elle était instable, tantôt visible
et tantôt cachée, tantôt proche comme un cierge qu'on tient
à la main, tantôt lointaine comme une étoile dans le ciel
d'hiver. Le temps aidant, ce fut un genre de péché et de
tentation particulier, nouveau, qui vint de plus en plus souvent lui rendre la vie difficile. Ce n'était pas une émotion
puissante, passionnée, une révolte ou une exaltation de ses
instincts, cela avait plutôt l'air du contraire. C'était un
sentiment qui, dans ses premiers stades, était fort aisé à
supporter, qu'il percevait même à peine, un état sans douleur et sans privations véritables, une torpeur de l'âme,
une tiédeur ennuyeuse, qui ne se laissait guère définir que
négativement, un effacement, une diminution et finalement
une absence de joie. Il y a des jours sans rayons de soleil,
ni averses, mais où le ciel se replie et s'enferme silencieusement sur lui-même, où il est gris sans être noir, où il fait
lourd, sans que cela atteigne la tension de l'orage : les journées de Joseph devinrent peu à peu ainsi, à mesure qu'il prit
de l'âge. De moins en moins, ses matinées se distinguèrent
des soirs, ses jours de fête des journées ordinaires, ses heures

d'envol de ses heures d'abattement; tout s'écoulait paresseusement dans l'inertie de la lassitude et de l'ennui. « C'est l'âge », songea-t-il tristement. Il était triste, car il s'était promis de l'âge et de l'apaisement progressif des instincts et des passions plus de clarté et un allégement de sa vie, un pas vers l'harmonie dont il rêvait et vers le calme spirituel de la maturité. L'âge semblait le décevoir et le duper, en n'apportant que la lassitude et la grisaille de ce vide sans joie, que ce sentiment de satiété incurable. Il se sentait rassasié de tout : de l'existence pure et simple, de son souffle, du sommeil de ses nuits, de sa vie dans la grotte, au bord de la petite oasis, de l'éternelle succession des soirs et des matins, du passage des voyageurs et des pèlerins, des chameliers et des âniers, et surtout de ces gens qui venaient pour le voir lui-même, de ces êtres un peu fous, pleins à la fois de crainte et de foi puérile, qui éprouvaient le besoin de lui conter leur vie, leurs péchés et leurs angoisses, les assauts qu'ils subissaient et les reproches qu'ils se faisaient. Il lui semblait parfois qu'il y avait une ressemblance entre la petite source de l'oasis dont une vasque de pierre collectait les eaux, qui coulaient ensuite dans l'herbe pour former un filet d'eau et s'en aller dans le désert de sable où elles tarissaient et périssaient après un bref ruissellement, et toutes ces confessions, ces listes de péchés, ces biographies, ces crises de conscience, petites ou grandes, sérieuses ou orgueilleuses, qui confluaient vers son oreille, par douzaines, par centaines, toujours renouvelées. Mais son oreille n'était pas morte comme le sable du désert, elle vivait et elle ne pouvait pas éternellement boire, ingurgiter et absorber, elle se sentait lasse, fatiguée de cet abus, de ce trop-plein, elle aspirait à entendre cesser un jour ce flot et ce clapotis de paroles, d'aveux, de soucis, de plaintes, d'accusations personnelles, à connaître un jour le repos, la mort et le silence après cet écoulement sans fin. Il désirait vraiment que cela finît, il était las, il en avait assez, il était excédé, sa vie lui semblait creuse et sans valeur. Il en vint même parfois à être tenté de mettre fin à ses jours, de se punir et de se supprimer, comme l'avait fait Judas, le traître, en se pendant. De même qu'à des stades antérieurs de sa vie de pénitent le diable avait perfidement glissé dans son âme les désirs, les représentations et les rêves de la vie des sens et du siècle,

il le tentait à présent par des images de suicide. Il en venait
à éprouver chaque maîtresse branche pour voir si elle ferait
l'affaire pour s'y pendre, chaque rocher de la région, pour
s'assurer qu'il était assez abrupt et assez haut pour un saut
mortel. Il résista à cette tentation, il lutta, ne céda pas,
mais il vécut jour et nuit dans un enfer de haine de lui-
même et de nostalgie de la mort. La vie lui était devenue insupportable et haïssable.

Josephus en était donc arrivé là. Un jour qu'il se trouvait
sur l'un de ces pitons rocheux, il vit apparaître au loin, entre
terre et ciel, deux, trois silhouettes menues. C'étaient manifestement des voyageurs, peut-être des pèlerins, peut-être
des gens qui venaient le voir pour se confesser, et soudain il
fut saisi d'un désir irrésistible de partir sur-le-champ, au
plus vite, de quitter ces lieux et cette vie. Ce désir l'empoigna avec tant de violence instinctive qu'il culbuta,
balaya toutes ses idées, ses objections et ses scrupules, car,
bien entendu, il n'en manquait pas. Comment un pieux pénitent aurait-il pu obéir à un instinct sans que sa conscience
en frémît? Déjà il courait, il était de retour à sa grotte, à la
demeure qui avait été le théâtre de tant de combats menés
à bien, vase de tant d'élévations et de tant de défaites. Avec
une hâte éperdue, il se munit de quelques poignées de dattes
et d'une gourde d'eau, empila le tout dans sa vieille besace qu'il jeta sur son épaule, empoigna son bâton et
quitta la verte paix de sa petite patrie, fuyard éperdu,
déserteur devant Dieu et les hommes, désertant surtout ce
qu'il avait considéré naguère le meilleur de sa vie, sa fonction et sa mission. Il marcha d'abord comme une bête aux
abois, comme si les silhouettes qu'il avait vues surgir au
loin, du haut du rocher, étaient réellement celles d'ennemis
à sa poursuite. Mais au cours d'une heure de marche, il
perdit cette hâte anxieuse; le mouvement lui valut une
fatigue bienfaisante, et durant sa première halte, pour laquelle
il s'accorda exceptionnellement une petite collation — c'était
devenu pour lui une habitude sacrée de ne prendre aucun
aliment avant le coucher du soleil — sa raison, entraînée à
la pensée solitaire, commença à reprendre courage et à
examiner son acte instinctif sous tous les angles. Si peu
raisonnable que celui-ci pût paraître, elle ne le désapprouva
pas, elle le considéra plutôt avec bienveillance, car pour la

première fois depuis fort longtemps elle trouva sa manière
d'agir inoffensive et innocente. Il avait pris la fuite, subitement et sans réfléchir, c'est vrai, mais il n'y avait pas de
honte à cela. Il avait quitté un poste qu'il n'était plus de
taille à occuper. En s'enfuyant, il s'était avoué à lui-même
et aux spectateurs éventuels qu'il était un incapable. Il
avait renoncé à une lutte quotidienne et inutile et reconnu
qu'il était battu, qu'il avait le dessous. Et cela, de l'avis
de sa raison, n'avait rien de grandiose, ni d'héroïque, ce
n'était pas digne d'un saint homme, mais c'était sincère et, selon toute apparence, il eût été impossible de l'éviter. Il s'étonna
alors d'avoir pris la fuite si tard et supporté cela un temps
si long si prodigieusement long. La lutte, l'esprit de bravade
avec lesquels il avait tenu si longtemps cette position désespérée lui faisaient à présent l'effet d'une erreur, ou plutôt
d'une lutte, d'un effort frénétique de son amour-propre et
du vieil homme qui sommeillait en lui; il crut comprendre
pourquoi cette bravade avait eu de si funestes, et même de si
diaboliques conséquences, pourquoi elle avait fini par le
déchirer et par lui engourdir le cœur, par le posséder du désir
démoniaque de mourir et de se détruire. Certes, un chrétien
ne devait pas être ennemi de la mort; certes, un pénitent,
un saint homme devait considérer sa vie comme un pur
sacrifice. Mais l'idée de se donner volontairement la mort
était absolument diabolique, elle ne pouvait naître que dans
une âme dont les maîtres et les gardiens n'étaient plus des
anges de Dieu, mais les démons du mal. Il resta assis quelque
temps, perdu dans ses pensées, consterné, et finalement
profondément contrit et bouleversé, en s'apercevant, en
prenant conscience de la vie qu'il venait de mener, avec le
recul que lui donnaient ces quelques lieues parcourues, vie
désespérée d'homme aux abois qui prend de l'âge, qui a
manqué son but et que torture constamment la tentation
atroce de se pendre à une branche, comme celui qui a trahi
le Sauveur. Quelque horreur qu'il eût du suicide, peut-être
revivait-il encore dans celle-ci un reste d'une notion préhistorique, préchrétienne de l'ancien paganisme, celle de l'antique usage du sacrifice humain, pour lequel on choisissait
le roi, le saint, l'élu de la tribu et auquel il n'était pas rare
que celui-ci fût obligé de procéder de sa main. Ce n'était pas
seulement le fait que cet usage aboli et odieux rappelât les

temps préhistoriques du paganisme qui le faisait frissonner
d'horreur, mais plus encore la pensée qu'en fin de compte
la mort subie par le Rédempteur sur la croix n'était
qu'un sacrifice humain accompli volontairement. Et de fait :
à y bien réfléchir, il y avait eu un pressentiment sous-jacent
de cette conscience dans les élans de son désir de suicide,
une aspiration orgueilleusement méchante et farouche à se
sacrifier lui-même et à imiter ainsi le Rédempteur, d'une
manière à vrai dire illicite, ou d'indiquer de manière illicite
qu'Il n'avait pas si totalement réussi son œuvre de rédemption. Cette pensée le remplit d'effroi, mais il sentit aussi
qu'il avait maintenant échappé à ce danger.

Il considéra longuement ce pénitent Joseph qu'il était
devenu et qui maintenant, au lieu de suivre les traces de
Judas ou du Crucifié, avait pris la fuite, se replaçant ainsi
dans la main de Dieu. Sa honte et son chagrin grandissaient
à mesure qu'il reconnaissait plus distinctement l'enfer dont
il s'était échappé et, à la fin, la misère lui serra la gorge,
comme une bouchée qui ne passe pas, elle s'enfla, devint
une pression intolérable, et soudain elle trouva une issue,
une délivrance dans un flot de larmes qui lui firent un bien
merveilleux. Depuis combien de temps n'avait-il plus su
pleurer ? Ses larmes coulèrent, ses yeux cessèrent de voir,
mais il fut délivré de cet étranglement mortel, et quand il
revint à lui, quand il sentit le goût du sel sur ses lèvres et
qu'il s'aperçut qu'il pleurait, il lui sembla un instant avoir
retrouvé son enfance et ne rien savoir du mal. Il sourit, un
peu honteux de ses larmes, finit par se lever et reprit sa
marche. Il n'était pas sûr de soi, ignorant où sa fuite allait le
conduire et ce qu'il deviendrait. Il se faisait l'effet d'être
un enfant, mais il n'y avait plus de lutte, ni de volonté en
lui. Il éprouvait une impression de légèreté plus grande et le
sentiment d'être guidé, appelé, attiré par une voix bonne
et lointaine, comme si ce voyage n'était pas une fuite, mais
un retour au bercail. Il se sentit fatigué, et sa raison aussi :
elle se taisait, ou se reposait, ou ne se croyait pas indispensable.

Au point d'eau où Joseph passa la nuit, plusieurs chameliers avaient fait halte. Comme il y avait aussi deux femmes
dans leur petite société, il se contenta de saluer d'un geste
et évita d'engager la conversation. Mais quand il eut mangé

quelques dattes à la tombée du jour, qu'il eut prié et se fut couché, il put en revanche entendre une conversation que deux hommes eurent à voix basse, un vieux et un plus jeune, car ils étaient étendus tout près de lui. Seul un bref fragment de leur dialogue lui parvint, le reste se perdit dans un chuchotement. Mais ce court passage suffit à absorber son attention et son intérêt et occupa sa réflexion la moitié de la nuit.

« — C'est très bien, entendait-il dire à la voix du vieillard, c'est très bien de vouloir trouver un homme pieux et te confesser. Ces gens comprennent toutes sortes de choses, c'est moi qui te le dis. Ils ne savent pas seulement se contenter de pain sec, il y en a plus d'un qui s'entend en miracles. Il leur suffit de crier un petit mot à un lion qui va bondir et il s'aplatit, le brigand, il s'en va furtivement, la queue entre les pattes. Ils savent apprivoiser les lions, c'est moi qui te le dis. Il y en a eu un, plus saint que les autres, ses lions apprivoisés lui ont même creusé sa tombe, quand il est mort; ils ont gentiment ramené la terre par-dessus et pendant longtemps il y en a toujours eu deux à monter la garde là, jour et nuit. Et ces gens-là ne s'entendent pas seulement à apprivoiser les lions. Un jour il y en a un qui s'est mis à dire des prières à un centurion romain, une brute, et cruel, et le plus grand coureur de filles de tout Ascalon; il lui a tellement retourné son méchant cœur que le centurion s'est fait tout petit, il est parti, peureux comme une souris, il cherchait un trou où se cacher. Et après, le gars était quasiment méconnaissable, tant il était devenu tranquille et humble. Il faut dire, et ça fait réfléchir, que l'homme est mort un peu après.

« — Le saint homme?

« — Mais non, le centurion. Varro qu'il s'appelait. Depuis que le pénitent lui en a fait voir et qu'il a réveillé sa conscience, il a dépéri assez vite. Deux fois, il a eu la fièvre, et au bout de trois mois c'était un homme mort. Bah! tant pis pour lui! Mais je me suis tout de même dit souvent : « Le pé-
« nitent, il n'a pas seulement exorcisé le diable qui était
« dans lui, il aura bien prononcé une petite formule qui
« l'aura expédié sous terre. »

« — Un homme si pieux? Je ne peux pas le croire.

« — Crois-le ou crois-le pas, mon vieux. Mais à partir de

ce jour-là notre homme a été comme métamorphosé, pour pas dire ensorcelé, et trois mois après... »

Il y eut un silence, puis le plus jeune reprit la parole : « Il y a par ici un pénitent, il doit vivre quelque part dans le voisinage, on dit qu'il habite tout seul, près d'une petite source, le long du chemin de Gaza. Il s'appelle Josephus, Josephus Famulus. J'ai beaucoup entendu parler de lui.

« — Ah! et alors?

« — Il est pieux que ça fait peur, à ce qu'il paraît et surtout il regarde jamais une femme. Si jamais il passe quelques chameaux près de sa retraite et qu'une femme soit perchée dessus, ses voiles peuvent être épais comme ça, il lui tourne le dos et il disparaît aussitôt dans les rochers. Il y en a beaucoup, des tas, qui sont allés se confesser à lui.

« — Pas tant que ça, autrement j'en aurais déjà entendu parler aussi. Et qu'est-ce qu'il sait faire, ton Famulus?

« — Oh! on va le trouver juste pour se confesser. S'il ne valait rien, s'il ne comprenait rien, les gens lui courraient pas après. D'ailleurs on raconte qu'il dit à peine un mot; chez lui, pas d'engueulades, pas de tonnerre, pas de punitions, rien de pareil. Il paraît que c'est un homme doux, timide même.

« — Mais alors qu'est-ce qu'il fait, s'il vous engueule pas, s'il vous punit pas et s'il ouvre pas la gueule?

« — Il paraît qu'il se contente d'écouter et de pousser des soupirs merveilleux et de faire le signe de la croix.

« — Tu parles! Un beau saint de derrière les fagots! Tu ne vas tout de même pas être assez bête pour courir après ce bonhomme qui dit pas un mot!

« — Si, c'est ce que je veux faire. Je saurai bien le trouver, il ne peut pas être loin d'ici. Il y avait ce soir un pauvre frère qui traînait autour de l'abreuvoir, je lui demanderai demain matin. Lui-même, il ressemble à un pénitent. »

Le vieux s'échauffa. « Laisse donc ton pénitent des sources croupir dans sa grotte! Un homme qui fait qu'écouter et soupirer, qui a peur des femmes, qui sait rien et qui comprend rien! Non, je vais te dire qui il faut aller voir. C'est loin d'ici, c'est vrai, et même de l'autre côté d'Ascalon, mais c'est le meilleur des pénitents et des confesseurs qui existe. Son nom est Dion, et on l'appelle Dion Pugil, ça veut dire le boxeur, parce qu'il se bagarre avec tous les diables et quand on vient lui confesser sa honte, alors, mon ami, Pugil ne pousse pas de soupirs et il ne reste pas la gueule fermée, il dégaine et il vous dérouille un bonhomme, il faut voir comme. Il paraît qu'il y en a qu'il a roués de coups, il y en a un qu'il a fait rester à genoux toute une nuit à même les pierres, et par-dessus le marché il l'a obligé à donner quarante sous aux pauvres. Ça c'est un homme, petit gars, quand tu le verras, t'en reviendras pas. Qu'il commence seulement à bien te regarder, v'là tout ton squelette qui branle. Et il voit au travers de toi. Et pas de soupirs; c'est un homme qui a ça dans le sang, et quand on peut plus bien dormir ou qu'on a des mauvais rêves, des visions et tout ce qui s'ensuit, Pugil vous remet d'aplomb, c'est moi qui te le dis. Et je ne dis pas ça parce que j'ai entendu des femmes en jaser. Je te le dis parce que j'y ai été moi-même. Oui, moi, j'ai beau être un pauvre bougre, un jour j'ai été voir le pénitent Dion, le boxeur, l'homme de Dieu. Quand j'y suis allé, j'étais un misérable, j'avais de la honte et de la crasse plein la conscience, et quand je suis reparti, j'étais clair et propre comme l'étoile du matin, aussi vrai que je m'appelle David. Rappelle-toi : Dion, qu'il s'appelle, Pugil de son surnom. Va le voir, dès que tu pourras, tu verras un vrai miracle. Il y a des préfets, des anciens et des évêques qui sont allés lui demander conseil.

« — Oui, fit l'autre, si je reviens un jour dans cette région-là, j'y penserai. Mais aujourd'hui c'est aujourd'hui et ici c'est ici. Puisque aujourd'hui je suis ici et que dans le voisinage il doit y avoir ce Josephus, dont j'ai entendu dire tant de bien...

« — Entendu dire du bien! Mais comment as-tu pu te toquer de ce Famulus?

« — Ce qui m'a plu, c'est qu'il ne vous gronde pas, qu'il ne se met pas en rage. Ça me plaît, il faut bien le dire. Je ne suis pas un centurion, moi, ni un évêque. Je suis un petit gars, plutôt timide, je pourrais pas supporter beaucoup de feu ni de soufre. Ça me gêne pas, moi, Dieu sait, qu'on me traite plutôt doucement, je suis comme ça, moi.

« — Il y en a plus d'un qui aimerait mieux ça. Être traité doucement! Quand tu t'es confessé, que tu as fait ta pénitence, accepté ta punition et que tu t'es purifié, alors je veux bien, alors c'est peut-être le moment de te traiter doucement, mais pas quand tu te présentes à ton confesseur, à ton juge, impur et puant comme un chacal!

« — Bien sûr, bien sûr! Il faudrait pas parler si fort. Les gens veulent sûrement dormir. »

Soudain, il pouffa. « Au fait, on m'en a aussi raconté une bien bonne sur son compte.

« — Sur le compte de qui?

« — De lui, du pénitent Josephus. Quand on lui a raconté son affaire et qu'on s'est confessé, il a l'habitude de vous saluer, de vous bénir au moment du départ et vous donne un baiser sur la joue ou sur le front.

« — Non, il fait cela? Drôle d'habitude.

« — Et tu sais qu'il a très peur des femmes. Eh bien, un jour une putain du pays est venue le trouver, habillée en homme, à ce qu'on raconte : il s'aperçoit de rien : il écoute ses menteries et quand elle a fini sa confession, v'là qu'il s'incline devant et il lui donne solennellement un baiser. »

Le vieux partit d'un violent éclat de rire. L'autre se hâta de faire « Chut! chut! », et Josephus n'entendit plus rien que ce rire mal contenu qui se prolongea encore un moment.

Il leva les yeux vers le ciel. Le croissant de la lune apparaissait, net et mince, entre les bouquets de palmes; le froid de la nuit le fit frissonner. Cette conversation nocturne des chameliers lui avait fait voir, avec l'étrangeté d'un miroir déformant, l'image pourtant instructive du personnage et du rôle auxquels il avait cessé d'être fidèle. Ainsi une prostituée s'était permis cette plaisanterie à son égard! Mais ce n'était pas le plus grave, encore que ce le fût bien assez. Le dialogue des deux inconnus lui fournit matière à de longues réflexions. Et quand finalement, très tard, il réussit à s'endormir, il y parvint seulement parce que ses réflexions n'avaient pas été vaines. Elles avaient abouti à un résultat, à une résolution, et ce fut avec cette décision toute fraîche dans le cœur qu'il dormit profondément jusqu'au lever du jour sans être dérangé.

C'était précisément celle que le plus jeune des deux chameliers n'avait pu prendre. Il avait décidé de suivre le conseil du plus âgé et d'aller voir Dion, dit Pugil, dont il connaissait déjà depuis longtemps l'existence et dont il avait entendu cette nuit-là chanter les louanges avec tant d'insistance. Ce célèbre confesseur, juge des âmes et donneur de conseils, saurait bien le conseiller, lui aussi, le juger, le châtier, l'orienter. C'était devant lui qu'il voulait comparaître, comme devant un représentant de Dieu, et accepter de bon gré ce qu'il lui ordonnerait.

Le lendemain, il quitta la halte, alors que les deux hommes dormaient encore. Une marche pénible lui permit d'atteindre dans la journée un lieu qu'il savait habité par des frères en piété et d'où il espérait rejoindre le chemin habituel d'Ascalon.

Quand il arriva dans la soirée, il découvrit le paysage vert et accueillant d'une petite oasis; il vit apparaître des arbres, entendit une chèvre bêler, il lui sembla apercevoir dans l'ombre verte les contours de toits de cabanes et flairer un voisinage humain. Lorsqu'il s'approcha avec hésitation, il crut sentir qu'on le regardait. Il s'arrêta, examina les alentours et vit sous les premiers arbres, adossé à un tronc, une silhouette assise, celle d'un vieil homme très droit, à la barbe d'un gris de glace et au visage digne, mais sévère et compassé, qui avait les yeux tournés vers lui et qui devait le fixer depuis un moment déjà. Ce vieillard avait un regard ferme et pénétrant, mais dépourvu d'expression, comme un homme qui a l'habitude d'observer, mais sans curiosité ni sympathie, qui laisse choses et gens venir à lui et cherche à les connaître, mais sans les attirer ou les inviter.

— Loué soit Jésus-Christ, dit Josephus.

Le vieillard lui répondit par un murmure.

— Permettez-moi de vous demander, dit Josephus, si vous êtes comme moi étranger à cette région ou si vous habitez cette belle colonie?

— Je ne suis pas d'ici, dit le vieux à barbe blanche.

— Respectable vieillard, peut-être pourrez-vous me dire alors s'il est possible de rejoindre d'ici le chemin d'Ascalon?

— C'est possible, dit le vieux, et il se leva lentement, géant décharné, les membres un peu raides. Il resta immobile, à regarder l'horizon vide. Josephus sentait que ce vieillard gigantesque n'avait guère envie d'engager une conversation, mais il voulut risquer encore une question.

— Permettez-moi de vous demander encore une seule chose, respectable vieillard, dit-il courtoisement, et il vit le regard de l'homme se détacher de l'horizon pour le considérer froidement et attentivement.

— Connaissez-vous le lieu où l'on peut trouver le père
Dion, qu'on surnomme Dion Pugil?

L'étranger fronça légèrement les sourcils, et son regard
devint plus froid encore.

— Je le connais, dit-il d'une voix brève.

— Vous le connaissez? s'écria Josephus. Oh! alors, indiquez-le-moi, car c'est là, c'est chez le père Dion, que je vais
en voyage.

Le grand vieillard lui jeta d'en haut un regard inquisiteur. Il fit longtemps attendre sa réponse, puis il retourna à
son tronc d'arbre, s'accroupit de nouveau lentement par
terre et s'assit, adossé au tronc, comme précédemment.
D'un petit geste de la main, il invita Joseph à l'imiter.
Celui-ci obéit; en s'asseyant, il sentit la grande fatigue de
ses membres, mais il l'oublia aussitôt, pour concentrer
toute son attention sur le vieillard. Celui-ci paraissait plongé
dans la méditation; une expression sévère et rébarbative
apparut sur sa face imposante, mais elle semblait doublée
d'une autre, d'un deuxième visage, et comme voilée d'un
masque transparent qui exprimait une douleur ancienne et
solitaire, à laquelle sa fierté et sa dignité ne donnaient pas
libre cours.

Il se passa longtemps avant que ce personnage vénérable
tournât de nouveau les yeux vers Josephus. Son regard
l'examina une fois de plus avec insistance, et soudain le
vieillard lui demanda, d'un ton de commandement :

— Qui êtes-vous donc, l'homme?

— Je suis un pénitent, dit Josephus, j'ai mené durant de
longues années la vie des ermites.

— Cela se voit. Je demande qui vous êtes.

— Je m'appelle Josephus, dit Famulus.

Lorsque Josephus prononça son nom, le vieillard, dont ce
fut du reste le seul mouvement, fronça si fort les sourcils
que ses yeux, un instant, cessèrent presque d'être visibles.
Il parut ému, effrayé ou déçu par ce que venait de dire
Josephus, à moins que ce ne fût seulement la fatigue de ses
yeux, un relâchement de son attention, ou une petite faiblesse
passagère comme en ont les personnes âgées. Toujours est-il
qu'il demeura absolument immobile; il tint quelque temps
les paupières étroitement fermées, et quand il les rouvrit,
son regard sembla changé, il parut plus vieux encore, si

possible, plus solitaire, plus pétrifié et plus expectatif. Il ouvrit lentement les lèvres, pour demander : « J'ai entendu parler de vous. Êtes-vous celui à qui les gens vont se confesser ? »

Josephus répondit affirmativement, avec embarras. Reconnu, il avait l'impression désagréable d'être mis à nu et, pour la deuxième fois déjà, la constatation de son renom lui fit honte.

Le vieillard lui demanda encore avec sa concision habituelle : « Ainsi vous voulez maintenant aller trouver Dion Pugil ? Que lui voulez-vous ?

— Je voudrais me confesser à lui.

— Qu'en attendez-vous ?

— Je ne sais pas. J'ai confiance en lui, et il me semble même que c'est une voix d'en haut, une inspiration qui me conduit auprès de lui.

— Et quand vous vous serez confessé, que ferez-vous ?...

— Alors je ferai ce qu'il m'ordonnera.

— Et s'il vous donne un mauvais conseil ou un ordre néfaste ?

— Je n'irai pas chercher si c'est faux ou non, j'obéirai. »

Le vieillard ne proféra plus un seul mot. Le soleil avait baissé, un oiseau criait dans les feuilles de l'arbre. Comme le vieillard gardait le silence, Josephus se leva. Il revint encore timidement sur la question qu'il avait posée.

— Vous avez dit que vous connaissiez l'endroit où l'on peut trouver le père Dion. Puis-je vous prier de me dire son nom et de me décrire le chemin qui y mène ?

Le vieillard pinça les lèvres avec une sorte de faible sourire. « Croyez-vous, demanda-t-il doucement, que vous serez le bienvenu chez lui ? »

Pénétré d'un étrange effroi, Josephus ne répondit pas. Il resta immobile, embarrassé.

Puis il dit : « Puis-je du moins espérer que je vous reverrai ? »

Le vieil homme le salua d'un geste et répondit : « Je vais dormir ici et j'en partirai peu après le lever du soleil. Allez à présent, vous êtes fatigué et vous avez faim. »

Josephus poursuivit son chemin, après l'avoir salué respectueusement, et il arriva à la petite colonie au moment où le crépuscule tombait. En ce lieu habitaient, comme en un monastère, plusieurs de ces hommes qu'on appelait les anachorètes. C'étaient des chrétiens venus de villes et de localités diverses qui s'étaient construit ici un gîte dans la retraite, pour se livrer, sans qu'on les dérangeât, à une vie simple et pure, de silence et de contemplation. On lui donna de l'eau, de la nourriture et une couche pour la nuit. Voyant sa fatigue, on lui épargna les questions et la conversation. L'un d'eux dit une prière du soir; les autres y prirent part à genoux et ils prononcèrent l'*amen* ensemble. En d'autres temps, c'eût été pour lui un événement et une joie que de partager la vie de cette communauté d'hommes pieux, mais il n'avait plus maintenant qu'une chose en tête et, dès le point du jour, il se hâta de revenir à l'endroit où il avait quitté la veille le vieil homme. Il le trouva couché sur le sol, endormi, enroulé dans une natte mince. Josephus s'assit à l'écart sous les arbres, pour attendre son réveil. Le dormeur ne tarda pas à s'agiter, il s'éveilla, se débarrassa de sa natte, se leva lourdement et étira ses membres engourdis, puis il s'agenouilla par terre et s'acquitta de sa prière. Quand il se releva, Josephus s'approcha de lui et s'inclina sans mot dire.

— As-tu déjà mangé? lui demanda l'inconnu.

— Non, j'ai l'habitude de ne manger qu'une fois par jour et seulement après le coucher du soleil. Avez-vous faim, vénérable ami?

— Nous sommes en voyage, fit celui-ci, et nous ne sommes plus des jeunes gens, ni l'un ni l'autre. Il vaut mieux que nous mangions un morceau, avant de continuer notre chemin.

Josephus ouvrit sa besace et lui offrit quelques-unes de ses dattes. Les braves gens chez qui il avait passé la nuit lui avaient aussi donné un pain de mil qu'il partagea avec le vieillard.

— Nous pouvons partir, dit le vieux, quand ils eurent mangé.

— Oh! nous allons ensemble? s'écria Josephus avec joie.

— Bien sûr. Tu m'as demandé de te conduire auprès de Dion. Viens donc.

Josephus le regarda, étonné et heureux. « Comme vous êtes bon! s'écria-t-il, et il allait se répandre en protestations de gratitude, mais l'inconnu le fit taire d'un geste rude de la main.

— Seul Dieu est bon, dit-il. Maintenant partons. Et dis-moi « tu », comme je te le dis. A quoi bon des manières et des politesses entre deux vieux pénitents ? »

Le grand vieillard s'en fut, et Josephus lui emboîta le pas. Le jour était venu. Le guide paraissait sûr de la direction et du chemin. Il promit que, vers midi, ils trouveraient un endroit à l'ombre, où ils pourraient faire halte pendant les heures où le soleil était le plus ardent. Ils ne parlèrent plus le reste du chemin.

Ce fut seulement lorsqu'ils eurent atteint cette halte, après des heures de grande chaleur, et qu'ils se reposèrent à l'ombre de roches déchiquetées, que Josephus adressa de nouveau la parole à son guide. Il lui demanda combien il leur faudrait à peu près de jours de marche pour arriver chez Dion Pugil.

— Cela dépend uniquement de toi, dit le vieillard.

— De moi ? s'écria Josephus. Ah ! s'il ne tenait qu'à moi, je serais devant lui aujourd'hui même.

Maintenant non plus, le vieil homme ne paraissait pas d'humeur à parler.

— Nous verrons, dit-il brièvement, en se couchant sur le flanc et en fermant les yeux. Il était désagréable à Josephus de le regarder faire son somme. Il se retira un peu à l'écart, sans bruit, se coucha et, contrairement à ses prévisions, il s'endormit aussi, car il était resté éveillé longtemps pendant la nuit. Son guide le réveilla quand il estima que le moment de repartir était venu.

A la fin de l'après-midi, ils arrivèrent à un campement, où il y avait de l'eau, des arbres, et où poussait de l'herbe. Ils burent, se lavèrent, et le vieux décida de rester là. Josephus n'était pas de cet avis et éleva une timide protestation.

— Tu as dit aujourd'hui, fit-il, qu'il ne tenait qu'à moi d'arriver plus ou moins tôt chez le père Dion. Je suis prêt à marcher encore de nombreuses heures, si vraiment je peux le joindre dès aujourd'hui ou dès demain.

— Ah non ! fit l'autre, pour aujourd'hui nous sommes allés assez loin.

— Excuse-moi, dit Josephus, mais ne peux-tu pas comprendre mon impatience ?

— Je la comprends. Mais elle ne te sera d'aucun secours.

— Alors pourquoi disais-tu que cela dépendait de moi?
— C'est comme je te l'ai dit. Dès que tu seras sûr de vouloir te confesser et que tu te sauras prêt et mûr pour la confession, tu pourras la faire.
— Aujourd'hui même?
— Aujourd'hui même.

Josephus regarda, stupéfait, le visage tranquille du vieillard.

— Est-ce possible? s'écria-t-il, bouleversé. Est-ce toi le père Dion?

Le vieux fit un signe de tête affirmatif.

— Repose-toi ici sous ces arbres, lui dit-il gentiment, mais ne dors pas, concentre-toi au contraire. Moi aussi, je vais me reposer et me concentrer. Ensuite tu pourras me dire ce que tu désires me confier.

Josephus se voyait ainsi soudain arrivé à son but et il avait peine à comprendre maintenant qu'il n'eût pas reconnu et deviné plus tôt au côté de quel homme vénérable il avait marché toute une journée. Il s'en fut à l'écart, s'agenouilla, pria et concentra ensuite toutes ses pensées sur ce qu'il avait à dire à son confesseur. Au bout d'une heure, il revint et demanda à Dion s'il était prêt.

Et il lui fut alors permis de se confesser. Tout ce qu'il avait vécu depuis des années, ce qui depuis longtemps semblait avoir perdu de plus en plus de sa valeur et de son sens, déborda de ses lèvres sous forme de récits, de plaintes, de questions, de réquisitoire contre lui-même, toute l'histoire de la vie de chrétien et de pénitent qu'il avait conçue et adoptée pour se purifier et se sanctifier, et qui finalement avait abouti à tant de confusion, de ténèbres et de désespoir. Il ne passa pas non plus sous silence les événements les plus récents de sa vie, sa fuite et le sentiment de libération et d'espoir qu'elle lui avait procuré, la genèse de sa décision d'aller trouver Dion, leur rencontre et la confiance, l'affection qu'il avait conçues aussitôt pour lui, son aîné, mais il ne lui cacha pas non plus que, plusieurs fois au cours de cette journée, il l'avait jugé froid, bizarre et même lunatique.

Le soleil était déjà bas quand il termina. Le vieux Dion l'avait écouté avec une attention inlassable, en se gardant de l'interrompre et de l'interroger. Et même à présent que

la confession était achevée, pas un mot ne sortait de ses
lèvres. Il se leva lourdement, regarda Josephus avec beaucoup
d'affection, se pencha vers lui, le baisa au front et fit au-dessus de lui le signe de la croix. Plus tard seulement, Josephus
se rendit compte que c'était là le geste muet et fraternel de
renoncement à tout verdict, par lequel il avait lui-même
renvoyé tant de pénitents.

    Ils mangèrent peu après, prononcèrent la prière du soir
et se couchèrent. Josephus réfléchit encore quelque temps et
se creusa la tête : il s'était attendu, à vrai dire, à une malédiction et à une semonce, et cependant il n'éprouvait ni
déception ni inquiétude. Le regard et le baiser fraternel de
Dion lui avaient suffi, la paix régnait en lui, et il ne tarda pas
à sombrer dans un sommeil bienfaisant.

    Sans paroles inutiles, le vieillard l'emmena le lendemain
avec lui, ils firent dans la journée une assez longue étape,
puis encore quatre ou cinq semblables, et atteignirent alors
l'ermitage de Dion. Ce fut là qu'ils habitèrent désormais.
Joseph aida Dion dans ses petites besognes journalières, il
apprit à connaître et à partager sa vie quotidienne, qui ne
différait guère de celle qu'il avait menée lui-même bien des
années. Mais à présent, il n'était plus seul, il vivait dans
l'ombre et sous la protection de quelqu'un d'autre, et c'était
là, somme toute, une vie entièrement différente. Des colonies des environs, d'Ascalon et de plus loin encore, il venait
sans cesse des gens en quête de conseils et en mal de confession. Au commencement, Josephus se retirait précipitamment
chaque fois qu'il venait des visiteurs de ce genre et il ne
réapparaissait qu'après leur départ. Mais de plus en plus
souvent, Dion le rappela, comme on appelle un serviteur, lui
commandant d'apporter de l'eau ou de lui rendre quelque
autre petit service et, après avoir procédé ainsi pendant
quelque temps, il habitua Josephus à être, de loin en loin,
auditeur d'une confession, quand le pénitent n'en prenait pas
ombrage. Mais beaucoup d'entre eux, la plupart même,
n'étaient pas fâchés de ne pas rester en tête à tête avec ce
Pugil redouté, que ce fût debout, assis ou à genoux. Ils préféraient la compagnie de cet aide silencieux, au regard
aimable et complaisant. Il apprit ainsi peu à peu la manière
qu'avait Dion d'écouter les confessions, le style de ses
paroles de consolation, de ses interventions et de ses répri-

mandes, celui de ses sanctions et de ses conseils. Il ne se
permettait que rarement de poser une question, comme il
le fit par exemple le jour où un érudit, ou un bel esprit, leur
rendit visite en passant.

Il ressortait des récits de cet homme qu'il avait des amis
parmi les mages et les astronomes. Au cours d'une halte, il
resta assis une heure ou deux auprès de nos pénitents.
C'était un hôte courtois et loquace. Il parla longuement,
savamment et avec élégance des astres et du périple que
l'homme, disait-il, doit parcourir ainsi que tous ses dieux
du début à la fin d'une ère cosmique, à travers toutes les
demeures du zodiaque. Il parla d'Adam, le premier homme,
et dit qu'il ne faisait qu'un avec Jésus, le crucifié, et il
appela la rédemption qui est son œuvre le voyage d'Adam
de l'arbre de la connaissance à celui de la vie. Quant au
serpent du paradis, il le qualifia de gardien de la source
sacrée, des abîmes ténébreux, dont les eaux noires ont
engendré toute individuation, tous les hommes et les dieux.
Dion écoutait attentivement cet homme dont le syrien était
fortement mâtiné de grec et, Josephus s'étonna, se scandalisa
même, de ne pas l'entendre repousser, réfuter et condamner
avec passion et courroux ces erreurs païennes, et de voir
qu'au contraire le subtil monologue de ce docte pèlerin semblait le distraire et éveiller sa sympathie, car il ne se
contentait pas d'être tout oreilles, il souriait et approuvait
fréquemment aussi d'un signe de tête une parole de l'orateur, comme si elle lui avait plu.

Quand cet homme fut parti, Josephus lui demanda d'un
ton véhément et presque de reproche : « Comment se fait-il
que tu aies écouté si patiemment les doctrines erronées de
cet incroyant de païen? Que dis-je? Tu ne les as pas seulement écoutées patiemment, mais, à ce qu'il m'a semblé,
presque avec de la sympathie et un certain plaisir. Pourquoi n'en as-tu pas pris le contre-pied? Pourquoi n'as-tu
pas essayé de réfuter cet individu, de le châtier et de le
convertir à la foi dans notre Seigneur? »

Dion hocha la tête, en haut de son mince cou ridé, et
répondit : « Je ne l'ai pas contredit, car cela n'aurait servi
à rien et surtout parce que j'en aurais été absolument
incapable. Il n'est pas douteux que cet homme me dépasse
de loin dans l'art de la parole, du raisonnement et dans la

connaissance de la mythologie et des étoiles. Je n'aurais rien pu faire contre lui. Et d'autre part, mon fils, ce n'est ni mon rôle, ni le tien, de prendre le contre-pied de la foi d'un être, en prétendant que celle-ci n'est qu'erreur et mensonge. J'avoue que j'ai entendu cet homme intelligent avec un certain plaisir, cela ne t'a pas échappé. Cela me faisait plaisir, parce qu'il parlait admirablement et qu'il savait beaucoup de choses, mais surtout parce que cela me rappelait ma jeunesse, car dans mes jeunes années je me suis beaucoup occupé précisément de ce genre d'études et de connaissances. Les détails mythologiques dont cet étranger nous a si joliment parlé ne sont nullement des erreurs. Ce sont les représentations et les symboles d'une croyance dont nous n'avons plus besoin, parce que nous avons acquis la foi en Jésus, le seul rédempteur. Mais ceux qui n'y sont pas encore parvenus, qui ne pourront peut-être jamais y parvenir, ont raison de vénérer leur foi, qui est née de l'antique sagesse de leurs pères. Certes, mon cher, notre croyance est différente, totalement différente. Mais ce n'est pas parce que notre foi n'a que faire de la théorie des astres et des éons, des eaux nourricières, des mères du monde et de tous ces symboles, que ces doctrines constituent en soi une erreur, un mensonge et une duperie.

— Mais notre foi, s'écria Josephus, est tout de même la meilleure, et Jésus est mort pour tous les hommes; par conséquent, ceux qui la connaissent doivent combattre ces doctrines d'un autre âge et leur substituer la nouvelle, la vraie!

— Voilà beau temps que nous l'avons fait, toi et moi, et bien d'autres encore, dit Dion avec flegme. Nous croyons parce que la foi, c'est-à-dire la puissance du Rédempteur et de sa mort rédemptrice s'est imposée à nous. Or les autres, ces mythologues et ces théologiens du zodiaque et des anciennes doctrines, n'ont pas subi, n'ont pas encore subi l'atteinte de cette puissance, et il ne nous est pas donné de les obliger à la subir. N'as-tu pas remarqué, Josephus, avec quelle grâce et quelle habileté extrêmes ce mythologue savait deviser, combiner son jeu de figures et quel agrément il y trouvait, n'as-tu pas vu quelle paix et quelle harmonie il connaît dans sa sagesse à base d'images et de symboles? Eh bien, c'est le signe qu'aucune grande douleur ne le tourmente, qu'il est satisfait, que son sort est heureux. Or, aux gens heureux nous n'avons rien à dire, nous autres. Pour qu'un homme éprouve le besoin de la rédemption et de la foi rédemptrice, pour qu'il ne trouve plus de joie dans la sagesse et l'harmonie de ses pensées et pour qu'il assume le grand risque de croire au miracle de la rédemption, il faut d'abord qu'il connaisse le malheur, un très grand malheur, il lui faut l'expérience de la douleur et de la déception, de l'amertume et du désespoir, il faut que l'eau lui soit montée jusqu'à la gorge. Non, Josephus, laissons ce savant païen à sa félicité, laissons-le jouir du bonheur de sa sagesse, de sa pensée et de son éloquence! Demain peut-être, ou dans un an, dans dix ans, il sera la proie de la douleur qui détruira son art et sa sagesse. Il se peut qu'on tue la femme qu'il aime, à moins que ce ne soit son fils unique, ou qu'il soit victime de la maladie et de la pauvreté. Alors, si nous le rencontrons de nouveau, nous nous occuperons de lui et nous lui dirons comment nous avons essayé de devenir maîtres de la douleur. Et s'il devait nous demander alors : « Pourquoi ne pas m'avoir dit cela hier, ne pas me l'avoir « dit il y a dix ans? », nous lui répondrons : « Tu n'étais pas « encore assez malheureux à ce moment-là. »

Il était devenu grave et resta un moment silencieux. Puis, comme s'il sortait du rêve de ses souvenirs, il ajouta : « J'ai beaucoup joué moi-même avec la sapience de nos pères et j'y ai pris plaisir. Même quand j'étais déjà sur la voie de la croix, cela m'a encore souvent amusé de faire le théologien et, à dire vrai, cela m'a souvent bien tourmenté aussi. Ce qui occupait le plus mes pensées, c'était la création du monde et le fait qu'à la fin de cette œuvre tout aurait dû, en somme, être parfait, car il est dit : « Dieu jeta un coup « d'œil sur toute son œuvre, or tout était bien fait. » En réalité, cette excellence et cette perfection ne durèrent qu'un instant, celui du paradis; aussitôt après, la faute et la malédiction s'y étaient déjà installées, car Adam avait mangé le fruit de l'arbre, auquel il lui avait été interdit de goûter. Or, d'après certains maîtres, le Dieu qui avait réalisé la création, avec Adam et l'arbre de la connaissance, n'était pas le Dieu unique et suprême, mais seulement une partie de celui-ci, ou un Dieu subalterne, le démiurge; Sa création, disaient-ils, n'était pas bonne, c'était au contraire un échec; ce qu'il avait créé était désormais maudit et livré au malin pour toute une ère cosmique, jusqu'à ce que le Dieu-Esprit unique eût décidé lui-même de mettre fin à cette période de malédiction par l'intermédiaire de son Fils. Dès lors, enseignaient-ils, et cela correspondait aussi à ma pensée, le démiurge et sa création ont commencé à dépérir, le monde se meurt peu à peu, il se fanera, jusqu'à ce que vienne une ère cosmique nouvelle, où il n'y aura plus de création, ni d'univers, ni chair, ni concupiscence, ni péché, plus d'êtres engendrés par la chair, plus de naissances, ni de morts, jusqu'à ce que surgisse au contraire un monde de perfection, de spiritualité et de rédemption, délivré de la malédiction d'Adam, de l'éternel et funeste entraînement du désir, de la conception, de la naissance et de la mort. C'était le démiurge plus que le premier homme que nous déclarions coupable des maux actuels de l'univers. Nous estimions qu'il lui eût été facile, s'il était réellement Dieu lui-même, de créer Adam différent ou de lui épargner la tentation. La conclusion de nos déductions était donc l'existence de deux Dieux, le Créateur et le Père, et nous n'avions pas peur de prononcer sur le premier un verdict de condamnation. Il y avait même des gens qui faisaient un pas plus avant et qui affirmaient que la création n'avait nullement été l'œuvre de Dieu, mais celle du diable. Nous nous figurions, avec nos subtilités, aider le Rédempteur et l'avènement de l'ère de l'esprit. Nous nous arrangions des dieux, des mondes et des plans cosmiques, nous discutions et faisions de la théologie. Mais un jour vint où je fus saisi d'une fièvre et malade à mourir. Dans mes rêves, j'avais constamment affaire au démiurge; je devais faire la guerre, répandre le sang; mes visions et mes angoisses devinrent de plus en plus atroces jusqu'à ce que, dans la nuit de ma plus forte fièvre, la conviction me vînt que je devais tuer ma mère, pour effacer mon origine charnelle. Le diable, dans ces rêves, me donnait la chasse avec toute sa meute. Mais je guéris et, à la grande déception de mes anciens amis, ce fut un niais, un taciturne sans esprit, qui revint à la vie, qui recouvra certes bientôt les forces de son corps, mais non le goût de philosopher. Car, pendant les jours et les nuits de ma convalescence, quand ces rêves abominables se furent évanouis, et alors que je dormais presque toujours, à chaque instant d'éveil je sentais le Rédempteur à mon côté, je sentais une force émaner de lui pour venir en moi. Et lorsque j'eus recouvré la santé, je m'affligeai de ne plus réussir à le sentir près de moi. Au lieu de cela j'éprouvai un désir profond de cette présence, et je découvris alors ceci : dès que je prêtais de nouveau l'oreille aux discussions, je m'apercevais que cette nostalgie, qui était alors le meilleur de mes biens, courait le danger de s'évanouir et de se perdre dans les pensées et les paroles, comme l'eau que boit le sable. Bref, mon cher, c'en fut fait de ma subtilité et de ma théologie. Depuis lors, je fais partie des simples d'esprit. Mais quand un homme s'entend à la philosophie et à la mythologie, quand il sait jouer à ces jeux auxquels je me suis aussi exercé jadis, je ne voudrais pas l'en empêcher, ni le mépriser. Si j'ai dû me contenter autrefois de considérer l'interpénétration et la coexistence incompréhensibles du démiurge et du Dieu Esprit, de la création et de la rédemption, comme des énigmes insolubles pour moi, je dois aussi accepter de ne pas faire d'un philosophe un croyant. Ce n'est pas ma fonction. »

Un jour qu'un homme lui avait confessé avoir commis un meurtre et un adultère, Dion dit à son aide : « Un meurtre et un adultère, cela a l'air bien infâme et bien considérable, et assurément c'est assez grave, je le sais. Mais je te le dis, Josephus, en réalité ces gens du siècle ne sont nullement de vrais pécheurs. Chaque fois que j'essaie, en pensée, de me mettre tout à fait dans la peau de l'un d'eux, ils me font l'effet de vrais enfants. Ils ne sont pas gentils, ni bons ni nobles; ils sont égoïstes, lubriques, orgueilleux, coléreux, c'est vrai, mais au fond et en vérité ils sont innocents, innocents justement comme des enfants.

— Mais pourtant, dit Josephus, souvent tu leur demandes des comptes avec véhémence et tu présentes à leurs yeux l'image de l'enfer.

— C'est justement pour cela. Ce sont des enfants, et quand ils ont des scrupules de conscience et qu'ils viennent se confesser, ils veulent qu'on les prenne au sérieux et ils tiennent aussi à être morigénés sérieusement. Du moins, c'est ce que je pense. Tu procédais autrement, autrefois, tu ne réprimandais personne, tu n'imposais ni sanctions ni pénitence; au contraire, tu te montrais bienveillant et tu te

contentais de renvoyer les gens avec un baiser fraternel. Je
ne veux pas critiquer cela, non, mais moi, je n'en serais pas
capable.

— Soit, fit Josephus avec hésitation, mais dis-moi, le jour
où je me suis confessé, pourquoi ne m'as-tu pas traité comme
tes autres pénitents, pourquoi m'as-tu au contraire embrassé
en silence et n'as-tu pas parlé de sanctions? »

Dion Pugil fixa sur lui son regard pénétrant. « N'ai-je pas
eu raison d'agir ainsi? demanda-t-il.

— Je ne dis pas que tu n'as pas eu raison. Tu as certainement bien agi, sinon cette confession ne m'aurait pas fait
autant de bien.

— Alors, n'y pense plus. Je t'ai imposé alors, à toi aussi,
une pénitence sévère et longue, bien que je ne l'aie pas dit.
Je t'ai emmené avec moi, traité en domestique et ramené de
force à ces fonctions auxquelles tu avais voulu te dérober. »

Il se détourna. Il était ennemi des longues conversations.
Mais cette fois Josephus se montra tenace.

— Tu savais d'avance que je t'obéirais, je l'avais promis
avant de me confesser et avant même de te connaître. Non,
dis-le-moi : est-ce uniquement pour cette raison que tu as
agi ainsi envers moi?

L'autre fit quelques pas de long en large, s'arrêta devant
lui, lui posa la main sur l'épaule et dit : « Les gens du siècle
sont des enfants, mon fils, et les saints... eh bien, ils ne
viennent pas se confesser à nous. Quant à nous, toi et moi
et nos semblables, nous autres, pénitents et chercheurs, qui
avons déserté le monde, nous ne sommes pas des enfants,
nous ne sommes pas innocents et ce ne sont pas des
semonces qui remettront notre âme en ordre. C'est nous les
véritables pécheurs, nous qui savons et qui pensons, nous
qui avons goûté à l'arbre de la connaissance : nous ne
devrions donc pas nous traiter mutuellement comme des
enfants à qui l'on donne les verges et qu'on laisse courir
ensuite. Après une confession et une pénitence, nous n'allons
pas courir vers ce monde enfantin où l'on célèbre des fêtes,
où l'on fait des affaires et où l'on se tue à l'occasion. Le péché
ne nous apparaît pas comme un mauvais rêve rapide, dont
on se débarrasse par des confessions et des sacrifices. Nous
vivons en lui, nous ne sommes jamais innocents, nous sommes

des pécheurs permanents, notre séjour est le péché et le
brasier de notre conscience; nous savons que jamais nous ne
pourrons payer notre grande dette, à moins que Dieu ne
nous fasse grâce après notre départ d'ici-bas et ne nous
accorde son pardon. C'est pour cette raison, Josephus, que je
ne puis te tenir un sermon, ni te dicter des pénitences, pas
plus qu'à moi-même. Ce n'est pas à tel ou tel égarement ou à
telle ou telle mauvaise action que nous avons affaire, mais
perpétuellement à la faute originelle elle-même; l'un de
nous peut donc seulement assurer l'autre qu'il est au courant
et qu'il l'aime comme son frère, il ne peut le guérir par une
sanction. Ne le savais-tu donc pas? »

Josephus répondit à voix basse : « C'est vrai. Je le savais.

— Ne faisons donc pas de vains discours », dit le vieillard
d'une voix brève, en se dirigeant vers la pierre placée devant
sa cabane, et sur laquelle il avait accoutumé de prier.

Quelques années passèrent. Le père Dion était parfois
victime d'une faiblesse qui obligeait Josephus à l'aider le
matin, car il ne pouvait se mettre seul sur son séant. Ensuite,
il allait prier et après cette prière il ne pouvait non plus se
relever tout seul. Josephus devait le soutenir. Il restait ensuite
assis tout le jour à regarder au loin. Il en était bien souvent
ainsi; certaines fois le vieil homme arrivait à se lever seul. Il
ne pouvait pas non plus entendre tous les jours les confessions,
et quand un pénitent s'était confessé à Josephus, Dion l'appelait ensuite auprès de lui et lui disait : « Ma fin approche,
mon enfant, elle approche. Dis-le aux gens : ce Josephus que
tu vois est mon successeur. » Et quand Josephus voulait se
défendre et dire son mot, le vieillard le fixait de ce regard
terrible qui vous pénétrait comme un rayon de glace.

Un jour qu'il s'était levé sans aide et paraissait plus fort,
il appela Josephus auprès de lui et le mena à un endroit en
bordure de leur petit jardin.

— Voici, dit-il, où tu m'enterreras. Nous allons creuser
ma tombe ensemble, je pense qu'il nous restera bien encore un peu de temps. Va me chercher la bêche.

Dès lors, chaque jour, à l'aube, ils creusèrent un peu.
Quand Dion en avait la force, il enlevait lui-même quelques
pelletées de terre, à grand-peine, mais avec une certaine
allégresse, comme si ce travail lui faisait plaisir. De tout le
jour, il ne se départait pas non plus de cette gaîté; depuis le

moment où l'on commença à creuser sa tombe, il fut toujours de belle humeur.

— Tu planteras un palmier dessus, dit-il un jour, pendant qu'ils travaillaient. Peut-être mangeras-tu encore de ses fruits. Si ce n'est toi, c'en sera un autre. Il m'est arrivé, de loin en loin, de planter un arbre, mais trop rarement, beaucoup trop rarement. Certains disent qu'un homme ne devrait pas mourir sans en avoir planté un, et laissé un fils. Eh bien, je laisserai après moi un arbre et je te laisserai aussi, toi, qui es mon fils.

Il était calme et plus serein que Josephus ne l'avait connu et il le devint toujours davantage. Un soir, à la tombée du jour — ils avaient déjà pris leur repas et prié — de sa couche il appela Josephus et lui demanda de rester encore un petit moment auprès de lui.

— Je vais te conter quelque chose, dit-il amicalement. Il semblait ne ressentir encore ni la fatigue ni le sommeil. « Te souvient-il, Josephus, des mauvais moments que tu as passés jadis dans ton ermitage, là-bas, près de Gaza? Tu avais assez de la vie. Et te rappelles-tu comme tu as pris la fuite et décidé d'aller trouver le vieux Dion et de lui conter ton histoire? Ensuite, dans la colonie des pénitents, tu as rencontré ce vieil homme, à qui tu as demandé où habitait Dion Pugil. Eh bien, n'était-ce pas un miracle que ce vieil homme fût Dion en personne? Je vais te dire à présent comment cela s'est passé, car pour moi aussi ce fut un événement singulier et une sorte de miracle.

« Tu sais ce qu'éprouve un pénitent et un confesseur, quand il se fait vieux et qu'il a entendu toutes les confessions des pécheurs qui le prennent pour un saint homme, pur de tout péché, et qui ne savent pas qu'il est un plus grand pécheur qu'eux. Alors tout ce qu'il fait lui paraît inutile et vain. Ce qui lui semblait jadis sacré et important, je veux dire le fait que Dieu l'ait mis à cette place et jugé digne de prêter son oreille aux ignominies et aux turpitudes des hommes et de les soulager, tout cela lui fait alors l'effet d'un grand fardeau, d'une charge beaucoup trop lourde, d'une malédiction même, et, à la fin, un pauvre qui vient le voir avec ses péchés d'enfant lui fait horreur, il souhaite de le voir partir, de se voir partir lui-même, fût-ce au bout d'une corde, à la maîtresse branche d'un arbre. Tu as connu cela. Et à présent l'heure de me confesser, moi aussi, est venue et je me confesse : j'ai connu la même chose que toi, moi aussi. Moi aussi, je me suis cru inutile, j'ai cru mon esprit éteint, il m'a semblé que je ne pourrais plus supporter de voir les gens affluer sans cesse à moi, pleins de confiance, pour m'apporter toutes les immondices et la puanteur de la vie humaine, dont ils ne venaient pas à bout et dont je ne venais plus à bout non plus.

« Or, à maintes reprises, j'avais entendu parler d'un pénitent nommé Josephus Famulus. Lui aussi, à ce qu'on disait, les gens le prenaient volontiers pour confesseur, beaucoup préféraient aller le trouver, plutôt que moi, car il passait pour un homme doux et bienveillant. On racontait qu'il n'exigeait rien des gens, qu'il ne les morigénait pas, mais les traitait comme ses frères, se contentant de les écouter et de leur donner un baiser en guise de congé. Ce n'était pas mon genre, tu le sais, et les premières fois que j'entendis parler de ce Josephus, sa manière de faire me parut plutôt stupide et par trop enfantine. Mais à ce moment où je me demandais vraiment si ma propre façon de procéder valait quelque chose, j'avais de bonnes raisons de me garder de juger celle de ce Josephus et de prétendre mieux faire que lui. De quelles forces cet homme pouvait-il disposer? Je savais qu'il était plus jeune que moi, mais presque un vieillard, lui aussi; cela me plaisait : je n'aurais pas conçu aussi facilement confiance en un jeune homme. Mais celui-ci m'attirait. Et c'est ainsi que je résolus de m'en aller en pèlerinage auprès de ce Josephus Famulus, de lui avouer ma détresse et de lui demander conseil, ou, s'il n'en donnait pas, de recevoir peut-être de sa bouche une consolation et un réconfort. Cette résolution suffit à me faire du bien et à me soulager.

« J'entrepris donc ce voyage et m'en fus en pèlerinage vers le lieu où l'on disait qu'il avait son ermitage. Mais entre temps mon frère Josephus avait précisément connu les mêmes épreuves que moi et fait la même chose. Chacun de nous avait pris la fuite, afin de trouver conseil chez l'autre. Quand il se présenta à mes yeux, avant même que j'eusse trouvé sa cabane, je le reconnus dès notre premier entretien; il avait l'air de l'homme que je m'étais attendu à voir. Mais il avait pris la fuite; pour lui aussi cela avait mal tourné, aussi mal que pour moi, peut-être encore plus mal, et il n'avait guère l'intention d'entendre des confessions. Il désirait se confesser lui-même et confier sa détresse à autrui. Sur le moment ce fut pour moi une singulière déception, j'en conçus une grande tristesse. Car, si ce Josephus, qui ne me connaissait pas, s'était fatigué, lui aussi, de son rôle et avait désespéré du sens de sa vie, cela ne signifiait-il pas, selon toute apparence, que nous ne valions rien, l'un et l'autre, que nous avions vécu inutilement et échoué tous les deux?

« Je te raconte ce que tu sais déjà, permets-moi d'abréger. Je demeurai seul, cette nuit-là, près de la colonie, tandis que tu trouvais un gîte auprès de nos frères. Je pratiquai la concentration, je m'imaginai dans la peau de ce Josephus et je pensai : « Que fera-t-il, s'il apprend demain qu'il a pris la « fuite en vain et que c'est en vain qu'il a mis sa confiance « dans ce Pugil, s'il apprend que Pugil, lui aussi, est un « déserteur harcelé par le doute? » Plus je me mettais dans sa peau, plus Josephus me faisait pitié et plus j'étais porté à m'imaginer que c'était Dieu qui me l'envoyait, pour le connaître et le guérir, et me connaître et me guérir en même temps que lui. Alors, je pus dormir; la moitié de la nuit était déjà passée. Le lendemain, tu entreprenais ton pèlerinage avec moi et tu es devenu mon fils.

« Voilà l'histoire que je voulais te conter. J'entends que tu pleures. Pleure donc, cela fait du bien. Et puisque je suis devenu si scandaleusement bavard, fais-moi la grâce d'entendre encore ceci et garde-le dans ton cœur. L'être humain est étrange et on ne peut guère se fier à lui; il n'est donc pas impossible qu'à un moment donné tu sois de nouveau assailli par ces souffrances et par ces doutes qui chercheront à te vaincre. Puisse alors Notre-Seigneur t'envoyer un fils et un pupille aussi aimable, aussi patient et d'aussi grande consolation qu'il m'en a donné un en ta personne! Pour ce qui est de cette branche d'arbre, dont le tentateur t'a fait rêver jadis, et de la mort du pauvre Judas Iscariote, je puis te dire une chose : ce n'est pas seulement péché et folie que de se préparer pareille mort, bien que ce soit peu de chose pour notre Rédempteur que de pardonner aussi ce péché. C'est, par-dessus le marché, terriblement dommage qu'un homme meure dans le désespoir. Dieu ne nous l'envoie pas pour nous tuer, il nous l'envoie pour éveiller en nous une vie nouvelle. Mais quand il nous envoie la mort, Joseph, quand il nous délie de cette terre, de notre corps, et nous appelle près de lui, c'est une grande joie. Avoir le droit de s'endormir quand on est las, et de laisser choir un fardeau qu'on a porté très longtemps, c'est un délice et une grande merveille. Depuis que nous avons creusé ma tombe — n'oublie pas le palmier, que tu dois planter dessus — depuis que nous avons commencé à creuser cette tombe, je suis plus gai et plus content que je ne l'avais été bien des années.

« J'ai bavardé longtemps, mon fils, et tu vas être fatigué. Va dormir, va dans ta cabane. Que Dieu soit avec toi ! »

Le lendemain, Dion ne vint pas faire sa prière du matin et il n'appela pas non plus Josephus. Quand celui-ci, prenant peur, entra à pas de loup dans la cabane de Dion et s'approcha de sa couche, il constata que le vieillard s'était endormi pour toujours. Son visage, illuminé d'un sourire d'enfant, rayonnait faiblement.

Il l'enterra, planta l'arbre sur sa tombe, et il connut encore l'année où celui-ci porta ses premiers fruits.

BIOGRAPHIE INDIENNE

L'un des princes des démons que Vichnou, ou plutôt l'une des parties de Vichnou devenue homme sous la forme de Rama, avait tués de sa flèche en croissant de lune dans l'une de ses furieuses batailles contre les démons, était rentré sous forme humaine dans le cycle des individuations. Il s'appelait Ravana et menait, au bord du grand Gange, la vie d'un prince guerrier. Il fut le père de Dasa. La mère de celui-ci mourut tôt, et à peine celle qui lui succéda, une femme belle et ambitieuse, eut-elle donné un fils au prince, que le petit Dasa devint pour elle un obstacle. Elle pensait faire un jour sacrer souverain son propre fils Nala à la place du premier-né. Elle sut en conséquence détourner de Dasa l'affection de son père et elle était résolue à l'écarter de son chemin à la première occasion favorable. Mais l'un des brahmanes de la cour de Ravana, Vasudeva, qui savait l'art des sacrifices, eut vent de ses intentions, et cet homme sage sut les rendre vaines. Il eut pitié du jeune garçon; d'autre part ce petit prince lui semblait avoir hérité de sa mère des dispositions pour la piété et le sens du bien. Il veilla à ce que rien n'arrivât à Dasa et n'attendit que l'occasion de le soustraire à sa marâtre.

Or, le rajah Ravana possédait un troupeau de vaches vouées à Brahma, qui passaient pour sacrées et dont le lait et le beurre étaient fréquemment offerts en sacrifice au dieu. C'était à elles qu'étaient réservées les meilleures

pâtures du pays. Un jour, l'un des bergers de ces vaches
consacrées à Brahma vint livrer une charge de beurre et
prévenir qu'une période de sécheresse s'annonçait dans la
région où paissait jusqu'alors le troupeau, si bien que les
pâtres étaient tombés d'accord pour le conduire plus loin,
vers la montagne, où, même par les plus grandes sécheresses,
il ne manquerait pas de sources ni d'herbe fraîche. Le
brahmane mit ce berger qu'il connaissait de longue date
dans la confidence; c'était un homme avenant et fidèle, et
quand, le lendemain, le petit Dasa, fils de Ravana, eut
disparu et se révéla introuvable, Vasudeva et le berger
étaient les seuls à connaître le secret de sa disparition. Le
petit Dasa avait été emmené par le pâtre dans les collines,
où ils rejoignirent le troupeau qui transhumait lentement;
Dasa se joignit volontiers et gentiment à celui-ci et à ses
bergers. Il grandit comme un petit pâtre, aidant à garder
et à mener les bêtes, il apprit à les traire, joua avec leurs
veaux, paressa sous les arbres, buvant du lait frais et traî-
nant de la bouse de vache à ses pieds nus. Cela lui plaisait
fort. Il apprit à connaître les bergers, les vaches et leur vie,
il fit la connaissance de la forêt, de ses arbres et de ses fruits,
il aima la mangue, la figue sauvage et le varinga; dans les
étangs verts des bois, il pêchait la racine sucrée du lotus; les
jours de fête, il portait une couronne faite de fleurettes
rouges de géranium musqué; il apprit à se garder des animaux de la jungle, à éviter le tigre, à se lier d'amitié avec
l'intelligente mangouste et le joyeux hérisson, à supporter
la saison des pluies, dans la pénombre d'un refuge où les
jeunes garçons jouaient à des jeux d'enfants, chantaient
des vers ou tressaient des paniers et des nattes de roseaux.
Dasa n'oublia pas entièrement son ancienne patrie et sa vie
antérieure, mais bientôt cela lui fit l'effet d'une sorte de
rêve.

    Le troupeau avait gagné une autre contrée. Un jour,
Dasa alla dans les bois dans l'intention de chercher du miel.
Depuis qu'il connaissait la forêt, il l'aimait d'un amour
merveilleux, et celle-ci lui semblait d'ailleurs particulièrement belle. A travers les feuilles et les branchages, la
lumière du jour s'insinuait en serpents d'or et, de même que
les sons, les appels des oiseaux, le murmure des cimes, les
voix des singes s'enlaçaient et se croisaient en gracieux

entrelacs de lumière douce, semblables à ceux, des rayons
dans la futaie, de même les odeurs, les parfums des fleurettes, des essences végétales, des feuilles, des eaux, des mousses,
des bêtes, des fruits, de la terre et de sa putréfaction
surgissaient, s'unissaient pour se séparer de nouveau, âpres et
doux, sauvages et intimes, exaltants et assoupissants,
allègres et lourds d'angoisse. Tantôt, dans un ravin invisible du bois, un bruissement d'eau se faisait entendre,
tantôt un papillon de velours vert tacheté de noir et de
jaune venait danser au-dessus des ombelles blanches, tantôt une grosse branche craquait au fond des ombres bleues
de la futaie, et des feuilles s'affaissaient lourdement sur
d'autres feuilles, ou bien, dans les ténèbres, un animal bra-
mait, une guenon hargneuse se querellait avec les siens.
Dasa oublia qu'il était venu chercher du miel et, tandis
qu'il épiait les éclairs bigarrés de quelques oiseaux de paradis, il vit entre les hautes fougères, qui formaient comme une
petite forêt touffue dans ces grands bois, une trace qui se
perdait, sorte de chemin, piste étroite et menue. Et quand
il s'y fut engagé sans bruit, prudemment, et qu'il eut suivi
cette sente, il découvrit sous les troncs multiples d'un
banyan une petite cabane, une espèce de tente pointue,
faite de fougères tressées, et à côté de celle-ci, assis par terre,
le corps droit, un homme immobile, dont les mains reposaient entre ses jambes croisées. Sous ses cheveux blancs et
son large front, ses yeux tranquilles, sans regard, étaient
baissés vers la terre, ouverts, mais tournés vers le dedans.
Dasa comprit que c'était un saint homme et un yoghin.
Ce n'était pas le premier qu'il voyait. Ces hommes étaient
vénérables, ils étaient les préférés des dieux. Il était bon de
leur offrir des présents et de leur témoigner du respect. Mais
celui-ci, qui, devant sa hutte de fougères si joliment et si
bien cachée, restait assis tout droit, les bras pendants, et
se livrait à la méditation, plut davantage au jeune garçon
et lui parut plus étrange et plus vénérable que ceux qu'il
avait vus d'ordinaire. Autour de cet homme qui, assis, semblait flotter, qui d'un regard absent paraissait cependant
tout voir et tout savoir, planait une *aura* de sainteté, un
cercle magique de dignité, un flot, une flamme d'ardeur
concentrée et de puissance du yogha que le jeune garçon
n'eût pas osé franchir ni briser par un salut ou un appel. La

dignité et la grandeur de sa stature, la lumière intérieure
dont rayonnait sa face, la concentration et la rigueur d'airain que revêtaient ses traits, dégageaient des ondes, un
rayonnement au milieu desquels il trônait comme une lune.
Et la force spirituelle accumulée, la volonté silencieusement
concentrée dans cette apparition, tendaient autour de lui
un cercle magique tel, qu'on se rendait bien compte qu'il
eût suffi à cet homme d'un simple souhait, d'une pensée,
ou même de lever les yeux pour vous tuer et vous rappeler
à la vie.

Plus immobile qu'un arbre, dont les feuilles et les rameaux
bougent du moins quand il respire, aussi immobile que
l'effigie de pierre d'un dieu, le yoghin demeurait assis à sa
place et, depuis l'instant où il l'avait aperçu, le jeune garçon observait la même immobilité, cloué au sol, chargé de
liens et attiré par la magie de ce tableau. Il s'attarda à
regarder fixement le maître; il vit une tache de soleil sur
son épaule, une autre sur l'une de ses mains inertes; il les
vit se déplacer lentement, en vit apparaître de nouvelles et
commença, immobile et stupéfait, à comprendre que ces
taches de soleil n'avaient pas de rapport avec cet homme,
pas plus que les chants des oiseaux et les voix des singes
dans la forêt environnante, ou que l'abeille sauvage qui
posait sa tache brune sur le visage de l'ermite plongé dans
la méditation, flairait sa peau, courait un moment sur sa
joue, puis s'en détachait et s'envolait, pas plus que toute la
vie multiforme de la forêt. Rien de cela, Dasa le sentait, rien
de ce que les yeux voient, que les oreilles entendent, rien de
ce qui est beau ou laid, agréable ou effrayant, n'avait la
moindre relation avec ce saint homme. La pluie ne lui vaudrait ni rhume ni dépit, le feu serait impuissant à le brûler,
le monde entier autour de lui était devenu à ses yeux superficiel et sans importance. La notion confuse que l'univers
entier n'était peut-être effectivement qu'un jeu, une croûte,
qu'une brise et un frisélis d'ondes au-dessus de grands fonds
inconnus vint alors effleurer le prince-berger dans sa contemplation, non comme une idée, mais son corps en frissonna;
et il fut saisi d'un léger vertige, d'une impression d'horreur
et de danger, en même temps qu'il se sentit attiré par un
désir nostalgique. Car, il le sentait, le yoghin avait plongé
à travers la surface de ce monde, à travers ce monde tout

en surface, jusqu'au fond de ce qui est, jusqu'au mystère de
toutes choses, il avait rompu et dépouillé le filet magique
des sens, les jeux de la lumière, des bruits, des couleurs, des
sensations et demeurait solidement enraciné dans l'essentiel
et le permanent. Bien qu'il eût été jadis élevé par des brahmanes et touché plus d'une fois par les rayons de la lumière
spirituelle, le jeune garçon ne comprit pas cela avec son
entendement, il n'eût pas su en parler avec des mots, mais
il le sentait, comme en des heures bénies on sent l'approche
du divin; il le sentait dans le frisson de respect et d'admiration que lui inspirait cet homme, dans son amour pour
lui, et dans la nostalgie d'une vie semblable à celle que cette
figure assise, ce contemplateur, paraissait connaître. Chose
étrange, ce vieillard lui rappelait ses origines, sa qualité de
prince et son sang royal. Touché au cœur, Dasa s'attarda,
debout au bord de cette jungle de fougères; laissant les
oiseaux voler et les arbres tenir leurs susurrants propos,
laissant la forêt à ses plantes et son lointain troupeau à ses
bêtes, il s'abandonna à cette magie et contempla l'ermite
plongé dans sa méditation, captivé par l'incompréhensible,
l'inabordable calme de sa silhouette, par l'éclatante tranquillité de sa face, par la force et le recueillement de son
attitude et sa totale dévotion à son culte.

Il n'eût su dire ensuite si c'étaient deux heures ou trois
qu'il avait passées près de cette hutte ou si c'étaient des
journées. Quand ce sortilège lui rendit sa liberté et qu'il
reprit furtivement, sans bruit, la sente au milieu des fougères, qu'il chercha son chemin pour sortir de la forêt et
arriva finalement sur le terrain découvert des pâtures, près
de son troupeau, il agit sans savoir ce qu'il faisait; son âme
était encore ensorcelée, et il ne s'éveilla qu'à l'instant où
l'un des pâtres l'appela. Celui-ci l'accueillit avec de bruyants
reproches parce qu'il était resté absent longtemps, mais
quand Dasa le regarda avec de grands yeux étonnés, comme
s'il ne comprenait pas ce qu'il disait, le berger se tut aussitôt,
stupéfait de ce regard insolite et inconnu du jeune garçon
et de son attitude solennelle. Au bout d'un moment, il lui
demanda : « Où étais-tu donc, petit? Aurais-tu vu un dieu
ou rencontré un démon? »

— J'étais dans la forêt, dit Dasa, quelque chose m'y
attirait, je voulais chercher du miel. Mais ensuite j'ai oublié

de le faire, car j'ai vu là un homme, un ermite. Il était assis, plongé dans la méditation ou dans la prière, et quand je l'ai vu, lui et l'éclat de sa face, je n'ai pu m'empêcher de rester un long moment à le regarder. Je voudrais y aller ce soir et lui porter des présents, c'est un saint homme.
— Fais-le, dit le berger. Apporte-lui du lait et du beurre frais. Il faut honorer les saints et leur faire des dons.
— Mais comment m'adresserai-je à lui?
— Tu n'as pas besoin de lui adresser la parole, Dasa, incline-toi seulement devant lui et dépose tes présents à ses pieds. Il n'y a rien de plus à faire. »

Dasa procéda donc ainsi. Il lui fallut quelque temps pour retrouver l'endroit. La place, devant la hutte, était vide, et il n'osa pas pénétrer dans celle-ci. Il déposa donc ses cadeaux sur le sol, devant l'entrée, et s'éloigna.

Aussi longtemps que les bergers restèrent avec leurs vaches dans le voisinage, chaque soir il porta là des présents, et une fois il y alla même pendant le jour. Il trouva l'ermite en train de pratiquer la contemplation et, cette fois non plus, spectateur ravi, il ne résista pas à la tentation de recevoir un rayon de la force et de la félicité du saint homme. Même après qu'on eut quitté cette contrée et que Dasa eut aidé à mener le troupeau dans de nouvelles pâtures, il ne put de longtemps oublier ce qu'il avait vu dans cette forêt. Parfois, comme font les jeunes garçons, il s'abandonnait à la rêverie, quand il était seul, et se voyait lui-même ermite, initié au yogha. Cependant, avec le temps, ce souvenir et cette image de rêve commencèrent à s'effacer, d'autant que Dasa ne tarda pas à devenir un vigoureux adolescent qui se livrait avec une ardeur joyeuse aux jeux et aux batailles des camarades de son âge. Mais il en resta dans son âme un reflet et le pressentiment furtif que la qualité de prince et de souverain qu'il avait perdue pourrait être remplacée un jour par une dignité et un pouvoir de yoghin.

Un jour qu'ils se trouvaient à proximité de la ville, l'un des bergers en rapporta la nouvelle qu'on y préparait une grande fête : le vieux prince Ravana, qui avait perdu ses forces d'antan et était devenu débile, avait fixé le jour où son fils Nala prendrait sa succession et serait proclamé souverain. Dasa voulut aller à cette fête, pour voir la cité, dont il conservait à peine l'ombre d'un souvenir depuis son enfance, pour entendre la musique, regarder la procession solennelle et les joutes des nobles, et aussi pour contempler ce monde inconnu des citadins et des grands de la terre, qui étaient si souvent décrits dans les légendes et dans les contes et dont il savait — mais cela aussi n'était qu'une légende, un conte ou moins encore peut-être — qu'il avait aussi été jadis, dans des temps reculés, son propre univers. Les pâtres avaient reçu l'ordre de livrer à la cour une charge de beurre pour les sacrifices de ce jour de fête, et Dasa, à son grand plaisir, fut l'un des trois que le chef des bergers désigna pour cette mission.

Ils arrivèrent la veille au soir à la cour pour y livrer leur beurre, et le brahmane Vasudeva le reçut de leurs mains, car c'était lui qui présidait aux holocaustes, mais il ne reconnut pas l'adolescent. Les trois bergers prirent ensuite part à la fête avec une curiosité avide. Dès le matin, ils virent les premiers sacrifices commencer sous la direction du brahmane, ils virent l'éclat d'or des masses de beurre saisies par les flammes se transformer en langues de feu dardées vers le ciel, leur flamboiement monter vers l'infini avec la fumée grasse qui plaisait aux trois fois dix dieux. Dans le cortège solennel ils virent les éléphants, les toits dorés qui couronnaient les plates-formes sur lesquelles étaient assis les cavaliers, ils virent le char royal orné de fleurs et le jeune rajah Nala, ils entendirent le concert puissant des timbales. Tout cela était grandiose et somptueux, mais aussi un peu ridicule, de l'avis du moins du jeune Dasa. Il était abasourdi et ravi, enivré même par ce bruit, ces voitures et leurs chevaux parés, par toute cette pompe et ce gaspillage insolent, charmé par les ballerines aux membres déliés, fermes comme la tige du lotus, qui précédaient le char du souverain en dansant. Il fut surpris de la grandeur et de la beauté de la ville, et cependant, malgré tout cela, au milieu de cette ivresse et de cette joie, il considéra un peu toutes choses avec l'esprit rassis du pâtre qui, au fond, méprise le citadin. Il ne se disait pas que c'était lui le premier-né, que c'était son demi-frère Nala, dont il n'avait gardé aucun souvenir, qui était oint, consacré et fêté sous ses yeux, alors que c'eût été, à vrai dire, à lui Dasa, de défiler à sa place sur ce char paré de fleurs. En revanche ce jeune Nala lui déplut cordialement, il lui trouva un air sot et méchant d'enfant gâté, et cette

adoration outrancière de lui-même lui parut d'une vanité
intolérable. Il eût aimé jouer un tour, donner une leçon à cet
adolescent qui posait au souverain, mais ce n'était pas possible et il l'oublia vite tant il y avait à voir, à entendre,
d'occasions de rire et de s'amuser. Les femmes de la ville
étaient jolies, elles avaient des regards, des mouvements,
des façons de parler hardies et provocantes. Les trois bergers entendirent plus d'un mot qui tinta encore longtemps
après à leurs oreilles. On leur criait cela, il est vrai, avec une
nuance de moquerie, car le pâtre est pour le citadin ce qu'il
est lui-même aux yeux du pâtre : l'un méprise l'autre;
néanmoins, ces beaux et robustes jouvenceaux, nourris de
lait et de fromage, qui vivaient presque toute l'année au
grand air, plaisaient fort aux femmes de la ville.

Quand Dasa revint de cette fête, il était devenu un
homme; il courait les filles et dut soutenir contre d'autres
jeunes gens plus d'un dur combat aux poings ou à la lutte.
Puis ils se rendirent une fois de plus dans une autre contrée.
C'était une région de pâturages plats avec de nombreuses
flaques d'eau stagnante couvertes de roseaux et de bambous. C'est là qu'il vit une jeune fille nommée Pravati et
qu'il s'éprit d'un amour insensé pour cette belle créature.
Elle était fille d'un métayer et Dasa en fut si amoureux
qu'il oublia et lâcha tout le reste pour l'obtenir. Quand les
bergers, au bout de quelque temps, quittèrent cette contrée,
il ne voulut pas entendre leurs remontrances ni leurs conseils;
il prit congé d'eux et de la vie pastorale, qu'il avait tant
aimée, il devint un sédentaire et fit tant et si bien qu'il
obtint Pravati pour femme. Il cultiva les champs de mil et
de riz de son beau-père, l'aida au moulin et dans le bois; il
construisit pour sa femme une cabane de bambous et de
bauge où il la garda enfermée. Il faut une force puissante
pour amener un jeune homme à renoncer aux joies, aux
camaraderies et aux habitudes de sa vie antérieure, à
changer d'existence et à accepter le rôle peu enviable de
gendre dans une famille qu'il ne connaît pas. La beauté de
Pravati était si grande, si grandes et attirantes les secrètes
promesses d'amour qui rayonnaient de son visage et de son
corps, que Dasa devint aveugle à tout le reste et se voua
entièrement à cette femme, et il connut en effet un grand
bonheur dans ses bras. Il y a bien des dieux et des saints,

dont l'histoire veut qu'ils aient été ensorcelés par une femme
ravissante, qu'ils l'aient tenue embrassée des journées, des
lunes et des années durant, ne faisant qu'un avec elle,
absorbés par le plaisir et oubliant toute autre tâche. C'était
le sort et l'amour que Dasa eût souhaités. Mais le destin en
décida autrement et son bonheur fut de courte durée. Il
dura environ une année, et cette période ne fut pas non plus
toute remplie de bonheur, il y resta encore de la place pour
toutes sortes d'exigences pénibles de son beau-père, pour les
tracasseries de ses beaux-frères et les caprices de sa jeune
femme. Mais chaque fois qu'il la retrouvait dans sa couche,
tout cela était oublié, effacé, tant l'attirance de son sourire
magique était forte, tant il éprouvait de douceur à caresser
ses membres élancés et tant il y avait de milliers de fleurs,
d'ombres et de parfums au jardin des voluptés de son jeune
corps.

Son bonheur n'avait pas encore un an d'âge, qu'un jour
la région s'emplit d'agitation et de bruit. Des messagers à
cheval apparurent et annoncèrent l'arrivée du jeune rajah.
Nala venait en personne, avec ses gens, ses chevaux et
son train, pour se livrer à la chasse dans cette contrée. Çà et
là, on planta des tentes, on entendit le halètement des destriers, le son du cor. Dasa n'y prit pas garde, il travaillait
aux champs, s'occupait du moulin, évitant les chasseurs et
les courtisans. Mais quand, l'un de ces jours-là, il rentra dans
sa cabane et n'y trouva pas sa femme, à laquelle il avait
interdit avec la plus grande sévérité toute sortie pendant
cette période, il eut un coup au cœur et pressentit que le
malheur s'amassait sur sa tête. Il se précipita chez son beau-père. Pravati n'y était pas non plus et tous prétendaient
ne pas l'avoir vue. L'angoisse serra plus fort son cœur. Il explora le carré de choux, les champs, passa un jour, deux jours
à aller et venir entre sa cabane et celle de son beau-père, il
se mit aux aguets sur sa terre, descendit au fond du
puits, pria, appela son nom, prit la voix de la tendresse,
jura, chercha les traces de ses pas. Le plus jeune de ses
beaux-frères, qui était encore un enfant, finit par lui révéler
que Pravati était chez le rajah : elle habitait dans sa tente
et on l'avait vue chevaucher sa monture. Dasa espionna le
camp de toile de Nala. Invisible, il portait sur lui la fronde
dont il se servait autrefois quand il était berger. Dès que la

tente du souverain, que ce fût le jour ou la nuit, restait un
instant sans surveillance, il s'en approchait, comme un
chasseur à l'affût, mais chaque fois des gardes ne tardaient
pas à surgir et il devait prendre la fuite. D'un arbre dans les
branches duquel il se cachait et d'où il dominait le camp, il
aperçut le rajah, dont le visage lui était déjà connu et antipathique depuis qu'il avait assisté à cette fête en ville. Il le
vit monter à cheval et s'éloigner. Quand il revint, plusieurs
heures plus tard, après être descendu de cheval, il écarta la
portière de sa tente et dans l'ombre de celle-ci ce fut une
jeune femme que Dasa vit bouger et venir saluer l'homme
qui rentrait. Peu s'en fallut qu'il ne tombât de l'arbre en reconnaissant dans cette jeune personne Pravati, son épouse.
Désormais, il savait, et son cœur se serra davantage. Si le
bonheur que lui avait donné son amour pour Pravati avait
été grand, la douleur, la rage, le sentiment de sa perte et de
cette offense ne le furent pas moins et ils comptèrent même
davantage. Il en est ainsi quand un homme concentre sur
un unique objet tout l'amour dont il est capable; la perte
de celui-ci fait tout crouler pour lui, et il reste pauvre au
milieu des ruines.

Un jour et une nuit, Dasa erra à l'aventure dans les bois
de la région. La fatigue l'obligeait-elle à une courte halte,
que la misère de son cœur le remettait sur pied; il fallait
qu'il courût, qu'il bougeât; il avait l'impression qu'il devrait courir et marcher jusqu'à la fin du monde et à la
fin de sa vie, qui avait perdu son prix et son éclat. Cependant, il ne partit pas au loin, à l'inconnu. Au contraire, il se
tenait toujours à proximité de son malheur, il rôdait autour
de sa cabane, du moulin, des champs, de la tente de chasse
du souverain. Il finit par se cacher de nouveau dans les
arbres qui dominaient celle-ci et y resta blotti, aux aguets,
plein d'amertume et de feu, comme un fauve affamé dans
sa cachette de feuillage, jusqu'à ce que vînt l'instant pour
lequel il bandait ses dernières forces, jusqu'à ce que le rajah
sortît de sa tente. Alors il se laissa glisser sans bruit de la
maîtresse branche, prit son élan, fit tournoyer sa fronde et sa
pierre toucha en plein front l'être qu'il haïssait : celui-ci
s'écroula et resta sur le dos, immobile. Personne n'avait
l'air d'être là. Au milieu de la tempête de volupté et d'ivresse
de vengeance qui faisait rage dans la tête de Dasa, surgit

un instant de calme profond, effrayant et étrange. Et avant même qu'on commençât à pousser des cris autour de sa victime et que le lieu grouillât de domestiques, il avait disparu dans la futaie et la jungle de bambous qui la prolongeait vers la vallée.

Au moment où il avait bondi de son arbre, où dans l'ivresse de l'action il avait fait tournoyer sa fronde et envoyé la mort, il lui avait semblé anéantir aussi sa propre vie, lâcher ses dernières forces et se jeter lui-même, à la suite de cette pierre mortelle, dans l'abîme de la destruction, acceptant de périr pourvu que cet ennemi détesté tombât un instant avant lui. Mais maintenant que ce silence inattendu répondait à son acte, une soif de vivre qu'il n'avait pas soupçonnée un moment plus tôt le retint au seuil de cet abîme béant; un instinct primitif s'empara de ses sens et de ses membres, lui commanda de gagner les bois et les fourrés de bambous, lui ordonna de fuir et de ne plus se faire voir. Ce fut seulement quand il eut atteint un refuge et échappé au premier danger qu'il prit conscience de ce qui lui arrivait. Il s'écroula, épuisé, cherchant son souffle, et, dans cette défaillance, la griserie de l'action se dissipa pour faire place au réalisme : il fut d'abord déçu et mécontent de se trouver en vie, hors de péril; mais à peine sa respiration fut-elle devenue plus calme et le vertige de l'épuisement dissipé, que cette langueur écœurante céda le pas à la bravade, à la volonté de vivre, et la joie farouche de ce qu'il avait fait emplit de nouveau son cœur.

Il y eut bientôt du bruit dans les environs. La recherche et la poursuite du meurtrier avaient commencé, elles durèrent tout le jour et il n'y échappa qu'en demeurant sans bruit dans sa cachette : personne n'aimait aller patauger trop avant dans ces parages à cause des tigres. Il dormit un peu, resta étendu, aux aguets, rampa plus avant, s'arrêta de nouveau, et, trois jours après son crime, il avait déjà franchi la chaîne de collines et marchait sans trêve vers de plus hauts sommets.

Cette vie de sans-foyer le mena çà et là, elle le rendit plus dur et plus indifférent, plus avisé aussi et plus résigné, mais la nuit il ne cessait de rêver à Pravati et à son bonheur passé, ou à ce qu'il appelait alors ainsi. Il rêva aussi bien des fois de sa poursuite et de sa fuite. Il avait des cauchemars

terribles qui lui étouffaient le cœur, comme par exemple
celui-ci : il fuyait dans la forêt, les poursuivants sur ses talons
avec des tambours et des cors, et, à travers bois et marais,
au travers des fourrés d'épines, par des ponts croulants et
vermoulus, il emportait un objet, un fardeau, un paquet,
une chose enveloppée, voilée, inconnue; il savait seulement que c'était précieux et qu'il ne fallait en aucun cas
lâcher cet objet de prix, qui se trouvait en danger, trésor
volé peut-être, entortillé dans une étoffe, dans une indienne
colorée au motif grenat et bleu, comme celui de la robe de
fête de Pravati; chargé de ce bagage, larcin ou trésor, il
fuyait, furtif, parmi les périls et les peines, plié en deux sous
les branches basses et les rocs en surplomb, frôlant des serpents, franchissant sur des passerelles d'une étroitesse ver-
tigineuse des rivières pleines de crocodiles, pour s'arrêter
finalement, aux abois, épuisé, porter la main aux nœuds qui
attachaient son paquet, les défaire un à un et déplier cette
étoffe : le trésor qu'il en sortait, qu'il tenait dans ses mains
frémissantes, était sa propre tête.

Il vécut caché, en nomade, ne fuyant plus vraiment les
hommes, les évitant plutôt. Et, un jour, sa marche lui fit
traverser une région vallonnée, riche en pâtures, qui lui
parut belle et plaisante. Elle sembla l'accueillir comme s'il
la connaissait : tantôt c'était un fond de prairies avec des
herbes en fleurs qui ondulaient doucement, tantôt un bouquet de saules qu'il reconnut et qui lui rappela l'époque
sereine et innocente où il ignorait encore tout de l'amour
et de la jalousie, de la haine et de la vengeance. C'étaient
les pâtures où jadis, avec ses camarades, il avait gardé leur
troupeau. Ç'avait été l'époque la plus gaie de sa jeunesse,
elle se rappelait à lui des profondeurs lointaines du passé
sans retour. Une tristesse douce répondait dans son cœur à
ces voix qui le saluaient, au coup d'éventail de la brise dans
les feuilles argentées et mouvantes du saule, à la chanson
de marche allègre et preste des ruisselets, au chant des
oiseaux, et au sourd bourdonnement d'or des frelons.
C'étaient là les accents, les senteurs d'un lieu d'asile, d'un
foyer. Jamais, habitué qu'il était à la vie errante des pâtres,
il ne s'était senti attaché et enraciné ainsi à une région.

Accompagné et guidé par ces voix dans son âme, animé
de sentiments d'homme qui revient au bercail, il traversa

cette région accueillante, sans, pour la première fois depuis des mois horribles, se sentir étranger, pourchassé, fugitif et voué à la mort, mais le cœur alerte, sans pensée ni désir, tout à la présence et au voisinage de cette sérénité tranquille, réceptif, plein de gratitude, un peu étonné de lui-même et de cet état d'esprit nouveau, insolite, qu'il connaissait pour la première fois et avec ravissement, de cette disponibilité qui ne désirait rien, de cette sérénité sans contrainte, de cette jouissance contemplative, attentive et reconnaissante. Quelque chose lui fit traverser les vertes pâtures jusqu'à la forêt, l'amena sous les arbres, dans la pénombre parsemée de petites taches de soleil, et, là, son impression d'être de retour, de se trouver dans son pays, devint plus forte. Elle le conduisit par des chemins que ses pieds semblèrent trouver d'eux-mêmes : après avoir traversé une jungle de fougères, forêt miniature touffue au milieu des grands bois, il atteignit finalement une cabane minuscule, devant laquelle était assis le yoghin immobile qu'il avait épié jadis et auquel il avait apporté du lait.

Dasa s'arrêta, ce fut comme un réveil. Là, tout était dans le même état que jadis, le temps ne s'était pas écoulé, il n'y avait eu ni meurtre, ni souffrance. Il semblait qu'ici le temps et la vie prenaient une fermeté de cristal, dans un apaisement d'éternité. Il contempla le vieillard, et son cœur retrouva l'admiration, l'amour et la nostalgie qu'il avait éprouvés jadis, la première fois qu'il l'avait vu. Il examina sa cabane et pensa en lui-même qu'il serait bien nécessaire de la réparer un peu avant le début de la prochaine saison des pluies. Puis il se hasarda à faire quelques pas prudents, pénétra à l'intérieur de la hutte et regarda ce qu'elle contenait; ce n'était pas grand-chose, guère mieux que rien : une litière de feuilles, une demi-calebasse, avec un peu d'eau et une besace de fibres vide. Il prit la besace et l'emporta, chercha de la nourriture dans la forêt, rapporta des fruits et de la moelle sucrée, puis il sortit avec la calebasse et la remplit d'eau fraîche. Il avait fait ainsi ce qui pouvait l'être en ce lieu. Il n'en fallait pas plus à un homme pour vivre. Dasa s'accroupit par terre et se plongea dans la rêverie. Il était satisfait de se reposer sans mot dire et de rêver ainsi dans la forêt; il était content de lui-même et de la voix intime qui l'avait fait revenir en ces lieux, où il avait autrefois, dès son adolescence, senti une sorte de paix, de bonheur, et trouvé une patrie.

Il resta donc près de cet homme qui ne parlait pas. Il renouvelait sa litière de feuilles, allait chercher des aliments pour deux, puis il répara sa vieille hutte et commença à en construire une deuxième pour lui-même, à quelque distance. Le vieillard paraissait le tolérer, mais il n'était pas possible de savoir au juste s'il l'avait même vu. Il ne sortait de sa contemplation que pour aller dormir dans sa cabane, avaler une bouchée ou faire quelques pas dans la forêt. Dasa menait à côté du vénérable ermite la vie d'un domestique auprès d'un grand de la terre, ou plutôt celle qu'un petit animal domestique, un oiseau apprivoisé, ou par exemple une mangouste connaît auprès des hommes; il était serviable et se faisait à peine remarquer. Il avait vécu longtemps en fugitif, en se cachant, dans l'insécurité et la mauvaise conscience, s'attendant toujours à être poursuivi. Aussi cette vie tranquille, ce travail peu fatigant lui firent-ils grand bien pendant quelque temps, ainsi que ce voisinage d'un être qui semblait ne faire nulle attention à lui. Il dormait sans rêves d'angoisse, et il lui arriva pendant des demi-journées et des jours entiers d'oublier ce qui était arrivé. Il ne pensait pas à l'avenir, et, si une nostalgie ou un désir l'animait, c'était de rester là, d'être admis et initié par le yoghin au secret de la vie d'ermite, de devenir lui-même yoghin, de partager cet état et sa fière indifférence. Il avait commencé par imiter souvent l'attitude du vénérable solitaire, par rester assis comme lui, immobile, les jambes croisées, fixant comme lui les yeux dans un monde inconnu et supraréel, et devenant insensible à ce qui l'entourait. La plupart du temps il s'en était très vite fatigué; il se sentait les membres raides et il avait des douleurs dans le dos; les moucherons le tourmentaient ou bien il éprouvait de singulières sensations épidermiques, il était saisi de démangeaisons et de prurits qui l'obligeaient à bouger, à se gratter et finalement à se lever. Mais certaines fois, il avait aussi ressenti quelque chose de différent, un vide progressif, un allégement, un sentiment de planer, comme on a la chance de l'éprouver par exemple dans certains rêves, où l'on ne touche très légèrement la terre que de loin en loin, où l'on s'en détache doucement pour flotter de nouveau tout de suite

comme un flocon de laine. Dans ces instants, il avait eu une
prescience de ce que devait être la sensation de planer ainsi
continuellement, de voir son propre corps, son âme se défaire
de leur pesanteur et vibrer au souffle d'une vie plus grande,
plus pure et plus radieuse, être élevés et aspirés par un
au-delà, hors du temps et des métamorphoses. Mais ce
n'avaient été là que des instants et qu'une prescience. Et
lorsqu'il retombait, déçu, d'instants semblables dans sa
vie habituelle, il se disait qu'il faudrait faire en sorte que le
maître devînt son professeur, qu'il l'initiât à ses exercices et
au secret de ses pratiques, qu'il fît aussi de lui un yoghin.
Mais comment faire? Il ne semblait pas que le vieillard dût
un jour le distinguer de ses yeux, ni que des paroles pussent
jamais être échangées entre eux. De même qu'il vivait
au-delà du jour et de l'heure, de la forêt et de sa cabane, le
vieillard paraissait vivre aussi au-delà de la parole.

Et pourtant il dit un jour un mot. Il vint alors une période
où Dasa recommença à faire chaque nuit des rêves, souvent
d'une suavité bouleversante, et souvent d'une bouleversante horreur; il revoyait soit sa femme Pravati, soit les
terreurs de sa vie de fugitif. Et durant le jour, il ne faisait
aucun progrès, il ne supportait pas longtemps de rester
assis et de s'exercer, il ne pouvait s'empêcher de penser aux
femmes et à l'amour, et il errait beaucoup dans la forêt. La
faute en était peut-être au temps; les journées étaient
lourdes, avec des coups de vent brûlants. Or, il survint de
nouveau une de ces mauvaises journées où les moustiques
vous sifflaient aux oreilles; Dasa avait encore eu pendant
la nuit un cauchemar qui l'avait laissé anxieux et abattu.
Il ne se rappelait plus son contenu, mais à présent qu'il était
éveillé, il lui semblait que ç'avait été une rechute pitoyable,
à vrai dire inadmissible et profondément humiliante, dans
des états et des stades de vie antérieurs. Il passa toute la
journée à rôder ou à rester accroupi, sombre et inquiet,
autour de la hutte, jouant à un travail ou à un autre, s'asseyant souvent aussi pour se livrer au recueillement, mais
aussitôt, chaque fois, une agitation fébrile s'emparait de lui,
ses membres se crispaient, il avait des fourmis dans les
jambes, une brûlure à la nuque, il pouvait à peine rester un
instant tranquille et jetait des regards craintifs et honteux
vers le vieillard qui était accroupi dans une position par-

faite, et dont le visage, les yeux tournés vers le dedans, planait dans le calme inabordable de la sérénité comme la corolle d'une fleur.

Ce jour-là, quand le yoghin se leva et se tourna vers sa hutte, Dasa, qui guettait cet instant depuis longtemps, lui barra le chemin et l'interpella avec le courage de l'angoisse : « Vénérable ermite, dit-il, pardonne-moi d'avoir violé ton repos. Je cherche la paix, je cherche le calme, je voudrais vivre comme toi, devenir comme toi. Vois, je suis jeune encore, mais déjà j'ai dû apprendre le goût de bien des douleurs, le destin a joué avec moi un jeu cruel. Ma naissance me destinait à être un souverain et j'ai été chassé chez les bergers. Je suis devenu berger, j'ai grandi, gai et fort comme un jeune taureau, l'innocence au cœur. Puis mes yeux ont découvert les femmes, et quand j'ai vu la plus belle, j'ai mis ma vie à ses pieds; je serais mort si je ne l'avais eue à moi. J'ai quitté mes compagnons, les bergers, j'ai demandé la main de Pravati. On me la donna, et je devins un gendre, un domestique; je devais travailler dur, mais Pravati était à moi et elle m'aimait ou du moins je le croyais. Chaque soir me ramenait dans ses bras, je reposais sur son cœur. Mais soudain le rajah vint dans la région, celui à cause de qui j'avais été exilé autrefois, quand j'étais enfant. Il est venu et m'a pris Pravati. Il m'a fallu la voir dans ses bras. Ce fut la plus grande douleur que j'aie ressentie, elle m'a transformé, elle a métamorphosé ma vie. J'ai assommé le rajah, je l'ai tué et j'ai mené une existence de criminel pourchassé; tout le monde était à mes trousses, pas un seul instant, avant mon arrivée ici, ma vie n'était en sûreté. Je suis un insensé, respectable ermite, je suis un assassin. Peut-être va-t-on encore me prendre et m'écarteler. Je ne peux plus supporter cette existence affreuse, je voudrais en être délivré. »

Le yoghin avait écouté cette explosion de paroles tranquillement, les yeux baissés. Il les ouvrit alors et fixa son regard sur le visage de Dasa. C'était un regard clair, pénétrant, d'une fermeté presque insoutenable, concentré et lumineux. Il examina la figure de Dasa, réfléchit à ce récit précipité, et sa bouche se crispa lentement en un sourire qui s'épanouit; il secoua la tête en riant silencieusement et dit, tout hilare : « La maya! La maya! »

Abasourdi et confus, Dasa resta immobile, l'autre s'éloigna dans l'étroite sente au milieu des fougères, avant de prendre sa collation; il allait et venait, d'une allure mesurée, rythmée. Après avoir parcouru une centaine de pas, il revint, entra dans sa cabane. De nouveau, comme en tout temps ses yeux étaient tournés ailleurs que vers le monde phénoménal. Que signifiait donc ce rire par lequel ce visage d'une impassibilité toujours égale avait répondu au pauvre Dasa? Ce fut pour celui-ci matière à longue réflexion. Avait-il été bienveillant ou sardonique, ce rire horrible, à l'instant des aveux désespérés et des supplications de Dasa, était-ce une consolation ou une condamnation, était-il divin ou démoniaque? Était-ce simplement le ricanement cynique de la vieillesse, qui ne peut plus rien prendre au sérieux, ou l'amusement d'un sage au spectacle de la folie d'autrui? Était-ce une manière de l'éconduire, un congé, un renvoi? Ou bien cela voulait-il être un conseil, une invitation à l'imiter et à partager son hilarité? Il ne put résoudre cette énigme. Tard dans la nuit, il réfléchissait encore à cet éclat de rire qui, pour ce vieil homme, semblait résumer sa vie, son bonheur et sa misère. Il ruminait en pensée cet éclat de rire, comme une racine coriace qui garde un goût et un parfum indéfinissables. Et il ruminait aussi et méditait et s'évertuait à comprendre ce mot que le vieillard avait crié d'une voix si claire, qu'il avait clamé en riant avec tant de gaîté et d'incompréhensible amusement : « La maya! La maya! » Il savait à peu près et pressentait à demi ce que ce mot signifiait, et la manière même dont le vieux l'avait crié dans son hilarité laissait entrevoir un sens. La maya, c'était la vie de Dasa, sa jeunesse, la douceur de son bonheur et l'amertume de sa misère, la maya, c'était la belle Pravati, c'était l'amour et ses plaisirs, la maya, c'était la vie entière. Celle de Dasa, celle de tous les humains, tout aux yeux de ce vieux yoghin était la maya, c'était une sorte d'enfantillage, un spectacle, un théâtre, une imagination, un néant couvert de peau bariolée, une bulle de savon, une chose dont on pouvait rire avec un certain ravissement et qu'on pouvait en même temps mépriser, mais jamais prendre au sérieux.

Mais si, pour le vieux yoghin, ce rire et ce mot de maya suffisaient à épuiser et à clore le chapitre de la vie de Dasa, il n'en était pas de même pour celui-ci. Il avait beau souhai-

ter être lui-même un yoghin hilare et ne voir dans sa propre
vie que la maya, depuis ces jours et ces nuits d'inquiétude,
tout ce qu'il semblait avoir presque oublié ici, dans cet asile,
pendant quelque temps après l'épuisement des heures de
fuite, se réveillait et revivait en lui. L'espoir d'apprendre
vraiment jamais l'art du yogha et, à plus forte raison, de réussir à y égaler le vieillard, lui paraissait fort mince. Mais, dans
ce cas, quel sens avait encore son séjour dans cette forêt ? Il
y avait trouvé un refuge, un peu repris haleine et rassemblé
ses forces, retrouvé ses esprits. Cela avait aussi son prix,
c'était déjà beaucoup. Et il se pouvait qu'entre temps on
eût renoncé là-bas, dans le pays, à donner la chasse au régi-
cide. Peut-être pouvait-il continuer sa route sans grand
danger. Ce fut ce qu'il décida de faire. Il partirait le lendemain. Le monde était grand, il ne pouvait pas rester toujours
ici dans cette cachette. Cette résolution lui procura une
certaine tranquillité.

Il avait voulu partir au petit jour, mais quand il s'éveilla
après un long somme, le soleil était déjà haut et le yoghin
avait commencé son exercice de concentration. Dasa ne
voulut pas partir sans prendre congé de lui et il avait encore
une prière à lui adresser. Il attendit donc d'heure en heure
que cet homme se relevât, s'étirât et commençât à faire les
cent pas. Il se mit alors en travers de son chemin, fit des
révérences et n'eut de cesse que le yoghin ne tournât vers
lui un œil interrogateur. « Maître, dit-il humblement, je vais
poursuivre ma route, je ne troublerai plus ton repos. Mais
permets-moi une fois encore, sage très vénéré, de t'adresser
une prière. Quand je t'ai raconté ma vie, tu as ri et tu as
crié : « La maya ! » Je t'en supplie, fais m'en savoir davantage sur la maya. »

Le yoghin se dirigea vers sa hutte, et son regard dit à
Dasa de le suivre. Le vieux prit sa coupe, la tendit à Dasa et
lui ordonna de se laver les mains. Dasa obéit. Le maître
versa ensuite le reste de l'eau dans les fougères, tendit au
jeune homme le plat vide et lui commanda d'aller chercher
de l'eau fraîche. Dasa obéit et y courut. Son cœur vibrait à
l'idée qu'il partait : c'était la dernière fois qu'il suivait
cette petite sente qui menait à la source, la dernière fois
qu'il inclinait cette coupe légère au bord lisse et usé vers
l'étroit miroir des eaux où se reflétaient les images des sco-

lopendres, les rondeurs des frondaisons, et, dans un semis de
points lumineux, le suave azur du ciel. Quand il se pencha
vers la source, son propre visage s'y peignit également, pour
la dernière fois, dans une pénombre brune. Il plongea la coupe
dans l'eau, pensivement, lentement. Il éprouva un sentiment
d'insécurité, sans comprendre pourquoi il ressentait une
impression aussi singulière, ni pourquoi, alors qu'il était
résolu à s'en aller, cela lui avait fait de la peine que le vieillard ne l'invitât pas à rester, peut-être pour toujours.

Il resta accroupi au bord de la source, but une gorgée d'eau,
se releva précautionneusement avec la coupe pour ne rien
renverser, et il s'apprêtait à prendre le bref chemin du retour,
quand son oreille perçut un son, qui le ravit et l'épouvanta.
C'était celui d'une voix qu'il avait entendue dans bien des
rêves, à laquelle il avait songé pendant bien des heures de
veille avec la plus amère des nostalgies. Ses accents étaient
suaves, suaves et enfantins. Tendre, elle l'attirait dans la
pénombre du bois et son cœur en frissonna d'effroi et de
plaisir. C'était la voix de Pravati, sa femme. « Dasa »,
disait-elle, enjôleuse. Il regarda autour de lui, incrédule,
tenant encore la coupe entre ses mains. Et voilà que surgit
entre les fûts des arbres, élancée, souple, sur ses jambes
longues, Pravati, sa bien-aimée, l'inoubliable, l'infidèle. Il
laissa choir la coupe et courut à sa rencontre. Elle était
là, devant lui, souriante et un peu confuse, elle leva vers lui
ses grands yeux de biche. Une fois près d'elle, il vit qu'elle
avait aux pieds des sandales de cuir rouge et sur le corps
de très beaux et très riches habits, au bras un anneau d'or,
et dans ses cheveux noirs des pierres de couleurs, étincelantes et précieuses. Il recula, frémissant. Était-elle donc
restée une courtisane royale? N'avait-il donc pas tué ce
Nala? Portait-elle encore ses cadeaux? Comment pouvait-elle se présenter à lui et appeler son nom, parée de ces bracelets et de ces pierres?

Mais elle était plus belle que jamais et, avant de réussir à
lui demander des comptes, il ne put s'empêcher de la prendre
dans ses bras, de plonger son front dans les cheveux de
Pravati, de tourner son visage vers le sien et de baiser sa
bouche, et, ce faisant, il sentit que tout revenait vers lui et
était de nouveau sien, tout ce qu'il avait jamais possédé, le
bonheur, l'amour, la volupté, la joie de vivre, la passion.

Déjà toutes ses pensées étaient loin de cette forêt et du vieil
ermite; déjà ces bois, cet ermitage, les méditations et le
yogha étaient devenus néant et tombés dans l'oubli. Il ne
pensa pas davantage à la calebasse d'eau, qu'il aurait dû
apporter au vieillard. Elle resta à côté de la source, quand il
se dirigea avec Pravati vers la lisière de la forêt. Et, précipitamment, elle commença à lui conter comment elle était
venue jusque-là et comment tout s'était passé.

C'était étonnant ce qu'elle racontait, étonnant, ravissant
et fabuleux. Dasa pénétrait dans sa nouvelle vie comme dans
un conte de fées. Non seulement Pravati lui appartenait de
nouveau, non seulement ce Nala qu'il haïssait était mort et
la poursuite de son assassin abandonnée depuis longtemps,
mais, par-dessus le marché, c'était Dasa, ancien fils de roi
devenu pâtre, qu'on avait en ville proclamé héritier et souverain légitime. Un vieux berger et un brahmane âgé avaient
rappelé l'histoire presque oubliée de son abandon et l'avaient
remise sur toutes les lèvres. Et ce même homme que, pendant
un temps, on avait cherché partout comme l'assassin de Nala,
pour le supplicier et le mettre à mort, était maintenant
recherché dans tout le pays plus activement encore pour
être sacré rajah et faire une entrée solennelle dans la ville et
le palais de son père. C'était comme un rêve, et ce qui lui
causa le plus de plaisir dans sa surprise fut ce charmant
hasard qui avait voulu que, de tous les messagers dépêchés
aux alentours c'eût été justement Pravati qui l'eût découvert et salué la première. A l'orée de la forêt il trouva des
tentes dressées, au milieu d'une odeur de fumée et de venai-
son. Pravati fut saluée à grands cris par sa suite, et un
cérémonial imposant commença à se dérouler dès qu'elle fit
reconnaître Dasa, son époux. Il y avait là un homme qui
avait été le camarade de Dasa chez les bergers, et c'était lui
qui avait amené Pravati et sa suite ici, en l'un des lieux où
il avait vécu jadis. Cet homme rit de plaisir en reconnaissant
Dasa, il courut à sa rencontre, et il aurait sans doute aimé
lui frapper amicalement sur l'épaule ou le serrer dans ses
bras, mais à présent son camarade était devenu rajah. Il
s'arrêta en pleine course, comme paralysé, continua ensuite
d'un pas plus lent, respectueusement, et il le salua d'une
profonde révérence. Dasa le releva, l'embrassa, l'appela
tendrement par son nom et lui demanda quel présent il

pourrait lui faire. Le pâtre désira une génisse : on lui en promit trois, de la meilleure étable royale. De nouvelles personnes ne cessaient d'être présentées au nouveau souverain, des fonctionnaires, des grands veneurs, des brahmanes de la cour, et il reçut leurs hommages. On servit un festin, et il y eut un concert de tambours, de guitares et de flûtes, dans lesquelles on soufflait par le nez. Tout ce cérémonial et cette pompe faisaient à Dasa l'effet d'un rêve. Il n'arrivait pas à y croire vraiment. Pour lui, il n'y eut d'abord de réel que Pravati, sa jeune femme, qu'il serrait dans ses bras.

Par petites étapes, le cortège s'approcha de la ville. On avait envoyé en avant des coureurs, pour répandre la joyeuse nouvelle que le jeune rajah avait été découvert et qu'il allait faire son entrée. Et, quand la ville fut en vue, elle vibrait déjà toute du son des gongs et des tambours. Solennellement, la procession des brahmanes vint à sa rencontre, vêtue de blanc, et à sa tête marchait le successeur de ce Vasudeva qui, quelque vingt ans plus tôt, avait envoyé Dasa chez les bergers et était mort récemment. Ils le saluèrent, chantèrent des hymnes et, devant le palais où ils le conduisirent, ils avaient allumé quelques grands feux propitiatoires. On conduisit Dasa dans sa demeure, et, là encore, on le reçut avec de nouveaux saluts, des hommages, des formules de bénédiction et de bienvenue. Dehors, la ville fêta joyeusement jusqu'avant dans la nuit.

Instruit chaque jour par deux brahmanes, il apprit en peu de temps la part de sciences qui paraissait indispensable. Il assista aux sacrifices, rendit la justice et s'exerça aux arts de la chevalerie et de la guerre. Le brahmane Gopala l'initia à la politique; il lui exposa ce qu'étaient sa maison et les droits de celle-ci, il lui dit à quoi pourraient prétendre plus tard ses fils et quels étaient ses ennemis. En tête de liste venait la mère de Nala, qui avait autrefois frustré le prince Dasa de ses droits, menacé ses jours, et qui à présent devait, par surcroît, haïr en lui l'assassin de son fils. Elle avait pris la fuite et demandé protection au souverain voisin, Govinda. Elle vivait dans son palais. Or, ce Govinda et sa maison étaient depuis toujours des ennemis dangereux, ils avaient déjà été en guerre contre les aïeux de Dasa et élevaient des prétentions sur certaines parties de son territoire. Par contre son voisin, au sud, le roi de

Gaïpali, avait été un ami du père de Dasa et n'avait jamais pu souffrir le défunt Nala. Il était essentiel de lui rendre visite, de lui faire des présents et de l'inviter à la première des chasses.

Pravati était déjà parfaitement faite à son état de dame noble, elle savait prendre des allures de souveraine et, dans ses beaux atours, avec ses parures, elle avait fort grand air et ne paraissait pas de plus basse extraction que son seigneur et époux. Ils vécurent des années dans le bonheur de l'amour, et ce bonheur leur conférait un certain éclat, un rayonnement comme aux préférés des dieux, si bien que leur peuple les respecta et les aima. Et quand, après une longue et vaine attente, Pravati mit au monde un beau garçon, auquel il donna le nom de son propre père, Ravana, son bonheur fut à son comble. Il accorda dès lors une signification et une importance doubles à ce qu'il possédait de terres et de pouvoir, de maisons et d'écuries, de laiteries, de bétail et de chevaux; leur éclat et leur prix en furent rehaussés à ses yeux. Il avait trouvé beau et agréable de posséder tout cela pour en entourer Pravati, pour l'habiller, la parer et lui en faire hommage, et désormais il lui parut encore infiniment plus beau, plus séduisant et plus important que ce fût le patrimoine et le bonheur futurs de son fils Ravana.

Si Pravati prenait surtout plaisir aux fêtes, à l'apparat, à la pompe et à l'opulence de ses costumes, de ses parures et de sa nombreuse domesticité, les joies préférées de Dasa étaient celles que lui donnait son jardin, où il avait fait planter des fleurs et des arbres rares et précieux, où il entretenait aussi des perroquets et toute une volière multicolore. Il avait l'habitude, chaque jour, de leur donner à manger et de s'amuser avec eux. D'autre part, l'érudition l'attirait. Élève reconnaissant des brahmanes, il apprit une quantité de versets et d'adages, l'art d'écrire et de lire; il avait son scribe particulier, expert dans la science de préparer, avec des feuilles de palmier, des rouleaux pour manuscrits, et, sous les mains délicates de celui-ci, une petite bibliothèque commença à voir le jour. Là, auprès de ces livres, dans une petite pièce de grand prix, aux murs revêtus de boiseries d'essences rares, toutes sculptées d'une imagerie riche en personnages et en partie dorée, qui représentait la vie des dieux, il faisait parfois discuter entre eux des brahmanes qu'il invitait. Cette élite des savants et des penseurs que comptait le clergé disputait de sujets sacrés, de la création du monde et de la maya du grand Vichnou, des saintes Védas, de la vertu des sacrifices et du pouvoir plus grand encore de la pénitence, qui peut permettre à un mortel de faire trembler les dieux de peur. Ceux des brahmanes qui avaient le mieux parlé, discuté et argumenté recevaient des présents considérables. Plus d'un, pour prix d'une discussion victorieuse, emmenait une vache magnifique, et cela avait parfois quelque chose de ridicule, et d'émouvant à la fois, que de voir ces grands savants, qui venaient à l'instant de déclamer et d'expliquer les formules des Védas et qui avaient prouvé leur connaissance de tous les cieux et de toutes les mers du monde, se retirer, fiers et gonflés d'importance, avec leurs présents honorifiques ou parfois se disputer jalousement à leur sujet.

Du reste, le roi Dasa, au milieu de ses richesses, de son bonheur, de son jardin, de ses livres, était parfois porté à trouver que tout ce qui avait trait à la vie et à la nature humaines était bizarre et incertain, à la fois touchant et ridicule comme ces brahmanes vaniteusement sages, à la fois lumineux et ténébreux, digne de désir et de mépris. Si son regard se repaissait des fleurs de lotus qui flottaient sur les étangs de son jardin, du chatoiement bigarré du plumage de ses paons, de ses faisans et de ses bucéros, des boiseries dorées et sculptées de son palais, si ces objets lui semblaient quelquefois d'essence presque divine, comme pénétrés par l'ardeur de la vie éternelle, d'autres fois, voire dans le même temps, il leur trouvait quelque chose d'irréel, d'équivoque, de problématique, une tendance à la précarité, à la désagrégation, une disposition à retomber dans l'informe, dans le chaos. De même que lui, Dasa, avait été prince, était devenu berger, et s'était avili jusqu'à devenir un assassin et un hors-la-loi, pour remonter enfin sur le trône, sans savoir quelles puissances l'y avaient guidé et amené et sans qu'il fût sûr du lendemain ni du jour suivant, de même le jeu de maya de la vie recélait partout de la noblesse et de la vilenie, l'éternité et la mort, la grandeur et le ridicule. Et même sa bien-aimée, même la belle Pravati avait parfois, pour quelques instants, perdu de son charme à ses yeux et lui avait semblé ridicule : elle avait eu trop d'anneaux aux bras, trop de fierté et de superbe dans le regard, une dignité trop affectée dans sa démarche.

Plus encore que son jardin et ses livres, c'était Ravana, son petit garçon, qui représentait pour lui l'accomplissement de son amour et de son existence, qui était l'objet de sa tendresse et de ses soucis. C'était un bel enfant fragile, un vrai prince. Il avait les yeux de biche de sa mère et tenait de son père un penchant pour la réflexion et la rêverie. Bien des fois, quand celui-ci voyait cet enfant s'attarder longtemps dans le jardin devant l'un de ses arbres décoratifs ou, accroupi sur un tapis, se plonger dans la contemplation d'une pierre, d'un jouet en bois découpé ou d'une plume, les sourcils légèrement levés, l'œil immobile, d'une fixité un peu absente, il lui semblait que ce fils lui ressemblait beaucoup. Dasa reconnut combien il l'aimait la première fois qu'il dut le quitter sans savoir pour combien de temps.

Un jour, en effet, un messager lui avait été dépêché des régions où son territoire confinait à celui de Govinda, son voisin, et l'avait informé que des gens de celui-ci avaient fait une incursion chez lui, razzié du bétail et même fait prisonnières un certain nombre de personnes qu'ils avaient emmenées avec eux. Dasa s'était préparé sans plus attendre, il avait emmené l'officier en chef de sa garde du corps, quelques douzaines de chevaux et d'hommes, et s'était mis en devoir de poursuivre les brigands. Et, au moment du départ, quand il avait pris son petit garçon dans ses bras et l'avait embrassé, il avait eu au cœur une flambée d'amour, comme une souffrance fulgurante. Et cette douleur de feu, dont la violence le surprit et le troubla à l'égal d'un avertissement venu de sphères inconnues, avait aussi fait naître en lui, pendant sa longue chevauchée, une conscience et une intelligence nouvelles. En effet, à cheval il se préoccupa de savoir pour quelle raison il était en selle, pourquoi il poussait sa monture avec tant de sévérité et de hâte, et quelle était au juste la puissance qui le contraignait à cet acte et à cet effort. A la réflexion, il s'était aperçu qu'au fond de son cœur cela ne lui paraissait pas si important et qu'il ne lui était pas tellement pénible que quelque part, à la frontière, on eût razzié chez lui du bétail et des gens. Ce vol, cette atteinte à ses droits souverains n'eussent pas suffi à enflammer sa colère et à le faire agir. Il eût été davantage dans son caractère d'accueillir la nouvelle de ce vol de bestiaux avec un sourire de pitié. Mais il savait qu'ainsi il aurait été cruellement injuste envers le messager qui avait couru jusqu'à la limite de ses forces pour lui apporter cette nouvelle et vis-à-vis des victimes des voleurs, ainsi que des hommes qui avaient été faits prisonniers, emmenés, arrachés à leur pays et à leur vie paisible pour être déportés à l'étranger et réduits en esclavage. Il eût commis également une injustice envers tous ses autres sujets, contre qui personne n'avait levé le petit doigt, s'il avait renoncé à se venger par la guerre. Ils l'auraient difficilement supporté et n'auraient pas compris que leur souverain ne défendît pas mieux son pays : car aucun d'eux n'eût pu compter sur sa vengeance et sur son aide, s'il lui était aussi fait violence un jour. Il comprit qu'il était de son devoir d'entreprendre cette expédition punitive. Mais qu'est-ce que le devoir? Combien y a-t-il de devoirs que souvent nous négligeons sans que notre cœur en frémisse! D'où venait donc que ce devoir de vengeance ne fût pas l'un de ceux qui lui étaient indifférents, qu'il lui fût impossible de le négliger, qu'il ne le remplît pas simplement avec nonchalance et une demi-conviction mais avec ardeur, avec passion? A peine cette question s'était-elle posée à lui que son cœur avait déjà répondu, en vibrant soudain de la même douleur qu'à l'instant de ses adieux à Ravana, le petit prince. Si le souverain se laissait voler du bétail et des sujets sans opposer de résistance, il le comprenait maintenant, le brigandage et les actes de violence se propageraient des frontières vers l'intérieur du pays et, en fin de compte, il se trouverait lui-même face à face avec l'ennemi, et celui-ci l'atteindrait au point où il était sensible à la plus grande et à la plus amère des douleurs : dans la personne de son fils! Ils lui voleraient son fils, son successeur, ils l'enlèveraient, le tueraient, le tortureraient peut-être, et ce serait pour lui la plus atroce souffrance qu'il pût jamais connaître, pire, infiniment pire que la mort même de Pravati. Et c'était pour cela qu'il chevauchait avec tant d'ardeur et qu'il était un souverain aussi fidèle à ses devoirs. Ce n'était pas la sensibilité à ces pertes de bétail et de territoire, ni la bonté envers ses sujets, ni le respect ambitieux du nom royal de son père qui le rendaient ainsi, c'était son amour violent, douloureux, insensé pour cet enfant, et la crainte véhémente et folle de la douleur que lui causerait sa perte.

Voilà ce qu'il avait compris au cours de cette chevauchée. Il n'avait pas réussi d'ailleurs à rattraper et à châtier les hommes de Govinda. Ils lui avaient échappé avec leur butin, et, afin de prouver la fermeté de sa volonté et son courage, il dut violer lui-même la frontière, causer des dégâts dans un village de son voisin, lui enlever quelques têtes de bétail et des esclaves. Il était resté absent de longs jours, mais en rentrant à cheval, victorieux, il s'était livré de nouveau à de profondes réflexions, et il était rentré chez lui très taciturne et l'air triste. Car, en y songeant, il s'était aperçu que toute sa manière d'être et d'agir l'avait fait tomber et s'empiéger, sans espoir d'en échapper, dans un filet perfide. Alors que son goût de la pensée, son besoin de contemplation tranquille, de vie inactive et innocente ne cessaient d'augmenter et de croître, d'un autre côté son amour pour Ravana, l'angoisse et les soucis que lui inspiraient sa personne, sa vie et son avenir faisaient grandir d'autant cette obligation d'agir et de se prendre au piège. La tendresse alimentait la querelle, l'amour la guerre. Déjà, bien que ce fût uniquement pour être juste et en manière de châtiment, il avait volé un troupeau, fait mourir de peur un village et emmené de force de pauvres innocents. Et cela allait être naturellement l'origine de vengeances et de violences nouvelles, et cela continuerait jusqu'à ce que toute sa vie et son pays entier ne fussent plus que guerre, violences et cliquetis d'armes. C'était cette idée ou cette vision qui lui avaient donné un air si taciturne et si triste sur le chemin du retour.

Et, effectivement, son ennemi de voisin ne lui laissa aucun repos. Ses incursions et ses razzias se renouvelèrent. Dasa dut entreprendre des expéditions pour le châtier et se défendre, et, quand l'adversaire se déroba, il dut tolérer que ses soldats et ses chasseurs infligeassent de nouveaux dégâts au voisin. Dans sa capitale on vit, de plus en plus, des hommes à cheval et en armes. Dans beaucoup de villages de la frontière il y avait maintenant une garde militaire permanente. Des réunions et des préparatifs belliqueux troublèrent ses journées. Dasa ne réussissait pas à comprendre quel sens et quelle utilité cette petite guerre perpétuelle pouvait avoir; il souffrait des souffrances des victimes, de la mort des tués; il regrettait son jardin et ses livres, qu'il devait négliger de plus en plus; il regrettait la paix de ses jours et de son cœur. Il en parlait souvent avec Gopala, le brahmane, et quelquefois aussi avec son épouse Pravati. Il faudrait, disait-il, obtenir que l'un des souverains voisins les plus en vue fût appelé à arbitrer le conflit et à rétablir la paix; pour sa part, il accepterait volontiers de s'y prêter, par exemple par des concessions et en cédant des pâtures et quelques villages. Il fut déçu et un peu mécontent de voir que ni le brahmane, ni Pravati ne voulaient en entendre parler.

Leur divergence d'opinion sur ce point l'amena à se quereller violemment avec Pravati et même à se brouiller avec elle. La pressant, l'adjurant, il lui exposa ses raisons et ses idées, mais Pravati avait l'impression que chacune de ses paroles visait, non la guerre et d'inutiles tueries, mais uniquement sa personne. Dans un discours enflammé et prolixe, elle démontra à Dasa que l'intention de l'ennemi était précisément de tirer parti de sa bonté d'âme et de son amour de la paix (pour ne pas dire de sa peur de la guerre). Il l'amènerait à conclure des paix successives et à payer chacune de petites cessions de territoire et de population et, à la fin, loin de s'estimer satisfait, il en viendrait aux hostilités déclarées, dès que Dasa serait suffisamment affaibli, et lui prendrait encore ses dernières possessions. Ce qui était en cause, ce n'étaient pas des troupeaux et des villages, des avantages et des désavantages, c'était le tout pour le tout, l'existence ou l'anéantissement. Et si Dasa ignorait ce qu'il devait à sa dignité, à son fils et à sa femme, il fallait bien qu'elle le lui apprît. Ses yeux lançaient des éclairs, sa voix se brisait, il y avait longtemps qu'il ne l'avait plus vue si belle et si passionnée, mais il n'en conçut que de la tristesse.

Entre temps, les violations de frontière et les atteintes à la paix allaient leur train. Seule la mousson y mit provisoirement un terme. Mais à la cour de Dasa il y avait désormais deux partis. L'un, celui de la paix, était minuscule. En dehors de Dasa, il ne comprenait qu'un petit nombre des brahmanes les plus âgés, savants perdus dans leurs méditations. Par contre, le parti de la guerre, celui de Pravati et

de Gopala, avait pour lui la majorité des prêtres et tous les
officiers. On armait avec ardeur, et l'on savait que, de l'autre
côté, le voisin en faisait autant. Le grand veneur apprenait
au petit Ravana à tirer à l'arc, et sa mère l'emmenait à toutes
les revues militaires.

Parfois, durant cette période, Dasa se rappelait la forêt
où il avait vécu quelque temps autrefois, pauvre fugitif, et
il se souvenait du vieillard à cheveux blancs qui y vivait en
ermite contemplatif. Quelquefois, il pensait à lui et ressentait le besoin d'aller le trouver, de le revoir, d'entendre ses
conseils. Mais il ignorait si le vieillard vivait encore, s'il
l'écouterait et le conseillerait. Et même si vraiment il était
encore en vie et lui donnait un conseil, tout n'en suivrait
pas moins son cours, nul n'y pourrait rien changer. La
contemplation et la sagesse avaient leur valeur et leur
noblesse, mais elles semblaient ne réussir qu'en marge, à côté
de la vie, et quand on nageait dans le courant de celle-ci,
qu'on luttait contre ses vagues, vos actes et vos souffrances
n'avaient rien à voir avec la sagesse, ils se produisaient
d'eux-mêmes; c'était une fatalité, il fallait agir et souffrir. Les
dieux non plus ne vivaient pas dans une paix et une sagesse
éternelles, eux aussi connaissaient le danger et la peur, le
combat et la bataille, il le savait par de nombreux récits.
Dasa se résigna donc, il ne discuta plus avec Pravati, il alla
aux revues à cheval, il vit venir la guerre, il la pressentit
dans les rêves épuisants de ses nuits, et, en même temps que
sa silhouette se faisait plus maigre et son visage plus sombre,
il vit le bonheur et la joie de sa vie se flétrir et pâlir. Il ne
lui resta que son amour pour son fils; il grandit avec ses
préoccupations, avec les armements et les manœuvres des
troupes, fleur rouge flamboyante dans son jardin qui devenait désert. Il s'étonna qu'on pût supporter tant de vide et
de vie sans joie, s'habituer à tant de soucis et de mécontentement, et il s'étonna aussi que, dans un cœur qui semblait
avoir perdu sa passion, un amour fait d'angoisse et de soucis
comme celui-là pût s'épanouir avec autant de flamme et
d'autorité. Sa vie n'avait peut-être aucun sens, mais elle
avait encore un cœur et un centre, elle avait pour pivot
l'amour de son fils. C'était pour lui qu'il quittait sa couche
le matin et passait sa journée à des occupations et à des
travaux dont l'objet était la guerre et qui, tous, lui étaient

odieux. C'était pour lui qu'il présidait patiemment les réunions des chefs et que son opposition aux décisions de la majorité se bornait à obtenir qu'au moins on temporisât et qu'on ne se jetât pas tête baissée dans l'aventure.

De même que la joie de sa vie, son jardin et ses livres lui étaient peu à peu devenus étrangers et l'avaient trahi, à moins que ce ne fût lui, de même celle qui avait été tant d'années le bonheur et le plaisir de son existence lui était devenue lointaine et infidèle. Cela avait commencé par la politique, le jour où Pravati lui avait tenu ce discours passionné dans lequel elle traitait presque ouvertement de lâcheté sa crainte du péché et son amour de la paix, et où, les joues empourprées, elle lui avait parlé en termes enflammés de son honneur de prince, d'héroïsme et des outrages subis; ce jour-là, il avait soudain senti et vu avec consternation, avec un sentiment de vertige, à quel point sa femme s'était éloignée de lui, ou lui d'elle. Et depuis, le fossé qui les séparait s'était élargi et ne cessait de grandir, sans qu'aucun d'eux fît rien pour l'empêcher. Bien plus : c'eût été le rôle de Dasa de faire quelque chose en ce sens, car il n'y avait, en réalité, que lui qui vît ce fossé, et dans son imagination il devenait de plus en plus la crevasse symbolique, l'abîme cosmique qui sépare l'homme de la femme, le oui du non, l'âme du corps. Quand il songeait au passé, il croyait voir tout avec une clarté parfaite : il comprenait comment Pravati, avec sa beauté ensorcelante, l'avait jadis rendu amoureux, comment elle avait joué avec lui, jusqu'à ce qu'il se séparât de ses camarades, ses amis, les bergers, et quittât sa vie de pâtre, jusqu'alors si sereine, pour vivre par amour d'elle chez des étrangers, en domestique, comme gendre, dans la maison de gens sans bonté, qui profitaient de son amour pour le faire travailler à leur profit. Puis ç'avait été l'apparition de ce Nala, et son malheur avait commencé. Nala s'était emparé de sa femme; ce beau rajah pimpant avec ses beaux atours, ses tentes, ses chevaux et ses domestiques, avait séduit cette pauvre femme peu familière de ces splendeurs; cela n'avait pas dû lui coûter grand-peine. Mais aurait-il pu vraiment la séduire si vite et si facilement si, au fond de son cœur elle avait été fidèle et honnête? Le rajah l'avait donc séduite ou simplement prise et il avait infligé à Dasa la douleur la plus horrible qu'il eût endurée jusqu'à ce jour. Mais il avait eu sa vengeance, il avait tué l'homme qui lui avait volé son bonheur, et ç'avait été un instant de grand triomphe. A peine cet acte accompli, il avait dû prendre la fuite. Pendant des jours, des semaines, des mois, il avait vécu dans la jungle et les joncs, en hors-la-loi, ne se fiant à personne. Et qu'avait fait Pravati pendant ce temps? Jamais il n'en avait été beaucoup question entre eux : elle n'avait pas pris la fuite pour le rejoindre, elle ne l'avait recherché et retrouvé qu'au moment où il avait été proclamé prince en raison de sa naissance, où elle avait eu besoin de lui pour monter sur le trône et s'installer au palais. C'était alors qu'elle s'était montrée; elle l'avait enlevé à sa forêt et au voisinage du vénérable ermite; on l'avait paré de beaux habits et fait rajah, et tout cela n'avait été qu'apparat et bonheur futiles. Mais en réalité qu'avait-il abandonné alors, et reçu en échange? Il avait reçu la pompe et les devoirs d'un prince. Ceux-ci, au début, avaient été légers, et depuis ils s'étaient faits de plus en plus lourds. Il y avait gagné de retrouver sa belle épouse, de passer avec elle de douces heures d'amour, et puis d'avoir son fils, de l'aimer et de voir croître les soucis que lui inspiraient sa vie et son bonheur menacés. Et maintenant la guerre était aux portes de la ville. Voilà ce que Pravati lui avait apporté, quand elle l'avait découvert alors dans la forêt, près de la source. Or, qu'avait-il quitté et abandonné en échange? Il avait quitté la paix des bois, d'une pieuse solitude, il avait abandonné le voisinage et l'exemple d'un saint yoghin, l'espoir d'être son disciple et son successeur, de connaître le repos spirituel profond, rayonnant et inébranlable du sage, il avait renoncé à être délivré des luttes et des passions de la vie. Séduit par la beauté de Pravati, circonvenu par cette femme et gagné par son ambition, il avait quitté la seule voie qui procure la liberté et la paix. C'était ainsi que lui apparaissait à présent l'histoire de sa vie et, de fait, il était fort aisé de l'interpréter ainsi, il suffisait de bien peu de retouches et d'omissions pour la voir sous cet aspect. Il avait omis, entre autres, d'ajouter qu'il n'était encore nullement le disciple de cet ermite et qu'il avait même été sur le point de le quitter volontairement. Les choses se déforment facilement quand on regarde en arrière.

Pravati voyait cela d'un tout autre œil, bien qu'elle se livrât beaucoup moins que son époux à de pareilles idées. Elle ne pensait pas un instant au fameux Nala. Par contre, si ses souvenirs étaient exacts, c'était elle seule qui avait été à l'origine du bonheur de Dasa et qui l'avait provoqué, c'était elle qui avait de nouveau fait de lui un rajah, qui lui avait donné un fils, qui l'avait submergé d'amour et de félicité, pour s'apercevoir en fin de compte qu'il n'était pas à sa hauteur, ni digne de ses superbes plans. Car il était clair pour elle que la guerre imminente ne pouvait aboutir qu'à l'anéantissement de Govinda et à l'accroissement de son pouvoir à elle et de ses possessions. Au lieu de s'en réjouir et d'y collaborer de toute son ardeur, Dasa était trop peu prince, lui semblait-il, il répugnait à la guerre et à la conquête, et il aurait préféré vieillir dans l'inaction à côté de ses fleurs, de ses arbres, de ses perroquets et de ses livres. Vishvamitra, le chef suprême de leur cavalerie, était un autre homme : c'était lui qui, après elle, était le partisan et le propagandiste le plus ardent de la guerre et de la victoire prochaines. Toute comparaison entre eux ne pouvait que tourner à son avantage.

Dasa voyait bien à quel point sa femme s'était prise d'amitié pour ce Vishvamitra, combien elle l'admirait et se faisait admirer par cet officier gai et courageux, un peu superficiel peut-être et médiocrement intelligent, au rire énergique, aux belles dents robustes et à la barbe soignée. Il le voyait avec amertume, en même temps qu'avec mépris, avec une indifférence hautaine qu'il se feignait à lui-même. Il ne l'espionna pas et ne voulut pas savoir si l'amitié de ces deux êtres s'arrêtait ou non aux limites du licite et de la décence. Il regardait l'engouement de Pravati pour ce beau cavalier, les gestes par lesquels elle lui marquait sa préférence sur ce mari trop peu héroïque, avec l'impassibilité, en apparence indifférente, mais au fond pleine d'amertume, avec laquelle il avait pris l'habitude de considérer tout ce qui lui arrivait. Son épouse paraissait-elle décidée à commettre à son égard une infidélité et une trahison ou n'était-ce qu'une manière d'exprimer son dédain pour la mentalité de Dasa ? Peu importait, le fait était là, cette intrigue se développait, grandissait, se dressait contre lui, comme la guerre et la fatalité; il n'y avait pas de remède à cela, ni d'autre attitude à prendre que celle de l'acceptation, de la résignation impassible : car c'était ainsi, et non par des attaques et des conquêtes, que se manifestaient la virilité et l'héroïsme de Dasa.

Que l'admiration de Pravati pour le capitaine de cavalerie ou l'admiration de celui-ci pour elle respectassent ou non les limites décentes et permises, en tout cas, Pravati, il le comprenait, était moins coupable que lui-même. Certes, Dasa, en penseur sceptique qu'il était, n'avait que trop tendance à la rendre responsable de la disparition de son bonheur, ou du moins à lui donner partiellement la faute de tous les pièges où il était tombé et où il s'était pris : l'amour, l'ambition, ses actes de vengeance et de brigandage. En pensée il allait jusqu'à rendre la femme, l'amour et la volupté coupables de tout sur terre, de toute cette danse, de toute cette chasse des passions et des cupidités, de l'adultère, de la mort, du meurtre, de la guerre. Mais il n'en savait pas moins que Pravati n'était pas fautive, qu'elle n'était pas une cause, mais une victime, que ce n'était pas elle qui avait fait sa beauté, ni l'amour qu'il avait eu pour elle; elle ne pouvait en être rendue responsable, elle n'était qu'un grain de poussière dans un rai de soleil, une vague dans le fleuve. Il n'aurait tenu qu'à lui de se tenir à l'écart de cette femme et de son amour, de sa faim de bonheur et de son ambition, soit pour rester parmi les bergers un berger satisfait, soit pour surmonter ses insuffisances par les procédés occultes du yoga. Il avait négligé de le faire, il avait failli, il n'avait pas la vocation de la grandeur ou ne lui était pas resté fidèle, et sa femme avait raison, en fin de compte, de voir en lui un lâche. Par contre, c'était elle qui lui avait donné ce fils, ce beau garçon frêle, qui lui inspirait tant d'inquiétudes et dont la présence était, en somme, ce qui conférait encore à sa vie son sens et sa valeur; c'était même là un grand bonheur mêlé d'angoisse et de douleur, il est vrai, mais cependant un bonheur, son bonheur à lui. Il le payait de cette douleur et de cette amertume du cœur, de cette attente de la guerre et de la mort, de la conscience d'aller au-devant d'une fatalité. Là-bas, dans son pays, le rajah Govinda trônait, conseillé et excité par la mère de ce Nala qu'il avait tué, de ce suborneur de triste mémoire. Les incursions et les provocations de Govinda devenaient sans cesse plus fréquentes et plus insolentes. Seule une alliance avec le puissant rajah de Gaïpali aurait pu donner à Dasa la force d'exiger la paix et des accords de bon voisinage. Mais ce rajah, s'il était bien disposé pour Dasa, était parent de Govinda, et il s'était dérobé avec la plus extrême des courtoisies à toutes les tentatives qu'on avait faites pour l'amener à ce genre d'alliance. Il n'y avait pas de dérobade possible, on ne pouvait rien espérer de la raison, ni de l'humanité; l'heure fatale approchait et il faudrait la subir. Dasa en vint presque à aspirer lui-même à la guerre, à l'explosion des foudres accumulées et à une accélération des événements, qu'il n'était vraiment plus possible d'éviter. Il rendit encore une fois visite au souverain de Gaïpali, et échangea sans résultat avec lui des amabilités; au conseil, il insista dans le sens de la modération et de la patience, mais depuis longtemps il faisait cela sans espoir; par ailleurs il s'armait. Au conseil, les opinions ne s'affrontaient plus que sur le point de savoir si l'on répondrait à la prochaine incursion de l'ennemi par l'invasion de son territoire et par la guerre, ou si l'on attendrait sa principale offensive afin que, malgré tout, il restât aux yeux de leur peuple et du monde le coupable et le fauteur de guerre.

L'ennemi, qui se souciait peu de ces problèmes, mit un terme à ces supputations, à ces délibérations, à ces hésitations. Un jour, il attaqua. Il simula une assez grosse opération de brigandage qui attira d'urgence Dasa, avec le capitaine de sa cavalerie et ses meilleures troupes, à la frontière, et pendant qu'ils étaient en route, il envahit le pays avec le gros de ses forces, pénétra aussitôt dans la ville, força les portes et assiégea le palais. Quand Dasa apprit cela et qu'il fit demi-tour sans plus tarder, il savait sa femme et son fils enfermés dans ce château menacé, il savait que des combats sanglants se déroulaient dans les petites rues, et son cœur se serra de courroux et de souffrance en pensant aux siens et aux dangers dans lesquels ils se débattaient. Il cessa d'être un commandant en chef réticent et prudent. La douleur et la rage l'enflammèrent, il se rua avec ses gens sur le chemin du retour, dans une précipitation farouche; dans toutes les rues, il se heurta au flux et au reflux de la bataille, il se fraya à l'épée un chemin jusqu'au palais, fit face à l'ennemi et se battit avec furie pour s'effondrer, épuisé, au crépuscule de cette journée sanglante, avec plusieurs blessures.

Quand il reprit connaissance, il était prisonnier. La

bataille était perdue, la ville et le château aux mains de l'ennemi. Il fut conduit, attaché, devant Govinda, qui le salua ironiquement et le mena dans un appartement. C'était celui dont les murs étaient de bois sculpté et doré et qui contenait les rouleaux de manuscrits. Là, sur l'un des tapis, toute droite, avec un visage de pierre, sa femme Pravati était assise, des gardes en armes derrière son dos. Leur fils était étendu sur ses genoux. Son corps frêle gisait comme une fleur cueillie, mort, la face grise, les habits trempés de sang. La femme ne se retourna pas quand on fit entrer son mari. Elle ne le regarda pas, elle fixait le petit cadavre d'un œil sans expression. Elle parut à Dasa étrangement transformée. Il lui fallut quelque temps pour remarquer que ses cheveux, qu'il avait encore vus d'un noir profond quelques jours plus tôt, avaient partout des reflets gris. Elle devait être assise ainsi depuis longtemps déjà, son fils sur les genoux, figée, le visage comme un masque.

— Ravana! s'écria Dasa, Ravana, mon enfant, Ravana, petite fleur! Il s'agenouilla, sa face toucha la tête du mort; comme un homme en prières, il resta à genoux devant sa femme muette et devant son enfant, les plaignant tous les deux, et leur rendant hommage. Il sentit l'odeur de sang et de mort mêlée à la lotion de fleurs dont on avait oint la tête de son fils. D'un œil glacé, Pravati les fixait l'un et l'autre.

Quelqu'un lui toucha l'épaule, c'était l'un des capitaines de Govinda; il lui ordonna de se lever et l'emmena. Dasa n'avait pas dit un seul mot à Pravati, elle ne lui en avait dit aucun.

On le coucha, attaché, dans une charrette et on l'emmena à la ville de Govinda, dans un cachot. On y défit une partie de ses liens, un soldat lui apporta une cruche d'eau qu'il posa sur le sol dallé; on le laissa seul, la porte fut fermée à clef et verrouillée. Une blessure qu'il avait à l'épaule le cuisait comme du feu. Il chercha à tâtons la cruche et s'humecta les mains et le visage. Il aurait eu envie de boire, mais il y renonça, pensant qu'il mourrait plus vite ainsi. Combien de temps cela durerait-il encore, combien de temps? Il désirait la mort, comme son gosier desséché désirait l'eau. La mort seule mettrait fin au supplice de son cœur, elle seule effacerait en lui l'image de cette mère portant son fils défunt. Mais au milieu de tous ces tourments la fatigue et la faiblesse eurent pitié de lui, il s'affaissa et s'assoupit.

Quand une faible lueur vint poindre de nouveau en lui après ce court sommeil, il voulut se frotter les yeux, abasourdi, mais il ne put le faire : ses deux mains étaient déjà occupées, elles tenaient quelque chose, et, quand il se ressaisit et écarquilla les yeux, il n'y avait pas de murs de cachot autour de lui; au contraire une lumière verte ruisselait, limpide et forte, sur les feuilles et la mousse. Il resta longtemps les paupières clignotantes. Cette lumière l'atteignit comme un coup silencieux, mais violent. Un frisson d'horreur, une crispation d'effroi le parcoururent de la tête aux pieds. Il cligna encore des yeux, grimaça comme s'il pleurnichait et les ouvrit largement. Il se trouvait dans une forêt et tenait à deux mains une coupe remplie d'eau; à ses pieds le bassin d'une source prenait des reflets bruns et verts. Il sut que là-bas, derrière ce fourré de fougères, il y avait la cabane et que le yoghin qui l'avait envoyé chercher de l'eau l'attendait, celui qui avait eu ce rire étrange et à qui il avait demandé de lui faire savoir un peu ce qu'était la maya. Il n'avait perdu ni bataille, ni fils, il n'avait été ni prince, ni père. Mais le yoghin avait sans doute exaucé son vœu et lui avait donné une leçon sur la maya : le palais et son jardin, sa bibliothèque et sa volière, ses soucis de souverain et son amour de père, cette guerre et sa jalousie, son amour pour Pravati et la violente défiance qu'elle lui avait inspirée, tout cela n'était que néant — non, ce n'était pas le néant, ç'avait été la maya! Dasa se leva, bouleversé, des larmes coulèrent sur ses joues, dans ses mains la coupe qu'il venait de remplir pour l'ermite trembla et vacilla, l'eau en déborda et tomba sur ses pieds. Il avait l'impression qu'on l'avait amputé d'un membre, qu'on avait enlevé quelque chose de sa tête, il y avait un vide en lui; soudain de longues années de vie, ce qu'il avait conservé de trésors, savouré de joies, enduré de souffrances, connu d'angoisses, et dégusté de désespoir jusqu'au seuil de la mort lui était enlevé, effacé, réduit à néant — et pourtant non, car leur souvenir était là, les images en étaient restées en lui; il voyait encore Pravati assise, grande et pétrifiée, avec ses cheveux soudain devenus gris, leur fils gisant sur ses genoux, comme si elle l'avait étouffé de ses mains, allongé comme une proie, et les membres

pendant, flétris, plus bas que les genoux de sa mère. Oh!
comme il avait été vite renseigné sur la maya, par quelle
méthode expéditive et atroce, cruelle et exhaustive! Pour
lui tout avait été condensé : des années nombreuses, riches
d'événements, s'étaient ratatinées à la mesure d'un instant.
Tout ce qui, un moment plus tôt, lui semblait une réalité
puissante, il l'avait rêvé. Peut-être avait-il aussi rêvé tous les
autres événements antérieurs, les histoires de Dasa, fils d'un
roi, sa vie de berger, son mariage, sa vengeance sur Nala,
son refuge chez l'ermite. C'étaient là des images, comme on
peut en admirer sur les boiseries sculptées d'un palais, où
les fleurs, les étoiles, les oiseaux, les singes et les dieux se
montrent entre les feuilles. Et ce qu'il vivait justement
maintenant, ce qu'il avait sous les yeux, cet éveil de son
rêve de prince, de guerre et de cachot, cet arrêt près de la
source, cette écuelle d'eau dont il venait de répandre quelques
gouttes, et aussi les pensées qu'il formait à présent, est-ce
que tout cela, en fin de compte, n'était pas fait de la même
étoffe, n'était-ce pas un rêve, un trompe-l'œil, la maya? Et
ce qu'il vivrait par la suite, ce qu'il verrait de ses yeux et
palperait de ses mains, jusqu'à ce que vînt un jour sa mort,
était-ce d'une autre étoffe, d'une autre nature? Ce n'étaient
que simulacres et faux semblants, songes et mensonges.
C'était la maya, tout ce jeu d'images de la vie, avec ses
beautés et ses atrocités, ses ravissements et son désespoir,
ses ardentes délices et ses douleurs cuisantes.

Dasa resta comme abasourdi, paralysé. De nouveau la
coupe vacilla entre ses mains et l'eau se répandit; elle cla-
pota, fraîche, sur ses orteils et se perdit. Que fallait-il faire?
Remplir la coupe, la porter au yoghin, le voir rire de tout ce
qu'il avait enduré dans son rêve? Cela n'avait rien de
séduisant. Il la laissa retomber, la vida et la jeta dans la
mousse. Il s'assit sur l'herbe et commença à réfléchir sérieusement. Il était excédé, écœuré de cette rêverie, de cette
trame démoniaque d'émotions, de joies et de douleurs, qui
vous serraient le cœur, arrêtaient votre sang, et qui, soudain,
n'étaient que la maya et vous laissaient berné; il avait assez
de tout cela, il ne désirait plus ni femme, ni enfant, ni trône,
ni victoire, ni vengeance, ni bonheur, ni intelligence, ni pouvoir, ni vertu. Il ne désirait que le repos, la fin, il ne souhaitait plus que d'arrêter la rotation éternelle de cette roue,

cette revue interminable d'images, et de les supprimer. Il désirait se mettre lui-même en repos et s'anéantir comme il l'avait souhaité dans sa dernière bataille, quand il s'était rué sur l'ennemi, en distribuant les coups autour de lui et en en essuyant, en ouvrant des blessures et en en recevant, jusqu'à ce qu'il se fût effondré. Mais ensuite? A cela succédait la trêve d'un évanouissement, d'un somme ou d'une mort. Et tout de suite après on se réveillait encore, il fallait rouvrir son cœur aux torrents de la vie, et ses yeux à ce redoutable, à ce beau et atroce flot d'images, sans fin, inéluctablement, jusqu'au prochain évanouissement, et à la mort suivante. Celle-ci était peut-être une pause, une trêve brève, infime, le temps de reprendre haleine, mais ensuite cela continuait, et de nouveau l'on était l'une des mille figures du ballet farouche, ivre, et désespéré de la vie. Hélas! l'anéantissement n'existait pas, cela n'avait pas de fin.

L'agitation le remit sur pied. Puisque aussi bien cette ronde maudite ne connaissait pas de repos, puisque son unique et nostalgique désir ne pouvait être exaucé, autant remplir une nouvelle fois cette coupe et la porter à ce vieil homme, qui le lui avait commandé, bien qu'à dire vrai il n'eût pas d'ordre à lui donner. C'était une tâche qu'on avait exigée de lui, c'était une mission : on pouvait obéir et l'exécuter. Cela valait mieux que de rester assis et de se creuser la tête pour savoir par quelle méthode se tuer. Du reste, il était bien plus facile et bien préférable d'obéir et de servir, c'était beaucoup plus innocent et plus salutaire que de régner et d'avoir des responsabilités, il le savait. C'est bon, Dasa, prends donc cette calebasse, emplis-la d'eau gentiment, et va la porter à ton maître!

Quand il arriva à la hutte, le maître le reçut avec un regard singulier, un peu interrogateur, mi-apitoyé, mi-amusé, celui d'un esprit qui sait, celui que peut avoir un garçon déjà grand pour un plus jeune qu'il voit revenir d'une aventure pénible et un peu humiliante, d'une épreuve imposée à son courage. Ce prince berger, ce pauvre hère qui était accouru vers lui, revenait seulement de la source, il est vrai. Il était allé chercher de l'eau et n'y était resté qu'un quart d'heure. Mais il n'en sortait pas moins d'un cachot, il avait perdu une femme, un fils et un royaume, il avait parcouru le cycle d'une vie humaine et jeté un coup d'œil sur la roue qui tourne. Certes, ce jeune homme avait probablement déjà connu une fois, ou plusieurs fois auparavant, un éveil et respiré une gorgée de réalité, sinon il ne serait pas venu ici et n'y serait pas resté aussi longtemps. Mais, à présent, il paraissait vraiment réveillé et mûr pour s'engager sur le long chemin. Il faudrait bien des années pour inculquer convenablement à ce jeune être ne fût-ce que l'art de se tenir et de respirer.

Ce fut seulement par ce regard, qui contenait une trace de sympathie bienveillante et une allusion au rapport qui s'était créé entre eux, entre le maître et l'élève, que le yoghin accepta ce disciple. Ce regard chassa les pensées inutiles de la tête de son élève et marqua son entrée dans cette discipline et ce service. Il n'y a rien d'autre à dire sur la vie de Dasa; le reste s'en déroula au-delà des images et des histoires. Il n'a plus quitté la forêt.

TABLE DES MATIÈRES

	Pages
Préface du traducteur.	7
Le Jeu des Perles de Verre.	19
La vocation.	53
Celle-les-Bois.	91
Les années d'études.	114
Les deux ordres.	148
La mission.	178
Magister Ludi.	206
En fonctions.	233
Les deux pôles.	263
Une conversation.	287
Préparatifs.	320
La circulaire.	344
La légende.	371

ÉCRITS POSTHUMES DE JOSEPH VALET

Les poèmes de l'écolier et de l'étudiant.	429
Les trois biographies :	
Le faiseur de pluie.	433
Le confesseur.	476
Biographie indienne.	508

ACHEVÉ D'IMPRIMER
PAR JOSEPH FLOCH
MAITRE-IMPRIMEUR
MAYENNE LE 6 FÉVRIER 1981
CALMANN-LÉVY N° 10810
3, RUE AUBER-PARIS
Dépôt légal : 1er trimestre 1981